◎山东省社科理论重点研究基地齐文化研究基地重大项目

淄博古代文献丛刊
王志民　主编

孙廷铨集

（清）孙廷铨　撰
李新庆　整理

山东大学出版社
SHANDONG UNIVERSITY PRESS
·济南·

图书在版编目（CIP）数据

孙廷铨集 /（清）孙廷铨撰；李新庆整理 . -- 济南：山东大学出版社，2024.1

（淄博古代文献丛刊 / 王志民主编）

ISBN 978-7-5607-7974-4

Ⅰ. ①孙… Ⅱ. ①孙… ②李… Ⅲ. ①中国文学—古典文学—作品综合集—清代 Ⅳ. ① I214.92

中国国家版本馆 CIP 数据核字（2023）第 203196 号

责任编辑　肖世伟
封面设计　张　荔

孙廷铨集
SUN TINGQUAN JI

出版发行　山东大学出版社
社　　址　山东省济南市山大南路 20 号
邮政编码　250100
发行热线　（0531）88363008
经　　销　新华书店
印　　刷　山东蓝海文化科技有限公司
规　　格　710 毫米 ×1000 毫米　1/16
　　　　　20.25 印张　390 千字
版　　次　2024 年 1 月第 1 版
印　　次　2024 年 1 月第 1 次印刷
定　　价　80.00 元

孙廷铨像

（摘自民国《续修博山县志》）

《孙文定公全集》书影

（淄博市博山区档案馆藏）

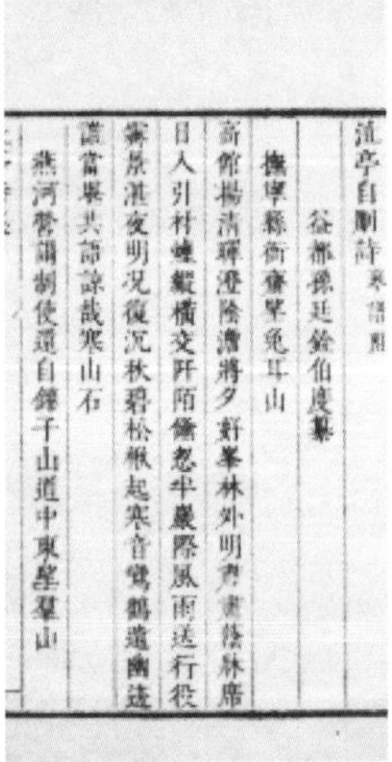

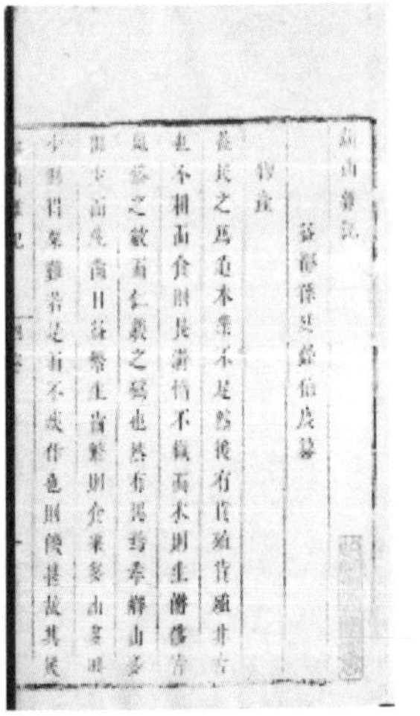

孙廷铨部分著作书影

（《汉史亿》二卷，南开大学图书馆藏，入选第三批《国家珍贵古籍名录》；

《沚亭自删诗一卷琴谱指法省文一卷》，山西大学藏；

《颜山杂记》，故宫博物院藏）

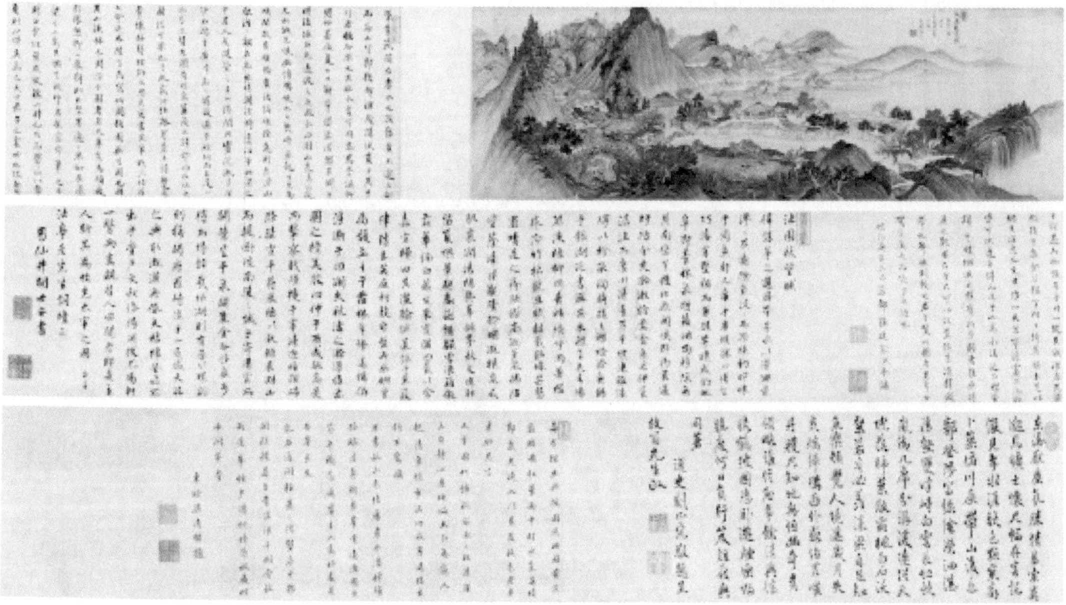

沚园秋望图

（陆薪绘，孙廷铨题记，胡世安、刘正宗、梁清标等题跋。
手卷，绢本设色，27.5cm × 87.5cm。嘉德拍卖公司 2008 年秋季拍卖会）

孙廷铨故居旧影（肖成顺摄于20世纪80年代末）

《淄博古代文献丛刊》编委会

总 序

淄博是齐文化的发祥地，有着源远流长的著述传统。先秦时期，齐地沃土孕育了诸多文化经典，包括我国第一部手工业技术专著《考工记》、齐文化的百科全书《管子》、“无传记之名，实传记之祖”的《晏子春秋》、兵学圣典《孙子兵法》以及《孙膑兵法》《司马法》《六韬》等兵学著作，还有《慎子》《尹文子》《鲁仲连子》等稷下诸子文献。战国秦汉间，齐人在经学方面成就突出，《易》《书》《诗》《春秋》今文经学的传承，均与齐人有密切关系。魏晋以后，淄博文献众多，有史书方志、科技著作、笔记杂著、戏曲小说、诗集文集等，各呈风采。西晋左思《三都赋》曾令洛阳纸贵，北魏崔鸿《十六国春秋》是研究魏晋南北朝历史的重要著作，贾思勰《齐民要术》标志着古代农书的成熟，唐代段成式《酉阳杂俎》和宋代王辟之《渑水燕谈录》是唐宋史料笔记中的代表性作品，元末明初贾仲明的杂剧“骈俪工巧，有非他人之所能及者”[①]。特别需要注意的是，明清时期，淄博文风兴盛，涌现出了众多文化名人，留下了大量的文献著述，其中很多被收入《四库全书》，如毕自严《石隐园藏稿》、薛凤祚《两河清汇》、孙廷铨《颜山杂记》、王士禛《居易录》《池北偶谈》《香祖笔记》《古夫于亭杂录》《分甘余话》《精华录》《渔洋诗话》《衍波词》等，而蒲松龄《聊斋志异》被誉为“短篇小说之王”，成为淄博文化发展史上耀眼的风景。

古籍文献是中华优秀传统文化的重要载体。淄博古代文献不仅是研究淄博地区历史文化的珍贵史料，也是中华优秀传统文化的宝贵遗产。党的十八大以来，传承、弘扬中华优秀传统文化成为国家重大文化战略。2017年1月，中共中央办公厅、国务院办公厅印发《关于实施中华优秀传统文化传承发展工程的意见》，要求“加强中华文化典籍整理编纂出版工作”。2022年4月，中共中央办公厅、国务院办公厅印发了《关于推进新时代古籍工作的意见》，指出：“做好古籍工作，把祖国宝贵的文化遗产保护好、传承好、发展好，对赓续中华文脉、弘扬民族精神、增强国家文化软实力、建设社会主义文化强国具有重要意义。”为发掘保护淄博文献资源，传承弘

① 无名氏:《录鬼簿续编》,《中国古典戏曲论著集成》(二),中国戏剧出版社1959年版,第292页。

扬优秀传统文化，推动中华优秀传统文化创造性转化、创新性发展，助力淄博文化强市建设，山东理工大学和淄博市政协决定联合编辑出版《淄博古代文献丛刊》(以下简称《丛刊》)。山东理工大学党委和行政领导高度重视，给予了多方面的关照与支持。淄博市政协专门召开党组会研究，将《丛刊》列为市政协文史工作重点项目；张廷延主席、朱正林副主席非常关心该项目的实施和进展，提出了许多推动措施和指导意见。山东理工大学齐文化研究院和淄博市政协文化文史和学习委员会具体负责项目实施。

淄博历代文献数量宏富，根据《中国古籍总目》《山东文献书目》《山东文献书目续编》等书目及各类方志资料，今天保存下来的淄博古代文献就有近1000种。《丛刊》的收录原则，一是水平高，具有重要文化、学术价值；二是未经过点校整理，或虽有整理但不够规范系统。根据这两项原则，在充分调查的基础上，《丛刊》选取了淄博古代23位文人著述进行整理，共16册(部分文人著述篇幅较小，进行了合并)，总计700余万字。

《丛刊》项目酝酿于数年前。张宇声教授提出编纂整理《明清淄博文人别集丛刊》的建议被采纳，经过专家研讨，根据实际选目，后改为《淄博古代文献丛刊》。为做好整理工作，我们组建了四个编纂小组，分别由山东理工大学张宇声教授、巩曰国教授、上海交通大学朱丽霞教授、山东师范大学王培峰副教授担任组长，张宇声负责《孙廷铨集》《赵进美集》《张笃庆集》《高珩集》《王培荀集》，巩曰国负责《王象晋集》《王象艮集 王象明集 王与玟集》《王象春集》，朱丽霞负责《王教集 袁藩集》《刘一相集》《刘鸿训集》《毕自严集》，王培峰负责《段氏三代诗文汇编》《杨梦衮集》《何世璂集 王祖昌集》《张象津集》，延请上海交通大学、中国海洋大学、山东师范大学、重庆师范大学、山东理工大学、西安航空学院、商洛学院等高校相关学者组成了一支水平较高的整理队伍。《丛刊》编纂日常工作由山东理工大学齐文化研究院执行院长巩曰国教授负责。

整理过程中，我们统筹组织，多次召开会议，制定具体措施，严把质量关。各集整理者广泛搜集各种版本，科学选定底本与校本，严格执行整理体例和古籍整理规范。初稿完成后，各组成员之间对书稿进行了互审，各组组长对所负责的书稿进行了通审并提出修改意见，我们审阅了书稿并对各集的前言进行了统一审稿，逐一提出修改意见。各集整理者根据各家意见对书稿进行了修改完善，2022年8月，《丛刊》书稿交付山东大学出版社。山东大学出版社对《丛刊》的出版非常重视，王贻社总编、刘旭东副社长、刘森文主任统筹协调，精心组织编校，保证了《丛刊》的出版质量。

《丛刊》学术价值主要有以下几个方面：

其一，首次对淄博古代文献特别是明清时期淄博文人著述进行了较大规模的整理，填补了学术空白。文献整理是文化建设的基础工作，历来为人所重视。省一级的文献整理，前有《畿辅丛书》《云南丛书》，今有《齐鲁文库》《荆楚全书》《湖湘文库》《江苏文库》等。近些年来，地市一级的文献整理也不断推出，如《金陵全书》《苏州文献丛书》《金华丛书》等。淄博文化底蕴深厚，文献资源丰富，古代文献虽有整理，如《管子》《晏子春秋》《考工记》等先秦齐文化典籍，左思、王士禛、蒲松龄、赵执信、徐夜等文人的著述以及部分方志，但零散不成系统。《丛刊》作为第一种淄博古代文献整理丛书，弥补了淄博文化建设的这一缺憾。《丛刊》16 册中，有 11 册的全部内容均为尘封数百年后首次整理面世。

其二，注重规范、全面挖掘整理，为淄博地方历史文化研究提供了详实资料。《丛刊》各集，对原著者的各类著述尽可能全面收录，如《张笃庆集》，不仅收录其诗集《昆仑山房郢中集》《昆仑山房诗集》，还收录传记类著作《先相国少保公年谱》《两汉高士赞》以及史评类著作《班范肪截》《五代史肪截》。每一种集子，书前都有前言，介绍作者的生平、著述及贡献，书后附录详列相关传记材料、诗文唱和、诸家评论、著录题跋、诗文辑佚以及作者年谱（年表）。这样一册在手，即可全面了解其生平、著述及各方面贡献。文献作者均为淄博人，他们有关当时历史地理、风土民情、名人掌故、名胜古迹的记述，是研究淄博历史文化的宝贵资料。如《张象津集》中《新城水利四议》包含了小清河、孝妇河、郑潢沟、乌河等河流的诸多信息，是研究淄博历史地理的重要文献。《孙廷铨集》中的《颜山杂记·琉璃志》全面、系统地记述了当时中国北方美术琉璃生产中心颜神镇（今博山）的琉璃生产工艺，包括烧造琉璃的原料、呈色、火候、配色、产品、做工、工具、吹制等，对研究名闻中外的“淄博陶琉”具有重要史料价值。

其三，整理发掘诗文、戏曲创作资料，有补于中国古代文学研究。《丛刊》的文献作者均为富有才情的文人，有很多在诗文、戏曲创作方面卓有建树。如王象春是公认的晚明山左诗坛巨擘，主张“重开诗世界，一洗俗肝肠”，推动了山左诗风的转变以及“济南诗派”在清代的繁荣；张笃庆诗歌创作不拘一格，各体兼擅，《四库全书总目》称其“才藻富有，洋洋洒洒，动辄千言，风发泉涌”；毕自严博通经史，雅好文学，高珩誉其文章可比韩愈和苏轼，《四库全书总目》认为“虽乡曲之言，未免稍溢，而以经济兼文章，则自严要不愧也”；赵进美是明末清初诗坛上由“前后七子”的格调说至王渔洋神韵说之间的一位重要诗人，同时也有《瑶台梦》《立地成佛》等戏曲作品；高珩诗文丰富，其诗“近元、白《长庆集》体”，又有通俗弹词

《醒梦戏曲》。《丛刊》各集，全面呈现相关作家的诗文、戏曲创作成果，其中包含了一些稀见的稿本、抄本，为丰富拓展古代文学特别是明清时期山左文坛的研究，提供了重要的文献依据。

需要指出的是，《丛刊》文献的作者多出自文化世家，与国内著名文学家、政治家广泛交游，其活动与当时全国的政治局势、文化创造颇有关联，其意义不局限于淄博一地。像毕自严是关涉明末政局的人物，王象春、高珩、赵进美的文学活动都与明末清初文坛发展有很大关系，段成式家族在唐代全国的地位更具代表性。因此，《丛刊》的出版不仅有益于淄博地方文化建设，对于推动山东乃至全国的文史研究和文化建设，也有积极的学术意义。

整理古代文献，弘扬中华优秀传统文化，是我们的历史使命。《丛刊》首次对淄博古代文献进行较大规模的整理，我们深知责任重大。整理中，我们尽管力求严格学术规范，严把学术质量，但校书如扫落叶，疏误在所难免，且《丛刊》是集体项目，出自众人之手，各卷质量不尽相同，恭请专家读者批评指正。

王志民

2023 年 10 月 16 日

定稿于山东理工大学齐文化研究院

前　言

孙廷铨（1613—1674），字枚先，一字道平、介黄、伯度、道相、次道，号淡海、沚亭、灌长氏，谥文定，山东青州府益都县颜神镇（今淄博市博山区）人。崇祯十三年（1640）进士，因避明藩王讳，改名“廷铨”，顺治十一年（1654）上疏改回本名“廷铨”。[①] 清初著名的政治家、学者。

一

孙氏原籍枣强，明洪武三年（1370），始祖孙克让迁居青州府东关东南隅，后又迁益都县孝妇乡之颜神镇，以垛籍领内官临，青帘世业。经过孙氏几代人的劳作积累，到孙廷铨祖辈时，家境富裕，注重读书。祖父孙震、伯祖孙霁读书好学，时有“颜山双凤”之誉，与同邑学人如状元赵秉忠等交往密切；父辈承家风，以学行相砥砺，从叔父孙景昌崇祯癸酉举人、庚辰进士，叔侄同科，一时传为美谈。孙廷铨幼年聪慧，少有大志，“思发奋大其家”，博览群书，捉笔为文，时人称赏，名闻乡里，与同邑赵进美、高珩、冯溥等友善。崇祯三年（1630），应试补博士弟子；崇祯十二年（1639）乙卯乡试中以第七十二名的成绩中举人；次年参加会试，自谓“以必捷南宫为期”，果以三甲一百五十名成为崇祯十三年庚辰科进士，不久调任魏县（今属邯郸市）县令。此时，李自成、张献忠大军如摧枯拉朽，势不可挡，各地起义军也风起云涌，大明王朝岌岌可危，这让初入仕途的孙廷铨无法预测前景，惴惴不安，心情矛盾。由于史料的缺乏，他在魏县任职的时间无法确切考证，其间“量移过里”，在家乡待过一段时间，曾在马鞍山避兵，大约在崇祯十四年（1641 年）调任抚宁（今秦皇岛市抚宁区）知县。他为官老成，有民声，“沉静寡言，吏胥不能窥其涯涘，待士民恩德兼至”（光绪《抚宁县志》卷十二），由于抚宁县的地理位置，李自成、多尔衮、吴三桂的大军都从此地经过，孙廷铨任职此县，“鼓笳数惊起，而为吏又近塞垣”，

---

① 顺治十一年二月二十七日，户部左侍郎孙廷铨“奏报。先祖父原命臣名曰廷铨。迨成进士后，避明朝藩王讳，改名廷铨。请照户部启心郎任和尚更名治国例，允臣改复原名廷铨”。

迎来送往，无所适从，这种窘况在其《骊城诗集》自序中有记述，可惜此集不存，当时纪实的诗篇无从看到了。任抚宁知县不久，“旋改”永平府监纪推官，大概担任监纪推官也为时不长，“寻以世乱归乡里”（王士禛《孙文定公传》），审时度势，静默以待。退居乡里期间，他积极与乡民一起守城拒兵，还到当地明朝官员任濬的家里了解李自成军队的情况，任濬曾被李自成俘获，对时局有着直接的感受和认识，这些对孙廷铨的思想都产生了重要影响。孙廷铨对政治局势的关切，表明了他不甘寂寞与期待入世的志向。

明崇祯十七年（1644）三月，崇祯皇帝自缢于煤山。清王朝定鼎北京，急需大量人才稳定其统治。多尔衮在顺治元年（1644）六月下令：“谕故明内外官民人等曰，各衙门官员俱照旧录用。”“其避贼回籍、隐居山林者亦具以闻，仍以原官录用。”① 顺治二年（1645），孙廷铨被荐举为河间推官，分掌天津刑狱，三月后即升任吏部稽勋司主事，转验封、文选二司。顺治三年，典试陕西，深得吏部尚书陈名夏赏识，允为“大器”。顺治七年（1650），升任太常寺少卿，提督四译馆，次年，顺治亲政，孙廷铨奉旨祭告绍兴禹陵、南海，道中加太仆寺卿、通政使司左通政，成为皇帝近臣。顺治十年（1653）元旦，受到皇帝单独召见，深得眷顾。二月，升户部左侍郎。不久，因为任珍之事，附和陈名夏，被“部议革职”，但得到皇帝的旨意，“从宽罚俸”，遂“乞假省亲”。第二年，假满，补兵部左侍郎管右侍郎，寻迁吏部侍郎，十月，以“特旨”擢任兵部尚书，开始进入台阁，此时孙廷铨开始进入高层。顺治十三年（1656），转为户部尚书。顺治十五年（1658），转任吏部尚书，加太子太保，寻加少保。顺治十八年（1661）正月，顺治皇帝病逝，康熙皇帝即位，在讨论顺治皇帝的谥号上，孙廷铨独持己见，与权臣鳌拜产生了激烈冲突，不久即“请急归省”，朝廷让卫周祚以大学士代吏部尚书，“虚左以待”。康熙元年（1662），孙廷铨还朝，第二年升任内秘书院大学士，入参机务。康熙三年（1664）十一月，以病引告归里。自此，悠游乡里，闭门著述。康熙十三年（1674）九月病逝，享年62岁，谥号文定，赐祭葬，御赐碑文。

二

通览孙廷铨的一生，宦海沉浮，三起二落，作为一个政治家，在清初

---

① 《清实录·世祖章皇帝实录》卷五，中华书局1985年影印本。

政治舞台上有着举足轻重的地位。从顺治二年担任河间府推官出仕新朝算起，到顺治十二年擢升兵部尚书，十年之间从一个没有根基的前朝县令，升迁到当朝尚书，之后七年间连任户部、吏部尚书，直至内秘书院大学士，其晋升之快，并不多见，“荷两朝之殊眷，恩礼兼隆，始终无间，君臣遭遇之际,可谓盛矣”①。这充分展现了孙廷铨审时度势的政治智慧和清廉自守的高尚人格。王士禛评价其“为文从政，一本经术；行己事上，一本恭敬；至于洁廉之操，始终一致”②。的是确论。

孙廷铨少年有志，博极群书，从他现今留存的文集和史书中记载的为政之道可以看出，孙廷铨对儒家经典用力尤其深厚，“为文从政，一本经术”，对儒家学说中蕴含的治国理政理念的理解和运用得非常透彻与自如。任兵部尚书，仅半年就“戎政一清”。任户部尚书，开“岁会”之先例，有力地缓解了当时清初连年用兵带来的经济困境。在吏部尚书任上，整顿吏治，切中时弊，宽考成、兴屯政、复学道升补，他曾经对同僚说：“吾辈临事，毋徒为一司计也，其通格之关于诸司者，当并计之；毋徒为一时计也，其利害之隐伏于天下者，当并计之。”③这种高站位、大局观，体现了孙廷铨过人的智慧，被时人称为“通达国体”。

作为易代之际的前朝进士，入仕新朝，谨慎持重、老成谋划在孙廷铨身上体现得非常明显,这也是其性格使然。在抚宁任推官时,就有“沉静寡言，吏胥不能窥其涯涘”④的记载。历任三部尚书，奉法遵职，简于交游，虽权柄在握，未尝结党营援，常常是“杜门不通宾谒，惟二三故人及门弟子相与谈道论艺,则欣然移日”⑤。其谨慎的态度还体现在对待自己诗文集上,晚年对自己的著作进行多次删定,留存者不足十之二三,康熙初年文字狱初兴，孙廷铨就已经感受到，这也充分说明了他政治嗅觉的敏锐。这种谨慎态度，也体现在他对待子女教育上，其次子孙宝侗才气奔逸，有当世文名，跟随在京师，每到乡试，必遣其回家乡，他告诫宝侗曰：“吾为大臣，汝又薄有文誉，使或以一第相溷，为结纳之阶，平生廉隅扫地矣。”⑥又曰：“官阶汝

① 冯溥撰《孙文定公墓志铭》，见本书附录一。

② 王士禛撰《孙文定公传》，见本书附录一。

③ 王士禛撰《孙文定公传》。

④ 1969年台北成文出版社《中国方志丛书》影印光绪三年刊本《抚宁县志》卷十二。

⑤ 徐元文撰《孙文定公行状》，见本书附录一。

⑥ 1982年中华书局《清代史料笔记丛刊》收录王士禛撰《池北偶谈》卷九。

所固有，何至更攘寒素进身之路。”[①] 以至于孙宝侗终生仅以世阀得常荫，其长子孙宝仍也仅靠荫官至光禄寺署正。孙廷铨在《诫子箴》中说 ：“静以生福，无为祸芽。”“惟节养和，惟默养神。”这种胎生于中国传统的廉洁自律，伴随着他的一生。

儒家学说浸润出来的自强不息和积极进取的入世观，在孙廷铨身上也表现得极为突出。在处理政务中“坚确有守”，固守正道，坚持自己的意见，不随波逐流，可谓“和而不同”。在兵部时，他力戒请托，严肃告诫群僚 ：“有私谒至吾门者，立奏之。”一时间，“中外肃然”。在吏部多年，行事都是正色直言，甄别流品，务求至当。康熙皇帝即位后，孙廷铨“位冢宰，持大议，定国是”，尤其是面对权臣鳌拜，坚持己见，“廷议侃侃，无所鲠避”，耿直的性格，为其他辅政大臣所不悦，即使被排挤也无所止。这种固守儒家“虽万千人，吾往矣”的道统精神，体现了孙廷铨守持如一的文人风骨。

孙廷铨的最大贡献固然在于其政治活动，民国《续修博山县志》评价他“文定显赫”。当时，他对于清初政治秩序稳定，增强国力，整顿吏治，迅速安定民众生活起到了重要作用。同时，孙廷铨的成就又是多方面的，在思想、科学、文学艺术等方面也有着重要影响，甚至是开创性的成就，值得我们进一步去研究探讨。

孙廷铨“好学深思”的态度十分突出，不人云亦云，能够做到独立思辨，求其真相。儒家主张“不语怪力乱神”，他对家乡盛行千余年的颜文姜的传说，层层分析，由表及里，剥离了口耳相传中颜文姜身上的神秘外衣；乡里传言，孝水变黄即有灾难，他撰写《黄水不为菑辨》一文，通过细致的分析和实地考察，穷微察异，澄清了民间的迷信思想。累年仕宦，所到之处，所见所闻，也是深思熟虑，辨其是非，并且对《水经注》等典籍的记载，与实地考察相对证，对前人的错误记载提出疑问。孙廷铨的求实手段，是儒家“格物致知”“因其已知之理而益穷之”的方法，虽然现在看起来他的思辨过程还很简单，但这种“求实务真”的科学精神，对当时其周围群体无疑还是有着积极的进步意义。

孙廷铨的经世致用之学，不仅体现在政治实践和学术上，更表现在对经济民生的注重上，体现在身体力行对富民之路的探索上，对自然科学的重视、超越书本的全方位探索、对科技史料的记载和整理，让他在古代科技史上占有重要地位，也是他留给后人的巨大财富。他在退食之余，放下官僚士大夫的架子，与采矿工人、农夫交朋友，深入实地探究涉及民生的

---

① 1932 年济南同德书局《惇裕堂集》吴雯序。

经济活动，写下了一系列经典文献。《颜山杂记》中记载的“琉璃”“石炭”，《南征纪略》中记载的“山蚕”，在问世之初，就被单独抽出，冠以《琉璃志》《石炭篇》《山蚕说》的名目，广为传播，以至于学界都不知道是出自《颜山杂记》《南征纪略》这些专著。《琉璃志》详细记述了当时博山地区琉璃生产的原料、熔制、配方、着色等工艺，是我国最早的系统研究琉璃生产制作的一篇经典文献[①]，由于孙氏是“青帘世业”，写起来驾轻就熟，兼之文辞古雅，流传最广，影响最大。《石炭篇》对煤炭的勘探由浅层到深层、井筒开凿方式、巷道部署、井道通风照明等都做了系统详尽的总结，被专家誉为“在众多古籍文献中，记载古代采煤技术最详细、最生动、最具体的书籍”[②]。颜神镇煤炭资源丰富，存有唐代挖掘遗迹，开采利用历史悠久，采煤业催生了陶瓷、冶炼等手工业，颜神镇也成为山东重要的工业经济重镇。孙廷铨不仅耳闻目睹采煤的技术，更是通过实地调查研究，与采煤工交朋友，虚心讨教，精心研究，这种求真务实的态度，为后人留下了明末清初我国北方采煤科技成熟完善的记载。近代德国人李希霍芬在同治八年（1869）对博山煤矿进行的调查，以及其后列强进行的大规模开采利用，也与这些文献的流传有着密切关系。《山蚕说》是孙廷铨在南行祭告禹陵途经诸城时，夜宿石门村，对人工放养山蚕的技术进行翔实的考察，匆匆之间留下的日记文体，却条理清晰，记述周祥，为山东地区放养山蚕技术留下了最早的记录，问世之初即为周亮工征引到《因树屋书影》中，成为研究柞蚕生产极有价值的著作。孙廷铨的这些科技作品，以深入细致的科学观察、富有逻辑的分析梳理，加之以简洁的语言、藻丽的文辞，成为研究琉璃、煤炭、山蚕的经典文献，在我国古代科技史上占有重要地位。在理论总结之外，孙廷铨还注重实际操作，据咸丰《青州府志》记载，康熙二年（1663），孙廷铨召集山西人到家乡颜神镇，利用当地的煤炭和矿石资源，进行坩埚炼铁的实验。这种方法操作简便，成本低廉，成为古代中国特有的炼铁方法，孙氏也成为文献记载中推行坩埚炼铁第一人。[③]

孙廷铨的文风追求简洁，尤其是对《水经注》的文风领悟最深。王士禛称其“文笔奇峭”，四库馆臣称其文笔“平正通达，究无纤仄噍杀之音”，翁同龢称其“峭洁如郦注”“古雅可颂”，这都得力于其深厚的学术素养。孙廷铨为文，不是为文而文，追求辞藻的华丽，而是一秉孔门维持道统的

① 1998年远方出版社张维用撰《冰花楼诗文集》。

② 2013年煤炭工业出版社吴晓煜编著《中国煤矿史读本·古代部分》。

③ 2004年上海人民出版社白寿彝主编《中国通史（修订本）》第10卷。

宗旨，有韩愈、柳宗元之风，文以载道，文以明道。柳宗元在阐述如何“文以明道”时就创作经验说过一段极为重要的话：“本之《书》以求其质，本之《诗》以求其恒，本之《礼》以求其宜，本之《春秋》以求其断，本之《易》以求其动：此吾所以取道之原也。参之《穀梁氏》以厉其气，参之《孟》《荀》以畅其支，参之《庄》《老》以肆其端，参之《国语》以博其趣，参之《离骚》以致其幽，参之《太史公》以著其洁。此吾所以旁推交通，而以为之文也。”[①]柳宗元举出的这些都是儒家、史部及诸子的典籍，从孙廷铨的为学经历和流传至今的作品来看，他在这方面下过极大的功夫，儒家的典籍、史部的典故、诸子的风神，都自然在他的笔端流出，做到了融会贯通，尤其是在考证论说上，层层递进，剖析入理，从而让人心悦诚服。孙廷铨的诗词曲作品虽然流传不多，但也具有特色，台阁重臣，风规自远，颇得时人王士禛等诗家好评。又有论其诗“华而不浮，质而不俚，雍雍乎曲江风度”[②]，比拟唐相张九龄。现存套曲《归田》，笔调轻快，则有陶渊明《归去来兮辞》的风韵。

孙廷铨在书法上也下过极深的功夫，但年湮代远，留存无多，令人唏嘘不已。现在能够看到的仅有题陆薪所绘《沚园秋望图》行书墨迹、《吴士俊墓志铭》楷书拓本等寥寥几件作品。虽然如此，但孙氏于书法上还是研究甚深，颇有心得。如在《汉史亿》自序中，将《资治通鉴》比作方格严整的欧阳询、颜真卿书法，无处无锋；而将《两汉纪》比作钟繇之书，“具意外十二种笔意”。在《旧本圣教序题辞》中的观点，虽然抄录自古人，也可以看出他的明显倾向，追崇“不激不厉，风规自远”的平正风格，注重学养修为在书法中的体现。从其题跋《淳化阁帖》中，可知其也精于鉴赏。这些见解对于当今书法创作的发展，也有着极为可贵的借鉴意义。孙廷铨与当时的书画金石家也多有接触，同王铎等悠游泉林，诗歌唱和；有赠龚贤（1618—1689，字半千，号野遗，工山水）诗篇。据何绍基《过陈晋卿征君金菊巷寓斋见垢道人印谱精古特绝喜成一诗》“姜（如农）周（栎园）施（愚山）梁（蕉林）孙（伯度）戴（道默）王（阮亭），朱泥焰烂名字香”，知程邃（1607—1692，号垢道人，工篆刻，所交皆重气节之士）也曾为孙廷铨治印。孙廷铨诗词曲创作之余，对于古琴也用功甚深，“穷日夜、忘盥栉以事之”，其心得之言，都记载在《沚亭诗集·自序》中。

① 柳宗元《答韦中立论师道书》。

② 徐世昌辑《晚晴簃诗汇》卷二十一，见本书附录二。

三

孙廷铨一生勤于著述，现存有《颜山杂记》四卷、《南征纪略》二卷、《汉史亿》二卷、《沚亭文集》二卷、《沚亭诗集》一卷、《沚亭琴谱》一卷，计六种十二卷。据记载，尚有《归厚录》[1]十八卷，《春秋鸠考》未成书，《归帆拾遗》一卷，今俱不传。其长子孙宝仍编《沚亭诗外集》一卷，未梓行。另外，尚有官抚宁时汇集自作诗编为《骊城诗集》，不传；编选《选唐人绝句》二卷，不传。

孙廷铨对自己的著作流传极为谨慎，晚年对诗文进行了审慎的删定，以《沚亭删定文集》《沚亭自删诗》为题。经过其手自删定，许多诗文均已不存，《沚亭文集》以奏疏居多，但在兵部时，以居本部时间短，"疏章无多"而未选一篇，是否孙氏耻谈兵事，抑或无关治国大体，不愿收入，不得而知，但其在兵部时仅就郑成功攻击浙江，现存往来疏章就有四十多通；生平有诗千余首，《诗集》中存者不及十之一；今"内阁大库档案"中以孙廷铨名字检索，尚存其以三部尚书衔奏章七十八通。由此可见孙氏对自己文章的修订审慎至极。

从现存的孙氏著作来看，大都关系国计民生，反映民间疾苦，有一种政治家的使命感，绝少流连光景之作，三部专著更是体现了他关心社会、心系国家的情怀。可以说，孙廷铨的著述大都是从政治的视角出发来审视和思考社会现实，他审慎笃学的学术思想也纯然是为其政治实践服务的。

兹将其六部著作简述如下。

《汉史亿》是孙廷铨晚年退居乡里之作。这部著作对两汉时期的政治、人物，结合自身的从政经历，不作考订、辩论之谈，以古鉴今，身处其地，折中是非，平情而论得失，共计200余条，是全面反映孙廷铨史学观点的著作。对于两汉史实，议论精到，"通达国体，计深虑远"，目的是为后世提供有益的借鉴。孙氏作为清初政治的直接参与者，有着丰富的从政经历，尤其是直接参与统治阶级上层决策，在历经沧桑之余，对历史的反思更加深刻，"居今况古，流连三复"，固非寻常史家所可比拟，时人称其"论断精严"。清初著名学者阎若璩得到赵执信的赠本后两次逐条阅读，称"读之至终，亦近日之佳书也"。

《南征纪略》是孙廷铨顺治八年奉旨到绍兴和南海祭告旅途所作日记。

① 冯溥作《厚归录》，又有《读故相国孙文定公〈厚德录〉有感》诗。徐元文、王士禛作《归厚录》。此书不存，未知孰是。

由于体裁的原因，这部著作最能体现其真性情，内容包含丰富，举凡名胜古迹、时人唱和、美食、科技等，无不包罗其中。其时孙廷铨年仅不惑，正是意气风发之时，从京城到广州，沿途山川景物，往往激起其诗情，文思泉涌，随笔记来，则隽语连连，情语时现，恣意展现了作者在文学上的才华，比起晚年删定的文集，更加平易近人。在轻快的笔触中，仍然不失其作为政治家的韬略和远虑，游览古迹，追论史事，游历山川，考证源流。对清初南方兵燹之后的社会状况有所反映，即使是旅途匆匆，对煮盐、养蚕等民生所系之事也是详加考订，认真记录；在江南访友中记录了与查继佐等名流的交往，尤其是对明末遗民事迹的详细记录，饱含民族深情，对余若水事迹的记载，则被张岱《琅嬛文集》直接取用为《余若水先生传》；对江南泉水评骘甲乙，考察之余，为家乡泉水的名气不彰，发出不平，体现了对家乡的热爱。这部书在当时已经富有盛名，顾炎武《肇域志》、屈大均《广州新语》、惠栋《渔洋精华录集注》、周亮工《书影》等屡屡整段引用书中内容。

《颜山杂记》是孙廷铨晚年退居乡里之作，也是孙氏著作中影响最大的一部，乾隆年间选入《四库全书》。此书全面介绍了颜神镇的山川风物、人文地理，保存了明末诸多的政治、文化、经济史料，更重要的是对颜神镇制作琉璃的工艺、采掘煤炭的技术等做了详尽的记载与梳理，是中国科技史上的重要文献。

《沚亭文集》是孙廷铨晚年对所作文章进行的删定。收录文章58篇，套曲2套。所收文章能够反映清初历史史实，有着重要的文献价值。套曲则反映了孙氏在文学上的多面造诣，对研究明清之际知识分子的思想状况提供了素材。

《沚亭诗集》是其晚年对所作诗进行的删定，共收录各体诗200余首。这些诗大部分是孙氏在读书、游历中的感触，像《后挽船行》等诗，则描述官军对百姓的侵扰，对遭受战乱荼毒之苦的百姓寄予了深深同情，也促使其在政治政策上更加倾向于民生的安顿。孙廷铨对诗的造诣颇深，时有隽语，“无言空有恨，儿女粲成行”等诗句，深为王士禛等当世诗家所赞赏。

《沚亭琴谱》是其晚年究心古琴的心得所作，附在《沚亭诗集》之后，首题曰“琴谱指法省文”。孙氏对于古琴，用功甚深，“穷日夜、忘盥栉以事之”，是书“取古谱、时师之法相胶戾者，反复极意”，心得之言，都记载在《沚亭诗集·自序》中。是书凡通名六条，右手发声诸法三十六条，左手取音诸法四十四条，左右通用六条，指法备考六条。有些指法名称是孙氏自创，别谱所无，被近代琴学大师查阜西誉为“集大成的著作”。

四

在各家图书馆著录中，孙廷铨的六种著作被后人统称作《孙文定公全集》，诸家图书馆著录也以此为名，但其版式不一，并非同时汇集印行。《颜山杂记》《汉史亿》《南征纪略》均系单行本，刻印年代虽无明确证明，当系孙廷铨生前即已刊行。《南征纪略》无自序，林嗣环序作于顺治九年（1652），从当时流传的情况来看，或许是孙氏著作最早印行者；《颜山杂记》自序作于康熙四年（1665），据孙氏《颜山杂记手稿题辞》推断，或许初印在康熙五年（1666）；《汉史亿》自序作于康熙十年（1671），有“孙沚亭先生著”“本衙藏版”版记；《沚亭文集》《沚亭诗集》《沚亭琴谱》则系孙廷铨去世后委托“师俭堂”雕版刻印，有“孙文定公著”“师俭堂藏版”版记，有慕天颜康熙十七年（1678）序言，故著录中均作“康熙十七年师俭堂本”。从现存版本流传情况看，《颜山杂记》《沚亭文集》剜版处理现象明显，可见书稿经过多次印制，均依照当时社会形势予以调整。

孙廷铨著作传世者有六种十二卷，目前所见汇集成帙者有五，收录著作不一。

1.《清代诗文集汇编》第42册影印清康熙刻本（简称“汇编本”），收录六种十二卷；

2.哈佛大学图书馆藏《孙文定公全集》本（简称“哈佛本”），题作“师俭堂刻本”，收录六种十二卷；

3.山东省淄博市博山区档案馆藏“颜山钱氏家藏”《孙文定公全集》本（简称“钱氏本”），题作“颜山孙相国沚亭全集”，收录六种十二卷；

4.天津图书馆藏清康熙师俭堂本（简称“津图本”）收入《沚亭文集》《沚亭诗集》《沚亭琴谱》三种四卷；

5.《四库全书存目丛书》（简称“存目本”）史部第128册影印山东省图书馆藏清初刻本《南征纪略》、史部第290册影印南开大学图书馆藏清康熙刻本《汉史亿》、集部第200册影印首都图书馆藏清康熙十七年慕天颜刻本《沚亭删定文集》。

此次校勘以《清代诗文集汇编》第42册影印清康熙刻本为底本，其间漫漶不清及缺失处，参照别本补充，排列顺序依照“汇编本”次序。六种著作相关版本情况分述如下。

（一）《汉史亿》

1.校勘版本有三：（1）《四库全书存目丛书》史部第290册影南开大学图书馆藏清康熙刻本；（2）哈佛大学藏本；（3）博山区档案馆藏钱氏本。

2. 存目本、哈佛本、钱氏本均有封面，作“孙沚亭先生著。汉史亿。本衙藏版”。《清代诗文集汇编》影本无封面。哈佛大学藏本下卷“三十七、三十八”为空白页。

3. 存目本底本系赵执信赠阎若璩者，阎氏有题记并批语，钤白文“阎若璩印”“百诗”二印。后归秦更年，钤有“秦更年印”“更年审定”“秦曼青”印，并有秦氏墨笔题识。书内尚钤“杨氏稼轩”“收藏图书”“城南草堂鉴藏图书记”等印。2010 年 6 月，是书入选第三批《国家珍贵古籍名录》。但《四库全书存目丛书》影本漫漶严重，以致不可读，且有缺页。

4.《汉史亿》严胤肇后序。汇编本无，存目本缺页，哈佛本、钱氏本完整。

5.《汉史亿》孙宝侗跋。《汇编》影本版心作“汉史亿。下卷。六十六。六十七”（页码延续正文）。哈佛大学藏本版心作“汉史亿。跋。一。二”（页码另起）。

（二）《颜山杂记》

1. 校勘版本有八：（1）北京图书馆藏康熙刻本，卷首钤“古潭州袁卧雪庐收藏”白文大方印，末钤“北京图书馆藏”朱文印（简称“袁藏本”）；（2）《中华山水志丛刊·山志》本影康熙刻本，卷首、末钤“国立北平图书馆珍藏”朱文长方印（简称“山水本”）；（3）《故宫珍本丛刊》第 251 册影康熙刻本，卷首钤“故宫博物院藏书”朱文长方印（简称“故宫本”）；（4）《山东文献集成》第二辑第 18 册影山东师范大学藏康熙五年刻本（简称“山师本”），钤“莱阳张氏桐生藏书之印”朱文印；（5）中国基本古籍库收录首都图书馆藏康熙刻本，首页钤“周羊夂庵藏书记”“首都图书馆藏书之章”（简称“首藏本”）；（6）台湾商务印书馆《景印文渊阁四库全书》第 592 册周文彬誊录本（简称“四库本”）；（7）哈佛大学图书馆藏本；（8）“颜山钱氏家藏”《孙文定公全集》本。诸刻本俱康熙时刊，故无异议处简称作“康熙刊本”。

2. 各本大略：袁藏本有墨笔点校、眉批处，三卷之后因虫蛀有笔画残缺处，全书悉托裱；山水本卷一第十五页两面为空白；故宫本序言及前二卷有笔画残缺处；山师本、首藏本、四库本、汇编本、哈佛本、钱氏本，俱点画清晰，完整无缺。

3. 卷四钟羽正碑文“以身为壑，已称为贤者矣”，唯有袁藏本、四库本作“已”，其余均作“□”。

（三）《南征纪略》

1. 校勘版本有四：（1）《四库全书存目丛书》史部第 128 册影山东省图书馆藏清初刻本；（2）哈佛大学藏本；（3）“颜山钱氏家藏”《孙文定公全集》

本；(4)《中国近代史料丛刊》第32辑影清抄本（仅有下卷）。

2.或谓此抄本为孙氏稿本，然刻本中“元”“震”字避家讳缺笔，抄本皆不缺。上海图书馆藏有翁同龢跋抄本，未知是此本否。

(四)《沚亭文集》

1.校勘版本有四：(1)《四库全书存目丛书》集部第200册影印首都图书馆藏清康熙十七年慕天颜刻本;(2)天津图书馆藏清康熙师俭堂本;(3)哈佛大学藏本；(4)“颜山钱氏家藏”《孙文定公全集》本。

2.《沚亭文集》封面作“孙文定公著。沚亭文集删。师俭堂藏板”。《四库全书存目丛书》影本无封面。

3.《沚亭文集》慕天颜序文,《清代诗文集汇编》影本署“康熙十七年戊午”，钤“慕天颜印”白文印、“鹤鸣”朱文印，版心“序六”有三页，之后为“序七”;《四库全书存目丛书》影本、天津图书馆藏本、哈佛大学藏本均署“康熙岁次戊午”，钤“慕天颜字鹤鸣”白文印、“宫师大司马章”朱文印，版心作“序一”至“序八”。序文中“因述平生”之“因”字,《清代诗文集汇编》影本作“囙”，其他三种参校本均作“因”。

4.《沚亭文集》上卷目录中“拟修练储备谢表”，唯“存目本”存（正文亦存），其他三种参校本均铲版（正文亦缺）。下卷目录，汇编本、津图本均缺最后一页，存目本、哈佛本全。

5.《北曲》二套，汇编本、津图本缺；存目本、哈佛本、钱氏本全。

6.《沚亭文集》后有孙宝仍跋，哈佛本存两页，混入《沚亭琴谱》之后。存目本亦存两页，漫漶严重，不可读；汇编本、津图本、钱氏本缺。

(五)《沚亭诗集》

1.校勘版本有三：(1)天津图书馆藏清康熙师俭堂本之第七、八册；(2)哈佛大学藏本；(3)“颜山钱氏家藏”《孙文定公全集》本。

2.《沚亭诗集》封面作“孙文定公著。沚亭自删诗。师俭堂藏板”。

3.天津图书馆藏本误将高珩《沚亭诗集》序文混入《沚亭文集》下卷。

4.天津图书馆藏本、哈佛大学藏本有孙宝仁康熙十六年跋,《清代诗文集汇编》影印本无。

(六)《沚亭琴谱》

所据版本有三：(1)天津图书馆藏清康熙师俭堂本之第八册；(2)哈佛大学藏本；(3)“颜山钱氏家藏”《孙文定公全集》本。

五

孙廷铨诗文集生前经过其手定删改，其子孙宝仍还辑有《外集》，今不存。本次校勘本从文献中辑佚诗文数篇，辑为《沚亭文集未收文》《沚亭诗集未收诗》，分别附录在《沚亭文集》《沚亭诗集》之后。另，其子孙宝侗《惇裕堂集》有多篇代作的诗文,除其自署名的《赵振业墓志铭》(碑今尚存)收入《沚亭文集未收文》外，其他均未予收录。至于清初档案中所存的孙廷铨诸多奏疏，多系日常公文往来，价值不大，未予收录。

此次整理，对孙廷铨现存的六种著作进行标点校勘。

1.原刻本“元”“震”均缺末笔以避其家讳,“玄”字缺末笔避康熙讳，四库本唯“玄”字缺笔，径改不出校记。

2.原刻本均有挖改版之处，详见正文校勘记。

3.原著辑录的碑文，凡今尚存者，皆以碑石拓本校；辑录诗文，皆取其初印本校；引用古籍，悉取原版校。

4.校勘统一使用国家规范汉字，唯“余”“馀”两字，不加区别容易影响文意，并存之。其他异体字，径改为现行规范汉字。

六

本书点校过程中，山东理工大学张宇声教授给予了学术上的全面指导，德驭医疗集团李涛教授等好友也予以无私帮助，谨此致以热忱感谢。限于点校者水平以及资料收集尚未完备，疏漏不当之处，敬请广大读者给予批评指正。

李新庆

2023年3月

目　录

汉史亿

汉史亿序

自秦并天下、建郡县，而后能以治，几比隆于三代者，惟两汉而已。上之恭俭仁厚、宽刑薄赋，下之危言谠论、丰功伟节，虽至于末世不改。又得司马、班、范之徒，为之摭拾众史，铺张扬厉，垂之后世。而其间始治而终乱，此忠而彼佞，又能一一摹画，传神写照，以尽笔之于书。若能读三史而贯串，融会之以上下，二十一史之编纂，可一屈指而数之矣。自唐以来，读史家除注解诸家外，厥体有二：一则钩稽年月，分裂体制，是为考订之家，如刘知几、刘敞之类是也；一则敷陈事情，旁及文字，是为辨论之家，如苏辙、吕祖谦之类是也。然皆蔽于目睫，未为兼通。昔人云："读史者要如我身处其地，平情而论之，孰为得，孰为失，务得其至当而后已。"然非经事多而尝变久，则其识见容，有所不及，而其议论，亦未免陷于一偏，此读史之难也。大学士孙公，弘才伟抱，出入中外，参预密勿者有年，所当天下事之成败利钝，人才之邪正贤愚，谙于神明，熟于睹记。其致政之暇，著述滋富，寄予《汉史亿》一书，盖随其所得笔之，摘隐钩深，批郄导窾，不特以资谈麈、广闻见，当其精神契会，直置身于数百年之间，旁取蔡邕、荀悦、袁宏、谢承、华峤、袁山松诸家之说，与之挥斥其意见，折衷其是非，岂仅涉其藩篱、撷其英蔓而已哉！较之考订、辨论之家，其相去何如耶？予读而快之，思以一言寄公，而政务旁午，应接不暇，又衰年疏于笔墨，数易稿而不就。因念公虽僻居笼水之原，其宅近市，街帘巷鼓，奋袖吹唇，睥睨公卿，喧秽杂沓，非嗜利之牙侩，则欢博之酒徒也。公以世业，不欲移诸爽垲，第楗户著书，冥息闻见，既无东山丝竹之乐，亦鲜午桥绿野之适，焚膏继晷，呫哔字句，经生之所难，而台铉安之，是实有性情焉，非可学而致也。考昔黄文简公淮，当宣庙之初，际承平之会，引疾侍父，林居二十余年，每一入朝，则宴锡频仍，赓歌互答，当世荣之。以公之厚德，岂有让焉，而遇不同矣。予与公生同里，幼同学，复同举，公前为太宰，予以翰林佐公，其入直中书也，又于公为后进，思退从公游，而性情雅不逮公，将亦侍公之侧，读公之书，以观公笔墨之磅礴，意兴之闲适而已。或[1]亦沾其膏馥，文其鄙陋也欤。

骈邑冯溥[2]。

---

① 汇编本至"或"字止，缺后一页，依存目本、哈佛本补入。

② 存目本、哈佛本，冯溥落款后有朱文"冯溥之印"、白文"大学士章"，末行有"青州诸生孙宝仁誊稿"九字。

序

古今言良史家，独盛称“三史”，盖云司马、班、范之书也。少小时心知好之，但常苦其漶漫，善遗忘。既行作吏，乃始得荀悦、袁宏《两汉纪》读之，一出班书之后，一出范书之前，皆约汉事为编年。私谓详约得衷，次叙有意，善本也。乃司马温公修《资治通鉴》，全书颇不甚用之，而宋神宗题其书曰“过荀悦《汉纪》远矣”，于意亦不谓然。盖《资治》一书，方格整齐，犹书法之有欧、颜，无处无锋，而《汉纪》差近钟司徒书，时具意外十二种笔意也。且汉史诸家善为论议，含吐抑扬，不甚费辞，而读之令人感动。每怪今人编辑小本《纲鉴》，皆刊削殆尽，独于胡致堂诸君子“呜呼噫嘻”之说，编录无遗，令观者唯恐卧翻。不似近时于东阿《读史漫录》一集，为多意绪，犹有汉人风也。兹余病废连年，无以消夏，间取前数子之书，时复纵观，觉与书生时另一意。况三十年来，固尝涔历废典，从事中外，久留郎署，出入台阁，居今况古，流连三复，即与初作吏时又另一意也。于是披读所到，意偶有触，辄书数语，用备遗忘，既集录之为二卷，曰《汉史亿》，言“亿”之而已。既定，则取《谷山漫录》一重读之，其间意议暗合者什一，初欲尽削之，又念汉臣霍谞有言“人心不同，其若面焉”者，斯盖谓其窊隆高卑之形耳，至如鼻从目横、眉在眼上，未有不然者也。推而语于文字，间有同而不同者，若《公》《穀》二传，票姚跌宕之文，恰如出一人。即孟坚之作《汉书》，直入《史记》半部，时小异耳，世亦不为怪也。有不同而欲求同者，王仲淹处隋唐间，著书两种，一以象《论语》，一以象《春秋》，儒者从而非笑之。譬则人言孔子貌似阳虎，曷尝以病宣尼；优孟袭衣冠，抵掌而谈楚王之前，王谓孙叔敖乃复生也，岂遂足以相楚乎？由是观之，即令人面毕同，其妍媸可立辨者，当亦必有故矣。遂不去也。

康熙辛亥三月三日沚亭灌长自识。

汉史亿上卷[①]

益都孙廷铨伯度纂

沛公初入关，与秦民约法三章，余悉除秦苛法，竟以此还定三秦，有天下而成汉业。乃挟书之律，至惠帝始除。收帑相坐及诽谤妖言之律，至文帝始除。然则高帝所除者，又何等苛法也。天下既定，萧何为汉宗臣而次律令，诸如此法律，亦遂无一言以除之，而民且歌思之，以为画一清静。信矣，继乱之民，易为德也。

晋重耳出亡，过卫，文公不礼；乞食于五鹿，野人与之块。公子怒，欲鞭之。子犯曰："天赐也。"稽首受之。盖谓反国有土，兆也。项羽背约，王沛公于汉中，沛公怒，欲攻羽。萧何曰："语称天汉，其名甚美。招贤以用巴、蜀，天下可图也。"此亦一时解愠之言，而其后卒皆验，遂令后人纷纷说符命，信禨祥以求济，而究未必验者。有意之为，固不同乎无意之遭也。

韩信善战，萧何善守，张良善谋，而高祖善败。善败则气下，气下则虑隐，虑隐则不敢自足而拒人，犹江海之王百谷，故能以一败收众善也。若项籍则常胜，常胜之家，志骄气盈，更不能纳一物，所谓"莫敖狃于蒲骚之役，将自用也"。范增之言不入，必矣。

淮阴用兵，飙驰电迈，古今未有。然察其将略，皆谋胜，非战胜也。观其虏魏用罂渡，破赵用背水，下齐用囊沙，神机迅发，奇变不穷。然且审己量敌，步步为防，知周叔不将而后度夏阳，知广武君之策不行而后出井陉，其谨慎如此，所以多多益善哉。

秦灭六国，以暴易暴，力绌非心服也。秦将亡，六国必复立，故陈胜、项籍皆因势立之，意谓恩自己出，一众树以亡秦，一自广以规汉也。然陈、项即不立，六国犹将自立；陈、项虽立之，六国亦不遂立也。何也？战国之无王久矣，彼亡六国之君，及其人民习见秦之不义而得众也，以为神器可以妄觊，六国偶为力绌耳，其与暴秦未尝不可代兴也。不知有王者起，则六国之早亡久矣。故不有一废一兴，不足以厌一时徼幸之心；不有轶兴轶废，不足以知万古兴亡之理。六国之亡，天为真主除，非以为秦也；秦之速敝，天为真主授，非以为六国也。盖必有圣人以义取天下，而天下之愚贱帖然，天下之豪杰亦废然矣。彼郦生挠楚之谋，则犹陈、项之俦也，而子房深远矣。

地气变迁，古今不一。周之初都丰镐以兴，东迁洛邑而弱，秦得西周之地

---

① 原刻本题端仅作"汉史亿"，未标卷次。版心处有"上卷"字样，因标为"汉史亿上卷"。

而又兴。刘、项之起，韩生以说项羽，娄敬以说高祖，羽不能从，而高祖因之，唐又因之。所谓阻塞陆海，富强甲天下者，凡千余年未歇也，而过此只寻常，谈形势者不归焉，岂非地气亦有尽邪。

高帝既灭项羽，封项伯四人为列侯，赐姓刘氏，以其尝脱帝于鸿门，解太公于广武耳。故处项羽肺腑之间，而心常为汉，未有甚于项伯者也。既已尊显之，而独斩丁公以示天下，不知于天下何如，其必无以服丁公之心明矣。夫封四侯以报私恩，而戮一将以明公义，用权而权有所不覆，任数而数有所不周，此汉治所以称“杂霸”也。

高帝虽不事诗书，而其胚胎文治之意，往往从马上得之。方汉之二年，长安初立社稷，即施恩赐爵。常以十月赐民牛酒，则亲百姓也；民年五十以上，能善道教训者，为乡三老，复徭役，则敬长年、重教化也；蜀汉人从军者复租二岁，关中从军者复一岁，则宽更赋、恤民劳也；其四年，令军士死者，吏为棺敛，传送其家，则泽枯骨也；其八年，令贾人无得衣锦绣绮縠乘车，则抑末业、重女红、防僭侈、辨章服也；其九年，诏疑狱各谳二千石，二千石不能决，移之廷尉，廷尉不能决，具奏以闻，则重民命也。凡此皆诗书之意，秦人所无而唐虞三代之所同也。后世文景之恭俭，武宣之广大，世祖之文辩，或得其质，或有其文，皆推原祖德之意而光大之耳，其规模弘远不能外也。

高帝之不杀蒯彻，何也？悲韩信也。其不杀栾布，何也？闵彭越也。夫高帝之不能不取信、越者，势也，而又未尝不心念其无罪也。今二臣之讼其主也，其言悲且直，其言悲且直，则高帝之心不能无动也。且帝所忌，独信、越耳，信、越已死，虽有百彻，其若汉何？况又区区一恸，为故主唏者也，与其杀一夫以示不广，宁若置之，此英雄之略也。然则其不杀贯高，何也？以张耳之王且死，既非信、越俦，张敖托肺腑之重而容蓄贼臣，此其事无足悲也，而义无复顾者，贯高之为谋又甚悖，进犯无将之戒而退有危主之嫌，虽死无赦可也。独以铢铢小谅，能忍死以明其主，遂并其大逆原之，何也？是则圣人之度也。夫德怨之数，用直为贵，虽圣人不能违。即有匹庶之交，恩施甚厚，一旦以词色之微，忘大德而思小怨，遽怀异图，将遂有专诸、荆轲起于两楹之间，其为贼义也实甚，况天下之共主乎。然则缘天下臣民之心，其又谁不以谓死无赦也。今洗然易虑，曾不念其将害己也以为怼，而独惜其能明其主也以为义，其于怨忿之萌，豁然蠲除，若浮云白日之不系于心，何其越情之甚乎！此盖其天性然，非可学而能之。夫不可学而能，所以为圣人之大度也。

汉求季布亟，而朱家以一言解之，曰：“上始得天下，而以私憾求一人，何示人不广也。”[1]及布既贵，家终身不复见之。此其排患难，远权利，主圣而克全其德，事成而不有其功，盖仿佛鲁连之俦，而猥与原涉、万章同传，非其伦也已。

汉初功臣，萧、曹，故狱吏也；樊将军，狗屠也；周勃织箔，灌婴贩缯者也；夏侯婴，沛厩驺也，斯以奇矣。陈平美如冠玉，留侯貌似妇人，而并为汉天子谋议帷幄之臣，抑又奇也。

孟尝之客三千，田横之客五百，齐国君臣好士如此。初，田横既死，尸乡亭二客自刭而从之，既而海岛之客皆自杀，则世所称皆义士者也。然建之客既住之松柏之间，横之客又栖之海岛之上，其成就不过尔尔。由此观之，作客与好客者，其亦未足多也。

汉得天下是创见，故上皇之制，前古无文。然子有天下，尊归于父，自在天秩人情中，但一时高帝既未之及见，群臣亦莫有言者，此叔孙议礼之大阙也。家令教太公之言，善为讽切，以微动之，使尊亲之谊，礼在必成，又若人主自为之，臣下初无与焉者，此智士之几谏也。高帝甚善家令之言而厚赐之，意曰：“微子，则不及此，教我多矣。”若浅人测之，则必谓天子之尊，果可臣父矣。

张子房功成名遂身退，诡自托于仙游辟谷。已不为高帝用，独强起为吕后用者，以汉得天下尚未固而国本动摇。若其事遂行，则后及诸吕宿憾于内，强宗诸庶孽狙伺于外，高帝王侯诸故人窥觎于旁，后将有外衅内变，酿祸无穷。今太子虽仁弱，卧而治之，百无忧也。故从容起而正之，为吕后，为太子，正以为帝也。此其安汉不在绛侯之下，而卒不自有其功，子房其犹龙乎？

四皓之事，后人议论纷纷，有疑其伪者，以为此太史公好奇，误收之说耳。然迁史之书，其言汉初之事，大抵探之陆贾《楚汉春秋》，而陆贾在高帝朝，则又其身事而目击者，不应大有诞谬也。大端后人视四皓人物太高，视安太子之事太奇，视留侯之为吕后谋者太隐，故有此疑耳。其实，汉初则何人不奇，高帝之听言从谏，又何事不转。欲易太子，事亦偶然，本非决计，偶以一事感发之，旋以一言消释之，此其自萌自止，亦刻印销印，至人无我之恒事耳，何必大惊小怪，作意论之邪？

汉之三杰，皆以忍成功。韩信之出胯下，忍也；张良之进履圯桥，忍也；沛公欲攻项羽，萧何止之曰：“虽王汉中之恶，不犹愈于死乎？能诎于一人之下，而信于万人之上者，汤、武是也。”忍也。二公之用忍，终始以之，故无咎。韩信甫下齐城，而急不能待，遽请自王，以种疑忌，故有悔，则不忍之过也。

---

① 1959年中华书局点校本《史记》卷一百，作“今上始得天下，独以己之私怨求一人，何示天下之不广也”。

忍之时义大矣哉！

高帝十三年，留侯果得谷城山下黄石，及薨，与石俱葬，信有诸乎？夫石，无知之物也，人而为石以有知化无知，不必葬也。若石还为人，将复有知，亦不必葬也。此中有别解，有妙用，即圯上老人及子房之仙意也。若遂谓黄石真圯上老人，彼赤松又何人也？

叔孙通之定礼仪，与鲁两生更相非笑，其说将安归乎？曰："皆是也"。夫汉业已成，秦法已废，诸将争功，喧呼殿上，一日无礼仪不成朝廷，安能悠悠待百年乎，故叔孙是也。然而叔孙非其人也，观其后来，封禅仪草之武帝；雅乐雍宫对，得之河间献王；明堂图献之公玉带；郊庙定之贡禹、匡衡，则叔孙之制，散略可知，不待章帝之更诏曹褒矣。故两生之笑，未必非也。

高帝起居简易，不慎小节，自其天性，后世人主不能学，亦不必学。如周昌奏事，而上方拥戚姬；樊哙问疾，而上方枕宦者。樊哙犹排闼，周昌则径入矣。窃怪此间竟是何处？若深居宫禁，则昌何得入？若犹近偏殿外庭，姬又何得出？又，阉者安在？侍女安归乎？甚矣，是时掖庭禁门之疏也。

萧何三纳客言，以释高帝之疑。一，子孙昆弟举宗从上，鲍生策也；一，让五千户封，又悉家财以佐军，东陵故侯召平策也；一，多买田地，贱贳贷以自污，客不知谁何之策也。相国卒以自全，人皆多此三策。然初、再策是，末策，非也。海鱼有吐黑水上覆其身而游者，以为人不见己也，人因其黑而渔之。帝而无意图何也，帝而有意图何，此其相国之黑水矣。危哉，史隐其名，倘以是乎？

陆贾之使南粤，尉陀曰："生来，使我日闻所不闻。"为高帝著书十二篇，每奏一篇，上读之未尝不称善，号其书曰《新语》，即闻所未闻，亦新闻之谓也。嫚骂如高帝，屈强如尉佗，而皆以"新说"服之，此可以谈矣。鄙哉，腐儒陈言之无益于人国也。

陈豨、韩信过辞执手之言，不知何据，大要是其舍人所告辞耳。然观信生平，谢蒯通、报漂母、召赐淮阴少年，不似背恩之人，又独深服高帝之将将，不应乘危徼幸若此。乃一告再告，反形无验，竟坐族诛，直为当时反者四起，此人实在卧榻间，不可不除。告信之舍人，一如告越之舍人，不过后与萧何所遣耳，令诛之有名，其事固莫须有也。

张子房生平三变，始于侠烈，中于深沉，终于高蹈。士得其一，皆足以成名。或以其志为韩而不能存韩也，有隐痛焉。夫韩之先亡于秦，后亡于楚，彼皆有以报之矣。若韩王信之亡也，则鱼烂而亡耳，而其后侯者龙頟、弓高、案道、传说至增，犹大显于武宣之世，与西汉终，曷谓不存哉。

季布免，贯高、田叔、孟舒免，观于诸憾，而高帝无不忘之怨矣；雍齿侯、郦济侯、纪通侯，观于三侯，而高帝无不赏之功矣。

高帝忧赵王如意，为置贵强相周昌，欲以重之。然高后召赵王，相能留之；高后召赵相，王必不能留，此异日事势之必可知者也，相则安能重赵哉？赵尧之为此谋，直是巧于代周昌，即高帝亦不及觉耳。方与公之相士，可谓奇中矣，是遵何术哉？

高帝以吕后制功臣，以功臣制诸吕，又大封诸刘以兼制之，至于孝惠、高后之终，而皆有其效，若强宗之难制，则不及图矣。观其封吴王濞也，谓之曰：“汉后五十年，东南有反者，岂汝邪。”夫知其将反而不能已已也，所谓此后，亦非乃所知也。

沛公未起，陈胜、吴广先之；沛公未盛，项梁父子又先之。卒之有天下者，沛公也。易曰：“天德不可为首。”老子曰：“不为祸始，不为福先。”大哉斯言，得此弥信。

尝观周秦楚汉之际，古今一厄会，天地一奇造也。自古帝王之兴，皆由功德积累，独秦之所以得天下，绝与三代不同，故其所以守天下，亦绝与三代不同。不言仁义，不顾天道、民情，只一味强梁好胜，妄意恣睢，立不情之法，役不休之力，用不测之威，以为天下无若我何，全是气魄用事耳，而上天特生一班气魄之人，以消磨之。如陈胜、吴广，起自徒中，奋臂大呼，有同儿戏，乃遽置王侯将相，欲以亡秦，谓非气魄不可。而项籍之气魄，又大于胜、广。沛公之气魄，又大于项王，是其一时无问草窃真人，旧邦新命，互有存亡得丧，一归气焰之取也，岂非天地一奇造哉。

曹参起狱吏，为战将，攻坚击强，为诸侯冠。及功成事已而去其怒，又能知时务之要，优游敷政，不以喜事为功。治齐师盖公，相汉遵萧何，总是伤痍未起，与民休息之意耳。此其识量，与天道推移，真古大臣名世之业也。

朱虚侯章为高后作耕田之歌，又请以军法行酒，辄斩诸吕亡酒者一人，此其英风射人，殊不善藏其用。若逢彼之怒，其不为“三赵王”者岌岌矣，岂犹用悼惠城阳解邪，抑亦天也。

中谒者张释卿，高后之嬖臣也；营陵侯刘泽者，高帝之疏属也；齐人田生者，营陵投金之门下客也。田生欲王营陵，先为之谋封诸吕，欲封诸吕，因为之并封释卿，使上承后旨，下讽大臣，以发其端。于是一日之间，分茅裂土，相因而得王侯者凡数人，令汉家之国势一变，海内之视听一新，非细故也。夫一士报恩而举朝奔命，咄咄怪事哉。

惠帝欲诛辟阳侯，平原君为劫藉孺以得免，可谓巧持矣。然食其卒见杀于淮南王，朱建不能救也，而又并及之。彼小人之福，细人之谋，固有时售时不售也。

高后招赵王如意，欲诛之。惠帝迎之霸上，挟与起居数月，竟不免于鸩毒，后遂连杀三王，无能救者，惨矣。设其时有以朱建劫持藉孺之法一用，辟阳侯未必无救，而三王之门一无平原君，惜哉！

诸吕之王，王陵争之，陈平、周勃成之，彼三公者皆高帝之诒谋馀策，所赖以安刘者也。方其屹屹守丹书之约，申白马之盟，天下皆知王陵之正也。及迟之数年，而诸吕以诛，刘氏以安，天下乃服平、勃之智也。夫其不争，何也？其心以为刘氏之兴，灭暴秦，摧强楚，德泽在人，又强宗大藩，布在方域，势固难摇动矣。且自负其老将宿谋，与高帝百战以取天下，计事必不在人后。方吕氏之临制，汉家烹醢彭王，毒杀三赵，其祸甚烈。若一二勋旧之臣，皆口舌力争，挑其疑忌，将身之不安，而安刘于何有。不若阳听之而徐计之，使吾谋既成，一旦有急，内交将相之欢，而外挟诸侯之助，其于诸吕，盖在目中矣。辟诸渔者之取巨鱼也，必纵其纶绳，多其钩饵，因势浮沉，与俱上下，待其力尽势剧，然后收之，不尔，必有沉舟断罟之患。观其漫言以谢王陵，盖已怀此虑也。虽然，郑安平之言曰："天下事有不可知者三，有无可奈何者三。"以此方之，使平、勃一日先高后死，或郦寄之说不行，北军之袒不左，此事之不可知者也；平、勃一日先高后死，郦寄之说不行，北军之袒不左，虽有所憾于心，此事之无可奈何者也。夫天下事有本谋，有直义，异日之成败不预焉者，《春秋》所以大居正也。虽其无成，犹守正也。

初，陈平、周勃之听王诸吕也，留侯之子辟疆之智也。及其后，卒能诛诸吕也，郦商之子郦寄之力也。彼二公子者，智力虽有不同，其与于安刘，一也。方惠帝崩，而吕后哭不哀，此其意不安甚也，而其变将有不可胜言者。高后安则将相大臣安，将相大臣安则刘氏安矣。夫辟疆，十五孺子耳，其深沉多智，乃无忝厥父哉。

女主称制，古未有也，自汉以始，高后之后，遂成故事，与汉相终。妇人封侯，古未有也，亦自汉始。高帝丘嫂、羹颉侯母为阴安侯；萧何夫人为酂侯；樊哙妻吕媭为林光侯①。

吕后，女主之雄也。然以高帝之阔达神武，御之固应在其度中。试观高帝存而后尚能诛韩、彭，高帝没而后卒不敢动周、赵，则以韩、彭，帝所忌，而周、赵，帝所置也，则后亦易与耳。此帝之所以终不易太子也。

吕后多取其宗女以妻汉诸王，使间公宫意也。其女又多骄妒悍戾，有后家风，及后称制，而诸女一一祸发。赵幽王友死之赵，共王恢又死之，今读《饿歌》，一何悲也。顾高后崩，诸吕欲为乱，又独赖朱虚侯妇吕禄女以得其谋，乃与大臣同力诛灭之，此有天道，其所以间诸刘者，适为诸刘间耳。凡为阴谋险计妨害于人者，不可不思也。

孝文初自代王迎即帝位，西向让三，南向让再，儒者或非之，一何陋也。

---

① 按，《史记》卷九、《汉书》卷四，"林光侯"作"临光侯"。

夫礼有“三让”之文，彼固以请，此固以辞，此固以辞，彼固以请，圣人制此者，非以长伪，明谨廪之至也。不宁文帝，高帝既灭项羽，群臣上尊号，帝辞让而后受之。光武既定河北，关中失守，群臣劝进，让之至再，此皆安所待乎。盖天下重器，帝者尊位，天下惟真有大度者然后有小心。今以匹夫创起，一旦当居王侯兆民之上，上视天，下视地，不觉恤然，此其敬慎之心，临事自动，乃其能有天下之本也。若云“既谓堪之，何为复让”，人臣乍受一官，少复作此意态，尚且遗笑千古，况天子之贵，四海之富邪。

周勃下吏，薄太后以冒絮提文帝，曰：“太尉奉高帝玺，持兵于北军，此时犹不反，今居一小县，顾欲反邪。”何其仁且明也。吕后叠戮功臣，杀三赵王，惨屠戚姬，专为威虐，身死而诸吕族灭。孝惠绝世，高后之流风蔑如。文帝之后，贤圣相承，衰而复振，传世二十，卜年四百，凡皆薄后之子孙也。盖母仪之关人国祚，如此夫。

绛、灌恶贾谊于文帝，曰：“洛阳之人年少初学，专欲擅权，纷乱诸事。”此即曹平阳饮醇酒，斥文法吏之意，而时有不同。在孝惠时，百姓初去汤火，创痍未苏，天下乐于无事，故可以清静治之。孝文，大有为之主也，汉兴已历三世，海内殷富，礼乐可兴之时也，贾生虽少，可与言之人也，故在平阳不失为贤相，而绛、灌、东阳，坐不读书，斥远异己，使通达国体之材，放废以终。后世有嫉贤妒能之诮，则时为之矣。

人臣处心有厚薄，故其纳说有险易。张释之尝侍文帝，问：“周勃、张相如何如人也。”帝曰：“长者也。”释之曰：“此两人者，曾不能出口，岂敩此啬夫喋喋利口捷给哉。”则帝知勃深矣。袁盎尝侍文帝，问：“丞相何如人也。”帝曰：“社稷臣也。”盎曰：“高后时，刘氏不绝如带，绛侯为太尉，本兵柄不能正。后大臣诛诸吕，太尉适会其成功，所谓功臣，非社稷臣也。”由是上益庄，丞相益畏，后竟逐之，又诏致廷尉，此盎之一言启之。盖季布有言：“陛下以一人之誉而召臣，以一人之毁而去臣，恐天下闻之，有以窥陛下之浅深也。”予于绛侯亦云。

文帝念贾生，千里召见，不问苍生问鬼神者，何也？夫其治安之书，言事甚备，帝已略施行矣。今以斋居清夜，聊从容问及鬼神之本，将一探礼乐之情，以为非生莫与知也，然而终存谦让，则何也？夫帝固有圣人之才而不居，有制作之意而不言者也。三王之治，“忠、质、文”，道若循环，忠之敝鬼，文之敝薄，而救薄莫如忠。自周道伤于幽、厉，以迄六王之末，文敝极矣！秦乘其敝，思变不得，谬以焚诗书、愚黔首当之，又厉以刑禁，饰以狙诈，则不忠之甚，适益其敝也。高帝因之削觚为圜，孝惠、高后遵法清静，三十年间，秦风渐息，民气渐醇。若以文帝之才，而贾生之贤，相与改正朔，易服色，雍容文治，道必可观，而文帝不为也。方且惜露台、衣弋绨、集上书囊、除肉刑、蠲租赋，张武受赂而赐金钱，吴王不朝而赐几杖，南越帝制而赐玺书。凡其所为，若愚、若朴、若讷、若拙，忳忳然日与天下相安于无文之治者。夫以高帝醇朴之意，非以百年，留之不可遽散也，凡以为忠也。而刑措之治，比迹成康，夫成康者，礼明乐备，周道之极盛也。而文景之际，汉道比隆焉，是为已得礼乐之情而用之也，而何必既其文哉。观乎武帝，狭小前人，号令文章，制作日盛而风俗凋敝，西汉之治亦渐衰。呜呼，斯则文帝谦让之深意也。

人主好与群下争能，而恶人出其上，非盛德事也。贾谊宣室之谈，帝为夜半前席，既罢，曰:“吾久不见贾生，自谓过之，今不及也。”此其“履”“损”“谦谦”，推贤予下，服善之诚，形于寤叹，可谓善下者矣。顾帝德尊光，汉业鼎盛，天下未有以不能病之者也。葵丘之会，桓公震而矜之，叛者九国。若薛道衡辈，又以一语之工，见妒于其主，以至杀身，彼其臣主皆足悲也。

文帝五年，除盗铸钱令[①]。贾谊、贾山皆上书谏，而帝不从。其后，吴王铸钱，所在而有，遂成七国之乱。夫天地自然之利，天子与民共之者也，而圣王必为之限制，使其权一出于己，非渔夺自私，所以均生民之利，而止法外之奸也。夫民之不能不有智愚强弱者，势也；则利之不能不有殽[②]杂伪巧者，情也。王者为之法禁，以堤防之，使豪民大蠹有所限止，不得过自封殖，而为奸人之所煽动，则愚贱益安矣。若坏决堤防，令得自文[③]便，则利必有所偏重，害必有所洊至。贾生所云“事有招祸，而法有起奸”，盖推情察隐，而观其弊之所究也。夫使民得顾租铸钱，此文帝之大惠也，而其害有然。故圣人之制法，利不自予，而柄不众操也。

帝王五德终始之运，其说靡定。汉兴之初，断蛇著符，旗帜尚赤，已为火德矣。文帝时，贾谊、公孙臣又以秦为水德，从所不胜，汉当为土德。而丞相张苍又以河水决金堤为符，汉当为水德，文帝初从苍议，色尚外黑内赤。其明年，黄龙见成纪，帝以为土德之应，更从臣议，召为博士。及刘歆父子推五行之运，以子乘母，以谓帝出乎震，故木德。自太皞始，炎帝以下以次相生，至汉仍为火德。诸说并殊，愚谓此皆汉人说符之论耳，考之诗书所称，实无是也。夫五德备，然后为帝，犹四时具，然后为年，寒暑阙一，岁功不成，德刑不均，王道不立，何必处一以自狭邪。

---

① 1966年台北文海出版社《近代中国史料丛刊》第74辑影印清贺长龄辑《皇朝经世文编》卷五三收入此条，题作“文帝除盗铸令论”。

② 《皇朝经世文编》“殽”作“淆”。

③ 《皇朝经世文编》“文”作“为”。

子房遇圯上老人，跪而进履；释之在汉庭，为王生结袜，皆适以重之。彼二张所敬异，盖在世俗之表耳，若为宰相拂须则丑矣。

文帝《短丧诏》曰："令到，吏民三日释服。殿中当临者，旦夕各十五举音。以下，服大红十五日，小红十四日，纤七日，释服。"诸儒以谓《汉书》，例以红为功，皆言功，布也；纤，细布也；以下，下棺已葬也；已葬，方释重服而制功纤，则未葬皆衰矣。既葬，轻服已得三十六日，未葬又无定日，则谓二十七日，以日易月者，诬矣。今案，文帝此诏，自制国丧耳，初不言臣庶之家遭丧者，亦用此令也。夫何成、哀间，翟方进、薛宣先后为宰相，皆尝遭后母丧。方进以既葬三十六日释服，自谓身备汉相，不敢逾国家之制。而宣弟修临淄令，去官，行三年服，宣力持不可，致相乖忤，以取谤议、构祸怨，循省前诏，殊不可晓。若当日臣民已悉依此制，则经历数世，四海业已同风，何必方进用自殊别，若此令虽行，其三年之服，尚自由人趋舍，又何必薛宣重靳厥弟。甚矣，汉法之不详，奉行之多迕也。

袁盎生平立朝，纯是权数绞切，胁持人主，使疏其所厚，割其所爱，以自卖直脱祸，虽得时誉，实险诐小人也。文帝宽容受谏之主，而慎夫人却坐，赵谈下车，即乘其宽容用之。景帝稍峻而急，斩晁错，抑塞梁王，即乘其稍峻用之。夫处人帷帟骨肉之间，而故为矫情厉物，好声矜贤，以逢世取宠，亦已非矣，况假公义、干主威，为借交报怨之为乎。虽脱吴王之围，终招梁客之刺，有以也。

景帝时，条侯为丞相，贵倨，而郅都揖之。武帝时，大将军青贵倨，而汲直揖之。其事适相类，而汲事藉藉，都事反不甚著者，以郅都逢人凌厉，即揖丞相，不足为盛事耳。

晁错父、严延年母，皆先见，其言痛切，足以感动旁人，而无能改于其子。甚矣，忍人之灭人心也。

条侯喜得剧孟，《通鉴》削而不书，以谓孟一侠士，条侯未必以重轻也，其徒妄造此言以重孟耳，此论非也。孟虽博徒，母丧能致客车千乘，其人实乱才也，盖自袁丝亦尝重之矣。吴濞，奸人之雄，白首举事，若能步步周置，则坚而难破，观条侯之下搜，得吴人崤、渑之间，是亦狂狡之甚也。设非赵涉之说，右走蓝田，则二陵风雨为惊不细，况洛阳高帝旧都，形势所存，不容有奸人用之。使吴用其少将之谋，过城不下，直西，疾据洛阳武库，食敖仓之粟，阻河山之险，以号令诸侯，更得剧孟者而用之，使倾煽旁郡，收其黠桀，远近俱发，则关河之地，先自震惊，条侯虽出武关，从天而下，必不得遽逾洛阳而远壁昌邑，绝淮泗之口，胜负之数，未可知也。吴王不此之图，而徘徊梁野，坐失前途之援，跬行而独进，以致师老粮竭，汉将得乘其敝，此自吴主之疏，未可谓国无人也。夫大将行师，料敌制胜，为备多方，事有细而难量，物有微而用大，此条侯之喜得剧孟，而知吴楚之无能为也，固不可以儒者之论测识之。

晁、贾之策，皆切中事情。晁之筹边，裕于贾；贾之谋诸侯王，密于晁，其虑变不同。贾之立言，近于婉笃深厚；晁之立言，大抵峭直刻急，其天资亦异。文帝能兼听而治安，景帝独任而几危，则厚薄之用殊，而缓急之势异也。

七国之破，景帝君臣之力也，而不知文帝君臣之力也。方亚夫屯细柳，文帝按辔得之，且崩，以诫太子曰："即有缓急，亚夫可将也。"贾谊为文帝谋制诸侯，请割大郡以益封其子，使代足以扞齐、赵，而梁淮阳足以禁吴楚，则无山东之忧，文帝从之，卒获其用。是破吴楚者，亚夫也，而属亚夫者，文帝也；扞吴楚者，梁也，而树梁者，贾谊也。诸侯虽强，固从容樽俎，而制其死命久矣。故凡七国之平，文帝君臣[①]之力也，景帝无与焉。

高帝曰："安刘氏者，必勃也。"晁错亦曰："不如此，刘氏不安。"然周勃居高后覻虒之朝，欲安刘而竟安之。晁错处文景宁平之世，欲安刘而适得不安，则绛侯善藏其用，而家令不密失身也。语曰："圣人行于水，众人行于霜。"

汉诛晁错，非策也。然吴之速败，适以诛错也，何也？吴楚之为谋数十年，而恶其无名也，一旦发怒削地，乃幸得以诛错为名，以为如是则足以鼓三军之气，发诸侯之怒，塞天下之口，乱谋臣之事而疑天子之心，以诪张崇耸而为我所欲为，名为诛错而心实不欲其诛之也。即吴为汉计，抑亦以为必不诛也，必不诛则我之为名也益力，而为气也益愤，乃俄而错死矣。错死而名去，名去而兵当罢矣，然三尺之童，有以知吴兵之必不罢也。夫错死不罢而吴之兵柄弱矣，错死不罢而诸侯之色动矣，吴之士怠，汉之士奋矣，天下之归曲而责直者，皆发上指冠矣。然而四国之兵顿于齐城之下，吴濞父子踯躅梁野之间，跬步不能进者，未必不以心摇志馁而兵气不扬也。夫汉有梁与江都以为之蔽，有亚夫、窦婴以为之将，即不诛错，吴楚之兵未必能有成也，其尚以为未可知也，夫乃今又以诛错而速败也。然则晁错之死，其亦有功于汉也哉。

申屠嘉相文帝，则欲斩太中大夫邓通；相景帝，则欲斩内史晁错。通犹弄臣，错则用事贵臣矣，即戏殿上，穿庙壖，亦不至死，而嘉严持之，凡以重朝廷耳。然文帝之召通，犹以相臣裁弄臣；景帝之原错，则直以近臣诎相臣矣。使嘉既以愤恚终，亚夫又以怏怏死，自兹以往，汉相渐轻，则自景帝始也。

赵武灵王身自为使，以窥秦；吴王濞身自为使，以约胶西。皆剽悍轻疾，无君人之度，虽有武节，适足速祸自亡而已。

田叔烧梁狱辞，用心甚厚，是颖考叔之俦，善处人骨肉之间，不宁下全梁王，上安太后，即于景帝亦大有所全。不然，吴楚之平，梁王方为元功，而竟以无

① 存目本缺原刻第32页。即缺"君臣"至其后第二条中"三尺之童"之前一页。

将坐诛，恶未著于天下也，则帝之负谤于当世，岂直如淮南厉王之于文帝邪？

古者疾吏之贪，以衣食足，知荣辱，非訾十算不得为吏。汉兴，以风俗凋敝，贵农民，贱贾人，贾人亦不得为吏。景帝始诏曰:“有市籍不得官，无訾又不得官，朕甚愍之。訾算四得官，无令廉士久失职，贪夫长利。”又旧制，诸死罪皆磔，景帝始改曰“弃市”，诸非妖逆，皆勿磔，此皆仁厚之道，得政之平。后来遂百世不可易，西汉所以言文景也。

孝文、孝武皆有容纳直臣之名。然冯唐面折文帝不能用颇、牧，文帝怒，既而从容召问之，卒用其言，拜为都尉。汲黯面折武帝不能法尧、舜，武帝亦怒，既而不问，卒又出之，老死淮阳，此二帝之浅深也。唐文皇之于魏征亦然，盖英主之好名，不如圣主之虚己远矣。

汉世外戚托宫闱之重，以挠刑赏之公，虽在英主不免。武帝之封王信，非其意也，而太后曰“帝趣侯信也”；为田蚡杀窦婴，非其意也，而太后曰“人皆藉吾弟”。武帝无若是，何若文帝之于薄昭。有代来功则封之，杀汉使者则死之，皆直行其意而无难焉者。其时则薄太后存焉，岂独不为昭道地邪。若其安之而不言，是太后之明也；若其请之而不得，是文帝之断也。二者居一焉，皆汉道光也。

朱买臣、主父偃、司马相如之骤贵，周勃、李广、韩安国之失势，史皆细写人情，以寓慨也，而事有大谬者。魏其既废，宾客皆移于武安，独灌夫不去，以此相引重，则所谓意气石交也，而卒成祸本，相随俱亡去者，顾无咎焉。然则盛衰荣辱之际，善处者正须虚舟遇之，去者自去，来者自来，我无与焉可耳。廉颇之客有言:“夫以市道交，君有势我即来，无势即去，此其理也，又何怪焉？”衷哉斯言，何磊落洞尽也，翟廷尉大署其门，将犹未广乎。

南越相攻，汲黯为中谒者，使越，不至而还，报曰:“越人相攻，不足劳天子使者。”非也，如有所欲言，当辞于始受命，今不辞而行，行而不至，非臣谊矣。

东方朔滑稽之雄，武帝以倡优畜之，颇能因事纳忠，时托于危谏，有直谅之风，言人所难言，然武帝不怒亦不从，从亦不改，盖轻之也。或见其突梯辩给，敖弄万乘之前，又高自称誉，求为大官不得，乃作《客难》之文，讽己位卑，以自慰喻，谓武帝实不尽其用者，则悠悠之论也。天下岂有与侏儒争饱，与舍人斗捷之大臣哉。

田、窦之讼，武帝不直武安，而心难于太后，故令东朝廷辩之，盖欲借朝论以讽太后耳。韩、郑诸公不喻此意，依违两可，局促如辕下驹，令帝无助以伸魏其，此帝所为怒，发欲“并斩若属”也。若汲黯者，可谓不畏强御矣。

赵王如意为苍狗以杀吕后。田蚡既杀魏其、灌夫而疾痛，视鬼者见二人共守杀之。夫彭生伯有晋侯之大厉，不绝于世，而阴贼好杀者不戒也，奈何哉？

公孙弘、卜式、桑弘羊一辈，希世诡遇之人，各奏其技，各得其欲，道常相轧而智实相师，所求者正同耳。弘以三公为布被，汲黯尝面诘之，弘曰："布被诚诈也，欲以为名。且无黯之忠，陛下安闻此言乎。"此其因诈为诈，真大诈也。及卜式以输财进，而弘独非之，曰："此非人情。不轨之臣，不可以为化。"则惛惛然忘己之为诈矣。卜式输财助边，问"欲官乎"，曰"不愿也"，"有冤欲言乎"，曰"无之"，此其匿情求名，真善贾也。及桑弘羊以言利进，而式又非之曰："县官当衣食租税而已。今弘羊坐市列肆，贩卖求利，独烹弘羊，天乃雨。"则惛惛然忘己之为市矣。观其行己欲出众论之表，责人则在恒理之中，何其不恕乎。盖吴子之谓伍员曰："初而言伐楚，余知其可也，而恶人之有余之功也。今余将自有之矣，伐楚何如？"彼诸人之相妒也，其亦是意夫。

武帝得严、徐、吾丘、东方、枚、马之属，并置左右，使与大臣论辨，中外相应以义理之文。如以严助诘田蚡，以吾丘寿王难公孙弘，大臣为之数屈，则武帝好文之治也。然诸臣偏投之以好武，如伐闽粤则启于朱买臣，城朔方则成于主父偃，系南粤则请于终军，通邛筰则建于司马相如，纷纷四出，开穷兵黩武之渐。总缘人主多欲，则中之者多方耳，故至道贵于无为也。

淮南之反，其萌于谏书乎。观其谏伐闽越，借喻于秦，深言兵祸，洞切事情，盖谔谔之论，而帝狃于严助之说，贪于将帅之功，不能用也，安于此盖已有轻汉之心矣。其后武帝穷兵四伐，功不覆过，所谓劳师动众，困于远戍，粮食必竭，逃亡必众，诛之不胜，盗贼必起，一一皆为所料，盖益自信其言，以为可得志于斯矣。夫藩臣跋扈，未有无衅而动者，朝廷毋授以隙可矣。

武帝之朝，群才辐凑，即侧微幽远，皆有以自见，独无名相。臣其膺斯任者，往往至于诛死，使人指为畏途，乃至流涕辞之，不得其无咎者才三人耳。公孙弘曲学阿世，石庆醇谨而已，车千秋无他材能，居位自称，皆无所谓相业者也。盖以武帝之广心，好大自用，而不任人为之相，臣者固将奔走驰骛以赴之，犹惧不及，又用人太锐，听言太广，事不在于相，臣成则不与其功，败则委其罪，此其所以难也。毋论馀辈，即举汉之先后名相，若萧、曹、丙、魏、申屠嘉，使居武帝之世，岂能有所著见哉。然则有相业者，皆由君德成就之，固不能独造也。

元狩间，关东流民凡七十二万余口，皆仰给贷于县官。用度不足，乃始有皮币品金银锡之造，如此赈法，古今未有，亦武帝好大之一端也。以其时缗筭舟车，取之务尽，财尽则怨，力尽则怼，盗贼所由以起，多所与，曷若少所取乎。

大将军青之将六将军出定襄，左将军苏建战败，弃军来归，议郎周霸请斩以立威，青不肯，归之于京师，听天子自裁之，于以讽人臣不敢擅诛于境外，可谓有礼矣。天汉中，有监军御史，穿北军垒垣以为贾区，守军正丞胡建阴约走卒，趋谒御史，取诸广座之中而斩之，遂上奏曰："用文吏议，不至重。《黄帝李法》曰'壁垒已定，穿窬不由路，是谓奸人，奸人者杀之'，臣谨案以法斩。"制书优答之，是予小臣以专杀也。夫穿垒之罪，微于弃军，军正丞之柄，不重于大将军，且建在日月之旁，可以朝闻夕报，非出疆之谓也，乃辄以小臣擅诛于下，又贼取之，此奸人之尤而朝廷不以为过，生假借之渐，开矫妄之门，不亦甚乎。夫人臣之弊，患在不守典常，持忠正而好为矫激之行，以诳耀朝廷；人君之弊，患在不察邪正、别是非，而好奖儌幸之人，以震耸群下，其敝皆是以生奸长乱而遗害于国家。始也皆乘人主之英察而中之，后乃决裂而莫救，故胡建之变流为江充，皆武帝有以启之也。

太子、梁王不下司马门，张释之劾奏之，直臣之事也；太子家人行甘泉驰道，江充亦劾奏之，贼臣之心也。以贼臣之心行直臣之事，其奏同而其所以奏者异也。故邪正殊途，成败异效矣。

主父偃在武帝时，其筹策略施行者有三：分封子弟以销弱诸侯王，徙郡国豪杰于茂陵及城朔方也。前策发于贾谊，中策祖于娄敬，后策乃始皇、蒙恬之馀智也，三策无一焉。独其贪横愤戾，倒行逆施以取族灭，是其鼎烹素志本色耳，而谬得与终军、庄助、朱买臣辈同见赏拔，以久列于侍从，一何幸也！

西汉常以郎谒者、丞相、长史等官，行风俗、省吏治、督盗贼。至武帝，所遣绣衣直指，更得以军兴法诛二千石以下，权任之重，于古无比，然假借太过，未免窃弄威福，侵人主之柄，其法亦易敝也。若隽不疑之折暴胜之，天下两贤之，而胜之之过被阳，欲诛其令王䜣，已解衣伏锧，䜣仰言曰："使君得颛生杀，所过震动，即诛一令，不足益威。不若有所恩贷，令尽死力。"胜之壮其言，遂贯不诛，更相结厚，特引荐之，得为右辅都尉，以至丞相。此何法也？夫人臣之义，执宪靡顾，为国守法而已，即时有所击断而非以为威也，有所升进而非以为恩也。若䜣罪当诛，非壮言可脱；若本非死罪，士义不辱，伏锧曷为。夫权略之主，时以不测恩威制御其臣下，君子犹或非之，况执法小臣，乃欲效此意邪？其后胜之致位御史大夫，以失卫太子谴死，亦鹿鹿未有所建，则其人可知也。

武帝好鬼神不已，而有巫蛊之祸；穷兵不已，而有贰师之败。此轮台下诏，悲痛常在于心也。盖雄侈之人，其天分自高，不有所挫抑惩艾，不轨于道，其不变然后危亡从之。使帝盛年有此，其悔祸必蚤，政治文章，必更有可观，而惜其晚也。

大初中，谋伐漠北。丞相、御史、二千石，治星望气，大卜蓍龟，皆以为可，卜将贰师最吉，其后计谋卦兆皆反缪。其于《洪范》之占："龟从，筮从，卿士从，汝则从。”当吉而凶，何哉？《诗》曰:“我龟既厌，不我告猷[①]，谋夫孔多，是用不集。”此之谓也。

董仲舒家居，推言辽东高园灾异，主父偃窃其书奏之，至于下狱议死。班固撰述《汉书》，上书者言固私改《史记》，诏收京兆狱，皆从古书祸也。武帝既诏宥仲舒不论，而明帝又甚奇固书，征授兰台令史，使卒成之。盖天子好文而昌言无讳，盛世之风，往往若此，奈何哉？窃书者也。

武帝所为，事事亡秦之续，其国不危而名不灭者，何也？盖秦之得天下与其所以失之者，世世积于酷暴，而汉兴以来，独积于宽仁恭俭，虽有一时之失，民怀其德，不能忘之，犹赖前哲以免，此其国之不危者也。秦灭诗书，获罪于天，武帝起绝学之后，表章六经，使圣人已坠之绪，灿然复明于世，以万世之功，救一时之失，后世经学传则汉德传，此其名之不灭者也。

昌邑王之废也，昌邑群臣坐陷王于恶，诛死者二百余人，独郎中令龚遂、中尉王吉，以数谏争，得减死，髡为城旦。彼二臣者，谏争无验，杀之可也；谏争有实，是危主良臣，无忝辅导矣，原之可也，录之可也，升诸公可也，减死城旦，夫何为哉。霍光于是乎失刑矣。

霍光以女妻隽京兆不疑，不疑辞；欲妻宗正杨虚侯刘德，德又辞。后竟不与其祸，皆超然远览之士也。

宣帝综核，虽果于用法，亦爱惜人才之主，惜当时公辅大臣不能以宽大辅之，致令治主有杀能臣之名。如杨恽之诛，有司奏收党友，京兆尹张敞亦被奏，独寝不下，会敞又杀掾絮舜，舜家告之帝，欲令敞自便利，乃先下前事，免为庶人，敞既诣阙上印绶，即从阙下亡去，此虽私恩曲贷，其爱惜贤能而欲保全之，可谓无遗矣。乃京兆尹赵广汉、左冯翊韩延寿皆以劫持大臣，抵法至死，至吏民数千万人，扶毂奏酒，或守阙号泣，终不得贷。彼二臣者，虽专以强壮蜂气取败，要亦当日丞相、御史大夫望之操之已亟也。使具狱之后，二公被持事既明，自即推情恕物，忘其前过，引数千万人呼吁之意，以为请命于上，少从末减，朝廷必且嘉其有让，或为二公曲赦之，未可知也。今不忍忿忿之心，坐视其死，归恶于君，上负朝廷宽大之治，下拂百姓之欲，而中丧能臣，使三辅要地不赖其用，以萧、魏之贤而曾不及此也，吾无所恨于庸臣矣。

大将功成，还师振旅，角巾私第，口不言功，此人臣之盛节，范通所以责王浚也。又有进于此者，后将军赵充国破羌还，所善浩星赐迎说之，令归功二将军，充国曰：“吾年老矣，爵位已极，岂嫌伐一时之功哉。兵势，国之大事，

---

① 2017年国家图书馆出版社影印《宋本毛诗诂训传》(以下简称《诗经》)卷十二，“猷”作“犹”。

当为后法。老臣不以馀命为陛下一言兵之利害，卒死，谁当复言之者？”卒以其意对。此盖为辛武贤辈，及廷议之十七五者而发也。观其料敌制胜，屡奏封章，侃侃守之，不摇于众议，不迫于明诏，始终方略，言无不雠，故人不厌其言，不则为攘臂争功者之借口矣。夹谷之会，孔子相礼，而齐人来归郓、讙、龟阴田，《春秋》举而大书之，亦岂嫌伐一时之功哉？营平可谓知言。

文帝既除肉刑，而武帝之世如司马迁，宣帝之世如弘恭、石显，又皆尝下蚕室，可见汉法无常，虽宽大之诏屡下，继世皆未必尽施行也。夫赏罚之信，不在多言，仁言多适是实政少耳！此路温舒、郑昌之徒所为拳拳也。

陈平为相，不答决狱钱谷；丙吉为相，不问横道杀伤。史皆书以示训，以谓平之饰辞而诡对也，吉之迂阔而倒行也。然观乎后世所谓才相，或乃翘翘自多，似谓明习庶务，智周群下，而观其成就，未能远过二子者也。即使问答响应，语嘿得宜，安足异乎？故有陈平之定策安刘，虽不对钱谷可也；有丙吉之让善忘劳，推贤容士，虽不问杀伤可也。

霍光，愚忠也；其成功皆愚福也；及其死也，亦有愚祸。曷言乎其愚也？汉之得人，武帝为盛，彼其所挟持以动人主者，自儒雅经术、文章历数、直言谲谏、货殖兵刑、神仙方技，及为将帅使绝国者，智力短长，灿然可见，而光不得一焉。独以小心谨慎，出入禁闼，奉车左右，二十余年，未尝有过，为众所难，推其笃诚，斯固所谓愚忠也，而遂以结肺腑之知，受付托之重，则愚之效也。然武帝末，政出于悲痛之余，厌苦兵革，固已禁苛止暴，劝农薄赋，务在息民，即光之辅幼主者，亦遵成业而安，非能有所制作经营也。上官争政，危于流言，又独赖昭帝之明，破散阴谋，罪人斯得。其在于光，非有破斧缺斨之劳勚也，嗣王不惠，兆启曾孙，社稷之计，发于仓卒，以一人之言废之，以一人之言立之，惊悸仿徨，呼吸成败，又非其智计所能逆睹也，乃数更大变而坐享其成，斯则所谓愚福者也。然宣帝立而光有危道矣，夫以帝之英断，可望而知矣，即位之年，非复孺子王矣，起于闾阎，又勤学问，其于大臣执政之家，贤愚功过，固无不灼照于心矣。丙吉深藏固闭而不言襁褓之恩，张安世力辞封爵而不居定策之力，此其微意，固智者所知也，而光过贪天功，握之益固。至于芒刺在背，人主疑忌而不知；苍头监奴，气凌丞相，朝臣愤怨而不觉；阴妻邪谋，挟毒弑后，民间欢言而若不闻之。此其湛溺于势利之交，牵制于帷房之爱，日滋月益，如注欹器焉。光不知戒，又以遗禹而益其疾，满而不覆者鲜矣，斯则所谓愚祸者也。昔宁武子以知用其愚，故其愚不可及。今光处有道之世，而一于愚，真愚人之心也哉。

宣帝初置廷尉平，谏议大夫郑昌上疏曰：“今圣主躬垂明听，虽不置廷尉平，狱将自正。若开后嗣，不若删定律令，律令一定，愚民知其所避畏，奸吏无所弄权柄。今不正其本而救其末，世衰毁，则廷尉平招权而为乱首矣。”此至言也。夫天下之治，人法两端，有时法重乎人，有时人重乎法。人重乎法者，吏道钱谷之事也，其治委曲繁重，必与众共操之。手足假借，耳目隔塞，易欺难理，故一荐辟也，使贤者为之，内不避亲，外不避雠，皆以为公，及不肖者为之，则植私交、采伪士，货赂上流，贤愚杂进矣。推而至于考课，而真伪溷淆，又复然一筭赋也，使仁者为之，用一缓二，裁阔狭以与民相假贷，而民赴其急，及苛暴者为之，则徭役并作，赋敛无度，使民嫁妻鬻子，野有流亡矣。推而至于筦库，而出入盈缩又复然，此其患，非章程不立也，节目不详也，顾其人诚何如，因缘窟穴出其中，是人重乎法也。法重乎人者，礼秩刑狱之事也，矩度在前，取之不远，苟其籍尚存，则贤愚共贯。故恩有所必裁，虽天子不得以私其亲；礼有所必闲，虽强侯不敢以拟其君。何也，度数明也。其有不率议者，得而非之，犯跸当罚，虽欲杀之而不能；盗庙当诛，虽欲加焉而不可。何也，法如是止也。其有过当执法，得而争之。故一日定之，可百世由也；三听审之，可片言折也。守而勿失，无馀事矣，是法重乎人也。人重乎法者，其治乃在立法之后，品式已具矣，簿书已明矣，尤必岁有稽、月有考、日有程，一物不得，则蠹生之矣，一日不虔，则丛藉之矣，此奉行之权重也。法重乎人者，其治常在立法之先，故建诸天地，考诸百王，质诸鬼神，征诸庶民，赏不僭矣，然后著为令，罚不滥矣，然后定为律，此议论之功多也。人重则当核其人，故人存则政举，人不足任而纷纷更制，则法无所寄，将救之所为，又即弊之所始也。法重则当议其法，故法当则民从法，不可用而仆仆置官，则人无所守，将事少而员多，必且生事以塞责也。故郑昌之言，君子谓之知要也。

武安侯田蚡纳妇，平恩侯许伯入第，皆被命为公卿置酒。有两酒狂，灌仲孺、盖次公皆迫而后往，既又皆使酒骂坐，一即席被收，一因事构祸，皆至死亡，其害皆原于酒。彼权贵之宾筵畏人哉！

黄霸治颍川，孤独死无以葬者，霸为区处，某所大木可为棺，某亭猪子可祭，吏往皆如其言。龚遂治渤海，令民口种一树榆、百本薤、五十本葱、一畦韭，果实菱芡，皆有课。此太烦碎矣，而当时二公之治，皆号“长者”。史称霸之为人，明察内敏，又习文法；遂之为人，刚毅有大节，能直谏，此皆能以精力，行其“长者”者也，故盗贼屏息，佐吏廉平，农桑殖，风俗成焉。若遗其大而务其细，则俗吏文法之治而已，乌乎治？

汉高帝之洛阳戍卒、新城三老，武帝之壶关三老，赵王歇之厮养卒，丙丞相之驭吏，龚渤海之议曹醉生，韩冯翊之府门卒，皆权奇多智，抵掌数言，足以建功赴节，定变正倾，大者辟万世之计，次亦通将相之略，纳而用之，其效卓然，何其伟也。夫忠言至计，往往出乎下僚；异虑奇闻，时则采于微者。固不必其高议云台之上也，听言者盖可忽乎哉！

所谓大臣者，善功不伐，善谏不名，丙、魏是也。丙吉治巫蛊狱，于宣帝有襁褓旧恩，昌邑之废，又奏记霍光，定策援立帝，立十余年而卒不言，则厚重之难也，不亦善功矣乎。地节以后，宣帝渐修武帝故事，宫室车服，盛于昭帝，时凤凰、甘露之奏，无岁不有，而魏相为相，乃日取四方得失异闻、盗贼灾变奏言之，凡以阴消宣帝之侈心也，而宣帝亦卒不以侈闻，不亦善谏矣乎。

主好士而臣不进，谓之蔽贤；主忮名而臣下士，谓之掩上。蔽贤者其罪刑，掩上者其祸死，皆不可为也。卫青为大将军，而贤士大夫无称焉，左将军苏建以为言；张安世为大司马，而士无所进，莫府长史以为讥。青之言曰："招贤黜不肖，人主之柄也。人臣奉法遵职而已，何与招士？"安世之言曰："明主在上，贤不肖较然。臣下自修而已，安知士而进之？"此其避匿名迹，所见略同，以所事皆英主也。"君除吏尽未？吾亦欲除吏。"听斯言也，令人廪廪矣。

孝宣视孝文孰优？曰：孝文高明而柔克，孝宣沉潜而刚克，秉德齐而用异也。孝文之世，黎民醇厚，孝宣之世，吏治精核，乘势异而治同也。然则若是班乎？曰：优哉优哉。文礼将军，孝景得之以定变；宣任刑馀，孝元得之而阶乱。

宣帝尚刑名，太子尝侍宴，从容请用儒生。帝曰："汉家自有制度，本以霸王道杂之，奈何纯任德教，用周政乎？"因叹曰："乱我家者，太子也。"既而，元帝柔仁好儒，汉业遂衰，后人服其笃论。夫以柔仁为王道，则必以刚决为霸道矣，然在《诗》之颂武王曰："执兢武王，无兢维烈。"其颂汤曰："敷政优游，百禄是遒。"则用刚用柔，皆王道也。且即以汉道言之，德莫盛于文帝，迹其所为，谦让恭俭，禁网疏阔，专务以德化民，一无所谓霸道也。然则宣帝所云，为太子发，不过一时矫弊之言，未可谓万世之笃论也。

萧何治田宅，必营僻处，曰："后世贤，师吾俭；不贤，勿为势家所夺。"二疏不为子孙置产，曰："贤而多财，则损其志；愚而多财，则益其祸。"此达人善后之格论也。今观古来富贵家，其子孙祸福兴败之故，岂在遗之不厚哉？

司马相如作《上林赋》，意思萧散，不复与外事相关，忽然如睡，涣然而兴；班彪过尹敏，相与纵谈，昼即至夜，夜即至旦，谁谓文章不可以娱晨夕乎？枚乘《七发》，可以已楚太子之惫疾；王褒诵读所造《洞箫》等赋，可以虞汉太子之忽忽不乐，谁谓文章不可以治性情乎？

元帝酎祭宗庙，出便门，欲御楼船，御史大夫薛广德当车顿首，欲以颈血污车轮，令帝不得渡。按，是时石显用事，五鹿充宗、郑朋、华龙，同邪造谗，潝潝相是而背君子，既杀萧望之，又逐堪、猛、刘向，朝臣重足，灾异并起。而帝方执狐疑之心，持不断之意，知堪、猛之贤而不能进，知石显之奸而不能退，若忠直愤发，志在匡拂，未有重于斯端者也。广德执法大臣，骤得进用，于此拱默无言，而谬为激昂，至欲以死争渡，正使元帝遂御楼船，其于君德朝政有何加损邪。广德以经术为龚胜师，而举动如此，可嗤也已。

元狩间，桑弘羊置司农丞，为平准之法，以都受天下委输，所重在货，贱则买之，贵则卖之，故商困。五凤间，耿寿昌为司农丞，置常平仓之法，所重在谷，贱则增价而籴，以利农，贵则减价出粜，以赡贫民，故民便。此不过一法，而颠倒用之。尔乃未几，至初元中，以星变诏减大官，而常平之法，遂与齐三服官、角抵、盐铁、上林、北假官田[①]，同日俱罢，则是其在当日翻为不便于民，又可知也。夫天下廉吏常少，贪吏常多，后来奉法之人，既非必始者作法之意，加以罢民蠹吏，缘奸作邪，盖藏不谨，出入不时，前者伪增廪数以取能名，后者辗转亏削以求赢羡，其久也，公私耗敝而泽不下，究名为良法，文具无实，或又加扰焉者，盖往往而有也。夫自五凤以至初元，才十余岁，而此法已敝不可行，况欲易代相师者邪？

西汉末，郙曼容养志自修，为官不肯过六百石，辄病免去；北齐颜之推作《家训》，仕宦欲前望五十人，后望五十人。可谓善宦者也。

---

① 按，据《汉书》卷九，“官田”作“田官”。

汉史亿下卷[①]

益都孙廷铨伯度纂

西汉之世，外戚擅朝与相终始，卒成篡夺。然其间未尝无贤如王商、傅喜、冯奉世，或以德度悃诚，或以勤劳勋绩，特达独见，亦各一时之选，即起于白屋，犹为国宝也。独乃构谗罹尤，横见倾排，终以不振，惟其骄恣谗慝、造奸饰诈者为得志耳。邪正之不相容，即一外戚亦然，可胜叹哉。

陆贾说绛侯、曲逆，使将相交欢，而卒诛诸吕，刘氏以安；杜邺说成都、车骑，使相亲密，而成王氏之势，刘氏以危。天下固有同说而异情者，此是也。

汉江充、息夫躬，唐李训，俱以仪容壮丽，目给动人，逢时致贵，又俱以倾危害国而丧其身。言貌之善败如此。

人主明不照奸，刚不断物，而寄耳目于佞人，一为所中，遂至瓦裂衡决，国事不复可为，亦足悲也。元帝内重周堪而患诸谮愬者，无所信，以长安令杨兴尝称举堪，欲引以为助，问曰："朝臣断断不可光禄勋，何也？"兴谓上疑堪，乃顺旨曰："非独不可于朝廷，自州里亦不可也。"成帝之末，王氏专恣，吏民多上书言灾异讽切王氏者，上意然之而未有以明，乃车驾幸张禹第，辟左右问之，禹自以年老子孙弱，恐为所害，即对曰："灾异之事，深远难见，鄙儒乱道误人，宜无信用。"二事颇相类，皆西汉所视以治乱存亡也。夫恭、显之嫉贤害正，元帝固已尝致恸于萧傅矣；王氏之专横，成帝又已尝发怒于曲阳，欷歔于刘向矣。今乃舍其昭昭，而欲取信于左右之一言，彼二佞者不足深诛也，顾人主之所从寄耳目者如此，欲无危亡，得乎？

汉世郊庙之礼，多不应经义，至于元、成，始用贡禹、韦、匡之议，罢黜厘正，辨阴阳之位，等亲亲之杀，以为尊经复古，无过是者。然太上昭灵诸园庙既废为墟，而帝及少弟频感妖梦，疾病连年，不蒙福佑，则神怨矣。长安始作南郊日，甘泉、竹宫，大木十围皆拔，则天怒矣。意者，神道虽远，其与人意亦不甚悬绝，今以历世久远之祀，鬼神飨之，一旦移易废置，用一二儒生之论，裁制天亲，屈而从我，毋亦作不顺而施不恕邪，然则将何如？曰："国郊，礼也。"其甘泉泰畤、汾阴后土，且仍旧贯，帝有即位巡行，世一举事焉，亲尽迭毁，礼也。然其泰甚者，独武哀王、昭哀后耳，其太上昭灵、文昭二太后及思后戾园之属，且仍旧贯，祠官领之，岁一举事焉，亦《春秋》重毁泉台之义也。今轻

① 刻本题端仅作"汉史亿"，版心处均有"下卷"字样。存目本标注"缺第一页前半页"，即缺前二条。兹据汇编本、哈佛本补齐。

废典常，去事无杀，卒不厌人心，乃至今日罢之，明日复之，今日复之，明日又罢之。在衡且谓复之，未见蒙福，然即如衡议罢之，曷尝迓休邪。自尔以还，变异仍起，国统三绝，虽有复古之力，实于汉业不光，此宣帝所为愀然。于是古非今之际，而惮用儒生也。

大臣好利，必无风裁，回面污行，此为其本。匡衡之封，私占闽佰田四百顷。张禹营葬地，公请肥牛亭，以傅相之尊，而腆涊如此，安望其有所匡救于昏乱之朝乎。

人臣进说于君，虽极忠悃，正有体要。盖宽饶规切宣帝，“以刑馀为周、召，以法律为《诗》《书》”，非不切直也，而无端及于官、家天下，其言肆。王章指斥王凤，“苟欲擅朝，疏远定陶，使上孤立”，非不忠恳也，而谬引荡肠正世，其言野，使人得投间抵隙而深中之，卒以此死，即其不死，亦岂对君之体邪。故圣贤之论“恶讦以为直者”。

古者“造辟而言，诡辞而出”。故莞职枢机，必取于厚重者，大臣防微之意，若霍光、张安世，则其人也。孔光每有陈奏，辄削其草，虽对兄弟宴语，不言“温室庭中树”，似亦庶几近之。然迹光之立朝，前佞董贤，后媚王莽，谄谀阿附，情态可掬，独何忌而小心为尔邪。乃知此班史微文，正写其持宠善柔，犹《幸佞传》[①]中所云：“谨身媚上”云尔，而或以为慎重也，有持颂大臣者。

国有大事，必付廷议，以博谋极言，足定国是也，然随声附和者多，特立独见者少。如宣帝初下金城之议，公卿非之者十七，其中十五，最后十三，卒以有成者，营平一将之功也。哀帝毁庙之议，连年不决，光禄勋彭宣等五十三人为一议，太仆王舜、中垒校尉刘歆为一议，卒之博而笃者，刘歆一人之论也。汉人最为多闻，汉法号为近古，廷议之不足恃，犹自如此，况后世乎，人主亦慎所择哉。

文帝初行限田之制[②]，王侯已下至庶人，占田不得过三十顷，过科者没入县官。此其议本于董仲舒，欲以抑豪强、塞兼并，少近古井田之意，为论甚美而卒难施行者，以远于人情也。盖上世淳朴未散，万法相维，故其君可以众建而不争，其民可以耦耕而不乱，至周衰霸起，而古法已尽废矣。况又数百年，欲则古昔而为治，固未有万法俱废而一法独立者也。且如天壤之间，山高泽深，二气之能，冰寒火热，一人之身，股长指短，万象之表，鹄白乌黔，极其不齐之数，至于倍蓰无算，固孟子所谓物情者也。今夫生民之有豪强、贫弱，亦

① 按，据《汉书》卷九三，当作“佞幸传”。

②《皇朝经世文编》卷二三选入，题作“限田论”，“文帝”误作“哀帝”。

若[1]是焉矣。天地得其理，则纷纭万感而胥育；王者平其政，则参差群品而皆安。故夏殷之末造，井田无改，而桀纣之民贫；汉之初兴，阡陌亦无改，而文景之民富。在所以抚驭之者而已，固不必其齐同也。况当军旅灾祲之余，民有非业之作，野有不耕之田，欲驱天下而归农，苟有辟草莱以赡国赋者，惟恨其少。及其易世，各有分土，蒙业而安，遂欲裁多就寡，摧强为弱，为此纷纷者，贫者固怀非望，富者亦有何辜，非王政之平也。夫人情骤见倾夺，必不甘弃其所有，此不有[2]瓜分移寄，徒应空名，则必有攘夺矫虔，适资暴吏，而民始胶胶然乱于下矣。夫为治不本人情，而好为高论，动以法古为名，甚则为王莽，不甚则王安石，只以厉民而已，曷足尚哉？

班姬之辞辇，至正也，而见倾于赵飞燕；冯媛之当熊，至忠也，而卒死于傅昭仪。宫闱之嫉贤，尤甚于妒色，悲乎哉！

哀帝以弄臣为大臣，鼎折栋挠，国祚从之。然其在位能退王莽，容鲍子都，烛朱博、傅晏之奸，而诛贬之，亦权略之主，不幸短折，使有贤主良臣继之，不至于亡。而太后力援王莽，贪立幼弱，使得奋其怨愤，威诈以取之。元后有特传，所以归狱也。

隽不疑引《春秋》蒯聩以断卫太子，夏侯胜推《洪范》久阴之义，以谏昌邑王，其言皆应，乃令霍光由此益重经术士。是不但独立朝廷之上，定大疑，明大义，言论风采足观，又察其立身皆有终始，真经术士也。若京房、眭孟，以精《易》亡身，王莽好文奸言，而刘歆颠倒六经以饰成其篡，徒纷纷移书以责太常，而争古文之不立，亦何为哉。由是观之，人重经术，非经术之能重人也。

陈遵好酒奢放，张竦节约自守，并著名字，相友善，仕宦又相及。竦谓遵："人各有短长，子欲学我亦不能，我欲效子亦败矣。"以法度之士论之，则竦画鹄而遵画虎也。及竦为刘嘉作奏颂莽，诋諆刘氏，以并得封侯。而更始之立，陈遵颇著节概，以死勤事。然则士无贤不肖，一日未死，固不得为定论哉。

世祖起南阳，初乘牛，杀新野尉乃得马，此史家之文耳。按，世祖之起，李通、邓晨共成之。晨富于财，又尚世祖之姊，通居家富佚，为闾里豪，知汉室将兴，久怀翊戴诸刘之意，今相与共图大事，以造非常，独无一马以奉所推？乃令绛衣大冠而骑牛，何异诸将诸于绣镼而冠帻耶。《续汉书》载，甄阜移刘良书曰："老子不率宗族，单绔骑牛，哭且行，何足赖哉。"自谓光武叔父耳。

光武迫于蓟而南驰，且至滹沱，导吏还言："河水流澌，无船不可渡。"使王霸视之，霸恐惊众，欲且前依水为阻，即诡言冰坚可渡，比至，冰果合。史

① 《皇朝经世文编》"若"作"如"。

② 《皇朝经世文编》"有"作"肯"。

家诧为神灵，比于白鱼之应。愚谓此是河冰本合，仓卒之际，光武君臣权宜设此以安义从心，且倾邯郸[①]之众耳，非有他异也。《本纪》固云："晨夜兼驰，蒙犯霜雪，天时寒而皆破裂。"岂有气候如此，而关塞朔野之地，乃河水流澌者哉！

高帝初王，汉将士皆思东归，遂纳韩信之策，引思归之众还定三秦，卒有天下。光武之困于蓟，将士皆思南首，而光武独用邳彤之说，留守信都，收旁郡兵，借渔阳骑，卒破王郎，亦以有天下。夫思归将士一也，或因之以兴，或逆之以成，何也？盖汉王诸将失职不平，君臣同愤，意在进趋，故攻无不下，战无不克，所以速得志于天下也。若光武之在信都则不然，子舆诈立，河北响应，万心摇摇，君臣失据，狼狈而奔，独信都和戎为关中守，此呼吸成变之时也，而将士无有远谋，意在退避，一涉狐疑，危亡立至，光武乃决计征伐，独立倾危之间，艰难忍死，以待上谷兵，此其临机决策，好谋能断，固不世之略也。夫人情亦何常以几事决之而已，乘人而不乘于人，英雄所共见也，况有天下之度者乎。

光武初破王郎，得吏人交关谤书千章，即会诸将烧之，曰："令反侧子自安。"其蠲忿忘恶如此也。及彭宠擅渔阳，为朱浮所奏，又独漏泄，令宠闻，以胁恐之。其击铜马，馀众新降者十余万，悉令勒兵，轻骑入其营，案行部陈，其推心受降如此也。至李轶为更始守洛阳，为冯异所招，欲有降意，异奏其报书，又独露之曰："季文多诈，今移其书告守尉，当警备者。"此皆与初意相反戾，则何也？将用寡之与用众，仓卒之与沉几，夫固事异道殊，抑二子之志量浅狭，凭宠反复，久为帝窥，当用威武服，难用恩信结也。不然，以轶之首谋造汉，宠之渔阳突骑，实为兴复之本，岂可遽忘之哉！

邓禹少年英毅，仗策数语，深识治乱成败之几，光武欲发幽州突骑，则举吴汉，欲守河内，则举寇恂，是皆能于其职，遂为世祖取天下之本。若令谋谟帷幄，卧护诸将，展其长略，斯则留侯之俦也。乃使分兵入关，转战千里，争衡于蚁贼扰攘之间，用违其才，以致窘步，将偾于内，师疲于外，留时旷日，而业不加进，望不加延，铩羽而归，惜也。

东汉初名士，如冯敬通，遇世祖最蚤，立效又最捷，卒以谗废，不得封，坎壈以死。马文渊遇世祖最后，立效亦迟迟，卒得主契，立功万里，以取封侯。虽士遇不遇固有命，存察其为人，伏波详实沉笃，用晦而明，敬通俶傥权略之士，但意气浮动，常有翘翘自鬻之心，其福力差殊，一跌不振，当以是邪。

公孙述自立为天子，耻不致士，谯玄、李业并赐酖毒。隗嚣阳礼杜林，听其辞去，乃遣客于陇坻遮刺之，草泽之雄，举动如此。若建武中，聘礼名士，

① 原刻作"郸邯"，当是误刻，今改之。

严光、周党、逢萌、王霸，或伏而不谒，或宾而不臣，并从其志，不强致之。然高贤嘉遁，抗迹为难，蒙面虚声，达人所耻。在朝廷，期以风厉贪顽，激扬素节，但藉高风，不究虚薄，虽其过情，礼则然矣。后来因缘此意，遂启虚㤭，或才谢通方，迹同小草，辄尔匿情托貌，欺枉圣朝，居之不疑，若樊英、韦著其人者，亦志士之羞也。博士范升愤其钓华名、夸主上，愿与党等并论云台："考试图国之道，不如臣言，请伏虚诬之罪。"世祖虽未肯施行，亦足一警薄陋，动其廉耻者也。

建武中，太子诸王并壮，交通宾客，门庭如市，马援以语吕种，谓"大狱将兴"，盖观于西汉博望苑及淮南梁王之客，亦有可知也。其时，贵戚中独有樊鯈守清静之性，儒臣中独有郑众却缣帛之聘，与援意略同，而才略之士如王磐、冯衍之徒，争褰裳濡足以从之，盖逢时之意盛，则虑变之事疏也。及沛王、梁氏事起，宾客坐者数千人，独鯈与众不染于辞，吕仲当下狱，乃叹曰："马生之言，其神乎。"何知之晚邪。

伏波暮年，壮心不已，以取疏间读其传，得三士焉：少游之言令人思，孟冀之言令人废，朱勃之言令人掩抑悲伤。是三者，伏波意皆易之，而生平遂尽于此也。人固不可以无志，亦曷可以无朋哉！

刘子骏改名应谶，而世祖竟兴于南阳，此其信谶之本。其时博通之士，如桓谭、郑兴、尹敏，皆不为之。以世祖之博览文辩，又见夺于诸儒之说，宜在听纳，而竟以逆颜疏斥者，固有以焉耳。盖图谶之事，盛于莽朝，当时行风俗、采符瑞，附益其事者，群情翕习，亦非一辈，海内被其狂煽，流染已深，帝意以为不以是浣濯之，不足以回易视听，而坚其翊戴之心耳。故即位之初，留时逆众，必待强华《赤符》然后可，意可知也。至于后来，置三公、定郊祀、建雍宫、议封禅，一取诸此，不可以已乎。大抵人情有感于前者，必固守于后，有征于己者，必不信于人，则智者之过也。彼景德君臣，欲师其馀智，兴造天书以厌契丹，亦已疏矣。

光武之降祀南顿四亲，而上继元帝也。大中大夫张纯发之，大司徒戴涉、大司空窦融等和之，盖本为后为子之义，以谓既事大宗，则降其私亲，礼也，然有疑义焉。尝窃私论之，夫为人后者，为之子必将有所从受焉。尔曷受之？为子受之父，为臣受之君。一以生我之情揆之，然后迁焉；一以至尊之分临之，然后抑焉。非是科也，臣子无专，则承统之与继嗣，信宜有异也。承统者何，先君终正统绝，鬼神乏祀，社稷无主，新君旁立，然后复延，若孝文之于孝惠，孝宣之于孝昭是也，不必其为子也。继嗣者何，先君无子，取他人子以为子，及其后也，有家者遂有其家，有国者遂有其国，若孝哀之于孝成是也。当成帝在位而定陶已入于青宫矣，若光武之兴，实由天授，南顿既没，而元帝已远，无所为受之父也，则亦无所为受之君也，此独其臣欲据微文传疑义而易置之耳。夫为人父可推其子以予人，为人君可取人子以自予，为人子亦可自绝其亲以他继，为人臣亦可擅移其君以子人乎，其文之必曰“国君以国为体”。王莽之祸危自上起，人心思汉，故天复于刘氏乎授之，赖先德以兴，故不可以不后之也。然光武所承之统，远则高帝，近则平帝，非元帝也，夫元帝则犹平帝耳，亦何德于汉哉。且天之授光武，徒以其刘氏邪，则更始盆子，何不遂有天下，更始盆子不有天下而必于此焉致之，明乎天之所授，不徒以刘氏也，将以明德也。夫以匹夫特起之事，而必株株焉拘牵艺文，使若出于受遗诏、案图牒，议亲近者之所为，即元帝复生，岂敢贪天功以为己力乎。且既以先君代四亲矣，则先君又一体也，今以光武于成帝为兄弟，于哀帝为诸父，于平帝为祖父，均不可以后之。元帝于光武，世次为父，故洛阳高庙之祀，至元帝止。夫成、哀、平于序虽卑，不得为之父也，犹为其君也，今近祧而远绍，亲前而疏后，委曲迁就，终以不安，抑于古何考邪。盖纯之言曰：“高帝以自受命，不由太上，宣帝以孙承祖，不敢私亲，故别祠焉是也。”然考之汉事，高帝之于其亲，至矣。生也尝率群臣而朝之，没也尝合万国而葬之，未央觞焉，新丰作焉，公有上皇之称，媪进昭灵之号，则犹帝后也。戾太子得罪光武，于义当绝，宣帝奉太子为戾园，史皇孙曰“悼考”，则犹得称谥也。今南顿实生光武，生无一日之奉，又远其庙祀，退处舂陵，于号无称焉，于祠不亲焉，君子以为已恝矣。案，舂陵四亲，固独不当禘祫高庙，陈序昭穆耳，为后之说，实误后人，即范史亦云“时有异议不传”，是当日在廷、公卿、议郎、博士间，已有不安斯义者，其难议当著而不传。此又汉史之略也。

世祖之世，君臣燕洽，言无不尽，从容殿陛之间，下可以披宣情愫，上可以开张听闻，虽复言笑细娱，其与《嘉鱼》之燕，《彤弓》之贶，何殊间哉。马援善谈三辅，桓荣间说长安，邓禹自占文学，马武醉折同列，世祖时恣听之，君臣接对，欵欵依依，有家人之乐，友朋之欢，不过如此。遂使疏逖新进，单尽情实，勋旧大臣，消除疑忌，多讳之朝，宁有是乎？

西汉诸帝于其臣也，无问大小，时则公之。东汉诸帝，君之卿之，奏对之间，亦不以语言小失罪人。夏侯胜“时误谓上为君，或相字于上前”，宣帝以是尤亲信之。邓晨对世祖，自称曰“仆”，帝用以为笑，其宕佚简易如此。后世君臣道严，礼有一定，人臣有此，不恭甚矣。

光武以薄太后配食高庙，吕后别祀园陵。袁宏讥其非礼，似也，然此特仁者之过也。夫天下情所难夺，宜揆之以义；人所难定，宜主之以天。高帝百战，以有天下，诸吕侯者凡数人，此不薄矣。乃高帝甫没，而后辄杀其群子，乱其宗嗣，奸其天位，母后凶德，古未有也，高庙神灵亦当有怨恫否乎？以人情为衡，其必有怨矣，即后与帝神爽相遇于庙中，亦复成欢对否乎？以人面相方，其又必无欢矣，虽孝子慈孙，弥缝左右，亦能为后告无罪于宗庙否乎？以天鹭而言，其又无可弥缝矣。故语仁之至，则臣子无贬亲上之文；充义之尽，则庙祧有原功德之礼。以薄姬絜之吕后，则后重矣；以吕后拟之高帝，则帝不啻重矣。退食园陵，度非所以慰后矣；同食高庙，尤非所以慰帝矣。夫与其忸怩厚颜共对几筵而不怿，无宁含藏惭德，各安室处而靡争，然则高后有可祧之义，此地为天屈，妇为夫屈也。光武有改制之宜，此亲以等杀，礼以义起也，借曰“不宜”，何以仰答高庙哉。

一饭必酬，古人细义。其出于人主，则足以鼓舞勋劳，不忘故旧，其谊甚深。宣帝起于侧微，尝赐陈遂书曰:“制诏太原太守，官尊禄厚，可以偿博负矣。妻君宁时在旁，知状[①]。”世祖亦赐冯异书曰：“仓卒芜蒌亭豆粥，虖沱河麦饭，厚意久不报。”厚哉斯言，使人忘其劳矣。盖君臣相对，追念平昔，艰难在目，犹足令人感动，怀之不能忘，故足尚耳！

世祖取天下，无高帝之敌，亦无高帝之将与其谋臣。其将兵无高帝之败，将将无高帝之赏，亦无其猜杀。又，即位较蚤，定天下较迟，吏事较详，声教渐被较远。语其大致，直是世祖读书，高祖不读书耳。读书故圣，不读书故神。

汉初二府，古之三公，丞相及御史大夫也。太尉，秦官尝置而后罢之，故不在此数。霍光以大将军受遗辅政，而名位在丞相之下，观昌邑一奏犹然。王莽为大司马秉政，亦尊事丞相孔光。东汉自光武置三公，遂罢丞相、御史大夫，复太尉，又置司徒、司空，称三府。明帝初，东平王苍以骠骑将军辅政，位在三公上，开府辟举，称四府，东平归藩，遂罢其官。又，自章帝以后，每一帝初立，辄置太傅，亦在三公上，称四府。窦、邓以来，外戚相继，以大将军秉政，或在三公上，或仪同三司，称五府，其三台则尚书为中台，御史为宪台，谒者为外台。又曰“尚书台、御史台、符节台”。

明帝裁抑外家，至伏波不登云台之画，马廖兄弟终世不易其官，可谓至矣。及其末政，马氏不能不亲，入则参医药于禁中，出则典禁兵于宫卫。章帝既立，遂兄弟贵盛，稍复纵恣，结纳赂遗，宾客交凑，不第第五伦辈，鳃鳃有过盛之言，即太后濯龙一诏，所云“车马游龙，苍头绿褠”，侈可知也。夫履霜之渐，事有其端，当明帝以苛察为高，而诸司奏事及公卿较议难平者，独辄以咨后，至夜起彷徨，为思所纳，是母后关政，固已大殊于建武之世矣，以其时儒隽在列，何事谋及妇人。盖帝既以文法自憙，则必将以明智亲人，皆原于好察之意，而不自知其威福之阴移旁落，夫固有风声之树也。自尔以还，权归母后，窦、邓、

① 《汉书》卷九十二“博负”作“博进”。

阎、梁，历世专朝，莫不援引父兄，定策宫禁。迄于何氏，召兵荡覆帝室，原其萌蘖，明德实兆之。夫既倒太阿以授人，而禁其不割，不可得也。实与而文不与，明帝之明有遗照矣。

四皓从太子，高祖惊曰:“我召公等，皆避我，今何自从吾儿游乎？”对曰:“陛下轻士嫚骂，臣等义不辱。今太子仁孝爱士，天下愿为太子死。”此非隐者之言。太原高士郇恁从东平宪王，明帝戏曰：“先帝征君不来，骠骑辟君反至，何也？”对曰:“先君秉德以惠下，故得不来;骠骑执法以检下，故臣不敢不至。”何其婉而有礼也。盖四皓乘敝秦之余，即士气矜踔，常有诡激恢诞之风，故德不掩言。汉兴以来，儒学茂明，廉耻道举，渐摩于德教者深，故士气和平，言不掩德。观其士而知其俗，此秦汉之所以异也。

楚狱之起，放滥者多以阿附法重，故治狱者莫肯为言。然御史寒朗，一解朗陵，而洛阳狱得出者千余人；太守袁安，一案楚郡，而楚郡狱得出者四百余家。是皆奋不顾身，以死明之，上不以连三府，下不以累丞掾，及其奏当之成，又何愉快也。夫狱吏之好波染延连者，非残忍人则畏懦人，患本无其志耳。苟有忠信之长，慈惠之师，非甚暴主，未有不为诚动者也。

古来盛衰倚伏之数，每不可方。秦已燔诗书矣，未几至汉，而拾煨烬，发屋壁遗书，并出口传笔授，诸儒矻矻白首从之，其道转益粲然。迨乎明帝，好古尊闻，临雍拜老，至与诸儒执经问难，亲自下说，环桥观听，感于殊俗，称极盛矣。而伊浦塞桑门之道，适由兹以兴，此其福谶之说既动庸人，宏阔胜大之言，又易以入智慧之人，遂留宿于群心，不可复去，然自儒术论之，则道之蠹也。初，帝梦见金人，而访求其道术，遂于方外得之以归，此果天倪神授，无感而通乎，抑亦厌博士家之纷纭，思乐异说，庶几其息意去欲，以归于无为也。其所由来，殆与殷宗之典学思道而良弼入梦者有间矣。

汉室亲王，无在枢轴将相之位者。东平宪王特以母弟辅政，其时，主尚精明，朝多制作。若临事谦让，则非国家寄托之意；弼违不讳，则冒扬己侵上之嫌;誉望隆起，则宠贵无所复加;衅遇微彰，则藩服难以退守。而宪王出入风议，温文容雅，郊庙大仪，多出其手，且忠款溢发，谏猎之书，为善之对，使天子闻而起敬，退而见思。至于宾客私交，臣僚进退，臧否之论，寂无闻焉，岂其嫌微之虑，顾已远乎。智哉宪王，宜其德度宠泽，汉兴亲藩，未之有也。

唐太宗纵囚，欧阳修论之甚备，实不自太宗始也。钟离意初辟公府，送徒河内，道解桎梏，恣所欲过，与克期俱至，无或违者。及为堂邑令，又听囚归家殓母，果还入狱，密以状闻，由是得免死。此法外之仁，意外之报，在人主自为之，不以咎也。其在人臣下吏，自非恩孚顽犷，谊在不欺，且“罪自我归，义不累下”，为尤难耳。

常平仓论之详矣，肃宗时又尝欲置之屯骑校尉，居巢侯刘般曰："常平仓，外有利民之名，内实侵刻百姓，豪右因缘为奸，小民不能得其平，置之不便。"乃止。然则此法终不可行邪？曰："臣下自为之则可行，未有朝议举之而能行者也；郡县之吏，便宜置之则可行，未有上官移教课督而能行者也。"盖能才察吏，事由心生，非以为名，适从民便，必且平其斛量，权其高下，时其出纳，谨其盖藏，先不自为奸，则众奸无从生，故可行也。若一出于功令移教，则故事奉之，而向者种种之弊从至矣，则身自隐亲，与教人为之之异效也。

魏相为相，好观汉家故事及晁、贾便宜章奏，奏请施行。第五伦作三公，自谓无深谋奇策，吏民奏记责让者，辄并封上以闻。此谓以人长补己短，善取助者也。

曹褒受诏于东观，集作汉礼，自天子至于庶人，撰次百五十篇，上之章帝，以众议难一，不复下有司平奏，意亦盛矣。后独和帝加元服，尝一施用，终以公卿驳奏，遂寝不行。愚以其用意虽勤，惜未遇其时也。夫叔孙遭汉初兴，典籍焚灭，儒生退散京师，耳目知有秦制而已，通之所造，虽颇采礼经，大抵因嬴秦、六国之杂仪，稍次定之，而高帝又起布衣，不好高论，天子既慨然自知其贵，廷臣又莫适驳异，其文固不免于散略也。至褒之时，博士辈兴，遗书尽出，殆将十世，聚讼之家，已成门户，而褒父子方持庆氏一家之义，又杂以五经谶记之文，岂足以概众论乎。是知际时则事以议简易从，处平则义以文繁互结也。当其书未奏，帝尝诏问班固以改作之宜，固欲令京师诸儒集议之，此依石渠阁、白虎观论异同时事耳，而帝谓"筑舍为烦，一夔为足"，未之许也。自非圣人，孰能独立不刊之制哉！

章帝好长者，而司空第五伦以谓"诏书每下，欲宽和而政急不解，欲节俭而奢泰不止"。尚书陈宠又以谓："陛下数诏群僚，弘崇晏晏，而治狱者急于搒格，执宪者烦于欺诈。"此非诏书之不可用，精意先亡也，精意亡则宽猛之敝一也。夫精核立治，本以塞奸萌，乃群枉未正，而深文急法先中于柔良；和惠平施，本以苏困穷，乃恺泽未洽，而宽贷私恩兼窃于滑吏。此奉行之通弊，将以窥上心也。夫惟以平恕之情，持不易之法，则法虽严而不残矣；以严恪之意，推必暨之恩，则恩横流而不滥矣。

黄霸、夏侯胜之系再更冬，以非议武帝见劾也；孔僖、崔骃之捕逮受训，又以诽谤武帝，为邻房生所告。夫"营营青蝇，止于樊"，天下固多细人，"无易由言，耳属于垣"，君子亦不可不慎也。

人臣临事精勤，进退有常度，虽无关政治得失，其必非昏偷纵肆之臣，有可知也。帝舅寿张侯樊宏，每当朝会，辄迎期先到，俯伏须漏尽，虽令不朝，恐有谬误，犹晨诣阙下，帝以此益重焉。冯豹为尚书郎，每奏事未报，常俯伏省阁，或从昏至明，肃宗闻而嘉之，使黄门持被覆豹，并此意哉。

世之论明、章二帝者，以苛宽为优劣。今案汉史，一凡章帝之善，明帝皆有之，其不善皆无之。敦本行，表巨孝，一也；笃亲亲，礼诸王，二也；重经学，尊师傅，三也，此其所同也。初，明帝欲起北宫，钟离意谏，及德阳殿成，帝会群臣而叹曰："钟离尚书在，此殿不得就也。"章帝宫室壮丽，梁鸿作《五噫之歌》，帝闻而索之，此一异矣。明帝慎防外家，而窦宪公夺沁水园田，章帝知而不罪，此二异矣。明帝谮愬不行，而章帝以后宫之谮，为之易太子庆，杀宋贵人，此三异矣。由斯以观人主，几微得失，亦不时定也。

国家政刑，缘本经义，以存百姓也，而俗吏每因势妄行，还为其害，可为悼恨。和帝永元中，诏郡国以"孟夏断薄刑"，此依《月令》，原轻系，以为其罪既不至重，宜速断之，不欲令废妨农桑也。而其后刺史、守相，因以盛夏征召农民，拘对考验，连滞无已，大为烦扰。至安帝时，卫尉鲁恭乃始条正之。自是案考以立秋为断，吏事之敝若此。故朝廷生一事，不若省一事，诏书亦不得频下也。观于曹褒而知汉代之无礼，观于鲁恭而知汉代之无刑。

窦宪戕杀亲藩，诡以边功赎死，朝臣力争不得，竟出塞，大获而还，足塞众多之口矣。然宪此行，耿秉实为其副，将略是其所长，宪不过因人成事而已。观班固《燕然之铭》，极力铺扬，归功元舅，至如元帅用兵何法，指纵何方，史无闻焉。以是时北庭新败于东，汉家兵威尚足，又南部用命，偏裨有人，即微宪总师，未必无成也，若遽以大功归之，谬矣！

和帝之诛窦宪，内谋清河，外依郑众，亦势则使然。夫以窦氏之盈溢，亲附日多，况有太后为之内主，若与一二大臣谋之，内外隔越，动则事露，事露则害成矣。观太后之恩不替于崩后，郑众之封，且迟之十年，奸蠹既清，动无失德，亦非庸主之所能。至于功出阉寺，是生乱源，亦遭时之不造也，贼臣之亏损君德如此夫。

古来将帅家，多好矜忮以取胜。李广以夜行见呵，竟杀霸陵醉尉，人主虽不罪督，亦其志器狷狭，不封侯相也。班仲升以儒家子为将，英略奋发，智如涌泉，孤悬万里，一朝遇李邑之谮，遽去其妻，及邑受诏，诣超受节度，又遣还之，且曰："自省不愆，何恤邑言。"此岂复烈士武夫之志哉！叔皮为人博朗高识，而特以恬淡见称，班生有父风矣。

志士奇功，虽本方略，亦有遭际焉。班都护立功西域，振古所无，然察其所以成，亦适值北庭之弱也。北庭之弱，由南部之盛，又得汉食之助也。汉之供给南部岁直一亿九千万，西域岁直七千四百八十万，岂细故哉。夫费有充绌，固缘时有兴替也，然前此都护有陈睦矣，后此都护有任尚矣，虽有其时，苟非其人，亦不立也。

班固作《汉书》，未成而死。其《八表》及《天文志》有录无书，和帝尝诏其女弟昭踵成之，马融之兄续又继成之。尝怪班史之书，网罗汉事，独古今人物表，泛滥他出，苦其不类，其非孟坚之笔明矣。

班叔皮儿女有二奇，而兰台令史不与焉。定远佣写书生，而化为飞将，立功绝域；大家彤管闺秀，而为世通儒，教授宫中，皆复古今无两。

新莽之时，天下怨畔，郅恽从布衣上书，劝其退守臣节，此惊人骇论也。莽阳以为病狂，终全之。和熹称制，中外称贤，安帝既壮，明辟未复，郎中杜根等上书直谏，未为大乖，太后公于殿上盛以缣囊，一一扑杀之。夫哲妇之昭昭，曾不如妄男子之昏昏也。

汉世臣僚，得以同产丧解官。如议郎韦义以贬刺窦氏，久抑不迁，以兄丧去细阳令；陈重举尤异，当迁，以姊忧去。此礼制之近仁，风教之至厚也。乃独于朝列大臣、刺史、二千石三年丧，数复数断，曾不以为薄，何其不情也。如近代大臣夺情起复，偶有一二，即上负朝论，下乖清议矣，是后人守礼之确，翻愈于曩代也。闵子要绖而服事，曰："若此乎古之道[①]，不即人心。"由斯言之，古人阔略之治，待辨正于后，王者亦不一事也。自非通儒，恶足与语此乎。

两汉京邑令，官秩虽细，权藉颇优，若长安令杨兴者，事已异矣。至东汉，洛阳令弥为藉藉，种兢毙班固于狱中，周纡困窦笃于亭下，董宣取苍头于湖阳公主之车，祝良案夫人于太尉庞参之府，此无问为公义、为私愤，亦太强直自遂矣。夫摧抑豪强，肃清辇毂，此鹰鹯之任，必国家之选臣，朝廷固应优假之。然已有司隶校尉、河南尹，其事足矣，若簿书民事，则有司存，曷乃亦得问及此邪。

汉世贵臣之丧，常赐温明、秘器、黄肠题凑，轻车介士以送之。独和熹皇后弟西平侯邓弘之葬，白盖双骑，门生挽送，此太后追其雅意，萧萧有儒风矣。至于越骑校尉邓康，以家门盛满，宜损私权，上书力言之，犹是意也，而太后绝之，何哉？

邓骘名为引身敬顺，而征羌之役，无功而还，郊劳候问，迎拜大将军，宜让而不让。名为推贤引士，而虞诩凉州之议，恶其异已，挤之朝歌，可容而不能容。此亦外戚习气，固不能无败哉。

章帝元和间，公卿争议朝堂，为司隶所举奏，诏曰："事以议从，策由众定，訚訚衎衎，得礼之容，侵嘿抑心，更非朝廷之福，此何罪哉。"此圣主之言也，然亦问其怀抱何如。若怀私背公，或首鼠瞻顾，或立异取容，既已风采

① 刻本作"古道之"，据1980年中华书局影印《十三经注疏》之《春秋公羊传注疏·宣公元年》改作"古之道"。

消亡，又于规福避祸，未必遂济，亦足羞也。窦宪北伐，邀功万里，袁安、任隗，方守阙力争，而太尉宋由不复署奏。耿宝、阎显，交属所亲于杨震，震拒不从，司空刘授闻而辟之，此亦沾沾于权贵，不顾笑唾矣。及阎、窦之诛，二公皆坐废，当斯时也，独何以为心颜哉？

东海恭王、清河孝王，降而不憾，俭而有礼，终以受福无间，可谓知废。但中山太后虽废，而郭氏宠礼不殊。至于孝王之终自乞骸骨，欲从宋贵人于樊濯聚而不得也。哀哉！

提曳郎吏，诋毁公卿，明帝明作之过也；养誉悠游，不修职业，和、安委蛇之谬也。夫公府不肯案吏，天子乃自撞郎，二者交讥，而事在臣下，为尤敝也。

安帝薄于艺文，博士倚席不讲，遂至朋徒怠散，学舍鞠为蔬刍。顺帝乃缮修太学屋舍，增补弟子员数，尔后四方学徒日众，遂至三万余人，文学废兴，斯以悬矣。然贼臣孽妾，谗嫉忠良，权贵徒属，椓丧天下，其乱同趋。夫君德之不修，朝常之不肃，亦何有夫文貌哉。

顺帝阳嘉中，尚书令左雄立议，“孝廉不满四十，不得察举”，又令“先诣公府，覆[①]之端门，诸生试家法，文吏课笺奏，有不承科令者，正其罪法。”此法颇为综密，而同事诸尚书，皆引六奇、终、贾之说，上书驳之，此安所衷乎。曰：诸尚书所持，泛爱之意也；左令所陈，救弊之宜也。泛爱之言，探本而论；救弊之言，援事则精。设操雄说，陈之高、文、光武之朝，则隘且疏矣。阳嘉间，选举坏敝，四府征辟，既多虚滥之情，州郡察举，又承风旨之喻。即如南阳樊英，名满天下，天子为设坛席，延问得失，犹无深策奇谋以答众望，其怀奇抱瑜，郁而不得进者，谁邪？且茂材异等，既云“不拘年齿”矣，此外不少限止，积弊终以何极。即议者以为颜渊、子奇，旷代一有，不可为程，然天下士，自非夙颖特达，染于波逝则堕，厉以廉隅则登。苟既进之后，澄叙有方，宽其负算，量计强仕，以至悬车，尚得三十年，亦足以展。且杨震五十而登仕，爰自州郡洊登台辅，名迹烂焉，卒为伟人，况乃四十未为晚暮也。夫以颜渊、子奇难得之故，而欲博引杂进，以几连茹之效；以颜渊、子奇难得之故，而思严核精选，以杜滥幸之门，其疏密得失，已可知矣。

东京之士，至于顺帝，号为多人。虞诩荐左雄，而雄引周举；杜乔荐李固，而固招黄琼。虽处昏怠之朝，群贤汇进，颇有匡扶，其于阿母之封、梁氏之僭、阉尹之乱，更进迭至，日夜以争，久为群邪侧目，而无能以比党。中之者，以蹇蹇之节，各有甄明，不相附和故也。观冯直之举，一不当而举，辄以是劾奏雄，自欲比于赵宣、韩厥，在所举不以为嫌，而举主不以为怨，君子之交固如此矣。

① 1965年中华书局点校本《后汉书》卷六十一，“覆”作“副”。

虞诩之诘戎，综练靡艰不胜；左雄之论事，审核无远不括。

纬书伪言乱经，酷于秦火，而东汉诸儒，投时主之好，取为世资，更以《七纬》为内学，《五经》为外学，博如贾逵，犹援合谶之文，以权立《左氏》，虽意在博观异家，兼存师说，然汩泥扬波，其伤已甚。其严绝痛芟，反覆证据，斥于鬼魅，无复匿形者，独顺帝时太史令张衡一奏耳。然其所云“贾逵摘异三十余事，言谶者皆不能说”，求之逵传不见也。大抵美恶之端，悉本风气，当其腾盛，交骛如狂，虽有达人，欲起而正之，物我异观，每更相笑。辟如高屐短辕，矜为炫服，龋齿颦眉，写其妍状，虽有奇丑，鲜不为容。及其事久厌生，过时而废，遂乃晛消雨散，不遏自止，即向之奇好者视之，觉有馀嗤矣。图纬之学，亦犹是也。

内廷理乱安危之故，有台司大臣不能匡，而使私昵群小有其功，其治也，乃所以酿乱，若郑众之诛窦宪是也。廷臣是非得失之公，有清议众正不能平，而使左右近习操其说，其正也，乃所以兴邪，若孙程之讼虞诩是也。郑众封，而五侯、十九侯至矣，虞诩免而周举为之偵矣。

明帝舅阴兴有言：“外戚家苦不知谦退，嫁女欲配王侯，娶妇眄睨公主，富贵有极，人当知足。”盖虑夸奢之致败也。若阴就之子，班超之孙，皆以所尚主骄淫不道，积忿杀之，至被极刑，父母同产皆坐死。此其为敝，又出于所虑之外，得妇若此，益令人不敢厌糟糠矣。

士有独行，创获为贵；缘途方驾，蹊路斯成。文帝时，直不疑为郎，有同舍告归，误持同舍郎金去，心意不疑，即买金偿之，已而告归者来而归金，其人大惭，以是称为长者，稍迁大中大夫。既而，哀平间又有卓茂还马，东汉时又有刘宽还牛，陈重还绔，种种之事，略无差别，诸公自是奇士，然未免雷同矣。大抵两汉间，特重选举士，苦无由自达，故矫情者众，即令为之者出于无意，然不可以概众人。向使选举之事至今而存，如此行事，虽接迹继轨，恐亦未足为难能也。若以孔子、微生之论准之，直道之行，殆不如是。

桓帝初举孝廉，崔寔病，不对策，退而作政论，指切时务，当世称之。今案其大指，但以数世以来，政多恩贷，久致懈惰，救敝之要，在随形裁割，当以刑罚为急务耳。所称梁肉致养，药石攻疾，亦或一道也，而未尽焉。察东汉之治，自安帝始衰，更历三君，以及桓帝，大抵主昏于上，臣偷于下，内则氓庶困于贪残而起为盗贼，外则羌蛮苦于烦扰而入为钞暴，此如救焚补漏，无处不伤。夫原君德而论，则恭俭必先；由吏职而言，则整顿为亟；缘民情而图，则惠恤为大。今第云“四牡横奔，不暇鸣銮，奏节固也。”然察其乱之所由起，以为救之所必究，恐不徒在乎武健威严之治也。彼衰世之主，曷尝不急刑罚，患在主德之不昭，而法因人乱，用之不以其道，而所施未必当耳。苟未必当，则辟诸锄莠而苗秀皆伤，烧薙而通林延火，益速敝之道也。试观安、顺、桓、灵之世，固尝拏戮三公，捶挞九列，忠直一言而传考四狱，党祸一起而逮捕千家，其意亦将以刑威为治也，曾是足以救败哉。

武帝曰："吾欲云云。"汲黯曰："陛下内多欲而外施仁义，奈何欲法尧、舜之治乎？"桓帝好于宫中祠浮图、黄老，襄楷曰："此道清虚，尚无为。今陛下耆欲不去，杀伐过理，奈何欲如黄老乎。"由斯以言，尧、舜、佛、老，均不可以妄求，真能为佛、老者，即可以为尧、舜者也；不能为尧、舜者，亦必不能为佛、老者也。

倪宽作张汤之奏，武帝识之；班彪参窦融之章，光武异之。皆用微意于笔札之间，而文采足动人主，盛事也。若袁安弹驳诸窦，皆周荣与其草；梁冀飞章诬李固，则马融为之词，又邪正角争，入幕之宾矣。窦氏悍夫刺客满城中，荣不为动，冀以区区腐身，觉悟朝廷。而融方为大将军献《西第颂》，坐绛纱帐，鼓琴吹笛，纵观女倡，宝其不赀之躯，而卒被其髡，徒以为世笑。儒者固如此哉！

天下是非争胜之际，每到议论太盛，必是党祸将兴，于京师游士范滂诸人知之。邪正消长之间，每到措手太快，必是几事将变，于阳球、张俭等知之。盖势出于激成，道敝于无馀，则无复可为也。

东方朔诫子诗："首阳为拙，柳下[①]为工。"李固遗黄琼劝驾书："不夷不惠，可否之间，圣贤居身之珍也。"观朔生平，浮沉谐世，其于所云，庶几近之。而固之立朝，忠毅刚果，义形于色，不有其躬，所称"峣峣易缺，皦皦易污"，殆自蹈之，何教人为。审固所论，去就之节也，其所为者，则社稷之计也。盖固与琼，并时英俊，琼之被聘，海内所瞻，又当樊君失望之时，欲藉弘谟，一雪处士盗声之谤，故相与尺书招隐，有是言耳。若已当大位，临大节，崎岖群邪巨蠹之间，而逡巡可否，以远疚吝，是乃胡广、赵戒粪土之为，又何以深非之邪。

窦宪家谮废太子庆而援立和帝，和帝杀之；梁冀忌清河王蒜而援立桓帝，桓帝杀之。此即晋惠、里克、二世、李斯之事，既难乎为君矣，而又益之以骄僭，加之以怨望，求欲无厌，以至覆宗。究其所为，自树之道，乃适以自伐也。自古谗贼之臣，乱人主家法，以便其私、图其报，莫不皆然，而覆车不鉴，后之视前，犹今之视昔，将由不学邪？抑天夺其魄也。

朱穆绝交书，痛愤极骂，可以怨，不可以群矣。世祖时，征士王丹者，司徒侯霸欲与定交，让而未许。其送陈孟公，赠以不拜。其子同门生有亲丧，白

---

① 《汉书》卷六五，"柳下"作"柱下"。1986年台湾商务印书馆《文渊阁四库全书》本《西汉文纪》《两汉刊误补遗》俱作"柳下"。

丹欲往奔之，丹曰:“交道之难也，张、陈凶其终，萧、朱隙其末，非保慎不惑，焉能终乎？”二子之交，盖落落矣。然与为朱公叔，宁为王仲回，夫匿怨而友则妨义，中道弃之则伤恩，是以君子慎其初也。

汉初宰相之职，无所不统。文帝申屠嘉以前，崇礼既优，干正亦显。自武帝好游宴，宣帝尚综勤，皆以宦者处枢机而政去两府矣。光武中兴，愠数世之失权，忿强臣之窃命，虽设三公而事归台阁矣。然武帝既数以军兴诛丞相，而安帝以来，又辄以灾异策免三公，所谓任之轻而责之重，前后盖一辙也。究其敝，则贵戚诸舅擅其外，而女谒阉宦乱于中，其二三守正大臣，如袁安、杨震、李固辈，以去就生死维之，犹不能救。夫所防在此而失之自彼，其在三公四府，政以失职无功，亦非权重之咎也。光武时博士陈元，安帝时仆射陈忠，疏论三公之事，其言甚中，而皆不尽施行，此仲长统所为私论《昌言》，“叫呼苍天”者也。

西汉杨王孙、东汉赵文楚，志尚薄葬，以厉颓俗，其遗书为论甚备，虽骇人情，亦各其志也。初皆致难于其子，而友人故吏乃能成全之，交道之重如此。

宗正刘平，少遭饥乱，旦出，为母采茗，逢饿贼，将烹之，平请归家食母而还就死，贼许而遣之，已而果还，贼以为烈士，终得全。愚谓平未必有此，告者过也。夫缘贼之心，欲得食；缘母之心，又欲得子。贼非此食犹可食，母非此子寻亦死耳，宁争旦夕之命哉。矧凶岁食人，非一贼，饿贼之心，不皆义也，又宁必其终当全哉。平果有此，是执小谅而疏大恩，不忍负贼，独忍弃母，忤德甚矣，必无是也。又，赵咨为敦煌太守还，居贫养母，盗入其家，惭而奔去，咨追以物与之。姜伯淮与季江俱行，为盗所劫，车中尚有数千钱在席下，盗不见，使从者追以与之。此皆作意近名，不则流闻虚误，史家辄记之，仲尼所以叹慕于“阙文”也。

陈万年廉平内修，然以善事史高、丙丞相，得至两府。崔烈有声于北州，当灵帝卖官，因程夫人入钱五百万，得司徒，遂陨堕声闻，至见羞于其子。陈咸床下之对，崔钧铜臭之诮，今犹使人齿冷，二子可谓诤子矣。然其父初皆名父也，即乖众议，其来必有渐，为之子者，曷不从容感讽，积诚动之，使自消融。迨其遂事，乃尔面诘显斥，使无所堪容，父固失矣，子亦未为得也。桓帝时有名臣吴佑，父恢为南海太守，欲漆简写《尚书》章句，佑时年十二，谏曰:“今君逾江湖，越五岭，风俗虽陋，然多珍玩，此书若成，必载兼两。昔马援以薏苡兴谤，王阳以衣囊徼名，嫌疑之戒，愿君少留意矣。”遂辍不写。然而子无诤名，父无谤累，此独非人子邪。

安帝永初中，羌侵边郡。邓骘议弃凉州，取喻于“坏衣相补，犹有一完。”虞诩持之，以谓：“弃凉州，即以三辅为塞，园陵单外。又，凉州多烈士武臣，恐其失望，驱率羌氏，一扰旧京，疽食浸淫而无限极。”朝议从之。此其为计，明白昭彰，皦如日月也，自应县诸国门，副在石室，汉室君臣世世奉之为石画者也。乃至灵帝时，关、陇扰攘，司徒崔烈复欲弃凉州，得傅燮之言而止，察其时，似不知前此有虞诩之言者。夫暗主庸臣，不究世务，国有大事，则诪张眩乱，率为一切之议，以救目前，若崔烈者，固无讥也。然则本朝典论，为大臣者，可不究心乎哉！

杨震之死，有大鸟来；窦武之生，与蛇俱其后。杨氏四世三公，代有清德；窦氏谋诛宦官不成，一跌族灭。盖鸟，阳物也，翰而登；蛇，女祥也，蟄而伏，故其象兆若此。

李燮为议郎，人曰：“父不肯立帝，子不肯立王。”李固可谓有儿。文姬能存孤，固又可谓有女，其事皆烈丈夫所难也。祸未发而先图，则知难难；识王成于仆隶而付以孤，则得人难。及燮既还乡里，姬诫之曰：“弟幸而获全，天也。宜杜绝众人，勿妄往来，慎无一言加于梁氏，加梁氏则连主上，祸重至矣，引咎而已。”则笃守臣节、识达大体难。

公卿大臣，折节名士，接引后进，诚乃雅流，亦须爱之，使自爱，貊其德音，沉其器识，不致增长夸毗，然后可以有为也。如李元礼、陈仲举、王叔茂，位处台铉而与处士郭林宗、徐孺子、贾伟节之属，更相褒重，遂使太学诸生三万余人，相与驰逐，共为部党。至乃贬议公卿，非讦朝政，纷纭忿疾，所由而起，竟以成党锢之祸，非特处士横议，亦由诸公奖许太过，海内承风，致此颓波横流也。盛名难居，可不谨与！

《丧礼》：“知死者吊，知生者唁。”古人有行，未之或改也。汉太尉江夏黄琼之丧，南州徐稺千里赴关，鸡酒既陈，留谒而去，不面主人，以为吊死之义，犹得尔也。至其赴太原郭有道之母之丧，则为有道来矣，亦置生刍一束于庐前而去，则何礼也？将谓不足言也，则如勿临为其贤也。将必陈情接辞，一展酬对之礼，凄怆问慰，以送悲恤之怀。今也有客，有客进止难期，来若飘风，去如惊鸟，夫不见则既见矣，不辞则既陈矣，放士僻行，好以脱为高，以嫚为礼。孺子，汉士之翘英也，而已若此，又何怪乎晋人？

汉末甚重名士，往往玄纁特征，骤登膴仕，其不就者至遣画工图状，瞻式百城，如陈寔父子以及姜肱皆然。虽极宠盛，然非潜德幽光之义也。伯淮之称病韬面，工不得进，差有意乎。

凡朝廷[1]有过当之事，人主有留宿之怒，人臣慷慨陈事为难，亦须从容，少杀其势，得有因缘，然后摅写，则事渐解而说可行。若夫根株未移，不宜更

① 汇编本“凡朝廷”三字，漫漶不可读，据存目本、哈佛本补入。

新其怒。灵帝元二之际，大治党人，至于熹平五年，已更七载，事近少衰而黄门方盛，则祸种也。永昌太守曹鸾上书讼党人，帝怒而杀之，于是诏州郡，更考党人门生、故吏，爰及五属，悉加禁锢。为祸之烈，固未如且勿言也。

党事之起，郭林宗明发周流，而不罹其祸，神龙之德也。申屠子龙心非横议，而翩然去之，冥鸿之节也。皇甫威明耻不得与，而投劾以自污，情近于激昂矣。陈仲弓平心率物，而枉吊以纾难，心劳于委蛇矣。袁夏甫迹率远遁，而全身土室，不治母丧，仁人之所痛也。张元节首发大难，而亡命逃刑，辜连善类，志义之所羞也。

陈蕃为窦武谋诛宦官，似为义动，实无策也，何则？不思其始，不思其反也。夫君子为国图大事、抗大难，清否诚不可知，然其要者，在乎以义正裁之，以事势量之而已。其时，宦寺之横流毒天下，外廷无能谋之者，以窦武近亲，又筦兵柄，故为此谋耳。然武固骤贵，而宦者之典禁兵久矣，左右之袒，未易可量，则新不间旧也。外廷恃武而武恃太后，太后妇人之仁，欲守汉家故事，本无意诛之，则亲不敌近也。夫藉累世之权而托肘掖之地，负必死之怨而切同患之心，其危武也，有余力矣。岂唯危武，太后操之，则势足以危太后，人主操之，势又足以危人主，投鼠灌狐，莽蜂料虎，固古人之所慎也，所谓不思其始也。夫武唯无成也，即幸而胜之，侯览、曹节、王甫、郑飒、公乘昕皆死矣，兵休事已，而策勋如彼，小黄门山冰之徒，固武腹心所用为间者也，其诛之则功臣也，其勿诛则近之必不逊，又一节览也。即不然，而宫省禁密，黄门常侍，别用一番人，令太后楚楚与士人对事，有如异日，何后所云，亦不可不深长思也。且天下大权，唯以大正治不正，为无弊耳。国有长君而太后犹称制，非正也；外戚舅家，无功封侯，衔天宪而握禁兵，又不正也。以不正治不正，则争道也，即以不正胜不正，属有奸人抵隙乘之而他变以生，又危道也。恐袁绍、董卓之乱，当不待灵帝之末矣，所谓不思其反也。然则忠臣之谋国也，安不忘危，义不辞难，将听诸已乎。曰：江京樊丰之乱，杨震愧不能诛而以死谏；五侯之横，黄琼度不能胜而以谢病免。彼非不知除恶之务尽也，以为大臣干国与小臣异。安其身以安社稷者，上也；危其身以济国家者，次也。若夫寡谋而用壮，轻为以致败，既丧其身又以危国，此之谓无具之臣，故不为也。

皇甫规、段颎、张奂，号凉州三明。虽志趣不同，观其力效，皆文武兼资，国之桢干，时之俊杰。设当日邓骘之议果行，诸贤久在弃中矣，尚宁得其用邪。益信虞诩所建策，照烛甚远，确乎不可易也。后来王允既诛董卓，又欲悉罢凉州人，至求赦不肯下，遂激成李、郭之乱，重扰西京。以知救时大臣，断在识度为先，即急遽立事，势不可留，且须停宁一、为远计，甚不可但称胸怀，妄有举措，败国家大事也。

桓灵之世，秕政异变，相因狎至。如御座青蛇，温庭黑气，宣陵孝子，鸿都门生，西邸官钱，宫中狗绶。叹诧之事，史不绝书，而俊及党部，亦与居一焉。可见究竟足以病国，即君子之朋，亦为妖孽也。人臣慎之。

何进召外兵，不但卢植不可，主簿陈琳曰:“大兵聚会，强者为雄，功必不成，只为乱阶。”尚书郎郑泰曰：“卓悍强寡义，志欲无厌，授以大事，必危朝廷。”皆深识卓见之言。进，丧魄庸人耳，不能用也，乌得不败哉！

董卓擅朝，虚收人望。蔡邕三日周历三台，荀爽九十五日而登台辅，至欲逃避不得。趣舍之际，不第人疑，恐亦抚心自疑矣。然卓既为邕却金华而就皂盖车，爽亦多举才略之士，与共图议，卒预于王允、何颙之谋，虽不见其成，此其心迹亦足悲矣，蔡邕止多后来一叹耳。

桓谭善琴，为世祖奏其繁声，司空宋弘犹谓不可。蔡邕见亲待于董卓，每燕集，辄令鼓琴赞事，此与曹丞相鼓史何异！如此而材，不若不材。梁鹄悬书诫子，良有以也。

公孙瓒作易京，董卓筑郿坞，皆志在守财而不能有也。此辈英雄，所见亦略同。

曹公，拨乱之才。其微时，桥玄、许邵、何颙、李赞皆能识之。然太尉腹痛之言近于戏，汝南奸雄之目几于骂矣，顾其独喜，自负怀之不能忘者，乃在乎此，盖相赏在心知也。夫誉之而喜，骂之而怒者，恒人也；誉之未必喜，骂之亦未必怒者，深人也。若奸雄则又不然，彼其隐意自喻，举世莫能知，窃又自疑以为未必当邪，忽乃有人以微谈中之，其以自信又自慰也，宁复计其为骂之与誉哉。故誉之亦快，骂之亦快，愈骂则愈快矣，陈琳之檄，愈其头风是也。

晋文公定襄王于郏鄏而七世主盟，此挟天子令诸侯之始也。献帝曹阳之难，播迁无所，沮授以是说袁绍，令奉迎乘舆，绍不能用也。曹操独纳荀彧之策，争先迎之，袁、曹成败，遂判于此。后来，凡为操所为者，无不知是道矣。然则《春秋》书法，“天王狩于河阳”，不令得以臣召君，正为奸臣防，非为贤者讳也。

王莽厌汉，尝发傅太后陵以逞忿。董卓劫迁献帝，遂至发掘诸帝园陵，收其珍宝。曹操继之，又发梁孝王坟，至署发丘中郎将、摸金校尉。贼臣举动，事无智愚，其惨毒则一也。

曹公恶杀孔文举，阴杀荀文若，谈笑而杀杨德祖，戏弄而杀祢正平，阴贼之人，杀固有道。若夫孔、祢，其所惮嫉也;荀与杨，则其信昵也，究其见杀同。士君子怀才抱智，而与恶人立、与恶人言，亦无一可。

袁绍既以张超故，竟杀臧洪，陈容于坐非之，绍曰：“汝非臧洪侍，空复尔为。”吕布与刘备争徐州，得其故吏袁涣，胁使作书骂备，涣曰：“涣他日之事备，犹今日之事将军。设一旦去此，复骂将军，可乎？”此真臧洪俦也。二烈同命，而袁涣免于兵，以斯事观，绍输布矣。

汉高与项王争天下，不顾其父，当世不以为非；宋高为其父屈于金人，后世不以为是，虽曰“为天下不顾家”，何以处夫天下之为人父者也。徐庶为母以辞刘，当世既以为是；赵苞全郡而不恤其母，后世又以为非，虽云“将母来谂”，何以处夫天下之为人臣者也。夫圣人没而微言绝，即纲常名教之间，其无定论如此，其谁使正之。

孔明常自比管、乐，而云初志“不求闻达”，盖量遇主之难耳，得时则起矣。若管宁客于辽东，依公孙康[①]，人在城南，己在城北，退而谈经，不言世事，此乃不求闻达者也。

观荀彧于辅曹之终，虽未必有贼汉之心，而竟成亡汉之势；观诸葛亮于从刘之始，虽未必有灭贼之力，而不忘翊汉之心，此二子之大致也。司马公于荀多恕辞，而于诸葛从《魏志》，则未知以为孰贤也。

荀彧明于计事，而暗于知人，终吝道也。

刘玄德初取益州，军用不足，刘巴教之铸值百钱，平诸物价，令吏为官市，旬月之间，府库充实。案，桓帝时言事者请铸大钱以赡民用，事下四府群僚及太学能言之士议之，太学刘陶上议以谓：“方今之忧，不在于货，在乎民饥。议者不达农殖之本，而争言铸冶之便，或欲因缘作奸，以贾国利，一人铸之，万人夺之，虽以阴阳为炭，万物为铜，方尺之钱，犹不能救其厄也。”遂不铸钱。夫大钱之议，一也，此议之而难成，彼用之而立效，何也？盖桓帝之朝，国事耗蠹，赏罚无章，天灾仍至，民生憔悴，如陶所言，铸作既未必精，又多中漏，利不归土，流不及下，故鲜济也。若夫益州，旧本沃野，加以刘焉父子典摅有年，政令宽和，公私饶给，其暂绌者，止以刘备初入成都，府库散之军士，其国土未广而政令严明，国小则易一，令严则易行，非有灾荒流冗之耗其外，而侵牟盗铸之乱其中，富盛之实，徐当自复，所以速效也。夫利国之道，其本在乎立政，未有国无政而能丰财聚民者也。

隗嚣与刘表，初皆自处西伯，而士争归之。既而嚣误于其客，事乱而背真，表误于其后妻，宠庶而匹嫡，士又争去之，卒以无成。夫简贤弃士之不足以兴邦，与愎谏违卜之不足以留士，盖古昔同慨也。

魏公操既复九州，又议复肉刑，皆迂阔之想也。夫文帝感缇萦而除肉刑者，本谓死者不可复生，断者不可复属，虽欲改过自新，其道无由，故足悲也。除之而加笞，示生全之意，犹将以君子之道，望天下之罪人，厚之至也。其有本

---

① 据1959年中华书局点校本《三国志》，当是“公孙度”。按，“康”是“度”之子。

非死罪而笞之致死者，近于重人支体而轻人性命。诚有若陈群所言，则吏道奉法之敝，非仁主之初意也。夫欲救此失，则有道矣，一曰笞具，二曰笞数，三曰笞人。案，景帝五年[①]，诏减笞法："笞五百曰三百，三百曰二百。"其后又定棰[②]令："长五尺，本大一寸，末大半寸。当笞者，笞臀，勿得更人，毕一罪乃更人。"如是可以全矣。如是而犹不全，则暴吏之罪也。夫汉法，一也，严延年、王温舒用之而流血盈路；张释之、于定国用之而民以不冤。莫重于殊死，而人不怨者，仁于色也；莫轻于一言，而衔之至死犹能为厉者，惨于意也。故天下所苦于淫刑者，非在平吏，独暴吏耳。以暴吏用轻刑而常得重，则有之矣；以暴吏用重刑而冀得平，必无是也。夫笞法，夏楚之威也；肉刑者，刀锯之余也。笞人而至于死，诚足哀矣。若以夏楚之能死人，而更欲以刀锯涤除之，一假暴吏之手，岂其刀锯果轻于夏楚哉！

曹操至死不移汉祚。宋儒司马君实以为，犹畏名义而自抑，苏子瞻以为，欲身享汉臣之名。夫人臣至于勒兵入宫掖，杀皇后，就帝哀求，亦不知命尽何日，尚有何等名义可畏；即后世之人，谁复以汉臣之名享之者，观石勒之言，亦可知也。察其意，直以汉室当亡，捷足先得，却笑王莽当日作事不详，致有中蹶，故取之非难，安之为难。若已之消弭祸乱，芟艾群雄，功诚盖天下，献帝君臣谁复为难者，区区之虑，独外忌孙、刘，谓当以次削平，然后革命，所谓"让之弥坚，得之益固"，则万世之计也。不意荏苒忽老，此志难谐，乃始进位自王，以卜天与人归之应，及事当垂立而瀣露先零，匆匆不及自为，乃教其子为之，其在当时与心膂私臣，若钟繇、陈群辈，必指授方略，有顾命之言，但其事秘密，"我闻有命，不敢以告人"，故后世不闻耳。此其平生自命何人，而犹以拘拘文法，恒情料之，恐令此公笑人也。

汉有天下始于蜀，终于蜀；得之婴，失之婴；得一曹相国而兴，得一曹丞相而亡。似偶然，又似非偶然。

---

① 《汉书》卷五作"景帝六年五月"；《汉书》卷二十三作"景帝元年"。

② 《汉书》"捶"作"棰"。

后序[1]

今相国益都孙公致政里居有年载，杜门著书，篇帙甚富，胤肇以年家子栖迟逆旅中，恨弗之睹。一日，次君仲愚以公所著《汉史亿》一编来示，又不以其浅鄙，谬属之一言。噫，余何人也，敢叙次公之文哉。间尝论古之大臣，出则赞天子，理阴阳，使万物各得其所处，则相与优游文史，考证得失，以不负其所学。司马温公居洛阳十有五年，为朝野所倚重，其立朝大节，生平功业，具见于《通鉴》一书。欧阳修作《五代史》，当关切治乱成败处，必表而出之，如宦官、朋党、伶人诸论，沉深痛切，可为卓绝千古者矣。今学士家多喜读汉史者，大率以司马、班、范之文优于后代诸史耳。虽然，马迁尚矣，其所采摭尚多疏略，时有牴牾，议者病其是非，或诡于圣人，而况于班、范乎？况荀悦、袁宏之前后《汉纪》乎？然则，是非四百余年之间，庞杂淆乱，非有成见卓识，果何所据以为尚论之资哉！今反覆公所论著，如推本汉高不事诗书，而胚胎文治之意，往往从马上得之；悲霍光之愚忠，而其卒也，亦得愚祸；责陈蕃之为窦武谋诛宦官事，即倖成，亦无以善其后。凡此之类，皆通达国体，计深虑远，其言可以垂世立训，非迂儒曲生好为新奇可喜之论者也。予观近世贤相，如刘文靖、杨文襄诸公，功成身退，声施烂然矣。嘉靖而后，稍稍以权术相倾轧，甚且立门户，矜恩怨，求如萧、曹之清净，丙、魏之同心，蔑如也。惟公敭[2]历内外，致身台辅，天下想闻其风采，虽绸缪阴雨，有硕肤赤舄之安，乃未几而力解政柄，以文章经术自娱，其深识远见，超然于爵禄功名之外，毋亦得之稽古嗜学者，为不可及欤。若其言之辨博雄赡，有本有文，足以启后学之才思，凌已往之作者，特公之绪余耳，而予之愚，亦无能赞一辞也。因书而付诸卷末。

时康熙辛亥秋七月朔吴兴严胤肇敬题。

---

① 哈佛本有此后序。存目本此“后序”，仅第一页可辨识，其后半页漫漶不可辨，再后则缺失。汇编本无此“后序”。

② 原刻“敭”误作“敡”。

跋[①]

家相国作史论，凡二百余条，计三万二千余字，以命小子侗校勘讹误。讫，乃作而叹曰：甚矣，道古之难也。夫谋国者，计有得失，势有险易，政有治忽，行有忠佞，此列史家褒讥训戒之大略也。然得失常出计外，而天与人不同谋；险易每变势中，而今与古不同概。一政出而治忽殊效，则趋舍顿疑矣；一人用而忠佞互指，则名实交乱矣，盖论定若斯之难也。浅者傅会成败，皮相雷同，往往而有。夫读古人之书而不通其意，与逐众人之论而安受其愚，其蔽一也。我公居恒燕谈，提衡列史，独好两汉。盖谓三代以下唯此，其治为近古，其言为近雅，犹不失作者之意也。今此论之作，体大思精，风神绵邈，其殆鼓铸于汉人之神体而出之者乎？抑亦向者秉钧握衡，固尝大猷是经，先民是程，是以视周虑远，而心知其所以然，即举古昔一代之大政治、大人物，殆如身处其时、预其事，而廷议参录之？不然，何其微显阐幽，英议创发？乃观者怡然理顺，而但服其明允也。然则是书也，以纬文者尚其辞，以删史者尚其义，以行己者尚其正，以临治者尚其达，神而明之，岂惟道古之训，余小子愿执此以往焉。

康熙辛亥夏六月朔，次男宝侗恭识。

① 存目本无此“跋”。孙宝侗《惇裕堂文集》选此文，“相国”作“相君”；“二百余条”，作“二百有七条”；“三万二千余字”作“二万二千余字”；“讫”作“初惊怖其言，既卒业，则涣然冰释，旷然发蒙”；“政有治忽”作“制有治忽”；“一政出”作“一制立”；“其殆”作“岂即”；“乃观者”作“使观者”。

颜山杂记

序

孝水之为乡，于县最僻远，而山川清丽，民风朴愿。城之者王先生元美，记之者李先生于鳞。于鳞之文颇奇伟，而地与事皆不甚切实。盖李生平与王最深，其为文特欲侈大之已耳，固未尝身至其地，而详考其父老子弟也。然王公之城孝水也，襟阜带溪，向背得所，高岫霞蒸，清泉脉错。自是百年以来，民生日繁，人文日兴，变乱之后，岿然独完，其功岂可忘哉！李所为文，盖于王为不诬，而于孝乡则少疏矣。城东秋谷 魏别驾祠，有冯文敏、钟司空二公碑文，亦雅健可喜，其于风土，交涉颇狭。予少年稍知读书，每怅然有感。夫墝坤必待人而显，而人之文辞非工弗传，故胜区名作常患不相值。若幸得之，而言之失真，考之不详，亦犹之乎不相值而已！相国沚亭孙公，往与予共砚席，亦怀此叹，今垂三十年矣。兹公以谢病暂归，里居多暇，因成《颜山杂记》四卷，寄以示予。予读之，简而有法，洁而多姿，上追《考工》《尔雅》，下亦不失应劭、郦道元。其文之工足以传远，而其实则父老子弟所终日耳而目之，里巷诵说，无异物、无异辞也。昔云：元气之融结为山川，而山川之奇，莫不有所钟以自见。孝水之受名旧矣，自王先生城之，又且百余年，传记所载，碑版所垂，非不众多也，而工且信者，不假于异邦之人，而卒出于公，则吾孝乡之山川，诚亦灵矣哉！

康熙丙午徂暑同学赵进美题[①]。

① 四库本仅作“赵进美题”。山水本缺此序。2007 年山东大学出版社《山东文献集成》第 2 辑影印赵进美撰《清止阁集》抄本收入此序，题作“孙文定公颜山杂记序”。

序[1]

余幼读书，谈乡里事，尝有二疑。一，龙图范老，本吴人，尝守青州，青州至今传“范井”，固也。何颜城僻在深山，乃亦有“范泉”，将无影响？又，陈仲子者，既隐处於陵，皇甫谧《高士传》及刘孝标《世说新语》注，又有适楚见聘之文，且赖妻言而止。以仲子穷饿，又动与妻俱意，楚国远矣，安从得车粮，资此远举？后读《宋史》，乃知仲淹少长于长山，及举进士第一，犹名朱说，旧读书长白山，而此泉亦其寄迹，非宦迹也。又读《春秋传》，鲁成公九年，而楚入渠丘后，竟灭莒，又灭鲁，直与齐接，今颜山上古长城，乃齐、楚之防塞，去於陵百里耳，当仲子世，鲁虽未灭，意楚人狡焉，启疆逼齐已甚，即远不过二三百里耳。因叹人不读书，见闻寡陋，以视天下事，固鲜不影响者也。甲辰冬，余病罢官，兀兀归卧，以山居少累迟之。越岁，目渐能视，腕渐能书，属长夏无事，兼所居近山，松下多风，亦不甚暑，聊疏乡里间事以遣怀，或一日、间日、三数日，辄得一条，手自录之，数月遂成卷帙，因题曰《颜山杂记》。以示友人，蒙曰：“是当为颜城作志。”余曰：“志家文繁而不杀。盖细大毕举，皆须有义例。兹余所记，特里巷细言，纪近不能及远。矧向者诸乡先辈，郡有志，邑有志，志邑而乡举矣，安用枝指为？”曰：“然则不失为《荆楚岁时记》《华阳人物志》耶？”余曰：“彼《子虚》《三都》之旧，俶诡瑰丽，笔不胜书。兹颜城三里山郭耳，竟为其书，恐亦不得也。”

康熙四年岁次乙巳秋七月朔沚园灌长识[2]。

---

① 《沚亭文集》收入，题作“颜山杂记自序”。

② 故宫本缺此序，四库本仅作“沚园灌长识”。其他版本俱作“康熙四年岁次乙巳秋七月朔沚园灌长识”。

颜山杂记卷一

益都孙廷铨伯度纂[①]

山谷

盖泰岱之阴，连山二百里，断而复起，然后有长白。故《图经》曰："长白，岱之北辅也。"其二百里间，山大如长白者多有，《图经》皆无专名，明乎皆泰岱之支麓，义不得有专名也，辟言地大者，虽复千里，一以州举之，此其义也。虽然，山大矣，民众矣，同在山中，莫适名也，则言不顺。于是乎地从主人，或以方，或以物，或以人，或以水、泉、草、木，各意赠之，辟犹遗贤在野，乡人得私谥焉，此其义也。孝乡之山，北望长白，东连郡郭，其大者宜从郡不从乡。然郡于岱远，乡于岱近，其自岱来者，先从乡后从郡矣。盖环城而近，有南之峨嵋焉，东之荆阜焉，西之凤岭焉，北之鸽崖、虎山焉；自岱来，望颜城而先入，与莱人共之者，有岭西之禹峰，土门西之樵岭，关下之瓮口岭焉；自岱来，趋长白而去，欲去不去，延伫于淄、青之界者，有峪口之双山台，南之八子砦焉；自岱来，循莱芜谷而东去，复折而西，以启峨岭之秀者，有东南之岳阳、黑山焉。《郡志》失其什九，山中之人闲日补缀，凡其自效于兹乡者，皆得录而存之，以示后之居是乡者，得考其略焉。

峨岭　峨岭者，峨嵋也。峨嵋也者，蛾眉也。山形秀曲，如眉之临目也。北来者十里间，遥见四山高寒，一峰隐秀，楼阁三成，在青苍烟霭中，峨岭上文昌祠也。在城南关。

凤皇岭　其山南接樵岭，北连西崖，迢迢不极，一峰回注，北翔而南折，如凤鸟之矫翼然。山半有玉皇宫，石楼古木，时出清钟，遥对长河岸柳，浅浦沙汀，历历行人，闲闲鱼鸟，最为幽绝。在峨岭西南，隔水对峙。

---

① 康熙刊本卷端仅作"颜山杂记"，不标卷次，版心标卷次。康熙刊本卷端题下作"益都孙廷铨伯度纂"，四库本卷端题下作"秘书院大学士孙廷铨撰"，后皆如是，不另出校。

◎玉皇宫宋刻四圣御押

太祖　太宗　真宗　仁宗

（右一押泐阙）

四代皇帝御书押字，谨命工再模刻于石。朝夕瞻礼，上答圣恩。宣和乙巳重六月，神霄玉清宫赐紫道士（阙）。

◎宋碑·肖蓬瀛亭记

乘鸾跨鹤，神仙之胜游；瀛海、蓬莱，洲岛[①]之绝境。世之人喜道神仙中事，然不过传记所载，闻而知之者耳。颜泉[②]山水之富，冠绝淄境，岩居川观，盖千余家。而居民之东，幽谷有泉，昼夜混混，盈而不竭，是为二女；众泉合流[③]，穿云透石，潺潺焉泻出于两山之间，是为东溪山[④]；山之阴，支分派引[⑤]，不假疏导，灌溉蔬圃五六十区，是为平流。平流之侧，张君道源别业在焉。南际谷口，东接水涯，凿池汇泉，植莲养鱼，洲渚其中，甃以巨石，构亭其上，桥梁固而鲸背高，画舫回而涟渚碧，极目周视，烟岚四围，凭槛俯观，花木丛翳[⑥]，随所瞩寓，皆足以涤尘襟而爽心目。故能使人暂到忘归，每来终日，胜地[⑦]若斯，岂数见于人间世哉[⑧]！克肖蓬、瀛，信非虚语。其始凿池，余尝为赋

① 1965年上海古籍书店《天一阁藏明代方志丛刊》影印明杜思修、冯惟讷等纂嘉靖四十四年刻本（以下简称“嘉靖《青州府志》”）“洲岛”作“神仙”。

② 嘉靖《青州府志》“颜泉”作“颜神”。“颜神”前有“好事者慕其名而恨不获见往往构葺池馆以拟其万一或未足仿佛所闻况可得而肖诸”三十五字。

③ 嘉靖《青州府志》无“岩居”至“合流”三十三字，仅作“幽谷有泉”。

④ 嘉靖《青州府志》无“山”字。

⑤ 嘉靖《青州府志》作“由山之阴，枝派分别”。

⑥ 嘉靖《青州府志》“翳”作“萃”。

⑦ 嘉靖《青州府志》“地”作“概”。

⑧ 嘉靖《青州府志》“岂”作“其”。“哉”后有“虽传记所载，未必能过”九字。

诗，今亭既成，复属余为记[①]。夫惟处市廛而有林泉之志，厌俗嚣[②]而思物外之游，自非性识明达，宇量夷旷，孰能与此！道源其庶几[③]乎！大观己丑季秋五日，新秦台理曹椽李桓记[④]。

◎元碑

天之理，一耳；气之运行，亦一耳。故心外无天，天外无道，舍心而求天，舍天而求道，犹适越而北辕，其谬甚矣！自汉武立“通天之台”“候神之馆”“承露之盘”，虽为觊福而设，亦未闻庙而奉天帝也。唐明皇祖老聃，始宫“太清”于亳邑；宋真宗奉天书，始宫“玉清昭应”于汴都。又，诸宫观或置使以领之，亦有宰辅而兼祠职者，而徽宗以天子之尊，而加“教主道君”之号。时琳宫之在天下，奚啻万区，而三清老氏之祠，无处无之。淄郡南鄙一舍许，有山名“峨岭”，笼水出焉，峰峦秀丽，为诸山冠。宋大观己丑，有贤而隐居黄冠曰“张道源”者，乐是山之岑蔚，像玉皇而宫之，松竹亭沼之胜，蔬果鱼鳖之饶，绝迹尘外，以俟世路清平（阙）尔[⑤]。道源既死，宫亦（阙）灰，靖康之乱，迄圣朝延佑，于今百禩，无虑六七作，至泰定初年，摧敝又有甚焉。乡耆胡深、王福凡二十辈，鸠金僝工，圯而复营，于是神路有门，灵官有堂，百年朽敝，复为伟观。苟无此新，将遂瓦砾荆榛而已尔，其如摩天苍桧何？是宜碑之以作义气。

前乡贡进士东洋李源撰

新授临江路新淦州蒙古学教授胡从善书

益都路益都县典史张

益都路益都县颜神镇巡检时

进义校尉益都路益都县主簿周

承务郎益都路益都县尹管诸军鄂啰[⑥]、劝农事乔汝楫

将仕郎益都路益都县达噜噶齐[⑦]、兼管诸军鄂啰、劝农事呼图克特穆尔[⑧]

---

① 嘉靖《青州府志》“属余”作“丐予”。“记”后有“可无言以纪邪”六字。

② 嘉靖《青州府志》“俗嚣”作“嚣俗”。

③ 嘉靖《青州府志》无“几”字。

④ 嘉靖《青州府志》无“新秦台理曹椽李桓记”九字，仅在文前作“新泰李桓记”，此处“新秦”当是“新泰”之误，“椽”字当是“掾”字之误。

⑤ 康熙刊本“阙”作“□”。下同。

⑥ 康熙刊本“鄂啰”作“奥鲁”。下同。

⑦ 康熙刊本“达噜噶齐”作“达鲁花赤”。据《钦定历代职官表》卷八：“达噜噶齐，蒙古语，头目也。”原本作“达鲁花赤”，今改正。

⑧ 康熙刊本“呼图克特穆尔”作“忽都帖木儿”。

至正二年岁次丙子二月　日

虎山　虎趵崖。虎者，武也。当镇城之北方，以填水口，谓玄武也，有玄帝之宫焉。又，山虽小而作意大，有力如虎也。趵，踊跃也。

英山　鹁鸽崖。削崖临水，栖鸟起于壁间，与虎山夹处，以助其力焉。

东阜　即荆山麓也。下临秋谷，上有盘石广平，俗谓范文正公读书台，犹虎丘“千人石”也。以僻处也，隐而无名。在城东偏。

黑山　环城诸山多青石，此独黑。取而炼[①]之，一石石得二斗铁，孝乡之釜、鬵、镃、犁，是取资焉。《郡志》谓言“林木蔽亏，常如晦瞑”。闻之不详也。在峨岭东十五里。

瓮口岭　自土门道至青石关二十里，两山夹溪，崖壁峻竦，岩树交参，单车徐引，数步一息。时则秋泉鸣于空峡，谷鸟弄于阴林，夕日层阴，徘徊屡顾，诚樵隐之盘居，羁涂之逸驾矣。

◎参政四明陈沂诗

万岭千山一道分，向空盘磴历青云。丹枫黄菊争秋色，白石苍崖共夕曛。长剑倚峰当面立，净琴流水傍车闻。秦关蜀栈无逾此，绝险真穿虎豹群。

◎副使吴郡王世贞诗[②]

千秋此夹谷，驻马意徘徊。苍岭峰争向，青天线划开。人疑悬索度，水忆建瓴[③]来。回首兵车地，虚生命世才。

◎里人孙宝侗《瓮口道歌》

瓮口道中溪谷黑，青石关下万石塞。马踏石棱盘空行，俯身北下愁倾侧。前山回合路欲无，夹岸高峰向人逼。有时叠嶂如连城，白日蔽亏生瞑色。秋高万树纷紫翠，黑者露润垂秋实。山鸟不鸣秋已深，猛虎高卧夜留迹。长弓在背箭在腰，蚕丛自奋千夫力。忆昔左车夸井陉，宋武大岘快所经。道左马陵伏神弩，天畔壶关拥地形。又见此地设天险，九州则壤分徐青。周家青社胙茅土，山阴则齐阳则鲁。伐齐曾记哀公年，艾陵一战雄千古。先克博邑后克嬴，此地川岩映赤羽。当年南北阻岩关，夹谷台高孝水浒。圣代一统亭障空，青济分疆开二府[④]。白羊水落群山高，天末秋风吹锦袍。腾逃山鬼奔苍鼠，无限寒光照宝刀。

① 康熙刊本“炼”作“煅”。

② 1976年台北伟文图书出版有限公司《明代论著丛刊》影印明王世贞撰《弇州山人四部稿》明刻本卷二十六，诗题作“自夹山趣颜神感古”。

③ 康熙刊本“瓴”作“瓶”，《弇州山人四部稿》“瓴”作“缾”。

④ 1932年济南同德印刷局刊行孙宝侗《惇裕堂集》之《立身集》收入，诗题作“瓮口道”，“青济分疆开二府”作“青济之疆分二府”。

禹山 去城西十五里，为王大岭。四望层峦起伏，淼淼如连波，孤峰桀立，万山之表。时有云气浮浮，带其苍岫，雨则先起，晴则后散，城中之雨候也。

樵岭 登团山而南望，重冈合沓，灌木塞涂，是樵岭也。其下开敞，小有田居，樵屋依岩，三三两两，中多白石、晴沙、氿泉、侧濑，交影青林之下，炎阳朱夏，失其酷暑，樵岭泉也。今悬崖有洞，去地百尺，猿引而上，容数百人，土人避兵处也。在城西南十里。

八子砦 北为深谷，西为门，东、南皆巉岩，不可以上。对谷有人家，茅屋衔山半，裂石间有洞在岩际，不可梯攀，中多夜明砂，土人岁一取之，缒崖而入。在城西十里。

石马山黄红峪 在城南三十里。

◎赵进美《黄红峪记并诗》[①]

村居，日已逾亭午。客有谈黄红峪之胜[②]者，率尔命蹇。过墟落阡陌数里，陟山麓，山率磅礴争奇，无所容，不可往。至峪，则岩尽立，林木皆俯，忽有邃壑[③]透迤而开者，秋潦之所出也，人因以通焉，奇石笏列。既往，即攀援以登。未里许，导者邀予遵左岩之足，猿引以上。予恃掖者，掖者恃蔓葛，影皆遥悬。至一洞，仰视其户，犹在百尺巅。登者手、口、膝、足，皆倚于石，如将入焉，所倚各相附，始徐移其一，不可上下视，不知所至，惟听于石。踞洞而望，重山苍然，危岑倾岫，异势而同赏，古[④]岩对峙，杂木森拔，时见一二人出没鸟巢枯叶间，风罗罗不止。良久而下，复循峪以入，山愈迫，石愈瘦而壮，细流亹亹，锵然鸣答。岩半[⑤]有小泉，甚湛洌，落苔藓中，散流若无。游者至此，忽自见其影在石上，乃共叹怅焉。初，至第三潭，潭浅而澄，寒石相依，寂寞幽洁，若为冬意所束。又百余步，则第二潭皆冰矣，石气互映不可辨，冰上有枯树痕，劲枝颓干皆如画。复进，则石之或植或卧，咸丈余，错愕相承。初谓径且穷，既数逾之，衣袂冷冷有声，受吾趾者，皆若奔云积雪，目力所聚，惟苍寒肃肃而已。初潭渊莹秀彻，石环之以鉴其古貌，嵯峨参差，大者箕踞，小者旁睨，而以潭也，则意益孤，势益严，致益冷，而潭亦因石以成其静。峪至此且尽，岩既合而怒起数百丈，老藤盘蜒空游，异木[⑥]交荫。夏秋间来石上者，

---

① 《清止阁集》卷六《清止文草》收入，题作“游黄红峪记”。

② 《清止阁集》“胜”作“佳”。

③ 《清止阁集》“邃壑”后有“透”字。

④ 《清止阁集》“古”作“右”。

⑤ 《清止阁集》“半”作“畔”。

⑥ 《清止阁集》“木”作“本”。

不见星日，瀑布乘岩首而垂，飞沫四溅，潭上之石皆不可坐卧。潦水既收，潭石皆定，人始得近狎之，而犹凛然憭栗，神凄息敛，若无依也。峪既窈窕幽窅，层障阻蔽，暝色冉冉，方自众山来，而遂已先暮。潭石清寂，出其光洁并以照人，归者如行淡月中，忘吾劳焉。

严冬方凛冽，绪风沐[①]寒畴。空林依积雪，寂寞发[②]奇游。暝色入鸿蒙，岩静清潭幽。微云翼孤峰，素石鸣潜流。绝壁无晦明，日夕苍烟留。岚气何处灭，时见归鸟投。阴壑雷雨古，山光草木收。苔洁含晨冰，返照披暮丘。众岑相波涛，渺如漾轻舟。

西皋　当禹石门外之岩崖也。

◎孙廷铎《清明饮西皋》诗

天亦爱时节，风恬物自清。以君临水意，动我看山情。野圃垂新柳，春城上旧莺。萧辰多胜事，随意一班荆。

壶觞杂坐卧，徙倚晚烟生。自觉怜同调，谁能惜宿酲。席边芳草合，眼底李花明。不有石门唱，那知物外情。

水泉

青州之水，载在《禹贡》，曰“海”，若淄、若潍、若汶（南汶）、若济；旁见于传乘，曰“渑”；广于《水经》，曰汶（北汶），若胶、若巨洋，皆川水也。禹堙洪水，除菑害，疏贡道，则已非是不书，盖举其大，而细者可略也。大禹既没，陵谷变移，寻经脉水，时有抵牾，故桑钦又详之，盖举其细，而大者可按也。海纳百川，川纳众流，一勺之多，亦归溟、渤，匪是则河海无以成其大，故郦道元《水经注》，剔山穷谷，录及涓泉，野渚渟潭，悉归掌故，盖举其纤，而细者可尽也。若又其隐者，泉生阶戺，清濑时闻，润起云根，秋泓乍泻，事已微矣，非其土著，孰记潜源。聊举昔人所遗，复缀于此，非其境者，虽近不录焉。

大洪泉　又名白云泉　在凤岭之阳阿。巉岩垒叠，相承如版干，怒涛裂石而出，水窦处可阔八尺，高六七寸。倾岩争吐，石淙悬注，下激深潭，惊湍急峡，恍忽动摇。每清秋霁夕，缘溪洄溯，雪浪飞寒，觉微风扇于蘋末。临石徙倚，如雾露沾人，虽去之若遥，砰雷之声，犹自在耳。

按，黄河之下吕梁，谓之“洪”，言其惊急而盛大也。《郡乘》讹为“打哄”，

① 康熙刊本“沐”作“沭”，误刻。《清止阁集》卷一《清止阁诗》收入，题作“游黄红峪”。

② 《清止阁集》“发”作“对”。

或又从而实之。鄙俚无文，失其趣矣。

◎赵进美《白云泉诗》[①]

犹借危岑势，独宜幽者闻。色侵寒石净，声自乱云分。晴动苍萝径，秋生白鹭群。壶觞莫早返，留看月纷纷。

奇云吐洁岫，远似此泉光。但在溪声内，同分山气凉。风烟接潋滟，城郭入青苍。前浦孤峰下，森森鱼鸟乡。

药王泉　出大洪泉下。白石硠砢，荇芹蒙密，吹浪翻澜，汩汩四出。以上承洪泉之颓波，不辨其际，但觉水面至此，乃突而高。洪水有涸，此泉不绝。

白羊河　出西山，流入瓮口道。乱流齿齿数里，行积石中。水南有巨石临倚，方广若三间屋，亭亭如波上立，下则晴沙散雪，吹影镂纹。夕阳微射时，睹沙面如纵笔奇书，恍恍无定，悉天然二寸鱼，与石旁木叶、秋花相映，时则称此石为“钓鱼台”。其水东去，又入石涧中，壁门斗绝，无复寸土束隘，争鸣落石潭中，曰“黑石之湾”。又，北带麓泉水以入孝水也。

麓泉　出黑石湾下，河东岸侧。

孝泉　出大洪泉百步外，颜文姜祠下。深源静闷，汇为清池，深可丈余，浮泡泛珠，吹沙涌起，澄净寒彻，不掩针芒，藻翻荇摇，皆可辨数，其上虚檐翠柏，负日高寒。临斯池也，靡不倚槛徘徊，蠲烦易虑者矣。水出祠外，与大洪泉水合，径践积石，悉成湍濑。峨岭之阳，诸山泉水左注之，鹭立凫投，小有渟潴，乃行峡中，石梁起于绝壑，阑干横带两山。过梁，支离泉、柳林泉水右注之，北流径西寺阁前，黄石起于山根，轻湍为之洄注。至镇城西北范河口，范水左注之，又北沙沟山水右注之，又北出于两山之间，是为虎山矣。其水半潴深陂，半流石上。又，东北后峪诸山泉水左注之，又屈曲西北，石臼河水右注之，又北至般阳，与般水会。

◎赵进美《孝泉诗》[②]

逶迤近桑梓，触事皆可悦。矧兹晓山净，复对寒泉洁。寥寥广殿虚，肃肃凉风发。弱荇摇中池，素涛散成雪。石壁泻微云，鸟声弄清樾。倚栏荡尘缨，顾影伤短发。十年困奔走，望远意飞越。何当耕溪滨，放歌甘薇蕨。

惆怅石桥古树凉，天涯行李岂能忘。已知山意多秋雨，自听泉声到夕阳。[③]

支离泉　出凤山峡口。本沙泉，细水而枯旱不竭。昔有道士刘支离咒此水，有奇异，立碣书符于泉上。石迹犹存，今移于山上玉清宫。其详不可得闻。

---

① 《清止阁集》卷一《清止阁诗》收入，题作“白云泉”。

② 《清止阁集》卷四收入，题作“孝泉”。“泻微云”抄作“写微云”。

③ 《清止阁集》卷一收入，题作“笼泉”。

柳林泉 出支离泉下。菀柳繁阴，可枕可漱。

二女泉 出城南峨岭之北麓，东西有二泉。东泉清深，珠而不藻；西泉渊闳，藻而不珠。泉南旧有二女堂，今四角石础犹存。盖闻昔有二女，闵其父母老独，无儿，遂乃共誓不嫁，投身净门以资供养，泉上是其出家之处。惜其碣石湮灭，事迹难详。其曰“龙泉”，曰“珍珠泉”者，皆后人之所目也。夫画龙不灵，照乘非宝，忍没独行，成斯浅义，因缘乖格，未谓惬然。泉上今为龙泉寺，桐柏蓊郁，香台闲静，以近山也，鸟声多而人迹少，时闻僧伽赞扬清梵。值秋高气彻，则万柿垂红于金字，丹鱼吹碧于净池，此焉栖息，亦为胜因。水出寺北，流径赵御史班玺园亭，至于城下，半入水门，半落隍中，西流北折，同入范河，以归孝水也。

◎赵进美《疏泉记》[①]

龙泉水入南城而支焉，又绕西城外，城中西、南人皆临水而居，日得一人，合城中西、南人，其得不计矣。今岁旱，泉不能出，日失一人，合城中西、南人，其失不计矣。合城中西、南人而出之，或一人，或一日，或数人，或数日耳，其得又不计矣。塞既久，泉必他溢。若大雨，泉不能出，然能没也，彼时出之[②]，其失又不计矣，众计必能知此[③]。崇祯十一年五月二十八日，余侄世荣实倡利浚之举，亹亹新流，长幼沛悦，爰刻同言，以识始作。

◎孙廷铨《过赵侍御园亭诗》

我屋青岩侧，君园碧水浔。苍茫连一径，萧摵寄遥心。泉落山皆响，门深柳自阴。坐来幽兴惬，听遍应时禽。

小筑非时就，孤亭羡此安。人家分水石，吾土富林峦。病觉抽簪好，官虞避地难。终当茅结屋，浑似此中看。

范泉 出东阜 范文正公祠堂下。祠前临秋谷，涧道回合，旧富乔木，其泉流入涧，绕树穿林，木叶泉声，潇潇响答，文正微时读书处也。按，文正父为淄青记室，客死。文正少孤，育于长山朱氏，因名“朱说”。尝读书长白山醴泉寺，断韲画粥，刻苦励志。及登第，乃易姓名，故其表曰“入境遂称张禄，乘舟偶效陶朱”。以秋谷之接迹长白，实为胜地，伏读栖寻，其有由然。近居人于此谷上，远驾石梁，平通山脚，接引泉水，遂乃于梁上跨谷分流。每寻梁憩集，虚谷来风，青岩阻日，弄溪光，拾涧藻，石梁上下，南涧北流，东泉西逝，

---

① 《清止阁集》卷六《清止文草》收入，题作“募浚龙泉引”。

② 《清止阁集》无“彼时出之”四字。

③ 《清止阁集》无“崇祯十一年”等三十七字。

月净波明[1]，宛成十字，濠梁之性，乐以忘还。其水径乎城中，与二女泉合，其支流之不上石梁者，循山旁注，径赵济美凉洞亭南，落入于涧，皆于城北会为范河，以归孝水也。

◎分署通判平定和清《游范泉诗》

龙泉之东秋谷口，泻出寒流漱琼玖。谁种长松绿蔽天，系云两岸垂杨柳。凉透襟裾暑气微，范老藏修岁时久。云间片石读书台，篮舆直上荆山陡。平看翠壁夹长川，鸟鸣不见红尘走。相逢月色满山堂，况有清人载斗酒。冈南冈北尽桃林，问花开后还开否。待得春归约再来，寻真肯负攀枝手。慾游何处问高风，千载古人吾尚友。

◎孙廷铨《初春贼退后偶过范泉诗》

晴嵋犹照石床书，树杪危栏晚眺馀。石引泉声成宛转，雪残山意上清虚。条风微欲迎玄鸟，弱荇春来聚白鱼。斗酒相呼频未厌，近时忧乐倍踌躇。

◎赵进美《同题》[2]

风日今晨定，山烟尽作春。艰难郭外意，珍重乱馀身。溪色分晴远，城寒借柳新。清吟同倚杖，幽磬更依人。

又，《岁暮饮家岐叔秋谷园亭》

树暗溪声绕，山明日气衔。云霞寒入座，冰雪静依岩。谢客乌皮几，长歌白木[3]镵。薜萝春欲发，三径莫全芟。

又，《别墅作效晚唐》

十里岚光烟后新，萧萧灌木照溪滨。青鞋短杖寻山志，白石寒泉隐士身。断续蝉声草阁雨，高低驴背板桥人。北窗柳色风吹入，薄暮云归满四邻。

双泉

观音泉

沙泉　皆出范泉南秋谷中，北与范水合。

马君祠泉

张一泉　皆出西山，旱溢无时。夏秋水涨，则粼粼成川，同为沙沟河，以达孝水。

◎孙廷铨《晚秋过马君祠诗》

孤村人境外，烟火负岩居。茅屋图堪仿，霜林锦不如。峰回看路误，木落识天虚。日夕狂歌起，依稀是接舆。

---

① 山水本“明”作“闲”，其他本皆作“明”。

② 《清止阁集》卷一收入，题作“偶过范泉”。

③ 《清止阁集》“木”作“水”。

小圃深藏壑，危峰欲造天。刈葵千树露，蒸枣一林烟。山势连愚谷，溪流似冷泉。翻愁车马过，萝径最高悬。

务子泉

倒流河

梁庄泉　皆出东山，合流，径彼岸寺，南入于孝水。按，后峪村彼岸院，金世宗大定四年敕建，有尚书礼部牒文，刻石院中，馀文剥蚀，不可辨读矣[①]。其寺后枕山阿，前临溪水，平泉深柳，可以植莲菱，泛凫鹭，为胜观也。

按，《水经注》："陇水南出长城中旧注，当作泷水，泷有双笼二音[②]，东[③]北流至般阳县故城西，南与般水会。水出县东南龙山，俗亦谓之为左阜水。西北径其城南，王莽之济南亭也。应劭曰：县在般水之阳，县[④]资名焉。其水又南屈，西入泷水。[⑤]北径其县，西北流至萌水口，萌[⑥]水出西南甲山，东北径萌山西，东北入于泷[⑦]。泷水又西北，至梁邹东南与鱼子沟水合，水南出长白山东抑泉口[⑧]。山，即陈仲子夫妻之所隐也。《孟子》曰：仲子，齐国之世家，兄戴禄万钟，仲子非而不食，避兄离母，家于于陵，即此处也。其水又径于陵县故城西，王莽之于陆也。世祖建武十五年，更封则乡侯侯霸[⑨]为侯国。其水北流注于泷水。泷水，即古袁水也。故京相璠曰：济南梁邹县有袁水者也。泷水又西北径梁邹县故城南，又北屈径其城西，汉高祖六年，封武虎为侯国。其水北注济。其[⑩]城之东北，又有时水西北注焉。"

《青州府志》："古孝水，一名笼水，今孝妇河也。北注般阳，般水入焉，又北径长山县[⑪]西，又北径新城县西，又北入于小清河，抵高苑、博兴、乐安，

---

① 1989年中州古籍出版社《北京图书馆藏中国历代石刻拓本汇编》(以下简称《历代石刻拓本汇编》)第46册收《彼岸院记》拓本，"礼部牒文"作"大定二年"，吴式芬《捃古录》卷一六作"大定二年十二月"，此作"大定四年"，当是误刻。

② 1922年上海商务印书馆《四部丛刊初编》影武英殿聚珍版《水经注》卷八，无此小注。

③ 《水经注》无"东"字。

④ 《水经注》"县"作"故"字。注云：案，"故"近刻讹作"县"。

⑤ 《水经注》"北"字前有"陇水"二字。又，"泷水"悉作"陇水"。

⑥ 《水经注》无"萌"字。前句"口"字下注云："案，此下近刻衍萌字。"

⑦ 《水经注》有"水"字。

⑧ 《水经注》"抑泉口"作"柳泉口"。下注云：案，"柳"近刻讹作"抑"。

⑨ 《水经注》"霸"字后有"之子昱"三子。下注云：案，近刻脱"之子昱"三字。

⑩ 《水经注》无"其"字。

⑪ 嘉靖《青州府志》无"县"字。

又东北高家港入于海。”小清河，即济水之支津也。

城市官署缘起

余行万里，而叹人事之治乱靡常，地气之盛衰有故也。或都邑而废为丘墟，或乡聚而蔚为奥府。其将兴也，贤必众多；其将废也，俗必先坏，不可不察也。孝乡于古虽无专城，然其郊于齐、鲁则大国也，错于淄、青则雄州也。南接泰岳，其山郁仪以嵯峨，犹岱畎也；孝水洋洋，润数百里，卒放乎清河以达沧海，犹济滥也。古者巷有人、亭有长，到今传之，有贤则名，地不在大矣。有明隆、万以前，孝乡为青州巡道之治府，岩关巨防，阻三面以制十八城，亦形势之宗也。一女煽乱，三勤王师，变起蒲台，祸延长峪，镇之惊，岂镇之孽哉。世宗之世，名贤作镇，缮我城隍，绥我父老，箢弦俎豆，以安经锄，百余年间，彬彬乎兴于礼让文学矣。

巡检司 宋以上无考。今按，颜文姜灵泉庙，金皇统元年碑[①]载：淄川县颜神店巡检徐阙。庵上村白云观，元至元二十七年碑载：益都县颜神巡检马受。则巡检一官自金、元已有，凡历五百年，至今因之也。

抚按行台 弘治八年，山东抚按以颜神镇为地方要害，建立行台一所，常川巡行驻节。

按察分司 正德五年，添设青州道兵备佥事一员，往来驻扎，每岁在镇阙个月。建城以后，地方无事，巡道常川驻府城，非有公事不至镇城矣。

青州府通判分署 正德十二年，巡按御史黄某[②]奏请下兵部议覆：“看得颜神镇，南至莱芜县，两山夹立，接连新泰、蒙阴山岭，北邻淄川、长山，孝妇河水拖绕，地势险要，山川环抱，军民杂处，多有以强欺弱，以众暴寡。又兼各县挟分土、分民之私，以致群盗借出此入彼之险。题奉钦依，添设青州府捕盗通判一员，在镇专管防御，兼辖新、淄、长、莱等县，地方有警，即调遣兵马，听其约束。”万历二十年，本厅通判刘芬桂[③]上请两院奏准，颁给关防一颗。崇祯十二年，朝有“裁府厅、添练备”之举，部议将本厅衙门裁革乡官，兵部尚书仇维祯等具呈，厅官万不可裁。两院奏准复旧。

---

① 2002年上海古籍出版社《续修四库全书》影印清吴式芬《攈古录》清刻本卷十六著录，作“灵泉庙康深甫题名”，皇统元年四月立。

② 康熙刊本“某”字作“□”，民国《续修博山县志》此处作“黄瓒”。

③ 万历《河间府志》“刘芬桂”作“刘分桂”，今淄博原山玉皇宫存其题诗碑，亦作“刘分桂”。

附　隶人　正德十二年，兵部题准设通判，遂奉拨青州道团操快壮五百余名，在镇操演防守，取食于淄、新、莱、寿、高、蒙六县，载入各县《赋役全书》。后因承平日久，各县灾伤，陆续裁减，尚存快壮一百六十名，至顺治五年尽裁去。

万历四十八年，峄县莲贼作乱，本镇通判李延芳请添兵防御，准拨青州营兵一百员名，又召募新兵一百名，益都县设处，工食在镇。镇守事平，始撤[①]。

按，本厅设官以来，其有政绩生祠者：

南乐魏怡祠，在秋谷范公亭后。

关中赵存诚祠，在凤皇顶上。

关中李延芳祠，在颜文姜灵泉庙旁。

桐城齐登辅祠，在永济大桥东畔。

附　设官议三则

一，厅属兼辖四邑，不当改去。按，济南李攀龙《颜城碑记》:“四方亡命，啸而过市，百数十年，冀氏、姚氏，九为倡乱，以毒我百姓，荡我庐舍，至令一妖女子，三勤王师。”兵部设官议云：“各县挟分土、分民之私，以致群盗借出此入彼之险。”是往昔颜山之乱，非必土人之为之，实四方逋逃，不可究诘之为之也。四邑既归疆索，百年遂靖萑苻，效可睹矣。一旦谓区区郡倅无事，此穰穰者为遽削而去，是向其利乃忘其功，去其害又辞其费，本末轻重未深权也。

一，团操快壮不当全罢。无事而养土兵，与有事而调客兵，利害孰多？计眉睫者必曰：“客兵便。事至而集，事平而罢，费不加长，兵不加募也，故客兵便。”怀远算者必曰:“土兵便。安其田庐，习其险易，衅不外生，民不内扰也，故土兵便。”试就前事权此二议，彼乱者九起，王师三勤，计其为费，必不减于五百团操民快之口食，明矣！

一，通判既专城本镇，不当频数视篆他邑。是官之设，既号贼曹，非望以焦头烂额为功，将借以建威消萌为重。况镇城之众，视下邑不啻倍之。邻山逼近，去县复遥，穰穰待命，累月无官，乡之人即欲亲邻善俗，不烦雀角，其如越境暴客，轻肆狗偷何？顾其才者，既乐亲繁剧之事，不耐端居；其贤者，即欲以雅俗坐镇为心，难违上指。岂宁镇人望治之情，恐亦非初议设官之意也。

石城　嘉靖三十六年，本镇举人赵敬简等议：本镇虽有捕盗通判一员，出入无僚佐可属，进退无城池可守，诚所谓“独坐穷山，放虎自卫”者也，请建石城，保安地方。兵备道副使王世贞，据以上请。巡抚都御史傅颐、巡按御史段顾言、行青州府知府李尚智、本厅通判倪云鹇、诸城知县李永康、临淄知县卫心，亲诣本镇，率耆儒、乡民，踏勘卜吉，督工建城，阅三月而告竣。周五百丈，门四：

① 四库本“撤”作“撤”。

南曰龙泉，北曰范河，东曰荆山，西曰禹石。水门三：一偏龙泉而西，一偏禹石而北，一偏范河而东。崇祯间添作瞭台八，小水门一，当荆山门下，南受二女泉水，入城分为二：一沿城脚而西，入于文庙泮池，出，径石桥，又北径府馆，折而西，出西水门；一北流至于隅首，又分为二，一沿西街而西至石桥与泮水合。一北流径东隅首出北[①]水门，东受范水，西流至于隅首，与二女泉水合。府馆在城西街，文庙在其南，行台在其东，城隍庙在南门内，义学在北街，此城中之大略也。

城西之民，夹禹石门而西，至于隅首，有横街，北出郭门而近，南出郭门而远，东负郭，稍南负峨岩，西枕孝河，是为大街。

大街北，出乱河而西，起于西寺之崖，陂陀而下，北至于叠道，西负崖，东枕孝河，为西冶。言琉璃之垆冶也，其民多业琉璃。

大街南出，过山峡、石桥，山房高下，环泉而居，炊烟三接，水石间之，北负峨岩，西依凤山之麓，南望黑石之湾，为神头。

城东之民，夹荆山门而东，南负峨岩，北枕范河，抵涧道折，而南至于双泉，为秋谷口。

城南之民，傍峨岭之阿，屈曲斜连，以逐龙泉之分流，为南道。

城北之民，起于范河桥，北跨大河之伏流，又北倚于滩，东连荆阜抵于石洞，为北关、北岭。其民多业瓷窑。

河滩之西，起于叠道，北至于沙沟，为税务司街。其民多贩瓷器。

此附郭居民之大略也。

山东按察使司副使分巡青州道太仓王世贞碑铭[②]

世贞不佞，既已城颜神，则诸父老走李先生文记之，而李先生雅善余，故于文称稍过，非当不佞。中丞公、侍御公之教也，与二三大夫士之谋也，余恶敢雍容而坐颛之？余不佞，又恶敢雍容而颛诸父老之力以为己功？诸父老从子弟，蒿莱其亩，日夜胼胝将事矣。即因材于山，高下陂陀，减省他[③]费十之八九，而宁无一二酒浆饭炊之费，以勤诸父老、二三大夫士。瓜分版筑，杖马棰而人策之，亦既劳止，筚路蓝缕，以启兹城，拮据忉忉，实唯二三大夫士，与诸父老共，其何不佞之有！不佞则窃复隐虞焉，为诸父老城颜神者，城之已耶，将县之也。城之而前，使者以万计，嗫嚅旁喝，迄[④]靡敢动，今不旋踵而告成事，

---

① 汇编本此后缺原书一页，未注明。

② 《弇州山人四部稿》卷一百三十，题作“颜神城碑阴铭有序”。

③ 《弇州山人四部稿》卷一百三十，“他”作“它”。

④ 《弇州山人四部稿》卷一百三十，“迄”作“卒”。

诸父老业已受赋，二百里外不胜其烦。附庸，即百雉之崇，易易若是，规而县之则可县之，将为若置、令若丞，猬役毛供，龁人于衽席间哉？而割三邑之膏壤，使其民与诸父老并削，而敝策大左不取也。语云：见已事[①]，不能见将然。即令今决城县利害，与他日身所受本末歧异矣，然未可箸数而舌析，姑以明余志耳。余不佞，敢遂籍[②]二三大夫士，暨诸父老子弟姓名，系之碑阴而传以铭。

铭曰：颜姜之山，厥阳泻卤。夹谷造天，绾毂其口。莱新西控，淄益东走。五民居之，匪利南亩。作为奇袤，即山而取。盗铸椎埋，韦跗靺首。矛铃日寻，何戎不莽。唯馀睅目，靡富靡谷。本之不探，而末是瞩。历我父老，以勤版筑。薙野罄室，壶箪[③]道属。唯兹父老，藩屏是笃。石城峨峨，可以砺镞。危冈冠领，腴泉滋腹。在易有言，设险守邦。卫以武师，周以崇墉。遏轧乱萌，毋使蔓张。毋[④]若安之，薄征厚藏。刃铩钩喙，枉矢大枪。销为锄耰[⑤]，趣而农桑。比屋兴让，遵彼周行。牧臣罪言，敢告职方。

◎李攀龙《青州府志序》[⑥]

颜神可城而不可规为县，以官具则民匮，而险不为用也。

灌长氏曰：吾闻诸父老，城之始卜也，其繇曰："城不过百年当盛，又百年而衰。"兹溯厥生初，盖盛已久矣。明之衰也，灾祲相仍，九州云扰，通都望郡，凋落多矣，而此乡独完。今又二十年，而百堵皆作，察其生聚，似又过焉。夫此石田非加辟也，为者非加疾也，君子甚祸无故之利，而惜望外之福。彼仳仳有屋，蔌蔌有谷，其谓此何哉？夫贾人子，徒见微利，醉饱侈淫，骤获而骄，不顾其后，固细人之情也。观子弟者，视其父兄；观齐民者，视其乡大夫，以谓教行自上也。救敝之道，宁为朴，无为豪；宁为愿，无为薄。即衰可持，盛可蓄也。凡我乡大夫，共慎此哉！[⑦]

---

① 《弇州山人四部稿》卷一百三十，"事"作"然"。

② 《弇州山人四部稿》卷一百三十，"籍"作"藉"。

③ 《弇州山人四部稿》"箪"作"簞"。

④ 康熙刊本、《弇州山人四部稿》皆作"毋"，四库本抄作"母"。

⑤ 《弇州山人四部稿》卷一百三十，"锄耰"作"耰锄"。

⑥ 嘉靖《青州府志》李攀龙序作"议者谓颜神可城而不可规为县，盖以官具则民匮，而险不为用"。

⑦ 康熙刊本卷末作"颜山杂记卷一终"，余三卷仿此，不另出校。

颜山杂记卷二

益都孙廷铨伯度纂

乡校

闻之先正之言曰：先王之兴文治，非独长养贤能，以阴消天下之跛扈，而去其怒也。故五尺之童，入塾知敬；杯酒之聚，无礼必哗。庠序之教，顾不重哉！及其敝也，士气浮薄，莠言日进，使秦人迁怒于诗书，而一炬尽之，又厉禁焉。卒之民气飞扬，教猱升木，其祸旋自中之，乃更速于游谈，而诗书固至今存也。故礼教虽薄，胜于无礼；学术虽敝，善于无学。何也？璆然充盛者，甲兵之色也；温文逊志者，俎豆之容也。今试与建羽旄、擐甲胄，千夫决拾、鼓角而起，虽仁者于此，奋焉有杀人之心矣；试与列弦歌、陈诗史，讲席在前、更老在右，虽勇者于此，油然有安礼之志矣。若是者何也？势固使然，虽其衰敝，勿可废也。镇之学宫，莫详其始，宋、元尝设山长以主守之，盖仅矣。明嘉靖间，通判罗贤增修式廓，自是春秋释菜，品式备具，诸士皆从，礼俗寖昌，文学兴起，世有显者矣。

按：石马村古佛院，元世祖至元二十五年碑刻，是益都县颜神教谕郑琥书，恐即当时山长也。今庙中明碑乃云，此庙之设，创于元统三年。元统是顺帝最初年号，岂学官已设于元初，而学宫顾迟于元末耶？且元统纪号，止历二年，嗣即复袭世祖故号，改元至元，又并无元统三年也。其说讹误不足征，今不载。

赵汝弼，字阙[①]。嘉靖癸卯乡科。

赵敬简，号龙泉。嘉靖丙午乡试第阙[②]名，巩昌府通判。

赵敬宾，字玉台。敬简弟。嘉靖戊午乡科，宿迁知县。

李时华，字还青。万历癸酉乡科。

赵尔待，字需斋。敬简子。万历癸酉乡试第四名，金华府推官。

李时辉，字惟青。时华弟。万历戊子乡科，己丑进士，西安府推官，兵部主事，复降大同府推官。邑人通政 曹璜有传，秃翁李贽《焚书》有《答李惟青书》。

栾行言，字讷庵。万历乙酉乡科，霍丘知县。

刘若虚，字惺源。万历辛卯乡科。

张晓，字明衡。万历庚子乡试第二名，丁未进士，兵部尚书、总督宣大。

① 康熙刊本“字”后空二格，四库本作“阙”。

② 康熙刊本“字”后空一格，四库本作“阙”。

赵振业，字塈垣。万历戊午乡科，天启乙丑进士，御史巡漕江南督学、江南副使，晋阶参政。

王弘化，字怀麓。万历戊午乡科，茶陵知州。

张联轸，字朗生。晓子。天启甲子乡试第三名。

孙景昌，字羲侣。崇祯癸酉乡科，庚辰进士，南昌知县。有传，在别集。

刘龙光，字昆绿[①]。崇祯丙子乡试第四名，丁丑进士，行人。

赵进美，字韫退。振业子。崇祯丙子解元，时年十七岁。庚辰进士，给事中、参政。

孙廷铨，字伯度。崇祯己卯乡科，庚辰进士，大学士。

孙廷铎，字道宣。崇祯壬午乡科。

赵班玺，字受介。尔待曾孙。顺治乙酉乡试第四名，丙戌进士。御史巡按四川、山西。

张联箕，字即公。晓子，联轸弟。顺治戊子乡科，乙未进士。乡宁知县。

张之翰，字平侯。晓孙。顺治辛卯乡试第二名，时年十六岁。

李融和，字介昭。顺治庚子乡科。

吕维榦，字仲英。康熙癸卯乡科，丁未进士。

按:益都县孝妇乡，编户二十一社，镇城附郭八社耳。右所集录，悉附郭人。外如《列卿记》所载:“王让，字宗礼。幼有孝行，尝庐墓致涌泉之应。洪武末，由乡荐授国子学录。永乐中，简侍皇太孙读书。让在讲筵，首陈尧、舜之道，惟在孝弟，人主躬行孝弟，则天下感化，不劳而治。每谈经必端凝拱立，敷宣明畅，太孙敬而爱之。时同事之臣陈山、张瑛，以顺旨被宠，戴纶、林长懋则强谏，不少诡随。惟让谦默寡言，每进规讽，亦委曲切中事情，太孙敛容听之。及扈从北行，常被召见。适甘泉教谕张昱、东阿教谕韩岫、永年教谕刘顺，皆被简擢为国子博士，侍皇太孙读书。让虽先进，以官序，折节下之，意恬如也。洪熙初，太孙正位东宫，进左春坊庶子。未几，东宫即位，是为宣宗。以傅导功，升让吏部右侍郎，纶等皆居其次。时同官黄宗载负才尚气，让每怀退逊，遂交好日密。在部二年，因浙江秋租负欠积多，命让督理，未几卒，时七十四。让言若不出口，而持身素履，人所不及，洊历荣显，恭俭若布衣时，为上简注，未尝矜耀，忠亮清介，始终如一。”孝乡八陡社人也。

又《郡志》列：

郑光溥，号一山。嘉靖丁酉，以选贡举北京解元，戊戌进士，除行人，历升山西提学佥事，赡通五经，先行后艺，西士向风。孝乡原泉社人也。

---

① 四库本“绿”作“禄”。

翟凤翀，字凌玄。万历甲辰进士，知任丘，擢御史，以中涓渐作威福，主权虑有旁落，抗疏指斥吕贵、冉登等，且曰："陛下一切政令批发，虽曰亲裁独断，实非公听并观。大臣造膝无从，小臣叫阍不应，所当前而善为逢迎者，皆宦寺也。参嗔喜而居其会，巧阴阳以行其私，相引相煽，转伺转工，请乞差遣之命，至不逾时。而用人行政，偏以阂隔，酿丛脞之阶。折槛批鳞之士，或傅重辟，而元恶大憝，反以夤缘，生出脱之路，荧[①]惑屡售，浸假遂开。如吕贵、冉登、凌应登之事，旬日间迭见告矣。天高难问，长此安穷！臣忧其终，故怖其始。"后至天启间，卒如其言，遂退居不出。及魏珰败，起兵部侍郎、天津巡抚。孝乡西河社人也。

皆以村居稍远，未敢叙列，馀尚多人，悉如此例。

灌长氏曰：余自童丱时常游乡校，见堂下乔木，皆大于车轮。后学徒不戒，失火延烧，而泮池银杏，扶疏交荫，犹至今存。思人爱树，系人已深，况近圣人之居乎？学宫之侧，故有邮亭，岁久摧敝，鞠为茂草，别驾叶君先登，取其废地，辟为讲堂，以益学宫，欲与诸士读书讲艺其中。其事未就，遽已罢去，而亦非其罪也。惜哉！

逸民

夫风俗之盛，岂不关教化哉！彼匹夫一节之行，固不出于乡闾，而《诗》咏"遍德"，《书》称"从欲"，动关主极若此者，以醇庞近古，一以见教化之行，一以见王泽之久。苟其隐约而型世，小人之泽，固亦犹夫君子也。彼《汝南先贤》《益部耆旧》，去古人已远，读其书犹想见其时，况三五之际乎？孝乡僻陋在山中，而隆、万以前，风俗庞固，贤行高致，时在诸生布衣间，于今亦少微矣。夫公惭卿，卿惭长，自昔叹之，观世者宁无惄于中乎？聊论次其传，志向往焉。

李封公宝，字鲁峰。少以力闻，长更折节，教诸子以儒学显，而自隐居药笼间。人慕其乐易，所居辄倍售，同业皆不及。又卜别业孝水之滨，种植竹树，蓄琴酒、狎渔樵以自娱。子时辉，举进士，有学行，实为孝乡之倡。鲁峰尝有句："手香丸药后，心静理琴馀。"又《题竹诗》："主人爱竹比琅玕，几度栽培几度看，今已枝枝成大节，直将斫作钓鳌竿。"闻之其孙笃云。

张南野先生，名尧封，先世称"白马张氏"。先生移家傍学宫，自幼习于礼容、俎豆，被服造次，必于儒者。教四子皆为庄士，家法醇谨，不得轻是非人物，即对门生、后进，词色温温，其言若讷，其行若俯，不敢以齿德加人。至人有

① 四库本"荧"作"营"。

急难空乏，望门投止，则解衣推食，若将不及。临行赠饯，即家无有，常假贷与之。叔子明衡公既贵，乃折券焉。

赵贡士祜，自号玉沙。性简淡，读书深默，甚有检裁。父应时，尝以贡士为兰阳主簿。家故淡薄，祜又耽读，不措意生产，愈益贫落。或至斋时已过，妻孥尚悬釜以待，有不堪者，辄顾笑曰："姑徐徐，无妨我读也。"居常晏坐一室，冬夏不谢衣冠，万[①]步徐行，意闲闲，既无惰容，亦无窘步，以此人未或窥其际焉。晚好青鸟之言，虽已策名，闭户不仕，追摹伏读，著《地理紫囊书》若干卷，寒夜手录，凡三易稿而成。邑人兵部尚书邢玠为序而传之，世多有其书，兹不论。

栾翁诰，余乡布衣也。幼颖俊，喜读书，更能强记。人有试之者，窥翁一览之书，谬摘一二事以为谈柄，翁即揭其本末，源源不竭。顾性端悫不趋时，闲居肆志，竟绝意于功名，登山临水，摇膝吟咏，以此自乐。万历丙申岁，忽思壮游，遂度雁门、登五台，翱翔关塞。时疆吏渐已惰窳，每遇风物萧条，铜镳夜起，辄兴叹侘[②]，赋物流连，以摅其磊砢落拓之气。追归，积诗满册，置巾箱中，六十年无知之者。其孙珽偶检废簏得之，乃付梓。余弟保安令廷锡为论定之。余读集中，如"宸居工静摄，宰府喜相倾，地利猥云尽，天阶敢谓平"。此虽庶人之议，实当时实录药言，而惜乎君相之不闻也。间录如左：

《金雀屏》　金雀非凡鸟，如何数更多。三春飞不去，终日恋青柯。

似有讽意。

《五台山》　势耸天原近，云连禅院孤。雪山迎客冻，寒月照僧疏。石影虚空住，溪声梵诵无。禅那真妙相，不数辋川图。

《奉和抚军魏公与刘静老饮于部署》　秋色看将尽，归图尚未成。不嫌杯酒淡，重与故人倾。近塞寒常早，忧时气未平。雁门如颍上，应奏德星明。

塞上稀知己，夫君有素心。自公时一过，追往意何深。月落灯为续，秋凉杯可任。白头人已倦，多事未投簪。

《和雁门晚眺》　绝塞溪声不断流，空山落木报高秋。边庭火息征人喜，邸阁寒生旅客愁。千里孤臣怀北阙，数行归雁过南楼。天涯知己谁同在，不拟人间说壮游。

曾大父柳溪公，讳延寿，故处士也，家世朴鲁。[③]曾大父独信向儒术，小子六岁就塾师于孝感里舍，时侍曾大父起居。每见邻父三数老翁来就曾大父，

① 四库本"万"作"萬"。

② 四库本"侘"作"咤"。

③ 康熙刊本"曾大父""大父""我翁""诸父"前俱空一格。四库本不空。

笑言数数，有所称说，或复相太息，又时探箧发筹策，共布算事竟，还纳封之，间治壶榼，携与俱去。小子方蒙昧，意不辨也。曾大父先故有石田，悉已付两大父，所居惟堂一、寝一、余屋八九间，仆婢才给洒扫。晨起检料毕，即还视垆座工人。垆座者，余家自洪武垛籍，所领内官监青帘世业也。维国家营建郊坛飨殿，则执治其棂扉、帘幌之事，而鳞次之琉璃晶映，上彻罘罳，义取乎青，象穹苍，答玄贶也。隶籍内廷，班匠事焉，故世执之也。过是则复退檐下，其前邻父笑言哑哑矣。一日，小子顾见所居，堂楣梁间有蒙茸尘封者，以问诸父曰："彼卷然者，何也？"曰："文轴也。""盍张焉？"曰："敝矣！""敝则曷用藏之？"曰："昔我翁有高义，为乡里盛推，有赠言焉，谊不可废也。""其高义奈何？"曰："昔高苑南鄙人，有贩硝于我里者，既得赀，纳橐装矣。俄而过市，而逸其驴，以丧其橐，突入乎吾家。我翁发之，见烂然赀也，缄縢以待，徐招其人而还之，宝则其宝也，而驴腹加果矣。其人慕此高义，归治赠言，返颂谢焉。至今犹曰'孙如竹'者，其人也。我翁以谓人苟有一善，未尝不重于乡，将以教示吾曹，故虽敝不可废也。"曾大父仪容丰颀，广颡疏眉，鬑鬑有须，然毕皤矣。年及杖，置鸠杖一，然不时杖也。小子稍益大，以身为杖，曾大父杖焉，时杖杖，时杖小子，负剑辟咡，匍匐奉履，綦以足受之，意欣欣、色煦煦也。时及弟钟更迭互进，小子进所得果饵，必令分遗弟，弟进亦令以遗小子，且抚之曰："我教若两祖力学垂四十年，乡里谓且置我舆上日可期也，今不能办马耶，命也夫！吾老矣！"时小子渐有心知，感其言乃忆诸父老檐下共语时，数数称说者，乃谓孙氏敦庞好礼，能事诗书，行大其世，且说书史、道故旧为娱乐也；其太息者，忧时念乱，谓儿曹行见此也；其探策布算，还复纳之者，相与醵金，为赒给寡乏婚葬资，出入服息，必归其馀，簿录之也；其壶榼俱去者，为人排难解纷，或里中有报赛，当往为祭酒也，是皆老而无倦矣。曾大父善啸歌，欢至而歌，乐也融融。每以岁七月初度，置酒北堂，两大父洗斝奉觞，诸父荐盘飧，小子辈授几布席，曾大父顾而乐之。宾至，离席，降阼阶，摄齐，从事拜献，即席金奏作鼓一，再行无算爵，宾主雍雍，成礼而退。宾乃顾曰："乐哉！衣冠之会，四世一堂，歌斯咏斯，聚族于斯。"自里中诸大姓未有此也，以是熙熙为八十年太平人物。卒后十五年，子孙遂以次显。

李布衣时白，字嘿庵。为人爽朗，善谈吐。尝游公卿间，意迈往不屑，山水禽鱼，襟琅琅也。性好词令，兼善丹灶，颇量情惜福，不以侈汰为豪。每闭户丹成，出以示人，不过铢两，取足以给壶餐、具鸡黍而已。曰："吾福薄，不敢以多财贾祸也。"余尝读《嘿庵词令》二卷，音调每有未叶，然当其意得，潇洒闲旷，如鹤唳霜皋，鸠啼春昼。如："月圆月缺，一时霎不识江山也。折倒的有形骸，没话说。百年身，千年调，谁是豪杰？天生下李，侈奢轻财，那管灯明灭。世不学，假惺惺，心似铁。他怎知，酒杯寒，再斟重热。休笑俺，酒泉竭，气分折。吟成爱向枫林写，醉懒从他竹径欹，闲情只共沙鸥说。澹人营业衷肠话，说的来宁贴。假做真到底成冤孽，随邪事从来不彻。闹炒炒，苦调甜。急忙忙，悲搅乐。乱纷纷，巧弄拙。你看我，红梅绿竹堂，白酒黄鸡社。但逢场要些，杜甫曲江春，浩然驴背雪，庾亮楼头月。风光到处闲，何必逢佳节。休等待人情问者，知那日觉醒来，急回头晚了也。”

孙志武，字景烈。本江都人，少年避仇来孝水，乐此土，遂土著。为人潇爽，喜读书，善谈议，泼墨作梅、竹，皆疏挺有生气。既入庠，为益都诸生教授。生徒来者日众，乃于屋后起小亭子，棐几、竹榻、怪石、花药，即事为工，有篱菊悠然之意。每晨兴，升讲席，诸生长幼各以班处，危坐横经，抗声讲义，四座悄然。稍倦，辄掩卷说他事，及古今人物，杂以笑谑。听者粲然，为之解颐破颜，殆忘其烦，乃整襟复讲。以此人人自得，如对友朋之乐，学日进而不自知其故也。既罢，退入竹亭，散发偃仰，具香茗，客至则燕谈终日，诸生即有疑难，转相教说，人尽其意，亦不复数数进溷先生也。后徙居颜泉东墅，年已八十，尚日夕勤励，引烛钞书，纤纤作细字，或步屧颜泉之上，吟风弄月以归，不知老之将至焉。

翟征君良[①]，字玉华。弱冠聪悟，有思理。从父宦游武昌，婴弱疾剧甚，会遇明医，数月得差。从此刻意方书，穷治冥缅，如是七年，转得统绪，既尽发古人之奥府，又能以意参互用之。及归为诸生，方治博士家言，而其好方书日益甚。乡里友朋或病者，时一投药试之，并辄间可。已而小试小效，大试大效，不复能自避闳，轮蹄、童叟，日集门庭，所活人不可量数矣。顺治戊子，征书下抚军，抚军下郡县，守令到门，劝为之驾，趣乘传诣京师。既至，馆于光禄署，酒醴饩牵，大官朝夕供张甚厚。又数召入禁门，皆适以他故中休，未得辄赐燕见。会有心害其能，居数月罢去。年七十余，叹曰:“医小道也，后生不敏，或束书不读，或复读之不能通其意，将以救人之为，适足杀人者，盖多多矣。”乃综辑旧闻，辨其同异，摘其谬误，著其机要。其未发者间以己意，疏演并论次之，著书数编，曰《脉诀汇编[②]》《经络汇编》《药性对搭》《本草古方讲意》《痘科编》，余尝为刊行之。尝有病家患闭秘者，延医数辈来，皆不效，乃迎翁。至，按其前方曰：“我知之矣！”乃取提气一药倍投之，诸医皆相顾笑。翁曰：“第

① 哈佛大学藏清卢见曾编纂雅雨堂刊本《国朝山左诗钞》卷四收入刘正宗《秋日送乡人翟玉华东归》诗，诗注节引此文。“有思理”,《沚亭文集》卷下《翟先生医书序》作“有异质”,《国朝山左诗抄》作“有诗思”。

② 《沚亭文集》卷下《翟先生医书序》作“脉诀汇编说统”。

观之。”方就食，药熟以进，食未既，主人报曰:“可矣！”一座尽惊，乃谢曰:“此病气不下行也,我辈力下之犹不得,今反提其气而效若是,此何理也？”翁曰:“诸君独不见含水葫芦乎？满而不泻者，止有一孔，气不得通故也。今吾上通其气，而下自行，此自常理，顾诸君不察耳！”众乃服。其生平持论通亮如此。

附孝义三人

冷茂才日升《龙州扶榇记》曰：先君讳植元，字养冲，性好游。东涉高句丽，西穷哈密，山川风土人物，历历可指掌谈也。又数游岭南。己卯岁，携仲子日晟而南，兵火翱翔，沧桑代谢，长往异域，生死昧如，已廿余年矣。己丑岁，洋船飘入浙东，风传多中华人，不孝随督学翟于园先生以往，历访年余，罔有踪迹，乃归。又数岁，适韫退赵先生擢岭西大参，不孝间关俱往，遇乡里乔君际寓，将客游粤西，不孝忽心动，长跽泣涕，托之访求，意亦不敢知也。会韫退先生将赍捧入贺于京，苦无所依，往返阅岁，辄与俱北。再至端州，而乔君自粤西来，微闻先君旅榇消息，似在龙州。不孝乞韫退先生移文左江道，且具扁舟相送。端州至龙州五千余里，溯牂牁而上，滩险凡三百七十有奇，其最者如苍梧之长洲滚龙，南平之崆巃铜鼓，浔州之龙门虎跳，南宁之火焰乌蛮，太平之羊尾鱼影，波势怒号，危石侧立。舟蚁贯其中，稍失尺寸，立成虀粉，虽长年篙师，至此无不惴惴色变，呼吁神明，以求须臾之济。路出石门，日亭午，舟子牵挽间，虎出丛薄，搏一人而去，其舟与人虎相牵绊，几俱废，柁师斧断之，得免。至鹿村，大风坏舟，进退无策，仰天而号。忽有乘风扬帆而来者，急呼求救，至，则豫章刘基臣，韫退先生端州幕中所晤客也，握手相慰，遂附之同舟。过横州永淳，其地多盗艇，日夜行劫，往来裹足。及达南宁，则左江道已去任，窘甚，谋之基臣，即以岭西之移，陈情于南宁，太守虞公慨然移书，于思明府郡丞左右之，盖以土属皆所统辖也。再逾壶城，则无复中华人矣，男妇形状，侏㒧语言，文字不通，无可奈何。适遇庐陵 彭翔如者，际寓畴昔交也，往来于此，岁月滋久，深得彼中风俗语言，际寓尝以先君之事寄托之，恰自明江下驮棉，不期而遇。信宿，商略俱返龙州，际寓之于先人计至矣。又有鹾客王姓者，传不孝仲弟晟寄寓迁隆，地近分茅岭，即古铜柱界也。歧路彷徨，舣宿不眠，中夜呜咽。邻舟有廉君石玉者，闻之问故，遂赠言，削牍与其朋好明江任玉书，加意区画，其人任侠，诸土司所信服也。又有同乡许君凤山，德平人，避地于此，哀不孝事，毅然佐之，同往明江。思明当事因玉书，护导甚备。迁隆去思明又二百余里，中道阻水，风雨骤至，昏如深夜，人不相见，几于飘没。既至，晋会司官，情极悃窾，且曰：“予，龙州甥也。总角时往来外家，见有客倾倒座上，予戏其旁，举座盛称之曰：此冷先生也。今丰度尚可记忆。若有子客寓于予峒属，予必知之。”因聚各乡榔头询查，佥曰：“未有。”始知驮棉、鹾客之传多讹阙矣。于是乘舟顺流急还明江，复因玉书集明江之耆艾问之，有那利 蔡、郑二客，年皆髦矣，旧客龙州，尝与先君邂逅，近以避乱徙居。闻不孝之请，扶杖偕往。由此之龙州，路经滑石滩，适与葬师谭先生遇。蔡叟曰：“事有绪矣！谭即太翁忘形交也。”要与俱至。甫停舟，郑叟引不孝至北门交带桥，遥指曰：“太翁佳城当在此中矣！太翁客此，时与土官出游周览，指点叹赏。后闻举以相赠，某依稀记之。”及至其处，荒茅郁森，无迹可辨。不但不孝泣血计穷，二叟亦彷徨无措，乃逐屋切讯，冀一遇之。越二日，市人严世隆者见不孝，惊顾相讯，知其故，叹曰：“小子，君弟之友也。太翁之葬，予以力助焉。地不在北而在东，生前形容若何，疾病若何，棺木若何，墓形若何，土色若何。葬后，交趾内犯，土人奔窜，君弟抱病不知所终。”不孝亟起再拜，同至东郊，大江之左，土地祠之右，墓封若斧形，不类土司之圆而锐也。墓内土色，以锹取视，亦如其言。遂凭葬师谭先生，于四月初六日启攒，三日之内，所需悉具。移柩之辰，大雨如注，不孝默祝曰：“雨若此，何以举事？意者先灵不欲归骸故乡耶？”移刻，忽大霁。启棺，一如严言，且殉衣颜色尚未损，平日家居所常服也。维时土官督备，及与先人、不孝一面之识者，咸吊奠如礼，为不孝加额。嗟乎！不孝之罪重矣，阻绝廿余年，万里穷裔，遂克奉遗榇以归，实先君之灵式凭之至，若先生、长者、二三亲知，周旋翊掖，不遗余力，甚至天涯未谋面，殊服异俗之人，翕尔同情，不孝何修蒙此！不孝肤陋无文，不谙纪述。然仁人君子之用心，不敢泯也。谨摭始末，书其概云。

灌长氏曰：观生之貌，殆文弱士也，而意思深笃，不忘其亲。初其往也，乡里悲其意而疑其事。岂不以道险且远，历时之久，茫茫万里，在蛮荒中，措手何从哉。乃艰难百折，而其事卒济。观其成也，盖有天幸焉，抑可谓难也已矣。余读其传，不忍没也，有子若此，虽远游可矣。

赵春盛，笼水人。父谟，使酒无赖，失其祖资；好斗，乡里畏之。春盛甫冠，即隶贼曹为健儿，家贫不能治弓矢[①]器具，但以膂力，时侮其同辈。庚辰冬，大饥，莱芜、新泰间揭竿日起，使者檄交下，责贼曹不擒贼。旧制，贼曹本郡外兼制四邑，各以健儿数十人，赴贼曹习指挥，后邑长率轻，贼曹索饷多不应，健儿无食，往往亡去。时贼曹主者为陇西李君别驾，年已老，得檄无措，亟率骑数人、步数人，驰诣新泰，合淄川骑五十人、新泰土兵四百人。别驾喜曰：“可破贼矣！”趣往，新泰令与健儿长世奇谏，不听。会使檄又下，不亟往且得罪。

① 《清止阁集》“矢”作“失”。

辛巳正月初六日，出新泰四十里，卒与贼遇，贼约数千，皆盘长矛，往来呼跃，亟发炮击之。中数人，不却。俄而，四面骤至，众溃，骑者皆驰。别驾老不能驰，遂堕。春盛为步卒，力战，已出围，返顾别驾堕，复还携之，走未一里，贼愈众，不能去。道傍有短墙，扶别驾上，自与贼斗，刺十余人死。贼环攻之，中数十创，两臂不能举，乃仆而死，别驾亦遇害。

赵进美曰："己卯春，济南陷[①]，莱芜、新泰盗群起。事定[②]，率悔解去，贼曹天雄董君至莱芜，徐牖[③]其魁斩之。事平，旋中考功法。庚辰，贼初合，不过数十骑，馀皆荷锄夫耳，若以两郡兵歼之，易易也。乃相望不前，而力驱数百乡农与之战，岂遂以此为可胜？抑犹冀贼之悔而自解耶？济则斥于文法，不济则身殉之，又何贼曹之不幸乎？春盛为予族弟，年甫二十一，而能力敌以死其长。然则谓世无其人不可也，竭闾阎以供战士久矣。一夫之烈，岂足轻重，而卒不多闻，何哉？"此传见《清止阁集》。[④]

许经历尚忠者，初不识字。十余岁，给事人家，每见童子诵读，常窃听之。又好问，时以手画地作字。数岁，粗晓大意，好阔谈，所如辄不合，曰："此不知我。"辄去之，后事御史任公濬为书史。初，任巡按中州，流氛大扰，因病解归。越岁，复起督师河南。闯贼去来，窥汴已三岁矣。乃简徒以行，尚忠与焉。前至长垣，其军中车骑、材官，持文书迎者，皆至。夜宿传舍，忽城中大噪，城下贼适至，舍中人悉起应之，则前车骑、材官尽贼也。已入传舍，劫任以行，从者皆散走，尚忠独从。至顺德，不降，俱被缚去，欲兵之。尚忠在后呼曰："死则死矣，相公心放正者，不可乱。"任被创，闷绝复苏，贼乃缓之，俱囚窄室中。守者入夜少怠，尚忠从中抽椽发屋，欲纵主人去，贼觉之，未得行。后持至京师，贼败，乃俱归。顺治中，尚忠以仓场从事年劳，选授琼州府经历；安抚山峒黎人，又有劳效，得其风俗要领以归。自记履历，道其事甚详，殊可听。

风土岁时

"蟋蟀在堂，好乐无荒"，昭唐俗之俭；"坎其击缶，宛丘之道"，知陈国之亡。老人嬉戏，才如婴儿，识汉道之昌；市有醉人，以为上瑞，兆李祚之替。然则观风、问俗，察其民气，虽甚细事，亦得失之林，治乱之迹也。昔子贡观于蜡，而讥

---

① 《清止阁集》作"敌陷济南"。

② 《清止阁集》"事定"作"敌退"。

③ "牖"通"诱"。

④ 《清止阁集》卷六《清止文草》收入，题作"赵春盛传"。

一国之人皆若狂。孔子曰："百日之蜡，一日之泽。赐也，非尔所知也。"夫里闬之情，通乎伏腊，谁能违众离俗，自托于上古之世哉？抑长虑却顾，固不可不怀良士之思也。聊述风土，见人情焉。

立春日，迎春于秋谷，觞于范泉。

元夜，以琉璃碗灯荐佛，并散门庭。又集峨岭下，作三日酺。

十六日，女儿相将作小姑戏。

二月二日，家家庭内以豆萁灰作廪圈，谓宜五谷。又作符置门上，禁虫蝎也。

一百五[1]，上冢添土令高，次日展谒。

寒食，作水浆推饭，经夏不餲。日以凉水沃之，却暑病，解劬劳。

清明，饭牛，益一干糒。田家语曰："打千骂万，清明一饭。"女儿家作秋千戏。

三月十五日、四月十八日、七月三日，集颜文姜 灵泉庙，酬香愿，四方毕至也。

端午，插艾叶，以雄黄涂耳，却虫害也。丝缕如故。

六月六日，炒小麦作面，和蜜食之，谓却热除泄疾。

春雨杏花，秋山红叶，处处登高，无须重九。

秋七月，设祭颜娘坟，并及翁姑。其祝词是颜娘语，官为摄事，缘情而设，推孝之至，此礼天下无也。

八月朔，日未出，取花上露洗眼，谓去风热，益清明。又濡墨点小儿腹疾，犹雪白花红，靧面作华容也。

十月一日，既涤场，刍茭在野，取之不问主人。

巫鼓乐神，十一月大盛。

腊八，作粥，投诸果饵食之。

匠人作屋，虽复广堂高楼，只一敷仰瓦，不须重合，岁久不漏，他处效之辄漏也。

民间娶妇，辄以甓一双置门上。

娶妇纳币，女家辄以筳箸纳酒尊中，谓十停九住，作吉祥也。

丧家装老，不用绫纻绸缎，止取绢绵。谓绵者，绵绵；绢者，眷也，犹缱绻也。

执丧，孤子无妇，或无子妇主内治者，间以治丧日省礼成合，谓共更父母之丧。同事异室，于礼为权，而《传》曰："缞麻，非所以接弁冕也。"

丧者相吊，楮锭太丰，虽贫家动损数百钱。此礼恐难继也。

丧家竞作佛事，道、释竟御筝弦。或曰："此亦天乐，须有。"《楞严经》曰："辟如琴瑟、箜篌、琵琶，虽有妙音，若无妙指，终不能发。"故天王帝释，执持不废也。此虽微言，终成戏论。

---

① 四库本"一百五"作"十五日"。

大家治丧，邀人作棚场，结为楼阁、雕墙，高者二三丈，皆以布帛杂采为之，照耀山谷。此太侈，不可久也。

春秋丁祭，无官分献，诸生摄之。

主人召客，席终，遥见粉汤，则客起争门。按，范致明《岳阳风土记》:“湖湘间宾客燕集，供鱼清羹，则众皆退，如中州之水饭也。”

四月蚕熟，槲叶长，皆取叶裹粟米面、山花作角食。

八、九月拾橡栗作粉食。

颜山杂记卷三

益都孙廷铨伯度纂

长城考

昔魏武侯美山河以为固，吴起犹曰“在德不在险”，此固七雄之始也。后世不耀德而观兵，乃以河山之险为未足，复表崇墉以冠山，绝洪川以立防，彼其霸心雄举，堑山堙谷，即殚民力、绝地脉，岂遑恤哉？今试按图籍，履巉岩，探故迹之所存，败垣榛莽，盖久墟矣。聊述见闻，助后人之一慨云尔。

古长城，在峨岭之巅，西绝孝水，跨凤皇岭俗称小顶、团山，迤南入泰山、莱芜界，东逾秋谷、东阜而东，皆长城旧迹也。

《史记·六国年表》:“显王元年，齐威王十一年，赵取我长城。赵成侯七年，侵齐至长城。”

《竹书纪年》:“显王十八年，梁惠成王二十年，齐人筑房以为长城。”按，此齐威王之二十八年也。[1]

《楚世家》：楚人说顷襄王曰：“王请出宝弓，碆新缴，射噣鸟于东海，还盖长城以为防，朝射东莒，夕发浿丘，夜加即墨，顾据午道，则长城之东收，而泰山之北举矣。”

《水经注》引京相璠曰：“平阴城南有长城，东至海，西至济。河道所由，名防门。”

又，“小泰山上有长城，西接岱山，东连琅琊巨海，千有余里，盖田氏之所造也。”

《齐纪》:“宣王乘山岭筑长城，西起齐州，东至海，以备楚。”

《括地志》:“长城西起郓州平阴县，沿河历泰山北冈，由穆陵关至密州琅琊台入海。”

《青州府志》:“临朐大岘山穆陵关旁为长城岭，自穆陵东至莒州安丘县界，历太平山四十里，接高柘之巅，远望如长虹，转而南，绝浯水，过卧牛城，又南傍高华顶，渐入诸城县界，至胶州大朱山入海。在琅琊台北，南距台尚六十里，谓由琅琊台入海者，非也。”

灌长氏曰：史称秦始皇遣蒙恬筑长城，起临洮至辽东，延袤万余里，盖已侈矣。及按季莿、伯陵之故墟，危堞千里，齐固已有之；又历稽载籍，梁惠王

① 《水经注·汶水注》“房”作“防”。

十九年筑长城，塞固阳，魏固已有之；自代并阴山下，至高阙，赵又有之；筑妫州之北，至辽东，燕又有之，皆始皇之前事也。夫事不遽极，因势而大；害无一至，积败而成，古人所以重始也。

颜文姜灵泉庙

前人有德以名其乡，志思也；闺阁有行以食其土，志难也。今颜氏《陋巷志》载："烈女文姜，盖颜子之裔。"其世无闻，而人乐得而道之者，善善从其类耳。彼酒泉以水字郡，酸枣以棘名邦，犹勿替也。况此独行显德，乡所得名，将世式之，可无述乎？谨按庙碑及诸记载可考者，并著于篇。

◎晋郭缘生《续述征记》："梁邹城西有笼水，云齐孝妇诚感神明，涌泉发于室内，潜以缉笼覆之，由是无负汲之劳。家人疑之，时其出而搜其室，试发此笼，泉遂喷涌，流漂居宇，故名笼水。"唐欧阳询《艺文类聚》、徐坚《初学记》并引此文。

◎唐李冗《独异志》："淄川有女曰颜文姜，事姑孝谨，樵薪之外，复汲山泉以供姑饮。一旦，缉笼之下涌泉，清泠可爱，时谓之颜娘泉，至今利物。"[①]

◎宋碑一[②]　军事判官宣德郎试大理评事周沆撰[③]

孝为天地之经，神乃阴阳不测。生当异矣，死则庙焉，颜娘之神，是其徒也。事姑至孝，汲水为劳，聿有灵泉，潜生密室。当笼覆而湛处，外莫知其感通；暨源发而派流，众方骇其灵异。孝妇之水因兹以名，图经备详，此得略述。属以年祀寖[④]远，祠宇久隳，会博州牧守安侯，奉帝俞治郡事，值旬休务，简具清酌庶羞，飞盖出城，斋心谒庙，至止周览，思诸葺完。遂乃召班尔之徒，度材木之用，凡所厈费，悉自俸金，不再浃旬，来告工毕。室连甍而大壮，墙圬粉以过奢，使彼道途，观乎轮奂，则知我太守安侯，好事致力，庸至于此。沆佐幕无画，属辞寡闻，承请抽毫，勉强从命。时大宋咸平六年，岁次癸卯十一月五日记。

---

① 1983年中华书局点校本唐李冗撰《独异志》卷中第二〇〇条，明抄本"复汲"前尚有"归后"二字，"缉笼之下涌泉"作"缉笼之下忽涌一泉"。

② 据《历代石刻拓本汇编》拓片，首行题"淄州重修颜神庙记"，其下"军事判官宣德郎试大理评事周沆撰"字样漶漫不清，据《捃古录》补。康熙《颜神镇志》卷三收入，题作"宋咸平六年癸卯重修记"。

③ 山水本缺从"孝为天地之经"至"金紫光禄大夫检校吏部尚书"二页。

④ 康熙刊本"寖"作"濅"，四库本作"寖"，依四库本改。

承奉郎守殿中丞通判军州兼管内河堤事上骑都尉借绯魏得升。

金紫光禄大夫检校吏部尚书使持节博州诸军事博州刺史充本州岛团练使兼御史大夫上柱国武威县开国伯食邑九百户知军州兼管内河堤事兼管勾淄齐沂密登莱等州捉贼公事安赟。

按：咸平，宋真宗初年纪号。其时淄、齐等州为京东东路，而博州隶河北东路，今东昌府聊城地。若实本州岛刺史，岂得越路管勾公事耶？考宋初制，承宣、观察、团练、刺史等官，俱无职任，特为武臣迁转之次，有正任、遥郡之殊，其恩数亦辽绝。想此博州刺史，实系遥郡管勾，捉贼乃正任耶？又，恩加检校官诸军指挥使，得至吏部尚书金紫光禄大夫。又，吏部尚书应加散官也。上柱国二品勋，开国伯四品爵。宋制，文武勋阶官爵得互借，此实武臣尔。又，幕职初授得为判官试大[①]理评事，知此周沆是其掌书记尔。

◎宋碑二[②]　距淄之南五十里，有水发源于山足，趋梁邹而贯乎清济，昔人构室于源上以为祠。按《地志》，齐有孝妇颜文姜，常逾历山险，负汲新泉，奉姑之所嗜。一旦，感泉涌室内，派流远注，故目其地曰“颜神”，水曰“孝水”，祠曰“颜姜之庙”。其碑志多所剥剔，独梁乾化中，刺史高霸以岁旱祈祷，即日获雨，而命颜休续其属纪，始年仅可详究。淄州地界齐、鲁之郊，南皆山阜，北头大河，皇朝开国百余年，内外晏然，四方无事。其民专意施耕作，本[③]境之内，靡有闲旷，虽岁小有水旱，以其屈高占下，未尝大凶。民皆乐生安业，不恤疾苦之至，故于土庙之神，惟岁时奉祀而已。顷[④]之，长民之官至者，第推祀典，按例致答，一胥持祀而往，礼数尽矣。熙宁纪号，上大飨明堂，岁九月，诏以比部郎王公为之守。阅明年，农事既兴，眷肃宾僚，躬谒祠下，因以雨泽为请。觞奠既毕，嘉霖继霈，百谷用成，庾廪充积，民自为足，不知所以致之。于是公以春秋二祀，令甲所载，皆革去故旧，特命属官亲致牲币。又，明年盛夏之月，天久不雨，民胥告劳，公夙驾再往，旋及中途，雨大作，浃日之间，阖境告足。凡州居之民，无有远近，歌咏欢呼，喜神之赐，相与倡谕，更引迭进，走公之庭，咸愿出力以新其庙。公乃访其傍近之德士，得新授博州防御判官张及，主办其事，

① 康熙刊本“大”作“太”，据四库本改作“大”。

② 康熙《颜神镇志》卷三节录，题作“宋熙宁六年岁次癸丑重修记”。《据古录》卷十二作“重修颜神庙记”；《山左金石志》作“重修颜神庙碑”；《山左碑目》作“宋重修颜神庙记”，均作“熙宁三年”刻石。咸丰《青州府志》、民国《续修博山县志》选入，题作“增修孝妇庙记”。

③ 康熙刊本“本”作“水”，据四库本改作“本”。

④ 康熙刊本“顷”作“项”，据四库本改作“顷”。

增起新址，宠敞有加，功兴于中夏，迨仲秋而祠成。自乾化迄今，百有六十年，中间殆尝经葺，至是再新，而基构始大。然古者丘[①]陵川谷之神，有益于民者在礼皆得祠之，至其为烈彰彰者，朝廷比尝诏以封爵或国邑之号追崇之。若孝姜之灵于淄，民用是而报之，礼未为过。今王公特顺民之欲，崇于庙貌，虚此而弗议，盖有余不敢尽尔。

熙宁六年八月二十四日。州学教授商亿记。张洙书阙文[②]。练管堤劝农事上轻车都尉赐绯鱼袋借紫王□[③]立石。

按：熙宁，宋神宗初年纪号。详此刻文，王公实淄守文臣之借武阶者也。

宋敕一[④]　牒文州碣并附

敕淄州孝妇颜文姜。朕躬执珪币，郊见上帝，觊为万民蒙嘉气、获美祥。既又诏天下：凡山林川谷之神，能出云雨、殖财用、有功烈于民，而爵号未称者，皆以名闻，将遍加礼命，以褒显之。如此，非特以为报也，盖帝王制祀之□□[⑤]也。惟神聪明正直，庇于一方，供民之求，如应影响。守臣列上，朕甚嘉焉，疏锡宠名，以昭灵德，且俾民奉事不解。今可特封顺德夫人，仍赐“灵泉庙”为额。

熙宁八年六月　日

中书令阙

中书侍郎阙

右正言知制诰臣邓润甫　宣奉行

奉

敕如右牒到奉行

熙宁八年六月　日

侍中使

门下侍郎阙

给事中使

六月二十五日未时都事丁昭嗣受

右司郎中　　付吏部

左仆射阙

右仆射阙

---

① 四库本“丘”作“邱”，康熙《颜神镇志》作“丘”。

② 康熙《颜神镇志》卷三作“张洙书并题额”。

③ 四库本“□”作“阙”。

④ 《山左金石志》卷十五作“灵泉庙赐额敕牒碑”。

⑤ 四库本“□□”作“阙”。

吏部尚书　在中书

起居舍人直集贤院判史馆兼权判　衡

尚书工部郎中充秘阁校理直舍人院兼同修起居注权同判　藻

吏部侍郎阙

吏部侍郎　在中书

左丞阙

告淄州灵泉庙顺德夫人奉

敕如右符到奉行

主事阙

光禄寺丞充馆阁校勘判　宗古

令史梁中　立

书令史唐师孟

熙宁八年六月　日下

◎中书门下牒文[①]

太常礼院奉准，中书批送，下诸州府军监等，奉准赦书节文：应天下祠庙，祈祷灵验，未有爵号者，并以名闻，当议，特加礼命；内虽有爵号而褒宠未称者，亦仰闻奏当。院今据逐州府状及《图经》，看详到合与不合，加礼命具列如后。候

敕旨

淄州

孝妇颜文姜

州状，祈雨有应。《图经》载孝妇水及颜神庙，引《舆地志》：齐孝妇颜文姜，灵泉生于室内。唐天宝五载，立庙于水次。

牒奉

敕宜特封顺德夫人，仍赐"灵泉庙"为额。牒至准

敕故牒

熙宁八年六月　　日牒

右谏议大夫参知政事吕

礼部侍郎参知政事王

吏部侍郎平章事韩

吏部尚书平章事王

---

① 《山左金石志》卷十六题作"灵泉庙敕牒碑"。

◎淄州碣子①

淄州准　中书札子奉

圣旨降到

敕告二道，以孝妇颜神，《图经》具载。祈雨获应，封为顺德夫人，仍赐“灵泉庙”为额。其真本二道，已用漆匣盛贮，付庙户本家收掌。今模②勒于石，永存无穷。时大宋熙宁十年岁次丁巳九月戊③申朔七日甲寅上石。

军事推官　　朱惟孝

军事判官　　宋纲

朝奉郎守殿中丞通判军州事　　李偁

朝奉郎守尚书膳部郎中知军州事　周党

右格，一遵庙中石刻，以备观当时遗制。按，宋承唐制，宰相置三省，中书取旨，门下覆奏，尚书施行。中书令、中书侍郎、右谏议大夫、右正言、起居舍人，皆中书省也。侍中、门下、侍郎、给事中，皆门下省也。尚书令、侍郎、左右仆射、左右丞、左右司、郎中，皆尚书省也。平章，宰相之称，其次为参知政事。考熙宁八年六月，平章则王安石、韩绛，参政则王珪、吕惠卿，皆与此碑合矣。至史馆诸官，如直集贤院秘阁校理、馆阁校勘，皆贵重之职，非状元制科一任，及大臣论荐，不得与选试。记注官缺，必于此取之，非经修注不得知。制诰今得与宰相杂署，行下军州，信贵职也。至三省列衔，似间有颠错，合是上石之误尔。至明初乃分三省之职，中书改为内阁，门下分为六科，通政司、尚书全归六部，所谓宰相者专掌看详章、奏拟旨进呈，不得与于封驳施行之事，亦无印信文移，行下诸司矣。

◎宋碑三④　承议郎前任顺安军州学教授陈琦《续翁姑因地记》节录

夫人祠之左，有所谓“翁婆堂”者，夫人之舅姑也。舅姓李氏，家于邹邑李颜村，姑郭氏，故居之地，今颜庙是也。舅赘于郭氏，生夫人之夫，壮室颜氏，即亚圣之裔，顺德夫人也。庙户郭勍，姑之远亲，自天宝以前，父子相承，世守其事，迨今数百年，曾无匮乏。如缘丁壮被差保役者，漕使过而问之，即脱其籍；如

---

① 《历代石刻拓本汇编》收入，拓片无“淄州碣子”四字。

② 四库本“模”作“摸”。

③ 四库本“戊”作“戌”。

④ 《山左金石志》卷十八题作“灵泉庙续翁姑婆因地记”。《山左碑目》卷四题作“宋灵泉庙续翁姑婆因地记”。康熙《颜神镇志》收入全文，题作“宋宣和七年承议郎前任顺安军州学教授陈琦续翁婆因地记庙户郭勍立石。明正德十三年通判卢秉懿重立石”，文小异，无“宣和七年岁次乙巳正月立”题款。

因道流指占是庙者，太守明以断之，卒从其初。宣和七年岁次乙巳正月立。

按：宣和，宋徽宗第六年号。

◎宋董逌《颜泉记》见《广川书跋》

余见李胜作《颜泉记》，昔文姜事姑则异，一日，泉发其居，遂庙食于此。或曰，昔李阳冰尝尉淄川，刻碑庙中，今所书盖据李监说。余往来求阳冰记不得，其后得破石仅尺，盖为础，或视之，书字可读。按其说，文姜姓颜，馀与今庙中刻石所记无异。尝见唐李冗作《集异记》，书文姜事姑以孝谨，樵采之外，汲山泉以供饮，一旦，缉笼之下涌泉，清泠可爱，时谓“颜娘泉”。李冗所记，后世据之。按，顾野王《舆地志》：谓颜文妻也，事姑，感得灵泉生于室内，尝以缉笼盖之，姑出笼，即泉涌居宅，时号笼□[①]水。野王所记，自是当时所传，李冗以为颜文姜误也。今考《地志》，淄川为齐邑，唐武德分于齐郡，而为州治。当唐阳冰为尉于郡邑，其事不妄，而谓颜氏文姜，则不得其实。按，此水本号萌水，出甲山，东北径萌山，西注般阳，入于笼下，与齐水合者，萌水口也。不知冗、阳冰在唐世犹不得其水名，而《舆地志》固已辨其出，可无信耶。余修官书，见熙宁中封颜文姜为顺德夫人，当时不知详考，但据李冗所记，此其失也。

按：《水经注》：“陇水南出长城中，北流至般阳县故城西，南与般水会。”即颜娘泉也。萌水另源，自出西南甲山，注甚分明，脉[②]其迹当是今明水，俗称岔河者也，北去般阳县般水会处尚二十余里，乃与孝水合。而此记误以颜泉为萌水，用讥李冗之失，不已远乎。《广川书跋》似谓精博，犹尔未详郦注，谬误如此，恐其书中类此多矣。甚矣！读书好辨之未易易也。

◎又，宋题名石碣[③]一枚，大书甚工。附录：

淄川衡元度、王巨载，渤海任德充，阳丘高择之，三城傅子容，政和七年三月十四日同谒祠下。明年二月十六日，巨载、子容同趋奉高，再谒祠下。庙户郭勍摸刻。

按：政和，徽宗第四年号。

◎金碑[④]一

皇统改元，春旱，躬祷祠下。四月既望，乃雨。越二日，乃报神贶。同至者，耿德甫、孟德基、张子美、孙叔廉、李彦宏、徐伯充、李子强、赵仁仲、韩德霖、王伯城、董逸飞。滏阳康深甫题。

---

① 四库本“□”作“阙”。

② 四库本“脉”作“𠂢”。

③ 《山左金石志》卷十八题作“衡元度等灵泉庙题名”。

④ 《山左碑目》卷四题作“金祷雨题名碑”，《据古录》卷一六题作“灵泉庙康深甫题名”。

保义校尉差监淄州淄川县颜神店□□赵□四[①]

保义校尉特差充淄州淄川县颜神店巡检徐□[②]

庙户郭宁摸刻

按：皇统，金主亶第二年号，当宋 高宗世。

◎蒙古碑[③]一节录

按，齐《地志》，淄州以南四十五里，有孝妇颜文姜祠，自唐于今，代有封爵。降及贞佑年间，兵革遽兴，连年大扰，加之以饥馑，群盗蜂起，恣意劫掠，水忽自变黄，流四十里，人见之无不惊异。因相谓曰："此水从来清且久矣，今日如是，莫非神明之示异，救我民乎？"因相与避之。顷之，有外寇至，得免其窨[④]，水明日复初。壬辰之岁，有太守兼元帅王公，分治淄郡，置司于是邑。谒庙，视其基址，仅存四壁立，馀悉化为焦土。徘徊兴叹，重起经营之志阙，使山东行省杨□□□[⑤]以奉□，众亦能体太守之美意，轩楹廊庑，焕然复新。且喜神之有托，乡人之祷祀岁岁，而慰所望也，于是乎书。

乙未年季夏日，定远大将军元帅右都监淄州刺史兼知军州事提举常平仓事加护军太原郡开国侯食邑一千户食实封□□[⑥]户王珍立石。

按，此碑称贞祐者，金主永济年号，当宋 宁宗世。末称乙未年者，是蒙古太宗七年，其时尚未有年号，止称蒙古，至世祖方改国号曰"元"。

◎元碑[⑦]二节录歌辞

卓哉夫人，孝行绝伦。生为烈妇，死为明神。定省[⑧]之礼，夙夜殷勤。天地感应，涌泉粼粼。渐成川逝，入于海津。上下灌溉，利益斯民。熙宁之封，

---

① 四库本"□□"作"阙"，"赵"后"□"作"阙"。四库本"四"字后有"阙"字，康熙刊本"四"字后空一格。

② 四库本"徐"字后空二格。

③《山左碑目》卷四作"元灵泉庙碑"。康熙《颜神镇志》节录此文，与此异，题作"蒙古乙未年季夏六月重修顺德祠记古汴乡贡陈雷撰定远大将军元帅右都监淄州刺史兼知军州事提举常平仓事加护军太原郡开国侯食邑一千户食实封□□户王珍立石。"

④ 四库本、康熙刊本"害"均作"窨"。据康熙《颜神镇志》所录碑文，"窨"作"害"，依改之。

⑤ 四库本"□□□"作"阙"，"奉"后之"□"作"阙"。

⑥ 四库本"□□"作"阙"。

⑦ 康熙《颜神镇志》卷三节录，题作"元至元二十八年重修记青社孟诩撰"。《据古录》卷一七，题作"灵泉庙碑"。

⑧ "定省"，康熙刊本作"□□"，四库本作"阙"，依康熙《颜神镇志》作"定省"。

爵号顺德。庙额灵泉，褒扬懿则。殿宇嵯峨，在山之阿。四方瞻礼，诚敬孔多。牺牲博硕，筦弦声和。千秋万载，德音可歌。

至元二十八年四月　日

承务郎益都路总管府阙陈

承务郎益都路总管府判姜

奉议大夫同知益都路总管府事麦朝

□□[1]大夫益都路总管府尹本路诸军奥鲁总管兼管内劝农事脱目

昭毅大将军益都路总管府达鲁花赤兼本路诸军奥鲁总管府达鲁花赤兼管内劝农事拈里海

按：至元，元世祖第二年号。顺帝亦号至元，不至二十八年。达鲁花赤，华言掌印官也[2]。

◎元兵部侍郎郡人于钦《齐乘》一则

按，《水经注》："笼水南出长城中今按原注非笼水字"[3]。《寰宇记》云："古名孝水。齐有孝妇颜文姜，事姑孝养，远道取水，不以寒暑易心，感得灵泉生于室内。文姜常以缉笼盖之，姑怪其须水即得，值姜不在，入室发笼观之，水即喷涌，坏其居宅，故俗呼为笼水。"今孝妇河也。

◎笼水辨

按，《述征记》"梁邹城西有笼水"，而《水经注》前文"陇水南出长城中"，后文又作"泷水"，异字同音，自昔无定，后人好异，独喜"缉笼"种种之说，更数百千年，增饰多方，违情日远，遂有如《齐乘》所言。甚矣，民之滥听也！今略按事理，裁其是非。夫姑之嗜水，量非杯勺，实取餍饫，文姜既感泉生于室，当必显告于姑，以慰旦夕之求。今掩覆秘密，居为私藏，若将怀悭，市重于姑者，孝者固若是乎？其谬一也。妇礼，无出门之义。而文姜至以远汲为勤，则是室无多口，室无多口，则必居无广宅，环堵之间，一席之地，姑来妇往，靡日不通，曷有耳目之前可容盖藏？不虞终露，虽愚者不为，其谬二也。文姜既以至孝格天，天恤其勤而生此水，恤妇也，实以慰姑，又何昭示而令盖藏？慰姑也，又须避姑，若其不受于天而有私覆，无端怀异不为善承，其谬三也。姑即不仁，有妇如此，宜从孝格，果疑此水，当从面询，何必瞰亡乃来发覆？如

① 四库本"□□"作"阙"。

② 康熙刊本"掌印官也"之后，铲去一行。四库本"奥鲁"作"鄂啰"，"脱目"作"特默"，"达鲁花赤"作"达噜噶齐"，"拈里海"作"特哩哈雅"。

③ 1990年中华书局《宋元方志丛刊》影印元于钦纂修乾隆四十六年刻本《齐乘》卷二"笼水"条，作"水经注作龙水南出长城中"。

其果尔，非姑顽嚚不可诚通，则妇悭深，难以情得，大孝之家，岂其然乎？其谬四也。天生此水，既以应姑之求，则应发之无罪；即其有罪，当缘孝妇之心而恕之，何遽为殃？今勃焉凭怒，坏其居宅，姑妇两无所处，美始而恶终，是祸水也，实骇人情，岂名天道？其谬五也。此缉笼者当受于天乎？抑成于人耶？若受于天，则事等于虹流星賷，当有光怪先动里闾，不必覆泉然后著异；若还成之于人，一桮棬篓薮耳，曷有神力足为变征，盖则水渟，发则泉涌，其谬六也。姑嗜此水，须饮无时，妇取呈姑，日焉三发，乃妇频发而不惊，姑一发而致患，是必姑之恶毒，触犯神明，忽焉降割，恶毒之人，不应鉴怜，先为生水，其谬七也。原其始倡，不过出于巫祝夸诞之词，成于愚氓轻信之口，学者不察其害义，遽又援以入书，独有李冗所记，粗为省净。然远稽晋魏之注，事既难详；近察熙宁之敕，芟而不录。王言有体，疑信昭然，应遵古初，还称孝水。不必引虚诞失实之言，雕饰前贤，以滋谬丑也。康熙四年四月五日记。

◎明碑[①]一　山东提学副使四明杨文卿记节录

颜文姜祠岁久摧敝，四方祷祀之人，猬集鳞聚，失所瞻依，岁入施钱，皆为旁近无赖所私。弘治八年，汝南都宪熊公翀，奉玺书巡抚山东，行部于青道，过祠下，顾盼徘徊，重念国家以孝治天下，而孝妇有庙若此，何以劝励风俗？乃以济南卫百户朱英，核实施钱之入，用以市材鸠工[②]，庙貌若生，士庶具瞻，孝思兴起[③]。谓文卿不可无述。夫大道未隐，人各亲其亲，孝之名未著。世德下衰，始以孝为卓行。然季武矫而服缞，子春强而过礼，文举忍而弃子，饰情要誉，非孝之经。至于姜诗之妻[④]，溯流汲江以顺姑好；董黯因母思饮大隐溪水，徙居溪旁，以[⑤]愈母疾。此皆本乎天性，协于至情[⑥]，其事[⑦]有同于孝妇者焉[⑧]。若妇之孝，生既能召室涌泉，没又能神于一方，以福庇其人民，其孝之至者与？

---

① 嘉靖《青州府志》卷十题作“国朝提学副使四明杨文卿记”。康熙《颜神镇志》亦录全文，唯首句作“福山之南四十五里”。

② 嘉靖《青州府志》“市材鸠工”作“鸠工市材”，“市材”后有“易腐以坚，支倾就正，殿寝门庑，彩绘辉焕”十六字。

③ 嘉靖《青州府志》“孝思兴起”作“兴起孝思”，“孝思”后有“油然有不可遏。布政使吴君珉、按察使赵君鹤龄辈，咸以此举关于风化非细”三十字。

④ 嘉靖《青州府志》作“至于姜诗妻善承夫孝”。

⑤ 嘉靖《青州府志》“以”作“汲”。

⑥ 嘉靖《青州府志》“协”作“发”，“至”作“真”。

⑦ 嘉靖《青州府志》“事”后有“盖”字。

⑧ 嘉靖《青州府志》此句后有“传曰至孝可以同天地感鬼神”十二字。

显受封号而庙祀于无穷，岂不宜哉！庸书以著厥美，并系颂祷神辞，俾乡人歌，以祀孝妇于永永。

辞曰：泉涓涓而涌室兮，孝妇之德。河汤汤而远逝兮，孝妇之泽。泽之流兮民受福，德之化兮民无忒。食斯土兮，其庙翼翼。视如在兮，其灵濯濯。永神休兮，与国无斁。[①]

牲蠲洁而在俎兮，柔醪在堂。灵风飘而满旗兮，神其来尝。岁用登兮，时雨时旸。人用康兮，厉鬼潜藏。惠孔嘉兮，佑善以祥。昭厥鉴兮，有恶斯殃。俗用熙熙兮，俪美陶唐[②]。记中引黄水事，今节之。

◎黄水不为菑辨[③]

颜文姜祠下，泉出山坎，水至清深。时发黄水，则地有灾祲，若兵若疫，传闻若一，事皆有征。崇祯初，余一见水黄，独无征。顺治甲午岁八月二十一日，水又黄，里人奔告，余[④]往察之。泉中水如浊河，出祠外即少湜湜，及峡半之，又不一里而清。余曰："此不为灾，民滥听也。"按，《左氏春秋·成公五年》，梁山崩，壅遏河三日不流。晋侯召伯宗问焉，绛人之告伯宗[⑤]曰："山有朽坏而崩，可若何？"今此泉水漱山而出，是其伏流所经山中，当有朽壤，崩入于水，水势冲激，汩泥而出。黄者土，非水也，故不宜有异也。曰："然则前此之变，其水或黄或赤，是不一焉，何也？"曰："土之在山，坟壤异脉，土赤而赤，土黄而黄也。""然则变而复也，时有久速，流有远近，何也？"曰："土崩非一。夏秋水涨，泉出迅激，其力足以汩泥而行，故远而后沈也。其久者，崩朽[⑥]壤适多，土尽则止也。""然则其为灾也，事著于碑，皆有左验，何也？"曰："天象有变，应在分野。谪见齐分，不得及鲁；在晋分，不得及秦。今泉水记异，或在境内，或在封外，此不足征，民滥听也。"闻者讶然，皆未之信，遂书以识之。至今更十余载，卒无他，是余两见水黄皆不验。而曩岁，戊寅以逮庚寅，镇人苦兵苦盗，纷纷四来，殆[⑦]历一纪，迄无宁岁，水顾不黄，岂文姜之神，固今昔灵替殊耶？则前说附会累理甚矣！若乃此一纪中，虽屡遇兵凶，事辄轻于旁县，乱而不损，此则神休固不必以水征也。康熙四年五月记。

---

① 嘉靖《青州府志》有"右颂神辞"四字。

② 嘉靖《青州府志》有"右祷神辞"四字。

③ 康熙《颜神镇志》卷九收入，题作"黄水不为菑辩里人大学士孙廷铨识"。

④ 康熙《颜神镇志》"余"作"铨"。

⑤ 四库本"伯宗"作"宗伯"。

⑥ 康熙《颜神镇志》无"朽"字。

⑦ 四库本"殆"作"始"。

◎明《青州府志》

颜孝妇庙，后周建，唐天宝间更建，殿制无梁，大枋木相承错跱而上[①]。旧传郭子仪督造，今庙侧有令公祠[②]。国朝成化十三年，提学佥事毕瑜[③]，奏请载祀典。每岁秋七月，镇颜神本府通判致祭。

按，子仪为唐将，功名常在西北，及贵为使相，生平踪迹未至淄、青，此臆说也。闻之故老，此庙侧之祠，旧曰“郭公”，既而讹“郭令公”，既而讹“郭汾阳王”。原其根因，姑固姓郭，而其宗人世为庙户，如郭勍、郭宁者，或其家亲私祠，附近此庙侧。后郭氏绝世，中更兵火乱离，转致讹传，为此曲说耳。其庙工作，一仿内殿，亦非无梁，乡人未睹大工，遽谓为异。

◎国朝碑[④]　山东按察司佥事分巡青州海防道前都察院左副都御史户部右侍郎大梁 周亮工撰[⑤] 节录

今夫泉，受泽于天，含滋于地，类体坤而终事者；挠之不浊，激之愈清，类抱贞而静处者；馞馇濯溉，挹注不穷，类含弘而致养者；委蛇善下而不盈，泛滥百折而必东，类婉娩而顺从孝思之不匮者。昔者贰师解佩，甘露晨流，耿恭止冠，灵浆瀵出，维忠维孝，实本一源[⑥]。盖天人之理合，人事尽，则天不爱道，而地不爱宝，后先[⑦]之揆一。先迹存，则贤者思齐，而不肖者思奋，世祀相传，庙貌日新，厥有以耳。

康熙三年十二月　日记

◎又碑[⑧]

淄、长、梁邹之间有孝妇河，其源南出长城，山下则颜文姜灵泉庙也。《志》称，

---

① 嘉靖《青州府志》卷十《祀典》“跱”作“峙”，“上”作“成”。

② 嘉靖《青州府志》“令公祠”后有“竟不知何考宋熙宁间封孝妇为武安顺德夫人”十九字。

③ 四库本“佥”作“签”。康熙刊本、四库本此处“毕瑜”均作“毕喻”，依嘉靖《青州府志》卷十改作“毕瑜”。

④ 康熙《颜神镇志》卷五收入全文，题作“康熙三年重修记青州兵备道河南祥符周亮工撰”，字句与拓本异。《历代石刻拓本汇编》题作“重修颜文姜灵泉庙碑记”。

⑤ 《历代石刻拓本汇编》作“钦差山东按察司分巡青州海防道佥事前都察院左副都御史户部右侍郎大梁周亮工撰”。

⑥ 据《历代石刻拓本汇编》收录拓片，“实本一源”作“如本一源”。

⑦ 据《历代石刻拓本汇编》收录拓片，“后先”作“先后”。

⑧ 1986年台湾商务印书馆影印《文渊阁四库全书》岳濬等监修《山东通志》卷之三十五之一九下选入，题作“重修顺德夫人祠记”。

文姜事姑至孝，常自负远山新泉以供姑。一旦[①]，缉笼之下忽涌一泉，清泠[②]可爱，时谓“颜娘泉”，后人则即其居，庙祀之。唐淄川尉李阳冰、朱梁刺史高霸，皆尝刻石庙中，惜断灭，莫溯始年，即其庙初，但委土而已。宋神宗熙宁中，大飨明堂，遍礼群祀，乃按州守臣所上图状，封爵之，曰“顺德夫人”，仍赐灵泉庙额，则其始大也嗣是，作者非一。明成化间学臣毕瑜[③]复请于朝，以登簿正，常以岁七月，府别驾职，致饩币焉，而其自古在昔，灵贶绵邈，常有福利于其里邑，吏民赖之，以不疾灾疢，又甚著也。夫立百行之原，宜得众心之聚，斯庙之兴，关乎名教，既非淫[④]祠黩祀，诸不应经义者，得而仿佛矣。邑有先德而不报，是废典也；前王有嘉礼而继代弗章，是变古易常也；天子重神敬祀，而守臣不博采境内以闻，是有司之责也。且其灵泉古庙，揽胜为工，苍岩翠柏，云合于其上；白石寒泉，鲵旋于其下，既以闳壮矣。又，寝门之外，有曰“公姑父母”者，则祠之祠其类也；有曰“王友”“郭公”者，则祠之祠其所有事也。夫生而事之，死又能世世俎豆之，惟夫人之孝为不匮；爱其人以及其所事，又敬其祠以及其所有事，惟乡人之追孝为不衰，然则继乎此者，虽百世可知也。昔余在司农，蒙恩归省，尝过谒祠下，见其经时，漼然颓敝，莫厌众心，乃集乡里相与谋新之。维时司马中丞耿公焞，抚军东省，百废俱兴，闻而绻然，愿悉俸以首其事，而乡侍御赵君班玺，愿命匠以考其成。凡邑居之老幼，歌咏神休而乐其有是举也，亦靡不欢呼踊跃以赴之。于是前宫、后寝、台观、门屏，悉从改作，更凿山石，规拓其垣宇，而壮又过之。四方之至者，一拜其庭，登其堂，周瞻彷徨，寥泬清敞，若山川益增其胜，而神人之意倍畅于昔者，未尝不犹犹然崇起孝思于无已也。乃寝成，而耿公适已去，则于其侧祠而并祀之，亦犹郭公之意也。夫乃劖石书事而丽以铭。

铭曰：孝水洋洋，东国是疆。介邱封麓，长城巨防。猗猗孝妇，灼灼颜姜。视远惟迩，执德惟常。克勤竭节，以奉姑嫜。于沼于沚，载雨载霜。召彼灵泉，涌此闺房。涓涓不绝，乃成谷王。河润千里，达于海邦。万姓诚和，既走烝尝。百王有作，殷礼重光。考德作庙，典命焜煌。守臣受之，烂其有章。清泉文藻，翠柏虚廊。云旗飘缈，桂殿芬芳。无怨无恫，布濩嘉祥。年谷庭硕，乐土安康。蟊贼殄灭，貙虎摧藏。群心醉饱，瞻就彷徨。式我仪刑，荐以馨香。阗阗灵鼓，蔼蔼华堂。新宫载启，刻桷雕梁。肪截盘础，麟聚冠裳。应侯顺德，无忝孝乡。

---

① 哈佛大学藏乾隆癸酉版乾隆《博山县志》选入，“旦”作“日”。

② 乾隆《博山县志》“泠”作“冷”。

③ 四库本“毕瑜”作“毕喻”。

④ 乾隆《博山县志》“淫”作“浮”。

我作斯铭，勿替景行。

康熙丙午秋八月光禄大夫内秘书院大学士前少保兼太子太保吏户兵三部尚书孙廷铨撰。

按：文姜有墓在对庙河干，春秋飨祀之处所也。旧有飨堂，经乱堕废。又自金、元碑刻，有曰“武安顺德夫人”“仁孝卫国顺德夫人”，今考宋敕，殊无此文。将谓后代更封，察其刻文，又无述记。此不可晓，传疑可焉。

灾祥物变

昔者，周置冯相以察灾祲，禹铸九鼎以辨神奸，故记异之文，史家必备，然而详略殊者，以国为体也。《春秋》，一国之书，而为天下记异，故“日食、星雨、五石、六鹢”，必尽其辞，其旨则隐，其义则远，非列史之志矣。若禨祥小数，僻在下邑，其事无关国史，即偶有述，不过以志匹夫、匹妇占年望岁之心，以助田父、牧竖墙阴之语，不纪远而纪近，固其本志矣。乃至生死、死生之异，精气游魂之变，何地蔑有？存乎达观，视犬犹奴，虽怪亦常；见驼言马，虽常亦怪，宜广见闻，以资旷识。若夫璇象、天官、灵台、云物，其为错异，天下共见，不系一涂，则太史氏存，非野人之所得与知矣！兹姑略之。

永乐十三年，蒲台人林三妻唐赛儿，以妖术啸聚贼众董彦杲等六千余人，据谢石棚、岳阳寨，出没作乱，攻陷莒州、莱芜等城。事闻，敕安远侯 柳升剿之。乘夜袭我军营，多被杀伤，都指挥刘中战死，赛儿竟不获[①]。

嘉靖间，大街栾氏子数岁，患痘死。已二十许日，其母频梦见儿来告复活。乃同家人往启视之，果活，遂以归。其族人以为诈，诟谇百端，屡经官府听治，竟莫有显证其非者，乃息官，名之曰“甦家”，名曰“顾言”云。按，晋武帝咸宁二年，琅琊颜含之兄曰“畿”，病死。棺殓已久，家人感梦，畿谓已曰:“我未当死，为药所伤耳，可亟开棺。”遂出之，渐能饮食，屈伸瞻视，惟不能行语。其后家人怠于服事，含乃解官视之，十余年乃死。《京房易传》曰:“至阴为阳，下人为上”，“厥妖，人死复生”。

嘉靖二十四年，姚世清聚矿徒百余人作乱。[②]

万历乙卯，大饥，人相食。

天启丁卯年，孝河大涨，范河尤急。税务司街民居漂没大半，拔其古槐而去。

崇祯间，有人于峨岭后凿煤井，攻山出石，其理自然而解，文成鳞甲，悉

---

① 1974年中华书局点校本《明史》卷一七五,“董彦杲”作“董彦昇”,“刘中”作“刘忠”。

② 嘉靖《淄川县志》卷六：“嘉靖二十五年五月，颜神姚世清等之变”。

如鱼龙，一边突起，一边凹，如相印铸，精妍密丽，殆非雕绘所及。形家以为恐伤地脉，遂填平之。

丙子年，文庙殿梁间产芝一本，赵御史振业家东门新第堂上亦产芝一本，光莹昭彰，大如团扇。事闻京辇，一时士大夫多歌咏其事，有《宝菌堂题册》存其家。其秋，子进美遂领解，年才十七。

戊寅年，镇有兵警，无害。

又，文庙前居人孙继善入井而坍，众谓必死，试救取之。出其石向尽，乃闻其声。在井底坐巨石，撑柱头上，水既不浸，石亦不压。徐出之，乃得上。

己卯年，西门屠者刘时刲羊，方缚治置杌上，衔刀在口，其乳羔在后伏地，哀鸣甚切。屠者不顾，既而捉刀，回指之曰："莫叫！莫叫！杀他了，次将及汝。"方奋刀欲下，未及措手，忽仆地而死。

庚辰年，凤山玉清宫庭中老桧，久不作花，其春忽大作花。

庚辰、辛巳间，岁大饥，人相食，龙泉、范泉尽涸，孝河十里下亦绝流。

壬午年，镇有兵警，无害。

甲申年三月初八日，大风昼晦，人不相见，其风自西北来，触人腥恶，蒙蒙欲沾衣。其五月，闯贼权将军郭升自南来，声势甚赫。到镇，会闻李贼关门之败，一宿而去，镇无所苦。长峪道、暗青、朱崖诸山村乱起。

崇祯间，市民尚可法约同邻舍，携酒向家边山上圆月。可法后至，有人在路呼之，遂与共坐岸边，对月吟笑，倾酒共酌，可法恍惚都不记忆所期何人，尽醉而归。夜半酒微醒，乃忆其人是"孙名起"，死已久。旦日，视其坐处，酒沥狼藉在地，空罇在焉，竟亦无恙。

又，国氏女嫁人，少死。三日后，其夫独宿。忽见妻盛饰自外冉冉而至，初甚恐，既而言笑燕婉，恩意如平生。凌晨，揽衣而去，衣作纸声。夫久亦安之，月馀，忽涕泣为别，云"当赴泰山"，自此遂绝。

顺治戊子年，孝河大涨，永济大桥水高出其上，石栏皆尽，桥外树林拔去无馀。南郭门外三元庙前古柳，挂淤高过庙门，庙中乃无水。

又，峨岭上水自山椒而下，浸灌西门外居人数十百家。是岁，多淫雨，龙斗于空。又，先年镇尝大水，山谷皆涨，其水每在高处流，下处反无水。又，或中流，如脊高立，两边乃下。

丁亥、庚寅间，沂蒙诸山乱民为盗，出没不常，颜城左右，攻城掠村，殆无宁日。东西山坞伤人颇多，长峪道亦不靖。

康熙癸卯年，多震雷。峨岭死一男子，马岭死一妇人，并所乘驴子。神头死一男子，乡人云，此人乃平其先冢作田，适此日送饭饷田间工人，遇雨来归，经煤井旁，其龙自炭中起井上，人皆望见之，初但缕缕如白烟。

甲辰年四月二十四日，大霜杀麦。时麦将成，霜初过，芁芁[①]不减，田家幸之。既而有芒无粒，十不获一。

乙巳年三月，已向热，骆驼岭道边有冰条，高挂棘枝，晶晶可爱。

乙巳，良庄有震雷死者三人。有毛氏子者，方倚楼望雨，震起，忽不自觉自窗间飞出，落立场中，了无伤损。旁近九人皆死，徐苏其六[②]。

乙巳、丙午，大无麦。

又，近有城内人赵起凤有洁疾，又善疑。常择井而饮，择米而炊，赁人挑水，必弃其后罂。即远出在涂，非自涤爨釜治餐，宁饿不食。尝适市买米，已付钱讫，须其人送米到门。偶见其人项不洁，辄失色曰："污吾米，不复可用矣！"遽令持去，亦不索钱。一日，将之奉高，或戏谓曰"蒿里山画卯"耶？遽增闷恚，为之罢行。哓夜忧疑，数日殆不自遣。乃募市中人，教以话言，厚赠之令前行，相待于土门道神祠中。乃自于旦日，俶装前去，行过庙前，其人趋出，厉声曰："汝安往耶？"对曰："敬赴蒿里山画卯。"其人叱曰："可疾归去，今无事用汝矣！"应曰："诺。"乃归，其疑乃释。后其妻怀妊，忧曰："是家将秽，吾居可奈何已。"又见所食井上有蛛网，大恚曰："吾固不堪也，今又断吾水，殆无生理矣！"乃自经而死。将死之前日，遍持钱物饷梓匠、僧人、挽郎、冥衣家。众惊曰："何为者耶？"曰："第存之，吾有所望于君。"及死，诸得钱者乃共治葬之，竟无后。

灌长氏曰：水之为利害大矣哉！孝乡山居，而数有水患，况江海之民乎！菌[③]、芝载在《尔雅》，郭璞亦以为三华瑞草。迨宋真宗东封至泰山，而王钦若等一旦献芝，至三万八千余本。物多则贱，使人訾之。若夫崇台虚宇，蒸湿之所不乘；画栋疏寮，雾露之所不入。紫云九华，忽焉自吐，此之非宝，实则矫谈。彼事之一至者，固不格于儒者之论也。

---

① 四库本"芁芁"作"芃芃"。

② 四库本"徐"作"馀"。

③ 山水本、故宫本、山师本、哈佛本、汇编本"菌"作"茵"，唯袁藏本、四库本作"菌"。《尔雅》(《四部丛刊》影宋本)作"茵芝"。

颜山杂记卷四

益都孙廷铨伯度纂

物产

盖民之为道，本业不足，然后有货殖，货殖非古也。不耕而食则长游惰，不织而衣则生僭侈，皆风俗之敝而仁义之毁也。然有异焉，孝乡山多田少，而生齿日益繁，生齿繁则食粟多，山多田少则得粟难，若是而不疾作也则饥甚，故其民力力焉。凿山煮石，履水蹈火，数犯难而不息，凡为饥驱也。此虽不耕不织，犹夫自食其力也。顾烧琉璃者多目灾，掘山炭者遭压溺，造石矾者有喑疾，炒丹铅者畏内重，纵谋而获，亦孔劳矣。然则孝乡之多艺也，以其民贫也；其无弃货也，以其土瘠也。矧锥刀之几何，而强半在官中也。是用琐缀，俾来者知其故焉。

石炭　炭，山灰也，义从土。然土得水而泥，此不泥；宜从石，然石引火而不然，此则然；宜从薪木，然木遇金而柔，此不柔。故一物而德具焉者，炭为多。

凡炭之在山也，辨死活。死者，脉近土而上浮，其色蒙，其臭平，其火文，以柔其用，宜房闼围垆；活者，脉夹石而潜行，其色晶，其臭辛，其火武，以刚其用，以锻金治陶。或谓之“煤”，或谓之“炭”，块者谓之“硔”，或谓之“砟”。散无力也，炼而坚之，谓之“礁”。顽于石，重于金铁，绿焰而辛酷，不可爇也，以为矾，谓之“铜磺”。故礁出于炭而烈于炭，磺弃于炭而宝于炭也。

凡脉炭者，视其山石。数石则行，青石、砂石则否。察其土有黑苗，测其石之层数，避其沁水之潦。因上以知下，因远以知近，往而获之，为良工。

凡攻炭，必有井干焉，虽深百尺而不挠。已得炭，然后旁行，其隧视其炭之行，高者倍人，薄者及身，又薄及肩，又薄及尻。凿者跂，运者驰；凿者坐，运者偻；凿者螬卧，运者鳖行。视其井之干，欲其确尔而坚也，否，则削；入其隧欲其燥以平也，否，则跰。凡井得炭而支行，其行隧也如上山，左者登，右必降；左者降，右必登。降者下城，登者上城，循山旁行而不得平，一足高，一足下，谓之反[①]城。脉正行而忽结，礌石阻其前，非曲凿旁达不可以通，谓之“盘锢”；脉乍大乍细，窠窠螺螺，若或得之而骤竭，谓之“鸡窝”，二者皆井病也。

凡行隧者，前其手必灯而后入，井则夜也，灯则日也。冬气既藏，灯则炎长；夏气强阳，灯则闭光。是故凿井必两，行隧必双，令气交通以达其阳，攻

---

① 四库本“反”作“仄”。

坚致远，功不可量，以为“气井”之谓也。

铁冶　采石黑山，铸而为铁。百石之垆，三合之屑。火烈石礁，风生地穴。清气如珠，玄精为液。得柔斯和，过刚或折。作为剑器，蛟龙可截。以钢性易脆，生不若熟也。

瓷器　孝乡之瓷，出于山头、务店者，碗、钵为多；出于邀光者，罐为多；出于八陡者，瓶罍为多；出于西河者，鱼缸、酰瓮为多，然皆疏土也。夫物无美恶，乘时为贵；器无雕朴，适用为宜。故云雷之鼎以之适野，不若瓦缶之便也；牺象之尊以之饷师，不若陶匏之给也。且物之美好者，生民之大累也。孝乡之瓷，疏土也，其用农氓[①]也，而不为贵也废者，亦幸不为贱者累也。今夫天之生物，其为奇丽者一，其为朴野者常百，则不以一废百也；先民制器，其为淫巧者一，其为拙簌者且万，则不以一废万也。何也？生人之道，始于饮食。饮食，天下之大欲也，则饮食之器，天下之大用也。今夫农氓之为食，脱粟麦饭也，及其欢然一饱，则脱粟麦饭，固无以异于脯修羶[②]芗也；农氓之食之为器，瓦缶陶匏也，而及其属餍，则瓦缶陶匏，固无以异于牺尊雷鼎也。且农氓之食，有其脱粟麦饭焉，则间有其酒浆酰酱焉，夫酒浆酰酱，则非独农氓之食也，既富之家共此矣；农氓之器，有其瓦缶陶匏焉，则又有其壶尊瓮瓿焉，夫壶尊瓮瓿，则非独农氓之器也，大贵之家又共此矣。今举富贵之家，而进之以农氓之食，如所谓脱粟麦饭者，不屑也，而至于酒浆酰酱不能绝也，此固向者农氓之食也；今举富贵之家而奉之以农氓之器，如所谓瓦缶陶匏者，不屑也，而至于壶尊瓮瓿不能舍也，此固向者农氓之器也。孝乡之瓷，疏土也，贫且贱者用之，而富且贵者不能违，圣人“不贵异物贱用物”以此也。

黄丹　炒铅为之丹，重则铅为丹铅，急则丹复为铅。炒多铅气，中人，令人中垂而死。临丹灶者，必塞其鼻，实其腹，令中气常胜，铅气不能入也，然后可久。

白矾　白矾者，夹炭石屑也，取以为矾，晶晶者冰，皑皑者雪也。当其为石墨，墨者铁也，取而变之，存乎冶也。凡烧矾，必即嵌岩之半，削其高以为壁，斥其平以为台，壁斩斩，台板板也。于其旁也，堑土而塱，周之以为池，阙地及泉，干为井，底为釜，筑之污之，旁通火焉以为灶，布瓮以为盎，编荆而涂之以为廪。其行火也，移石就台，负壁而筑之，若连床之方焉，陂陀其脚，而微䋽之烈火而焚之。由内以攻外，火尽取屑傅之，又尽又傅之，每尽傅之，斩斩之壁则易以为高也，板板之台则易以为广也。陂陀微䋽，以行水潦，则行火

① 康熙刊本、四库本“氓”均作“甿”。“甿”为“氓”之异体，兹改作“氓”。

② 山师本“羶”作“膻”，其余本均作“羶”。

者易以为养也。故烧矾者久与岩齐，虽雨三日而不浸，火三月而不灭也。乃取其烧以纳于堑，击之汰之，得其滋焉；乃取其汰以纳于灶，熬之煎之，流其液焉；乃取其液以纳于瓮，澄之凝之，泛其屑焉。体魄既成，精魂未盈，非硝不为功。取而和之，复纳于灶，火气竭矣，其精乃生；取而漉之，以纳于廪，水气竭矣，沉紧浮松，外强中空，凿其玲珑，冰雪冲冲。此矾之终也。

绿矾　红土　绿矾者，炭中铜碛也。法如白矾，减其工半，精为绿矾，滓为红土。按，矾之初，皆黑质而辛螫也，及其变也，或白或碧，其滓则皆红，以染则碧，复为黑，其醮水又为黄，盖具五焉。夫天下之臭味，过差而善变者，固若斯之亟也。君子之用物也，亦善其变哉。

淄石砚　淄石坑在城北庵上村倒流河侧，千夫出水，乃可以入。西偏则硬，东偏则薄，惟中坑者坚润而光，映日视之，金星满体，暗室不见者为最精，大星者为下。米元章曰："淄石理滑易乏，在建石之次。"苏子瞻曰："淄石号韫玉，发墨而损笔；端石非下岩者，宜笔而褪墨，二者当安所去取？用褪墨砚，如骑钝马，数步一鞭，数字一磨，不如骑骡用瓦砚也。"不知淄石顾有发墨而不损笔者，惜二公之未见也。

琉璃　琉璃者，石以为质，硝以和之，礁以锻之，铜铁丹铅以变之。非石不成，非硝不行，非铜铁丹铅则不精，三合然后生。白如霜，廉削而四方，马牙石也；紫如英，札札星星，紫石也；棱而多角，其形似璞，凌子石也。白者以为干也，紫者以为软也，凌子者以为莹也。是故白以为干，则刚；紫以为软，则斥之为薄而易张；凌子以为莹，则镜物有光。硝，柔火也，以和内；礁，猛火也，以攻外。其始也，石气浊，硝气未澄，必剥而争，故其火烟涨而黑。徐恶尽矣，性未和也，火得红；徐性和矣，精未融也，火得青；徐精融矣，合同而化矣，火得白。故相火齐者，以白为候。其辨色也，白五之，紫一之，凌子倍紫，得水晶；进其紫，退其白，去其凌子，得正白；白三之，紫[①]一之，凌子如紫，加少铜及铁屑焉，得梅萼红；白三之，紫一之，去其凌，进其铜，去其铁，得蓝；法如白焉，钩以铜碛，得秋黄；法如水晶，钩以画碗石，得映青；法如白，加铅焉，多多益善，得牙白；法如牙白，加铁焉，得正黑；法如水晶，加铜焉，得绿；法如绿，退其铜，加少碛焉，得鹅黄。凡皆以焰硝之数为之程。

琉璃之贵者为青帘。取彼水晶，和以回青，如箸斯条，若冰[②]斯冰，纬为幌簿[③]，傅于朱棂，瑞烟徐起，旭日始升，影动几筵，光浮御屏，栖神象玄，以

---

① 四库本"紫"作"子"。

② 四库本"冰"作"水"。

③ 四库本"簿"作"薄"。

合窈冥。用之郊坛焉，用之清庙焉，隶于司空，以称国工。

其次为佩玉丁当。连珠缀缨，绛纱作盛，弁冕盈廷，乃球锵鸣。古者，百僚朝祭之法服也。

其次为华灯、屏风、罐合、果山，皆穿珠之属。错采雕龙，口则无功。

其次为棋子、风铃、念珠、壶顶、簪珥、料方，皆实之属。围棋滴之，风铃范之，料方亦如之。条珠缠之，细珠写之，大珠缠之、戞之，簪珥惟错。车磲者，杂二色药而糅之；玛瑙者，珐琅点之；缠丝者，以药夹丝，待其融也，引而旋之。

其次为泡灯、鱼瓶、葫芦、砚滴、佛眼、轩辕镜、火珠、响器、鼓珰，皆空之属。凡制琉璃，必先以琉璃为管焉，必有铁杖、剪刀焉，非是弗工。石之在冶，涣然流离，犹金之在镕，引而出之者，杖之力也；受之者管也，授之以隙，纳气而中空，使口得为功，管之力也；乍出于火，涣然流离，就管矣，未就口也，急则流，缓则凝，旋而转之，授以风轮，使不流不凝，手之力也；施气焉，壮则裂，弱则偏，调其气而消息之，气行而喉舌皆不知，则大不裂、小不偏，口之力也；吹圆球者抗之，吹胆瓶者坠之，一俯一仰，满气为圆，微气为长，身如朽株，首如虆鼓，项之力也；引之使长，裁之使短，拗之使屈，突之使高，抑之使凹，剪刀之力也。凡为葫芦，先得提，后得腹，接处为腰；为含子葫芦，先得子，次得提，纳子焉后得腹；凡为鱼瓶，先得口，次得腔，次得山，后得果枝；凡为花簪，先得茎，后得顶，断而殊之，易手而燎之，后得蜂末；凡为响器，先得下口，后得上口；凡为砚滴，先得顶口，次得腹，次得提，后得吐水；凡为灯碗，先得圆球，吸其下，按其上，断其脐而坐之，上反为底，下反为面；凡为鼓珰，先得葫芦，旋烧其底而四流之，以均其薄，欲平而不平，使微杠焉，以随气之动，乃得鸣。鼓珰者，响葫芦也，言微气鼓之，而珰鸣也。辟之为鼓也，声者其面也，响之应者其腔也，实则其空也。故大空则大鸣，小空则小鸣，此老氏之说也，“当其无，有有之用也”。凡为空者，先养其气，气圆而体圆，此学书之说也，“心正则笔正也”。

按，《通鉴》：唐代宗初诛元载，召江西判官李泌入见。语及载事，曰：“朕面属卿于路嗣恭，而嗣恭取载意奏卿为虔州别驾。嗣恭初平岭南，献琉璃盘，径九寸。朕以为至宝，及破载家，得嗣恭所遗载琉璃盘，径尺。俟其至，当与卿议之。”胡三省注曰：程大昌曰：“《汉·西域传》，罽宾国有琥珀流离。”师古注曰：“《魏略》云，大秦国出赤、白、黄、黑、青、绿、缥、绀[1]、红、紫十种流离。此盖自然之物，采泽光润，逾于众玉。今俗所用，皆消冶石汁，加以众药，灌而为之，虚脆不耐，实非真物。”

---

① 四库本“绀”作“组”。

按，流离，今书附“玉”旁，为“琉璃”字，师古之记是矣，亦未得其详也。《穆天子传》：“天子东征，有采石之山，凡好石之器于是出，升山取采石，铸以成器。”注云：“采石，文采之石也。”则铸石为器，古有之矣。颜氏谓为自然之物，恐不详也。《北史·大月氏传》：“魏太武时，月氏人商贩京师，自云能铸石为五色琉璃。于是采矿石[①]于山中，即京师铸之。既成，光泽乃美于西方来者，自是琉璃遂贱。”用此言推之，则虽西域琉璃亦用石铸，无自然生成者，兼外国奇产，中国未始无之，独不闻有所谓真琉璃。然中国所铸，有与西域异者，铸之中国，色甚光鲜而质则轻脆，沃以热酒，随手破裂；其来自海舶者，制差钝朴，而色亦微暗，其可异者，虽百沸汤注之，与磁银无异，了不复动，是名“番琉璃”也。“番琉璃”之异于中国，其别盖如此，而未尝闻以石琢之也。余谓路嗣恭所献者，盖师古所谓大秦琉璃，自然之物。否则，代宗何以谓之至宝哉？程大昌考之不详耳。

水磨柏香　水之为利，莫大于灌田，是故近水者得天之半焉。孝乡田高水下，不可灌也。项[②]有教以水车之法，试而引之，高之上，又有高焉，终不可灌也，是失天之半矣。幸可为水磨，又独能平轮，不能为侧轮也。平轮者，必为飞水，以飞轮飞水者，必高其闸，闸已庳，则注水势弱，水虽大，轮不飞也。飞轮者，必深其坎，下其水而疾去之，水平而去，不疾则轮濡，注水虽高，轮犹不飞也，轮不飞，则其戴石也力薄而功微，是失水之半矣。侧轮者，水击其辋而力横施，可以硙，可以舂也；平轮者，水击其牙而力上行，是不可舂，徒硙耳！是失磨之半矣。高其闸者，必高其堰，堰已薄则沙易颓也，已厚则力不偿费也。秋潦为患，山水暴长，堰之废者，非潦尽不可以复兴，而磨常半岁闲，是磨之半又失半矣。是故孝乡之水磨，常格于天时，费于人力，而不尽乎地利也。

灌长氏曰：吾观于乡，而知择术之必慎，择业之必精也。当明之末，庚辰、辛巳间，江北旱灾，琉璃之家，死者什九，非以其无用器耶？若其在时和清宴，亦可以观人情矣。彼瓷、炭，用物也，其行不越数百里；丹矾、赤土，用舍半之，其行千里；琉璃，无用器也，然且北至燕，南至百粤，东至高丽，西至河外，其行万里。彼物情之不齐，亦独何哉？其用弥寡，其行弥远。

物暴

齐故无虎也。初，余生长孝乡山中四十余年，逮所传闻，又何啻百年？乡之人，曾无故而谈虎者。齐其果无虎也？齐有虎其自今以始也？抑闻之，昔者

① 四库本“矿”作“旷”。

② 四库本“项”作“顷”。

孔子尝过泰山之侧，而叹苛政焉，则是齐故有虎也。前此有矣，曷始乎此，托始焉尔。虎之为德，既不若麒麟、驺虞，而为暴又甚于豺狼，微乡人恶之。凡跂而角，蹄而善走，窟而善藏者，彼其族也，固未有乐虎者也。《传》曰："一有一亡曰有"。今而履尾愬愬，白昼攫人，有一于斯矣，君子危之而著其实，则"托始焉尔"，其托始也，奈何《春秋》《鲁史》也。而鲁、齐近郊也多麋，有蜮，必谨而书之阙[①]。今虎之为暴，其为麋、蜮又多乎哉！托始乎此，盖振振然，其诸亦无乐乎此也。

西庄人□□[②]，上山刈葛，忽闻蜂声在近，稍进窥之，有虎负嵎，蝇飞薨薨，在其须目，仓卒坠崖而免，犹病疟弥月。

岭西村农民王朝臣，因野猪害稼，与其妻夜守瓜庐。一日夜半，朝臣忽欲出遗，其妻心动，止之，不可。甫撤扉出，其妻遽闻有物仆地，亟起视之，夫已为虎攫去，就田火追逐之，遥见火光中有巨物徐行，黑气笼罩，形不甚辨，夫挺然赤露，首足互着地，蓬转而行于后随之。衣已脱然在道，带结如故，并未开解，将次及之，巨物隐不见，夫僵死在草间。坐守移时，忽觉暗中出巨掌，爪批其面颊，颠于碛下，昏然不复觉，久之始苏，遂失夫所在。

王生，家石马庄，佃客。二人秋夜耦耕，宿野棚下，雨甚，漏湿，忽思笠子挂树上，可出取之。一人出，一人闻其颠仆声有异，怖不敢动。天明，视泥中有虎迹，鸠众寻求，得其半体于七层堰上荒草间，所着裤子委道旁，系有铁舌、鞓带，宛在裤间，亦未解。

乐疃人孙氏家竖子，于薄暮驱驴向邻村驼水。遇虎，自投堰下石隙中。虎至，踞堰上凝睇注视，以爪探之，不及尺，竖子伏不敢动，瞪视良久，虎亦不下。其家怪竖子曛黑不来，数人往迎之，山路黑暗，喧豗而行。虎闻其声，乃舍竖子，攫其驴去。

峨岭巅文昌阁，孤居无邻。近年，一道士来居之。一日，昏暮出汲，还，闭户卧。至日斋，群牧过其下，怪阁门未启，呼之，良久不应，相与撼其门开，有狼突出，跃然而去，道士残矣。

壬午年，兵自南来，莱芜已破，镇人倥偬，方事城守。余从众在城角瞭台，觇者夜还，报曰："兵至矣！青石关迤南迤北，列营举火，似繁星矣！"众方惊急，有狼在城下，对台而号，其声百出，斥之不去，守者相视[③]皆色土。天未明，大营果至，卓旗东西两山下，瞰城中，食顷拔去，竟无他。

---

① 康熙刊本"之"字后缺十三字，四库本"之"字后作"阙"，今依之。

② 四库本"□□"作"阙"。

③ 四库本"相视"作"视之"。

数年前，镇多狼孽，传说多异。余家门外空园子，柳下凿井，夜夜有群狼来戏井上，意憎之。一夜，比邻刘美声秀才家，扰扰有声，甚可疑怪。比晓，使讯焉，乃有狼夜入其家，突于厨灶，灶下人惊，狼亦惊，亟不得出，皆哗不知所措。适其日有庄客因事到官，秀才援之得解，尚未去。闻故，抽椽栌，遽入击之，应手而毙。取其皮，白泽可爱，值数贯钱，后亦无他。或曰："此自来送一品坐裀耳。"野兽无故入人家，当为怪，岂足信哉。[①]

镇无野猪，近与虎偕来，其为民害乃长于虎。虎一而已，野猪恃其豮牙，率其种族，以与乡之人争食此土也，家苦之，村苦之，日夜苦之。且孝乡之民，非有广畴沃野可辟而耕也，非有湖陂、莲勺、稻秔、鱼藕之饶乐也，终岁孑孑焉，凿嵁石，辟柽椐，得若席焉则田矣，若几若箕焉则田矣，山高土浅，水暵不收。幸而至于秋也，而黍离离，而豆有萁，率彼妇子，夜守前溪，少一不戒，忽焉尽之，豕则饱，人则饥，吏则呼，闾则殚无遗矣。礼祠八蜡、祭虎，为其食田豕也。夫虎暴矣，至使古人俎豆奉之以为功，惟豕之故，则谓其害长于虎也亦宜。

似鹿短小而肉角者，曰"狍"。狍，即麋也，多则害稼，易取亦易驯，性不耐夏。每日止于早凉，一起，趁水食，食已，即择荫伏，终日不起，其首所向，即其起行所向也。猎人取狍，常以清旦，升高瞭之，前逐水食及还卧处皆已晓了，又察其首所向，即数百步外，两目闪闪，于草际见之，乃于前路设网，左右设伏，从后发踪追逐，十获八九。镇西关 李氏家尝蓄一狍，驯矣，其家门外即山，狍有时出，暮必来归。属当文庙秋祭，例用鹿，官督猎人急，无所取为，向李氏欲得此狍，主人惜之，不许，狍亦如故。祭有日矣，猎人请之不已，主人疑迟曰："君且休矣，徐[②]当议之。"其日，狍去遂不归。

灌长氏曰：万物愚于人，人愚于天。顾人发杀机，物或知之；天发杀机，人鲜知也。彼死权、死宠、死于声利，即事理彰显，祸在燃眉，尚谓彼人爱我，迷而不悟者，众矣！况几先祸始，动于萌蘖之间，隔于视听之表者乎？呜呼，此狍智于临江之麋多矣。

遗文

道简则贵，物少则珍，事约则精，辞寡则要，天之道，物之情也。夫登高能赋，则可以为大夫，古之人犹且难之。若前人所绝，后人宜可无作，乃在今日，不啻燕函、粤鎛，夫人而能为之矣。顾今人作之，后人复用覆酱瓿，终不如其

① 康熙刊本此段后空七行，似缺一段。袁藏本于下段"镇无野猪"前，墨笔眉批"接写"。

② 四库本"徐"作"馀"。

无作也。以颜城蕞尔，僻在山陬，上客輶轩，通人羁旅，载涂既稀，遗篇自鲜，间有残碑断碣，埋没荒榛，拂拭钞传，以存世变，去其繁弱，亦得雄篇也。若此邦人士，辟荆棘而居之，读书学古，创始新邑，间有缀述，渊源未广，其为工拙存替，以俟后之人，故不概录焉。

颜神镇石城记[①] 济南 李攀龙撰

公[②]既以玺书按察青、齐诸郡县，即青、齐诸郡县治也，则之部请城笼水。曰："是淄、莱、新、益之间一都会哉！天不吊百姓，一二长吏怠于疆事，俾一二不逞子弟，揭竿如林，而负固自喜，以为父母[③]忧。四方亡命，啸而过市，有业甒于篚中，覆之利剑，莫敢以发，而释担一呼，为皆制挺，又安可谁何！百数十年来，冀氏、姚氏九为倡乱，杀我一二长吏之戍者，以荼毒我百姓，焚荡我庐舍，憯不畏明，至令一妖女子，三勤我王师，翦灭此而后食，恶在其按察青、齐诸郡县为也？余不佞，盖未尝一日忘之，桴鼓之鸣，如出宇下，即于玺书，又得临笼水[④]，以春秋耀吾军士，岂其防民而暴之中野？必曰疆场之事，一彼一此，弃命废职，其若父老何？我必不然。不佞之业，在《蒸[⑤]民》之七章矣！"中丞傅公谓御史段公[⑥]曰："[⑦]余观于大夫，才可使无征役百姓，而义不可使众为政，夫固谓一人虑始，而荣施不可有也。不然，夫岂不知淄、莱、新、益之间，嗷嗷者以时绌为解也？大夫实云，畏此简[⑧]书，即有后事，安可言勿与知也？"曰："昔在庚戌，少司马城潞水上[⑨]，乃天子有锡命，此自大夫家政，吾二人将有赖焉，以干城王室，备他盗也。大夫实云[⑩]，无亦大夫按察青、齐[⑪]诸郡县，列[⑫]

---

① 1976年台北伟文图书出版有限公司《明代论著丛刊》影明刻本李攀龙《沧溟先生集》(以下简称《沧溟集》)卷一九，题作"青州兵备副使王君城颜神碑记"。

② 《沧溟集》"公"作"君"。下文言及世贞处，皆作"君"。

③ 《沧溟集》"父母"作"父老"。

④ 《沧溟集》"水"后有"上"字。

⑤ 四库本"蒸"作"烝"。

⑥ 《沧溟集》"公"作"君"。

⑦ 《沧溟集》"余"前有"以"字。

⑧ 《沧溟集》"简"作"玺"。

⑨ 《沧溟集》有"抗虏"两字。

⑩ 《沧溟集》无"也"字，无"大夫实云"四字。

⑪ 《沧溟集》"齐"作"州"。

⑫ 《沧溟集》"列"作"外"。

城数十，岂谓是西[①]游津梁之上有急难也？勿更使父老失望于我[②]，则公遂营焉。”曰：“是在不佞，此一役耳，何至言巨万。吾因石于山，因灰于石，虽隆之天，不可胜用矣。岂犹不坚，而覆篑为之，其又令暴风雨潦以攻。一日之费，石城非不倍[③]委土，而十年为计，一再筑之，后石城之费立尽，是使父老终岁率子弟而城已。”公乃属之青州守李尚智、倅倪云鹏[④]。自三月至七月，守尚智、倅云鹏乃以效于公，算才官钱九百余缗，而城高丈寻[⑤]，方广若干丈，各门焉，二水门出南北城下，因壑为池，百姓忽自有之矣。公以报成今中丞丁公也[⑥]。攀龙弱冠时，一二长吏及彼中豪，言城颜文姜事[⑦]，且三十年。此无他，则长吏过自好，欲无受劳民伤财名。不者，大役难成，恐中废，作者不任；又不者，如匪行迈谋，与众为政耳。如此必使城自地出然后可。百数十年来，冀氏、姚氏凡九倡乱，一妖女子三勤王师，亡论所荡焚，即刍饷供亿，岂但可为十城？然遂以弃之，乃平居则又不复作一钱事，而曰：“吾已为储刍饷供亿于某所，令足待变矣。”夫岂为计哉？公名世贞，字元美，吴郡人。少司马名忬，公其子云。

郡别驾魏公祠堂碑记[⑧] 郡人冯琦撰

颜神之山盘纡，而中裂水[⑨]出，文姜故址者，绕其下[⑩]。厥土坟而埴，宜陶，陶者以千数，青以西，淄、莱、新、益之间，斯一都会也，而于山近，故亡命时有。陶故鼓铸，四方贸易辐凑，而不可[⑪]法，匪其不可法，亡恩以用其法故也，恩以用其法，盖昔者郡别驾河北 魏公以之。魏公之莅兹镇也，五十年于此矣，披翦草莱，创建纲纪，闿泽惠政，未易缕指，而及其得代之日，镇民拥道遮留[⑫]，塞乎辕辙之间，车为之枳。已而藉公弗获，则肖其貌祠之，岁时伏腊必祀，

---

① 《沧溟集》“西”作“而”字。

② 《沧溟集》“勿”前有“大夫实云”四字。

③ 《沧溟集》“倍”后有“于”字。

④ 《沧溟集》无此二人姓名，作“君乃属之有司某等者”，“有司某等者乃以效于君”。

⑤ 《沧溟集》作“城高丈有寻”。

⑥ 《沧溟集》“丁公”作“某”。

⑦ 《沧溟集》作“攀龙弱冠时已闻一二长吏及彼中豪言城颜文姜事”。

⑧ 1997年北京出版社《四库禁毁书丛刊》影印明万历刻本冯琦撰《宗伯集》卷十六，题作“颜神镇重修青州别驾魏公生祠记”。

⑨ 《宗伯集》“水”作“泉”。

⑩ 《宗伯集》“其下”后有“海上称形胜地云镇去山可三里许”十四字。

⑪ 《宗伯集》“可”后有“以”字。

⑫ 《宗伯集》“留”后有“者”字。

祀必虔，俨然如对公，行而经其宇下者，低回不能去也。农者曰："是尝劝课我，缓我租。"商贾者曰："向者无扰于吾市。"其尝有犯于公者曰："是真我公也，犹有恻恻矜怜之色焉。"至是，而畴昔之壮者老，老者寝[①]以物，故祠亦日圮[②]，乃相与聚而谋新之，以请于守道盛公。盛公曰："吾志也，吾将表其治以风于东国。"于是捐糈鸠工，顺民欲而经始焉，逾月落成。堂故两楹，拓而四之，故无庑，左右翼之。公是时盖卫武抑戒之年矣，仍如其强仕时。庙[③]之制从新，貌从旧，志思也；祠[④]于范文正公之侧，明[⑤]埒也。而揆公与文正，吾必以公为难，何也？当孤镇于专城，当草创于坐理，当倅于守需壤矣，而民之祠之也同公，何啻难乎[⑥]？昔晋太保王休征氏之佐州也，民歌之曰："海沂之康，实赖王祥。邦国不空，别驾之功。"夫以海沂重地，安危系一别驾，而所指以为别驾功者，在国不空耳。公视政事三年，垂橐以归，积羡金四百，置公署作经费。推此志也，宁复有剥民膏血，以困此小大东者耶？自太保而后至始兴，世始大启，吾以为公之淳德清节似太保，而公之冢胤中丞公似始兴也。公凡三子，皆以制科为闻人。长公子复七人，并以文学显，以比于江左诸王[⑦]，若合符矣。嗟乎！天之报善人也以子孙，民之报廉吏而祀之也如其子孙，世乃有谓廉吏可为而不可为者，则何也[⑧]？公名怡，号节斋，中丞公名允贞，号见泉。同与百姓建是祠者，则本镇通判五台张君蕴道、关中 赵君存诚也。法得并书。

又碑 郡人钟羽正撰

吾郡颜神镇，故有别驾魏公生祠，与范文正公并。民思魏公德，祠所以报也。祠比于范公者，其德埒也。公去镇盖五十余禩，而民思之若新，当事者更拓地为堂三楹，两庑翼之，修葺以时，垂于有永，藩臬群公属余为记。余考今昔吏治隆污之际，则慨然以叹，而远想先辈长者之风。夫其奉职无择官，拊循其民无择地，精心一意，而无所为于其间，故感人深而流风远。余盖闻于故老

① 四库本"寝"作"寖"。

② 诸本"圮"均误作"圯"，改之。

③ 《宗伯集》"庙"作"貌"。

④ 《宗伯集》"祠"后有"仍"字。

⑤ 《宗伯集》"明"后有"相"字。

⑥ 《宗伯集》"乎"后有"上下千古所与公似者惟有晋太保王休征氏一人"二十字。

⑦ 《宗伯集》"诸王"后有"芝兰玉树"四字。

⑧ 《宗伯集》"则何也"后作"公名某字某中丞公名某字某同与百姓建是祠者某公某公也法得并书"。

称说，魏公之所为颜神者，一何岂弟淳至也！颜神苍孤万山，筚路篮缕[①]以启之，苫盖荆棘以居之。魏公以别驾来莅于兹，其为置散无异，公即不鄙夷之，治官如家，训饬其民如其子弟，农有劝，蚕织有赏，弭盗有法，其大指乃在教训安利之，无取赫赫。治办者久之，而民乃大和，讼息于庭，民安于塾，老稚嬉于野，而公雅洁修，一丝不以自溷。得代之日，羡金四百，置之而去，萧然空橐而已。大略魏公之治，如古循吏所勉竖，而不自功；公之节，如古廉吏所检饬，而不自名。其去颜神也，万人号留，车枳而不得发，家绘公像，饮食必祝也。其祠宇之存者，日饰月辟，五十祀而若新，是何修何营哉！别驾之卑，颜神之僻，宜贤者之所弗乐，而公且以为畏垒、桐乡，此公之所以为长者也。世盖有矫厉能称职者矣，或其官与地足以阶荣藉声者也，然刻饰涂泽，真意不偕，而味亦不渊永，其资与地无所复冀，则不渔其民，以身为壑，已[②]称为贤者矣，何暇论于尸祝之间哉！余故乐道公事而为之记，非独致景行也，且欲以风世焉。正为公伯子中丞公所荐士，中丞公清忠沉毅，有古大臣之节；仲子又余同年，相善；季子刑部公，亦名士。盖公积庆之泽，将满宇内，祠不以重公也，抑以系邦人之思云尔。

山雨楼图记 退谷孙承泽撰

山雨楼图者，枚先太宰图其读书之楼也。太宰家青之颜神镇，海岱诸山蜿蜒而来，结聚于此，林麓娟秀，溪流回合，大江以北所未有也。太宰久宦长安，思归未得，乃绘而为图，高楼矗起，岿然其中。楼无不宜，而曰“山雨”者，海气挟雨，滃然东来，四顾如画，集于一楼，其最胜景也。每公馀退食，焚香展卷，宛如登临其上，而载歌载咏也。往时，大司空刘清惠好楼居而未能构，文衡山作《层楼图》以赠之，至今传焉。近年于姜 党[③]先生，思其乡之山水，某宜亭、某宜阁、某宜桥梁，绘为《意先卷》，彼时士绅羡而题之。今太宰之卷，图耶？楼耶？要不必问，而其意则远矣！居严重之地，事务鞅掌，议论烦杂，人所敛眉棘手者，独处之以静正整暇，具于是卷见之矣！余尝言，古之能办天下事者，皆如不欲办者也。故车书、玉帛、兵陈、会盟，纷纭劳攘，而意境萧然，有山林空寂之气，故足贵也，太宰有之矣！其楼之为图，图之为楼，举足慕也。

---

① 四库本“筚路篮缕”作“筚路蓝缕”。

② 山水本、故宫本、山师本、首藏本、汇编本、哈佛本“已”均作“□”，袁藏本、四库本作“已”，从之。

③ 四库本“党”作“黨”。

题山雨楼卷诗 镇州梁清标

曾展泚园秋色图，又看楼阁倚芳湖。细柳阴阴垂野岸，凉风①翦翦行菰蒲。霜桥枫浦遥映带，山禽晨夕如相呼。斯楼构自何年始，四时风物尚书里。尚书雅望裴王俦，门庭清寂心如水。身依日月志岩扉，家山绘入丹青里。虚敞高楼天半开，当窗远岫何崔巍。冥蒙海气溪云合，萧飒天风山雨来。山雨满楼秋气爽，飞流瀑布山泉响。主人高吟秋水篇，客来时荡兰舟桨。尚书退食宝此图，开襟②示我同披赏。尺幅宛移濠濮间，卧游如立东山上。漠漠亭台入翠微，赐沭③山公许暂归。白云红叶迎孤棹，茆堂沙径生清晖④。画楼无恙烟霞护，如君家庆真难遇。两亲老傍鹿门栖，凤毛蚤擅凌云赋。舒啸幽篁明月低，称觞丝管行云驻。三径虽高元亮风，九重雅重曲江度。中朝人物待持衡，未容逸兴盟鸥鹭。久客余怀亦倦游，百尺思卧元龙楼。岁月蹉跎归未得，凄霜苦雨胡逼⑤仄。浩荡秋风起太行，三复此图兴叹息。

又题⑥ 淮南龚鼎孳

高云无定栖，乘风还故山。去来虽有时，乐哉望岫年。装驾指遥林，理棹泛素渊。开我池上楼，载耕陇畔田。海雨何苍苍，飞鸣来山间。石萝翳白昼，幽泉吐檐前。参差梧柳阴，延缘菰芦⑦烟。远虹明绝涧，驯禽响层巅。馀事及丘壑，抱瓮了不闲。空堂松风生，抚枕殊萧然。

题《泚园秋望卷》诗 安邱刘正宗

京洛厌尘氛，胜情易索寞。邈焉旷士⑧怀，尺幅存寄托。淹见⑨孝水涯，秋色点寥廓。卜筑俯川原，带山复近郭。登陟富绿阴，潆洄湛清壑。双峰峙白云，长虹饮岚脚。几席分潺湲，远从天际落。柿叶敌霜枫，白石沃粲若。岂必羡濠梁，

---

① 1997年齐鲁书社《四库全书存目丛书》影梁清标撰《蕉林诗集》康熙十七年梁允植刻本，"凉风"作"凉飔"。

② 《蕉林诗集》"开襟"作"把卷"。

③ 四库本、康熙刊本"沐"作"沭"，据《蕉林诗集》改作"沐"。

④ 《蕉林诗集》"清晖"作"晴晖"。

⑤ 四库本"逼"作"偪"。

⑥ 四库本缺此诗，袁藏本此处有缺损，据山师本补入。1997年北京出版社《四库禁毁书丛刊》影康熙十五年吴兴祚刻本龚鼎孳撰《定山堂诗集》题作《题孙泚亭太宰山雨楼图和陶公韵五首有序》。

⑦ 《定山堂诗集》"菰芦"作"葭苇"。

⑧ 四库本"士"作"土"。《泚园秋望图》墨迹本（嘉德2008秋季拍卖会拍品）作"士"。

⑨ 《泚园秋望图》墨迹本"淹见"作"俨见"。《国朝山左诗抄》卷四，"淹见"作"奄见"。

自足知鱼乐。顿觉人境遥，岁月失炎熇。栖寻[①]匪外求，位置嗤丹臒。乃知地无偏，幽奇在[②]领略。谁信启事馀，清兴侪猿鹤。披图恣卧游，烟峦归臆度。何日负行笈，短屐与同着[③]。

又题[④] 骈邑冯溥

群峰环绿野，松菊尽堪图。水碧烟岚接，沙明雁鹜呼。岩从秋树老，风入夜弦孤。帝切嘉谟念，无疑是鉴湖。

柳色参差处，溪流带小桥。石床醒酒宜[⑤]，竹径借风饶。露下[⑥]香沾屐，朝来[⑦]黛点椒。何时扶病过，未惜马蹄遥[⑧]。

谢公多逸兴，小筑水之滨。静得川原适，清无市井尘。霞鲜遮石[⑨]壁，松种长龙鳞。鱼鸟欢情性，忘机傍主人[⑩]。

相期寻旧约，山径久曾经[⑪]。此日三公圃，他年二老亭。月明环水白，云散见[⑫]峰青。谁唱沧浪曲，悠悠最可听[⑬]。

附录 《十三经注疏》序[⑭]

《洛书》出而文字立，文字立而经乃伊始矣。自尼山记政教得失，《易》《诗》《书》《礼》《乐》《春秋》并列为六。司马迁因之，称曰“六艺”；班史无讥焉，又以“五学”配“五常”，而《论语》《孝经》并记《六艺略》中。若漆园氏述

---

① 《沚园秋望图》墨迹本“栖寻”作“缔构”。

② 《沚园秋望图》墨迹本“在”作“贵”。

③ 四库本“着”作“著”,《沚园秋望图》墨迹本作“著”。

④ 1997 年齐鲁书社《四库全书存目丛书》影印冯溥撰《佳山堂诗集》康熙刻本题作《题孙枚先太宰沚园图卷四首》。

⑤ 康熙刊本中,唯袁藏本“宜”字手描作“易”。四库本、《佳山堂诗集》“宜”均作“易”。

⑥ 《佳山堂诗集》“露下”作“杂沓”。

⑦ 《佳山堂诗集》“朝来”作“微茫”。

⑧ 《佳山堂诗集》“何时扶病过，未惜马蹄遥”作“谢公丘壑兴，几案对渔樵”。

⑨ 四库本“石”作“日”。

⑩ 《佳山堂诗集》此首作“何时凭杖屦，樽酒傍湖滨。展卷山中客，科头世外人。霞明遮石壁，松种长龙鳞。奚必曾经者，方知钓濑真”。

⑪ 《佳山堂诗集》“久曾经”作“入深冥”。

⑫ 《佳山堂诗集》“见”作“一”。

⑬ 《佳山堂诗集》“谁唱沧浪曲，悠悠最可听”作“写意重烦补，吾衰倚石屏”。

⑭ 《国朝山左诗抄》收录此序文，并加按语云：“任尚书多闻博识，所作十三经注疏序，足见一斑。乃汲古阁刻注疏不载此序，附录于此。”

"孔子西藏书周室，翻十二经以说老聃"，则一以为"六经六纬"，一以为"《易》上下经、十翼"，一以为"《春秋》十二公"经也。周续之通"十经"，则"五经五纬"也。《唐》:"甲部经录。其类十一，则《易》《诗》《书》《礼》《乐》《春秋》、《孝经》《论语》、谶纬、经解、小学。"其明经取士之"九经"，则《礼记》《春秋左传》为大经，《诗》《周礼》《仪礼》为中经，《易》《尚书》《春秋公谷》为小经。宋合三传，舍《仪礼》而以《易》《诗》《书》《周礼》《礼记》《春秋》为"六经"，又以《孟子》《论语》《孝经》为三小经，则宋所称"九经"也。若夫石室"十三经"，始自孟蜀。盖上翼五经，若繁星配斗，而下比小学、谶纬诸篇，则又江淮河洛之俯视夫弦蒲、具区、傒养、馀祈[①]矣。且夫汉儒之为功于经也，烈矣！自秦火熄，挟书令除，然三代旧篇淹没沦丧。高堂、北平、颜芝、伏胜、后苍、费直、毛苌、向歆父子、孔安国之徒，口授笔录，网罗放失，发冢壁之藏，编煨烬之迹。逮东京，魏晋马融、郑玄、服虔、王弼、何休、赵岐、王肃、杜预、郭璞、范宁、郑众诸贤，咸考详异同，辨正得失，钻厉遗言，穷年白首。迄乎六朝云扰，南北中分，章句好尚，互有偏执。南人简约，得其精华；北学深芜，穷其枝叶。以至《正义》辨于贞观，二《礼》详于永徽，端拱、咸平复加较正，经传注疏，始成全帙。盖桃弧棘矢，筚路篮缕[②]，以启山林，莫喻其劳，而典章、名物、草木、鸟兽，字析句比，虽缫人治丝，针人治组，天官之九野三垣，建章之千门万户，莫喻其详且密也。而士苟志在稽古正学，则舍此何适矣[③]！然学士或白首不见全书，即辟雍之籍，蠹老尘封，斋受诵读，卒业者阙焉。又或伪谬相衍，抵牾不保，读之如含瓦石。毛生兹刻，独为完善，于以羽翼圣经，有功于王者表章之事者也。且此书之聚讼，亦从来多故矣。《十翼》后先，《象》《彖》分合，孰是孰非？孔壁伏书，古今何辨？《豳》何别乎《雅》《颂》？《卫》《邶》《墉》何分？《关雎》盛衰安昉？《冬官》何阙？《考工》何补？《职方》禹服，山川曷据？《王制》《月令》，汉儒何以附会夏时？周月正朔焉凭？《膏肓[④]》《墨守》《废疾》之论，《三传》优劣，胡为纷纷？以至《诗》之有齐、鲁、韩内外，《易》之有施孟、梁丘、京氏，《书》之有欧阳、大小夏侯，《礼》之有大小戴，《春秋》之有吴助。何存者什一，亡者什九，疑信废兴，斯编具在。昔人云:"圣人之经，昭若日月。"而先儒又谓"六经注我，我注六经"。夫以人心自有之六经，而窥乎日月，我注、注我，正复不隔，诚好学深思以探其意，又安在汉人穷经

---

① 四库本"傒"作"貕"，"祈"作"祁"。

② 四库本"筚路篮缕"作"筚路蓝缕"。

③ 四库本"矣"作"焉"。

④ 四库本"肓"误作"盲"。

而经亡哉！故曰："六经载道之文，能观圣人作经之意，知为儒者希天之业也。"呜呼，深远矣！汉博士以"五经"待诏，每国有大政、大疑，则各以所名一经奏断，而朝廷称制决焉。隽京兆处卫太子事，虽复引义不精，而犹能援古决疑，仓卒定变。况其果能以《禹贡》治河，以《春秋》折狱，以《三百篇》当谏书，以《周礼》致太平，以《论语》半部佐定天下者哉！则其穷经致用，执此以往，有不可胜用者矣！嗟乎，毛氏，一经之功臣也，汉有二毛，其苗裔乃能合"十三经"而日星之，其亦可谓淹雅综勤，有志表章，岂特为海虞稽古正学之一人哉！

此邑先生任尚书浚按吴时所作也。尚书与余同在山间，村墅相按，奇才博识，文章凌轹秦汉。曩尝共事司农，每有剧谈，愧其综雅。今其既没，遗文散亡，家人竟无存录，良可惜也。此文虽有毛刻行世，其间雕印伪误颇多，聊为校勘，附载于此，以示乡之来学。慨自古学[1]之亡，后生小子虚憍寡昧，其于经史源流，曚然莫辨，才拾坊牍馀沛，钞录成行，辄已傲然自题名士，安知前辈作者用意，若此之勤乎？

① 四库本"学"作"乐"。

跋

孝乡之于郡邑，亦不数数也。昔明嘉靖间，乡之耆旧冯海浮先生纂集郡志，见称于时。万历中，司空钟公，又取而附益之。二公于世，既为闻人，其书号为巨丽，而其于孝乡颇为阔略，质诸所闻，殆阙如也。盖孝乡僻远，在郡邑二百里外，二公生平既未尝揽辔，从容一览其溪山，省其风土，而孝乡之人，又习为愿朴，未尝厚自雕饰，取名誉而冒进于名贤作者之前，此其没没近于无闻者也。初，王元美创置颜城，而李于鳞为之碑记，则杂引外事以作谈锋，如妖女之祟，九起之乱，一切附丽文词，归之孝水。此或因所寄托，用壮蔚其文笔，为铭功纪德之资则可，要未得为衷言信史也。至李中麓采掇流闻，率尔命笔，其为疏阔，抑又甚焉。试规于近事，如史贼揭竿于莱野，李孽肆踞于龙山，谢迁播虐于淄川，沂寇延蔓于长峪，是皆乱氓蜂起，近在门庭。独孝乡之民，中处其间，按堵晏然，无一人从乱者，盖其子弟之安于耕凿，习于教训，志定而难犯久矣！此则元美氏之功为不没也。家相国自昔家食，每言及此，喟然兴叹。尝以谓君子一言之垂，有风气焉，有法式焉，有鉴戒焉，故言不可以不慎也。兹以谢政馀闲，优游在里，常侍燕谈于先光禄公，每闻乡中遗贤、故老之行事，退而察其习俗之变态，乃综括大端，作《颜山杂记》四卷，以付小子校录之。窃惟古者人物风土之书，如《三辅决录》《西京杂记》等篇，并疏雅散朗，略存旧观，意到则书，初无伦次，似不在甲观、《七略》之中，而百世之下读之者，若亲侍昔贤，语笑而揖让其间。览时变则慷慨伤怀，抚山川则欣然欲往。昔汉武帝读司马相如《大人赋》，飘飘有凌云气、游天地之间意，亦文章之盛事也。若闻《诗》而得兴观，问《礼》而起庄敬，则文章不足以概之矣！敬因校雠之次，抚卷兴怀，附识所闻云尔。

康熙丙午秋七月男宝仍谨书。

《颜山杂记》手稿题辞[①]

曩作此稿，遂已灾木。非敢以拟作者，只以危病频年，喜得复延视息，譬如小儿学语，虽则挢舌，未成音调，但得之，无作响，于心便已快然。儿辈不为匿丑，原稿竟付装潢，于今忽复五稔。病疴相寻，婆娑老矣，并此鄙拙，可复得哉。炳烛之明，孰若朝曦。小子识之。

康熙庚戌六月伏日灌长氏重书。

① 此文诸版本皆不载。据《沚亭文集》补入。

南征纪略

叙 ①

丑冬，从南征之师，崎岖棘荆矢石间竟岁，继此则簿书填委，眠梦须臾，昏昏无遣怀矣。次道先生以北来日纪见示，登高溯远，赋物寄情，莫不悉具，披读所至，身如与俱，斯其胜情逸才，为发我也。忆昔读书一室，耳目不远咫尺，慕名山水不可见，见古人纪游，欣然欲往。及公车四上，出守一麾，诸凡南北往来，如集中所纪，涉历概到。然而舟车匆促，况瘁增怀，求其山海移情，风谣载笔，阙然莫逮。人才之短长，天机之深浅，斯以别矣。平生爱玩道元《水经》一注，荒峭绝伦，次品外诸记序，柳多幽深，白多夷旷，先生集中备之。谁谓古今人不相及乎？或曰，此江山之所助也。

檇李王庭言远题。

---

① 哈佛本，王庭叙在林嗣环序之后。

序

游山水如读书，然非有精神欢接往来，虽终日灌灌，问则口呿是勿论，弗鼓勿掖，顽如土块，即令稍有痒心，何异蜉蝣撼树，适足为古人冥笑耳。环生平耻为雷同，窃讶《禹贡》纪山川而不及风俗，纪物产而不及人才，是经典留一遗憾。后如郭璞经《山海》称奇博矣，然张骞、甘英，纵九驿所绝可到耳。近世若《广舆》《统志》诸书，不过一抄本簿帐，所谓窈然颀然，呼之或出，无有也。何也？其性情精神不属也。以今读枚翁先生《南征纪略》，则纪中有史，诗中有画，画、史中类多娱忧纾悲，欲言而不可名言之状。嘻，其为寄托幽深，岂类生于龙宫，恰好楚词离心，而窜于辞句已哉。韶俗孤鄙，虽四达之衢，奔会络绎，然环东阁草满，呼驺与语者，于今三年矣。先生至，亟纳我舸中，鼓笈出书，目成而平视焉，扣舷纵读，赏奇拆讹，而先生不禁也。嗟乎，斯亦移情之应矣。因想山川未有不解人意者，忆余子冬初，从计车过江浦，触飓扬波，顾望万顷，蓬蓬粘天，舵人面皆土色。余乃索白纸钱，尽出诸腐作裹之，投于江心，良久浪平，此不为之精神相属焉不可也。由是而观，使先生此集，言无兴托，即嵚崎历落，冥搜穷缒，亦犹之遵鸭畔、立鸡栖，以为动静晦明也，拘墟甚矣。古者方岳提封，境内山川，咸俯首而称主臣。若此集载笔兴怀，山水之外，馀情旁寄，后之史官得采风焉，不仅仅令王子骞辈十三人，手版道左，望旌旄而称藩已也。客冬畅月，先生舟过蓉水，以序委环，比戎索未遑也。兹锦缆言旋，不能信宿，乃剪蜡而成，盖欲为鲍丘书生、灵星主簿未忍耳。

顺治壬辰元夜晋江门人林嗣环题。

南征纪略卷一[①]

益都孙廷铨次道纂

昔人略有两端益神智，最尚读书，次唯远游。彼樵歌牧梦，穷年身在山中，或无能自名其谷，其趣亦已疏矣。或乃采拾方闻，驰骋今古，比物赋形，自谓得其情状，估人舟子或闻而訾之。何则？事不接迹，而好悬拟影似之言，或得或失，固不如觏止之切也。古今纪游，莫奇乎《穆天子传》，兼《封禅书》，虽不能仙，亦足以豪，此不可学。若司马子长，轶踪妙笔，独长于人物风俗，不甚刻划山水。及戴延之、郦道元之属，兴情远迈，放意穿求，山谷、水泉、竹木、鱼鸟、灵刹、仙图之秘，怪闻鬼语之端，靡不历险穷幽，意态并出，可谓好游之至粲者矣。昔予登太华山，信宿其上，既下，驰千里，此身恍惚犹似在山中，欲记不可，乃尽求其碑版志铭读之，自《山海经》及郦注，以数语峭杰为工，此外罕有似者。无他，名山大壑，其精气窅深，布舒秀发，要有神存，然后奇露。志家胸鲜旷识，往往舍大图纤，或指其木石小妍，涓泉细响，以为异观。辟侍先生大人，精神了不相接，徒欲尽之须眉颦笑之间，此细人也。若夫舟车所至，风物堪传，明月不疲，笑言斯在，涉笔偶注，是则然矣。

予以辛卯孟夏，奉命南征，将有事于会稽、禹陵、南海，暂游万里，遄返经年。义宜宵驾晨征，心怀王事，弭楫嬉游，停车怅望，实所未及。然亦尝慕古人之旷游，悲鄙栖之曲局，耳目所遇，述而识之。岂归而著书，有当问俗之意，聊顺途咏事，志薄游日月焉。

夏四月，戊辰廿二日。出都城左便门，诸公祖饯于琉璃厂仁威观，得赠行诗九首。

国史院侍读学士张中柱端一首："已知灵景重怀柔，却快登临赋远游。山卷朱楼看使节，江衔素月倚滩舟。夏王图箓当封出，粤尉旌旗傍海收。遥忆征轺寻胜处，离离丛桂满炎洲。"

国史院侍讲学士刘宪石正宗一首[②]："万里孤帆去，南天赋壮游。稽山青送雨，海气远争秋。吊古思难尽，探奇兴易酬。皇华圭璧重，不必怅离忧。"

秘书院侍讲学士高葱珮珩一首："征帆万里怅离居，北斗回看傍玉除。草树千岩游子赋，山川百粤使臣书。何年金简留名镇，此日神羊护客车。属国隶

① 刻本卷端仅作"南征纪略"，版心作"卷一"。

② 1997年北京出版社《四库未收书辑刊》影印刘正宗撰《逋斋诗》顺治刻本卷二题作"送孙枚先祭告会稽南海"。"稽山"作"稽峰"。

君重译远，越裳消息问何如。”

国子监祭酒李吉津呈祥一首[①]：“诏发太常苍水玉，亲持祠部紫泥函。龙蛇冠剑涂山北，翡翠珊瑚越海南。万里王程游自壮，千年胜迹到应探。圣朝今日多新政，过里先为父老谈。”

秘书院侍读王敬哉崇简一首：“桂楫云旗霄汉来，至尊亲遣凤皇台。禹书字映秦碑古，汉节风传粤岭开。南服楼船迎上客，东封侍从识雄才。蛮方若问归王事，为说天家噫盛哉。”

刑科给事中赵韫退进美二首[②]：“繁阴紫陌乱啼莺，惆怅骊歌发禁城。越峤风烟连海色，禹陵松柏带江声。离觞碧汉千门月，客梦青枫万里程。已见壮游多意气，缄书偏系故人情。”“夏云东望赤城梁，秋色南通古越裳。重译几年归秘阁，长缨今日下明光。坛边钟鼓祠官颂，岭外山川使者装。不为登临频载酒，金门谁识岁星狂。”

国子教习丁野鹤耀亢一首：“东南灵气郁山川，殷礼从君万里传。玉简犹疑前古事，铜梁谁忆隔年还。山阴竹色临江水，岭峤梅花散渚田。莫倚孤帆愁远道，将军横海正楼船。”

华亭诸生钱武子德震一首：“玉帛开王会，箫韶协帝庭。明禋三礼重，肸蚃万方宁。北阙辞卿月，南天入使星。丹纶辉驿路，锦缆接江亭。雷雨梅梁暗，烟岚荔浦停。双珪垂日月，百谷下沧溟。伯禹神功竣，阳侯炎纪灵。山川俱效顺，黍稷实惟馨。颂德传碑版，探奇验水经。天台应有赋，金石自堪听。”

次通州。按，通州古潞河，又有鲍丘水。有书生请见者，因就访之：“潞河安在？”答曰：“唯，不知也。”应劭《风俗通义》所载：“县令问主簿：‘灵星在城东南，何法？’主簿仰答曰：‘唯，灵星所以在东南者，亦不知也。’”今此书生颇似主簿矣。

己巳。次河西务。自都城至通州，马首东骞，平畴接绿，宫阙余照，远带岚光。过张家湾，始遵渚而南，是粳稻云帆萃止之处。其地颇近砂碛，临河弥望，似积雪连波，乍近乍远，稍加微风振缨，便惊尘扑面，自非雨过天清，由斯道者，莫不怀沙负涂而往矣。昔在都，及同乡诸友，露下燕谈，问何事最乐，庶常高葱珮起曰:“乞归可得，即日出彰义门，南面受风，缁尘渐远，望见家山，斯最乐矣。”不数月，果予告南还。予亦适有关西之役，便道抵袁水故园，过从般水之上。所称陇水，南出长城中，北流至般阳县故城西南，与般水会者也。

---

① 2010年上海古籍出版社《清代诗文集汇编》影印李呈祥撰《东村集》康熙五十八年仪一堂刻本卷一题作“送孙枚先祭浙镇南海便道还里”。“越”作“粤”，“今”作“近”。

② 《清止阁诗》选入，题作“送孙介黄使会稽祭南镇禹陵广州祭海”。

二水所经，皆沙泉石濑，仅泛鸥凫。葱珮初于会处潴之，轻波素艇，载酒其间，般阳诸子并来燕集，啸咏既洽，钓弋间作，予为流连弥日，乘月而归。既还京，岁许，淄城有蛾贼之变，河舫竹里，烟露无馀，葱珮亦复促驾北来，难成高卧，乐事何有哉？南面受风，盖未易云然。

庚午。次天津卫。此地为三河下流，沽水自北来，淀水自西北来，到卫城西北可二里，合流东注，至其城东隅，漕河自西来合之，东南流九十里，为大姑河口入海矣。市聚鱼盐，家织蒲苇，土狭而人射声利，轻侠私贩。倚贵游为奸利者聚焉；从军恶少年聚焉；貂珰失势，及故侯戚里之豪奴，拊髀无聊者聚焉；江淮漕卒，荡舟窃米，累讯而无归者聚焉。其鱼取诸北海，名状悉类青、齐，独宝坻上下数十里间，银鱼如箸，凌冬始出，结冰为条，止见星星两目，稍以姜果发其芳鲜，诚为珍妙矣。按，此故直沽地，东连海上，傍水村落，悉号曰“沽”。

辛未。次静海县。曩由此渡河西行，向大城县，道经紫鸭村，远近悉是水乡，既丰鱼蚌，亦饶菱荷，往往乱流小渚，浵浵盈望不尽，数百里间悉号曰“淀”也。

壬申。次青县。河无舫，市无鱼，屋瓦倾，城上无睥睨，城中无客馆，客疲主人倦。

癸酉。过兴济县，次沧州兴济城下。巷无居人，是有明宪庙[①]皇后生里。今其戚府为墟，有两坊柱，岿然尚存，又两石猊，欹倾坏壁下，工制特绝，背河不过二丈许。成化去今百数十年，为河流改徙，为故第本狭，亦难悬悉。按，有明家法谨严，母后既不令干政，故外戚恩泽，侯者多被服儒素，再世遂衰，若田、窦、金、张，依托国势，触法专恣，或至权倾人主者，终代无闻。愍皇之世，后父嘉定伯周奎、贵妃父都督田弘遇，颇为宠近。然周伯不过聚钱百万，作富人居；田氏称为好客，蓄声伎，接纳士大夫，斗鸡蹋鞠，为豪游止矣，宫府之事，终未之谘也。贵妃薨后，田督亦亡，幸不逢难。至李贼陷京师，帝、后同为社稷亡，而后家亦遂凋伤零落，孑遗靡存，悲夫！至沧州，遇南来贵人船，索纤夫甚厉，州守不能应，絷之舟中，不得夜归，或传其投人河水，州人益惧，避匿不前。作《挽船行》[②]以哀之：“中流振箫鼓，云是贵人船。挂席沧海上，弭棹春城边。城边何萧条，空屋淡无烟。征帆迟不发，锦缆须人牵。州符下四郭，悉索其敝廛。父老带丁男，腰镰往麦田。但有寡妻存，力不任牵连。来骑亦何怒，飞鞚走阛阓。鞭挞纵横下，不得少迟延。衔索似枯鱼，什伍且俱前。裹粮不及夕，往返动盈千。声势若雷霆，道路竟喧传。皆云江南来，束人投逝川。

① 刻本“皇后”前剜去两字。

② 清张应昌编，同治八年永康应氏秀芝堂刻本《国朝诗铎》卷八收入。“挂席沧海上”之“海”作“江”，“来骑亦何怒”之“亦”作“一”。

微躯诚自惜，宁为问募钱。长吏且被缚，长跪乞见怜。蠲除虽有诏，趑趄未敢言。哀哀挽船行，时命亦已然。”

甲戌。次盐山县。沧州故长芦地，作州来久，今人犹袭故称，所谓“地物从中国，邑人名从主人”。沧州故城在新州南四十里，地似冶官，又道旁有铁巨兽，不知何代所置。父老云：“尝有官校，从其一尻中得七偷儿也。”盐山到海八十里，海上悉是盐坑，筑滩如治畦，鳞次而下，其旁为大堑，海潮溢上，堑堑皆平，潮退，挹水注上畦中，风之日之；又注一畦，风之日之，又注如初。欲得其候，投以莲子，立而不仆，则水气竭而卤醇如饴，东北风至，水面凝盐似雪花矣。不欲雨，雨则盐减而结迟。滩家之苦，略如田家，富者种盐，贫者积负。将治滩，富人先出钱帛，稍稍给之，居其倍息，盐成而赋，则力田不如逢年也。富人居盐不时售，垒垒以贻子若孙，殆成冈阜，或有拱木焉，县之得称，宜以是矣。然由此南北，并海而东，处处皆滩，不但此邑。其晒盐，粒大而甘，土性微存；别有一种煮盐，糁糁如集霜霰，食之作苦，不敌晒者，良以渐近自然也。解州盐池，但候南风，实罕人力，地水之气，乃多区别。蜀有盐井，西域有盐泽，更何如也。又，煮盐镬中，投以生物，勿动，比熟出之，则淡如海鱼，未熟而遽动之，即与盐等。盖水卤合质，得日火之气，去水留盐，惟耗乃成。今物虽处其中，而滋液自满，不受动摇，则内水不出，外水不得入，其久也纯乎火功，故味不加变，反是者变矣。

乙亥。过庆云县。尝读隋炀帝《望海诗》“远水翻如岸”，惑焉。后之抚宁，自此县东，滨海行，望潮生落，目力尽处，但见连城，因悟此诗也。海水腥咸不可食，居民于沙岸中，家作小坎，初见水，挹之犹咸，投以米，溃，稍稍覆之，即清冷如沆瀣也，谓之“窖水”。次阳信县，不至八里所，遇暴风雨，休民舍下，有病叟就之燎衣，因话麻麦，且曰：“此间近有异闻。城南三里，村民家有一婢子，病秃疡，不容于家，因出之，求食旁村。数日后忽作狂言有验者，远近流闻，稍就集，敬事之。时众人中有一田生，素不面谋，此婢忽道其姓字里居甚详，且曰：‘子归矣数日人耳。’其生仓皇遽归，盖八日而遂殁。又云：‘月日，河水大上，四县将为鱼。’今未至其日，然河水浸浸上矣，可若何。”按，《左氏春秋》称“妖由人兴”，豕立、石言，厥咎悉应，而虢亡下阳，降莘之神莫救也。彼气焰之取，谅不诬矣。若李君、若石贤士，乘众志之聚，盗窃酒食，村童巫女，乐著其神，又稍稍附会之，明智一言，证其妖妄，其事立衰。非山鬼固能弄人，将民生迷悟不同，而灾祥自召也。

丙子。次武定州。此明初乐安州，宣宗皇帝于此禽汉庶人高煦，改今名。

五月丁丑。过徒骇河，此九河之一。按，古河由燕、齐地入海，大禹于此疏浚九河，分杀其势，后大河既徙，九派皆竭。或谓齐桓霸世，塞广田居，同为一河。汉世以河决金堤，南北罹害，欲求九河故渎而川之，已迷而莫得。今虽间有彷佛，亦荒陂野水，时辍时流。近济水泛涨，逆灌此河，至申家桥，汇为巨浸，东西骋望，水气接天，湖光带柳，道流于此。桥侧创新宫，起层台，碧瓦丹楹，参差树杪，鸣禽灌木，下贯清流，行子过此，一豁尘襟矣。时里中友人赵岐叔从南道来，适遇于此，聊与把袂登台，细雨生凉，流云未歇，粗访山家消息，一饭而别。又南渡济水。《释名》曰："济，济也。源出河北，济河而南。"今考源流，并存河北矣，良由河徙故也。又南，次青城县。

戊寅。次长山县。此於陵仲子故邑。县西有长白山，青入梁邹。都城至此，始见山也。

乙卯。过淄川县。般水出焉，过其城南，故古称般阳。汉世□□□国□①人，丞相平津侯公孙弘，初为国士所推，尚为贤良，当诣阙，贫无资。国人邹长倩解衣释履赠之，加生刍一束，素丝一襚，扑满一枚，殷勤赠书，勖勉备至。后弘致位丞相，列通侯，以布被高天下，尚曰："宁逢恶宾，不逢故人。"长倩遂不复著。今公孙墟里尚存。晚抵陇水。

庚辰。

辛巳。大雨震电。

壬午。

癸未。过柿岩。般水之南，陇水之右，其山千嶂秀叠，南连岱麓，北接长白，涧草通泉，村烟负壁，山中有夹谷台，相传齐鲁为会者也。按，此谷皆幽岩绝壑，颇远邑居，而两君为会，当发币陈钟，千乘万骑，龙旗羽葆，掩映川岩，宜以云台高敞，足为佳眺耳。又或曰，夹谷在赣榆县祝其城。按，今赣榆，古吴界，二君何乃舍其近郊，远即吴地，固难详也。台南有谷曰"大峪"，又南一小谷，入山西行二里，北折二②里，溪穷崖合，中更开布，有柿林千树，高下扶疏，虽四面林泉殊态，而高深同在一岩。其坡东多红杏，西多海棠，春秋临望，烂若云霞。其树悉托根石棱，丛条交荫，虽盛夏生炎，提琴解带，坐卧其间，叟叟凉生，流泉过席，不复知升降为烦。近禹年卜栖于此，临溪作门，依岩布屋，上下有三泉，一泉当村口，潭而不流；一泉对门，出削壁下，落草石间，丁丁跌跌，临门数折，去作溪流；一泉出岩下柿树根，遥从其屋后穿垣度槛，经历寝门，伏流入石，悬崖潜泻，至读书精舍石池中，差差侧出，交鱼映藻，清照轩亭。又伏流出亭后，为趵泉，又出墙外，悬流溅溅入荷陂中，漱山根而下注，合为一溪。初，禹年避兵居此，因筑庐数间，皆在石上，梯然后升。

① 刻本此处空格。

② 诸本"二"字有均笔，是"二"或"三"，无法确定。

后又于其壁下作此亭池，茅屋三合，又皆出壁上。近复于亭下右偏，新筑三楹，前列桐竹，后临深作台，以对趵泉悬瀑，自下望见之，即阑干户牖，悉在云中也。时日将夕，禹年为移席临水，有越客善为越吟，抚鸣弦，吹洞箫，作石上流泉之曲，属而和之。俄而，谷啸风生，轻雷骤过，相与负杖携壶，凌风而返，闭户篝灯，移床听雨，亦终夜有声矣。

甲申。在山中。长安故无安寝近六七年，至此始得高卧北窗下，枕上看山，万虑伏息。过午饭，强起向岩树下观棋，树旁参差多立石，泉出其上，以意起卧如人，同游者或卧或倚，据石听泉，《阳阿》《晞发》，心甚乐之。赠禹年一首："嘒嘒初蝉静处分，石门小筑掩斜曛。山从屋上岚烟合，水抱村流涧响闻。北渚渔樵通远望，西畴巾驾逐归云。看山却忆山中老，谷口行吟只似君。"

乙酉。去柿岩，还陇水。

丙戌。

丁亥。

戊子。

己丑。

庚寅。

辛卯。

壬辰。北发，次淄川县。

癸巳。次临淄县。齐献公都邑，稷下聚谈士者也。县城十里，内外垒垒多大冢，小者二三丈，大者连冈带阜，负势争高，皆齐国君卿葬地，独田氏四王冢在南山下，巍然并峙，其大莫京。父老皆言此冢悉已发掘，独晏婴墓，近之屡有神怪，不可穿开。按，晏子生平好为谲谏，其死固难测也。城南十五里，临淄水，牛山在其南岸，兀然童阜耳。昔景公与梁丘据登此山，顾望国邑，挥涕生悲，恐一旦舍齐国而死去，晏子大笑，以为君怯臣谀。自非旷士达观，遗荣不吝，死生亦大矣，岂不痛哉。《礼》称，赵文子与叔誉观九原，吊死者，谓阳处父不没其身，舅犯不顾其君，俯仰无憾则随武子。司马太史亦云，愿为晏子执鞭。引观曩迹，凭吊古贤，固不期哀者也。淄水南出原山，历莱芜谷而北注，南北百里，两山夹溪，其山连条分，岭随地异，称最峭者曰"马安"。壬午，余避兵其上，聊复记之曰[①]：出石门东，淄水东北流，两岸万峰相次，其中烟水渟涵，晴沙浅漾，上下凫鹭，四时惟沍寒潦涸。居人粗具板桥，以疏向山村路，自馀昕夕驱犊，但往来砂水中，深才没踵，微风增波，沙痕屡变，颇为涟漪也。马安起其东涘，山趾故多长杨菀柳，荫盖交通，耕负遥为臻止，则鸡犬流声白云

① 乾隆《博山县志》卷九《艺文志》节录，题作《游马鞍山记》。

之上矣[①]。入溪百步，矗然以登，更数十丈，小有平阜，下视村落，渐见柔烟。过此阜南，樵路宛转，一线而东，劣得安步。循岩数折，心目渐高，每度一折，山情易向。樵声自谷中起，下视，初不见人，但馀林气苍寒耳。又三四里，将抵石壁。更得一溪，积石相乘，自岩而下，直循谷底，惴惴如欲坠，时闻人语在天上，亦不敢仰视。过此，复有横岭，南出百余步，岩石齿齿，层叠陂陀，悉平似钓矶，北对削成亢石，无阶，其间低处直上，尚可三百尺，疏壁安石，仅得悬度，循崖跂跂，状如守宫，真前人趾接后人颠也。山半[②]有立石，在削壁上，翠柏生焉，垂萝下引，其鸟多燕燕鷽斯，从岩洞间栖息去来，亦罕到颠上。既登，寻东西两高峰，东峰耸若浮图，长松历落，西峰侧起旁行，下属于涧，南对鹿角，东望莲华，三山如人对揖也。予所栖室，临崖而架床，后即碌碌千尺，朝云暮霭，起衣带间，自窗中远见山下行人，在溪山苍翠中，如虫行叶上，初不甚了了，直抵岸下，乃辨马人。康乐石门之游，景纯清溪之唱，谅不远矣。次道曰：兵作以来，震惊千里，常恐丧亡无日，穷而奔此，更得胜游。夫人事安危之遭，休拙之数，岂非命哉！凡旬有三日而还。按，淄水故多伏流，而马安之南，湍波不辍，十余里外，有泉出于东山下，渟注成潭，涓涓自泻，而下注于淄河，此水颇冬夏澄映，而郦《注》不及之，村人称为"泉活头水"。

甲午。次青州府。西城下有阳河，绕城北而东注，上承石井水。郦《注》所谓"广城东侧，三面积石，高深一匹有余，长津激浪，瀑布而下，澎赑之声[③]，惊川聒谷"，称瀑布水涧者也。今此水颇在城西侧，则慕容氏广固旧城，应在水西。溪南有劈山，孤峰特起，中裂若凿，西接驼山，两岫重叠，望如驼背。其东又有一山，岭上石壁横生，中开一窦，如凿牖窥灯，常有烟雾徘徊，从中而出，故号"云门山"。而郦谓"山顶洞开，若门，俗谓是山为劈头山"，连两山为一名，失其据矣。城北隔水有"弥陀禅院"，工丽庄严，故商河郡王[④]所造，寺北有古城垣，漫衍如堤，尚有两门，东曰"车阳"，西曰"马驿"，砖甃精好，高广莫京，亦莫考世代。初，郡人于其西门上造神宫，飞檐阿阁，前列廊庑，后起寝殿，屏树碑版，充布其间，长者布金，日聚千人。其南半里，今更造丛林，妙胜殊绝，复倍于此。《注》称"阳水东径故七级寺禅房南，水北则长庑遍驾，回阁承阿。林之际则绳坐疏班，锡钵间设。所谓修修释子，眇眇禅栖"。盖此地伽蓝之盛，畴昔而然。予幼为郡诸生，每就郡试，常僦僧寮，一时同学少年，

① 乾隆《博山县志》无"矣"字。

② 乾隆《博山县志》"半"字作"中"。

③ 《水经注》"声"作"音"。

④ "商"原刻本作"啇"，改之。按，朱载堪封"商河康顺王"。

并多英隽，屡相过从，辄与戏弄翰墨，跌宕文史，颇同南皮之游。今来荏苒十年，而踪迹分披，旧交零落，少壮无几，老当奈何。乱后两过此地，辄益凄酸也。

乙未。

丙申。

丁酉。

戊戌。

己亥。

庚子。

辛丑。

壬寅。

癸卯。观衡王故苑。初，有明太祖高皇帝第七子榑，封齐王，建府城西门内，后罪废国除。弘治中，宪宗第七子祐楎复封此，建国曰“衡”，历四世而革命。初，予补诸生，自庚午至庚辰，中历十年，凡三入，朝于府最后。内传赐茶，承奉宦者王信，肃客而退，赐持羊内酒四罂，宫苑之胜，未之睹也。今王宫空废，有司以为客馆，茂草鼪鼯，交栖败瓦，独王宫东畔，驰道玲珑，松楸未改。其苑内旧有望春楼，最为高迥，下绕方塘，每晴光临眺，则山山夕照，树树溪流，远近互出。楼前有凉殿虚敞，虽岁久无人，庭砌之间，尚有名花香草，微芳自宣。殿后两株绣求[①]，昔为苑中独秀，于今憔悴，似衰柳江潭，彼何人斯，空庭系马，此树宛在，粪溷中尚有两枥倚其根柯，断靮在其枝上。前有冰室，后有温室，亦并荒蓁。其西则花坞依然，紫薇千树，春兰秋菊，栖被盈畦，有白头宫监守之，盖资粮其中，得不废耳。其北有方亭，聚怪石亭下，起卧纵横，皆有意态，前对百尺孤松，郁浮泉石之上，西覆宫墙。今则花冷吴宫，霜凋梁苑，假即有笔似陈、徐，赋同枚、马，风流板荡，无复曩观，读《灵光》之作，爽然自失也。

甲辰。

乙巳。次昌乐县。郡城东三十里，渡巨洋水。《国语》之“具水”也，袁宏谓之“巨昧”，王韶之以为“巨蔑”，而桑钦曰“巨洋”，又或曰“朐弥”，今称为“巨洱”。昔耿弇破张步于是水上，僵尸相属也。

六月。丙午。

丁未。昌乐县东南五十里，有营丘废城，俗谓太公故封，至献公始自营丘徙临淄。然《史记》称，成王封尚父于营丘，东就国，道宿行迟，莱侯与之争

---

① 2011年上海古籍出版社《顾炎武全集》本《肇域志》、清王培荀撰道光间刻本《乡园忆旧录》，“求”俱作“球”。

营丘，逆旅之人曰："吾闻时难得而易失，客寝安，殆非就国者也。"太公闻之，夜衣而行，至营丘。夫成王当周盛时，安有天子建侯，而封邑被争者乎？郦《注》引《尔雅》"水出其前左，为营丘"。今临淄城中有丘在小城内，周回三百步，高九丈，北降丈五，淄水出其前，故有营丘之名。郭景纯亦言："齐之营丘，淄水径其南及东也。"今按，此地去淄水最远，与诸论颇殊矣。城北有汉处士逢萌神道碑，萌尝浮海客辽东，东还隐不其山，明帝安车征之不就。考其踪迹，似开管幼安也。城南渡白狼河，又四十里过汶水，次安丘县。按，《经》有二汶水，此其北津也。

戊申。安丘东南五十里有横岭，孤坟嶕峣，冠岭高峙，俗谓纪冢埠。按《春秋》，纪、莒相邻，国在此东，或其先垄耳。东南渡[①]河，又东渡潍水，次诸城县。县古诸邑，鲁文公十二年，季孙行父城之者也。汉初曹参为齐相，师事盖公，盖公堂在今县治。苏子瞻超然台在北城上，子瞻自记，子由赋之，所称"舍舟楫之观，而行桑麻之野，斋厨杞菊，乐而肆志者也"。

己酉。自县南行，入一溪中，两岸夹山，层峰远近，包络村烟，堤沙岸柳，曲折随流，高下川原，翠浮马首，七十里至石门村宿焉。其中沙石粼粼，一溪屡渡，山半多生槲树林，是土人之野蚕厂。按，野蚕成茧，昔[②]人谓之上瑞。乃今东齐山谷，在在有之，与家蚕等。蚕月抚种出蚁，蠕蠕然，即散置槲树上。槲叶初生，猗猗不异桑柔，听其眠食，食尽，即枝枝相换，树树相移，皆人力为之。弥山遍谷，一望蚕丛。其蚕壮大，亦生而习野，日日处风日中，雨中不为罢，然亦时伤水暵，畏雀啄。野人饲蚕，必架庐林下，手把长竿，逐树按行，为之察阴阳，御鸟鼠。其稔也，与家蚕相后先。然其穰者，春夏及秋，岁凡三熟也。作茧大者二寸以来[③]，非黄非白，色近乎土，浅则黄壤，深则赤埴。坟如果蠃，繁实离离，缀木叶间，又或如雉鸡鷇也。练之取茧，置瓦甗中，藉以竹叶，覆以茭席，洸之用纯灰之卤，藉之，虞其近火而焦也；覆之，虞其泛而不濡也。洸之用灰，柔之也。厝火焉，朝以逮朝，夕以逮夕，发覆而视之，相其水火之齐。抽其绪而引之，或断或续，加火焉，引之不断，乃已。去火而沃之，而盝之，俾勿燥。缫之不用缫车，尺五之竿，削其端为两角，冒茧其上，重以十数，抽其绪而引之，若出一茧然，则练者工良也。竿在腋间，丝出指上，缀横木而疾转之，且抽且转，寸寸相续，巧者日得三百尺，或有间辍，日得一二百尺，或

---

① 刻本"渡"后空两字。

② 2002年上海古籍出版社《续修四库全书》第978册影印程岱葊撰清刻本《西吴蚕略》卷下收入此节，易名《山东蚕志》，"昔"作"者"。

③ 1957年古典文学出版社周亮工撰《书影》，"二寸以来"作"三寸来许"。

计十焉，积岁乃成匹也。脱机而振之，丁丁然，握之如捻沙，则缣善。食槲名槲，食椿名椿，食椒名椒。茧如蚕名，缣如茧名。又其蚕之小者，作茧坚如石，大才如指上螺。在深谷丛条间，不关人力。樵牧过之，载橐而归，无所名之，曰山茧也。其缣备五善焉：色不加染，黯而有章，一也；浣濯虽敝不易色，二也；日御之，上者十岁而不败，三也；与韦布[①]处不已华，与纨縠[②]处不已野，四也；出门不二服，吉凶可从焉，五也。故谚曰“宦者骡，葛布褐”，言无入不可者，此亦有焉。

庚戌。次两城村。石门之南，积岭重迭，望见海水。西眺九仙、五朵，东望琅琊、灵山，出没隐见，一山欲尽，一山复来。相传琅琊是秦始皇望海处，临海山上有台，无字碑亦在其上。

辛亥。过日照县。次下园村。登楼望野，良苗怀新，晚山夕照苍苍，顾而乐之。

壬子。南行山上，望见青风顶，翠同点黛，在海水中。土人云，其下有凤凰城，一百夫长守之。旧隶凤阳，远而自雄，楼船大櫜往来洲岛中，海民尊事之，殆不复知汉大。此官虽细，何殊夫馀国王也。次赣榆县。

癸丑。次下庄。遇两高生，布席打麦场上，指点苍山，谈说故事，曰：“昔郯城县城下，故有墨泉，流注成溪，通如点漆，禾稼遇之辄枯。县令有任君，恶而塞之，遂绝。”夫邑号“朝歌”，墨翟不入；地名“胜母”，曾子回车，徒以嫌名，见摈名教。今此墨水，恶甚贪泉，绝之是矣。

甲寅。渡沭水。《注》称“大弁山与小泰山连麓而异名。控引众流，积以成川”。又，下合岘水、箕水、袁公水、浔水、武阳沟水，乃分为二渎，此其合处也。又，二十里至李家庄，暂舍旗亭，壁间有三绝句[③]。曰：“不画双蛾向碧纱，谁从马上拨琵琶。驿亭空有归家梦，惊破啼声是夜笳。”“日日牛车道路赊，遍身尘土向天涯。不因薄命生多恨，青冢啼鹃怨汉家。”“惊传县吏点名频，一一分明汉语真。世上无如男子好，看他髠秃也骄人。”后跋云：“吴中羁妇赵雪华题。”呜呼，此妇可谓悲愤者也。又，次郯城县。古郯子国，《春秋》郯子来朝，仲尼从之问官者也。

乙卯。次司吾村。《春秋》，楚既执钟吾子[④]，以为司吾县。《注》称，沭水东南流径司吾山东，又左合横沟水，径司吾县故城西，又沭水故渎，自下堰东

---

① 《书影》“布”作“衣”。

② 原刻本“縠”误作“穀”，据《书影》改。

③ 1997年齐鲁书社《四库全书存目丛书》影印康熙间刻说铃本余怀撰《板桥杂记》，“画”作“扫”，“秃”作“发”。

④ 《肇域志》作“吴子执钟吾子”。

南径司吾城东。今是水东西并无向城，独村西里许有司吾山，单椒隆起，上带宫观，峰北下略[①]有一溪，隔溪复有五峰并峙，曰“五华峰”。溪中实多澄潭，石水不相连注，而游倏在其中，吹藻浮沉，鳞翼可数。

丙辰。早起，微雨登司吾山。从溪潭上行，山北岸逾岭有寺临溪，在山阿中曰“山隐”，寺侧岩石洗露，丰茸细竹生焉。从山外见五峰不见寺，在岩间见此寺不见五峰，寺旁山霤通溪，厂洞层叠，望若复屋，有泉出于五峰之下，乘厂泐石，涓涓自泻，遍历诸厂，作池洞口，池下复厂，厂下复水，风摇竹洒，滴沥无穷。旁有石碣，延祐乙卯前金乡县威仪清真大师龚志明立，游人题咏遍满岩石，其近雅者，粗载此间。周绍恭《游山隐寺》诗：“乱山环隐寺门深，薜荔香生古梵林。石径苔荒人迹少，晚钟催月下潭心。”任附凤《登峿山绝顶》诗：“相次扶筇到上头，山腰云气杂花浮。老僧笑指平坡竹，风作龙吟翠欲流。”又，释惟旃《峒峿清晓》诗:“露华滴沥晴林晓，石洞巉岩殊窅窕。僧定风恬鸟语微，云光冷落涵秋沼。”又，女郎汤文玉《春游》诗：“山雨初晴洗佛螺，春风几处揭青莎。采香不倦溪边路，多少飞红趁袜罗。”二诗[②]并刻一石间，不知何好事所为也。下山，雨行六十里，至宿迁县，山外[③]迢迢，双湖远映，左曰“落马”，右曰“张山[④]”，于县城北山冈上，望见洪波浩浩，自西北来者，黄河也。

丁巳。行黄河岸上七十里。次崔镇。

戊午。沿河过桃源县。堤行，次清河县。

己未。渡河。大河自宿迁东南，流过桃源县城北，又过清河县南。县无城郭，阻水而居，阒如村落。自县渡河五里许，得淮河口。其水上承洪泽湖，湖水分注两派入河，一在清河南岸，一在甘罗城西。河水受此，又东北过安东县城南，又东入于海。按，国家漕渠，多出枝津，独甘罗城至宿迁二百余里行大河中。吴、楚大江自京口东[⑤]注，势不得与河通，乃于甘罗城凿渠导水，西接湖陂，南通江浒。其凿渠势下，受湖不得过多，又于甘罗城北置天妃闸，以蓄湖水。湖水过闸，悬溜而下，惊湍颓浪，声若雷霆。南来漕艘至此，必悬絙而上，千人赑屃，乃能胜之。又绕过其城南及西，而入于河口，古称河源，甚高，故洪流箭疾，常无风自波。昔予向华阴，自蒲津济此津北上龙门，近受汾水，汾水急疾，扬泥更勇过河，二水相得，喷波跳沫，其险莫当，然潼关以上，山高

① 《肇域志》缺“下略”两字。

② 清张豫章《御选明诗》卷一一五题作“汤文玉司吾春游诗”，“几处”作“处处”。

③ 《肇域志》缺“外”字。

④ 《肇域志》“山”作“崁”，缺后之“于”字。

⑤ 《肇域志》“东”作“来”。

岸深，虽激不溢。过此，更历砥柱，下孟门，行徐、豫之间，土势平衍，无名山乔岳，故水维疏缓，易泛难安。昔汉武帝筑宣房、塞匏子[①]，以雄主大略，躬率群臣，空淇园之竹，仅乃就工。历世以来为患非一，而崇祯之季，贼窥汴城，驻幕河堤之上，历时未退，城中诸大吏献策周王，决河[②]引水，欲广隍池以自固，且溃堤灌贼，冀其宵遁。其后，河水泛滥四出，遂灌汴城，王及诸僚，指掬舟中，仅而获免，其余万无一存，遂使有宋以来，数百年京华旧国，一旦沦亡，人谋不臧，惜哉。至昨庚寅之岁，贼啸榆园，使者又决河灌之，浸淫北溢，济渎为黄，历兹未复，故今淮、邳之间，弱河安流，恬波如镜，此虽舟楫之利，而洪川改度，贻患齐鲁间，漂溺名乡[③]，盖以十数，为壑亦已多矣。过天妃闸十里，至清江浦，蜷蜷堤路，在两河间，板屋三衢，夹河而起，其地又为百货之聚，人物安丰，后户停舟，前门命楫，左右顾望，诚为目不周玩，情不给赏。又四十里，次淮安府山阳县，观韩侯钓台及漂母墓。按《史记》：信至淮阴，召漂母，予千金，盖逮存而报。注谓漂母墓高十丈余。信王下邳，盖投金增陵以报母，传记纷纭，历古然也。按，河淮并称四渎，《传》曰："渎，独也。"独出其所而入于海。据《孟子》："淮、泗注江"，而桑钦《水经》又云："淮水至广陵淮浦县入于海"，初无入河之文，盖其后河去碣石，南与淮会，要诸淮浦与俱东矣。

庚申。

辛酉。

壬戌。

癸亥。

甲子。淮城南北之会，陆海津梁。客至此者，欲南则舍策登舟，欲北则停帆命驾。盛时，驿使星飞，亭长舣船待，夕停晓发，无弗给者。有明之末，藩镇刘泽清建牙此地，尾大不掉，威福自擅，竭淮民之力，以峻宇雕墙，公私俱困。又势处要害，兵火相寻，官舟荡析，乃拏估人船。兼前榷使为政苛虐，南来行旅皆迂道徐、泗，以避虞罗，水国萧萧，棹歌希发。予抵淮五日，尚未得船也。

乙丑。

丙寅。

丁卯。次平河桥。

戊辰。过宝应县，次界首驿。县有傲令，不肯应部符，气如蛙，臂如螳，目如虓虎，未及谋餐，车驱之，车驱之。是日立秋。

---

① 据《史记》卷十二，"匏子"当作"瓠子"。

② 《肇域志》"河"作"水"。

③ 《肇域志》"乡"作"城"。

己巳。平明，至六安守风闸口。得二绝句："津楼南指暮烟孤，水色涵空昼有无。尽日船随估客住，秋风晚照射阳湖。""湖上风烟绕[1]未开，湖边行客意徘徊。扁舟不及黄头子，欹仄随波放鸭来。"

庚午。过高邮湖。六安闸上下河高于田，湖高于河，湖水涨则河堤坏，下灌民居，犹建瓴高屋。今积阴久雨，湖水浸河，壅遏不流，自界首驿决口东注，散入空陂，远近稻田，亦多沦渰，于是都水使者塞六安闸以距湖水，客舟不得循河者，皆于湖上西行，而湖岸剪石数十里，稍被西风，即水石相击，唐突行船，最为险仄。予至六安之前日，客舶凌湖，风涛辄作，覆舟以十数，余皆鼓棹而返，栖泊湖口六百余艘，予为停帆一日。其夜忽动北风，凌晨益利，湖上千帆，叶叶竞发，南望州城四十里外，未及蓐食，飞渡洪湖。自州西南，积水四彻，远视村落，皆飘飘如水上浮舟，其临水市廛，渰阏殆尽，皆于屋上扳罾，床间洗菜，水国之苦，实过山居也。又百里至扬州，日欲曛矣。扬州府治江都县，昔吴城邗沟通江淮，故世称邗江。

辛未。守风扬州。晤季千里，问邗沟廿四桥，皆未得之。昔千里司榷杭州，予为诗赠之曰："杭州别是片帆风，越峤吴江四面通。试问子皮归隐处，五湖烟水至今同。""锦帆何处竹西阑，近说西湖柳亦残。君去那须怜画舫，依然晴月两峰看。"千里还自西湖，未浃岁，再司榷扬州，胜游清话，此殆兼然，前诗盖兆之矣。

壬申。次瓜洲。运河至杨子桥，东西分注，一向仪真，一从瓜洲入扬子江口，此自甘罗城导湖东注者也。其南江山皆自金陵来，到瓜洲，山折而东，江趋而北，洲有城枕江面山，运河自其城西屈流，过其城南，又历两闸，然后入江。淮扬之船，荆楚之船，吴越之船，奇集于此，为旅人改装之次，故东对镇江，称"京口"也。

癸酉。渡江。次丹徒县，镇江府治。瓜洲西渡，东至镇江，津阔十里，金山秀出江中，舟中凝望，翠巘亭亭，出波特立。又江湍迅疾，山下多怪石，散布中川，小者若螺，大者若舫，若覆夏屋，往来舟行，委曲避之。登舟初发，正当寺门，迥阁相乘，椟扉四起，金碧光聚，晃昱万端，檐阿之阙，烟怀远树，徒见寺不见山。逮抵中流，绕山北过，又出其东，然后岩树分疏，山情豁露，江行之乐，无过此矣。

甲戌。登金山。舟出丹徒河口，过蒜山，入江三四里，至金山东崦，舍舟而上，稍有平台，西得一堂，倚山面江，寥泬爽彻，其后佛阁乘岩，从堂上见更西巡

---

① 1919年有正书局影印王士祯辑《渔洋山人感旧集》卷四、《国朝山左诗钞》卷五，"绕"均作"午"。

廊屈折，江流一面，历历过客题诗。比至寺门，垒垒千碣，前讹后袭，颇为错杂，名章迥句，百有一闻。寺中佛宇三层，每况益高，虚坛下鸟，钟梵无声，阁尽处山椒有石亭，亭北浮图崒起，四面看江，圣日依空，冷冷忘暑。妙高台在其南偏，昔佛印禅栖，子瞻留带者也。中冷泉出寺西北，其泉高出江表三丈以还，山泉清冷，多过此者，独淡若有滋无味，当得佳名耳。昔陆羽辨南零水，李德裕辨中冷水，并能究悉毫芒，妙达天解，闻者或信或疑之，乃白公胜为隐语曰："以水投水何如。"尼父谓："淄、渑之水合，易牙尝而知之。"夫悟有天成，心有独至，或能精喻鸣禽，识通枯竹，未尝习之于人，而忽自有之，夫岂学力所能殚究也。焦山以孝然名，亦处江中，弥为郁秀。玉山在江东岸，略近市廛，未离烟水，琳宫绮树，熠耀金山，山前一径逶迤，游屐无虚朝夕，近拾山翠，远眺江光，与舟中相望，互如画图也。山下有昭关，子胥违楚难，渡江入吴，逢渔父乞盎浆，渔父为之死，岂此耶？

乙亥。次丹徒镇。郡城南，两岸多是竹园，绿出墙外，馀竹被溪，徘徊玩爱，殆不能过。

秋七月。丙子。次新丰。中夜雨声如注。

丁丑。次丹阳县。按，隋炀帝大业六年，敕穿河，自京口至余杭八百余里，广十丈余，令可通龙舟，并置驿宫、草顿，欲东巡会稽，今遗宫旧迹不复可考。县城南门外，对河有驿亭，亭侧石碑四枚，其一宣圣所题，文曰"乌虖有吴延陵君子之墓"，校之《阁帖》所载，篆画相同，但大小弗类，当是摹勒上石时敛之，使就帖括耳。碑有跋曰："夫子篆季子之墓，凡十字，历代绵远，其文残缺，人劳应命，其石湣埋，在昔开元中，玄宗大圣皇帝敕殷仲容模榻其本，尚可得而传之者。暨大历十四年乙未岁，润州刺史兰陵萧定重刊于石，宪章遗范，以永将来。前试大理司直吴郡张从申书。"按，《春秋》诸传，吴寿梦有四子，季札最弱而贤，父兄皆欲致国，季子让而不受，诸兄乃以次及，则终致国乎季子，故诸樊、余祭、夷昧，皆轻死为勇，不恤其身，则国宜之季子者也。后季子使聘上国，方流连鲁、卫、晋、郑之间，迟久未返，而夷昧死。公子僚立，而阖庐使鲂诸刺僚，季子归，让乎季子，季子曰："尔弑吾君，吾受尔国，是与闻乎弑也；尔杀尔兄，吾又杀尔，是父子兄弟相杀，无已时也。"终已不受，退老延陵，此孔子所谓"乌虖"者也。其三并是墓碑，一尹和靖，一石曼卿，一韦侍中昭。

戊寅。次犇牛镇。

己卯。次武进县，常州府治。夜泊蚤发，无所见之。

庚辰。次横林。

辛巳。次无锡县。自横林南望，步步近山。私意前路晚峰，更逢新月，当足佳观，而未至县十里间，山气缕缕含烟，忽复流云四野，天气曛黑，水际葭苇萧森，流萤万个，历乱行舟前，与渔火相映。时坐旅人衣，馀光可藉，殊近幽情也。

壬午。观惠泉。县城西北三里所，有山横连如画屏，称“九峰”，亦曰“惠山”。惠山迢迢西去，远接宜兴，其阳近太湖，控引吴越，襟带江山，所谓“毗陵震泽九州通”者也。山之翼又有“锡山”，员椒秀泽，松云荫岭，宫观茏葱，北来望之，南接惠麓，从南回眺，又似北连，欣对俯仰，异岑同秀。舟行过其城北，中流有亭，四面如舫，自此亭下折而西，更出一桥，溪穷有寺，近寺成村，入寺门五十步许，南有通溪，曰“春申涧”，此两山之间流潦所经。循山数折，悉见石棱，又长林矫樾，临崖上合，此楚相黄歇封地，盖因人目涧，亦有“黄公”之称矣，或又谓“樗里”也。涧外，西有“漪澜堂”，堂后有泉出于山趾，上亭下甃，汩汩四出，是称“第二泉”者也。其水清芬蕴藉，欲过“中冷”，而评者顾有优劣，亦所未详，聊收亭碣以俟精辨焉。“惠山泉始发于唐，时无锡令敬澄。同时则有竟陵陆羽次第水品，以庐山康王谷水第一，惠山泉水第二，虎丘泉水第五，扬子江南零水第七。张又新又引刘伯刍论水之宜茶者，则以南零第一，惠山第二，虎丘第三。虎丘当闾阖孔道，游客坌集，腡滓腥秽，已非本味；南零久失处所；康王之水，远不可得而辨。今以金山井水谓之中冷泉，居惠山之上。或曰中冷故在江流中涌出，不便取汲，有异僧祷于海神，为凿井代之，亦谓之中冷，岂‘中冷’即‘南零’之讹？然莫知所由始。予数饮水惠山，甘冽而美，尝携至金山，已数日，取所谓‘中冷’者较之，味甚劣，而反居惠山之上，此殆不知水者仍又新之言也。且羽又谓山水上，江次之，井为下。欧阳永叔极称羽斯言为知水，诋又新之妄。况今所谓‘中冷’即非江水，又非又新之所品者乎。故知惠山非康王莫能尚之矣[①]。”予尝推陆子之言，以意论之，水源所发在地中，亦不甚相远，而分流异趋，缘所经山，土石殊息，受气多者受其移，故土多气重，沙多气疏，硫磺气腥，卤泽气碱，皆能以气变传蒸，夺其本性。独石泉近质，泥滓所不能近，恶潦所不能濡，故能涵清漱洁，冷冷自如。然而石气因山亦有殊类，青石为上，白石次之，砂石为下。盖砂石粗犷，白石肤脆，所以施气未精，青石坚栗，颇有玉心，故水气远经，甘鲜特异耳。予乡山泉，随地涌出，居人筑室，皆因山为基，屋角墙隅，流泉决决，其脉悉是青石，其最上者陇水，出于凤山之麓，范泉出于东城之阿，并积水丈余，珠喷鉴泻，冲若有馀，盛夏酌之，不宁近齿知厉，抑亦触手生寒。今此二泉，清冷未

① 此段节录自明《修泉亭记》（万历丙子永嘉撰，周天球书）。据拓本，“由”作“繇”，“予”作“余”。

及其半，而受赏名贤，流闻海内，山水亦有其知遇，出处语默，俱非偶然，异哉。入春申涧第一曲，东得邹园，轩榭疏凉，林塘隐映，乃至小山丛桂，千百成林，虽庭有废溪，而山气殊佳，适值雨晴山夕，满船载酒而归。盖游惠山必买泉酿，聊于舟中度七夕也。

癸未。次浒墅关。

甲申。次苏州府。府治内两县，一吴县，一长洲，盖古勾吴地，阖庐夫差之故都，吴王走犬长洲者也。泊舟阊门。阊门者，子胥初筑国城，陆门八，以象八风，乃立阊门，象天通阊阖风也。

乙酉。

丙戌。登虎丘。虎丘者，吴城西北有小山，世传阖庐葬地，始皇欲发之，白虎见其上，遂不敢发，因以名丘。虎丘去城十里，自阊门驾舟，出山塘，两岸楼台夹水，楼上盈盈，帘褰槛倚，水木生妍，出闾四望，菱叶潆波，远铺山崦，舟过五人墓侧，又过白云绿水桥，乃抵山下。入寺，重门疏远，树有断行，陂陀微上，不见山棱，再入门，履扁石，寺中央广石百尺，其旁岩廊四起，竹树萧骚，虽颇近人工，实多即事。石上突起，大小三台，馀悉平如几，左带剑池，右萦鹤涧，生公讲台，南面俯之。昔生公说法于此，宋文帝集众千人，听法石上，象教之力，悟起顽石，石上有亭曰“可中”，即生公云“天言日丽，何得非中”，后人因以名亭耳。今道丧千年，寂无嗣响，独留此石，微存彷想。每晴秋月夕，倾城士女，壶榼来游，坐不班荆，行不步障，衣香履迹，共托一石，丝竹悽呖，与钟梵远闻，为此山之佳观也。更上一门，佛图平敞，殿后浮图戾空，三面回廊周彻，轩窗所对，悉与塔上不殊，廊后循崖陟降，磴道悉布栏干，松竹攒栾，时出精舍，虽破林萎叶，不废山情。馀寺在山间，今此山颇在寺间也。又，千人石右崖上有一小峡，峡中蓄水，井渫不食，标曰“第三泉”。予谓水源通塞不常，即伊洛尚有竭川，矧谓此泉而无生灭，且昔贤论列人物，平章山水，皆有兴会之言，当其知音见赏，寄趣偶然，要自独成其意，不必当物为安。辟蔡中郎独珍《论衡》，苏子瞻不好迁《史》，若后生系为定论，株株守之，斯已陋矣。今此山前后尚有二井泉，前云憨憨卓锡，后乃无名，而清冷殊异，以方是水，盖名弥彰者，道弥隐也，不则伯刍之言，诞而无征矣。

丁亥。守风胥门。昔子贡说吴王夫差伐齐，欲以乱齐存鲁，子胥进谏以越将沼吴而不入也，子胥愤请抉目置门，以观越师之入。吴王怒赐子胥死，盛以鸱夷，投之江中，又断其首置高楼上。后越师至，欲入此门，犹见子胥之怒也。

戊子。过宝带桥。桥当澹台湖口，王仲舒捐带所成，连贯长堤，萦湖若带，今颓波中圯，前后尚得四十余孔。每至晴秋之夕，素魄初飞，平临湖面，遥望波心月影，镜接珠联，一一成就，盖多桥所为，郡人曰“盍往观乎”，因共谓之“串月”也。次吴江县。

己丑。次平望驿。此近太湖，暴客出没，过客戒严。谚曰：“平望八尺，爷娘不识。”即其俗可知也。

庚寅。次嘉兴府。适遇中元，泊舟城下，月净波明，碧天如洗，郡人放灯，中流荧荧，与波远近。林屋尽处，远带长湖，偶有斗酒，坐至夜分，玉绳低转，城头闻角，忘身之在客也。

辛卯。次石门。昔吴置石门以距越，当是岩邑。于今村墅旗亭耳。

壬辰。次崇德县。

癸巳。次塘西。

甲午。次北新关。同年张松霞督饷杭州，适以艰归，遇诸关上，舟中道故，细雨移尊，为话京洛旧游，依依但如昨日。客去灯孤，添我旅梦也①。

① 刻本段后有“南征纪略卷一终”。

南征纪略卷二①

益都孙廷铨次道纂

乙未。次杭州府。府治仁和、钱塘二县。湖山佳胜，多在钱塘。予始至，入武林门，出钱塘门，入涌金门，行湖岸上。时日将入，顾见湖上，霏霏烟树，山静鸟闲，颇有濠梁之兴，然客装未解，无暇问津矣。

丙申。游西湖，至净慈寺。予按，湖之大而名者，楚有洞庭，江楚有彭蠡，吴有震泽，皆跨连都邑，吐纳江河，混混浮天，淼淼乎不得其涯涘，沐日浴月，鱼龙瀺灂，估客连樯，千百成群，艨冲楼橹，飞鸟共疾，吞云梦者八九矣。湖之小而名者，莫盛于武林西湖，环山负郭，映媚堤桥，塔寺所萦，画舫是集，镜台是临，抽琴命酌，于焉逍遥。以向之巨丽絜之，犹杯中一泓耳，然起而与之争名，多左袒者，盖彼以雄阔，此以隐秀。雄阔得名，以形、以势、以气；隐秀亦得名，以韵与情。辟汉高帝为群臣置酒未央宫，其间萧、曹、绛、灌，非不穆穆桓桓，魁梧奇岸，皆有异表，而吹箫屠狗之气，未尽消除。独一少年张子房，状如妇人好女，神采清英，流光四照，有时淡欲忘言，而精神自远，彼雄大自豪者，终莫得而胜之矣。武林之胜，东南有钱塘巨江，北山十里而遥，西山五里而近，南屏直负女堞，城当其会，湖又间之，两峰为长，以率众山，或居湖外，或在湖中，或入城中，或走江上，湖水依山，而故昵之。或绕山外，或入山间，疏密远近，不至龃龉，向背起伏，皆相赠答。按，《春秋》鲁僖公西宫灾，而《公羊》传之曰“有西宫则有东宫矣”，以是知诸侯亦有三宫也。今嘉禾有东湖而无西，武林有西湖而亦无东，是乃宫廷山水，适有其向，因地纳称，地从主人，斯一命而众名之，何必匹偶，然后乃成。考武林在古初亦不甚显，吴霸姑苏，越栖会稽，此当二国之间，不过津亭疆界。自唐刺史白公以后，渐著声名。钱氏之王，父子继霸，数十年间遂成都会。逮宋，有太守苏子瞻，以文采风流，助湖山佳胜，湖葑堤柳，诵之至今。然考苏公当日上言“西湖五不可废”，悉存利济，不第游观，贤者综理精详，盖多类此。迨绍兴建都后，江南粗靖，迄于孝光，遂偷安宴逸，君臣竞尚嬉游，闲堂赐墅，被满山眉，灯火星桥，喧阗水面。金主闻而羡之，爰兴立马吴山之志。其后权奸递擅，平章湖上，宋祚寝以日衰。论者至以为西湖尤物倾城，比诸西子，感慨系之。净慈寺在清波门外，南屏之麓，雷峰塔之阳，湖水东漾，为小渚者入处。寺塔之间，长庑驾之，左右慈菰芙蕖，披映历乱。自湖入者，在雷峰塔半里外，倚舟

① 刻本卷端仅作“南征纪略”，版心作“卷二”。抄本卷端作“南征纪略”。

沙嘴，从陂堤上出入，松柏墓田，乃至水北，蹑桥而渡；自城来者，沿山遵渚，广岸逶迟，东西横出，而相遇于寺门。其寺弘敞静闳，又因凉于湖，使人意冷。每晴宵烟夜，湖舫未归，城关欲下，此寺钟声，嘹喨四彻，则山水清音，交应之矣。

丁酉。同南生鲁观放生池。滨湖为池，池上有祠，祠外有平桥数折，每折丈余，阔四五尺，去水尺五，湖长减半。荷上于桥，手下于湖，人影东西，历历横岸者，时或十丈，倒水者如其身，摇摇曳曳，与人同至寺门，最宜舟望也。

戊戌。同潘世衡游湖心亭。亭后带苏堤，北望孤山，东面涌金门，层楼无倚，豁然四望。近亭侧有积草似洲，青青湖面，或谓此如海上神山，渺无根带，盖水上漂萍，积受飞尘，彼此牵附，不复分张，其后积草凝尘，积尘生草，日多日[①]厚，新者上浮水际，腐者退入于泥，游[②]根细梗，共相依托，其实非断非连，虽与湖水高下，而能戴人，此或一理也。

己亥。过昭庆寺。寺在钱塘门外，湖之北涯，昔称丽则，今废。过段桥，游宝叔塔者必由之。寺旁左右有三闸，以蓄泄湖水，湖高城下故也。寺两廊尚有僧列肆，客之来湖上者，多过之，珍好今则亡矣，尚多僧具、多文具、多酒具。

庚子。至卢舍庵，过陆公祠。湖上威仪，莫过此祠，盖敬舆读书处也。在段桥西孤山下，门垂湖畔，祠建山阿，门外连阁带湖，溶溶水木，弥望澄鲜。祠后松桂蓊薱，小亭冠山，岿然远出，颇未及之。

辛丑。登吴山。从湖上看，吴山只在湖上，从城上看，吴山乃在城中。其上岩洞玲珑，崖回涧曲，秀映一城。江涛昼夜，吴山听之；湖山朝暮，吴山眺之；万家烟树，吴山招之；四山苍凉，吴山了之。盖武林胜览，莫备吴山也。

壬寅。

癸卯。至广化寺。寺亦临湖，在孤山下，中有欧阳公六一泉，不复清通，但存石井在高岩侧。岩上长松矫干，错落新篁，又纤竹青藤，蒙岩垂绥，纷拂摇荡此泉之上。泉旁石道，缘山穿竹，寻溪尽，数丈岩壁上有一亭，故虞部□[③]公所作，以仿六一，曰“仿亭”。今守张石观，整其荒颓，理其泉石，山益以净，受湖益以多，林木益以茂，客来游者益以欣洽，更廓其亭，因名“仿仿”也。初，海宁有查伊璜继佐，文章隽妙，予特好之，初无交识。适同游有汴州张谯明、燕台张玉甲，把臂入寺门，有客清修，立瓜架下看碑，客到相与迎揖，共到仿亭上，问答湖山，因与二张共论诗史，意绪超超，私念此客不俗，

① 抄本“日”作“月”。

② 抄本“游”作“淤”。

③ 抄本此处空一字。

起而问姓，二张曰："是所谓钓史伊璜者也。"更相欣得，为纵谈，道其少年跌宕、朋辈交游、客路风霜、文章得失之事，十余年欣慨交心，皆如目前。已更为余言，今方于云居山后，闭门纂史，因示其先出者，曰《通鉴严》，事词繁简，盖准诸理斋文字，稍有增损，即意态生动，理气不伤，因悟"乐正子春之视疾也，复加一饭则脱然愈，复损一饭则脱然愈，复加一衣则脱然愈，复损一衣则脱然愈"，得此道以临文，鲜有不工妙者矣。其嗣出者曰《说外》，又嗣出者曰《说造》。《外》纪元明之际，《造》著明兴之初，并能叙事该简，文条雅茂，信良史材。前人论史不一，或曰史以征实，假即虎观视草，综当代得失之林，而狃于前非，怵于后患，虽号为繁富，而笔削多不中程，世犹以秽题之，是故为野史者易矣。或曰史以浃道备事，处士好为异端，穷不得志，无所发愤，徒矜名钓奇，讥切当世，既苦笔札难给，而又家无赐书，闻疾而不闻舒，察貌而不察形，欲以微词存古难矣，是故为国史者易矣。若夫搜兰台秘阁之遗文，兼名山其人之直笔，且鬼瞰高明，人怨正直，班马而下，亦多故矣，伊璜欲何居乎？

甲辰。

乙巳。再登仿亭，拜岳王坟。孤山在湖中央，其阳山远湖平，其阴山水皆逼苏堤。自昭庆属孤山者惟断桥，自孤山属南屏者有六桥，其孤山最近北第一桥曰"西泠"。出西泠西，岳坟在北岸，神道清森，墓田高敞，丰碑乔木，虚肃有神，然兵祲之余，庙祀荒落，阙而不修，其碑刻亦苔封断石，僵卧门下，子孙依墓而居，或废为樵竖，荒凉衰落，没没无闻焉。自陆祠放舟出西泠，尽孤山南壁，南望南高诸胜，山在晴空，寺在烟表，树在天际，人在镜中。自西泠又出段桥，绕过孤山西北，北对葛岭及石甑山，岩栖谷隐，石壁精舍，错出幽岩蔽芾之间，或上下乘凌，横斜共贯，烟霏雾敛，一壑万殊，而林处士墓在孤山之北，墓侧尚有放鹤亭，绕屋梅花，不复有矣。此二桥间，号曰"里湖"，水木明瑟，幽旷兼佳。按，西湖之游，四时皆宜，而烟波淡霭，在夕弥幽。每至日欲晡，即西[①]山，空翠冉冉，下接湖光，其水故清浅，得此夕舂，奇为虚映，轻舟徐漾，则白砂青荇，素舫文鱼，了了自呈，及月高烟敛，更皎洁如冰壶。方昔盛时，游人四集，十里笙筝，殆忘昏晓。甲兴后，湖事稍阑，城中出游，大半蚤归，故陈眉公有云："此间有名山，无处士；有古刹，无高僧；有红粉，无佳人；有花朝，无月夕。"而曹峨雪[②]亦为诗嘲之曰："烧鹅羊肉石灰汤，先到湖心次鄂王。斜日半曛客未醉，齐抛明月进钱塘。"言月游之鲜也。予谓高

① 抄本"西"作"四"。

② 1994年上海书店《丛书集成续编》影印张岱撰《西湖梦寻》卷二"冷泉亭"条，"峨"作"娥"，"鄂"作"岳"。

士佳人，间世一出，得其一二，已足流照湖山。如必风流接迹，无日无之，是耳目近狎，失其名贵矣。且眉公自表孤贞，英龄蚤迈，挥手青云，可谓勇退者矣。然其声名奔走天下而疲于接纳，逮老长勤，犹未免心迹未并，安知是山中不有引迹避名、邈不可即，与眉公异趣为高者也？高士盖多贫士矣。

八月。丙午。

丁未。渡浙江。湖上诸山，情皆向湖，南屏控连众阜，南接岩州，江水自其西南来，行两峡中，至此出隘，过凤山门，又过候潮门，东北趋入海，为浙东之津渡。桑钦曰“渐江水”，《山海经》之“浙江”也。《吴越春秋》：勾践“入臣于吴，群臣皆送至浙江之上，临水祖道”是矣。近世但称“钱塘”，谓自南唐筑塘防海，募致土斛千钱，塘成，因以名之。然考《志》，“钱塘”名县，秦世已然，何独目江，乃昉于唐。况吴越钱王之世，亦尝筑塘，害于江涛，武肃乃令劲弩数百射潮，潮为之退，然后塘成。故子瞻《表忠观碑》云：“强弩射潮，江海为东。”若引是称，弥近似矣。《注》谓“浙江，水流两山间，江川浚急，兼涛水昼夜再来，尝以月晦及望尤盛。”今汛乃在朔之二三，及十有七八，历世命有司岁祭之，期以仲秋十八日，从阴数乘盛日也。至期有司赍牲物，肃趋江汜，候怒涛之至，迎而拜之，城中士女，登望吴山之上者如堵墙。潮之始至，雪浪千叠，飘飘如匹练，及抵城下，飞霆怒鼓，峨峨出水上丈余，震撼之声，汹汹如欲崩天也，江中渔舟无数，尝处大溜中，日夜不去。潮至，乘潮取鱼，其舟因潮飘忽，乍高乍落，蹈水若山，亦不为意，殆能者操舟若神矣。又或舍舟而游，投身崩湍骇浪中，与鱼龙出没，谓之“弄潮”，然亦时有弄潮不胜，为潮弄者，亦习之不休。夫名利风波，崄[①]逾江海，趋者若狂，倾辀继路。或以所求焉在，将犯难从之；今此何求，乃以身试斯。盖智巧灭身，意气倾人，又出滑泽声利之外，无为而为，未可以情测理解已。李伯阳著书大旨，谆谆谓“绝圣弃智，操拙守愚，以为上德”，充类尽义，宜谓是夫。渡江陆行十里，至西兴驿，古西陵渡，谢惠连《西陵遇风献康乐》诗“昔[②]发浦阳汭，今宿浙江湄”者也。又十里，次萧山县，此有许玄度隐居，又闻城东北，湘湖中莼丝最美，皆未遑求之。

戊申。抵绍兴府。予自为儿时，见人称佳山水，必举山阴道上，舟过萧山，即已迥别。大抵其山容秀散，水意娟清，位置之间，似有意似无意，姿态横生，淡然成趣。夫登高山，摩苍崖，放情六合之外，俯仰宇宙之大，即域内不乏异观。

① 抄本作“险”。

② 2017年国家图书馆出版社影印《宋尤袤刻本文选》(以下简称《文选》)卷二十五，“昔”作“昨”。

至若弄楫嬉游，心将目逆，峰无远近，高下同青，河且涟漪，浅深一碧，王逸少所云，斯为确论，蔑以易之。绍兴是於越故都，昔勾践自秦馀望南徙治于此，其人多智计，至今犹是种、蠡遗风。又东晋以来，族有三谢，官是诸王，风尚所传，旷达犹在。昔勾践之兴，孔子奉雅琴到大越，勾践喟然曰："越人水行山处，以舟楫为车马，往若飘风，去则难从，锐兵任死，其常性也[①]，夫子异则不可。"盖孔子退，而子贡得更端以行其说焉，得因俗之道也。

己酉。南镇省牲。按《周礼》，扬州之镇曰"会稽"。或曰"茅山"，或曰"防山"，随世异名。禹禅会稽，合诸侯于其下，故太史公曰："会稽者，会计也。"

庚戌。有事于会稽山。夜出五云门，舟行城南四五里，昧爽，望见会稽诸峰，青出云表。稍进，海日欲出，山有朝烟，岚气变幻，初散绮霞，接顾之顷，焱然四彻，同事诸寮吏，皆喜相属。又三四里，将达山下，经禹陵。陵前有溪桥，舍舟从陆，过陵西南，折入溪行二里许，山及人面，其旁馀条支山，皆峰峰成境，不肯陂靡。又细竹生石上，短茎大叶，茸茸蔽溪，将至庙半里间，道旁悉是修竹林。过镇坊，松益壮，亦益古，山益遒，回望初径，寂历窅冥，峰下有阿立镇庙，壮丽称山。乃具牲醴，奠献如仪，读皇帝祝册，卒事无怠者。时则景贶熙明，神人欢悒，几筵肃肃，如有往来。既退，巡廊求古碑版，前代辽远，刻石漫灭不存，独有明洪武二年至崇祯改元，凡嗣服告禋，列帝祝厘之文咸在焉。会稽中峰曰"香炉"，其上时见光霭，状如其名；其下峰峦复叠，两两自拱，并侍中峰，负日竞举，西连秦望。其勾践所栖故城，考《越绝书》，应在山上，顾问有司，不得其处焉。禹陵省牲，昔者尧都平阳，舜都蒲坂，禹都安邑，皆在大卤之南，太行、河、华之间，然其陵墓无在畿内者，圣人盖遗其身以勤天下矣。是故尧葬济阴，舜葬苍梧，而禹葬会稽，盖岁岁巡行，辙迹遍乎川岳，非若后世人主，跸道清宫，闻声称朕，自尊逸也，故皆以巡狩终焉。《春秋》天子之葬不日，为举天下而葬一人，其义不疑，然则不疑而不日，不日固可以不地也。延陵季子聘齐，葬子嬴博之间，而祝之曰："骨肉归于土，若魂气则无不之也。"而遂行，孔子以为知礼，安必遂丘首哉。又，古者天子之大事，巡狩封禅，皆主东岳，未有符瑞见而不臻乎泰山，故《虞书》历纪四仲之典，礼器贽玉，皆视岱宗。舜葬苍梧，则南巡衡岳之效也，盖未有舍方岳而合诸侯于镇山者。且历稽往牒，封禅者七十有二君，或禅梁父，禅亭亭，禅云云，亦皆近乎东岳。独夏后南巡狩，不于衡岳，于会稽，其封禅亦不于云亭，于会稽，事不师古，礼不循经者何？吾闻禹伤父功不成，愁然沉思，登山而啸，梦

① 上海商务印书馆《四部丛刊初编》影印明刻本《吴越春秋》卷十，"往若飘风"作"往若飘然"，"锐兵任死"作"悦兵敢死"，"其常性也"作"越之常也"。

见□□[1]苍水使者，顾告以期，然后发金简玉字于覆釜之山，得通水之理，乃东造绝迹，西延积石，赤岸寒谷，靡不遍历，遂察六扈，脉地理，疏河碣石，通江潜渊，厥绩用成，而归作州伯。及其王也，又巡狩大越，戮防风以显示诸侯，遂更名茅山曰“会稽”，因留越不去，会病，遗命葬会稽。盖茅山覆釜，并在大越，原其生平，惨淡经营，魂魄犹应恋此，所云“以此始，亦以此终”也。数传而无馀肇封，来守禹墓，历世中微，阅一千九百余年，而大于允常，霸于勾践，自虞夏商周之诸侯，未有传世如此其久者，岂非积厚者流光哉。秦皇好大，封泰山，上会稽，立石颂功德，若将不及，逮客死沙丘，归葬骊山之下，玉匣珠襦，下固三泉，犹不能以自藏。夫大禹，则何尝有碑也。

辛亥。有事于禹陵。会稽虽存禹陵，隧墓久无处所，今指似其处，有支山发于会稽之鄙而北行，表里层峰秀蕴，皆如张弓，如抱枝。其前对镇庙，谷口有小山当谷，回向此岩，松楸如发，覆被满山，溪绕其前，中间平处，广不盈亩，就人意量一处，有碑志曰“大禹陵”。或曰陵在其下，本无丘垄，或曰非也。然考禹之葬，苇椁铜棺，穿圹八尺，坛高三尺，延袤一亩，犹以为“居之者乐，为之者苦”，于今况数千年，宜不可复识矣。山过陵西折，其阳有禹庙，庙侧高阜上有窆石亭，有石如权，高四尺，或曰弓剑衣冠之所藏，或曰书也。近山民称，乱中有好事者，依托俗言搜求奇异，遂仆石掘山，渺无得焉。是日，复出五云门，到禹庙，事迄，谒陵，访诸前闻，探求禹穴之迹而不得，盖杨用修已尝辨之矣。山下有石井题曰“菲泉”，当是后人远慕明德，追仿遗踪耳。李斯所篆秦碑，在庙堧内，亦为人破碎，零乱草间，拂拭就读，虽历年久远，摹勒非一，然其遗意犹存。殿庭楣上，旧有梅梁，张僧繇画龙而龙去者也。城下之溪，至此渐细，近山即散入菱陂稻畦，凡山游者，望竹投林，莫不停桡于是水之上矣。还自禹陵，入稽山门。沉静澜为予言，稽山门外，有渡东桥，桥南有处士曰余增远，有明崇祯癸未进士也。其兄余煌，天启乙丑廷试第一，为翰林修撰，未几，退闲家居。有明国变，煌痛愤不食，冠服再拜，坠此桥水中以死。增远悼邦国之云亡，痛哲兄之先萎，望水长号，誓不再渡，自是遂绝迹焉。处士虽成前进士，而居甚贫，敝庐三楹，与风雨鸟鼠共之，其旁僦田数亩，率其家躬耕自食。时时不给脱粟，妻孥晏如，亦无怒色，长吏多其义，因共就问之，亦罕见者，或拜门外以去。静澜，其故同年友也，自赖交谊殷勤，造请，称疾以辞，因直前托视疾，入门，窥见处士卧绳床上，床上漏，床下穿，又有匡无脚，四角支败瓦。闻客入，欲起逾垣，静澜先已豫虑之，则要其邑中同年四五人与俱往，见处士走匿状，诸公即共前遮之曰：“日新，人生会有交亲，子何

[1] 刻本、抄本此处俱少二字。按，据《吴越春秋》卷六，当作“玄夷”。

避客之深也。”处士曰:“我非避世明高者，顾自料福薄，不堪诣世，聊引分自安，常为农夫以没世足矣。今诸公赫然见过，将共张之，是使我避名以求名，非所愿也。”客皆班荆，主人墙隅烋烋然，客从而睆之，有一破甑在瓦垆上，炊未熟，架上又一蒙戎练裙，如原宪衣，馀即无有。客有壶箪，取之以进，为勉行二觞，强之亦不再举。客语及世事，俯若无闻，即间有问答，晴雨而已。日欲晡，辞客而退。明日，具钱米往遗之，再三辞。以此，诸长吏皆重违其意，亦未敢数造焉。

壬子。夜游卧龙山。会稽城内八山，最显者蕺山，有王右军宅，此山下为越王故宫，即今府治。林光山翠，近接厨烟也。

癸丑。再游卧龙山。顾见城外溪流明灭，百道潆回，越山点点，散落苍烟，如棋路布子矣。

甲寅。观塔山。依寺有小墅，秋草石栏，寒梧画阁，不知主人。

乙卯。

丙辰。

丁巳。顾松交招看倪园，故翰林学士鸿宝别业也。疏亭数屋，临对清溪，多有池塘，不设墙垣，林木之外，野邻人家稻田，好风吹桂，豆苗欲稀，不知是城中也，陈卧子表其闾曰“经锄乡”。甲申之变，鸿宝殉难，今有祠在西湖广化寺中。

戊午。

己未。

庚申。中秋。旅馆庭前，小有绿苹清沼，宿雨声秋，乍零乍歇，无三日晴。是夕颇云间窥月，露坐三更，临池命酌，婆娑清影，不异家山也。

辛酉。

壬戌。

癸亥。观潮三江闸外。越城内，及山阴、会稽二县之鄙，其水千溪，自相潆灌，虽夹居曹娥、钱塘二江之间，而东西各不相涉，溪毛涧芷之下，沙泉暗泻，亦不睹水源所自发，而澄映无际，四时皆足卧游。轻舠折滻，即与山逢；危石攀萝，皆有船待。城中之水，门巷倚之，庐轩架之。在门巷者，浣漱临之，在庐轩者，茶铛墨洗，药圃花畦，引之映之。上自部署贵人之第宅，下及民屋，无不傍水者。其筑屋精坚，冠绝天下，山石如市，弗加于山，且厚薄广长，皆意量以往，山自供之。自台门厅堂中溜，不计竹瓦梁榱，馀即浑成片石，每每门前临水，堂后起亭，河流宛折，复道遥连，接以石梁，缭以周廊，命楫寝门之外，移船曲巷之间，惟其所适。城外之水，秔稻分之，菱蕖泛之，砂石莹之，凫雁没之，经复周流，而下聚于三江闸口。此闸去城北二十里，水出两山之间，总渠东注五里入海，往者海潮沛厉，常恐及郡城，有太守汤笃斋绍恩立此闸以御之。闸水下注，其深几至丈，闸石上立，其高亦几至丈，潮水负怒远来，如欲求敌，至此扼于悬湍，未便仰攻，其气遂平，即盛溢亦不复狂行，近城处所，永辞其患，暵干又增闸停水，燥湿常均，一石之立，而功两垂，今闸旁有祠世祀之，郡人恒以祭潮日集此观潮。适其日北风淅冽，予亦荡舟从之，出昌安门，山色载道，时于水次孤骞，刻削含态，欲置袖中。既至，游人候潮已遍山上。予顾去海尚远，舍舟理策，疾驰五里，越岭二重，东望海在百步外，忽闻飒飒天风，殷雷四振，遥见海上银涛若山，际天而立，少近岸，则玄浪飙飞，颓波云驶，怒卷长号，沸腾西去，望阻云山。乃还闸口，越陌度阡，又与江潮俱至，其闸水迎潮处，江海相击，跳浪远飞，登楼下瞰，水及于裾也。按《吴越春秋》，文种之死葬种山，子胥从海上穿山胁持，与俱去浮海，故前潮子胥，后重水者大夫种也。然则二子未死，此应无潮，即有不怒。郦生亦云："海水上潮，江水逆流，似神而非。"然南北江河入海，皆与潮通，其来或有声无状，或并无声，此独声势俱厉，必有说存，以俟知者矣。浙海上煮盐不用铁釜，编竹为之，上承水不泄，下亲火亦不然，谓之"篾盘"，又一异也。

甲子。

乙丑。游寓山。山阴西道，违城二十里，村曰"梅墅"，山曰"梅尖"。予同年祁文载，世家于此，兄弟诸昆，并照江左，文载尤为散朗。乃兄世培彪佳，故明侍御，近仿东山石门之遗迹，卜筑于寓山。其园去墅又三里许，南对柯山石室，东得贺监鉴湖。适文载偕同年王子玙，兄止祥、兄子奕远，远来过访，招饮其间，乃相与挈舟出郭，荡桨中流，棋声丁丁，而至乎寓山园。寓园[①]之致，妙得天然，山居十三，水居十三，轩堂亭榭诸不在山者，又居十三。其山之幽适于园，其水之澹适于山，其轩堂亭榭之观又适于山与水。适于山与水者，山之巅有远楼，其右有虚白之堂，山水之际有阿阁。适于山者，幽岩磴道，倒影方塘，可临照也。适于园者，山大不至亢，小不至隐，山上松桂之植，足以栖禽送日而不碍远观。又上造于山，下属于垣，长廊回复，窗阁相望，旁连曲缀，自外登山者，虽高不受夏日，自山出园者，虽远不遇霖雨。坐寓园，栖寓山，可谓善寓者也。闻之其乡人曰：初，世培之闻国难也，悲伤痛悼，涕泣沾衾，坐卧园中旬有馀日，意中似有计量，每于独坐自言，听者不得闻知。子弟虞有他变，侍之日夜不休，世培即更哑哑笑言，命趣驾载箧实，如将有适者，子弟喜，稍稍散去。乃于其夜作书诀家人，诫薄葬，又命舍园之半作给孤祇林，且

① 1957年古典文学出版社黄裳校录、祁彪佳撰《远山堂明曲品剧品校录》引此文，"园"作"山"，"山大不至亢"之"亢"作"危"，"坐卧园中旬"之"旬"作"十"。

自赞其小像，命安佛堂中，乃赴水死。旦日子弟来，见室中阒无人，更相惊悔，又从几上得书，乃溯洄从之，见其帻于水上，更就察之，则宛在水中央，趺跏而逝矣。今其山下屋庐数十间，皆舍为寺，赞像尚在其中。

丙寅。

丁卯。

戊辰。

己巳。

庚午。

辛未。同吴道趾、唐敏一、顾松交过朱氏园。朱园有桂，独树成林，枝条繁衍，可荫一亩，下有广石，可坐数百人，坐不移时，香雨盈袖。人皆好少，此树则贵老矣。

壬申。

癸酉。

甲戌。游兰塘。出水偏门而南，溪行五里，南近亭山，主人因河构亭其间，门径溪桥，栖托俱别，中园有渚，渚北有堂而隐之，渚南跨野为巨阁，外尽湖山，内尽亭沼，上下门户，宛转四达，皆出人意。自中亭板桥渡水，循墙绕廊，即出其下。从堂下过东厢，历方亭水榭，钓槛曲栏，拂石攀林，褰裳从之，则出其上。若自上者下，自下者上，则五亩之间，一室之外，自为隐映，而登降殊观，作者心思，游人耳目，偶俱不疲，苟得其情趣，不在大也。“兰塘”之讹为“滥荡”。按《越绝》纪越语多异，如“习”之于“夷”，“宿”之于“莱”，“致”之于“单”。“夷”，海也。“莱”，野也。“单”者，堵也。越语多类此。

九月乙亥。

丙子。还次萧山。

丁丑。

戊寅。

己卯。

庚辰。

辛巳。

壬午。

癸未。萧山。寒雨连江，积阴不彻。旅中逢重九，来元成招予登高，风雨不能出。因念客岁重九，在都门，风日清迴，官闲无事，偕同志诸友登高南城黑窑厂中，相羊竟日。薄暮，又过张二瞻，痛饮而归，作诗二章：“近郭行未远，野水涵清旷。天虚层台净，疏槐晚相向。皇陂出远山，皓日明天仗。翘首城南隅，逍遥极所尚。石楼烟外寺，松间碧泉漾。我冠方颓然，于何知得丧。谅无叔子悲，庶得渊明放。”“高下通烟火，寒畦带隐居。地偏秋草合，渚水自生鱼。日夕登啸台，山气佳有馀。却瞻鼎路门，飞盖荫交衢。辽辽未央阙，照耀若云舒。放观未及已，俯仰见废墟。灌园逢上叟，无惊野人愚。有酒不成醉，驱驾将焉如。”如旅斋复成一首：“客意频无赖，多于令节闲。病逢江上雨，坐失越中山。短发从嘲笑，空庭隔往还。菊荒三径少，何计慰愁颜。”

甲申。

乙酉。

丙戌。先是，元成过我于杭州畏兀儿寺，为余言野服无事，方闭户著书，因示其《读易隅通》，宗风玄畅，又有《春秋志在》未成，俟竟，许以相示。客舍无可与语，聊借读之，颇似《东莱博议》，而综贯弥远，或比事征情，或特书发义，用意妙于侧出，缀文不废波澜，当其意得，直据经文，排突四传，正三家之牵附，开胡氏之浅狭，凿空妙义，络绎间出，乐而忘疲，若作谈柄，宜将收为枕秘焉。还渡浙江，次钱塘。

丁亥。溯浙江，次富阳县。由杭城江行四十里，东岸有虎爪山，峰岭十余，高卑相倾，短长相萦，衔照流烟，千百异状，俱趋于江，视江上诸峰，特为秀绝。江是“富春渚”也，而土人称“富阳江”。

戊子。次桐庐县，县有桐君山。桐君者，古神人也。桐溪水西来注江，故曰“桐江”。

己丑。次严州府建德县。严州上下江滩甚广，最奇是七里濑，汉光武故人严子陵垂钓处也。《注》谓：“自桐庐至于潜县，凡十有六濑，第二是严陵濑。濑带山，下有盘石，周回十数丈，交枕潭际，盖陵所游。”今谓严陵钓台，山上祠庙存焉。江山深肃，风节弥清，范希文之所颂遗风也。新安江水西来注江，是谓“浙江水出三天子都”者矣。

庚寅。次兰溪县。

辛卯。次裘家堰。

壬辰。次龙游县。

癸巳。次西安县。衢州府治龙游、西安之间，谷水两派，东来注江，郡城南有柯山。晋时王质伐木至一石室，见童子弹琴，倚柯听之，俄顷欲归，斧柯濯然烂尽，此其遗迹尚存。余谓神仙遗世虑者，谓可延景长年，乐未央耳，若复尘世弥年，仙岩旦暮，是忧乐而乐忧，其于死生曾无差殊。岩栖饵术之士，失其希尚矣。

甲午。

乙未。

丙申。

丁酉。

戊戌。

己亥。衢州之南，双溪并注，尚未成江。一溪自江山通仙霞岭入闽越，曰须溪；一溪自常山道出江右，曰定阳溪，故衢曰“三衢”也。次北鱼。

庚子。次常山县。县[①]古定阳，溪因其目。《注》称：“其水分纳众流，混波东逝。夹岸悉生支竹，及芳枳、木连，杂以霜菊、金橙。白砂细石，状如凝雪，石磂[②]湍波，浮响无辍，山水之趣，尤深人情。”予以秋杪经此，潦尽江清，远传风濑，自西安县南，夹江无际，并是橘林，虽溪深地暖，尚未飞霜，远近岩际，紫柏丹枫，参差间出，似宿画中也。

辛丑。

壬寅。

癸卯。常山城内，有山当其县门，盘折未高，自成冈岭。衙后复有大阜，云层崇林，蔓绿上际青天，登之一县皆见，而环城千嶂，此犹似瓮中也。自富阳至此，夹江山色，断续不常，时于峡外远见城堞，便成州府。江深则轻帆迅发，翠岫迎人[③]，濑浅则画鹢徐牵，青林送影，殆令过之者忘疲，处之者乐饥矣。

甲辰。次玉山县。定阳溪上通开化，过常山即山行，竹舆出没深溪中，前望似无行径，披雾蹑霜[④]，抽身渐进，乃更豁通。舟行浃日，乍睹山情，如遇故人，清话接对之际，笑语自亲，不复觉其登顿。将至县，得玉溪，及达城中，更似出城外，败垣蓁莽中，惨惨时闻惊风，如虎尾欲竖。西城下居人十余家，县令丞从之借栖，客至投宿，得民屋一间有半，与鬼伥邻，更欣欣自私，如庇万间广厦。甚矣，荒途倦客之易为情哉。

冬十月乙巳。次广信府上饶县。玉山登舟，下上饶江。其滩溪浅沮，不异金衢，赭山秃突，怪特惊人。山上松树稠生，皆如老人颠发，碧净不如越山矣。

丙午。

丁未。次蕉舍。滩高水涩，舟滞难行。从广信兵使借便舟，舟不中制，乃更迂迟。舟长三丈，中空处广五六尺，进一丈有五，而三间之。闻之长年三老：江滩之船，特异河舸。其首欲锐，则行水如割也；其篷舱欲轻，则与风相凌也；其底欲浅且平，则履水上不濡趾也。又江行，折戗逆浪为能，腰腹欲实，勿为大空，以为坚久且强有力也。然为实者欲体实而用空，苟从其空而空之，内受

---

① 抄本无“县”字。

② 《水经注》“磂”作“溜”。

③ 抄本中“迎人”两字残泐。

④ 抄本无“霜”字。

虽多无以捍外；从其实而实之，则外强而中无以为功。今此舟，空分寡而实分多，虽大而寡容载者，如王长沙，国小地逼，不足回旋，则区分多而自阂也。篷舱之木如堵墙，是戴石行水也；其锐不尽，是与波为衡也；入水过三尺，是往而求石，滋树敌也。辟舆人之为车，衡已下则与马终古陂陀；辟矢人之为笴，不审三分之齐，则中翔而不进。皆虚实之用乖，而轻重之数失也。因作《舟说》。

戊申。次铅山河口。

己酉。过弋阳县，次许港。县北一山突起洲中，圆耸高特，不连陵阜，团团自浮水上，根不加大，上不加削，错落有树林。土人云，此上屡建神祠，每辄有风雷击去，因不复作。

庚戌。次贵溪县。江干有山如象，是陆九渊故居。又有山类龙虎，张道陵法箓所传，今子孙世代封焉，累代荣遇，宠亚圣公。世传其家有异书，可以驯服龙象，驱役鬼神，然徒相诧说，未见明征。往，余于京师尝亲受其手符，然盛世无鬼，虽适山林，不逢不若；即有，瑰书卷置床头，安用之矣。至九渊与文公，同理异持，门人各传师说，遂起朱、陆之争。乃考之上世，理学不名，同异不攻，有巢似匠，神农似医，轩辕似博士，此在后世，定不列儒流，而古圣乃仆仆事之，盖理足者不辞馀也。道至老聃而后名说；至庄生、列御寇、孟子，然后攻性学；至朱、陆然后穷，何也？其说好尽，故穷也。荀况谈仁义，而李斯得其道以杀人，非尽不善学之过，盖议论相竞，欲以求胜乎人。此在异道犹不可，儒林乃自异哉。

辛亥。次贵溪界牌。江村寂寞，道茀不行，其人每相惊以虎。薄暮，泊船崖下，去村尚远。时霜飞夜冷，从者多不能兴，因登岸遥寻竹篱，叩门求火。其村人望见北人衣冠，以为兵也，皆张皇退避，其不能去者，登垣窥客，土语喧喧，且呼且指，亦不辨所说伊何。客不敢前，乃遥从巷口摇钱示之，从乞斗酒，亦不酬对。又闻呼板木，如将于墙头安楯然，从者皆喟然而退，未到舟次，旁村金鼓殷然，更馀乃定。人情如是，笑慨相兼，诗以纪之："乱山孤月一江寒，收尽帆樯客思难。豺虎空村闻急柝，鱼龙深夜下高滩。乡音乞火逢人怪，旅服经霜觉被单。才半王程秋已失，羊城迢递更南看。"

壬子。过安仁县。次龙津。

癸丑。次瑞虹。瑞虹接连鄱阳东湖，自昔称其水至清深，鱼甚肥美。春夏水涨，即怀山湮谷，木末鱼游；霜降水涸，即砂碛条条，复循高下。然其地皆湖沙所凑，虽水落难为庐旅，秋草腓腓，一望百里，最为荒野也。

甲寅。次赵家园。

乙卯。次南昌府南昌县。饶江至此与赣江合，即豫章水也。昔人云："豫章，章树生庭；雁门，雁之所有。"皆因物得名，今此水发源自赣，亦得被名豫章，岂复缘木著称耶。雷次宗云："赣水十川均流，而此源最远，故特称焉。"昔汉成之世，王凤擅政，权移外戚，九江梅福为南昌尉，不胜拳拳，抗疏指凤，抑而不信，遂舍妻子，挂冠栖遁。至汉末，处士相高以风节，公卿倒屣以避讥弹，南州徐穉最其翘英，陈蕃为郡守，方峻寡合，特厚礼穉，悬榻之事，到今盛传，故其士习清刚，历世无改。城西下看章江门，上旧有滕王阁，唐高祖子滕王元婴所造，后都督阎伯玙欲耀其壻，令豫为序文，乃以九日宴宾寮于其上，虚推笔札以让众宾，次至王子安，以少年末坐，居而不辞，文词赡丽，为众所惊。然其佳唱，不过"落霞秋水"，馀文犹步齐梁，殊让退之一记矣。

丙辰。

丁巳。

戊午。南昌城中有"许旌阳铁柱"，观柱在池中，时隐时见。其中人云："此池下通章江，春冬与共消长。"不知所镇蛟螭在何处，读其外传，颇为怪幻也。

己未。次生米观。

庚申。次张五渡。

辛酉。次丰城县。昔雷孔章得二剑于丰城狱，一以自佩，一赠张茂先。后华诛，剑失。雷氏子为建安从事，径践濑溪，其剑忽于怀中跃出入水，止见两蛟龙也。

壬戌。次樟树镇。

癸亥。次沙湖洲。

甲子。过新淦县。次峡江县。

乙丑。次白沙驿。

丙寅。过吉水县，次庐陵县，吉安府治。自南昌至白沙，山远滩平，漫漫一状，近吉水即岫嶂嵯峨，江沱纡折，四会分迎，侧峰横岭，顷刻异状。盖波湍舟驶，山与江移，帆随岸转，为态多端。惜阴雨浃旬，颇阻清望。将至郡十里外，江上一山，宛如螺子，南北村树郁浮，如相对设。四山秋草萎黄，独此峰顶绿竹菁菁，含风自茂。

丁卯。庐陵城外，江中有白鹭洲。赣江故合章、贡，亦称二水。李青莲《凤皇台诗》，似堪移赠也。又，《注》称："庐陵城中有井，其水半清半黄，黄者取作饮粥，悉皆金色而甚芬香。"访其郡人，初不闻之。

戊辰。次花石滩。

己巳。次泰和县。

庚午。次白家村。其村人习为长年，自十五六即刺船，上下赣江。道逢乡里，邻舟并语，相将过滩，叩舷借火，闻其寄讯，悉是村人。其人好赛神，入夜见其张灯山上，远望荧荧，多与繁星相乱，枞金伐鼓，咒梵轰訇，既又移水次，时月黑江平，零乱万点，蔽江而下，更馀尚未休。

辛未。次万安县。昔李庐山补知万安，出都，予为诗以送之，时叔父羲侣公适宰南昌，并是同谱，因为寄讯，其诗曰：“征鞭初靖布帆长，稳泛轻舟渡鄱阳。去指青门天正雨，到逢黄橘晚多霜。浔江九派通吴会，庐岳千峰望楚乡。若遇嗣宗应载酒，切云高阁赋滕王。”后庐山过里遭丧，竟未之任，又半岁而卒。既金声桓作乱南昌，余叔亦罹其难，致悼[①]人琴。过此，还忆旧诗，悲可知也。

壬申。守风万安。

癸酉。次昆仑滩。滩行难为期程，遇夕便泊。时凄风江冷，空峡无人，宿船长林之下，舟人操斧入林斫竹，传响空山，枯木横藤，恐有山鬼。

甲戌。次大乌峡。

十一月。

乙亥。次赣州府赣县。万安至此，中历十八滩，滩滩迅急，棱石乱峙中川，两岸带山，逼江峻上，行人与虎争蹊，峡内悬溜凄清，时添江水，潺湲不绝。县南第一是“惶恐滩”，其声远震城下，言令闻之者惶恐也。然此滩实号“黄公”，传者自讹。至石人天柱，石势攒峦，争江不已。高者振鳞江表，深者立脊潜渊，滩师理楫，眼聚于心，行石棱上，争能一寸之间，前后十里，尚不得出。至赣州北，峡尽江平，然后意展。

丙子。赣州阻雨。

丁丑。次黄金埠。

戊寅。次罗家湾。

己卯。过南康县，次贤女铺。

庚辰。次杜芳。

辛巳。次双牌滩峡口。

壬午。次大庾县，南安府治。过赣州，高山积岨，密树深篁，江水多曲。至其群山赴壑，峡石相持，欲落不落，湍欲下而石衡之，濑欲止而沙潆之，岸欲直而岭横之，辄一里一转也。双牌滩险绝当关，高峡云兴，临水万仞，叩舷夜宿，山谷皆鸣。去郡不过数里，山溪深阻，盘回自合，到城犹费半日程，其中尤多蹲石急濑，数害舟航。出峡山开，双城夹水，津流澄净，远泻关梁，曰“横浦”，大庾峤水之北流者也。

癸未。

甲申。

乙酉。

丙戌。过大庾岭，次南雄府保昌县。粤有五岭，此其最东，故称“东峤”，

---

① 抄本“致悼”作“悼致”。

在大庾县南。岞㟧横云，斗上斗下。初陟，弥望荒冈，登降田畴，靡靡阡陌，二十里外，乃连峰侧立，隔树见行人远从峰上度。将至岭，更成削壁，横亘岭头，凿石开径，然后得通。岭上有古云封寺，寺有大鉴禅师卓锡泉，涓涓出凿中，分岭两注，漱石长鸣。岭西下，深溪广肆，砂树平连，一一小冈起溪中，怪石横烟，悉同翠黛，长松被阪二十里余[①]。过红梅司，又历武侯祠，乃平。一岭南北，顿殊凉燠矣，故《注》又称此岭“凉热山”。

丁亥。

戊子。

己丑。下涟溪，即大庾峤水之南津也。《注》谓：“其下船路，名涟溪。涟水南流，注于东溪。”东溪亦曰“东江”，或“曲江”。武溪称“北江”，故此名东耳。次修仁水口。

庚寅。次始兴江口。东江水带始兴县，又名始兴江。水侧旧有鼻天子城，不传何氏。王隐《晋书》谓：“鼻墟，盖象所封”。今此城不可复识。舟人于乱山中指似仿佛，惟蔓草荒冈，错杂苦竹，盖历古逾远，倾圮渐尽矣。愚谓虞帝推恩厥弟，当裂土中原，此地岭表荒墟，南近瘴海，虽分符建国，何殊放流，且欲源源而来，无乃“国君道长”，后人多好异闻，承声附说，难为征也。始兴近县有泉，水黑，曰“墨江”，中多石墨可画眉，北流注江。

辛卯。次五羊山。

壬辰。江介多见怪山，一峰最峻，上戴韶石。《注》记：“韶石，高百仞，广圆五里，两石对柱[②]，相去一里，大小略均，似双阙。”言舜南巡，作乐其上。又，古老言：“昔有二仙，分而憩之，自尔年丰弥纪。”然韶石前后，怪石相望，直若危柱，削若堵墙，圆若廪囤，半削若䨟瓜，首尾翘翘似舟航，方幅如布帆，廉起如檐宇，皆亢石孤棱，栖烟带树，左右舟樯，青青未了。次曲江县，韶州府治。

癸巳。东江。过曲江县城南，西得武溪水，乃成始兴大江。按《注》：“武水出临武县柏山，东南流，右合溱水，又东南，左合黄冷溪水，又过蓝豪山，则崖壁峻岨[③]，岩岭干天，交柯云蔚，霾天晦景，悬湍回注，崩浪震山，谓之泷水，径曲江县东。”盖泷中有曲江旧县，是则泷、武合流矣。曲江县南三十里，江左有削崖壁直，洞穴梯连，时见烟墨。山下有曹溪，东来注江。萧梁之世，

① 1985年中华书局《清代史料笔记丛刊》屈大均撰《广东新语》卷三引此，“二十里余”作“三十里”。

② 《水经注》“柱”作“峙”。

③ 《水经注》“岨”作“阻”。

有胡僧泛舶此溪，闻异香，谓上流必有胜地，遂乃开山栖，寻谓百七十年当有异僧来此演法，其后果有大鉴禅师传衣，南归于溪源，立宝林寺，沙门称为“六祖”者也。寺去江三十里，禅栖者萃焉。次蒙浬。

甲午。过观音岩，次英德县。始兴江上多悬崖，此岩特为灵峭，削立逾百丈，洞口去江五丈余，岩穴深广，坐卧千人，上有石楼，相去如到江。从石罅间木石相衔，栏干而上，仰穿裂石上穹窿，窥见天光，旁通户牖，江云洲草，历历槛前。钟乳寻丈，羃洞口，皆有像形，成就自然，刻划髹塑亦所不及，布满岩壁，祠大士其间，故山当其目矣。

乙未。过浈阳峡，次清远县。县有浈石山，故隶浈阳县，故江峡皆受其名，汉征南越，楼船入浈水者也。其峡，两岸秀杰，壁立亏天。晋世尝凿石架阁，以拒徐道覆。又有一峡，曰“中宿”，盘阯长川，连崿双挺。西岸有峡山寺，左右岩谷，枫杉四合，下有禺、阳二帝子祠。二帝子者，旧传轩辕氏二少子大禺、仲阳隐此峡，因号“二禺山”云。昔萧梁之世，峡有二神，化为方士，往舒州延祚寺，夜叩真俊禅师，乞于峡上建道场，以标胜概，师许之，中夜风雨大作，迟明启户，殿宇宝像已神运此山，因赐名“飞来寺”。然《注》称：“浈水径中宿县，其处隘，名为观岐。连山交枕，绝崖壁竦，下有神庙，背阿面流，坛宇虚肃。”则此地刹图云构，其来盖远，何得至萧梁，乃烦冥募。又《注》记：“韶石南有灵石，桀处临江，壁立霞驳。耆旧相传，石本在桂阳武城县，因夜迅雷之变，忽然迁此，以其有灵运徙，因名灵石。”今韶石南，江干既多怪石，亦不辨灵石孰是，但近地再传此异，颇饶奇闻矣。飞来旧寺，在峰岭间，去下寺二里，背阿如故，江不见寺，寺乃见江，以岩树交柯，远不窥近故也。入寺门，稍得平冈，万松落落，两带邃谷，左谷深狭，阴林阻径，其右有悬泉十丈，落幔交横，依岩下注，岩下石潭澄映，洁并游鳞，潭水又下径石溪，凭崖俯听，石响泉飞，竹竿袅袅，分流远泻，岩际则平林云上，飞阁承霄，凌高折下，径托苔岑。涧中远近悉生菖蒲及阮俞竹，藻川绘石，芳风交馥，直荫寺门，以当江峡，曰“峡山寺”。寺后有“归猿洞”，即唐孙恪妻留环化猿处也。

丙申。次三水县。龙江水西来注江。

丁酉。次佛山。粤天不雪，粤树不凋。过三水，青青弥茂，连村隔坞，悉是荔枝、金橘、枫榕、木棉，参天匝地。其人多楼居，甍瓦交回，一村如一屋。素封之家，水陆两登，不止木奴千头，竹竿万个。贫者浮家江海，岁入估人舟算缗中。妇荡舟桨卖鱼，摇摇过客舟，倏忽以十数；弱龄崽子，身手便利，即张罗竿首，下拾中流鳌、蟹、蜃、蛤之入，日给有余，不须衣食父母。人家墙屋，以螺蚌代瓦石，门户椽栌，铁木一色，更无余材。自岭以南，男女同屐。

舟人之妇，一手把柁，一手煮鱼，橐中儿在背上[①]，终日垂垂如负米。扳罾摇橹，批竹纵绳，儿在背上恶踏索乳啼，亦不遑哺。地气恒燠，既省絮衣之半，又素足临流，不履不袜。男子冬夏不过一裤一襦，妇人量三岁再益一布裙，如是则女恒馀布。地惟秔稻，土厚获多，人日计米一升，加以鱼、蚌、乌菱、芰、橘、橄榄，减炊米十二三，如是则男恒馀粟。故古今称饶富，必甲南海也。

戊戌。次五羊门。五羊门外，海际于衢，宿舶无[②]万数，商舟渔艇，青帘酒船，交织错杂，日中如市。城虽近海，然洲屿潆回，去洋水尚远。江水之未归洋者，遇潮不前，退渚城下，故潮水未咸。往来战舰，巡行海上，征鼓喧喧，昼夜无辍，以备他盗与非常也，而旅人便之矣。

己亥。入五羊门。广州府治内两县，曰南海，曰番禺，故南越地。秦并天下罢封建，东南一尉，西北一侯，遂开南海，置番禺。姚文式云："番禺，傥[③]谓番山之禺也。"地通百越，控炎海。在昔雕题凿齿，北户之民，环海而居者，利汉财货与其物用，闻圣人出，必用赴集，怀抱匹帛，父子并赐，重译来王者万余里，盖越裳氏其始焉。陈胜之乱，秦南海尉任嚣，闻豪杰叛秦，欲兴兵绝新道，负崄番禺，以自为国，会病绵笃，乃召龙川令赵佗，教以此谋。嚣卒，佗辄行尉事，以法诛秦吏，遂自立为王。黄屋左纛，拟诸天子，虽人称乱才，亦地势远阻，货多财阜，实启之也。汉高帝既定天下，使陆贾持汉节，就封佗为越王，虽通使命，意犹倔强自雄。文帝折节，亲降玺书，褒劳备至，然后上书谢过，泥首称藩。呜呼，此贱武力而崇仁义之效也。其后，武帝好勤远略，北逐呼韩，西通羌僰，乃遣伏波将军路博德，攻破南越，以为南海、苍梧、郁林、合浦、九真、交阯、日南诸郡，虽辟土服远，然师劳财殚，海内自此骚然，其历世后服，地势使之然也。世传赵佗初筑此城，有仙人骑五色羊飕然下来，故世世曰"羊城"。

庚子。南海省牲。南海庙，在羊城[④]东，海道八十里，曰波罗。韩退之碑，是循州刺史陈谏书，在东廊下，极为精好。据称，南海神次最贵，在诸河海上，开元中加爵号"广利王"，历世以号事神，并同人爵。明初议祀典，太祖曰："海岳群神与两大并肇，其来久远，名号封秩，当必有命自上帝，非人主可知，奈何以人爵加之。"于是厘正前谬，凡岳渎海镇之祀，皆称方名以酬之，然牲

① 抄本此处重抄"恶踏索乳啼亦不遑哺地气"十一字。

② 《肇域志》校本有"虑"字。

③ 抄本"傥"作"倘"。

④ 《肇域志》"羊城"作"广州府城"。

帛荐裸[①]有加矣。又考韩碑云:"唐[②]以立夏气至，祝册至，自京师，命刺史行事祠下，事讫驿闻，而刺史多贵重，顾怖海风，常临期称疾，委事于其副，牲酒瘠酸，礼愆吏慢，以故神弗顾享，盲风怪雨，发作无节，人蒙其害。"呜呼，此千古祀神之大失也。《传》称:"国之大事，在祀与戎。"孔子亦云:"我战则克，祭则受福。"夫酒清人渴而弗饮，日暮人倦而弗倚，古人宁不惮劳，礼在则然，不敢不及也。今使龟策方技之士，叩鼓钟，发符篆，以号召鬼神，下至村社儿童妇姑，然香厕溷之间，设盘厨灶之旁，苟有精心，通其巷语，皆有忽忽神爽，兆示仿佛。况奉天子符命，以布精告虔，祝史陈信，而谓此亦杳冥，恍惚若有若无，则苟而可，岂不诞哉。既以为果有矣，又愆仪失礼，不辨腥香，不定坛位。譬即有贫交昵友，不速之客，顾见主人酒寒烛灭，心有二端，未有不然疑交作，望望去之者。尚欲得云旗翠虬，菲菲满堂，独与余而目成，盖难之矣。先是，予至羊城，即访波罗庙。有吏进曰:"海道险远，又有伏戎，请循望祭故事可也。"予曰："某奉皇帝明命，跋涉万里来事神，即有他端，神其佑之。"遂登舟。诸守土僚吏，凡与祀事者，悉登舟，乘潮奋棹，海峤澄明，风波静阒。抵夜，至祠下，展视牛口不伤，笾豆既具，乃退，宿斋坛以俟祀事焉。

辛丑。有事于南海。据祀典，凡能出云降雨，御灾捍患，有利于百姓，则祀之，岳渎其彰彰矣。四海，二在神州。西海在流沙葱岭之西，北海在涉貊曾水之外，似无功于中国，然苟其利人，犹将去楚，王者无外，皆得推原功德而报之。东海近功自效，即其岛民殊服，尚为声明文物所及，犹是天子郡县也。粤稽古闻风归化，琛球之贡，独南海最多，其来亦最远。犀象、镠金、瑇瑁之供充于王府；翡翠、蠙珠之饰，波及天下；珍药之味、丹木、文席、罽毳、赍布之用，流通而四出。虽圣人不贵异物，然其珍怪陆离，未始无用于中国也，迹其生物广繁，赖用之大，冠江海而称贵也，谅哉。庙中有铜鼓二枚，一径五尺，一减五之一，其高各称广，其文结索连钱，层开密丽，边际各有六龟，发声清宏，似是汉物。父老云：先年此鼓浮海而出，其鸣应潮，自灵龟残缺，遂不复自鸣也。门内有波罗古树，地受其名，其树似华山莎罗坪神祠中莎罗树也[③]。

---

① 原刻作“裸”误刻作“裸”，据抄本改正。

② 据《昌黎先生文集》及《南海神广利王庙碑》拓本，“唐”作“常”。

③ 刻本段后作“南征纪略卷二终”。

附　录

顺治八年御祭南海神文[①]

维顺治八年岁次辛卯四月丁未朔越七日癸丑，皇帝遣翰林院提督四译馆太常寺少卿孙廷铨致祭于南海之神，曰：

惟神周环沧海，控纳沅湘。德配离明，泽敷厚载。朕诞敷大命，奄有多方。谨遣专官，代陈殷荐。伏惟鉴飨。

① 是碑已佚。据崔弼《波罗外纪》卷六收入，原题作“国朝谕祭南海神文”。郝玉麟《广州通志·礼乐志》(《文渊阁四库全书》本)碑题作“谕祭文”，“孙廷铨”作“孙珪”，“朕诞敷大命”作“朕膺天命”。《南海县志》(康熙三十年刻本)卷十七“朕诞敷大命”作“朕诞膺天命”。

沚亭文集

孙文定公集序

青州，师尚父赐履之区也。沧海环卫，龟蒙亘蜒，所称泱泱大国之风者耶。唐宋执政，如文昭、文正，代多名贤。我世祖章皇帝，膺图受箓，今皇上凝命承统，三十五年来，帷幄丝纶，弼赞密勿者，山左六君子，而益都居其二焉。大学士冯公与吾师孙文定公，楹宇相望，后先标映，如金水二星之丽天，或躔太阳之前，或从太阳之后，璿玑玉衡，占天偲者，灼灼能数之也。文定公，文章雄海内，人得之奉为土范金硎。再际风云，历清要司，选曹正人，君子仰如斗杓，凛然芒寒色正。典试关中，访求王端毅嘉谟懿行，询李崆峒、康对山、王槐野诸先生之后，搜讨遗佚，一缣片字，不惜兼金，斯文未丧，天之付公者匪渺小矣。及其佐地官、补枢贰，旋晋大司马，再转司农，无一非军国重寄。质明而出，夜分而入，条议章奏，洒洒千万，固不让长沙、江都之策。朝夕召对，密陈口疏者尤多，家人父子莫得而知也。先帝眷公之深，倚公之重，简入政府，所谓社稷臣者，岂异人任。公顾执难进易退之节，屡疏请告归，而燕游午桥，盘桓昼锦，海内望公之再起，谓“安石不出，如苍生何？”比其殁也，咸惜公未竟其用，而益想慕其文章经济，著之简编，凿凿可副名实。予得请于公子孟君，从事卒业，亟汇辑而付之梓人。孟子曰：“诵其诗，读其书，不知其人可乎。”立身千载而下，尚论千载以前，藏之名山，传之其人，吾党之所有事也，而况予亲炙之者乎。盖公秉泰岳黄河之精，潆洄磅礴。其气骨方严，姿赋魁杰，故其文日光玉洁，与金天相晶映；其胸中弥沦一世，无所不该，故其文含英吐华，陆海毕备，而要本于忠君爱国、纲常名教之大。出其绪余，著《春秋分考》,《归厚录》若干卷，俨然继尼山之绝笔，存三代之直道，推而极之，坡公刑赏忠厚之遗意也。呜呼，顾不伟哉！予自丙戌受知以后，谒公于邸第，双藤倚门，焚香读书，执手道故之下，谆谆以事业相期许，语予曰：“古之君子，能谋王体而断国论者，未尝不原本于学。汉唐以降，腐儒倖子，误军师，负君父，前车后辙相望而不知戒，由其不学然也。《诗》有之：‘昔我有先正，其言明且清，国家以宁，都邑以成，庶民以生。谁能秉国成，不自为正，卒劳百姓’。任天下事者，不可以不学。吾其衰矣，惟子勉之。”二十余年，服膺斯言，有志而未之逮。今余谬叨皇上不世之知，遗大投艰，才不副任，鳃鳃焉有临深履薄之恐。读公之遗文，丹心汗青，千秋彪炳，摩娑卷帙，烛影荧荧于帘几间，灵风肃然，如闻告语，曷禁涕泗之交颐也，不忍不援笔而为之序。因[①]述生平知遇之详，公之爱人以德若此。

时康熙十七年戊午端阳后十日赐进士出身光禄大夫总理粮储提督军务巡抚江宁等处地方太子少师兵部尚书兼都察院右副都御史从一品加二级关中受业慕天颜拜撰[②]

① 汇编本“因”作“曰”，津图本、存目本、哈佛本均作“因”。

② 此题款汇编本录入，题款后钤“慕天颜印”白文印、“鹤鸣”朱文印。存目本题款作“时康熙岁次戊午端阳日关中门人慕天颜拜撰”三行，钤“慕天颜字鹤鸣”白文印、“宫师大司马章”朱文印。津图本题款作“时康熙岁次戊午端阳日关中门人慕天颜拜撰”，钤“慕天颜字鹤鸣”白文印、“宫师大司马章”朱文印。

沚亭文集卷上[①]

益都孙廷铨伯度氏纂

让兵部尚书疏

吏部左侍郎臣孙廷铨谨奏，为惊闻新命，揣分难堪，谨据实控辞，乞回天鉴，以重中枢事。

臣本庸材，十载之间，忝窃佐铨，蒙恩不谓不奇，受任不谓不重，处非其据，久矣难安。兼有狗马之疾，两目羞明，常昏昏不辨，每遇寒暑，作辍无时，徒以假回未久，未敢遽以病陈。乃忽于本月二十三日，恭奉上传："谕吏部，中枢重任，宜慎简畀，孙廷铨著升兵部尚书，特谕。"臣不觉闻命心惊，神爽飞越。窃念，臣自备员铨属，中历常、仆、通政，以逮佐计、佐枢，大率窃位素餐，因人碌碌，退曾无一事之效，进曾无一得之陈，考其前功，荒疏如此。况今三陲用兵，干戈未戢，中枢之任，繁重何等，即有精赡敏干之才，犹难胜任，岂臣寡昧所能综详，岂臣脆薄所能担负。夫不自知其不才而妄受之，是自欺也；既自知其不才而姑任之，是罔上也。臣自量甚明，恐受任太过，与其识短才穷，贻累于后，孰与量能受职，致慎于初，以此中夜彷徨，不能成寐。伏恳收回成命，另简贤能，俾臣蒲柳微姿，得安愚分，即中枢重地，亦不至以匪材贻误封疆矣。臣无任惶悚待命之至。

公于甲午三月，以户部左侍郎蒙恩归省。乙未四月赴阙，五月补兵部左侍郎，八月转吏部左侍郎，十月特简兵部尚书。丙申四月，转户部尚书，皆出于先皇特达之知。其居本兵者不及七阅月，故中枢方略未及施设，而疏章亦无多也。今不载。

请责成督抚疏

户部尚书臣孙廷铨谨奏，为请责督抚以清厘之实效事。

臣部所司钱粮，解部者十无二三，大势皆系坐拨军糈。近因各处呼饷孔急，钱粮拖欠甚多，以故参罚不得不严，催督不得不力。而论者或以为积逋并征，参罚太密，以至民困于敲朴，官疲于降罚，不得不思为变通之计。或议分年带征，或议引赦蠲免，或谓钱粮之参处，当以他效而议宽，或谓降革之严罚，宜以责成而留任。独念及欠饷一节，不能复引轻罚，则又议及"拨实在、除积欠、

① 原刻本卷端作"沚亭删定文集卷上"，版心作"沚亭文集卷上"。

置远省、拨近协、俘欠数、抵存留”。顾除积欠是矣；而钱粮止有此数，缺额无项可还，拨协于近省是矣；而近省所余无多，所协未必遂足，以欠数抵存留是矣；而存留迭裁充饷，实与起解不殊。在言者无非念民力之当宽，人才之可惜耳，而时值饷绌兵饥，可忧方大，其在臣部，势必并济兼筹。是欲概从宽减，则兵食至重，恐有脱巾掉臂之虞；一意严追，则迫切官民，复有毙马竭渔之患。所恃以清厘克效，可佐司计之穷者，惟督抚是赖耳。即以积欠一事言之，有官欠、役欠、民欠之殊类，有能言之者矣。但思钱粮出乎地丁，乃今日赋役，止照万历初年，是未尝加重矣。其各省新旧荒亡，数年以来，业已一二除尽矣，其节年所报水旱灾伤，又无不照例蠲免矣，不知何事复致民欠之甚多也。若民欠无多，弊尽官役，在各督抚不过一番岁参，几行催檄，数语批驳，归罪有司，请旨严处，其事毕矣。至于多方调剂，事事讲求，使前此之借冒，何法而清，后此之侵那，何禁而止，鲜有确立章程，直陈方略，明白入告，一力担承者也。即民欠亦时有之，要其在零星小户者犹少，而在豪民富室，蠹役绅衿者颇多，彼其力能操有司之短长，而不肖有司又有欲无刚，明明受其贻累，而不敢发此，所以往往繁州大县，积岁相沿，有必不能免议之有司，有必不肯完粮之花户，又不尽官之不贤，吏之不肖也。臣请敕下各该督抚，严查官役之欠，必穷其根，因悉其情状。有积弊相仍，必重创之；有利害轻重宜相权者，则折衷而行之；有廉干有司，以综核招怨，为人借端中伤者，则多方为之护持；有上官额外之征求，以致有司那借无还者，则力行禁绝，而以身为之倡；有部议言官之所未及发，而实关钱粮利弊之大计者，则凿凿指陈，直言而勿隐，因地因时，因人因法，详议方略，不时奏闻。以此救弊而弊不清，兴利而利不溥，未之有也。至民欠果多，不过择其豪猾大户、习惯成风者，时时摘参一二人，依法严处，以儆其余，则零星小户，未有不争输恐后者也。伏乞睿鉴，采择施行。

请查垦荒疏

户部尚书臣孙廷铨谨奏，为各省除荒甚多，报垦无几，请敕严查，以裕国赋事。

窃惟天下本富在土田，其余税杂征既无多赢，又非生财大道，不足赖也。臣于顺治十年待罪计曹，此时一岁所入，正杂钱粮，计得一千五百余万，而出数亦称是，未尝告乏。及兹再入计曹，而一岁入数渐至二千万，乃尚不敷出，为数甚多。是曾不三四年间，入数已增至四五百万，而出数之增，又不止此也。要此四五百万，又非正赋钱粮，大抵皆搜括裁扣之所得。夫恃搜括裁扣以为国计，已非长策，况至今日又已搜无可搜，裁无可裁耶。无已，还当于本富图之。查顺治元年以来，南北诸省，除荒之数，计地不下二百万顷，计银五百五十万有奇，而河南为甚。数年以来，中更兴屯、改屯，总之，报垦无多。夫古人成邑成聚，不过一二年，今此各省戢兵卧鼓，多者十年，少者七八年，岂尚难为生聚耶。即以臣乡山东言之，除荒大势，多在西三府，而往昔所经大道之旁，一望皆黄茅白土。近一两年，再经其地，颇多开熟，村烟相接，鸡犬相闻，该抚藩司开荒甚多，将次入告，岂他省独无之耶？臣又闻之，道路之口皆云，河南一省，额外熟地颇多。如其果尔，不知从前除荒未确，抑或年来以次渐开？大抵河南自十三年以前，岁有河决工筑之费，里甲贴派较多，其苦实甚他省，即令熟地果有赢余，亦不必深究隐漏，以示宽恤。臣请敕下该抚按，自十四年为始，一力清厘，通行所属，查报开垦。如仍前不报，然后多设方略，履亩均丈，果有清出额外熟田，即以隐漏治罪。其在州县奉行，亦不得听凭豪右勾通里役，积书阘甲均派，致小户悬增贻累，而豪猾依旧隐熟。其余各省，亦依此意，悉行均丈，使地亩一清，尽力开垦，其开多报早者，立行叙录。如此则地辟粮增，国赋渐裕，较之搜括裁扣，补苴目前，相去万万矣。臣愚无任悚息待命之至。

按：明末，河南地亩，入藩产者十分之七，在民间者所余无几。当日在王家，其赋役多寡，已难考究，而鼎革荒废间，版图散失，为数益复难清。大率中州额外田土，不啻什伯，通国皆知。兹当进兵滇黔，司农仰屋，朝议有加赋之说，并欲发此事者，故不得已而作是言也。

请更定考成疏

户部尚书加一级臣孙廷铨谨奏，为请更定考成之法，以垂可久事。

窃惟州县征收岁额钱粮，一年之内，不论一官数官，止作十分以计完欠、考成，此旧例也。止缘十三年，江督岁参疏内，将各官接管分数，不论多寡，又复各作十分，合而计之，遂至一县止有十分之钱粮，开欠反有数十分，以后遂以为例。行之经年，参欠日以益多，降革日以益众，而拖欠如故，缺饷转多，秦、蜀、宣、云，纷纷见告。议者以为，分数密则降革多，降革多则更代频，更代频则耽延久，耽延久则弊孔滋，弊孔滋则头绪乱，是以求速而反迟，求完而反欠，职此故耳。臣再思之，臣部考成款项不下二十条，每项各有十分，头绪已自繁难，今一项顿至数十分，未免滋扰。且一年之内，不惟官有印署，欠同处异，截算难均，即一官任内，整年零日，一例十分，亦觉未甚画一。况其任浅者，或未及一月，或未经旬日，以一岁十分之数计之，则其任内应征钱粮，止计毫厘，即令全欠，亦止欠毫厘耳。而以各作十分之法论之，则所欠之毫厘，遂当作为十分。夫毫厘之与十分，其处分相去亦太悬矣。近见各督抚岁参文册到部，以分数太多，案牍加繁，纠纷错杂，查算难周，至于部覆，每题宽限，至再至三，尚难清结。盖因分外立分，其数展转无定，头绪既繁，造报易溷，又复往返道途，耽迟时日，是考成虽严，寔益少而累多也。夫法严则立，法平则行，法简则通，法繁则乱。不严之弊，官民玩愒，财用不充，此臣等司计者之责也；过严之弊，一意督责，使官民无所措手足，而究反至于废事，此亦臣等司计者之责也。臣愚以为不如仍复旧例，合作十分，在有司易于奉行，在督抚易于查参，在臣部易于磨算，可以免轻重不均之叹，可以省往来驳造之扰。且旧例处分，亦已不为不严，期于持之得平，行之可久，不可不察也。臣愚无任惶悚待命之至。

让太子太保疏

户部尚书加一级臣孙廷铨谨奏，为微臣惊闻宠命，揣分难堪，叩乞天恩，辞免宫衔，以安愚分事。

臣于今月初八日阅邸抄，伏蒙恩命，加臣太子太保，调吏部尚书。不觉闻命心惊，自顾处非其据。念臣忝窃国恩，荣逾十载，历管枢计，碌碌无奇，常怀过量之忧，已非止足之分，统均何地，又可躐登？况复宫保重衔，隆恩洊至，自惟戋陋，愈益惊惶。窃惟职业者，人臣所可自勉，而处之不顾其后，则必有覆悚之虞；名器者，朝廷所以劝劳而施之，或逾其涯，则不免负乘之耻。尝考历朝官制，其太子官僚，无常职而称清要者，例由太子宾客，以渐至太子三少，又由太子三少，以渐至太子三太。此数官者，品秩虽有不同，要皆青宫坐论之官，非如六曹百职，各有司存，可与之计量品级，阶同则并授者也。分位既高，旷恩难冀，官不必备，要在得人。故为人臣者，或有显绩可嘉，或有成劳积考，则以是授之，即其在所宜然，亦必渐进有序，未有无劳无绩，无故超加者也。夫使无劳无绩之人可以滥被，则彼有劳有绩者，又将何以待之。况无故滥叨，已属不可，今又骤跨三少，躐陟崇阶，设官之意既未即安，揣分之情恐难自昧。伏冀睿慈，斟酌典文，循由旧制，慎惜名器，以待有功。容臣辞免太子太保，仍以尚书职衔，赴吏部办事。虽量材授职，已属逾涯，庶几窃位冒官，少逭重戾矣。臣无任激切待命之至。

请正人心公疏①

太子太保吏部尚书臣孙廷铨等谨奏，为孝弟关王治之大，悖德非盛世之宜，谨据事驳参，以正人心，以维风化事。

窃惟古先哲后，兴道致治之大端，莫不以扶纲常、正人心为亟务。盖以纲常为德教之本，人心乃风俗之原，所谓亲亲、长长而天下平，固不越乎此也。恭惟皇上御极以来，懋学力行，光昭孝治，孜孜靡已。以臣等下愚之情，仰惟至意，固将谓化行自上，风示臣民，俾其观感兴行，共臻唐虞三代之治，甚盛心也。不谓浇风未息，薄俗相仍，尚有如今日所见闻者。前京官甄别之后，有科道纠拾之举，所劾词臣庄同生家门恶迹，援其胞弟朝生为证。臣等窃议以为，弟讦兄私，有伤风化，然尚谓言者偶据所闻，未必其弟之甘心面讦而手授之也。继又见操抚参疏有韦述贤揭兄成贤一事，则幽私隐丑，半属闺门，有行路之人所羞道者，而谊关骨肉，侈口横陈，居然出于诗书黉序之中，乃始叹人心之薄，风俗之敝，诚不可不为之立其防也。夫父子相隐，孔子以为“直在其中”。攘羊非美俗也，隐恶非公义也，独其为亲者讳，则圣人于此有恕词焉者，夫固谓所伤者小，所全者大也。如述贤之事，固未必所揭之悉诬，即使果不诬矣，而不孝之子，不令之臣，不友之兄，不恭之弟，一门聚慝，动众骇闻，要而论之，均不可以处尧舜之世，为尧舜之民也。或谓大奸暧昧，不有亲者攻之，不足为恶人之炯戒，似乎如述贤所为，当亦功令所不禁者，则是证父攘羊以为直，而柳下惠、司马牛有恶兄而不发其罪，后世不得称圣贤也。夫圣人立教，常为世道人心之防。使述贤而无此揭，即网漏吞舟遗奸之虑，所失不过一人；今述贤而有此揭，使又从而效之，祸发同气，败坏彝伦，所虑乃关万世。权其轻重，自有攸分，即圣朝亦何乐有若兄若弟，无良相怨之人，浊乱维新之治也耶。诸如此者，臣等谓宜并敕所司，平情严鞫，若有虚诬，加等反坐。即其不诬，如成贤一辈者，固当尽法以著贪淫之戒；如述贤一辈者，亦当薄惩以张名教之维。先儒有言“为②人臣者必使臣，为人子者必使子”，称此而言，于以振衰俗、扶雅化，非细故也。臣等职在统均，皆与有人心风化之责，见此诧异，未容缄默不言。伏乞天严垂察，天下幸甚。

---

① 汇编本末页误。据存目本、津图本补录。

② 此后半页，汇编本误以前半页重入，据存目本、津图本改正。

请宽有司考成疏

太子太保吏部尚书臣孙廷铨谨奏，为遵谕陈言，第一款有司考成烦碎，地方积弊难返，请稍议宽减，以渐图振救事。

从来国家政治得失，其议发于部院台谏，展转相承以至乎民间，其作而行之者，则州县有司而已。顾议者常不知任者之难，议者但言之成理，不难操持，一切以督责群吏，初不顾其力之所可及，势之所能行，文法科条之所龃龉，得失利弊之所倚伏，无怪乎今日之有司，法网徒繁，廉能绝少，甚且投缳自刺之接踵相寻也。臣愚以为欲责有司之效，当稍宽其力；欲尽有司之才，当稍恤其艰。每见淳朴州县，讼简粮完，即庸才治之，无不历转。至如苏、松等处，繁剧州县，有自明季二十余年未升一官，及本朝十七年来，亦复如是者。岂其官此地者，偏[①]皆贪浊不肖，曾无一人焉中才平流，可以徼幸无罪，瓦全而去者耶？固以人情险难，钱粮拖欠，积弊已成，虽有善者，莫可谁何也。即其次，或不至此，然亦有积资累荐，历俸十年，或七八年，势若可全，而偶以一眚甚微，前功尽弃，究竟诖误而去。人见功令之烦，地方之累，如此其不可为也，是其选授之初，即已颓然自废，无复望升之心。其不肖者，或益为贪肆，取适目前。即其贤者，亦才屈力穷，喟焉兴叹，袖手待废而已。如是，则是以地方成败人才，而不以人才转移地方也。夫治笃疾者以渐苏之，正倾屋者以渐扶之，至于用人图治，何独不然？臣谓，自今州县有司，宜以三载考绩为定据，无论在任多年，但以一考无过者，即得升迁，其余所历年分，虽有参罚未销，不碍升转。如是，则地方虽难，当必有竭蹶黾勉，以庶几一考者，是亦挽回扶救之有其渐也。再如，前官欠粮，后官带征，前官逸贼，后官代缉，稍一违限，皆有严罚，虽其职分宜然，究竟罪非己作，今乃罚则同科，而功无一录，何以服劳吏之心，恤代僵之叹耶？况今日有司，如修城、捐赈，不过微劳，皆有叙录，果能一岁之欠，带征全完，一案之逃，代缉全获，较之于彼，更为实绩。且前之人专办而不足，后之人兼济而有余，此其才力必有过人者，请敕该抚按，特为题叙，准作正荐一次，庶功罪明而人心思奋矣。伏乞睿鉴施行。

请兴屯政疏

太子太保吏部尚书臣孙廷铨谨奏，为遵谕陈言，第二款请详求养兵之法，以苏民困，以培国本事。

① 按，“偏”当作“徧”，同“遍”。

窃观古帝王混一区夏之后，无岁不捐[①]租薄赋，与民休息，故其时百姓和乐，国运灵长，良以其湛恩涉泽，入人者深也。今皇上威加四海，尺土一民，悉遵王路，正当轻徭薄赋，爱养休息之时也。而按时审势，似有所深愿而未遑者，则以兵食至重，府无余藏，不能不需之于民耳。然以目前计之，一岁之赋，曾不敷一岁之饷，况后此者，民力日疲而有限，兵食日增而未穷，更何以给之。以皇上神略开天，佐命之臣，老成尚在，不于此时计其通久，尚何待耶？考明初有军屯之制，养兵百万，不费民间一钱，及其有事调发，方措给行粮，兵休事已，旋即停给，岁费不过数百万，自此而外，则皆天府之藏也，安得不左藏充溢，红朽相因，坐享殷富之利耶。皇上亲政以来，廷议亦及兵屯矣。及经部覆，事下督抚，往往以外议摇阻，辄罢不行，不过以兵力无多，调征分防之外，固无闲力可耕耳。今四方大定，征调用稀，至于分防之说，尤非将略所宜。盖古人有言："山有猛虎，藜藿不采。"言其威神在已，无远弗震也。若必画地分土，尺寸而守之，将狎而无威，兵分而愈弱，人将易之，何变之足防也。臣谓宜敕下各督、抚、镇、道，凡有零兵散布，皆宜收还本营，以时训练，汛地有事，则星驰电发，卷甲而趋之，虽远必赴，即有小丑妄肆，当必有震于先声而不敢动者。兵力不分，然后徐令讲求屯政，于其屯营近处，或有荒田可垦，或因明季旧屯，作何方略，可以有成，悉心实力，确议具题。该部即措给牛种，俾其刻日兴事，俟二三年后，籽粒收熟，军食可赖，则此一镇钱粮，即可永停不拨，然后再将其已试之效，遍发诸处，照例举行，而其首事著绩之官，亦应破格优叙。夫古人一言悟主，尚可爵拜通侯。似此兵食大计，若果有人能为国家兴万年之利，著先事之勤，此其为效，当不在攻城略地、开疆展土之下，即酬以封侯世赏，谁曰不宜？而其以次修举者，亦优叙世荫之。如此则前事可师，施行有渐，即不能一时尽收其利，但使一二先有成劳，即岁减司农数十万之金钱。国计可以日盈，民力亦可渐息，此圣子神孙万世之计也。

谏罢南巡九卿衔门公疏

少保兼太子太保吏部尚书臣孙廷铨等谨奏，为乞罢南巡，以全至计，以重本图事。

昨七月二十九日，臣等于协和门恭奉谕旨，备知法驾将有南巡江表之行，又计及地方劳费钱粮，务在节储，扈从并从减省，无虑不周，无微不烛。臣等悚听之余，切念君逸臣劳，古之义也，四郊多垒，卿大夫之耻也。臣等縻禄有年，

① 《皇朝经世文编》卷七十二选入，"捐"作"蠲"。

分猷无效，曾不能施微劳，抒一得，为国除贼，顾独焦劳君父，不自暇逸，计安天下而为此行，臣等义宜荷戈前驱，同仇共愤，夫复何辞！独有鳃鳃过计者，一隅未靖，其事小；朝廷者四方之望，君身者万化之原，其计大。今大兵已发，逆寇殄灭可期，即令釜底游魂，漏网宵遁，止宜出师命，将计日扫除。考古创业之君，亦有亲履行间[①]，不辞劳瘁者矣，然必其时大势未定，强敌尚存，非亲行督率，不足以鼓将帅之气[②]，寒敌人之心。若夫大业已成，强敌已歼，即间有余孽跳梁，不过偏师小队，折筳而棰之[③]，未有以万乘之尊，辄为微衅小丑而动者也。今皇上既以节爱为心，所过之处，自无劳费之虞。然以臣等妄计之，大驾既出，若扈从[④]威仪，太从简损，则不足以肃观瞻、严警卫；若仍须张皇六师，备陈羽骑，则舟车之需，输挽之烦，将有不期劳而已劳，不期费而必费者，恐亦不少也[⑤]。况江海之间，风涛险越[⑥]，兼之水土未便[⑦]，雾露不时，上之系皇太后惓惓顾爱之心，下之悬亿万臣民、京师根本之虑，其与一隅未靖，孰重孰轻[⑧]，不可不察也。臣等伏望皇上居重驭轻，特罢此行。但遣谋略大臣，审察形势，条议方略，不时驰奏。皇上但从容指授，不越樽俎而定之，狂氛自除，人心自定，何必辍万几之繁，远临江海之地哉。臣等区区愚虑，伏望睿鉴采择焉。

请复升补学道疏

吏部尚书臣孙廷铨谨奏，为请复学臣升补之例，以便久行事。

窃按学道一官，考之前代，原无考补之典。及查本朝经制，自顺治元年以来，内而各部郎中，外而方面各道，皆得按其俸荐，升补此缺，载在缺册，甚明也。自四年以后，以坊刻淆杂，文体不正，始议考补学道以厘正之。此法初行，即系内阁会同吏、礼二部考试，亦原无吏、礼二部自行会考之例。逮行之

---

① 哈佛大学藏七略书堂校刊本王士祯撰《蚕尾续文》卷七《孙文定公传》，“亦有亲履行间”作“亦或躬履戎行”。

② 《孙文定公传》，“非亲行督率，不足以鼓将帅之气”作“非亲援枹鼓，不足以作将帅三军之气”。

③ 《孙文定公传》，“折筳而棰之”作“折箠而笞之”。

④ 《孙文定公传》，“从”作“跸”。

⑤ 《孙文定公传》，“将有不期劳而已劳，不期费而必费者，恐亦不少也”作“在所不免”。

⑥ 《孙文定公传》，“险越”作“不测”。

⑦ 《孙文定公传》，“便”作“习”。

⑧ 《孙文定公传》，“孰重孰轻”作“孰为轻重”。

既久，不无滞碍者，人才文望，遂地而有，今止取考于部属，岂在外府道等官，同系科甲，遂无一人知文者耶？一也。部属考送之例，每一学道缺出，礼部咨送两人，户、兵、刑、工，每部各送一人，然而各部属员有限，屡考屡取，除该部管事出差之外，常苦乏员，咨送既未必皆齐，寥寥数员，考补多缺，岂遂遽得真才？二也。考学道原以正文体，今盛朝文教翔洽，士风丕变，其芜杂旧习，久已还返清明，且循咨按科而计之，其至今日，应为司道之人，皆是文体厘正之后，甲第所收之士，岂其始进之文，既已必正而后取之，今又虞其不正而更须考之，三也；文习既已返正，衡文者不患其不明，止患其不公，而不公之弊，乃大于不明，今于其始授，虑其不明而考之，是矣，至于不公则安从而考之，是遗其大而止务其细，四也。臣愚以为，凡考试各官，出于宸断者，皆经神明睿照，望其外而并得其内，观其文而遂尽其人，取舍之间，原有至鉴，故考试足重也。今学道一官，既奉有特旨，罢其钦试，即内阁诸臣亦不与其事矣。若独臣等吏、礼二部会同考之，以臣等拘拘之识，寻行数墨所见，不出于尺幅之外，其与他端何足以知之？不如一切停其考试，仍照初年旧例，于科甲各官中，内而部郎，外而府道，按其俸荐，遂时遇缺升补，似直捷而易行，久远而不弊，更可以绝揣摹、抑奔竞也。如果臣言可采，伏乞敕部议覆施行。

条议监司升转疏

吏部尚书臣孙廷铨谨奏，为司道出缺太频，以致升迁太骤，尚且悬缺太多，请稍宽成例，以通铨法之穷，以责久任之效事。

窃惟司道等官，大者控制千里，小亦表帅郡邑，任至重也。职任太重，则易置不得太轻，乃近日循例迁序，仆仆更调，上自藩臬，下及副佥，自非有参罚事故，多者到任一年，少者才两三月，鲜有不易者。人见其转移靡定，时日无多，居是官者，率皆苟且为心，贤愚同概，官方乱而治效不臻，未必不由乎此也。试原其故，则更调之速，乃缘出缺之频，出缺之频，乃缘参罚之密。查臣部，十六年一岁间，监司等官以降革去任者，凡四十有一员。及至查俸序升，悉索三年之知府，与夫二年之部郎，尽数填补，尚余不敷。巡、道二十余缺，旷日迟久，填补无人，臣部力求变通，乃以二年之知府，半年之部郎，题明通融升补，仅乃填完，今几何时，节次升迁之余，又悬十余缺矣。夫部属官员，通俸二年而转监司，不可谓不速化矣，尚觉乏人如此，顾安从得斗量车载，不可胜用之人，以备方面之选乎？且其悬缺，悉系巡道，亦有由然。查司道止分守巡，不得兼衔坐缺，臣部近奉屡旨遵行，及详查直省司道员数，而守道止有七十余员，巡道乃至一百三十余员，此项来兼衔升转，不得不为通融调剂之缘由也。今以巡转守数尚可企，以守转巡何由得足。臣愚以为法例者，出于上而可通，人才者，求之下而有尽。与其屡参屡补，接管者无殊于前人，何如久任不移，诖误者徐观其后效，请继今以往，凡司道等官，除大计处分，及特究贪酷，提问应行离任外，其余一切事情，俱令戴罪供职，如有成劳历荐，准其开复，则出缺不苦于太频矣。同知升转佥事，虽近例未行，而载在品级考甚明，请继今以往，查同知科甲出身，俸满有荐者，得与在内部郎一体升转佥事，则填补不患乎乏人矣。此皆因铨法之穷，稍思变通，难拘成例。伏乞敕下臣部详议，具覆施行。

条议委署官员疏

吏部尚书臣孙廷铨谨奏，为委署功过宜分，升迁不应一例，请申明核实之法，以收用人之效事。

窃惟国家命官，期得实效。至于地方初造，破格用人，恐借端侥幸者多，非久任责成，无以综核功罪。查历年以来，川湖、广西、云贵地方，委用官员，屡经题请实授。在臣部题准事例，止因边地初开，一时乏人料理，故但据其开列职名，即与题补实授。及各官一经实授，即应与资升部选之官，一体序俸升迁，乃至于甫受方面，历俸未经数月，辄得迁转内地者，虽资序势有适然，而事理深属未当。盖委署之官，原非应得，止为边地需人，既已破格用之，若遇内地有缺，遽又循例升之，是在此官止为借径，而在边地，依旧乏人。官既幸得于前，效又无征于后，其于地人相需之初议，亦大不符矣。臣请自今以后，凡边地委署官员，题请实授者，臣部量加“署职”字样，俟其历俸二年之后，果有辟地增粮，安民靖盗，实迹可观者，该督抚据实题明臣部，方与题准实授，一体序俸升迁。若署职二年之内不称职者，即行题参，不准实授。未几已转内地者，俟其挨俸应升之日，仍以边方缺出升补，庶边地收用人之效，而官方绝侥幸之端矣。如臣言可采，伏乞皇上敕部议覆施行。

请举大礼疏

吏部等衙门尚书等官臣孙廷铨等谨奏，为请举尊号大典，以慰舆情事。

臣等伏睹皇上御极以来，道洽神人，昭明百度，一切典文，细大兼举。其最重者，如祖宗列圣入庙兴思，显号徽称，煌煌备至，凡属臣民，莫不欢欣踊跃，观大礼之有成矣。至如慈宁、坤宁及宫闱之中，应加典礼，尚未举行。或者至孝情文，久在拟议，尚烦睿思裁定，有非外庭所得知，第中外之情，有怵惕而未敢安者，以谓皇上大孝统天，推恩锡类。其在臣下，即一命之荣，已无不光。邀纶綍施及所亲，是群下悉沐新仁，独至尊尚迟嘉礼，此臣庶微情所为踌躇怀想，而日夜以几者也。伏望皇上蚤敕该部，详议典礼，刻期举行，以答臣民之望。臣等不胜至愿，伏惟睿裁，省览施行。臣等无任惶悚待命之至。

再求归省疏

吏部尚书臣孙廷铨谨奏，为援例恳恩给假省亲事。

伏惟皇上初登大宝，谆谆以孝治为先，凡属臣子，咸知被服雅化，恻然动罔极之思。伏念臣有父母，皆已年逾七旬，属又善病。臣父有疮生于龈腭，饮食日减，久而未痊；臣母病入膏肓，不时发作，即痛贯心膂，号呼彻天，积有岁年，毁瘠骨立，医药所不能愈，针砭所不能疗。每有家信及臣，必缕缕纷纷，诉说病苦，十言九泪，盼臣一见，如在目前，静言思之，令人悲动。数年来，臣每怀归省，辄以办事年限未足，虽中情迫切，未敢上闻，屡作家书，多方解慰，谬指归期，又自展日延月，动复经年，恐遽告以无期，触其悲恸，疾病转加也。明知诳语之非，且复慰情为亟。不意今者来信，频闻说病转剧，臣即木石为类，中夜难复自安。查臣部定例，在京各官办事六年者，准与给假省亲。臣自顺治十二年五月，补授兵部侍郎，历至今日，已及六载。伏恳天恩鉴微臣之苦情，敕下臣部，查照省亲定例，准其给假暂归。但得臣父臣母之积病，见臣而少宽，微臣之积私，见父母而少慰。其感戴洪慈，誓竭犬马，世世生生，未足云报矣。

代某御史草条陈六事疏[①]

请推广德化以酿太平至治事。

臣闻帝王御世之大权，不过德威两端。所谓德者，礼乐教化是也，其道犹天之有春夏，以生育长养为事者也。所谓威者，甲兵刑罚是也，其道犹天之有秋冬，以虔刘肃杀为务者也。盖四时具而后岁功成，二气协而后王道备，其用虽有不同，要之天道归于好生，王道归于成物而已。故太和之气于是乎成，熙皞之理于是乎登，甚彰彰也。其或生成之效，事有适违，则必其四时之气有偏胜，而道有偏废也。皇上以威定天下，而又勤勤乎思以德绥之，宜乎天下之治，比屋可封，比隆陶唐之世，而或不尽然者，则意者禁奸止暴之意多，而劝善迪

① 原刻本目录作“代某御史草条奏六则”。按，此文当系代贾宏祚撰。《韩城县志》（乾隆四十九年刊本）卷九有贾宏祚“重师儒疏”，即此文之第二条。

德之务，尚未晓然共白于天下也。臣谨谬竭愚虑，开列六条：曰举孝义以兴行、曰重师儒以广化、曰奖廉善以育德、曰旌节烈以劝忠、曰崇恬退以砺下、曰明礼让以安上。皆本今日已行之事而推广言之，各具另疏，敷明其意，以便省览，非敢期效于目前，或可收功于异日，亦移风易俗，久安长治之一助也。伏惟天心垂察，俯赐采择焉。

第一条　请举孝义以兴行事。窃观帝王致治，以教孝为先，盖天道人伦之极致，而忠臣义士所从出也。今皇上特隆孝治，著在令甲，其巡方复命，亦已令其岁岁旌表，照例施行。然其间未闻有至性独行，著闻于朝流及天下者，则有司奉行不力，文具之设未足动众也。臣请于常例遵行外，皇上特涣纶音，并令廷臣及在外抚按，博行采访，无论官绅士庶，果有孝行显著，乡里共推，远近流闻，兼复学问该洽，动有方略，可为世仪者，即开列实迹，连名保举，再敕下该部勘详，拔其尤者一二人，官绅则增其禄秩，士庶则破格简拔。其有累世同居，闺门雍睦，急公好义，化行里闾，乐道安贫，不愿仕者，亦如往代旌表义门之例，赐特敕褒嘉，以风示天下。使若求之即得，则开国人物，实足流光史籍。即使求之而未必即得，天下从此亦晓然于兴朝孝治之意，不吝爵绂，实求之而不获，非置之而不讲，当必有争自袚[1]濯，益敦门内之行，以留待异日之旌者，其于移孝作忠，未必无小补也。

第二条　请重师儒以广化事。窃惟广文一官，势处微末，而古人甚重之者，以庠序学校之官，为兴贤育士之本。诚得人以教士，则名公巨卿时时兴起，其间所云“师道立而善人多”，不可不汲汲也。考明初盛时，甚重学官之选，故耆儒辈出，凡文章大业，如校书、纂史、典试、分房，皆得预闻，礼待既优，才品亦著，甚盛事也。其后稍益轻微，以致儒风不振，司教等官，止为老儒腐生销归之地，日暮穷途，苟禄为幸，求其振拔矫励，风节自敦，以兴起士类者，盖绝响至今矣。今皇上岁举宾兴，求士如此其亟也，然而师道未立，则多士不兴，多士不兴而宾兴岁举，则是所举不副所求，名应而寔不应也。臣愚以为欲求真才，先广教化，欲广教化，先重师儒。按，今在外教职，例得升补国学，今又添设翰林院，待诏、孔目等官，亦取诸此，与斯选者非不荣重也，要皆积日计俸得之，即兼及荐录，亦皆空文无事实者也。臣请敕下提学各官，留心咨访，其教职之中，不分甲乙明经，果有敦修行谊，裨益名教，兼以博学宏文，羽翼经传，著有成书，可为典要，及教训有方，多士式化者，即开具实行，并所著述，转达抚按，特疏荐举，到部勘详不谬，俸满之日方得升补。前项京官，再照明初旧例，得与编纂之任，果其试之而称职，不妨量才叙迁，不限以官。其虽有文望，

① 原刻本作“袚”，应作“袚”。

而体制轻薄，修饰词赋，徒钓浮名，无关行义者，不在此举。如是则上以实求，下不得不以实应，师儒道重则顽懦立兴，于以培养士气，教育英才，为国家收作人之效者，将必由此矣。

第三条　请奖廉善以育德事。《周礼》以六计弊吏，而廉善为称首，廉能顾次之。盖其视抚字之吏重于催科，所谓善政得民财，不如善教之得民心也。汉诏亦曰："悃愊无华之吏，日计不足，月计有余。"谓其惠养元元，为国家惜元气，虑至深远也。本朝定鼎以来，兵兴未已，军需烦多，以故严征输之令，重欠粮之罚，诚非得已。顾牧民之吏，遂莫不汲汲然以此为专务，惟恐一挂参罚，即有他端之善，将累前途。于是乎，爱百姓之念，不如其惜功名而勤，抚字之心，不敌其畏罪辜。以此救时，似足集事，以此垂后，非所以为名也。彼汉廷之鲁恭、卓茂，独何人哉？伏乞皇上敕下该部，稍破成格，察州县之官，有宽和爱民，贤良表著者一二人，略其钱粮参罚，特与迁擢。计天下之大，有司之众，拔一二人，未必遂至弛岁参之禁，悠逋欠之弊，而垂之天下后世，使咸知兴朝之初，其重循吏如此，其爱养百姓如此，未尝专以催科为课吏首务，于以凌跨前代，垂宪后王，德甚盛也。

第四条　请旌节烈以劝忠事。帝王取天下于人，而又为之旌其死事之臣者，以为真主之兴，本乎天授，非人力所能争。且天下之善一也，故不以抗新朝为罪，而以死故主为忠，不以生反侧为疑，而以旌节义为急。盖旌彼之臣，所以激此之士，表前之义，所以励后之忠，诚有深意也。宋艺祖取天下于周，而赠其拒命之韩通；明太祖取金陵于元，而葬其守死之福寿。考其时，则明之为明，尚在友谅、士诚之未下；宋之为宋，尚在南唐、蜀汉之未宾也，乃自此以往，天下卒无能抗二帝之兴者，以激发忠义，有以大服乎天下之心也。今皇上表忠扬烈，前圣同符，其于明甲申殉难诸臣范景文、倪元璐辈，既已表章之、崇祀之矣。独江南既下之后，尚有一二明臣执节守义，以身殉国者，尚未嘉奖，此岂恶之而不旌，或以为天下未平，其事固有待也。今皇图久定，僭乱已消，固宜有善必彰，无幽不阐。伏乞敕下该部，于前项明臣详加采访，列名上闻，俾得与倪、范诸人一例褒嘉，即传之史册，不特远迈宋明，即周武王之封墓表闾，不是过矣。

第五条　请崇恬退以励下事。古帝王既开功名之门以奔走天下士，而又必以礼进退之，所以养天下士大夫之廉耻而正其趋也。夫人必有廉耻而后有学问，有事功亦必知进退而后有廉耻。若舍此而言才言能，则其人品可知也。伏见近年以来，部院诸大臣，鲜能以礼引退者。前京官有斟别之举，如礼部侍郎李奭棠以疾罢去，先经自请而未得；工部尚书刘昌引年致仕，恩礼甚荣，而奉谕自陈之先，可以得请而不请，是二者人皆惜之。或谓皇上念诸臣经事之久，既不忍其遽去，在臣下何敢遽辞？然臣观古昔主臣[①]相爱，当必全始全终，若浮沉恋位，过积衅生，不知省改，则小者以罪废，大者以法死，亦大负主上爱臣之初心矣。且易进难退者，下士之行也；贪位持禄者，庸臣之态也。设令其阴怀贪位之计，而阳托恋阙之忠，其为大臣也难矣。皇上本期其恋阙之忠，而或适遂其贪位之计，则所得于大臣之效，抑又微矣。臣愚以为养士大夫之廉耻，当自进退大臣始。凡其有父母之丧，及引年养病，体勘得实者，谓宜许其引退。若果才猷可念，恩眷未衰，不妨逾时再行起用，不至流为苟且恋位之风。自余小臣庶士，瞻望下风，以相感发，庶几[②]廉耻之道明，而学问事功，从此皆得实用矣。

第六条　为明礼让以安上事。臣闻安上治民，莫善于礼。故朝廷非礼不尊，乡党非礼不睦，推之以辨明品秩，敬戒官联，使尊卑大小，皆知遵朝廷之制而不敢逾越，即所以尊朝廷也。皇上御极以来，孜孜齐民以礼，如官民服物有辨，文武相见有仪，亦既著为令甲，屡旨饬行矣。顾沿习之久，积弊犹存，或上官而谩骂僚属，士绅而不让公府，庶民而僭品官之衣带，下僚而袭侍从之威仪。古人之检身也，取于自约，而今率托于自大；古人之接物也，取于相让，而今率出于相凌，甚非所以安上下、定民志也。伏乞敕下所司，斟酌旧章，再加详定，其内外大小衙门，除章服已有定制外，诸如接见之仪，文移之式，称谓之正，凡前令所未详者，皆须征据典文，辨白名分，确立章程，务使卑者不得上陵，高者亦不得下慢，如其率意肆行，僭侈非分，不特上陵者明为厉禁，即下慢者亦详立严罚，庶大小有别，官民有等。俾中外臣民，人人遵朝廷之制，而朝廷益尊矣。

秦闱发策五问

问：上之好尚，下之风俗。古昔君道休明，淳风沕穆，忠质文道，若循环而皆不失为至治，果其风会然与？抑有以转移辅养，不尽信之适然也。悯俗之论，谓风会流极，其趋日下，昔贤非之。夫既曰“继治世者其道同，继乱世者其道异”，又曰“王者有更制之名，无改道之实”，此其说将安所取衷与？本朝自旧邦新命，立政简严，俗黜浮靡，民无游惰，最号易治也。乃自御夏以来，训迪孜孜，于今三年矣，宜四方之被之者，若偃草然，而伤残未必即起，暴乱未必即戢，智诈未必即黜，其故何与？夫不知其治视其俗，不知其国视其民，谓其为治化之

① 原书此处空一字，据《皇朝经世文编》补“臣”字。

② 《皇朝经世文编》无“庶几”二字。

成也。今欲化民成俗，敬循三统以为治，其道安仿？愿与诸士虑之。

问：天下之治安在民，民之治安在吏，亲民莫如守令，则守令者，天下治乱之原也。汉史称循良吏，惟孝宣时为最盛，岂适萃其时，抑存乎上之作之也？唐宋来，或疏督守而书屏，或令朝臣出为州郡，未尝不示宠重，何循良不多概见耶？前史所传“廉平善治”，几同威凤祥麟，而明季之乱，民流盗起，议者以为守令致之，其信然与？今皇灵赫濯，版图式廓，百姓安集，庆更生矣，犹虞肃肃哀鸿，伤于政虎，计所以安慰寤寐之，惟良守令最急，而良吏可坐致与？厘曩弊而作新图，为国家求久安长治之效，将由何道哉？诸生自田间来，当必有味甘棠、歌苌楚者，幸言所见，将采风焉。

问：盛世齐民以礼，其次以刑。《记》曰：“礼者体也，刑者侀也。礼以防德，刑以防淫。”岂圣人治礼之意，即治刑之意与？乐顺此生，刑反此作，抑刑不惟与礼配，又将与乐合与？圣人制刑，通五伦，贯万端，意甚深远也。三代以上，条目不可概见，而秋官、大司寇审谳之法，五听、三刺及赦宥之文，详哉言之，民生其间熙熙然，后世法令滋彰，扞网日甚，岂其今古殊情，将由礼教之衰，令民振振有辞与？今皇上笃意钦恤，颁定律书，一代章程，昭然懋著矣。然议者又以谓治不在法，而在用法之人，兼得法外之意。夫尧舜降典折民，惟明克允，今其法虽不可见而意可见，能申其说，虽谓好生至今存可也。

问：则壤定赋，经国首务。三代取民，勿过什一，尚矣！汉至三十税一，而国用足，何欤？唐租庸调之法，犹为官授民田，至杨炎改为两税，古法尽亡，士大夫讥之，然至今所行，炎之两税也。岂不宜于古，而顾宜于今欤？上征无艺，民力告竭，势若焚膏。皇清蠲除三饷，救民汤火，近复详定赋法，务在宽民，以前代《全书》为准，议者犹谓此其中季之额，而非初年之额，推原始事，归于洗涤，其概可得言欤？卜以经野，上以体国。《周礼》一书，理财居半，盐策鼓铸，皆以佐赋之乏，而田赋本也。诸士其筹之，勿曰：“问钱谷，则不对。”

问：大度之主，必称善任，合贤智忠佞，而皆有以尽其才。彼御之之方，岂果务在不测与？夫天地至远也，而《易》之《泰》曰：“上下交而志同。”君臣至辨也，而《书》曰：“同寅协恭和衷哉。”天地之交以气，今不言气而言志，固亦志在而气从矣。抑君臣之衷，与天地之志同欤？异欤？君臣之和，晏大夫尝辨言之，公孙弘尝推言之。顾君之和在治其亢，此一难也；臣之和在治其同，又一难也。从来开创著代，必际君臣之盛，未有不虚己以求其臣者，故《泰》五以柔中为主，而二以刚中应之，以谓人臣有治泰之才者也，故爻辞备焉，亦可推究其旨与？天道不远，人事可征，诸生覃心天人之际久矣，幸畅言之。

拟上谕兵部将钦定修练储备四事刊书颁布直省文武等官务共图实遵依限报竣昭朝廷保民至意群臣谢表[①] 崇祯十三年

庚辰会试

伏以王猷式固，因未雨而定民星；圣虑克宣，布巽风以咨卿月。佩球刀之大训，金石为辞；借云汉之余章，河山壮气。百僚其肃，万国以宁。臣等诚惶诚恐，稽首顿首上言：窃惟建一人于民上，君天下者曰“天王”；渺万虑于几先，劳圣心者称“圣治”。维垣赓于周雅，式怀德之为宁；其咨动于虞廷，共俾予而作治。一人不忘国恤，百尔敢怠民瘼。《春秋》城缘陵而必书，事关保乂；王朝会牧野而作誓，教在止齐。三年蓄乃九年余，何愁饱食之飏去；一器成且二器具，可使磨剑以横行。在太平而必防，况小腆之未靖。若乃晏图逸豫，谁念经营。荡荡岩城，难荫咸阳之漆；洋洋小驷，偏还韩原之泥。粟已尽于雒仓，式同硕鼠；铜高峙于秦阙，安用长人。思古之王，于今是赖。兹盖伏遇□□□□[②]，在宥函三，清宁得一。甘盘学道，时勤恭默之思；衢室求言，不尽吁咈之意。隆尊亲于古典，仁孝夙成；升文武以大猷，张驰毕备。夫何鲸鲵之未扫，以致鸿雁之靡宁。爰纳枢臣之谋，聿笃下民之问，乃勤播告，益厪绸缪。谓宜壮百雉于云观，无论“中，七之一”“小，九之一”；挥万军如风雨，使之投石者三，超乘者三。采芑可乎，采薇可乎，勿生庚癸之怨；敹干惟尔，锻矛惟尔，当如甲戌之师。犹恐密虑托于空文，成书废为故纸。乃严钦命，式布弘文，一言以励庶明，尺书而走万里。使凭城者倚以为守，人人有祭征鲁[③]儒将之风；战野者因以成师，一一备赵营平老成之虑。臣等志锐请缨，技穷投笔。贼平何日，空怀报国之心；臣罪安辞，莫效宁民之计。秦寇深矣，当匹马以无还；晋国和乎，宜群臣之共愤。敢不尊吁谟为定命，沛辰告于远猷。临岧嶤而知天地之心，则七萃王卒桓桓，非彨以非虎；饱牛酒而望军中之气，则六属犀甲晔晔，如墨以如荼。伏愿圣度恢弘，神武不杀，因四裔以为守，先维宗子之城，积众志以成师，不借南阳之甲。太仓红粟，藏诸井灶之间；武库青霜，寄之衽席之上。则寅清贞于百度，猰貐射而螯尾风清；光华弘于一人，轸翼明而欃枪宵落矣。臣等无任瞻天仰圣，激切屏营之至，谨奉表称谢以闻。

---

① 津图本、汇编本目录中均剜版，仅“拟”字模糊可见，正文中此篇被抽去。存目本目录中作“拟修练储备谢表”，正文中存。哈佛本目录中被剜版，正文中缺“饱牛酒而”之后半页。

② 原刻本“遇”后涂去四字。

③ 按，“鲁”字当是“虏”字之误。祭遵，东汉人，任征虏将军，封颍阳侯。

圣人顺万事而无情论

圣人之养心也，不治动而治静；其应感也，不从物而从心。动而后制，制者不静，所以为制者又不静也。从其未动而治之，自起自止而其度不伤，故不绝动也，而已无弗静矣。物至而量之，逐物非心也，求为离物又无所得睹心也。因其来而顺应之，犹移茅靡而未始出吾宗，故不必过乎物也，而已无弗适乎心矣。何则？人生静者性也，感物而动者情也，作而致之者才也，形而上者道也。今引才归情，引情归道，定性无余事矣，而大贤犹难之，此知不动之为静，而不知动之有不动也。明道喻定性于横渠，而曰："圣人以其情顺万事而无情。"情者，欲也，君子之所慎也。乃《易》曰："爻象以情言，吉凶以情迁，情伪相感而利害生。"夫偶伪为言，则情者诚也，君子之所求也，天地以之，而况于人乎。凡人内无所守，攻者四至，其心之起，有物采之，猋发风生，往不知乡，来不知舍，视听皆贼也，聪明皆伪也，则礼乐皆缨也。形神俱敝，智者爰起，而矫之曰："宁为腹，不为目也。"目上天，耳下渊也，一谓枯柳，一谓马蹄，一谓木叶干壳，万物茏苁，而我封戎，曰"如是可谓能忘情矣。"乃昔者，黄帝忧世不治，焦然皯黣，亦独何哉。吾谓言情，宜考其邪正，无间于动静。苟得其正矣，谓情而可忘而不可忘；不得其正，谓情而不可忘而可忘。圣人曰："吾不忘而不攖其害，忘之而不遏其用。"则蓄道以待物者是矣。虽然，道犹金石，一调不更事，犹琴瑟每弦改调。情者，内景也；事者，外景也。而以其情容与扈冶，波澜曲折于事之中，内不失己，外不伤物，惟圣人能。夫圣人亦人情也，今使无端而歌，无端而哭，无端而歌哭横生，此必狂人。过墟墓而不悲，闻笙簧而不乐，此必愚人。白刃交前而揶揄不已，钟鼓晏衎而涕泣沾衾也，此必回惑失志之人而已。狂之情躁，故不感而生；愚之情伏，故感而不生；惑之情乱，故淆于所感。恒人无一焉，而卒不逮圣人者，以喜怒哀乐发皆中节之和也。夫事县于后而情设于前，虽有明智，必有往而不合之处；事变于前而情滞于后，虽云正感，必有偏而不举之忧。故天事持盈，地事土功，王事定倾。阳积大夏，阴积大冬，圣人顺之，以合德合明；山为积德，川为积刑，圣人顺之，以著始观成；鬼神治幽，礼乐治明，圣人顺之，以为天下正。顺事之情，非任也，不顺非能忘也。圣人任之也，而有似乎忘之者，正焉耳。正不可以苟合，故始之以惟几惟深；正不可以屡迁，故终之以何思何虑。若夫圣人之情，则亦有之。鼖鼓轩舞，鸣弦在户，清虚日来，愉愉孔怀，圣人喜也，而在床在旁，迷阳生蛊，圣人无之，故一人喜万人欢，天下不以为泰；进厥虓虎，如雷如霆，小用桁杨，大用甲兵，圣人怒也，而投袂奋剑，屦及窒皇，圣人无之，故一人怒万人肃，天下不以为怼；牂羊在牧，飞鸿未集，繁霜零雨，忧心孔疚，圣人哀也，而钟椰心疾，登山挥泪，圣人无之，故一人哀万人恤，天下不以为伤；鼓瑟承筐，盈缶载酒，执法在前，监史在后，圣人乐也，而垂鬌扶舆，驷铁从狩，圣人无之，故一人乐万人康，天下不以为淫。此无他，节故也，和故也，不节则繁，繁则乱。治乱莫如止，故树一义曰"思不出其位"，止也。又树一义曰"拟议以成变化"，抑何其不遽止与，不和则郁郁，即溃守溃莫如闲，故发一解曰"惩忿窒欲"，闲也。又发一解曰"艮其背，不获其身"，抑安所用闲与，是以圣人既知不动之为静，又知动之有不动也。不动之为静，奈何辟镜水之与形接也，不设智故而方员曲直不能逃也；动之有不动，奈何辟云鸟之丽空也，卷舒自如而于太虚初未有点也。故舞智而任数，不若委蛇以观化，雕琢而见异，不若委心而任运，此亦用情之大较矣。圣人之教，善言情者莫如《诗》，善用情者莫如《春秋》，好色不淫，怨诽不乱，善善欲长，恶恶欲短，是亦多情，何伤于治。孔子居业以愤乐，而及其悯俗，又复以忧患未尝暂忘，而门人以谓"毋意、毋必、毋固、毋我"，此如光耀之间，于无有谁能病之。曲学失旨，标崇虚无，用智不精，数逢其害，因欲忘我，忘我不得，见欲而迁，因欲离物。夫无也者，即妙万物而为言，抑安所恃，以为开物成务之矩乎。至持之无故，灭之益起，老庄之学流为申韩，其势使然，无惑乎其以仁义为道德之贼也。故君子主静。

朱藤赋

官曹右厢有藤蜿然，昔文定吴公手植于此，历兹百有馀年。丧乱弘多，众芳憔悴，此藤壮纾连绻，晚而弥茂，宰士厅除，复得一焉，宛转益古，虽姿拙不齐，而异阴同秀。省中僚友，每于退食，婆娑其下，伤哲人之已萎，感斯木之后零。寤言于怀，遂作斯赋：

朝跻山林之畏佳兮，群木散而难名。乘羲阳以濩泽兮，纷芜荟其众荣。夫何朱藤之蜿蜿兮，独托根于兹庭。尔其引疏蔓，抽华叶，写赪鳞，鼓玄鬣，寒铁规圆，青琼矩折，经盘础而屡回，凌乔松而上接。其屈而徐征也，似幽履之抱道而伏；其施而善丽也，如素士之宗义而协。于是乎，结幕衡宇，浮景春阴，朱曦旦爽，碧露宵沉，绮疏卧影，苔径垂阴。构丰茸而自巧，缬密丽而难寻。日过庭而隔照，风吹壁而散吟。帘梳晚翠，树接寒音。若夫绿萼初苞，紫英乍吐，葳蕤四照，缥缨万缕，净若舒霞，纰犹纂组。感帷幌兮近人，罗檐扃兮当户。香冉冉而度墀，花霏霏其欲雨。于斯时也，爰有五纶素丝，两絇赤舄，跻彼公堂，澄此列辟，百僚既正，从容退食。遵石甃之逶迤，回萝院之乍辟。牵缥叶兮入门，蒙繁条以萧槭。罥馀梢于帨巾，零遗香乎岸帻，欣虚宇之清吹，相与解带乎其侧。乃申筦簟，乃御图籍。紫云委于阤阶，霏英缀其研席。瞩森绿之承橑，惜馀凉之在石。指曹郎而示之，谓吏人其不可摘乎。

趵突泉仙迹记

济南池馆之胜，有趵突泉者，水涌若轮，渟泓数亩，馆宇虚敞，游观者萃焉。崇祯庚午秋，一日，道士晨起，忽有醉墨淋漓，大字数行，在吕公阁削壁间，凭虚纵书，高出泉池之上，殆非人迹所及。俄顷之间，官民赴集，徘徊赏叹。读其诗曰："大仙何处黄鹤舞，来鹤桥通白雪楼。胜地自逢人作主，好风飘桂我惊秋。千层松菊山山月，十里芰荷叶叶舟。旧迹几行云海渺，涌轮亭上望悠悠。纯阳题。"[①]墨迹奇放，又在空中，相与谛观，良是仙迹，遂趣香茗，罗拜而去。既有知其事者，乃诸生出闱后，夜饮泉亭，秋凉有月，醉后发狂，一人立于水中，一人踏于臂上，濡纸书之，道士先眠，未之见耳。天下异闻奇事，得无多类是耶？

偶至桃花山寺记

癸卯六月七日，还自孝陵，将达于苏州。车尘塞途，骄阳在背，欲息无所。遥见山木苍然，梵刹隐见，同游指而色喜，乃寻径逶迤而上。万木矗矗，起于谷底，仄径劣步，渐蹑树杪而行，辄以其盘之高，为谷之深。就进则林茂其上，泉出其下；回瞰则泉落其上，林森其下。既到寺，崖壁削洗，藤萝蒙密，泉流涧户，松影在庭。泉响于石，则树与之行；石懒于林，则泉与之止。嘒蝉吟鸟，通林暗徙，皆聒聒不能去。客之来此者，莫不改视易虑，翕习旷瀁，不自知其忘疲也。坦园先生曰："山游难可预期。即期之，必日不果至。惟目遇即从，意到即往，当不乏胜情佳遇耳。或乃觌面失之，虽相赠语，将不见信，可若何？"予曰："虽其不信，泉石有灵，我实私之，自盟可也。"虽然，曷志之。坦园、冰壶及铨，乃各成诗二首。

---

① 清任弘远撰乾隆七年刊本《趵突泉志》上卷《传闻志》："大仙何处黄鹤舞，来鹊桥通白雪楼，胜地自逢人作主，好风飘桂我惊秋。千家松菊山山月，十里芰荷叶叶舟，书罢新诗人不见，涌轮亭上望悠悠。"明人草书刻石（今藏诸城博物馆）："大仙何处黄鹤舞，来鹤桥通白雪楼；胜地自逢人作主，好风飘桂我惊秋；千层松菊山山月，十里芰荷叶叶舟；旧迹几行云海渺，涌轮亭上望悠悠。"款署"允素"，后有楷书跋语："五山张先生趵突泉上诗，伊时绅士拜为仙笔，明崇祯间手书于放鹤园，清康熙年用勒之石。"

游盘山千像寺记[①]

游盘山者，陟其东麓，有寺曰“千像[②]”，阻九华峰而居，前则大壑临之，古“佑唐寺”也。初上二三里，渐入松石，森森礚礚，苍我[③]心目。稍进，石涧之水，隔树远闻，侧濑凄清，半岭而下，其过人远落者，松树渐稠，不知声在何处，尚咨咨未已。过此，盘折而行，乍上乍下，足前却之，目左右之，身俯仰之，森森礚礚，百状于前。仰视耸若楼观，下视空谷寂历，林下若有人居，视之则屋，察之则石。凡不可以上，不可以足之地，松石辄益争之。寺缘峻坂而升，旁逼中深，粗具威仪。寺僧之辟地而居者，磴道四悬，茶烟磬响，出于苍崖翠壁之上。牵引徐进，辄历碌于巨石，若惊若伏，若引若拒，立者跂跂，攒者错错，坠者栗栗，抗者棱棱，时时有藤幕之松覆之。客至此者，好[④]猿升鹄立，拊其背而下窥，或枕藉之遥相语也。其曰“摇动石”者，两石相戴，大于车轮，试单臂徐引，则左右动摇，若多人共牵，则不复得。试刻日验之，其动则影为之移，不动则刻如故，此又何理也。按彼[⑤]佛氏之说:“心生种种法生，心灭种种法灭。”岂其动者固[⑥]是心，匪[⑦]石耶？若是，则影曷移？岂其见移者亦是心，非眼耶？抑薰问[⑧]动说留于意根，将不动而动，不移而移[⑨]，又皆是耳非心耶？庄生有云：“同我异我，谁使正之。”此不可以儒理测，明矣。

李绘先五龙山图题辞

绘先学士谒归上党，卜筑五龙山中，久卧忘起，及来京邑，乃作此图，用识遂初之意。我友冯易斋曰：“此其人类有道者。其卜居也，山径苍深，乔松万颗，考盘在涧，丧乱不侵，类可乐者。夫吾人一近荣禄，趣舍顿殊，即有青山可以寄傲，精舍可以读书，将憗置之，不复措意者，可胜道哉。若夫身在岩廊，

---

① 哈佛燕京中文特藏清武英殿刻《盘山志》卷十二录此文，题作“游盘山千相寺记”。

② 《盘山志》“像”作“相”。

③ 《盘山志》“我”作“人”。

④ 《盘山志》无“好”字。

⑤ 《盘山志》无“彼”字。

⑥ 《盘山志》无“固”字。

⑦ 《盘山志》“匪”作“非”。

⑧ 《盘山志》“问”作“闻”。

⑨ 《盘山志》“移”后有“者”字。

志存丘壑，而澹于虑矣，未必不牵于事；疏于俗矣，未必无累于心，驰情结想，空托寤言。如绘先之图，虽寄趣有殊，亦遭时之异也。”余曰：“虽然，天下事，迹则难定，亦可意求；势则易乖，亦可趣涉。彼夫过屠门而大嚼，亦各有其趣然，若取其道而反用之，则火宅为之生凉，尘劳为之易虑。凝视听于空堂之上，而波涛生于屋壁，松风起于坐隅，皆是道也。即君之治水与颜山之敝庐，图而存之，岂遽远逊于此山之下哉。”又数日，绘先持以示余，按其泉石云树，诸可乐者，悉于是乎在，即卜筑主人，亦若招招相待于松云秋水之间，可提杖从之而一至者，是绘先之乐，未始非余之乐也。独忆易斋向者之云，心焉系之，恒有物存，又若遣之不尽遣者，其故何也。兹将返而归之，遂系之以词：“谁画萧萧上党山，白云层树晚峰闲。何时一洗红尘耳，吹入松涛万壑间。”

选唐人绝句题辞

是集得唐人五言绝句诗凡二百余首，七言绝句诗凡四百余首，皆探之于宋洪迈《万首》集中，分为定、别二卷。大约唐人绝句，皆取以被之声歌，而实不尽惬，必欲择其风雅近古，可资长言吟叹、宣情导滞者乃得之。今所集录，率本此意。若再益以风格遒迈，流连不绝，斯上乘矣。然景卢遇寿皇之世，以旧宰领郡，提举宫观，君臣契洽，迥绝恒度，及奉诏命取书，又赐赉甚优。今观其书，纰缪颇甚。一、四唐诗人，前后略无甄叙，风气曷观。二、巷谈小说，优俳杂唱，并以入集，非所以衷对主上。三、一诗前后迭出，东涂西抹，莫辨主人，而寿皇当时赏其博洽，优其赐赉，至乃因缘求请，遂乞御书题其轩堂，何所遇之多幸也。是集偶就原本钞集，盖二十得一。其有原本未载，或一过偶遗者，又于于鳞《选》中采廿余首，聊复附缀之，故遂无诠次。若夫眠食闲暑，瞆悴之余，聊一把卷临除，松下吟讽，庶亦足以宣情导滞，用消长日云尔。康熙庚戌夏四月沚亭灌长书甄雅堂。

《颜山杂记》手稿题辞

曩作此稿，遂已灾木。非敢以拟作者，只以危病频年，喜得复延视息。譬如小儿学语，虽则挢舌，未成音调，但得之，无作响，于心便已快然。儿辈不为匿丑，原稿竟付装潢，于今忽复五稔。病痌相寻，婆娑老矣，并此鄙拙，可复得哉。炳烛之明，孰若朝曦。小子识之。

康熙庚戌六月伏日灌长氏重书。

旧本圣教序题辞

《东观馀论》云："文皇制此序，怀仁集右军书，累年方就，与右军遗帖纤微克肖，近世翰林侍书多学此碑，了无高韵，目为院体，故今士大夫玩此者少。然学之不至者自俗耳，其碑中字未尝俗也。"斯言可为笃论。辛丑夏六月书于息壤之居。

重修玉皇宫碑[①]

颜山之坡，旧有玉清宫以奉天帝，而俯仰眺听之美具焉。其上则苍峦翠巘巘，卷云烟而朝暮也；其前则虹梁渔浦，溯洄澜而上下也；其左右则女堞山郭，人家春树，倒夕阳而隐见也。儒者之论曰："今夫天，玄漠无名而独为万物始。彼圣人者，乾乾奉若，虑其有无，恍惚不可为象也，乃始以帝名之。"《书》曰："钦若昊天。"《诗》曰："皇矣上帝。"崇之至也。夫繇元气广大也，故称昊焉；不可阶而升也，故称上焉。究则所谓理气道化而已，无他神异也。若复有人焉，服气炼形，必假于人为，然后可以骑日月、游太清，而为沕穆之宰，如道箓所云者，不亦诬乎。吾又安知昔之人主所为，太乙仙坛、玉清昭应，竭天下之力以事神宫者，非多欲之为？而况于环堵数亩之宫，不越草莽，即自谓穷极土木，又乌足以集鸾鹤、朝绛节，而谓上帝之陟降或在斯耶。虽然，无名者道也，有为者教也，王度所不及，而神道阴翊之，又教外之教也。彼夫百姓之能，攘攘多故，无所忌而轻为不善，惟不知有天耳。若知有天而昭事之，则愚夫妇之委土而祀，与制作圣人之泰坛而飨，其事异其义均也。顷者，颜山诸胜悉已就理，独此宫尚在荒榛，别驾叶君谋于众，已有其端而未果。耆民赵再哲者，忼慨好义，愿输赀力以为众先，乡里信之，因石于山而人乐就，求材于谷而人乐施。既而，馈酒浆、输陶瓦者错于途；效畚锸、程土物者塞于庭。再哲夙夜在公，凡所营度，颇有意绪。于是乎栋宇加隆，台观加崇，门庭加辟，未几新宫矗然，而向者之胜毕集。是其经始也，众议尝难之矣，今举之神且速若此者，是则帝之在人心，与道之在天下，不言而同符，无为而自至者也。嗟乎，是宫之托于胜地也旧矣，自宋大观以来，士大夫起而新之者众矣，独泰定间，一成于王福、胡深，今再成于赵再哲，皆一夫之力也，而其功用遂与诸大夫侔，斯益信强力集事，存乎其人，而孳孳为善者，其亦不可以畏难而自阻也。

---

① 原刻本目录题作"重修玉清宫碑"。

故明太子太保户部尚书白阳毕公墓碑[①]

往年，余以侍郎佐计。时王师方下楚蜀，烦于征调。余以职司忧之，每咨议朝列间，兵部尚书张公秉贞曰："公乡有真户部，毕公可规随也，又何访焉？昔余尝以曹郎事公久，其端廉精力，有夏忠靖、郭汤阴所不及，惜遭末造、处横流，而曾不得比烈也，非其不幸哉。"后二十年，余罢政里居，通州知州毕君际有，公仲子也，以墓碑请余，以不详公事辞。毕君曰："公得无以前代事不录耶？恭惟我世祖皇帝，躬秉大谊，褒扬忠节，以顺治九年，特诏录甲申死事诸臣，范景文、倪元璐等立祠京师，赠谥有差，于以策励臣劳，不遗异代，恩至盛也。先君子忠于所事，劳于其官，视死事诸臣无后先，公何疑焉？"余乃受其状而次之。

公讳自严，字白阳，淄川人。曾祖恪，祖忠臣，皆不仕。父木，有名诸生间，皆赠光禄大夫太子太保户部尚书，以公贵也。公年二十，举于乡，又四年，中万历壬辰进士，授松江府推官，升刑部主事。丁光禄公艰，服除，补旧职，改工部，历都水郎中，简淮徐参议。丁太夫人艰，服除，补冀宁晋副使，分守河东，引疾去官。再举卓异，起参政，备兵临洮[②]，以按察使调榆林，加右布政使，内升太仆卿，以佥都御史防海天津，转户部侍郎，督津饷，寻省津抚兼领之，加右都御史，移南京掌院，转南户部尚书，再引疾罢。崇祯初，起户部尚书，加太子太保，在位五[③]年，致仕，卒赠少保。公为推官，年最少，有[④]能名，扼于佥人[⑤]，不得与考选，仅以部郎量移，公不以介意也。既居方面，辽督薛三才疏请与俱，而晋抚[⑥]留之力，公以副使引疾者，盖难于去就也，其在临洮[⑦]、榆林，皆以威信行边郡，而却赎锾以实仓粟，核抚赏之滥额数千金，尤其卓卓者也。时万历之末，百度咸弛，廷臣以门户相倾轧，巧宦者皆托奥援、规速化。公独淡泊自如，常曰："择官而仕，非人臣所敢出也，吾尽吾职而已。"以故历方面者十三年不得召。泰昌新政稍勤，乃有太仆之命。是时我太祖龙兴辽海，

① 原刻本目录中缺，正文中存。清刻本蒋平阶《毕少保公传》收入，康熙二十五年毕际有刻本《石隐园藏稿》收入，款作"益都后学孙廷铨撰"。《惇裕堂文集》(孙宝侗著)卷下，收"故明户部尚书白阳毕公墓碑"，注"代"，此文盖孙宝侗代沚亭所撰也。

② 《毕少保公传》"临洮"作"洮岷"。

③ 《毕少保公传》"五"作"六"。

④ 《毕少保公传》"有"后有"廉"字。

⑤ 《毕少保公传》"佥人"作"乡贵人"。

⑥ 《毕少保公传》"晋抚"作"晋按李若星疏"。

⑦ 《毕少保公传》"临洮"作"洮岷"。

已奄有盛京，进逼西河，中朝震恐，以天津咽喉犄角地，设海防巡抚，即以委公。公拜命疾行，众心以定。而建牙之初，部曲草创，公请调浙直水兵而造战舰，部议不从，再请募二万人以成军，需五十万，又不从。仅许马价甲仗四万两，而三部互诿，不即给。公曲计补苴，置镇海前后奇兵四营，亲都试于直沽诸口，而葺故墩台，以传海上烽，军声以振。公至日，水师旧伍仅二千，及晋饷部则合行营兵，得二[①]万一千人，马千疋，战舰甲仗火攻具称是。盖受事才岁余，而所费县官七万而已。山东之平徐鸿儒也[②]，公简师会讨[③]至德州，而妖党于志弘起武邑[④]，行营将董世贤还军[⑤]歼之，贼平，而保抚之兵始至。既破邹县，妖贼悉平[⑥]，而手擒鸿儒者，实公行营将来燕禧也。诸镇抚皆受上赏，公仅晋右都，不言功也。初，津门之设镇也，一[⑦]侍郎督饷，侍郎[⑧]迁去，公[⑨]代之。居二年[⑩]，乃兼饷抚，自公始。时天兵再取广宁，边守仅山海一线。关军需米、豆岁百二十万，草六百万，为关运；而别将驻师皮岛，岁需二十万，为鲜运，皆倚办于公。既海道期程不可常，而鲜运道尤险恶。米、豆或截漕，或召买，必预集河干，伺便发，而运价领于户部，不时给。刍草则轻浮，不可以舟，皆俵买边县。价重则妨国，价轻蠹食则病民，愆期则病军，议者龃龉不一。公独权衡精当，每流涕上书以争之。岁甲子，关门呼饷，岛帅亦告急。公以便宜截漕粟十万济之，廷议莫能难也。在事四年，权宜樽节，所省累亿万，而余银且五万，米豆二万余，其精核如此。既位尚书司南计，有请归楚赋疏，格于部议，再以漕折呼吁，乃得请，南中赖之。其疏略曰："国用方匮，而借南济北，顾不至厉南可也。天启四年，南仓臣委曲图全，实借解南粮之始。其时仓粟尚多，石直六钱，以六钱给北军则不足，给南军则有余，故以吴越之漕，折二十二万解南京，而以江西之南粮三十七万改北运。今南庾仅支一年，而复以吴越漕折

---

① 《毕少保公传》"二"作"三"。

② 《毕少保公传》"盖受事才岁余，而所费县官七万而已。山东之平徐鸿儒也"作"莲妖徐鸿儒之起邹滕也"。

③ 《毕少保公传》"讨"后有"先锋"二字。

④ 《毕少保公传》"邑"作"色"，后有"景州告急，公急檄"七字。

⑤ 《毕少保公传》无"歼之"二字，作"前后夹攻之，俘斩四千有奇"。

⑥ 《毕少保公传》"既破邹县，妖贼悉平"作"鸿儒势孤，因获并歼焉"。

⑦ 《毕少保公传》"一"作"李长庚"。

⑧ 《毕少保公传》无"侍郎"二字。

⑨ 原刻本脱"公"字，据《毕少保公传》补。《惇裕堂文集》有"公"字。

⑩ 《毕少保公传》"居二年"作"而李邦华来镇抚，无何又迁去"。

尽起北解，转眼告罄，数万饥军圜视而起，其祸尚忍言哉。”公之辨析利害，持正昌言，皆此类也。会魏珰欲卖南京草场，公持不可。先是，公之在津镇也，珰逮废弁，公不为发，及地震，陈言以“慎内批、节恩泽、惜人才、罢内操”四事请，已重忤客魏矣。至是再三阻之，虑撄其害，乃引疾归。时庄烈帝在信邸，久以名德知公，崇祯改元乃诏起公，入掌国计。按，明初九边，止有官军，无主客名，其饷有屯政，有盐引，有近边民运，而户部之太仓不与焉。自客军设，而客饷增，及边商本色改，而屯政尽坏，乃发太仓银以赡边，曰“年例”。万历以前仅四十六万，至是[①]三百八十万[②]，而关鲜密蓟通津新饷又五百[③]万矣。其太仓库银，万历初积至一千二百万。后四方用兵，耗费略尽。及客魏盗帑藏以结边帅，群小蠹窟其中，而累朝之积扫地无余。天启六年，尚得十一万有奇，比公受事，不满三万。自是左支右绌，岁入不敷出者三百万[④]，于是加田赋、增盐课、减官吏生徒、优免禄食，一切之政，不能复罢，人主焦然。时中夜召公问计，公曰：“国用不足，冗冒多而吏弊滋也，惟核汰一法可。”以下九边督镇，诘问士马之数，酌战守以为厚薄，而改通仓轻赍，以归京仓，稽汰西边抚赏，岁省数十万。香蜡、刍豆，旧以京商采买隶中官，公改官买，又省十二三，而京商无抑配破家之患。一日，召对平台，首问公及兵尚书天下兵饷数，兵尚书惘然不能对，公为奏“某某地兵几何”最悉，乃自陈所司饷额，“某某新旧几何，今已发、未发，各几何。”一代军实，粲如指掌。百僚耸听，皆叹服不可及。会军兴旁午，中旨日夜尝数十下，公立奏成手中，一一中机宜[⑤]，朝右倚以安危焉。前天启中，尚书郭允厚请预征明年辽饷三之一，至是复遣京卿守催压征旧饷十之五。公疏曰：“军兴孔亟，不得已而催旧饷，实于本年完京边之五，非索于本年之外，亦非全征大粮之五也。辽饷亩加九厘，预征仅科此项，若概征大粮三分，则民病矣。请列其目颁天下，横征者罪之。”时四方饥旱，群盗蜂起，供亿烦难，咨怨不可止，然而公之意亦足白于天下矣。故事，朝审录[⑥]囚，吏部尚书定案，壬申岁特召公主之，盖异数也。时东林浙党构既久，即所称中立者，亦别树气类为一部，日窥伺，争胜负，国计边防一不问。于是人主益孤无倚，

---

① 《毕少保公传》“是”后有“盖”字。

② 《毕少保公传》“十”后有“余”字，“万”字后有“为旧饷”三字。

③ 《毕少保公传》“百”字后有“二十”二字。

④ 《毕少保公传》此句后无“于是加田赋、增盐课、减官吏生徒、优免禄食，一切之政，不能复罢”之句。

⑤ 《毕少保公传》此句后有“宜援兵守兵皆得宿饱”一句。

⑥ 《毕少保公传》“录”字后有“重”字。

思欲复委中涓张彝宪者。一日来总，户、工二部[①]踞上座，掣公肘，时摭细微，激帝怒，公引罪而已。先是，温体仁讦钱谦益党事，帝召群臣，切责不已。公慨然曰："臣知筹国计，尽职守耳，不知党为何事！"盖公立朝一以公义为可否，岳立冰凝，无所附丽。诸公皆心知其贤，以不己助，莫为推援也。体仁既入阁，专事文深，内求人主微指，与俱上下。时军需益亟，更严考成法，即循吏以尤异进者，核不及额，不与也。于是吏部之考选，并关户部，而体仁所欲进退者，每授意公，公不应，乞骸骨。奏上，[②]温旨慰留再三，上乃留中不出，最后累疏上辞益切，帝度公不可留，颇嗛[③]望[④]。盖公持国计六年所，凡京边出纳，酌剂盈绌，权衡不失锱铢。先是，诸军脱巾无虚岁，而终公在位无闻者，故帝不可一日无公，而公实病日[⑤]增剧，于是君臣交难，而郑友玄之事起。友玄者，新授御史也，与体仁异，体仁患之。乃摘其前令青浦阙金花额，临考补解为欺谩，而公核考成不即发，为党狥。帝怒，逮友玄，而下公于理。南北九卿、监寺科道、前后九十余人，连章论救不已，得放归。寻以筹饷功，予原官致仕，银币嘉赉焉。崇祯戊寅，公考终于里，寿七十。抚臣以闻，得[⑥]赠荫葬，祭如故事。

公生平无所[⑦]嗜好，得专一思虑于军国计。案牍旁午，神理豁如，执简御繁，应机立断。所历卿贰皆剧职，钱谷浩瀚，绪散丝棼，皆手自会计，老吏退立而已[⑧]。奏议一百三十六卷，文集编类书又三百卷。张尚书又言："公每视事毕，人吏退散，独扃户取会计籍目选[⑨]除之，纳夹带中，次出吏[⑩]籍群书，凡有裨时政者，手录竟日，以为常。此立言之所以富也。"初，公既以微罪去，其继公者，心计不如，操履又异，徒悠游养虚，好用浮薄口给之人，或以书生奏记，一言而合，辄引拔要职，得领大农金钱，督粮市马，诪张纷拏，迄无成效，以至于

---

① 《毕少保公传》"部"字后有"入署"二字。

② 《毕少保公传》"温"字前有"屡"字。

③ 原刻本脱"嗛"字，据《毕少保公传》补。

④ 《毕少保公传》自"再三"后作"上辞益切，帝度公不可留，颇嗛望，乃留中不出"。

⑤ 《毕少保公传》"日"作"目"。

⑥ 《毕少保公传》无"得"字。

⑦ 《毕少保公传》"所"作"他"。

⑧ 《毕少保公传》此句后作"所著有《石隐藏稿》八卷，《奏议》一百三十六卷，已刻行世。选定《古文尚友编》一百卷，藏于家"。

⑨ 《毕少保公传》"选"作"迁"。

⑩ 《毕少保公传》"吏"作"史"。

亡天下，于是乃思公矣[①]。

配胡氏，累封一品夫人[②]。三子[③]际壮、际有[④]、际孚俱荫官未仕，而通州君以文学吏治世其家。

旧史氏曰："庄烈之世，求治太急，尝厉法禁用，伺察以起偷窳，平台便殿，召对无时，未谓不精勤也。然其长伪者徒以大言败事，而文巧者又用苛察以中人主之意，即一二老成黄发之臣，勤其官守，著有劳绩，将以图实效，计久远，而卒以苛责疑形，困顿扼塞以去。如毕公者，岂非遇而不遇者与？"

铭曰：公序盐策，利安可尽。神明昔贤，茶法之论。上下两等，去泰去甚。计可经常，唯中等近。黠估腾口，愿先输镪。闻者色喜，若饥得粮。使者亟请，余不谓臧。力绌情见，公私俱伤。窥便伺急，堕我纪纲。用绝新议，以守旧章。某[⑤]后公生，亦掌国计。论说棼繁，盐筴实最。先输而讼，致烦廷议。群公见逼，瞑目攘臂。某惟守旧，得公遗意。质之先民，庶几无罪。作为铭词，以示来世[⑥]。

---

① 《惇裕堂文集》无"矣"字。

② 《毕少保公传》此句后作"副室李氏，皇清敕封太孺人，以子际有贵也。初，公艰于嗣，孺人以副室吴氏进，遂诞长君际壮，公为撰《衍嗣记》。次即际有，次际孚，皆孺人出也。及冢孙盛锡，俱荫官未仕。而通州君以文学吏治世其家"。

③ 《惇裕堂文集》"子"后有"长"字。

④ 《惇裕堂文集》无"际有"，"际孚"前有"幼"字。

⑤ 《惇裕堂文集》"某"作"其"。

⑥ 《毕少保公传》此段后有"康熙十一年岁次壬子十月吉旦，光禄大夫，内秘书院大学士，前少保兼太子太保，吏、户、兵三部尚书，赐貂玉侍经筵，敕校定律令，南郊合飨分献五岳坛，戊戌、己亥以来文武五科殿试读卷官，今予告，益都后学孙廷铨顿首拜撰"之题款。

沚亭文集卷下[①]

益都孙廷铨伯度氏纂

陕西乡试录序[②]

皇清宅夏三载，岁维丙戌，秩宗贡士，俊乂汇征，亦既允之崇之，及其锋而骤进用之，甚盛典也。揆臣进曰："肆兹疆启南服，待泽日益。又礼乐将兴，器大则丽众，精多则用弘，曷惜此棱车怒马，不一求多于丘园也。"皇上曰："俞，畴咨若予采。余一人不爱爵绂，以庆来章；我国家不惮征缮，以蒸髦士。"由是郡国论秀，浃岁再举。关中之役，则臣廷铨偕臣实秀，实奉兹命，既戒既惧，几几难之，驰至，与同事诸臣，必公必虚，覃精严校，得士若而人，录文以献。臣因得稽首飏言：臣维制科，代异轨也，功令所在，响臻辐辏，固有法焉以准之。然往往法未变也，盛则群才龙变其中，翼枢极佐，耆定而有余。及其弊也，文具无实，上以名求，下以貌应，即求一职一事之效而不足，是其渺然玄感，别有相动者存乎机焉，而非法之所尽也。然机又有间，古昔盛时，耕贩屠钓，卿相在焉，呼之或出，故时循法中，时游法外，遇合奇，成就更奇，不则操名从人，佹成俏败，所期未得，而法已敝坏不可用，是其渺然相动以玄感者，又非特机也。志与气也，志气将开，幽光潜耀，如黄钟飞灰，蕤宾起铁，求之梦卜则在梦卜，求之辟举则在辟举，求之孝弟力田则在孝弟力田，求之弘词诗赋、甲乙明经则亦在弘词诗赋、甲乙明经之数者，岂有常法，究亦曷尝非法也。今圣人宅统中外，大业立成，弓旌网纮，已遍海澨矣。乃者临轩策士，一因前法，无取骤更，且多士甫释鐙蹻，即游石渠，登玉堂，清华侍从，荣遇莫俦，乃铨除未半，旁求四出，以恩数若彼，求之若斯之亟也。或乃曰："才者，材也。虽有邓林，日寻斧柯，条枝尽矣，其若匠石屡顾何？"臣谓不尔，才犹水也，阏之日败，汲之日新。易曰："井渫不食，为我心恻。"盖言废也。诗曰："挹彼注兹，可以濯罍。"言其用而不竭也。故水大而群物毕浮，才盛而群策毕附，且其消长亦何常之有，兴国见多，衰世见少，乃兴国之才，固衰世之遗也，应在休命之符，作以圣人之气，洒然有异。故诗书芳泽，深湛自好，被服造次，渊源所渐，成才什三，而上之磨世砺钝，道立廉隅，综其华实，归于大雅，成才什九，皇上求贤若渴，志气著见之日久矣，多士虑无不洁齐以应之，抑应之亦有分焉，何则？

---

① 原刻本卷端作"沚亭删定文集卷下"，版心题作"沚亭文集卷下"。

② 原刻本目录题作"秦闱乡试录序"。

凡一代之兴，其王侯将相并起方州，或得之马上，不尽事诗书，又其踊跃赴功名者，偏全奇正，杂然并进，固不必皆廉若鲍叔，信若尾生也。至乎今日则不然，天子龙翔东北而雷奋中邦，其风雨奉之者，非帝室之懿亲，则先朝之耆旧。虎旅信臣，既不外求，士生此际，即多机干，负不羁气，亦将安施。夫无适用奇，宜一归于正，故论才今日，不遑远引，意但得如叔孙通、张仓其人者，相与明礼仪、定章程，斟酌前典，勒成一代之制，天下乃识朝廷之尊。又得黄次公、廉叔度辈数十人，布在州郡，抚耰锄，靖棘荆，一洗潢池兵气，草去窃苗，闲无害马，天下乃乐朝廷之大。治狱如张廷尉，察吏如暴公子，少息贪残，以安民命，天下乃服朝廷之平恕。而出入风议，从容禁闼，主圣臣直，数闻谠论，似不可无周昌梗概、汲黯戆直者，天下且益仰朝廷之清明。诸士自顾怀来，问兹所以应天子之求者，有一于此否？昔延陵季子听秦声，谓其夏而能大，虽先王之遗民，亦地气使然。周汉以来，伟人辈起，固河岳之宗也。今虽丧乱之余，多士流连愤烈，以文为雄，感其义心，夏声犹在，以顷所云，宁无意乎？臣且为歌同泽之章，兴德音之叹矣。

来元成《春秋志在》序[①]

说《春秋》盖如说《诗》然，皆以意逆志之书也。《诗》之志，存乎美刺，卫宏、毛、郑，说人人殊;《春秋》之志，存乎褒讥，左氏、公、谷，说人人殊，要无违乎美刺、褒讥之正而止尔。虽然，诗人咏叹其辞，隐约其旨，而《缁衣》之好贤，犹振振然，《巷伯》之恶恶，有甚甚之辞焉。《春秋》则繁杀其辞，隐约其旨，贵贱不嫌同好，美恶不嫌同辞，是其志则一，而逆之者，或难易殊也。汉置春秋博学之士，左氏独后出[②]，为公羊、谷梁者从而非之;然公、谷去圣人差远，为左氏者亦非之，膏肓、墨守、废疾盖交讥也。至宋儒削断三传，其说千指，如祭仲之行权也，鬻拳之兵谏也，季友之必缓追逸贼也，赵宣孟之弑君而称贤大夫也，卫出公之得以王父命辞父命也，后学执为谈柄似矣，而胡氏遂尽废其书，创为新例，后世取之以便制科，然立于[③]赵宋以指《春秋》，其于隐、桓加远矣，则未知圣人之志果在彼欤？在此欤？我友来子以治《春秋》得上第，已而弃去其说，更为论著，以成此书[④]，其意颇异乎四家，盖以诸儒之说可以理

① 1986年台湾商务印书馆影印《文渊阁四库全书》本朱彝尊撰《经义考》卷二〇七节录。

② 《经义考》“出”字作“世”。

③ 《经义考》“于”字作“乎”。

④ 《经义考》作“初独成一书”。

裁圣人之旨，断难例拘，其或经有微文，前后互见，为传所未发[①]者，则表而出之；其有经意显白，本无义例，而传好为曲说[②]，失实滋疑者，则辨而正之；其有此传所引而彼传或殊，此传所进而彼传或退之，排诋纷纭，樊然淆乱，则折衷而求其必合，皆比经发义，错传成文，缀以世史，附以新意，著为百有八篇，号曰《春秋志在》，盖言圣人之志之所在也。或云先儒说《春秋》者，皆兼总条贯，分别义类章句而训注之，其言皆有统绪，故虽繁称博举，终归整齐，今来子之书，自喻己志而已，即一言一事，不惮谆复，往往文止而复起，义尽而更生，非意所及，即君或数年，年或数事，事或数人、数十人，阙然无一词焉，岂圣人之志固有至有不至欤，何详略之异也。夫善解纷者不复言，善治狱者不烦辞，从其大而断定之，探其隐而微中之，即有不及，而其全理固已涣然于吾所及之中矣。来子之书，盖不失褒讥之正者也[③]。如必章句训注而已，是韩婴之《外传》，不得称《诗》，而董子之《繁露》，不得系以《春秋》也，岂通人之论哉！

张坦公《岱史》序

盖五岳并峙，而岱以宗称，言生物之府，群岳是崇焉。昔人云："王者受命著代，必臻乎泰山。"虞有时巡，周有明堂，郑有汤沐之邴邑，则古先哲后之有事于兹山也，盖略可考焉。迨乎秦汉封禅事，作金泥玉简之秘，白云青气之祥，史多侈言，而后之王者常效之，后之儒者顾常非之。今昔之论，不必一迹，而名山显位，神气灵昌，能令千古雄才之主，更姓改物，罔不致事用虔，其为继帝出震无疑也。余家颜山，南连莱芜谷不百里间，尝登泰山之巅而延望焉，古迹漫灭多矣，而近今为独详，且怪后世之事简略，其文不雅驯，不足以称兹山之神丽，继古观也。间取《太史公书》、应劭《封禅仪》、郦道元《水经注》散见旧文，坛壝宫阙，碑版松云，犹足以彷佛昔容，想见盛迹。每欲采唐宋以还，狩祭之事，文词尔雅，并其佚闻胜谈，与夫人物栖遁可用为仪者，附缀汉魏之后，为《岱宗志略》一书，仆仆未遑也。少司空河北张公，博学洽闻，昔藩于东，是征是考，间投所缉《岱史》稿本以示予，因得纵览其略，则依旧史而剪去繁芜，事无足传则宁削其牍，文无足采则宁略其人，斯则犹夫余之志也。若其事典而核，义严而辨，文丽而则，将必有以斟酌典文，考正得失，以助成议礼考文之治，而焜耀来兹者，岂第披图按牒，作山水吟啸之资已耶？其命以史也，谅哉！属

---

① 《经义考》"发"作"见"。

② 《经义考》"说"字后有"以致"两字。

③ 《经义考》"也"作"矣"。

有顾生，搜采山间异闻，录以贻余，兼余见闻所及，或偶遗于斯史者，间录数行，质之于公，请得附入，因并志而序之。

傅掌雷《山陵工馀杂咏》序

癸卯六月，百执事有孝陵之役。维时，大司空傅公亲行，园庙方在版筑之间，露宿暍立，日以为常，用意斯以勤矣。一日，过其寓舍，荒村古寺，薜荔山光，笔床书卷，婆娑案几，窃意其不遑读也。居数月，山陵告成，发其归装，有诗满箧，不第园陵白露，愀焉念旧之思，凡山川物候人事客怀，莫不概举，虽称随笔，盖俯仰亦多意焉。以予所闻众人之论，有干才者，不必具胜情；有遐心者，不必堪瘁事。故摇膝吟咏，风传素士，而语于治剧则疏；竹头木屑，综于密才，而语于讲艺则废。且古者，大司空之任，参乎三公，即后世冬官之职，掌于缮部，纠虔钩考，以授梓人，其大司空不过坐尚书省，押尺一而已，不亲细事也。今傅公之俯焉在此也，以谓先朝原庙，灵神所依，小臣犹将勉焉，况赖旧恩以登三事，敢辞瘁乎。顾邪许之声不绝于耳，胥靡工师不离于侧，然且孤吟遥想不滞于心，永叹长言不辍于笔，何事之备也。吾读斯编也，叹夫达人固有赡才，而贤者之为，非众人之论之所尽也。

梁苍岩《蕉林近稿》序

诗必袭唐，非也，然离唐必伧，善为诗者必不伧；诗必貌汉魏，亦非也，然离汉魏必纤，善为诗者必不[①]纤。夫不为纤，必朴乃可，顾朴又近伧，而非伧之谓朴也[②]。不为伧，必娟秀乃可，顾娟秀又近纤，而非纤之谓娟秀也[③]。予[④]每持此意，读近人诗，称意甚少。暨与梁苍岩先生同佐中铨，每藤阴日夕，吏散人稀，闲谈诗意，辄与微意有合，请观一二新篇，抑又合，更探箧中秘本，亹亹读之，鲜[⑤]不合矣。予[⑥]乃叹曰："昔季札观于周乐，而叹郑声之已细，美

---

① 《蕉林诗集》"不"后有"肯"字。

② 《蕉林诗集》"顾朴又近伧，而非伧之谓朴也"作"朴又近伧，顾非伧之谓也"。

③ 《蕉林诗集》"顾娟秀又近纤，而非纤之谓娟秀也"作"娟秀又近纤，顾非纤之谓也"。

④ 《蕉林诗集》"予"作"余"。

⑤ 《蕉林诗集》"鲜"作"无"。

⑥ 《蕉林诗集》无"予"字。

唐叔之后衰，有以哉。夫古人郊庙登歌，朝聘[①]宴飨，殷勤赠答，悉托之乎诗[②]，以谓感神人，和上下，莫善乎诗也。后人或能称其一义，赋其一辞，而国之盛衰，家之竞弱，士大夫之贞淫善败[③]，罔[④]不于是乎觇之。是虽善鉴存乎览观，抑亦至心形诸载笔也夫。然则舍春容尔雅[⑤]，而学彼寒鸡饿鹄，冠帻而服妇人衣，斯[⑥]其于诗也，则谓之何。今[⑦]苍岩以盛年华胄，擅制作才久矣，起草明光，握符枢密，将以戡定祸乱，黼黻盛治，为国元臣，其意计深远矣，宜[⑧]其吐音春容尔雅[⑨]，且沨沨多风，一如此也。其在今日，倘有赋诗言志，以继古人之风者，予[⑩]其知所宗称矣[⑪]。”

南二太《致爽堂诗稿》序

秦人之于声诗，自昔烂然。盖豳、雅、二南之外，又有秦风，且由周室至唐，历都关陕，郊畤之歌，明堂之献，关河羁旅之赋，秦宫汉殿之辞，群萃毕集于斯地者，气泽所濡，虽复千年，犹周之旧也，然北地以后，亦少衰矣。余读司空南氏《致爽堂诗》，何其风流笃厚之似北地也。夫司空以渭南之世，上蹑铉衡，雅怀康济，以勋节终，迹其所至，故未尝有当世诗名也，今集中编录，盖略可睹焉。彼夫蚤年脱颖，壮岁登朝，入主郎官，出典大郡，立教河汾之上，视师榆塞之中，遇物流连，触绪生响，襟怀雅畅，不为寒蝉之音，固其所也。余独异其抚闽之日，蛮裔抗顺，授钺专征，万弩雨集于前，千舰雷奔于后，方且托物寄兴，从容吟啸于鲸波鳄浪之中，意象俱闲，声情并壮，若天下事举，无足挠我神、撄我虑者，此则其定乱之原，建功之本也。迨曳履宸霄，返服岳鄙，时则怅叹，烽烟兼抑，夷犹丘壑，一觞一咏，抚物感时，则骎骎乎仲宣“灞

① 《蕉林诗集》“聘”作“会”。

② 《蕉林诗集》“悉托之乎诗”作“悉载之诗”。

③ 《蕉林诗集》“士大夫之贞淫善败”作“人之贞淫祸福”。

④ 《蕉林诗集》“罔”作“莫”。

⑤ 《蕉林诗集》“尔雅”作“雅颂”。

⑥ 《蕉林诗集》无“斯”字。

⑦ 《蕉林诗集》无“今”字。

⑧ 《蕉林诗集》“宜”后有“乎”字。

⑨ 《蕉林诗集》“尔雅”作“雅颂”。

⑩ 《蕉林诗集》“予”作“余”。

⑪ 《蕉林诗集》序文后有“益都孙廷铨题”，钤“孙廷铨印”“沚亭”章。

岸”之篇，正长“朔风”之句矣。综而论之，则沉亮之节有余，儇薄之累已尽也，测其所造，当兄事崆峒，平揖槐野。辟镛钟蕡鼓，铿戞西序，初无繁音悦人，或乃以其哀丝滥竹之声，临风呜咽，欲与之竞爽争鸣，殊觉非类耳。夫天宝之音，繁声入破，识者兆见不祥，钱受之之论诗也，引此以病钟伯敬，似矣。而又深訾北地，然则有明之末之诗，其为繁声入破也多矣，即欲得此风流笃厚者，为幽凉破伤之一救，岂可得哉？此余三复《致爽堂诗》，以谓宁为此，无为彼者，意在斯乎。余非夙知司空者也，司空既殁，其弟之子柳州理廷铉尝从余游，得此集而读之，为叙其概如此。

金紫汾《疏草》序

夫谏官操持白简，职在纠绳，上以切摩人主，下以弹射百僚，即稍稍过当，世不得而訾之。再若其人胸多机镜，笔挟风霆，遭遇圣时，天子数数然敞衢室而延问之，如此则丰裁峻上，意气增生，于以为直臣名谏不难。虽然，古之人或从容风议而一言悟主，或夫人不言而见惮壬人，若但挟其蜂气鸷击，苛举一切以为重，则所为直臣名谏，信亦无足难也。以余观紫汾都谏，则异于是。初，紫汾久练疆邑，拔居梧垣，侍世祖皇帝最久。当是时，睿思渊毅，留意综核之治，公听并观，以为之招，不复使物有遁情、人有伏言，一时台谏诸贤，亦莫不翘翘以应之，言路号为极盛，上自宰衡，以至于群吏，鳃鳃惕息，以避谈议，犹虑不免。盖朝廷之信向言臣，若此其深且重也。然每春秋简阅，核名实而殿最之，内擢什三，外迁什七，且上谕侍臣，是不因词多，不缘词寡，其故何与？岂非圣人之虑，固出物表，既欲用其敢言，破群下之雷同而作其謇谔，又欲用其不妄言，养天下之澹定而静其纷纭者耶。夫以紫汾之人之才，生逢今日，若使竖棱露爽，以精采射人，劲气宜为称首，顾其为人深退雅懿，居恒坦然，如不愿以悻直厉物为快者，则何也。当紫汾之居礼垣，会有场屋之狱，死者相属，天怒震叠，降诘所司之不言，群情为之栗栗。或谓是宜有所攻发，以自解免，紫汾守其常度，从容引罪而已，顾上亦不深罪之。夫言，谏臣之专职也；好言，朝廷之盛事也。以吾观谏臣之才之气，于其所言；若观谏臣之识之大、力之定，于其所不言耳。紫汾既以旧望简陟清卿，家食待次，乃次其后先封事，录而存之。观其嘉言石画，殚虑封疆，及重铨叙、筹边实、厘财赋、矜赦宥、明典制，皆累累千言，不殚再四，犹谓阙如，其于纠察庸滥，指斥短长，则一二而已。固知乘时之向以立权，因人之急以市重，君子有不乐为。惟事有百年之计，动操万世之虑，或略之而不言，言之而不中，斯固达人志士所为太息，而谋之累牍而未已者也。吾读紫汾之作，而窥其虑计，论其心迹，大略如此，益叹世祖皇帝之知人，而紫汾遭际盛时，又不徒以言显也。

《乡志》序[①]

尝观昔人风土记载之书，收入《说郛》中者，无虑数百种，不必皆有体裁班部，竟称必传之作，正如枝竹横窗，拳石点案，既有情致，便为雅观耳。今海内郡国州县之志，无处蔑有，而以予所闻，姑苏名郡也，而长吴之志到今不成；武功县志，疏疏数十叶耳，而以康海之笔，志家称之，此皆不以繁简零顿分工拙也明矣。至析邑而乡，析乡而里社，裒然有志，古未尝闻，而青别驾叶君，与伴雀翁舅氏，姑创为之。按其书则郡邑志之一斑也，顾前书中，或以疏远而未详，或以后时而未备，则宜于此焉具矣。颜黄门曰："博士买驴，书券三纸，尚未有驴字。"恶其多文也。然王褒僮约，捃摭细碎，傅会笑端，刺刺数纸，几令读者俯仰错喉，尚未得休，顾又不厌其烦者，徒以有笔耳。后之采辑佚闻，以成广志者，其亦有资于是乎，则别驾君已有说于前矣。

沚园图自序[②]

予有半亩蔬圃，在孝水之涘，面山背郭，梧柳深茂，清流贯之。其临水处，可因高为台[③]，俯仰瞻眺。若盛夏之日[④]，解带婆娑，濯缨[⑤]其侧。于时复值白鸟连波，文鱼激水，四围山色，远近窥人，亦诚足使幽情畅叙也。又，双峰并起于其南，峡间故有横桥广渡[⑥]，循峡徐进，则泉涌山根，往往触石而出，晴澜渌漪，遥注乎此梁之下，居人为堤萦之，半入郭闾，用资浣漱，半潆沙石，泻于广川，齿齿潺湲，过予短垣而去。是[⑦]一水分流，皆为园有，因采《蒹葭》之诗，

① 原刻本目录作"伴鹤翁志书序"，是孙廷铨为《颜神镇志》所撰序文。《颜神镇志》孙廷铨序，末署"光禄大夫内秘书院大学士前少保兼太子太保吏户兵三部尚书镇人孙廷铨沚亭甫题"。津图本此文有墨笔眉批："末段忽引颜氏家训数语，及子渊僮约，风致逸秀，似餐烟霞人语，亦以其笔胜也。此序可录。"

② 《沚园秋望图》有孙廷铨题跋墨迹。《乡园忆旧录》卷四节选此文。

③ 《乡园忆旧录》"因高为台"作"因为高台"。

④ 《乡园忆旧录》"若盛夏之日"作"盛夏时"。

⑤ 《乡园忆旧录》"缨"作"足"。

⑥ 《乡园忆旧录》无"广渡"两字。

⑦ 《乡园忆旧录》无"是"字。

命曰“在沚之园”。予既羁绁仕路，寒暑未得暂息，常怀抽簪理钓之思，兹寓书儿辈，临流作屋，又命武林陆生为写此图[①]。顾园无可图也，图其山溪林木，周给于园者。若夫车怠马烦，疲形倦想，聊一展对，则不禁其适适然，如在濠梁之上矣。夫士君子之处世也，休拙安于所遇，而拘旷存乎用心。彼其欲深者，其乐微，虽平泉、金谷，极宇内之绮丽，犹未足以骋其淫志而充其侈心。夫苟宁澹寡求，凡物皆可流连自得，而况乎山高水清，近在襟带，归云晴树，具不移席。如予园者，虽无绮丽之观，安在乎不可以托业怡生，消释凝滞也耶？然则后之君子览此图者，幸勿驾言广大而笑予之陋也。[②]

《骊城诗集》自序[③]

鼓笳数惊起，而为吏又近塞垣，欲准畴昔人横琴在堂，洋洋绿槐白水间，或非质矣。乃我友或书示之曰：“人情既不能无所寄，今子之为吏，晨兴不遑栉即登对，移教未罢，境内父老、诸少年，隶逮胥属，庭既盈矣，争欲言事。又有周走而呼者曰‘宾至矣’，即仓皇投袂起，呼驾如不及，摇摇出郭门去，恭嘿道周，瞻上客车尘。或游徼从军中来，授以羽书，则负弩矢，前驱瓯脱下，周视虎落，喋喋而佔佔。以若所为，亦劳且勤矣，顾乌谓寄哉？夫人情所寄，既不能无所殊异，上士澄怀以味道，下士婴欲以私智，达人释之，曲士执之，又其放者，俯仰天地之间，百年恒苦局促，至欲畔散六经，灭弃风雅，以除累去滞，则甚矣。夫农甿负耒而歌，樵牧旦出，负薪饭牛，尝至夜半，欢然一饱，奉腹而嘻。廉贾操舟车，犯霜露，逐风浪，稍稍居物致赢，则举觞相属。士人揣摹伏读，而志在卿相，仡仡忘寒暑，终不谓疲，诚各有寄尔也。今日作吏，所寄尤多，巧者既以权取富厚，凭宠自放，又思赫赫名，务动为大，厌静而乐动，无事尝咻咻，小事则张之。苟可得名，不必实，苟可以获上，不问民心，希其能者，每见叹誉，即上官亦称服其才，以为有用，且私念此必兰台麟阁中人矣。今观子似弗能寄此者，则安寄乎？”噫，吾寄之骊之吟矣。

---

① 《乡园忆旧录》无“顾园无可图也”其后一段，有“高念东侍郎来游，有诗云：云关长日未尝扃，几曲晴峰展翠屏。画里诗情开慢到，夜中酒病听泉醒。芙蓉欲种先成堰，枕簟须安更作亭。浣罢蔷薇香已炷，琅函初启蕊珠经”一段。

② 《沚园秋望图》墨迹本后有“顺治庚子三月益都孙廷铨沚亭识”。钤“孙廷铨”“山雨楼”“乐戒堂”印。

③ 原刻本目录作“骊吟自序”。

《诗集》自序

今海内言诗家纷纷矣。余生平自顾才弱，不敢言诗，即使姑妄言之，殚智竭想，终亦不似。非谓其粗成音节，少滋濡于芳华气泽之间之难能也。若夫古诗、乐府，选体之高者，常凌轹骚赋、出入风雅，则不可能也；初、盛唐人所为排律近体，壮密沉澹，含咀元气，未尝削斫为工巧，而秾华掩映，自然合节，则不可能也；其绝句遒上，若临江哀笛，闻天霜鹤，振荡廓落，音止响腾，使听者意气寥栗，而莫可端倪，抑又不可能也。于是，辍不复为。休退之后，去而学琴，尝穷日夜、忘盥栉以事之，再历寒暑，才得四五弄，又以臂病废，不复为，顾古调不弹久矣，今可能者，旧谱流传及末师手授耳。自叔夜既徂，《广陵散》当时已绝，乃其法至今犹有存者，是耶非耶？试按索之，几不成调矣，况龟山雍门之遗意乎！然则声音之道，可谱者非其至也。又况手授则人殊，按图则家异，一指之喻，破碎枉挠，失其家法。烦手则入于淫声，猛起或讥其北鄙，宁复有弦外之音，至精之理乎。夫规矩，非大匠之巧也，而舍规矩无所试其巧；搏拊，非至乐之情也，而舍抟拊乌乎用其情。向尝取古谱、时师之法相胶戾者，反复极意，按之颇有所决，择其乱者去之，俾归于繁杀之中，得数十事，并所自删诗，得百余首，录以问之同好，非敢必谓能也。平居尝感于齐景之语诸大夫："二三子间于忧虞，则有疾疢。亦姑谋乐，何忧于云云"，有挟瑟上堂之意焉。夫必果能而后可也，则谋乐何日矣[①]。

《汉史亿》自序

古今言良史家，独盛称三史，盖云司马、班、范之书也。少小时心知好之，但常苦其漶漫，善遗忘。既行作吏，乃始得荀悦、袁宏《两汉纪》读之，一出班书之后，一出范书之前，皆约汉事为编年，私谓详约得衷，次叙有意，善本也。乃司马温公修《资治通鉴》，全书颇不甚用之，而宋神宗题其书曰："过荀悦《汉纪》远矣"，于意亦不谓然。盖《资治》一书，方格整齐，犹书法之有欧、颜，无处无锋，而《汉纪》差近钟司徒书，时具意外十二种笔意也。且汉史诸家善为论议，含吐抑扬，不甚费辞，而读之令人感动，每怪今人编辑小本《纲鉴》，皆刊削迨尽，独于胡致堂诸君子"呜呼噫嘻"之说，编录无遗，令观者唯恐卧翻。不似近时于东阿《读史漫录》一集，为多意绪，犹有汉人

① 《沚亭诗集》序后有"康熙十一年岁次癸丑六月戊子沚亭灌长自识"。

风也。兹余病废连年，无以消夏，间取前数子之书，时复纵观，觉与书生时另一意，况三十年来固尝洊历废兴，从事中外，久留郎署，出入台阁，以今况古，流连三复，即与初作吏时又另一意也。于是披读所到，意偶有触，辄书数语，用备遗忘，既集录之，为二卷，曰《汉史亿》，言“亿”之而已。既定，则取《谷山漫录》一重读之，其间意议，暗合者什一，初欲尽削之，又念汉臣霍谞有言“人心不同，其若面焉”者，斯盖谓其窊隆高卑之形耳，至如鼻从目横，眉在眼上，未有不然者也。推而语于文字，间有同而不同者，若《公》《谷》二传，票姚跌宕之文，恰如出一人，即孟坚之作《汉书》，直入《史记》半部，时小异耳，世亦不为怪也。有不同而欲求同者，王仲淹处隋唐间，著书两种，一以象《论语》，一以象《春秋》，儒者从而非笑之。譬则人言孔子貌似阳虎，曷尝以病宣尼；优孟袭衣冠，抵掌而谈楚王之前，王谓孙叔敖乃复生也，岂遂足以相楚乎？由是观之，即令人面毕同，其妍媸可立辨者，当亦必有故矣。遂不去也[①]。

《颜山杂记》自序

余幼读书，谈乡里事，尝有二疑。一，龙图范老，本吴人，尝守青州，青州至今传“范井”，固也。何颜城僻在深山，乃亦有“范泉”，将无影响？又，陈仲子者，既隐处於陵，皇甫谧《高士传》及刘孝标《世说新语》注，又有适楚见聘之文，且赖妻言而止。以仲子穷饿，又动与妻俱意，楚国远矣，安从得车粮，资此远举？后读《宋史》，乃知仲淹少长于长山，及举进士第一，犹名朱说。旧读书长白山，而此泉亦其寄迹，非宦迹也。又读《春秋传》，鲁成公九年，而楚入渠丘后，竟灭莒，又灭鲁，直与齐接。今颜山上古长城，乃齐、楚之防塞，去於陵百里耳。当仲子世，鲁虽未灭，意楚人狡焉，启疆逼齐已甚，即远不过二三百里耳。因叹人不读书，见闻寡陋，以视天下事，固鲜不影响者也。甲辰冬，余病罢官，兀兀归卧，以山居少累迟之。越岁，目渐能视，腕渐能书，属长夏无事，兼所居近山，松下多风，亦不甚暑，聊疏乡里间事以遣怀。或一日、间日、三数日辄得一条，手自录之，数月遂成卷帙，因题曰《颜山杂记》。以示友人，蒙曰：“是当为颜城作志。”余曰：“志家文繁而不杀。盖细大毕举，皆须有义例。兹余所记，特里巷细言，纪近不能及远。矧向者诸乡先辈，郡有志，邑有志，志邑而乡举矣，安用枝指为？”曰：“然则不失为《荆楚岁时记》《华阳人物志》耶？”余曰：“彼《子虚》《三都》之旧，俶诡瑰丽，笔不胜书，兹

① 《汉史亿》序言后有“康熙辛亥三月三日沚亭灌长自识”。

颜城三里山郭耳，竟为其书，恐亦不得也。”[①]

翟先生《医书》序[②]

玉华征君，近今之越人也，弱冠聪悟，有异质[③]，沉博多闻。从太公宦游武昌，婴弱疾剧甚[④]，会遇明医，数月得差。从此刻意方书，穷治冥缅，如是七年，转得统绪，既尽发古人之奥府，又能以意参互用之。及归为诸生，治[⑤]博士言，而其好方书日益甚。乡里友朋或病者，时一投药试之，并辄间可[⑥]，而小试小效，大试大效，亦是不复能自避闳[⑦]。轮蹄童叟，日集门庭，以考祥永命者四十余年，于兹所活人不可量数矣。顺治戊子，征书下抚军，抚军下所在郡县，守令到门，劝为之驾，趣乘传诣京[⑧]。既至，馆于光禄署，酒醴饩牵，大官朝夕供张甚厚。又数召入禁门，皆适以他故中休，未得辄赐燕见。会有心害其能，居数月罢去。年七十余，悲后生之不敏，惧古学之沦亡，或束书不读，或复读之不能通其意，将以救人之术[⑨]，为适足杀人者，盖多多矣。乃综缉旧闻，考其同异，辨其源流，摘其谬误[⑩]，著其统要[⑪]。其未发者即原本经义，间以己意，疏演并论次之，著书数编，名[⑫]曰《脉诀汇编说统》《经络考》《药性对搭》《本草古方讲意》《痘疹科汇编》《妇人良方》《医学启蒙》《小儿十三

① 《颜山杂记》序后作“康熙四年岁次乙巳秋七月朔沚园灌长识”。

② 原刻本目录作“翟征君医书序”。山东中医药大学图书馆藏顺治十四年《翟氏医书五种汇刻》本有《脉诀类编说统》(《齐鲁未刊医籍拾珍》据以校注)，又有清抄本，据以对校。

③ 《颜山杂记》“有异质”作“有思理”。《国朝山左诗抄》卷四刘正宗诗注引，“有异质”作“有诗思”。

④ 《翟氏医书五种汇刻》“剧甚”作“增剧”。

⑤ 《翟氏医书五种汇刻》、清抄本“治”作“方治”。

⑥ 《翟氏医书五种汇刻》“可”作“可已”。

⑦ 《翟氏医书五种汇刻》“闳”作“闭”。

⑧ 《翟氏医书五种汇刻》“京”作“京师”。

⑨ 《颜山杂记》无“术”字。

⑩ 《颜山杂记》“综缉旧闻，考其同异，辨其源流，摘其谬误”作“综辑旧闻，辩其同异，摘其谬误”。

⑪ 《翟氏医书五种汇刻》《颜山杂记》“统要”作“机要”。

⑫ 《翟氏医书五种汇刻》《颜山杂记》无“名”字。

吊》[①]。诸书上之究悉精微，察见天人理气之统，其下复堪众著群喻，俾后之学者不迷向方，故其理远而词气[②]近也。初，家光禄[③]与征君为总角交，意相得，学相长，征君有得以告他人，罕能喻之，以告光禄，未尝不称善也。光禄既避俗多年，园居无事，乃取所著书一一手自校雠，以付小子，俾序而刊行之。夫无救人之权藉而有其术，君子之器也；无救人之事实而有其意，仁人长者之用心也。不能躬自救人，而乐于布其言、传其事，使后之人有所兴起，而此道不至于衰绝，犹不失仁人君子之遗风余善也。家光禄之及此也，亦犹行古之道也夫。[④]

寿赵太公堅垣先生八旬双寿序[⑤]

盖予幼则闻乡之先达寿耇，名甚高而踵相接也，其时去太平未远，荐绅间古道犹存。上者乃登三事，次亦中二千石，至六百石致政邑居者，一时尚有数公，皆番番黄发，间为洛社之游，望之者盖尝心仪其盛而难其继也，乃今且三十年，而得外台赵先生。初，先生在御史台，执法殿中，风议藉甚，以视学南下，先大夫潍水君以中表觞之，予始以诸生见，观其论议博朗，精采射人，虽贵重用事，而言无枝叶，心无城府，豁达直躬人也。嗣值天下多故，借先生两出为方面，抗贼楚蜀间，而予适与其叔子韫退同学里门，又同举为进士。韫退蚤悟，有声名，能文章，时时道其家法，则予益习其家。既予行作吏，韫退亦省觐入楚，还为大行，每有书问往来，得悉先生起居，且道及治状，则予又益习其官。盖时闯孽滔天，楚豫之郊，飙回云卷，先生所治又当其冲，迄六七年，而国狗之瘈，无能仰窥楼橹，而一矢相加遗也。及予量移过里，则先生先在焉。适值闾左震惊，有登陴之役，乃得追随，晨夕纵谈，睥睨之巅，又出其守楚者以守里，一切堑垒木谯，丁宁鼓跗，非是也无以方略置者，而是时盖逾六之年矣。每有急警，城上集议，汹汹至夜半，诸少年皆疲剧徙倚，或乃齁齁鼾卧，先生方言

---

① 《颜山杂记》"痘疹科汇编"作"痘科编"，无《妇人良方》《医学启蒙》《小儿十三吊》三书名。清抄本"痘疹科汇编"作"痘疹"，"妇人良方"作"妇人方"，无《医学启蒙》《小儿十三吊》两书名。

② 《翟氏医书五种汇刻》清抄本"气"作"举"。

③ 《翟氏医书五种汇刻》清抄本"光禄"作"中大夫"。下同

④ 《翟氏医书五种汇刻》清抄本后有"时顺治丁酉仲春吉旦沚亭孙廷铨题"。《颜山杂记》在"痘科编"后与此文异，详见《颜山杂记》卷二《逸民》，不复赘引。

⑤ 原刻本目录作"寿赵太公序"。

议风发，屹立如山，窥左足者未尝尺寸失也。数月既罢，乡里安全，为杯酒之会，少长咸集，竞举大白浮先生，扬觯相属，人尽其意酬之，即素号酒狂剧饮，乃至不胜逸去，堕珥遗簪，而先生一石不乱，益精明，会又各散去。先生起治晋阳，以异等晋秩，饬兵庐州，所在著名迹且数年，乃归卧颜山，为林泉祭酒。又十余年，而所谓“言议风发，精采山立”者，犹昨也。岁之九秋，为先生初度，及李夫人寿，齐眉于八秩。有文学李叟者来谋曰:“以向所称先达寿耇之事，吾党侈谈，顾有鹿车偕隐，起蓬蒿间，登朝五十年，而孙子如林，琴瑟如故，若先生者乎？有父子相继，出入兰台青琐，为侍从臣，又建节专州，总持方略，酾酒临江，以厉武节，登高作赋，以壮文锋，若先生者乎？有白发悬车，老当益壮，载其余福，饷及乡邻，野老争席而不惊，穷乏待润而举火，若先生者乎？夫乡之寿耇，其足荣尚如此，又则今者，天子躬揽万机，与天下更始，年岁粗登，海内旷然，兴于恩数，朝有圣人，野有遗老，然则士大夫饰其羔羊，率其子弟，称觞寿者之堂，于以风太平、乐嘉祉，亦无忝昔者之盛也，君盍词以文之。”予曰：“固也。顾其叔子韫退，把笔妙天下，今将以不敏之辞，俪其眉寿之庭，质则野，文则不属，兹虽受辞于君，少次第之，余惧其无似也。”叟曰：“似矣。”趣具朋尊，邀诸公旦日进祝之。

重修颜文姜祠庙募引

孝妇颜文姜祠者，今在益都县孝水源上，古淄州界也。考之志乘碑版，文姜以唐天宝五年立庙于水次，续于朱梁乾化，而盛著于宋咸平、熙宁间，历世相沿，修而勿坠，然则灵贶响臻，迄今盖千余岁矣。记称文姜系家先贤，事姑至孝，勤于远汲，因感灵泉涌闼，泽润无穷，后人因即其居而祠之。顾天宝以前，历年久远，碑刻漫灭，莫溯厥初，而宋教授商亿、议郎陈琦，皆引朱梁刺史高霸之记，今亦靡得而详焉。独熙宁中，神宗皇帝郊见上帝，褒礼群神，乃按州状，披图经，称制敕，肇锡嘉名曰“顺德夫人”，仍赐灵泉庙额，读其中书门下文牒，文词尔雅，字画工整，至今烂然，犹可考信焉。按，古者妇人以姓为谥，微之则曰“姬”，尊之则曰“夫人”，卫有庄姜，鲁有文姜、穆姜、哀姜，皆著姓也。熙宁以前，夫人称“姜”者何，盖无闻焉耳矣。循是往者，政和、宣和，迨金元阜昌、至正，历有明三百年中，福飨尤异，丰碑遗构，翕赩勿绝，靡不颂其灵异，谨其祈向，咸云水境之内，即有水旱兵荒，辄灾而不害，世代滋渺，荣贶益甄，乃刺史州将郡邑参佐奔走祈报之典，与夫乡人士思人爱树之词耳，非有守臣上图记，天子降玺书，省院杂署军州从事，如熙宁故事，昭光典册者也。夫立百行之原，宜得众心之聚，斯庙之立，既非禨祥巫祝、忽荒怪诞、不应经议者，可得仿佛矣。邑有先德而不报，是弃典也；前王有嘉礼而后代弗章，是变古易常也；天子敬神重祀，而守臣不博采境内以闻，是有司之责也。今考灵泉古庙，后枕长城山麓，前临水泉，非工非匠，云构自然，泉水之旁，绕以周廊，寝殿之侧，祠曰“公姑”，祠曰“父母”，公姑之侧祠有曰“王友”，父母之侧祠有曰“郭公”，父老皆言有事此祠者也。夫生而事之，死而能世世俎豆之，惟夫人之孝为不匮，爱其德以及其所事，又敬其祠以及其所有事，惟乡人之追孝为不衰。缘乡人之心而为之报，苟有守臣采之省院，上之天子，未有不披图降典，如熙宁故事者也。灵泉既出庙下，汇为深池，觱沸鲵旋，泻于石涧，古为孝妇河者，亦犹愚公可命谷耳，而后魏郦道元《水经注》，谓“陇水南出长城中，北流至般阳县故城西南，与般水会。又径於陵，过梁邹，入于济渎”，按之良是，而其文或又为“泷水”，谓即古“袁水”也。郡乘遂谓泉生室内，发乎笼中，俗因袭“笼水”之目，益远矣。尝寻经脉水，陇水出秦陇山新阳峡，其流入渭水，故古诗曰：“陇头流水，鸣声呜咽，遥望秦川，肝肠断绝。”泷水出桂阳武溪，入于泷中，所云“岩柯晦景，崩浪震山”，方斯二水，实为乖绝。夫袭“泷”为“笼”，既传疑义，“袁”实类“孝”，字形相讹，疑此注文，恐当是古“孝水”耳。今混混长源，澄清未改，而榱题零落，渐就蓁芜，将远近之人，拜谒祠下，瞻就彷徨，勿宁谓此邦之人，褒表功德，今不逮古。矧兹者圣图弘昌，百神受职，遍遣祠官，怀柔河岳，即匹夫匹妇，苟一节可风者，莫不受之巡方，下之祠部，十余年间，表章不知凡几，独此庙貌阙而不修，祀典旷而弗举，不特乡之父老耻之，守土之贤大夫亦耻之。顷过少司马副都御史抚军耿公，偶述其略，公忾然曰：“是余心也。将庀材鸠工，度几何而可，子为我集乡三老而计之。”是用考其源流，志其兴废，告诸四方，苟有能推惟今皇帝孝治之意，以无忘乡先贤神明之业，以佐成贤大夫崇德好古之心者，实图力之至。陈琦之碑，谓庙户郭勍，姑之远亲，自天宝以前，世掌其事，则启闭洒扫，实有常职，其来旧矣。今郭氏绝传，而曰“傅”、曰“毕”、曰“邵”，古置庙户尚有三家，稍复免之，俾专其事，亦盛举也。惟当事诸公之议其长利焉。

冯氏祖本《阁帖》跋

按，宋初两王著，一翰林学士知制诰，以酒狂黜；一太宗侍书，每暇日问以笔法，则此帖所自昉也。太宗既垂情翰墨，命著勒成此帖，大臣登进两府，乃得赐之，人间以为难得，必其君臣皆有精鉴，然后为人宝重若此也。乃后人弹驳蜂起，真伪杂糅，恐奉诏之作，未应至此。或谓太宗借王氏书，以集《阁帖》十卷，后于《谢公帖》亲跋三字还之，则知当时摹勒墨本，不独内府所藏，其传历既非一家，间有错讹失序，摹者未敢遽改，遂仍旧贯，刻以成编，非必其辨证远逊后人，或亦传疑，微意宜尔也。顾其版毁于庆历，即晚出榻本，至今亦五百余年，传者盖寡。予友侍读冯孔博，出其家藏，因得纵观，以视世本，真鼻祖耳孙，断难伯仲。过此，世代益邈，觏止为难，冯氏珍此，虽百世可知也。

西岳题名①

予游秦有四快：一登华岳西南二峰；二浴温泉；三携陶令、王丞、杜拾遗诗，于松桧峰头细读一过；四得刘纮以为解元。有二恨：一未得登玉女峰；二未得穷览西安府古名人墨妙碑刻。

丙戌九月二日北海孙廷铨题于华山松桧峰。

梦山堂记②

予尝梦中见岱，殊不似岱，而往往奇于岱。尝梦入名山，殊非意所期，而往往得佳憩与贤主人。戊戌八月三日之夜，梦游山，上一平台，北顾，一城楼阁相望；西望百步之内，塔寺郁然；南望平畴绿野，往往见人，锄笠往来，揖让笑语；东望来路，乃忘远近，云霏烟凝，四山苍然。于精舍南窗下，据几为魏石生书扇，作此语，旦而志之《梦山堂记》。

为王云侣画叶子赞③

往见老迟，游戏是图。触意像形，则史貆躯。虎卧龙翔，海立云扶。或剑而侠，或绅而儒。于鬛狡童，彼髡静姝。簪笔巾袷，鳌弧鹿轳。蜂气瀵涌，异态同趋。翩翩信陵，或立狗屠。条侯自天，乃勤博徒。偾斯乱雄，屈乃治符。咄咄墨狂，嬉与骂乎。云侣拾之，适得文娱。展素宛然，白璧玄珠。秋毫非细，钗脚微粗。霙霙色起，晔晔神舒。譬闻天籁，刁调噫呼。譬瞻帝释，龙象华敷。云台图汉，地狱变吴。得其象外，何丑何姱。聊复尔尔，清酒百壶。

---

① 原刻本目录作“西岳太华山题名”。

② 原刻本目录作“京邸梦山堂说”。

③ 原刻本目录作“王云侣画叶子赞”。

小像自题 ①

颜不如少，智不如老。今我固我，谁为丑好。变化密移，日易月迁。悲欢得丧，聚散云烟。至人体物，晤此空华。汝见恒河，亦有变耶。

又题

此道人，何委迟，不言不笑见天彝。人言是我，我为谁。

笺 ②

窃闻握手赠言，君子重拳拳之意；抽毫作赋，达人寄悢悢之心。人而有怀，谁能无语。况乃仆者，慕义如驰，闻风欲溯。今对崧高而不颂，将挹河汉以何途。原夫疢疾塞其蓬心，簿书填其鞅掌。风流不竞，疏绝抱膝之音；塞然无文，抵触低头之诮。实自涂泽而愧拙，敢挟功令以文疏。恐负华笺，敬完白璧。

留地方官公书 时值于孽之变

窃惟敝镇山城虽小，附近编氓亦有万家，但以去县辽远，又在两府四县之交，五方杂处，人情易惊，设官分署，不无深意，似非可有可无之官也。且国初定鼎，屡议裁官，此缺亦费斟量，卒以事繁任重，议裁不得，照旧议留，正备他盗与非常耳。目今东府逋逃未靖，震邻正在多虞，幸有叶别驾公，清查牌甲，严诘奸宄，料理城守，万家之聚，赖以粗安，则此地此官，又似非可有可无之时也。若当无事议裁，既借多事以留员，及兹多事需官，又以无事而越俎，或亦诸台之所深念也。兹适奉宪檄，委署口照，镇人闻此，不胜彷徨。窃念该县离镇五百余里，舍其岩城，飘然远去，万一本镇有事，当复呼应何人，是镇人有官而无官，将致地方无事而有事也。伏惟台台慈照，俯顺舆情，念此山城，正资保障，转达上台，留有备之贤能，销未形之他变，庶地方安堵，邀庇弘多矣。非不知一时僚属空署，择人倍费清心，或该县近邻，贤能佐贰，尚不乏人，且本镇亦有监狱城池，悉属公务，料理需人，又不但治等之身家私计而已也。谨此合词上渎，伏惟鉴照，可胜翘驰。

---

① 原刻本目录作“小像自赞”。

② 原刻本目录作“屏笺”。

资政大夫刑部尚书任公墓志铭①

吾党多士大夫，而其孝友有称闻，老而孺慕不衰者，文水最著。昔甲申之变，公自贼中逸归，父老奔问官守，余适从之，因得其死生情状。又见其创痕，自发际垂于眉末，殷然尚未复也，心甚壮之。自是又复十年，公为大司寇，予告以归，方招余为林泉之游。曾几何时，而遽闻其没也。今太公年八十余，千里移书问其志。余盖发书而叹，甚伤其意也，为述其略焉。

按状：任氏之先出于黄帝，其在成周，则薛伯足征也。汉唐以下，历世久远，或见或隐，靡得而详。明洪武初，有曰全者，始自乐安徙居益都之南鄙。五世滋大，又一传而昌，曰经，则公祖父也，乐善羞行，施于乡党，是生太公曰克明，则彬彬儒行，比迹康成、太丘之间矣，而夫人曰杨氏，明诗习礼，严毅有风，裁家法最善，首举维公，名浚，字文水。及长，状貌魁异，髫而轶群，综博贯穿，细大兼举，为文峭拔，如云举岳峙，与人交，意豁如也。少游诸生，谈经折角，又独留意古今治平大略，或慷慨谈时，虽当世之能臣，无能易其说也，而独承欢子舍，浣濯厕牏，则婉如也，愉如也，似不能言者。年三十，举于乡。又六年，赐进士第。初，除知芮城，又调榆次。芮城固弹丸，而榆次严邑也。其令芮城，劳之来之，不厌其简。其令榆次，劳之来之，亦不惮其烦。居三年，署循吏卓异上考，擢仪曹，寻改御史，按视苏松。苏松之土，沃土也，其俗文辩而巧，其吏舞文而多猾，其长令攫金满籯而善事上官，故为难治。比公为之，期年报政，载鹤二、石二、书画百卷以归。其民似释负也，其吏似行霜也，其长令似洗髓而易肠也，而吴之土，顾又似瘠者，而是时，闯贼煽祸，已燔秦烁晋，震动蜀、楚，直走大梁。大梁者，中都陵寝之屏蔽，又周、潞诸藩，连封接轸，宗器存焉，故贼之操之为已亟，而前此捍御之策，又虚无具，则危道也。适公按吴复命，中途抵里，未及诣阙，而当宁议守大梁者，皆推毂公，于是复以御史监军大梁。受事两月，方简料师徒，修饰战具，誓师厉众，擐甲登陴，而贼势凭陵，百万之众，蜂屯蚁附于汴城之下矣。公遂激厉亲藩，器甲授之弓人，宝玉出于王府，调和文武，抚勉百姓，明信赏罚，手剑而从之，城以内百万户莫不振振然，而城之下百万贼无能狡焉。以逞者悉锐，不克，贼老自归，而公亦以中铅折肱，得告还里。

无何，贼焰燎原，中原板荡，莫可收拾。公复受命起复总督，闻命疾驰，方欲匹马渡河，号召忠义，招集往日守汴部曲僚属，共图国难。未至河一日程，夜宿长垣，适贼以偏师潜行，呼于城下，其门自开，公尚未之觉也，披衣问之，

① 原刻本目录作“任文水大司寇墓志铭”。

则贼在阈中矣。公既被执，从者皆惊相失，独二仆不肯去，遂俱驱至彰德。啗之不屈，胁之不屈，执而兵之，铍交于颀，反皮障眼，血流被胸，愦绝不复自觉。贼惊相顾，自相语也。已而解缚复苏，槛车北去。比至都，则贼之前队已陷都城，争取府库，掠民间子女，狺狺相争，不复他顾，遂得间逸归，则所为见其创痕自发际垂及眉末者也。

未几，大清入关，歼贼定鼎，使者四出，访求耆旧。或以其名上闻，趋起送入京，授户部右侍郎，督理京省钱法。时大命初集，百费繁兴，公私廪藏，焚劫靡遗。公收括铜料，招拣工匠，躬督率之，以是仓卒取给，用罔不赡。数月，以太夫人病剧，得请归省，旋丁内艰。服阕，复补前职，寻迁左侍郎，总督仓场，又晋都察院右都御史。

先是，明末漕政弊坏，京军缺饷，以致不支。及大清开国，需漕倍重。王公勋爵集于京师，则有禄赐；文武新旧官僚九职以上，则有岁俸；八旗甲士未授田者尚多，则有月饷。或授田矣，而灾伤水旱之不获，斧戕车甲莫取资焉。官家计丁而偿者，则又有涝粮，是皆于漕乎给之需之，如此其亟也。而明朝领运，皆卫所世官，其旗甲则其军余也，官有常职，旗有见丁，更番而来，不烦改设。兹改命之后，悉已就裁，更置流官，卫设一人，又时或缺焉未补，领运无人，或多委署，既未必贤矣，而旗甲听其自招，又往往聚游手而付之，以是需漕日亟，而浸漕日甚。比其抵通，或复收兑不时，仓蠹为奸，吏有征求，官无勾考。或有运粮万计，一粒无交者，亦将借口焉。公以公廉自律，而群下无敢干者，挂欠遂骤减于前。又漕粮抵坝，正兑悉入京庾，改兑则入通仓。其入京庾者，五闸盘剥有费，入廒尖耗有加，此皆于正粮之外，兑之于南，登之于北。自明末来，闸坝冲决，船袋耗折，历兹复京运迟留辇下，百万之众待铺者急，不能徐期，以故改京仓为河兑，千艘万车，云集坝上，日不暇给，又其盘闸、尖耗之数，遂不复问之。如是，则仓与漕蒙，官与旗市，利归官胥而亏在公家矣。公特疏驳正，收其半以实京庾，舍其半以宽漕力，自是公储耗米，岁增十万有余。

三岁，迁刑部尚书。凡有大狱，原情比肆，手自定拟，有锻炼周内者绝勿听，以是称平。无何，遘疾怀归，以原官致仕，优游田野，半岁，卒。天子悼之，特遣行人临祭，营葬事焉。迹其行事，则可谓公忠者乎！若夫其天性之笃，著述之富，生没之年，子女姻娅之谱，则有厥弟注之记载存，他人言之勿肖也，故不复附焉。铭曰：骑箕尾乎，道将藏。为雷雨乎，泽将长。惟君与父，何用不臧。有废而兴，天道难量。攀龙堕髯，求死不得乎，为我心伤。乘云归矣，而慭遗一老，宛然在堂。悠悠千载，谁相望。且归休乎，山之阳。

山西按察司佥事静远李君墓志铭①

李君易箦之明年，予过德水，其孤曰澄，来告于舟次，请铭焉。忆昔与君同年谒选在都，借居僧舍，杯酒晤言，相与陟彼西山，瞻望京邑，感时增叹，故其生平知之最悉。

君讳赞明，字扬休，德州人。曾祖曰志皋，祖父曰芝，父曰应科。少游诸生间，即俯视一切，囊无一钱，而意常自豪。年三十有八，始举于乡，五十成进士，授真定理官。初，君少年跌宕，为豪游，又博闻多艺，每自喜擅场，飞文腾翰，抵掌纵谈，斐然文人也。俄而，弹筝拊瑟，堕珥遗簪，博塞呼卢，一石不醉，即为酒人。俄而，戎服佩两鞬，带曼胡缨，射石击剑，灭光而驰，即为武人。俄而，犊车适市，过狗屠，溷迹陆沉，问牛得马，物无匿情，即不知为何许人。既理真定，念畿辅要津，又时方值多难，书生坐啸，必绌于时。既至，得以其意为治，乃出其馀智，钩深致远，调御才异，尽得其用。按，囚有张天伦者，侠民也，时中贵方张，即走卒厮养，虎视天下，旗校过真定，淫逞不法，调良家妇。天伦不胜义愤，起而格杀之，自分死矣，君力脱之。未几，恒山城下会有兵事，城中震惊，君夜遣壮士，决滹沱河水，绕出敌营，而别部敢死士百人，夜乘其怠，奋击之，遂解去。及李贼逼京畿，阁臣李建泰视师井陉，君请从军。适懦将漏师内变，阁部兵溃无所属，乃还。

大清定鼎，诏拜礼部主客员外郎，迁榆林兵备。榆林地控西边，自罢互市，西人益恣剽掠，卒无宁日。君以便宜开市，与之约法，为治简易，边境少安。时抚军好动，以为不足于武刚，劾去之。自是诸苛法复行，军民失利，无何变作，抚军死矣。后起补山西驿盐佥事，抗姜瓖之乱，城守有功，诏得叙录。适流痰结集，卧病引归，村居劝农以自给。会有诏蠲租，州之滑吏，欲匿之。荐绅先生心知其不可，而踌躇不言，公慨然发其事，州人赖之，其为吏者怨之。或曰："君，愚者也。今夫智者虚而善托，苟容而寡忤，利则归己，怨则归人，乃当世所称贤豪，有能名者也。今也反之，可谓智乎？"或曰："不然。君子之持躬也，正以广其与物也。直方以大，既从大夫之后矣，当以济物为心，苟有以佐国家利百姓，虽犯难可也。"又优游数年，以病终。铭曰：峨冠短剑，恶乎量。丰翰枌息，恶乎藏。元公多艺以用光，武公善谑睿且康。吁嗟公乎，不可忘。

① 原刻本目录作"李静远佥宪墓志铭"。

王肃然墓志铭

王君肃然者，似隐而达，似侠而度。今其没也，其甥徐夜，侄子士骥实来致其状，固请铭焉。徐夜者，桓台高士也；士骥者，后进英达之弁冕也。予既重二子之行，而累欷其状，则摭而志之。

按，君于序名与仁，字善长，其先自诸城迁于新城，盖累世闻达矣。曾祖太仆重光，祖观察之猷，皆以死勤事。父考功象春，则庚戌制科，海内所称季木先生者也，先生以名高当世，多所抵触，以致废锢，晚而悔之，既自名春，又仁名子，先生之志也。

君幼而警悟，承其家学，无虑为博士高第，且坐进清华矣。属天下多难，诸为儒者脆弱不胜，或抱书窜伏山谷，无所得食，乃去之，学击剑射猎，戏车弄马，皆绝人，盖其天性也。甲申之难，有乡先生使持节总师河上者，君仗剑从之，得以军兴法相署。置无何，闯逆陷阙庭，海内云扰，甫行而中罢，其部曲或散或留，依先生以自保。君在畴人中，益谨身去就，不敢妄与人，然竟以冒嫌名罹阨会，几不免者数矣。自是易名山立，以自别异，而其为人排患难，赴缓急，自如也。

会圣人定鼎，拊髀思贤，凡乡国所贡材武，并优其常调，以观示之。君谓此壮夫业也，遂起，以武科应，游于京师，诸曹贵人间，壮其奇侠，多愿交者。及当对策殿庭，例有内大臣承诏，都肄之拔其骑射尤异者以补内侍，隶卫将军，得出入掖庭，居则期门宿卫，出则扈从乘舆，鞬鞶居马上，抱弩负籣，行豹尾中。时从南苑射熊斗兽，久则出为偏将军，甚宠赫也。是时，君材居最，当预之，私念如此即留阕下无归，居单子弱，无若是何，遂不就，而退营长白山居，修渔佃、树艺之事，益治壶觞园果，以延望四方。客游有山志者至，则招之，语小契洽，倒赠之。有怏书致之古物、奇器不能名者，为识别之。独不喜对俗儒隶人，曰："真学人固当落落，定不于客坐把书。且儒门清贵，何至向舆儓借声势乎。"乃其构谗罹阨，率亦以是也。少年尝于方外得炼汞法，试辄不成，晚益笃好之，遂以是终，其癖尚如此。世传王阳能作黄金，为吏颇廉，而车马鲜盛。然自刘向之徒尝得淮南秘书，以典尚方铸作，费金甚多，而卒不验。将谷永所云："听其言，洋洋满耳，若将可遇；求之，荡荡若系风捕影，终不可得。"其果是耶？抑则贫穷，亦有命也。或谓以君之才，守其家学，倘不中废，清华宜可得，惜也！其鞍韦跗注，君子也。昔班生未遇，困于佣书，以叔皮为父，孟坚为兄，皆儒林之瑰宝也。然仲升投笔愤发，卒立功万里之外，以取封侯。士各有志，亦何伤乎？顾其修短，无如命何。

君卒于康熙六年四月，得年四十有六。娶赵氏，置侧室叶氏。有子四人，士楚、士堃、士梵、士丛。语在状中，不悉书。铭曰：蓝之田，玉骈连。乌衣巷，世称贤。珥汉貂，秘孔编。彼姝子，都且妍。投簪笔，佩两鞬。周有虎，汉有班。骋逸驾，鞭后先。时则那，壮而颠。登桓台，望肃然。圹嶕峣，旐芊芊。返真宅，固且安。宜孙子，永万年。

叔父南昌公行略

呜呼，余叔父羲侣公之没也，伤哉！叔父长余十有五年，其自总发而能从之游者十余年，先我而捷秋闱六年，及同列庚辰甲榜，其相去数百里且数千里而仕者又四五年，而于今盖二惠弱一焉。伤哉，余叔父之没也。

叔父讳景昌，字仰之，先世为益都人。洪武初，始自府城东南隅，徙居孝妇乡，历世未有显者，以故谱牒不详，数传而始祖曰富，富生金，金生纪，纪生延龄、延寿、延福。孟好武任侠，为千夫长；季少年跌宕，吹箫蹋鞠，为狭斜之游，俱不事生产。仲独折节好儒，以义高乡闾，乡闾有大事，常为三老祭酒，是所称柳溪公，而公祖父者也。生湘潭丞曙阳公霁，潍县教谕，赠光禄大夫户部尚书加一级。晸阳公震，即余小子大父，而公则湘潭君冢嗣也。

公生而姿颖，九岁能文。初，湘潭君笃学力行，声名藉甚，无虑所交游，皆一时人誉，后率为名公巨卿，且出其门下者多矣。公自总角而与诸公游，诸公莫不避席，揖而进之。公既生有令仪，为人慷慨博达，善谈谑，义气轩轩，千人自废。十七为诸生，屡试高等，载酒谈经，履满户外。逮至三十有六，癸酉，始以礼经举于乡，时朝议方立限字格，主司以此斤斤绳士，独公雄文自放，所著论策皆通达博雅，卓冠一时。主司心知其逾格而无以夺之，虽抑居后列，其论文卒著为程式云。庚辰，四十有三，捷礼闱，对策赐第。壬午，授清苑知县。清苑居三辅要津，多贵戚近臣，号称难治。又军兴旁午，征调不时，资粮车甲，咄嗟而办，民未尝病之。既而带甲满地，畿辅震惊，添注股肱，大僚行部，视师建牙，保定城守戒严，悉倚公为左右手，枕戈登陴，六月而息，行当论功，适以内艰，解任家食。逾岁，遭国变，拟野服以没世矣。属大清启运，征车四出，趋所在有司，举遗贤，身劝为之驾。服阕逾岁，以乙酉敦趣赴部，再补南昌。时江省初辟，山谷之间，反侧未服，防师数万，悉萃会城，索饷则荆榛满眼，兴怨鲂鱼，停征则庚癸频呼，深虞猰狗。时防帅金声桓者，心怀不测，专贪自恣，奴视文吏，守令以下，莫不震詟，或至膝行蛇语。公独长揖不屈，声桓每视眈眈，以其廉善得民，且诸台交称之，不能罪也。戊子，及瓜，署上考论资，荐行取铨曹，已上单矣，忽金逆发难，据省城，陈兵四掠。公闻变，诣按君，要与俱死，为乱兵获致之。金逆叱之，不屈；榜之，不屈。左右欲兵之，其党曰："此民望也，舍之得民。”乃不杀而囚之。数日得间夜逸，时从者散失且尽，乃独行，薙须发，走匿匡庐山佛寺间，忧郁病作，行念老亲转剧，闻大将军固山谭泰提师扫除金逆，过鄱阳，将抵省会，乃自庐山归于大军。大将军望见伟仪，且念其不屈，欢甚，许以督粮备兵司道之职，以病辞，请间而任，许之，得休民舍，数日竟不起矣。有门人万生义先者，具其事于两台，两台乃捐金给照，护丧而归。伤哉，予叔父之没也。

叔父生于万历戊戌四月初三日丑时，卒于顺治戊子十一月十七日子时，享年五十一岁。原配栾氏卒；继配石氏，男四人：长廷鑛；次廷钧，出嗣；次廷釪；次廷钺，俱庠生。女四人。忆庚辰初第，按除目，叔父及余皆应为令，余念文弱，不胜吏事，戚戚忧之，以及于病，叔父数有慰言。会同乡诸大夫迎贺，有一先达，自令为郎，其人蹒跚老丑，众瞩目之。叔父指谓余曰：“若独非令我辈岂遽不逮若乎，而安用忧为。”余为意解，而讵知其遂不逮若耶，伤哉。于叔父之葬也，谨述其略如此。

先大夫行实

先光禄府君在殡之三月，不孝小子既遵奉遗命卜兆于务子之原，将请铭焉，爰述懿行以告君子。盖执笔泫然，迷惘不备，又念先君生平好直恶佞，谀言不至于前，不敢缘饰文辞，掩其素志，谨述一二大节，用备采择。

先君讳元昌，晚号大山，其先益都附郭东南隅人。明初远祖曰克让，数传至富，不知谁何迁颜城孝感社。富生金，金生纪，是为表时公，生三子，中曰延寿，是为赠尚书柳溪公。生二子，次曰震，是为潍县教谕，赠尚书晸阳公。晸阳公冢嗣，则先君也。自柳溪公前，家世恂恂，常以孝谨退让著于乡闾，而先君刚直果毅，与人洞达无隐，回至其意之所是，则断辞一迹，虽自谓贲育，不能夺也。读书好深湛之思，刻文切理，不喜滑泽枝叶之言。年二十七，始游庠序，既而屡进不偶，终不易其所学，论难衎衎，确如也。既举亡姊及不孝弟妹，食指日繁，拮据忉忉，靡有遗力，愈益操持耿介，不肯降志而辱其身。初，有说为子钱居息之事者，尝一为之，即焚籍弃去，曰：“此非君子之用心。”乃退居传经以自给。每寓于酒，顾影独进，或乃召集诸弟群从而饮之。时诸父并复少年岳岳，既过三爵，英辩锋起，一言无当，先君常乘醉呵之，蘧然皆谢不敏。时先教谕公偶一过门，正直欢哗，谓此嚣嚣者尽醉耶，既而察之，方欢洽甚，又听其言，皆有理绪，更悄然独喜而去，亦终不以为过也。不孝能胜句读，授以古史大略，能举似矣，授以先辈经义，昼日或有他营，夜者犹就卧内，讲之贯之，反之覆之，一义至于十反，必使知其故乃已。顾独不令学为文辞，以谓必待其从容，将自有之，不烦吾力也。盖小子十有三岁，而一日捉笔为文，先君阅而赏之，其终以成立者，则先君之善诱也。先君壮年论事，慷慨激发，义形于色。既无所施试，年未五十，婚嫁粗毕，遂乃闭门却扫，渐疏外事，门前种柳，堂后刈葵，署其门曰："辟俗理肱枕，隐心问药笼。"间纳野人与语，尝有贫贱交游，一旦豪贵，车马过存，一闻其声，即飘然引去，终不复接对，其愤时迕俗，皆此类也。性好综详，临事必先立距度，即断竹败瓦，处之必安其据，用之必当其材。小子婆娑仕途，未尝一日肯就禄养，或寒暑节令，间制衣帛，欲进前为寿，度非其意也，又则趦趄迟回而不进，盖不敢以进也。晚营孝水之滨，俯仰静观，穷年兀对，倦则策杖独寻，从容信步，山边林下，邂逅忘机，辄为盘桓移日。儿辈或念其劳，间以仆马追随进者，则怅然而返，亦其素怀微尚然也。世祖皇帝之严法令也，小子方随班九列，惕惕于功令之间，问所以自安全之道，先君移教曰："主上精明，人臣奉法，此至治之征也。令甲虽严，不加于忠信之臣，清白之吏。但使汝一心奉国，不自惰渝，退食之次，尚足从容，曷有意外之干，足惊坦坦之度哉。若子弟家僮，有吾家法在，想遵教敕，当不以累汝也。"甲午之夏、辛丑之秋，小子两奉恩命，赐告归省，见老父精神强健，饮啖胜常，私心甚慰。迨甲辰冬末，小子移病归来，而先君微伤憔悴，相见恻然，有"吾衰"之叹。谓方当以药饵扶之，不虞浃岁之间，遽婴笃疾，一至此也。初，先教谕公之将谒选也，时有所举粟于乡邻，既卒于官，未及偿报。先君与诸父乃分任之，先君既毕报矣，诸父或不时给，遂历多年，先君病中检料及之，曰："此区区者而令先人有遗负之名，义不可居也。"一旦发廪，为尽偿之。会有其家长既没者，子弟谢初不知。先君遣报曰："君则不知矣，如我知之何。"付之然后已。一日，逍遥曳杖，呼小子而诏之曰："吾兹年逾七十，尚自勤劬，意谓淡泊惜福，尚可延禩十年。不谓今者乃遘斯疾，但自今以往，每日一入家门，见骨肉聚集，饮食无恙，暂以为安，若得延过冬月，吾无患矣。即臧获亦骨肉也，汝知之乎。"小子闻此，不禁涕泪之横集也。念先君直道而行，群下惮其方严，朋俦畏其清峻，初似难亲，及其久也，方且爱慕思恋，怀之不去者，岂非以推情与物，若此之平恕哉。於乎，如我公者，虽孤情自照，而隐不违亲，虽矫时砺俗，而动不惊众，所以难也。犹忆小子儿时，先君于秋夜庭前，置之背上，指东方长星而示之，盖如昨日耳，而今已矣，不复奉晨昏，不复追燕笑矣，呜呼痛哉！

先君生于万历二十一年十月二十二日，卒于康熙四年十二月十八日，享年七十有三，累封光禄大夫户部尚书加一级。配夫人张氏。卒之日，有子四人：长不孝廷铨；次廷钟，青州府学生；次廷锡，陕西保安知县；次廷鉴，官监生。女二人，俱前卒。孙男十二人：宝仍、宝侗，俱荫生，廷铨出；宝何、宝似，俱庠生，宝僖、宝仔，廷钟出；宝仪、宝儒、宝伦、宝伸、宝传，廷锡出；

宝修，廷鉴出。孙女九人。曾孙男四人：融、祥，宝似出；嗣端，宝侗出；续端，宝仍出。曾孙女三人。兹卜以康熙五年十月之吉，归厝于新阡。先君笃志励行，七十余年，穷居不滥，在丑不争，俭而能施，贵而能下。黔娄之谥曰“康”，柳下易名以“惠”，以今絜古，抑可谓无遗行，无愧辞者也。不孝鄙词荒略，哀不择音，惟仁人长者哀而赐之铭，殁存不朽矣。

先君一七祭文[①]

维年月日，孤子廷铨等暨孙某曾孙某，谨以菽水常仪，奠于显考府君之灵，曰：

惟考厌离尘浊，游神太始。日月不居，忽焉一七。虽灵柩在堂，而音容窈若。诸孤衔恸，茕茕曷依。欲奉晨昏，不可再得。敬陈勺水，仿佛生平。孤儿在此，灵其顾之。

二七祭文

惟考厌离尘浊，游神太始。日月不居，忽焉再七。兼复岁除，星纪已周，而音容永隔。岁华将旦，而灵驭曷归。遗此诸孤，衔辛茹恸。感时睹物，惄焉疢心。仿佛生平，荐陈勺水。惟灵不远，眷此孤儿。

三七祭文

惟考厌离尘浊，返神太始。日月不居，忽焉三七。兼复春和，星纪载回，而音容永隔。群生乐育，而灵驭曷归。遗此诸孤，衔辛茹恸。感时物之迁序，空衣裳之在陈。仿佛生平，荐陈勺水。惟灵不远，眷此孤儿。

四七祭文

惟考厌离尘浊，返神太始。流光易逝，日月不居。忽焉四七之辰，更逢三五之夕。华月流辉，而音容永隔。春灯在户，而灵驭曷归。憗遗诸孤，衔悲茹恸。感时物之迁序，追燕笑以无从。仿佛生平，荐陈勺水。惟灵不远，睠此孤儿。

① 原刻本目录作“先大夫祭文”，无六篇祭文分题。

五七祭文

惟考厌离尘浊，返神太始。日月易逝，五七载周。杖屦非遥，慈颜永隔。手泽犹在，书阁尘封。遗此诸孤，茕茕何祜。搴帷永恸，尚忆遗徽。缅惟我考生存之年，执义则如山不移，励志则絜冰斯洁。理必沿流以探本，学乃刊华而就实。壮岁食贫，取必严于一介；耆年锡祉，意不动乎秋毫。虽孤情自照，而隐不违亲；虽矫时砺俗，而动不惊众。斯乃庞公怀鹿门之期，太丘负颍川之望。以故含华隐曜，高风上彻于九重；履素秉谦，义问悬驰于百位。用能重光祖德，启我后人。家学者，佩趋庭之训，不远求师；服官者，凛清白之贻，无敢变节。是宜遐登上寿，庶几振厉颓风。何乃仙期，遽升鹤驭。俾老成兴黄耇之思，后生叹哲人之萎。靡不素车白马，走集千里于门庭；穗帐灵旗，欲起九原于长夜。路人含恸，矧我诸孤。春雨秋霜，痛松楸之易拱；遗编断简，奉琴瑟以何年。仿佛生平，奠陈勺水。维灵不远，鉴此哀悰。

大襄祭文

呜呼！我考之殡于斯堂也，十月于兹矣。缅惟生平秉道履方，遗荣守素。不诡随于流俗，不摇夺于众论，不移节于贫贱，不见悦于纷华，庶几三代遗直，大雅君子也。至于懿德修能，受兹备福，乡党称仁，闻风慕义，可谓得其名矣。上仙之日，齐于孔年，可谓得其寿矣。履坦终生，曾无悔吝，可谓康宁袭吉矣。诸孤成立，孙曾满门，可谓大启厥后矣。隐德彻于九重，义问流于百位，其生也，可谓荣矣。觞奠者，巷无居人；陈诔者，走乎千里，其殁也，可谓哀矣。兹将以旦日之吉，恭奉灵辆，安厝于务子之新茔。念前此慈颜，虽隔穗帐可依，自兹灵旐一迁，墓门永闭，茕茕孤子，衔恸曷极！幸此诸吉协从，輧车夙驾，敬陈勺水，用布哀悰。

诫子箴一①

咨小子仍：汝生有征，母病儿饥，憔悴不胜。时余顾汝，丙夜未宁。卷书在床，而探粟于瓶。及汝胥育，我心则起。粲颊摅颜，眉目可喜。初名汝僩，义取瑟兮。望尔斯才，笃志弗迷。予承先佑，秉义以济。流光馀宠，洊汝兄弟。青青子衿，萃于桥门。典学齿胄，实惟国恩。咨尔小子，尚省风愆。无白日昭昭，而恬彼

① 汇编本、津图本、哈佛本目录中作“戒子箴”，存目本作“戒子箴一”。

狂言，淑人仪一，进退有常；无启处靡宁，而忽焉翱翔。白圭可磨，失词何补。语诸赵孟之偷，而又甚于遂武。相彼楚人，见嗤猴冠。无我颜厚，贻彼齿粲。新息诫子，黄门训家。静以生福，无为祸芽。不密失臣，不密失身。秉心塞渊，万物乃亲。敬仪孔颙，履信无咎。永惟斯言，以蕃尔后。

诫子箴二①

咨小子侗：汝弱而聪，曾未免于怀，而羸疾是攻。维父及母，中食投箸。怵汝不育，以疑以豫。秋霜迁序，增叹牛衣。予岂弃汝，若遗而实。去奋于闱，两月来归。载旋载奔，谓汝死矣。宛然候门，色敷体莹，投怀而嬉。予以汝卜，弋言获之。汝年既成，尔志斯愉。握铅怀椠，振此文途。辟予肯播，冀汝终亩。嗟嗟奈何，而湛于酒。良贾深藏，上德不有。嗟嗟奈何，腾说自口。杯斝在御，蜂气盛辞。听者已倦，汝曾不思。灌夫祸窦，子反败楚。不戒于微，终无处所。卫公抑抑，乃作宾筵。守瓶之智，不尚有愆。惟节养和，惟嘿养神。夫惟大雅，是式先民。宁为金人，无为竹林。及尔曾玄，敬佩斯箴。

北曲双调新水令②

自笑

山东鄙人，起为朝吏，支离拙讷。初无玲珑会通之材，餔糟啜醨之智，而谬致通津。顾朝士怀才孔多，愿忠者众，旨酒一盛，褐父睨之，处非其据，能无恧乎。于是相与捃摭细碎，督以不急之务，咎以非所任之事。膑策输攻，交章迭起，必欲锄而去之。仆闭阁思过之馀，日夜以几，冀得黜削，以避贤路、遂丘樊，不意复被朝恩，许其留任，虽谣诼暂息，或非其意也。诗不云乎：“亦云可使，怨及朋友”。歌以讯之。

俺本待灌园学稼老孤村，乐皇朝太平熙运。青山横北郭，流水入西邻。瓦钵磁盆，守愚贱半生分。

【驻马听】玉陛宣纶，四野弓旌，招大隐金台求骏，一封表荐动朝臣。十年长乐晓钟闻，千门过雨春花润。浑忘了北山文，西风断却猿鹤信。

【沉醉东风】又不是扶社稷调羹补衮，动君王逆耳批鳞。论官阶署两宫，

---

① 哈佛本、存目本目录中有此，其他版本目录中俱未影此页。

② 存目本、哈佛本有此套曲，目录中题作“北曲双调”“北曲仙侣调”；汇编本、津图本均未收。

消永日，只餐三顿。惭愧煞咏毛诗，坎坎伐轮。寸草春晖未报恩，因此上惹动了飞章论本。

【殿前欢】那一班直节纪纲臣，青霜白简甚情亲。遮莫是公孤三事名特进，怎禁当众口纷纭，旋风般不住轮。依公论，煞是一言难尽，也只合低头认罪，终不然觍面求人。

【雁鱼落】准备着褫罗袍称放民，荷蓑笠为寒畯，永辞别青锁闱，没指望黄金印。

【得胜令】呀，谢天恩雨露一番新，又蹉跎风月遂闲身。似这般遇事浑无事，不信道无神却有神。就罚了柴薪，有月米何须愠。革了宫勋，着朝衣则做人。

【川拨棹】听原因，请先生三自忖，抵多少羽扇纶巾。东阁平津，洒落君臣，图画麒麟，便不沙也浑俗同尘。绵里藏珍，博得个驷马高门。画鼓声频响，钞精银，翠袖红裙。宝鼎雷纹，绣被兰熏。对人前撑达些贤豪气分，也不枉他守寒窗，且证本。

【七兄弟】争似您青草闭闲门，等闲不觉春光褪。把一个洛阳街，花攒锦簇美前程。生扭做望江亭，风清月冷乔丰韵[①]。

【梅花酒】颠倒是鸠拙无伦，那里也龙性难驯。只如今风沙摧鬓短，霜雪上头新。踏紫陌，践红尘。逐马队，入鸡群。愁晓角，怅斜曛。羞前辈，让时人。充话柄，弄弹文。弄弹文，恰便像直舍郎果偷了金，李司徒真傅了粉。

【收江南】呀，青门柳色一般春，他年年安排青眼送行人。有一日挂朝簪归去礼白云。但乞求的皇恩有准，园收芋栗未全贫。

【鸳鸯煞】鸾凤久上河南尹，干戈近罢珠厓郡。看从容宣室求贤，没动静细柳移军。畅道是四海欢腾，千年历引。若论起文武官绅，果然是诸公滚滚[②]多豪俊。就放了俺朽木陈人，只当个野鹿山麋，打甚么紧。

北曲仙侣点绛唇

归田

予滞留京邸，复六七年。家有老亲，端居善病，又素秉鹿门之遥尚，却鱼

---

① 1982年中华书局点校本清金埴《不下带编》卷六："济南郡丞王君寄堂朝佐善缀北曲，宴予于历下亭，举似其沛上曲云：'笑任城，一个太白着不了，又添个杜陵野老。'又举似山东孙相君廷铨自笑曲云：'把一个洛阳街，花攒锦簇美前程；生扭作望江亭，风清月冷乔丰韵。'皆好词也。予挂口不能忘。"

② 依文意，"滚滚"当作"衮衮"。

轩而不居。小子顾婆娑终日，心焉愧之。矧陶令园田，荒芜可念；长统钓弋，乐志无时；休亭退谷，彼何人哉！辛丑秋七月，勃兴归省之思，怀疏将进，友人遽止之，其谓国有严程，一请不得，致触藩也。退而卜之，兆曰“可”，遂得告。闻命之晨，焕然如病初愈，洒然如释重负。比及秋分露瀼，则在舟中矣。是用作歌以志喜焉。

解组辞朝，东门祖道清秋照。揽辔逍遥，螺黛晴如扫。

【混江龙】徘徊瞻眺，又子见那芙蓉双阙入天高。昨日个随班待漏，今日个先路鸣镳。投至得野老还成村社会，端的是天恩希遘圣人朝。任几番新贵上青天，只一生用拙存吾道。博得个斑衣故里，煞强如玉佩丹霄。

【油葫芦】野店疏林过草桥，羡煞他送河梁故旧交。都道是先生此去其实妙。喜的是锦堂欢鸠杖双亲老，茱萸会雁序列时髦。褒天香孙枝砌绕，窥云路雏凤晞毛。漫凭青史笑儿曹，从来白发无公道。且自去吟南郭，啸东皋。

【天下乐】休题起政事堂前选俊髦，云也波霄烂锦袍。大古来红尘清梦少。一会家忆村邻诗酒狂，想湖山风月招，恨不将黄鹤楼捎碎了。

【那吒令】因此上听鸡人报晓，望螭头拜表，望螭头拜表。把乌情恳告，把乌情恳告。感龙天放饶。跳出了是非场，蹬脱了连环套，且徜羊明月清霄。

【雀踏枝】乍离了闹炒炒聒耳金镳，旋驾起虚飘飘载酒兰桡。归去波江上垂纶，洞里吹箫，便做道俗缘未了，也应黄发老渔樵。

【寄生草】可正是收缰马须趁早，开花结果凭天道。妆么做势伤时调，且吟风弄月从吾好。闪煞人旌门画戟虎头牌，喜煞人神钱花鼓牛王庙。

【么篇】趁着这风波静，去路遥，过了些朱楼半面斜阳照，听了些红霞万缕征鸿叫，看了些青林一抹轻烟罩。早望见白云亲舍凤凰山，顿忘了黄粱客梦邯郸道。

【赚煞】为甚么懒上吓蛮书，单奏陈情表，满盘棋只看那后来一着。拚着醉东风，爱眠原上草。又弄荷珠，纨扇轻摇。才看了丹青帧七夕河桥，早见那雪点寒梅小院飘。守着咱泛流霞双亲寿考，仗着咱镇江山吾皇有道。尽教俺放了假的村童，灯球笛鼓闹元宵。

跋①

先君文定公之捐宾客也，经营赐阡，四岁甫毕。小子抱遗书，扁舟南下，报谢大江南北会葬者诸君子。宫师大司马慕鹤鸣先生亟问曰:“先夫子道崇业邵，名世应期，太上立言，千古所恃，等身著作，止窥四种，合集未经行世，何欤？”小子闻此，俯仰泫然，乃出先公所自订文集二卷，宫师慨然曰：“是余心也，是余事也，海内望此久矣。子其庀材鸠工，曷先成此世宝乎。”爰付梓人，不日而工竣。惟先公性情谦退矜慎，自诸生以至政府，不好赫赫名，嗜学如恐不给，立言惟恐不当于天下后世，凡所为文，无巨细，必三易其稿而后定。自癸未迄癸丑，少作不与焉。合三十一年之作，殆千馀首，不称意者时时删落。请告以来，居恒检阅，无岁不删，故所存仅如是。小子等间有收藏记诵诸篇，恐违先人之志，不敢阑入，其删之最晚者，拟存为外集。其他，犹有自岭南回，有《归帆拾遗》一卷，政馀休沐（后缺）。

① 孙宝仍此跋，版心作“沚亭文集”，仅存两半页，哈佛本排在《沚亭琴谱》后。其他诸本均未见此跋。

附　录

《沚亭文集》未收文

孙廷铨题明藩房地已行变价招佃粮租兼收事本[1]

顺治十三年闰五月初九日

户部尚书臣孙廷铨等谨题，为敬陈理财管见，仰祈采择事。

贵州清吏司案呈，奉本部送户科抄出吏科外抄，该吏部尚书臣觉罗科尔坤等题前事内开，文选清吏司案呈，奉本部送吏科抄出该都察院左副都御史魏裔介题前事内开，用兵大要臣已略陈之矣，今日急务孰有大于理财者乎？前户部因钱粮入不敷出，臣于宗人府会议略陈卫所里马地丁拖欠肆款，应否可行，见在诸王大臣九卿科道会议，无庸复赘矣。尚有刍荛之见，行之有补于国用者，谨略为皇上陈之。

一曰冗官。如河南一省，南汝诚为要地，总兵宜设矣，开归河北设贰副将，足以防剿，此贰总兵宜裁。宣大逼近京师，一总兵足以镇之，亦不必贰人也。此外，武职岂无可裁，各省既有分守道，又有分巡道，宜裁其一。驿传、盐法、清军，屯田不可兼而摄之乎？此冗官之宜裁者也。裁官，而衙役标兵并裁，所省多矣。

一曰搜括。各直典史巡检大使，数年以来缺者甚多，又有书办、皂隶、防夫之工食，何历年缺银未经解部，举人、进士、坊价年年征入存留项下，岂州县年年有举人、进士耶？所宜严行确查清算，自捌年以后，如有侵使者，一概严追追部。

一曰王田。各处王田甚多，租种之利无几，况为豪强侵占，以熟作荒，不若令地方官确估变卖，其地坐落何州县，即入州县纳粮，是一举而两得也。

一曰关税。各处关税缺额，间有水旱阻滞，然豪强不上税者亦多，近闻河路江湖一带，多有指称在京官员，或系旗下名色，竖立牌号夹带私货，钞关畏势，听其开放。宜敕河路钞关官员，凡系贩货船只，不许假借名色，阻挠国课，违者径行题参。

以上肆事，樽节厘剔，亦稍有助于国计，伏祈敕部议覆施行等因。

---

① 节录自1979年中华书局《清代档案史料丛编》第4辑。

孙廷铨题严查各省明藩产业以养各省之兵事本[①]

顺治十三年闰五月二十一日

户部尚书臣孙廷铨等谨题，为清查废产，以足兵饷，以裕国课事。

山东清吏司案呈，奉本部送户科抄出该户科右给事中臣王启祚题前事内开，臣见今兵饷不足，奉旨会议已久，茫无成算。臣谨就耳目见闻所及，以为兵不必议裁，赋不必议加，无伤于民，无损于国，不费转输之劳，足资饱腾之势，只在任事者精核熟计，遂开无穷之利者，臣请为皇上陈之。臣思国家正项原足以供川、广、湖南之用，但使各省之兵，宿饱有赖，而正项斯无不足矣，则清查废产为方今第一义也。臣初入吏垣时，于贰月间有微臣感恩图报一疏，内"钱粮出纳"一款，有废藩田产等事，叁月初叁日奉旨：这奏学问缓急根本宜固二款。知道了。钱粮出纳著察议具奏。该部知道。钦此。至今叁月未覆，不知何故？

但臣山东青州人也，知青州之兵，并知登莱之兵，因知所以食青、登、莱之兵。青州营马步兵壹千柒百名，又道标兵贰百名，共计壹千玖百名，登州营并道标共兵壹千捌百名，莱州营并道标共兵壹千贰百名，胶州左右营兵贰千名，共计陆千玖百名。而衡藩废产每岁所得，不惟可以养青州之兵，而兼可以养胶、莱、登营之兵。推而至于济南德藩、兖州鲁藩，即可以养总督以及抚院之兵，与夫沂镇、临清之兵，是朝廷不必费正项壹分，不必发内帑壹毫，而山东之兵饷已无不足。推而至于山西代、晋等藩，即可以养宣大以及山西各营之兵。而河南周藩、福藩，江西桂藩，湖广凤阳等处藩庄，以及世职废产，皆可以不费正项而养各省之兵，无不皆然。乃拾叁年来未闻为朝廷充一饷养一兵，籽粒不知作何发落，作何销算。

总之此项田产豪强霸据，吏胥侵没，初则收支不明，肥己而不思奉国，既则援赦蠲免已完，亦作未完，所以朝廷总不收此项之利，而正项日忧不足也。臣请皇上敕下该督抚按于凡废藩省府严查，精核某省废产若干，每年籽粒所入若干，无使隐漏，无使侵冒，即令兵丁就近领支，不费转运，亦免拖欠。不动正项兵已宿饱，悉留内帑为川、广、湖南之用，又安有兵饷日匮，仰屋持筹而忧无术哉。

臣谨就素所见闻上渎睿听，以国家之利还之国家，不敛民怨，已足兵需，其余三空四尽之时，未必无小补也。如有可采，伏冀敕下该部并臣前疏"钱粮出纳"一款，一并议覆，统祈睿裁施行等因。

① 辑自1979年中华书局《清代档案史料丛编》第4辑。

敬抒管见四条①

顺治十七年

吏部尚书今降二级臣孙廷铨谨奏，为遵谕陈言敬抒管见事。

顺治十七年五月二十五日，恭读上谕，引咎省躬，寔心图治，悔隐微之失，开直言之路，合部院等衙门，据实条奏，直言弗讳，以补阙失，虽尧舜之圣明，汤武之智勇，无以加此，甚盛德也。第臣愚昧，无以仰副至意，谨竭一得，胪为四款，为我皇上陈之。

一曰养廉耻。古者刑不上大夫，言大夫为士民之表帅，必素有以养其廉耻之心，而后可以渐化导及下也。近见内外满汉各官，一挂吏议拿送刑部者，其罪之有无，尚未经详明，即加刑讯。虽曰所为不善，刑辱其所自取，亦何足惜，然于养廉耻之道，似有未符。臣等窃以为，除谋反叛逆等项大罪，即行拿问，审真正法外，其余别项情罪，不若先行详核明白，果系情真，方行拟罪。盖人至贪私坏法，良心已灭，及见皇上仍加之礼貌，而不欲遽使同于庶人，则感激之心，必生其愧悔之念。如此则于法既无亏，而又以廉耻之道励士大夫，庶风化纪纲，两有裨益。其关于皇上道德齐礼之初心，非浅鲜矣。

一曰宽考成。有司，牧民之官也。上关国计，下保民生，最为紧要。自钱粮考成，头绪繁杂，以致降级革职者，一岁不可胜纪。人材摧残，催科酷烈，为吏者止以考成为虑，安问百姓之卖儿鬻女耶？亢旱灾疫，鲜不由此。臣等以为钱粮系军国要务，催征自不容缓。但四部银米物料，款项不一，每件定为十分考成，则处分头绪太多，顾此失彼，终日救过不暇。今莫若将考成则例，敕下户部，再详加考订，酌量宽减。上不至于亏国课，下亦不至于诎人才，加惠百姓，仰答天和，其于吏治亦有裨益矣。

一曰慎名器。查总督巡抚，皆职司封疆，责任重大，自非荡平寇盗，绥辑兵民，馀俱不足以言功。近如捐助、赈济、完漕等事，应加级者，皆得加衔，如加侍郎、尚书、宫保衔者，固朝廷优示鼓励之意。但爵赏原以待有功，而宫保尤以畀有德。夫以重臣如督抚，而止就区区微劳，骤膺卿贰宫保之职，当其任者，莫不图小功以邀大位，复谁肯竭智毕忠于封守之大计乎？如有封疆大功，又将何以加之耶？今后总督、巡抚、除军功考满应行加衔之外，馀如捐助等项，止应酌量纪录，其加级加衔，应一概停止。庶名器不滥，而重臣益自奋庸矣。

① 辑自《皇清奏议》（都城国史馆琴川居士排字版）卷十五。《皇朝经世文编》卷三十收入，题作“用人四事疏”，题名中无“今降二级”四字，正文有删节。

一曰储人才[①]。古语曰:“十年树木，百年树人。”言储才当豫也。今满洲子弟，俊秀者正不乏人。科甲既停，学问益寡，殊为可惜。稽之汉代，期门羽林之士，皆诵《孝经》。诚以经学为人才之本，教化之原也。目今从龙之彦，固自多人，深恐后学不继，致令有乏才之叹。今查国学内，每佐领下止有一人肄业，似属太少。今酌量每佐领下再各添一人，共作二人。更选老成敦大，通知体、明经术之臣，以为之师，务得晓畅大义，以备国家之用。数年以后，将见人才济济，而文武之选，皆得其人矣。

以上四款，皆臣知虑所及，或有关于风化，或有切于政事，虽言之未必尽当，而不敢不竭其愚诚，伏冀睿鉴，采择施行。

《益都县志》序[②]

益都，故两汉广县地[③]，部刺史时治之，故亦有青州之号。及晋筑广固，宋筑东阳，皆近广县，为重镇，州治随去临淄，而定著于此，为今府城。益都旧城在寿光南十里，北魏所置下县也，高齐之世，广县无闻，而益都之名移入青州为附郭，此《前汉·地理志》《魏书·地形志》《水经注》《旧唐书》可参考者也。其后青州或为郡、为军、为总管府，而益都以附郭自如。历隋至明以入我皇朝之版，盖益都之为县已千二百余年矣。顾以旧隶府城，无专志，有之自前令田君始。田有惠政，称贤君，不独以志重也。顾后来者阙焉莫考，君子忧之。乃越六十年而今令陈君实续为完书，得十有四卷。前志既出于巨手，即有遗脱，谅无多益。独六十年间户口登耗、人物盛衰、风俗之醇浇、赋役之繁简，此治乱所系，掌故所存，后之作者不可不三致意耳，今观此书则可谓备矣。又案，田、陈氏系出虞思，适齐以大，抚海岱而雄伯者七世焉。乃其苗裔，不鄙弃其遗民，而后先著绩于吾土，盖周一甲子，而人与地若合符节。然吾陈君旦夕上此书于册府，而且以治行尤异膺特达之遇也，则志也而又以人重矣。康熙癸丑邑人孙廷铨题。

---

① 《钦定国子监志》(文渊阁四库全书本)选入将此段，题作“请增满洲肄业疏(顺治十七年)”，起首作“臣闻古语曰”。

② 据国图藏本康熙《益都县志》序录入，漫漶不可识处，据光绪三十三年《益都县图志》补之。

③ 《益都县图志》“地”作“也”。

《陆舫诗草》序[①]

忆岁庚辰秋，余游东武，野鹤下榻揖余，留连弥日。将行，相别以诗。野鹤因谓余曰："子今归途，荒山万叠，将无寒寂？予取诗卷助子吟思。"余受而就舆，中道复之，道未半而诗尽，耿耿若有获也，皇然若有思也。其诗以征情，情以丽物，野鹤之诗征余情耶？往昔诗人之词，檀栾葳蕤，斯称丽则，而或失则靡，或失则雕，顾不若其放情极意而为之，落落乎有其轨格者也。野鹤少负异才，象外寰中，别有怀抱，顾盼流睐，飘若神仙。九点齐烟，一泓海水，想其高盻。今来燕都，陆舫诗海内争传之。余观其近作，又进一境，调高音亮，飞动浑茫，幽朴廉立之中，时复苍凉而多变。而观其大意，又皆落落乎放情极意而为之者，直是骨法异人耳。尝怪汉魏以上，音雅典宏，自斯以下，其诗寡欢而多悲，以为世变殊焉。读野鹤诗，时闻激楚，生悲时悯俗之心耶。其雅怀越俗，抚时欲动，固宜定诗郊庙，议礼明堂。今乃屈首一毡，顾影独吊，起而为诗，则诗固纪年之史也。如是，而时为激楚之音，足以观世矣。嗟乎，余愿与野鹤先生偕游三古之前也。笼水社弟孙廷铨介黄题。

文林郎湖广道监察御史张公墓志并铭[②]

盖余读张公状而窃有慨焉。当公之由李官而内召也，见亡不以为立陟清华者，而一权贵人以私憾尼之。及上知公，简之兰台，畀以重任，明扬之典得矣，乃一债帅欲中公以自便其私图，一省臣复欲中公以快权贵意，赖上知公之深，弗问也。上虽弗问，而公已拂衣归矣。夫以天下之好，天子之知，不能胜一二权贵人之沮抑，使之行其志而尽其才，明季之事不概可想见哉。

按，公讳绪伦，字彝叙，号观海，山东安丘人。曾祖讳澄，以贡士任武安主簿。祖讳守蒙，诸生。父讳民感，诸生，绩学敦德，还妾之谊，邑人至今言之，以公贵赠大名推官。母王孺人，生三男子，皆以文行称齐鲁，号为三张。长嗣伦，举人；次继伦，贡士；其季维公。

公未生而孤，其生也，距大名公之逝已六月矣。少即倜傥有大志，长身玉立，髯而轶群。天启辛酉举于乡，崇祯辛未成进士，除大名推官。公理大名，首以洁廉风所属吏，群吏观感，咸洗手奉公。其有弗率，公一切用柱后惠文弹治之，

---

① 辑自《清代诗文集汇编》第13册影印顺治康熙递刻《丁野鹤集》。

② 辑自2013年上海古籍出版社《中国家谱资料选编（4）》选清张杞园纂修《安丘张氏家乘》。

不少假。至于听断，不事钩距，惟在扶伦常，折强暴。即谳重囚，亦务求所以生之者，虽爰书山立，尽为平反不恤也。凡事关人命，入狱例薙其眉发之半以防越逸，公怆然曰："杀人者死固有成宪，然其中不无矜疑，奈何遽戕其发肤邪！"书上御史台，畿南四郡皆永除之。其恻隐存心皆此类也。

于时闯焰方张，中原云扰，故公所至辄留心办贼。癸酉夏，流寇逼顺德，公城守有功，诏得叙录。是冬偶过柏乡，会流寇数万自宁晋大掠而西，缘柏无长吏，众知城必不保，遂鼎沸。或劝公，寇势披猖，难与争锋，且非所属邑，盍间道驰去。公曰："均王土也。"召父老子弟相率登陴，战具糗粮奋袖区画，咄嗟而办，枕戈坐甲露处城头三日夜。适有熊将军者拥兵南来，将北走，公强邀入郭，为之申大义，悬赏格，更以军法令其偏裨某拒左，某拒右，某趋中坚。部署甫定，贼悉锐来攻，公徐以尺一如意挥而麾之，遂披靡，莫能当，斩甲首二千有奇，而围解。亡何，郡守阙，公以才假守事，即缮城除器，又募戍卒八百人各给甲仗，更置材官骁骑数十列帐下，而亲教以击射进退之法。是举也，费几五千金，公自捐俸缗，请于台，发仓庾，出赎锾，又以义田之粟，冗役之食料益之，公私不费一钱，而魏博军容隐然方镇矣。摄开州时，白窑集、连山寺之间多窃发以应流寇，公画筴歼其渠率数人，胁从遂散。公去不数年，袁时中寔起境内，而乱几半天下，则公当日弭变之功何如也。

公理天雄六载，丁丑以卓异征。公既颀然负海内重望，及考绩吏部，而当道某公授意当事者仅拟部郎以请，是在己卯六月之十日。疏入留中。至十三日，忽有中使驰召入朝，盖庄愍帝御中左门召对也。公既至，上面询练兵措饷机宜，公敷奏详明，风标岸立，上目属首肯者久之，旋出御制策问，命公条对。见殿庭暄炎，即趣中贵人舁试案廊庑间。对毕进呈，又大称旨，赐以上方冰鉴及果饵而出，寻有湖广道监察御史之命。盖部拟原以某为首，诸强有力者皆主之，而上意乃竟属公，真特达之知也。公既拜命，首举天下大计，有"国威当伸，民穷宜恤"一疏，中外韪之。是年两淮盐使者期满当代，上又特旨以命公，面谕曰："淮扬盐课甲天下，汝承朕命。何策以济？"公对曰："惟期剔弊以安民。"上曰："弊剔而民安，朕无忧矣。"公生平既以直道自任，又感上知遇，乃喟然曰："此生惟尽力县官，不知其他矣。"当明末造，度支告匮，宫府之经费、宗藩之禄赐、官僚之月奉、将士之宴赏、灾荒之赈恤、边徼之供亿，是皆于课乎给之。需之如此其亟也，而淮南之大豪、奸胥以及逻卒，盘互窟穴，蠹蚀商人，额颇不登。公至，拊揗灶商，爬搔利病，精心厘剔，风采一新。又恐商情或难遽达，间操小艓密觇之，见漕卒有攫盐船货者即囊以三木。边商行盐次第，其投到岁月与中引年分交争，遂成聚讼，公则斟酌絜法，一以投到时刻为序。又奏寝内商赴边输粟之议，及欲令边符先投司农而预征引价以给边商者，商困渐苏，课以不滞。时楚郧两抚臣、临淮侯某、武城丞某、中官高起潜辈，皆请增课，公前后争止之，上亦毋以难也。属岁祲，公尽捐赎锾，传檄所部，令各就其地赈之。又念湖广大熟，因出六千余金，方舟载楚米数千斛，煮糜淮扬以啖饥者。起庚辰十月，辛巳三月，全活不可量数。

公以积劳成疾，上章乞骸骨，上慰留之，乃勉出视事。未几而诚意伯之事起。诚意伯孔昭者，以世爵操江，多纵爪牙齮龁商人，公移檄让之，弗悛，遂列其状上之。上命公自按其事，公穷治无所贷，臧累巨万。诚意衔公次骨，会京挚逾期，遂飞章诋公。公奏辩曰："孔昭之讦臣，不过以京挚愆期耳。不知臣至浦口即令放船，乃曹人畏逻卒之横不敢行，故求展期，然呼吁之声实盈道路。在操臣意主弥缝，欲其速去；而诸商则惊魂未集，不妨少缓，意固各有在矣。总之臣按淮阅岁，梗梗自持，未尝有一事拂商情，一介损商费，此两淮万耳万目共闻共见者。若有纤毫欺悖，天地鬼神实临之矣。"当道某公又嗾给事某论公病不视事。公固善病，然于任内催督课银一百六十余万，历年积逋为之一清，复籍羡金七万五千悉助具官。至恤灶、恤商诸政，皆力疾为之。使能任事，更欲何为邪？所谓当道极力排笮，必不容公一日安于其位者，则公前日大名所弹治之墨吏也。被论，公了不辩，惟再引病乞休，疏三上，始得予告归。归不数月竟卒，盖崇祯辛巳十二月之十日也，距生万历丁亥九月十八日，得年五十有五。配王氏，封孺人，先公一年卒，尚在殡。公卒之次日，妾韩雉经以殉。以明年四月二十二日同葬凉水湾头。系之铭曰：有明末造惊可吁，磨牙吮血罗虎貙。天门詄荡谁能呼，先生坦步登皇衢。高冠长剑伏青蒲，臣心似水江淮俱。抗颜大帅着嗫嚅，乞身三疏来菰芦。蛇龙运会贤人徂，浩然气在天为徒。凉水湾头松几株，霓旌绛节公归欤！

公兄学海先生与余为忘年友，别去数年，值天下多故，余且羁宦千余里，闻问日疏。今复北来，晤于燕市，握手絮语，相对如梦。及讯侍御公无恙否，先生泛澜久之，曰："家弟弃代，五年于兹矣。沧桑之余，物情反覆，身后片石未敢烦人，怀中事状已将漫灭。不朽之托，惟在吾子。"念余与先生定交在国运休明、其家鼎盛之日，曾几何时，星移物换，畴昔之相与濡首酒杯、掉头纱帽者，皆已化为碧玉，沦为土堆。余壮盛既去，先生亦皤然笃老，兴悲脊令，以斯文为属，宁敢负诸？乃摭其大者著於篇，至若敦睦之谊，笃厚之行，与夫书法之精妙，学问之渊通，他人以为美谈者，在公犹然常德也，故不复赘焉。

顺治乙酉八月初吉，吏部稽勋清吏司主事颜山孙廷铨顿首拜撰。

重建惠泉山龙母祠碑记[①]

岁癸巳秋，不佞持节使粤，过庾，舟停水口。此地有崇山峻岭，盖扼大江之冲，而若为幛屏焉者。山之麓有庙翼立，远吞山光，平挹章流，奂仑美新，中为龙母祠，为真武殿，为南岳注生宫，为观音堂，为董公祠，分次为五，皆得平而列之，外又复以重殿，其规而方者如之。甫落成也，其鼎创其事者，实惟我镇台董先生。夫先生曷为是地而鼎新之？山上有泉水，从石隙中出，清而洌，莹而洁，浅注于地，仅施杯勺而流则长。或曰有疫疠病者，饮不盈一掬，愈可弗药；或曰艰嗣息者，诚祷于下，饮辄有孕，惠泉所由名也。中祀龙母，间者岁比不登，祷诸雨，雨必应。唐永淳间，感其诞生圣嗣之兆，广厥封晋赠通天显应龙母祠，二者俱志郡乘。嗟乎，斯地固灵异。值斯兵燹之余，尽为颓垣圮址，即滴美禳泉之寿，感竞符飞之注，荒榛断梗中，有谁识，可以福我生民也，则公鼎而新之之意，宁直以翚革增山灵之胜乎？夫公以斯德庇民，民将以斯德颂公，顾咸有当不知，正不足以尽公也。公早岁荣问休畅之才、之政、之威，声藉藉然有真武将军风，今镇南安之五载，治之北隅如宝界，治之南如梅关，东如东山，悉公庀材丕建，峨嵯特起，穷其丽藻，资韵士于登眺，息舆牧以劳止矣。至津梁为要害地，公理横浦旧桥之基，建砥中江，利将不朽不贷，益于民不贷力于民，捐诸中藏，无吝色也。旦暮躬亲，自尽四支之敏且勿恤，其广于好施多类此。凡此者，岂非公夙具慧根，为宰官再生身利益人间，所以好行其德，令人述之不胜述，纪之不胜纪乎。虽然，好施，公素志也。余谓是山之新，心则一而功则更进焉，何也？《祀典》曰:“能御大灾祀之，能扞大患祀之。”祀存，国之大节存矣。民非神弗福，今锡膺福祉，挹水知原。庾之人，前乎此者，神之赐，后乎此者，公之赐乎。神之灵，历千祀而不替，公之德，复有替乎？且闻斯庙当经营方始，惠泉未浚，则淤且在灌莽中，乃掘积土，得三鱼并峙，色又异，及工成，光怪电烁，远人惊成火蘖，至仍窅然无有，一时无不侧目诧异，此孰非灵之所钟，而神之式凭耶。庾邑人士祠公于庙右，肖像顶祀，其志贤也夫，其志敬也夫，不佞辱公深知，属一言贞诸石，遂既事弁端，以纪公鼎而新之之意，同是福我生民之心欤，是为记。公姓董，讳大用，号仰山，辽东辽阳东宁卫人。一时倡修姓氏，并捐膳田产，列得并书于左。时顺治甲午仲春月。

① 辑自民国十二年刻本《大庾县志》卷十，署名“孙廷銈”。

定阳李公书院记[1]

书院曷昉？或曰：“昉於隋。”王通开坛集学，门生故旧，服教畏神，故私谥曰“文中”，前此皋比擁之，后此俎豆馨之。或曰：“否”。濂溪周子簿某邑，好行穷乡僻塾，秀顽皆蒸诸髦士之班，乡塾咸引领望其来，虚席俟之，尊其名曰“书院”。伊川程子簿某邑亦然。熙宁间，鹅湖、白鹿相继起，厥名闻朝廷，为择院长，最郑重其任。迄阳明、龙溪、甘泉、白沙，皆郡邑大夫择地启请，从游诸彦，彬彬受教惟谨，贤人多而天下治，师道立而朝廷尊，於戏盛哉！惟兵宪庚生李公，当代之濂洛、关闽、阳明、龙溪、白沙、甘泉也。先以高第主三晋棘闱，三晋士风，焕然丕变。天子念浙人士，初隶幅员，方蠢动，督学政，殊难其人，于是敕公南来。时兵甲满天下，公鸾轼熊幅其间，弦诵声洋洋陵莽，卖剑买犊者强半。自丁亥洎今，辛卯登贤书者，咸公前茅所拔士。是公大有造于两浙，固不独五邑人士实受其福也。已复以简书治兵驻衢，衢接壤闽豫，顽民匪茹，闻君来，扶鸠筇，骑竹马，欢声溢路，今而后喜可知也。盖文武为宪，克壮其猷，公实具濂洛辨逆之风，伊川摄奸之力，原不徒以玉衡金镜，拔萃文昌，布檄四远，而负固者投戈矣。骏伐鸿猷，载在盟府，亦何俟贞珉勒之，乃卓有千古也。今予奉使祀南海，往来假道常山，谂常邑绅衿佩德，远逾文中，图所以拥皋比、馨俎豆者言于予，予窃同年之谊，不禁手加于额，为之扬言曰：公大政先宁民干年，鸿雁集，虎豹藏，有过于革鸮音为凤哕者乎？曰，驱除白帻，化盗为良，前此未有也。伏处巉岩者，尽安之而不能诵之，此宜留瓣香者一；公大政先膏民黍苗，螟螣清，牂羵息，有过于苏舫尾为雉驯者乎？曰，改折白粮，变劳为逸，前此未有也，嬉游田畴者，几忘之而不能颂之，此宜留瓣香者二；公大政先饬民饮酒，读法孝，友姻睦，肺嘉省雀鼠，希有干于躬亲棠下锡鞶三褫者乎？曰，米盐悉经官吏，不得私其手，前此未有也，安乐廛市者，咸戴之履之而不能颂之，此宜留瓣香者三。虽然，凡此皆大猷之允升，而未及邃德之私淑，亦安见公之为濂洛、伊川、鹅湖、白鹿也？又安见公之为阳明、龙溪、甘泉、白沙也？公之大政，本诸学；公之积学，本诸德。无常师，未尝无卓见。今之驱石羊于铃阁也，犹昔之选神骏于金台也。横经辨难，课艺诠理，登多士以为干城焉，此定阳书院之屹然辉映山川，直欲与周程诸子并镳道岸。士佥曰：然。公有造于两浙，而浙西尤多历年所，俱应为公置一座，弹丸常邑，何足云夫。亦曰“请自隗始”云尔。书院外门三楹，内为厅事，耳房二间，两庑六间，前有敞轩，古木石笋，周遭墙垣方广，共基地七十弓三尺六寸，计税七分有半，

① 辑自光绪十二年刻本《常山县志》卷六七，署名“孙廷铨”。

坐于土名“槐荫里”之南，职其事者，邑绅徐闻夏、詹鼎元，孝廉史惟杰、徐光旭、周士雅，庠士詹东图、徐允茂、詹长春、杨毓梧，而率作省成，则署邑郡别驾张宏典也，教谕祝绍娗、训导宋可成，共襄厥力，例得并书。

题沈蘧夫画寒梅图①

蘧向于京师，为余作芙蓉枝竹，视此为疏。盖春葩欲艳，秋意欲疏。艳如靓妆好女，疏如野服高僧也。

新置灵泉庙香火房田记②

原夫庙貌之鼎新也，萌于甲午，起于丙申，成于己亥，其营辑未完者，迨予归休以来，至戊申而大备，载诸丽牲，昭昭然矣。维庙斯新，而晨昏香火之资无所出，启关洒扫之人无所栖，事神之道，或有阙欤？适庙之右邻，予有房舍一区，又神头社刘家峪，予有石田二十亩，皆施入庙中，俾庙户邵得福等世世轮掌其事，田地所出，即供香火牲醴之费，房舍即令庙户居其中。凡此房田，永属庙中，而非属庙户也，只许其居止耕种，不许其盗卖质当。凡我若子若孙，得世世稽察之，为予身后千年事神之用。庙户倘据为己有，或私蓄盗卖等谋者，我子孙即斥逐使去，不令居此矣。勒此数语，以示方来守之勿替云。

康熙壬子三月朔，光禄大夫少保兼太子太保吏部尚书内秘书院大学士里人孙廷铨谨记。孙宝儒书石。

鱼我所欲二句③

大贤姑与世论味，而知所欲之普存焉。夫熊掌具而鱼失美矣，然所欲皆在也，姑两存之可已。且甚哉，物之不乐人之欲之也。擅备物之义，天地无以遂其贪；持概满之权，圣贤不能止其杀。甚哉，物之不乐人之欲之也，然而不免也。真

---

① 辑自周亮工撰《读画录》(道光二十八年《海山仙馆丛书》刻本)卷四“沈蘧夫”条：“沈蘧夫树玉，虎林人。善写生，无近人妩媚气，兼工篆籀。在都门作寒梅一枝相赠，颇极幽韵。益都孙道相先生题其上。”

② 据淄博市博山区颜文姜祠原石拓本录入。

③ 此文并《诗云既醉以酒》两篇，录自《金圣叹全集（修订版）》(陆林辑校整理，凤凰出版社2016年版)第6册之《小题才子书》卷六第768—770页。金圣叹有批语。

乃笔砚精良，人生乐事。维水有鱼，维山有熊，彼其室尔。一有人，而重渊之下，旷原之上，失其乐郊矣。鱼忘于波，熊忘于山，恒相远耳。一蒙人之欲，而网罟所及，伏机所得，始会于庖厨矣。物虽美，必先有一人尝之，而后众人从而餍之。此尝之者何人哉？最可异者，啗黍稷而知甘，尚矣。不知何缘而羡及于水族也，又不知何缘而羡及于田禽也。即曰生人之恒性固然，谁具烹而谁治饪哉。我见人之嗜之也，与有思焉而已。物虽美，恒有此人厌之，而彼人终身未尝睹之。此厌之者何幸哉？最可异者，食燔炙而同嗜，固已。不知何术，而得豢于牢落也，又不知何术，而得致于山川也。即曰生人之积智使然，何取全而何取仅哉。我见人之旨之也，与有情焉而已。然则以此欲为病者，非也。有鳢有鲔，天子或以荐寝庙而燕嘉宾，而况为人而得食也者，畴可缺于供也。盖鱼我所欲也。然则以此欲为难者，非也。为侯为广，天子或以重佚材而服猛物，而况非人而得食也者，安得尝一脔也。盖熊掌，亦我所欲也。

诗云既醉以酒

答觋以言酒，而知古人之醉不深也。盖酒以成礼，而无如其易醉也。诗若曰“既醉”，则可以已焉。尔今夫为欢必竭，为恩必尽，唯事已卒，而留之感存焉。而后见古人之恩之渥，古人之欢之长也。夫图众之事无方，莫酒为甚；忘形之风可贵，一醉而酣。无以将之，怀情而莫致，郁而不可娱也；有以极之，过情而弗制，放而不可止也。则甚矣，“既醉”之诗之深于言酒也。凡味之资，皆有精微之助，酒独饮焉而得欢，此亦何地不宜矣。而《诗》所云酒，则天子宴其臣下者也。以天子宴其臣下，不敢不醉也。计其与燕之人，非皆善酒，故饮不过一二斗，其不善者径醉矣。从而加进焉，其善者又径醉矣。繇是而绸缪恩好之辞生，《诗》所为以酒发端也。抑凡味之美，皆有餍足之数，酒独多焉而得狂，此亦何人可纵矣。而《诗》所云酒，则以王者酌其属父兄者也。以王者酌其属父兄，不可不醉也。计宗寝之间，非可卜夜，故监史在其左右，其既醉而出者孔嘉矣。从而加毖焉，其醉而不出者，亦孔嘉矣。繇是而洗爵奠斝之礼毕，诗所为以醉为期也。每见困于酒者以酒为惩，此憎焉而甚者也。我有旨酒，酌言尝之。少顷焉，有扬觯而请者曰：“微臣醉矣。”于是而礼仪繁错之地，已足以成欢。尝见溺于酒者以酒为乐，此好焉而过者也。厌厌夜饮，不醉无归，迟久焉，有洗斝而致者曰：“微臣既醉矣。”于是而笙簧燕岂之际，不至于阶厉。甚矣，古人之恩之渥，古人之欢之长也。

至德祥刑颂①

顺治十五年十二月四日，太子太保、吏部尚书臣孙廷铨，刑部尚书臣白胤谦，侍郎臣杜立德，恭侍皇上南苑，而讯江南举人程度渊。厥情既得，上爰顾左右，申谕言曰："朕于天下臣民视之如一，用刑岂朕得已。惟一二奸慝不率于宪，是用赫然，冀以儆其馀。虽然，朕心大弗忍。令继今胥纳于化，将为天下究去杀焉，实朕之幸愿也。"钦哉天语，惟臣民之福，惟社稷亿万年无疆之休。臣等谨按，《尚书》帝舜之命皋陶曰："明于五刑，以弼五教，刑期于无刑，民协于中。"蔡沉《传》曰："圣人之治，以德为化民之本，而刑以辅其所不及。始虽不免于用刑，而实所以期至于无刑之地。故民亦皆能协于中道，则刑果无所施矣。"及后，周穆王之训吕侯曰："告尔祥刑。"蔡沉《传》曰："刑期于无刑，民协于中，其祥莫大焉。"实亦推本典谟之意。我皇上道合覆载，仁育万物，浃岁肆赦，停刑缓死之旨屡下。今年秋决才七罪，当复奏时，御笔挢而不落者至再三，揆之面谕所云，诚与舜齐德矣，非刑之祥而何？臣等不胜忭庆，敬再拜稽首，撰颂一章，以纪上恩德之隆。并欲宣告中外臣庶，使仰体皇上生成至念，各务浣垢剔瑕，芟去邪萌，罔自外于圣人之化，臣等实幸甚幸甚。

颂曰：清受天命，仁义为威。德教四溢，人同物归。九州洽壹，文物斯烝。治用斌斌，不肃而成。孰是穿窬，以奸俊典。上震叠之，厥辜载殄。亦越见闻，咸寒振慄。上抚导之，避凶择吉。曰汝无畏，其畏其心。予不其忍，其忍其身。凡其有身，畴弗若予。畴弗自为，而甘予锄。予时乃禹，下车汝泣。盍保汝常，免刑之即。呜呼圣言，既昭孔仁。孰谛听之，弗信以遵。而父而子，而兄而弟。禀教相淑，援礼自治。圣度式弘，六合在宥。无刑之刑，悬彼屋漏。始也哀矜，终也乐愉。万邦恬熙，无诈与虞。驯致刑措，囹圄逐空。至德涵濡，与天无穷。

皇清诰封一品太夫人李母宋太君合葬墓志铭②

呜呼，长白之麓有介封焉，则皇清一品、百岁长山李母宋太君所合窆之墓也。太君六子皆贵，而最先贵者宫保五弦公，盖顺治之癸巳宫保位刑部尚书，余以侍郎承乏户部，每入朝班相亚也。是时，天子方励精，敕诸大臣，无得以私请去位者。一旦，上觞九卿于瀛台，论治之暇，因及诸大臣乡里、年齿、父

① 辑自《清代诗文集汇编》第22册影印清顺治刻康熙续刻雍正补刻本白胤谦撰《东谷集》。

② 据《於陵李氏家谱·志状》（民国刻本）录入。

母存殁状，次及宫保公，公奏："臣有老母，春秋八十有三矣。"于是上为改容，盖敬老也。公乃再拜，稽首而请曰："臣乌鸟私怀，积有日夜，兹幸达天听矣，敢丐臣身以养母余年。"因流涕数行下。天子恻然心动且颔之，乃退而补牍，特恩俞允焉。余是时二老在堂，亦尝窃冀恩数，而公先之，盖悄乎其若失也。既又思之，以天子孝治之隆，全大臣孝思之笃，真盛事也，可以书矣。迨今，阅二十年而得铭太君之墓。

太君世邑人，姓宋氏，孝廉胙城令汝牧子也。以德配赠宫保公，抚有六子。一宫保尚书，一今侍御，余皆以子诸进士、贤书、贵族，望甲山以东矣。且贵至一品称太君者，垂四十年，而女德之盛，为世楷模。居常衣浣濯，操针黹，有敬姜之慕。姻娅间恩礼周至，即婢竖无以抗辞厉色加者。以故颂太君者远近无间言，此乡曲著闻为宗法者也。

又按，别驾、侍御诸君子状太君六七十年前事知，太君之幼而于归也，旋值舅氏赠公之病，乃脱簪珥为医药需，夙夜服勤者八阅月，既而营葬事，竭其奁资，顾自怡也。其事尊章太夫人尤备至，因以及太夫人之母吕媪者，迎养终身焉。是太君之于舅姑，若此其孝也。赠公既急义自豪，家人产竟不治，太君以大家子，身操作以佐所不及，盖自脱簪诸大费，赠公实藉以成其孝焉。是太君之于赠公，若此其贤也。若夫圣善之训，殆不胜书。如宫保之为名大臣，野臣之为真御史，事在国史，不具论。即伯仲诸孙，后先以科甲封荫，典州佐郡以及文学负时望者且数十，人人能道之矣。抑闻之宫保兄弟小时塾归，太君必课其吟诵，以饔饩为殿最而上下之，所以家学渊源，积而弥盛，以有今日。是太君之于母仪，若此其恩严咸备也。

又按状，太君春秋既高，聪明筋力故无恙。尝蓄一病犬，一夕风雨寒甚，乃自起移而燠之。或谓"此婢子事，何自劳耶？"太君笑曰："犬之不忍，而忍婢子乎？"闻者太息。是太君之于济人利物，又若此其有等而辨也。盖宫保公以特恩予告后，朝右诸老历数遭逢，每念公莱彩潘舆之乐，辄作天际想。此余年来里居，时得通问，且与余弟联姻盟，居恒屈指太君康熙庚戌之岁，年登期颐，就盈数矣。是时，宫保公已捐馆舍。于是有司循故事因藩长以请于抚军，抚军为拜疏于朝曰："尚书臣化熙、御史臣文熙母宋，寿跻百龄，荐绅耆老俨然造臣，请加褒表礼也，敬以闻。"事下礼臣，覆奏，允合国典，请发水衡金钱，建崇坊，表门闾，以志本朝人瑞之盛。制曰："可"。所司下守臣，奉行如礼，华表璇题，嘉名"贞寿"焉。又一年而后，太君仙逝，盖百有一岁云。

呜呼，百年间亦多故矣，而太君独以黄发儿齿，巍然独存于翟茀龙章之下，搢笏垂鱼之上，称全德焉。然则古今以来，曾几何人，幸当代而有之。又子孙众多，而蝉冕盈庭，若此其盛也。可以铭矣。

铭曰：尚书乞归，罔挠群议。帝曰俞哉，弼予孝治。十有七年，三公彩戏。不吊昊天，胡为先逝。宁有恨耶，委艰诸季。多贤文孙，陈情相继。太君后凋，竟百其岁。纯德备行，诸福毕致。孝陵幽都，藏弓剑地。公必从焉，左右陟至。丹旐龙章，母以子贵。臣孝完矣，告诸先帝。作此铭词，以永来世。

光禄大夫、内秘书院大学士、前少保兼太子太保、吏户兵三部尚书、赐貂玉侍经筵、五科文武殿试读卷、圜丘合祀充分献官、奉敕校定律令、年家眷晚生孙廷铨顿首拜撰。

朝议大夫江南参议赵公淑人李氏合葬墓志铭[①]

皇朝熙洽三十年，仁育义摩，民多耇寿，于是魁垒耆艾、敦庞彊固之士，往往出乎其间。余乡曲著闻者盖不乏人，其一则吾里□□朝议赵公。余家与公世为中外戚，余更与公叔子大参君，少同研席，又同举进士，及公父子出入中外，以至归田共隐者三十余年，而后哭公于寝，盖春秋已八十有四矣。一日，大参兄弟过余曰："先淑人已葬于西皋之原，兹先大夫将启而合葬，襄事有日矣，计家世相知莫如公，敢以志请。"余辞不可，则退而次之。

公讳振业，字在新，号暨垣。按状，其先世蒙阴人，始祖曰平者，于明初迁益都之颜神镇，六世而为茂才公克用，又一世而为赠御史公课，实维公考以公贵。自始祖至赠公，世有隐德，子姓蕃衍，为里中右族。赠公更以长者行，推乡祭酒，举二子，公其次也。生有异姿，峻拔自雄，读书无所事师友，年十三即补博士弟子，踔厉风发，所至倾其座人。里中李翁三田，居厚义侠人也，从里社饮，见公，大奇之，曰："吾有贤女，法当贵，向难其偶，今得之矣。"竟以归公，即先葬淑人李氏者也。淑人故淑德，事祖姑、事姑，皆以孝闻，而间脱奁中装以佐膏火，公以此学益力。戊午登贤书，乙丑成进士，释褐，知邯郸县。邯郸既剧邑，又当孔道，公恢办自如，客馆供张皆有法，以故貂珰缇骑，趾错于道，而害不及民。畿南素称多盗，公专责游徼，而严赏罚以操纵之，群盗皆坏散，邑中正清。是时魏珰焰方炽，一日，当事檄公为建祠邑中，公第微言曰："此地所谓邯郸梦也。讽耶？誉耶？"当事怃然而寝。满五年，以循吏第一，擢云南道御史。公既豁达无城府，又以时事艰难，多所感慨，乃疏劾吏、兵两部党，狥语及乌程温辅，时论壮之。及公以巡漕报最，部拟加卿寺以旌劳，乌

① 此文系其子孙宝侗代撰，题作《朝议大夫江南参议赵公恭人李氏合葬墓志铭》，见《惇裕堂文集》卷下。今此墓志原石尚存博山"赵执信纪念馆"，据拓本录入。碑文"恭人"均作"淑人"，因改题如是。

程从中下罢之，寻官理阁台章奏。甲戌，督学南畿，未期月而有川北道参议之命，论者皆啧啧咎乌程云，公顾怡然就道，而李淑人实不克行。盖公既久宦，家渐起，淑人已举五丈夫子，其长公郡学君，尤长心计，精农业，累致千金，恭人秉内政，最有法度，综理不遗丝发，内外僮奴千指，奉教敕惟谨。尝谓："公既许国服官，门以内无复顾虑，吾自任之可矣。"自是家居，不复入官舍，而家益大起。大抵淑人佐朝议多以平恕，教诸子必以礼法，亲娅则恩礼兼至，仆妾则勤恤而法御之，既贵矣，自奉绝淡泊，而深戒诸子以纨绔习。始公微时，岁一布深衣，见者讶其恒新，乃淑人时时夕浣而质明进之，其绳检精勤，皆此类也。公至蜀，饬其吏民，巫鬼之俗为改。又明年，而大参君以垂髫领乡荐第一人矣。是年，公晋湖广按察副使，移镇荆西，时大盗躏楚豫间，郧襄其走集地，城守者久严陴待，樵采路绝，公至而叹曰："未见敌而自困，是败法也。"乃开门纵出入，惟严斥堠，谨侦探，以私财铸□□布，睥睨间遣诸将分扼要害，使民堡大小联络，自为战守，贼至辄失利，不敢犯也。贼帅张献忠以强狡雄诸寇，而严刻少恩，诸寇稍叛去，亦久战且疲，恐官军乘之，乃诈乞抚于熊经略文灿，熊遽信之，公力言不可，具条贼可灭状，而巡抚余公亦与公共持之，熊怒劾余败抚局，且及公，缇骑逮余去，而公以城守戴罪视事。未几，献忠叛去，熊论死。呜呼，楚蜀涂炭，害气方新，公之道即行于人，而必不得行于天也，悲哉！贼之革裹眼者以数千众，休夏山中，公出奇兵夜袭之，贼仓黄崩溃，悉歼之。巡抚方公以大捷闻，时有客将从行，后以他事败者，文武战功因报罢不录，士卒赏皆不行，公叹曰："时事安可为哉！"乃引疾归，甫三月而郧陷。时大参君已成进士，授行人，两持使节过里，为两亲寿，乡曲荣之，而余亦以量移暂归，相见各道艰难状，欷叹久之。逾年，而有甲申之变，皇朝定鼎，两台交荐，起佥事守参议，督粮山西，时经制之初，均水利，清粮额，查藩产，皆以宽恤行之。尝摄臬篆而岁适大旱，巡抚申公忧，以咨公，公曰："吾在臬言臬，狱中得无有冤民也？请录囚之当释者。"从之，录未毕而大雨。今晋祠之侧有公别祠，则晋人之爱也。其岁举卓异，天子有宫衣之赐，且晋江南参议，以备兵庐州。时英、霍诸贼，连楚寇数万，伪相署置，前公至一日，杀英山令，郡中大震。公至，即移驻六安，简师临之，招携怀远谍者日出，且请督府大发兵，而以禁旅千骑冠其锋，士气自倍，于是乡勇保厘等寨兵，连破贼垒，擒获伪将印劄各有差。张福寰者，黠贼持两端者也，公示以恩信而以兵威胁之，乃斩其党渠以降，既而余寨贼众各数千，相次悉降，大兵既至，公率乡勇挺身先入，以观形势，通饷道。时兵燹之余，居民逃匿，而大兵所至，日需粮料三千石，悉责办于公，公巡行劝谕，居民感激，争出輂负繦属不绝，军用以给，师出三月而贼平。公乃叹曰："吾力竭于此，足以报上矣。"随以疾请，会霍山贪令有所诬，事亦旋白，庐人争留之不能得，而公拂袖以归，归而端居，以书卷自娱，公私诸事一不问，郡县大夫干旄相过者，农谈稼谷而已，晚益萧旷自喜，时与韦布野老为耆旧饮，客或酒困逸去，公饮一石，顾益精明，时戏谓："汝辈少年何足共事耶？"如是者二十年，李淑人亦齐眉无故，子孙益众多，大参君则回翔中外，次公贡监君而下，日置酒歌舞，数击鲜，房闼晏闲，宾客翕集，太平遗老，灵光巍然，一时称盛事焉。至其孳孳为善，积而能施，劳而不倦，此乡里长者之所能，未足以观公也。今公往矣，追溯年来，世故多端，轶兴轶废，人生遭际何常，而求其享遐龄，登膴仕，象贤接踵，孙曾满前，履危而不疚，出险而能济，如公者，岂非得天之厚而不可以人力致者耶。先是，大参君副宪湖西，分藩陕右，两遇皇恩，公晋封中大夫，如其官，淑人以贵。丁未之秋，公年满八十，恭人齿亦相亚，里中诸文学父老共征余言以觞之。越三年，而淑人卒，得寿亦八十有一，其高行淑德，详公所为状中，不尽录录。公轶事可传者，初，公以髫年应童子试，县令郑君拔冠军矣，既见而少之，一日趣召公至，则郑方据案讯两造，即授几裂牍以命之，时榜笞呼号盈阶下，公神理自若，立成两经义，徐起献之，郑目公而叹曰："远大器也。"其言卒验。公生于万历十六年九月十八日亥时，卒于康熙十年八月十一日子时；淑人生于万历十八年十□□六日寅时，卒于康熙九年六月廿四日未时。子七人：长继美，廪生，娶于宋，继娶于张，先卒；次双美，拔贡生，娶于翟；次济美，廪例监生，娶于安；次进美，陕西分守关西道布政司参政，娶于张，累封恭人赠淑人；次萃美，庠生，聘于冯，先卒；次元美，廪生，娶于王；次凯美，增广生，娶于李，继娶于翟。女二：诸生翟和鸾、董有章，其婿也。孙十五人：作股，庠生；作肱，庠生；作霖，庠生；作肃，监生；作梅，庠生，先卒；作人，庠生；作谋，官生；作楫，监生；作哲，庠生；作醴、作膂、作羹、作耳、作目、作桢。孙女廿二人。曾孙七人：执桓、执信、执躬、执蒲、执镳、执御、执毂。曾孙女十四人，婚嫁聘字皆名族。执信，则余孙婿，作肃所出女，许字余孙续端。葬日，康熙十二年九月廿九日也。铭曰：

公旧蒙徙，余实郡迁。并集于颜，钧三百年。公家殊盛，锡福最先。雷奋之首，实四孝廉。至公而大，螭翔骞骞。中台执法，四国蕃宣。合德作配，姬姜让贤。六伽白首，眉寿齐年。有子而勤，万井名田。有子而显，黄门大参。孙曾实繁，林立鱼骈。康强逢吉，五福备焉。孝妇之河，凤皇之山。惟公幽宫，既固且安。俾利后人，于万斯年。

光禄大夫内秘书院大学士前少保兼太子太保吏户兵三部尚书、赐貂玉侍经筵、奉勅校定律令、南郊合飨分献五岳坛、戊戌已亥以来文武五科殿试读卷官、令予告，愚甥孙廷铨顿首拜撰。

愚甥孙宝仁顿首拜书丹，愚孙婿冷国钊顿首拜篆盖。

沚亭诗集

序①

文定孙公既卒之三年，诗刻乃竣，嗣君孟滋来索序言。予②持此编，若吹昭华之管，而忾③然有所睹焉。初则若麻衣席帽，啸咏于济水之湄，虽薛烛未逢，而芙蓉之色烂彻绛霄也；进之而所睹异矣，则若④峨冠长缨，水苍山玄⑤，曳履星辰之表，高议云台之上也；再进之而所睹益异矣，则若霖雨既归，晴昊寂若，以辞荣之疏传，为善病之留侯，鸠筇深衣，缓步咲⑥语，携⑦手精蓝之畔也⑧。公以阁学休沐，致政而归。壬子之春，不佞亦返长林，赴公小饮，单衣徒步，至郭南佛院中，畅饮而别。隔岁无何，遽惊薤露之歌，回忆四十年中，旧游历历，如旦夕事，亦如枕上蘧蘧耳，昭华之管，不又为山阳之笛乎。太上忘情，故未易言，逝者如斯，亦何能已已于怀耶！公温恭雅秀，善气如春，至义所不可，则侃侃正色，凝然岳立，其燮和元化，弼翼泰阶，出于睹记之表者，非外廷所得而知也。至于度支端揆之座，精心正色，亮节忠猷，其效具在王室，夫人而能言之。即以文字论之，无论文昌诸疏，其关海宇休戚，人才消长者，于贾、陆已无多让。即所著《南征记⑨略》《汉史亿》《颜山杂记》诸编，皆以古俊之笔，

---

① 天津图书馆藏清刻本《栖云阁文集》卷三收入，题作“孙文定公文集序”。

② 《栖云阁文集》“予”作“余”。

③ 《栖云阁文集》“忾”作“慨”。

④ 《栖云阁文集》“若”后有“睹”字。

⑤ 《栖云阁文集》“玄”作“元”。

⑥ 《栖云阁文集》“咲”作“笑”。

⑦ 《栖云阁文集》“携”作“挟”。

⑧ 《栖云阁文集》此句后有“盖不佞与公占籍则同地，入泮则同庠，鹗书复同荐于乡。犹忆丙子之秋，应省会时，海岱英游，裙屐相接，而予与公尤朝夕过从无间，为予衍庚申一纸曰：‘君今岁当中式乎。’纸尾题一绝，有云：‘分官皇路应相忆，水国清秋寒雨天。’迨榜发，公不偶，予亦止中副车云。此后公先予捷南宫，两历外任，旋陟天曹，而予时亦官京邸。自是朝夕过从，尤密于挟册旅进时矣。久之”一段。

⑨ 《栖云阁文集》“记”作“纪”。

上掩前贤，遇事成书，海内传之。至于溢为声律，涂笔冰瓯，古体则远挹三谢矣，而冲腴兼剂以陶、韦，律体则近参王、李矣，而流美复侪于钱、刘。为璚云浮天，为芳兰竟体，执丹漆而随尼父，饰朱干以揖文公，郎[1]庙而有云林之气，藐姑而叶痈嗜之音。始知雅归平子，润归叔度，清丽之归景阳、茂先，雕龙斤斤，判若[2]鸿沟者，昔人固未为通论也。"夜抱九仙骨，朝披一品衣"，不亦兼撮长源之秀乎。在昔汉唐，鼎铉名臣，屈指萧、曹、房、杜、姚、宋、韩、张矣，然草昧伊始，戒功方急，金戈铁马之文[3]，笔札自缓，借著蜚[4]檄之下，声律亦稀，故诸君子彝常之绩伟矣，而未闻萧、曹滥苏、李之觞，房、杜夺沈、宋之簟也。若夫以清正冠冕乎当途，而菁华纷葳于文苑，子寿殆[5]其翘楚乎。公之平生，仿佛伯仲，不止风度似曲江，而海燕秋扇之感，无闻圣世，则始终荣遇，又过之远矣。今[6]我皇上以天纵之姿，圣学日就，比年来，方广招天下俊[7]异之士，给札天章，上掩贞观、开元盛事，而公则宿草已芊芊矣。调元赞化之勋，四海待命者，既未得一竟于纯熙之化，而清庙明堂之什，钟镛韶濩[8]之音，天[9]《天保》而颂《卷阿》者，又无能起九原而奏之，当宁上继虞庭，赓歌喜起，此予所以味遗编而三叹，而亦天下所为共惜者也。独喜孟滋能世其家学，雅什俊[10]音，风气日上，且才气盘盘，荫映数人，公有子矣。予谓孟滋曰："宰相子姓，故当以勋伐报国家，用补韦、平所未逮，而经国之大业，不朽之盛事，亦兼及之。赞皇会昌之集，去人伊迩耳。"孟滋行即出而服官矣，其以予言为何如耶？

时康熙戊午上巳日东蒙年弟高珩题。

孙宝仍拜书。[11]

---

① 《栖云阁文集》"郎"作"廊"

② 《栖云阁文集》无"若"字。

③ 《栖云阁文集》"文"作"交"。

④ 《栖云阁文集》"著"作"箸"，"蜚"作"飞"。

⑤ 《栖云阁文集》无"殆"字。

⑥ 《栖云阁文集》无"今"字。

⑦ 《栖云阁文集》"俊"作"隽"

⑧ 《栖云阁文集》"濩"作"頀"

⑨ 《栖云阁文集》"天"作"矢"。

⑩ 《栖云阁文集》"俊"作"隽"。

⑪ 《栖云阁文集》无落款。

序

今海内言诗家纷纷矣。余生平自顾才弱，不敢言诗，即使姑妄言之，殚智竭想，终亦不似，非谓其粗成音节，少滋濡于芳华气泽之间之难能也。若夫古诗、乐府、选体之高者，常凌轹骚赋，出入风雅，则不可能也；初、盛唐人所为排律近体，壮密沉澹，含咀元气，未尝削斫为工巧，而秾华掩映，自然合节，则不可能也；其绝句遒上，若临江哀笛，闻天霜鹤，振荡廓落，音止响腾，使听者意气寥栗，而莫可端倪，抑又不可能也。于是，遂辍不复为。休退之后，去而学琴，尝穷日夜、忘盥栉以事之，再历寒暑，才得四五弄，又以臂病废，不复为，顾古调不弹久矣，今可能者，旧谱流传及末师手授耳。自叔夜既徂，《广陵散》当时已绝，乃其法至今犹有存者，是耶？非耶？试按索之，几不成调矣，况龟山雍门之遗意乎！然则声音之道，可谱者非其至也。又况手授则人殊，按图则家异，一指之喻，破碎枉挠，失其家法。烦手则入于淫声，猛起或讥其北鄙，宁复有弦外之音，至精之理乎。夫规矩，非大匠之巧也，而舍规矩无所试其巧；抟拊，非至乐之情也，而舍抟拊乌乎用其情。向尝取古谱、时师之法相胶戾者，反复极意，按之颇有所决，择其乱者去之，俾归于繁杀之中，得数十事，并所自删诗，得百余首，录以问之同好，非敢必谓能也。平居常感于齐景之语诸大夫："二三子间于忧虞，则有疢疢。亦姑谋乐，何忧于"云云，有挟瑟上堂之意焉。夫必果能而后可也，则谋乐何日矣。

康熙十一年岁次癸丑六月戊子沚亭灌长自识。

沚亭诗集①

益都孙廷铨伯度纂

抚宁县衙斋望兔耳山②

高馆扬清晖，澄阴澹将夕。好峰林外明，肃肃荫床席。日入引村烟，纵横交阡陌。倏忽半岩际，风雨送行役。霁景湛夜明，况复沉秋碧。松楸起寒音，鸾鹤遗幽迹。谁当堪共语，谅哉寒山石。

燕河营谒制使还自铧子山道中东望群山

积岭带烟长，郁郁凌荒塞。松萝有掩抑，晴雨多异态。父老耕山阳，猛虎伏其背。边城高不极，嶕峣孤峰戴。日夕角悲鸣，夜凉烽远逮。所愧为长吏，汙莱梦不溉。幕府动晨趋，冉冉空束带。

梦友人见贻题扇有句云“轻摇动凉飔”寤而足之

故人今尚尔，托迹青山眉。遥情抱明月，中宵起离思。幽栖良足怀，况乃秋风时。边气萧萧至，山烟澹欲滋。蜻蛚续吟蛩，鸣止正参差。何自瑶华音，兴言慰在兹。招招舟子心，丁丁伐木诗。昔别关山远，今悲道路迟。幽意怀团扇，轻摇动凉飔。

渝关道中③

菀柳荒亭下，残碑古戍前。秋光晴到水，山色净于天。气变虫音急，河沉

---

① 原刻本卷端作“沚亭自删诗琴谱附”，版心作“沚亭诗集”。

② 康熙《永平府志》卷二十三收入，诗题作“衙斋望兔峰”，款署“抚宁宰孙廷铨益都人”，诗云“高馆扬清徽，澄阴淡将夕。好峰林外明，肃肃荫床席。日入引村烟，纵横交阡陌。倏忽半岩际，风雨送行役。松杂名药香，鹤遗幽人迹。霁景疏夜明，况复沉秋碧。菊忆渊明篱，书成杨子宅。谁当堪共语，一片寒山石。”

③ 康熙《永平府志》卷二十三收入，诗题作“山海道中”。“菀”作“高”，“河”作“水”，“石”作“古”。

月影偏。鸣鸡催候吏，问渡石溪船。

北平道中①

烟开林下路，帘出水边家。山市秋多枣，荒溪雨落瓜。近边无缓辔，列戍剩高牙。回首孤城色，危旌集暮鸦。

苦雨

积雨散寒声，空阶滴不断。萧条暗晨暮，淅沥长宵半。晚花庭际白，绿筱窗中乱。展书坐自吟，空蒙侵几案。蜗路交蜂房，蛛丝垂范冠。庭潦互经注，淼若春江岸。泥涂没园葵，赍葹生井干。匡床揞北牖，屋破漏如灌。宿火生已迟，呼灯光不粲。起扪桁上衣，垂垂如染汗。繁思兴默坐，抱膝难及旦。已思华露零，更想明河烂。灵雨希润物，狂霖无乃惮。馨蹙谓雨伯，勤施何泮涣。

思归

初秋风露早棱棱，秋客怀归归未能。长路名山多近塞，他乡寒雨欲侵灯。貂襜玉案愁平子，菰饭鲈鱼忆季鹰。山泽见招莲社在，白云青岳任登凌。

女史八咏

昔称女德无极，怨妇无终，苟或近此，莫不沦亡。余闲夏观史，偶及佚事。其间纠俜缭绕，妇态实多，虽贞淫异类，同归怨乱。用随见闻，缀缉微辞，以存讽示尔已。

庄姜

灼灼齐姜女，蔼蔼善容仪。女贤已胜贵，况复耀蛾眉。不恨君狂笑，终怜笑是痴。馀怀托燕燕，执手叹差池。

---

① 康熙《永平府志》卷二十三收入，诗题作“永平道中”。“缓辔”作“广岫”，“剩”作“尚”，“回首孤城色”作“树尽看城阙”，“集”作“有”。

息妫[1]

葛萝相钩带，冉冉乃逾墙。蔡息称姻娅，亦宜礼自将。丈夫多轻薄，女子善偃藏。无言空有恨，儿女粲成行。

西施

越溪苔犹绿，吴廊屧响稀。兴亡皆有恨，美人归未归。尚想当时态，轻鞶掩素衣。吴江烟雨夜，白鸟背城飞。

楚美人虞

中夜悲风发，楚歌清且哀。君王起奋袖，心影两徘[2]徊。玉颜一以委，亮节为君裁。霸图虽已矣，终不负雄才。

戚姬

贱妾悲鸿鹄，君王奈乐何。晨春常至暮，凄绝不成歌。宫钟迟晓露，落月度秋河。岂谓君恩歇，终当投网罗。

李夫人

延年有女弟，承恩入汉宫。倾城宠未半，玉腕遽归空。殷勤想罗袂，哀蝉动凉风。空余姗姗步，遥看穗帐中。

班婕妤

京兆名家子，兰苕晞令妍。奉持霜雪意，闲夜玉窗前。遥见风台影，绀裾留凤仙。谁怜长信草，绿芜自年年。

王嫱

汉庭多妙丽，天子重和亲。罗袜玉阶下，精采射旁人。哀弦生汉思，零露净边尘。怅望佳人去，空悲塞草春。

署中久雨新晴

槐荫满径午窗清，雨后疏蝉断续声。塞上微风寒近早，夏晴天气似秋晴。

良乡邮亭读友人壁间旧题

门柳交深绿，萧条驿馆虚。孤灯今夕梦，断壁故人书。岁月飞蓬尽，风霜伏枕余。离心将旧感，旅夜独踌躇。

---

① 哈佛大学藏清卢见曾编纂雅雨堂刊本《国朝山左诗钞》卷五收入，“偃”作“擢”。

② 原刻本“徘”作“裵”，据文意改。按，裵，古“裴”字。

秋登华岳绝顶 丙戌年典试秦中作

金天方起岳，洪河为劈流。岌岌关山表，郁茀辨神丘。上探河汉源，下蟠帝王州。中有神仙宅，飘渺来十洲。荒哉秦汉人，梯凿谅有由。我来八九月，天末风飕飗。秦岭横苍然，岚气紫未收。谷行石水聒，岩观楢柏稠。望险意凛冽，延赏心夷犹。遂凌万丈梯，飘飘若虚舟。策足蹑高鸟，垂手接猿猴。不知身势异，但觉顾盼优。搦岭须骑行，悬绠类空游。绝壁挂苍龙，幽壑腾赤虬。三峰叠削成，鬼工力亦遒。夕阴生万里，奔峭稍欲休。云卧斗牛横，天空鹤鹳秋。向背失秋毫，邈焉气象周。悠悠念征途，渺渺翻百忧。庶几招禽向，遂此成淹留。

征途谣

客行九月阴晋凉，河汾严气变微霜。栈车轧轧登太行，前有周客后郑商。牵牛负轭马服箱，杂沓交驰来四方。溪谷高深坞岭长，北风淅淅吹衣裳。场圃人家蟋蟀堂，酒旗山郭带女墙。井闽阜盛人乐康，鸣琴跕屣邯郸倡。析城王屋遥相望，控引覃怀走浊漳。王师南下收江湘，息马淇园饱刍粮。猛气欢腾思战场，野日平原浅草黄。角鹰在臂弓矢张，驰逐灭景电遗光。射麋角麟从两狼，田禽委积照山冈。马鸣风止旆悠扬，归数军实进酒觞。鹍弦奏舞炙黄羊，辟易行人趋路旁。引车避之向河阳，道逢故人思故乡。泰山梁甫何茫茫，侧身怅望隔川梁，且奉简书趋未央。何日休车定八荒，千秋万岁戴君王。

自警诗八章

其一

印瞻天步，时迈道存。靡靡今昔，更为胄昆。锦堂石郭，兴替实繁。斗域回次，四序复温。

其二

伊予蠛蠓，含气中处。昔闻龙伯，今惟鼹鼠。虢山崒崩，三川断溆。偃师之巧，曾何比数。

其三

人之愿而，约始怙终。始则春荑，终焉秋蓬。崇山闻虎，念存微躬。既济斯难，众虑遂丰。

其四

申侯竞利，卒逮疵瑕。伯宗刚折，用陨厥家。中散负傲，茂先虚华。悔吝之来，亦有萌芽。

其五

哲人秉心，靡行不度。偾毂倾辀，实昉跬步。意气中人，毒宁雾露。人生实难，靡弗瞻顾。中，去声。

其六

服食学仙，意守贵盛。金盘露晞，海风多劲。方外用奇，惧违厥正。永惟恬淡，庶保恒性。

其七

载罹尘网，倏逾十年。鶗鴂先鸣，日见华巅。火微烟壮，还思静便。岱宗蔚如，荫予菑田。便，平声。

其八

汉有鹿门，晋惟柴桑。斯人履道，于今则亡。鸟翳春林，鹿即荒冈。返服安处，景暮休光。

东郊晚归

松柏东郊道，哀蝉处处闻。山云携雨过，野水向城分。沙白明凫聚，天青点鹭群。不期归径远，前路月纷纷。

冰车行

玉河一夜冰澌作，琉璃万顷何磊落。犊鼻奴子踏冰行，车上游人映城郭。禁苑斜连玄武湖，倒影西山胜画图。参差冻合玉泉水，碧霭银铺望有无。金鞍少年赭白马，堤上相逢相为下。生憎翠幰起黄尘，爱向冰壶镜中写。弄舟不事楫，驾车岂用轮，岸边白石细粼粼。官家不少金茎露，腊月凿冰恼杀人。

辛岁奉柬同乡诸子时乡国多难

其一

囊钱久欲断，空复过书摊。裘马看年少，豺狼畏道难。乡邮沉梦卜，官况赖平安。白发侵愁出，能无惜羽翰。

其二

寸心间动止，扰扰更成疏。礼俗安时化，资粮料岁除。无人风幕动，闷坐竹窗虚。故国今如此，何由寄鲤鱼。

其三

不及郎官宰，双旌出国门。畲田丘壑计，宽赋庙堂恩。冬日趋山急，寒烟带市昏。乞休如便得，未拟更高论。

秋夜和王似鹤考功

清宵哀角静严更，睥睨高悬列宿明。几日风烟归梦阔，一城砧杵客心惊。黄金难信刘中垒，白眼堪嗤阮步兵。怅望紫宸朝散后，晚钟时度枕函声。

秋经西苑望湖上亭

淅淅就霜林，晶晶晴湖远。鱼鸟聚澄阴，菰蒲乱清浅。夕日故宫旁，神伤岁时晚。一水净寒光，双亭疑画点。想像赋诗游，云旗常在眼。箫鼓断秋风，松杉冷行殿。欲去且徘徊，中情怅无遣。

初秋集张举之都下新亭

雨止尘鞅清，逍遥林壑趣。朋曹聚秋日，坐荫临池树。浊醪欢相持，余风送情愫。高言肆经复，素心寡违忤。奔车称劳薪，休拙悬所寓。冠盖五陵游，文笔三都赋。怀此意难忘，栖迟遂已暮。旦夕月盈园，还来期叔度。

夏杪集先农坛分赋

闲云兼静客，竟日在幽林。辇路晴沙细，斋坛野气阴。鬼神终自迥，钟磬晚逾沉。尚想霓旌入，祈年圣主心。

赵韫退初擢礼垣给事中赋赠①

谏草明光出，风清海内闻。不难成意气，慎勿近纷纭。墀柳春阴静，宫槐晚绿分。掖门新句好，时为寄殷勤。

---

① 《国朝山左诗钞》卷五收入，诗题作“赵韫退初擢礼垣赋赠”。

初泊瓜洲

泽国千帆傍晚收，楚江烟浪向天流。舟中客意还休夏，水上浮云已变秋。佳气龙蟠山势转，寒洲鹭立夕阳愁。美人何处蒹葭老，眇眇予怀未可求。

使还过岭

蓝豪水带曲江偏，大庾山空象郡连。岭外村墟蛮女屐，泷中风物疍人船。文犀翠鸟来秦尉，铜柱珠厓纪汉年。岂有梯航疑后至，日南重译已喧传。

暑雨初晴过赵北湖口①

其一

细雨初过湖上晴，晚峰明灭断烟生。飞来何处衔鱼鸟，乱点苍波殢客情。

其二

微风翦翦动新荷，雪鲙银鳞入市多。十里烟堤翻柳浪，数家茅屋挂渔蓑。

其三

忆昨江湖汗漫游，垂杨是处有扁舟。无端更听沧浪曲，却对横波起暮愁。

宫紫玄索赠二首

其一

连翩赴修畛，遇子桑野间。浮云飘车盖，忽复至长安。蔼蔼王侯里，今昔异形颜。金紫耀舆台，顾盼多少年。应侯方自贵，安知蔡泽贤。严风十月交，霜霰亦已繁。关河鸿雁稀，游子衣裳单。群公正进酒，言笑生波澜。晨风怀往路，岂不念故山。感君意气交，一结平生欢。

其二

荣木凋欲尽，远游令人悲。遵渚回故辙，素心耿未移。荡荡青门道，悠悠赤羽旗。非无饮博徒，所遇少故知。来者日以繁，车马奄相驰。昔游雨载途，今返风凄其。羽声临易水，忼忾笑以嬉。甘节无终穷，林卧诚自怡。逝将蹈淮海，鼓棹弄涟漪。

---

① 《国朝山左诗钞》卷五收入后二首。

为某公题亡姬图

其一

耿耿双星密意前，素琴纤手乱鸣泉。春来画阁封蛛网，惆怅东风大小弦。

其二

行云中断曙楼空，五两铢衣隔绪风。最是无情秋夜雨，疏斋莫更树梧桐。

还山吟[①] 甲午年得省觐

其一

守道在无为，吾自厌吾拙。解佩及兹晨，还山听鸣鸩。世态逐婵媛，进止心欲折。欣此素商集，缅想缁尘歇。逝将寻旧侣，茅屋阴崖结。暝色下巉岩，苍然立积铁。林深倦鸟集，谷静涓泉咽。夜凉四山空，云卧逼天阙。扪萝想幽人，弄箫迟山月。

其二

真气荡喧浊，仆仆为形役。一器而众操，安得不速敝。古有避俗翁，神释私其智。感此偃空山，息机良匪易。朝饭林下曙，夕宿岩中闷。暑气清林峦，洒然出新意。侧思声利途，惴惴魂犹悸。且逐采芝游，野服安薜荔。

予告后示二子

故态成吾懒，新诗见汝情。弃官从病老，学稼失逢迎。几隐青山暮，园开碧树情。周旋如未厌，愚智复何名。

捕鹿

清晨走村翁，招呼行捕鹿。稍闻网罟集，眉宇动我仆。饱饭入青冥，山深多灌木。踪迹秋毫端，发纵信所独。周陆寄荒陂，虞罗临空谷。一呼生百疑，中林起攸伏。石险阴崖滑，纵横成抵触。谁谓芳草闲，已觉秋原蹙。跂足岂不捷，

① 《国朝山左诗钞》卷五收入。第一首中“林深倦鸟集”作“林深倦鸟栖”。第二首后有小注云：“案，汉扬雄《长杨赋》：‘出恺悌，行简易。矜劬劳，休力役。’顾宁人《唐韵正》云：‘役，去声。则营记反。’役字入敝智韵，非误也。”文渊阁四库全书本雍正《山东通志》卷三十五之一上，收入第一首，诗题作“还龙山吟”，无“甲午年得省觐”题注。

转盼伤羁束。挥汗诚乃疲，得意在机速。山际见微烟，盘中荐熟肉。劬劳何足云，一笑恣捧腹。余羹愧见遗，吁嗟此天物。

追豚

野人无缭垣，饲豕岩崖下。朝饷餍糟糠，夕沥分粗粝。幸不疾瘯蠡，频复量腰胯。入市易匹布，卒岁当秋稼。雨夜迫崩奔，辗转成惊乍。旦日空盆槽，翁媪相噱骂。补牢亦已迟，追途复多岔。艾豭行不归，荏苒已过夏。一夕负涂来，膨亨腹乃大。野心招不降，翻乃遭激射。幸免虎狼餐，自顾山谷霸。儿童牵人衣，首匿犹生怕。我村抑非夫，此势宁堪罢。还家集绠锄，短锸长镵靶。邻曲助我怒，指顾生叱咤。粗气尽须臾，束缚就瓜架。砂田饭适熟，村馆醪初醡。便当命屠刀，招邀遍邻舍。指挥盘案间，大嚼如饮蜡。痴肉而疾威，霍霍复谁吓。

登岱

骀宕天门立岱宗，碧霄秋净洗芙蓉。石坛金节虚难问，雷壑霜钟晚欲从。到海山情终让岳，起封云气自飞龙。夕阳涧户清阴满，谁辨秦官旧五松。

送施尚白闰章督学山左

南纪推雄藻，东征问讲坛。图书三殿锡，旌节万人看。青社今悬赋，白云昔命官。楼虚闻化瑟，湖敞动文澜。岱畎铅松古，齐疆聘矢宽。雕龙犹聚士，辨马喻封峦。月映金镜净，秋临水镜寒。两生倘可致，莫惮礼兴难。

丙申长至驾在南苑百官被命斋宿大红门张幕海会寺李坦园学士赋示新篇属和①

御宿迢遥接泰坛，微微钟漏夜将阑。双林月上金轮净，七校风清玉幛寒。宣室夜谈梁太傅，桂宫晨敞汉祠官。由来郢曲高难和，徒傍卿云借日看。

① 《国朝山左诗钞》卷五收入，诗题作“丙申长至百官斋宿大红门张幕海会寺李坦园学士赋示新篇属和”。《续修四库全书》影印浙江省图书馆藏清乾隆五十三年池北草堂刻本《宸垣识略》卷十二“海会寺”条引此诗，诗题作“丙申长至驾在南苑被命斋宿大红门张幕海会寺和李坦园学士诗”。

斋居即事

直庐千帐绕红门，剑佩精严捧至尊。别殿罘罳凝紫气，空林钟鼓报黄昏。高居帝座馨香接，穆若天颜礼乐存。独有臣心惭未答，九霄霜雨圣人恩。

冬夜南苑启事作

城角乌啼夜向明，照人残雪妒晨征。天围平野宫旗闪，风起长杨苑马轻。驰道沧波连禁御，掖门钟漏隔南城。怀中封事知何补，惭愧苍生系圣情。

冬夜开看家书却寄两儿

其一

寒事营初了，书来报晚收。余粮分硕鼠，辛力念童牛。俸尽官无赖，丁添米更求。似闻新谷贵，多稌已三秋。

其二

冬夜白于昼，寒侵襆被知。心随天地阔，事抱古今疑。远市听更断，虚窗落月迟。旅怀添耿耿，苦忆向山期。

其三

来日慈颜病，羁栖又五春。定知伏腊意，偏系宦游人。喜怒归仁主，寒暄愧老亲。一秋频寄药，心绪竟谁陈。

其四

喜汝读书史，粗能纪岁年。盛衰增古意，疏密得前贤。落落心逾壮，翩翩类自连。忽荒无似我，垂老只空笺。

其五

所计翻书屋，商量莫太丰。无材宜就瓦，留地可栽桐。远渚登台见，春山绕舍红。待予归老日，拟借北窗风。

履霜桃行为梁苍岩赋

流香溅齿冰雪凉，镇州桃子名履霜。摘鲜藉叶投饷我，碧实烂熳盈倾筐。京师果林阗城市，华筵罗列丘山似。外家解餍东陵瓜，尚方只数华林柿。殿前分赐出大官，殷碧照耀黄金盘。剪霜酾玉香不彻，山园还忆野棠酸。履霜履霜风味好，司马园林晴皓皓。秾华几岁占春风，碧玉千双映秋草。世间易尽是纷纷，至味迎人何必早。醉来那得蔗浆寒，青霜解我烦忧扫。迷津莫问避秦人，馈实且对杜陵老。

李贰公爽棠侍郎招游海淀醉歌

玉泉山南水映空，高梁桥外蓼花红。红蓼白萍疏历乱，侯家楼阁水烟中。楼上蛛丝萦晓雾，楼边花发林塘路。不见当时顾曲人，鹭立凫眠自朝暮。我来把酒不胜情，徙倚层楼望凤城。今昔繁华称戚里，昔时豪贵今如此。蓝田本属窦将军，珠履犹闻魏公子。忆昔宾客多俊才，宝铗银鞍照地来。管弦咽夜鸣中座，罗绮娇春耀上台。晴湖窈窕连华屋，尽日湖光看不足。豪雄煜爚复几何，芙蓉露冷增微波。湖山待客怜清曙，花扑寒烟入林去。为君起舞向秋风，想见当年太平处。

秋夕过友人金鱼池所馆

使君解绶帝城偏，风物频年换客筵。但有蓬蒿迟二仲，何妨赌墅过诸贤。云中危堞晴岚出，木末虚堂小月悬。良夜向人怀抱尽，萧条寒水引坛烟。

春日隆安寺访山晓上人时自天童应诏入都①

远公庐阜朗公房，时许题诗在上方。古寺日长瓶钵静，故山春暖薜萝香。一乘闻法超禅果，三殿承晖接御床。归计未成心已灭，自持钟梵礼空王。

忆山园

其一

小园香径枕山斜，瀰瀰寒溪漾浅沙。细柳疏桐遮未尽，更添亭子倚梅花。

---

① 《国朝山左诗钞》卷五，“时许题诗在上方”之“在”作“到”。康熙《天童寺志》(《中国佛寺史志汇刊》第1辑影印本)卷八收，题作《同冯易斋少宰过访山晓和上》(共收诗两首)，其一“题诗在上方”之“在”作“到”，其二云：“碧云深树蔽禅关，静夜焚香晓放参。内赐紫衣闲不著，西来白法旧能谙。月明斋阁闻清磬，风静石林对晓岚。狂象毒龙无那老，因君浑欲解朝簪。”

其二

城上青山屋后泉，落庭空翠照高眠。行吟不辨秋多少，自算余粮备酒钱。

读史

其一

前席遥闻太息声，西京才子洛阳名。谁怜绛灌封侯日，只有文皇忆贾生。

其二

田叔归来窦后伤，萧条梁苑下微霜。一时宾客多枚马，不遣雄文悟孝王。

其三

珠厓九郡静无哗，南越初传破吕嘉。博望不从天上出，谁因筇竹识仙槎。

其四

武帝宫前太乙坛，每于月出见衣冠。云旗欲下春缥渺，不散松阴玉殿寒。

其五

郡国贤良满汉庭，凌云词赋动宸听。当时谏猎何人在，虚倚金门望岁星。

其六

汉家财赋号因陈，除租深恩岁岁新。盐铁异时争有论，不知谁是救时人。

其七

玉关西去古瓜州，都护乘秋上戍楼。龟兹犹自遮葱岭，莫诏犟佗定远侯。

世祖皇帝哀诗①

其一

帐殿前年奉御颜，偏承温语溢朝班。龙媒照夜雄风起，鸾辂行春睿藻闲。祇拟星辰朝北斗，岂移陵墓对南山。惊心辇路生烟草，羽驾崆峒怅不还。

其二

悟彻无生事转哀，西方曾见化人来。虚房寂寞哀蝉曲，旧苑荒凉戏马台。珠涌宝幢扶地起，月寒琳阁逼天开。香舆果住莲花域，愿布慈云覆九垓。

其三

先朝宝箓付今皇，一诏惊传万国伤。画角无声春殿闭，青晶流影夜坛荒。乍回猛士标铜柱，犹忆词臣侍柏梁。率土痛回应拭泪，九天日月继重光。

---

① 《国朝山左诗钞》卷五，诗题作“世祖章皇帝挽诗恭纪”。

其四

六龙车驾五城楼，仿佛钧天乐未休。弓剑有情依圣主，河山如绣奠神州。周京衅甲将归马，汉畤逢辛自射牛。簪笔勒铭臣子事，越裳白雉繄谁收。

送季父象九公还里门

小麦欲黄桑椹黑，青衫匹马来京国。海岳奇情骨肉心，谈笑依依见风则。我别叔父发尚玄，叔父神清面倍鲜。今我鬓丝添种种，翻惊叔鬓尚依然。自是天全忘宠辱，怀材未肯学干禄。白云原上昼锄瓜，渌水门前春种竹。兴来千里把吟鞭，笑傍青门顾新曲。昨日西山踏翠来，忽忆家园莲正开。幞囊拟卷烟岚去，青灯浊酒留难住。归鞭欲指黑山云，骊歌试按流莺语。归去衡门见老亲，为言京洛靖风尘。君恩早晚垂乌鸟，好指茱萸望远人。其秋果得予告省觐。

予告留别诸公六首辛丑年再得省觐

王敬哉崇简大宗伯

秋风鲈鲙引归情，好友临岐意暗惊。惜别欲怜金掌月，追游堪忆上林莺。经时民表推三礼，盛节朝端拜五更。去去无愁归梦寂，安居岩户望升平。

梁苍岩清标大司马

十年飞鸟倦青云，只共心期仆与君。旧事中朝怀赠草，新秋南雁送离群。山茨卧壑清霜早，宫仗随班昼漏闻。去住无端挥手意，不堪凉雨暗纷纷。

高似斗景大司空

远浦孤帆去信风，频闻新诏罢离宫。宸心似识金难铸，筐篚无言织未工。银汉双星看度雁，玉台清露下疏桐。天津御柳今犹绿，锦缆何时更一通。

石仲生申少宰

白露黄花郭外村，离离野水澹秋痕。休闲把臂真朋好，风雨别人亦国恩。圣世网纮收一节，清时羔雁避多门。归来倘忆城南约，秖[①]在香山碧树根。

朱右君之弼少司农

秋期拟续竹林游，忍听离鸿动早秋。归梦遥飞天上镜，胜情全付水边楼。东方葛屦履霜尽，南诏糇粮隔岁收。愁绝愿闻经国计，半随寒雨入行舟。

刘未斋达少司马

下濑楼船信若何，且凭幽梦殢烟萝。人情今日思搜粟，老将终难过伏波。

---

① 按，“秖”应作“祇”，即“只”。

城阙秋生双杵动，关河寒近暮云多。夔龙盛事诸公在，敢厌门前挂雀罗。

秋涨[①]

孤村夜泊逢秋涨，颠倒鱼龙翻骇浪。颓沙断缆舟暗移，月黑江空增惆怅。侧闻拥沫立如牛，前岁漕帆多阻丧。吕梁安涉信有神，能者操舟众所向。喧呼且止篙且停，侧舵横流牵百丈。大船舣岸小船随，咫尺平沙慰相望。潇飒秋风四野垂，舟樯翻出星辰上。谁家小妇轻波涛，当艄犹理江南唱。

后挽船行[②]

十年不向沧州城，此夕重来秋风生。孤舟欲泊无处所，沧州城下船纵横。楼船银牓征蛮府，戈船连营杂妇女。珠缨绣袙锦两裆，高掣牙旗奏箫鼓。孤城断壁几家存，半入荒烟半尘土。有风帆自开，无风奈何许。不衫不袜谁家郎，且掷刀镰带绠组。中男短小义不辞，尽汝四邻不独汝。丈人不怒胜晨餐，意气横生力如虎。南下江陵船，北上真州估，但下篷舱坐河浒。投签既有程，牵船亦有伍。发櫂当歌汝即歌，但不得言汝辛苦。吁嗟勿愁汝辛苦，船上将军神且武。

春日家山登望文昌阁[③]

空山楼观倚孤城，女堞山楼共晚晴。风物齐都悬一赋，弦歌鲁俗问诸生。烟浮近郭千家小，雪尽平原二水明。往事低回馀醉墨，荒碑犹认旧题名。

赵韫退大参自岭南入觐道过里门一宿而别送之

其一

朱幡几日发江城，晴雪南鸿赋北征。夹径蛮花飞翠羽，连天粤峤听猿声。亳都省岁共球远，周制遵王道路平。此去若垂前席问，使君慎莫厌承明。

---

① 《国朝山左诗钞》卷五收入，“潇飒”作“萧飒”。

② 《国朝山左诗钞》卷五收入，“来”作“到”。

③ 哈佛大学藏乾隆癸酉版《博山县志》卷九收入，题作“春日登望文昌阁”。

其二

新息装中薏苡微，越王台畔鹧鸪飞。宦情欲慰亲垂老，意气无如客乍归。万里江湖容鬓改，十年琐闼故人非。征车又逐骊歌发，秋谷春深忆采薇。

孝陵会葬毕路入盘山书所见①

其一

野旷烟千顷，山回黛一围。已谙林下路，懒作暑中归。

其二

急雨连沧海，群山赴蓟门。客怀无近远，岚气足朝昏。

其三

山空一径幽，林外樵夫语。驴迹印沙塍，前村昨夜雨。

其四

青嶂有划合，遥见中盘寺。何处落清钟，临风时一至。

其五

石上苍松古，云中碧寺深。欲持调象力，来制毒龙心。

盘山千像寺同李坦园相国王思斋学士作②

晴雪带苍峦，松溪路几盘。涧鸣泉暗落，岩立屋悬安。一杖千峰翠，双林万木寒。那能堪累月，清福近仙坛。

送冯易斋少宰暂假还青州

其一

津桥疏柳度行旌，仿佛当年送我情。把袂难忘忧国意，吹篪岂是怨离声。关河去路秋多爽，梗概经时气欲平。正是海浮山下墅，苍烟千亩绿筠生。

其二

承恩归沐出金商，驷马犹龙道路光。画角西风萦别绪，断云客雁引疏行。时清直道终难废，秋老怀人又一方。他日还膺虚左诏，思贤今圣类先皇。

---

① 哈佛燕京中文特藏武英殿刻《盘山志》卷十三收入，诗题作“路入盘山书所见”。其二“客怀无近远”作“客怀无远近”，其三“前村昨夜雨”作“昨夜前村雨”。

② 《盘山志》卷五收入，诗题作“千像寺同李坦园相国王思斋学士作”。

秋日集贾园呈苍岩诸友

其一

偶来池上酌，晚景灼余清。华发衰何早，青山隐未成。风霜怜草木，时世贱公卿。且共谈今夕，招邀物外情。

其二

汉阙瑂云外，秦筝绮树边。园林如我有，风日为谁妍。地迥孤峰出，天虚万籁传。近来憎面目，终欲倚先贤。

其三

泥途深马足，秋雨浃辰多。养拙心无向，忧时计若何。空陂集雁鹜，疏木接藤萝。亦有沧浪兴，徐听醉后歌。

卧疴偶成此后遂得予告养病

其一

不托孤吟兴，岑岑欲浃年。烟霜怜病骨，形影对秋天。残里时移药，羞囊莫问钱。夜来闻木叶，落尽小堂偏。

其二

无端成不寐，病逐客愁生。城阙经时态，山园迩日情。夜长钟断续，窗白月分明。何似寒鸦起，风微万虑轻。

金太傅致政归吴门寄讯

日月依宸藻，云雷奋鼎臣。两朝光燕誉，一德赞鸿钧。恋阙衔恩切，归田赐诏频。有冠余侧注，留阁让平津。礼数群公羡，行藏易地均。山明吴苑晓，花发越溪春。机息鸥还下，情空虎自驯。谁言轩冕贵，无复上皇民。太傅兼善谈禅。

秋日与王稚崑太守登望凤山玉清宫

三十余年濩索情，白头老尽旧书生。休亭未觉沧洲远，罢相真随敝屣轻。溪上云林秋入画，山腰官阁晚题名。从君话遍悲欢事，不逐席前太息声。

与冯虞臣兼讯乃尊总宪[1]

君才十倍少年行，独抱奇情卧辟疆。物望三台归亚相，风流七叶冠诸郎。书藏金匮抄应满，酒载云亭醉不妨。为问新来趋宪府，几章封事动明光。

高葱佩宗丞奉使湖南寄赠[2]

长湖水映使臣星，击汰扬帆下洞庭。贾鹏无烦湘累赋，虞弦几傍楚江听。白云楼阁乘春上，朱鸟群峰向晚青。仿佛岳灵歆祼荐，不妨岣嵝更镌铭。

戏为长歌赠江南处士龚野遗贤

野遗先生恣奇尚，力排软美为渊放。有时作画散幽情，笔驱群龙轹群象。寸笺尺素有光辉，老特连蜷非一状。新来更得扇头吟，诗当画上书诗上。此人骨法迈等闲，谁能引置琐闼间。谏草定能吐正气，廷议不动如丘山。只今草泽称野遗，神气虽王理若失。丈夫棱棱笔有神，宋元作者皆妇人。古来轩冕悉已陈，犹记君平及子真。雅量高致无匹伦，吁嗟此其家不贫。莫愁湖边草色新，采石江上楚山春。春帆细雨秋烟云，真情画意相氤氲。睡兴泮涣意气振，拙师垂手不敢伸。请君纵笔为长楚，挂我山堂绝世尘。

与曲生绝交诗并序

曲生者，市井人，族大蕃衍，居满天下，如青蝇集止，有人处则来如。闻其先兴于夏后氏时，尝因左右干夏后，将挟媚道以沉溺惑蛊王心，王觉而疏之，故《五子之歌》《妹邦之诰》《宾筵之诗》，皆咨咨致儆焉。至于春秋，为祸弥笃，若齐庆氏、郑良霄氏、楚令尹子玉[3]、郲夷射姑，追惟祸本，亦罔非厥辜，所不废绝者，以材近祝史，能事鬼神，又善为人居间侑客，可优俳蓄耳。汉高帝微时，与其支孙遇武媪家，欢甚，数顾之。及有天下，尝因朝集引入未央宫，谒太上，太上为之怡颜，殿上皆称万岁，自是遂得出入禁中，不复呵止。孝惠帝

---

① 《国朝山左诗钞》卷五收入，诗题作“与冯虞臣兼讯尊人总宪公”，“抄”作“钞”。

② 《国朝山左诗钞》卷五收入，诗后有小注:“案，扬雄《反骚》云:钦吊楚之湘累。师古曰:累，力追反。今读去者。累，系也。《广韵》六脂、六至，皆有此字。平去皆可读。”

③ 《清代诗文集汇编》影印康熙刻本《西陂类稿》卷四十五引用，“玉”作“反”。

时，齐悼惠王来朝，坐帝上，太后怒甚，令于宫中伏甲刺王，赖帝觉之，未发逸去。城阳景王时尚少，忿其如此，及为朱虚侯入宿卫，阳尊事生，为斩诸吕，亡命一人，卒诛锄之。自后，诸曲散在人间，知人阴事，为作刺客奸人者亦少瞿瞿焉。元狩以来，其待诏掖庭及与朝士游者，猥杂多故，不可悉记[①]。盖尝扼于东方朔，踣于灌夫，憎于班伯，嘲弄于扬雄，而魏晋之际，人主尚通，流俗放诞，嵇、阮诸贤，扇其余风，与生处者，皆昏酣废事，尔后益不可制，官方为益荒矣。惟往来陶家者，郎朗有节，人不厌之。向余乡诸曲，或在平原，或在青州，自称督邮从事，闻之未接，或一遇之亲串间，主人盛称其贤，固以属余，匆匆为一握手而去，然犹且惭颜敛眉，惘惘不自得也。顷之，有故人自远方来，贫家无欢，以生名为好客，适停闾左，飞竹素招之不至，会姓名已达客所，从室人之谋，倒顿橐囊，得百钱为贽，复往招之，然后逡巡徐来，来又不尽欢，客觉其意，辞去不顾。余始意，生岂养虚近利，意气非真，将由交浅，意不展邪？既余经营四方，南北旗亭，时一交臂，虽情杂楚越，风味略同，惟在燕市，傍金台居者游最久。每佳日清凉则至，疲暑则不至。退食闲暇，高朋在坐则至，公庭吏人，簿书填委则不至。顾苦性不择人，好行小惠，甚乃佻佻，舍上客不顾，与僮僕下走，酬酢款语于垆间，傞傞屡舞，此尤狂且，故态为可憎也。余在统均，历一考也，贺者在门，又有两生承制，牵羊布币而至者，客延与语，皆叹曰："天家使温茂有醇行，君子人也。市气尽矣，惜晚得之。"嗟乎，自余投林卧疴，故旧凋零，扶衰破寂，不免以旧意望生，不谓挟持两端，每于众中遭其侮弄，使人目眩心烦，不可向迩，春朝秋夕，触事恨人。昔人有云："贞女不以家贫改节，石交不以失势陨怀。"如生所为，宁堪酬对，徘徊顾恋，受侮将多。作为此诗，绝之云尔。

駇沓来何许，前席有曲生。参持清浊意，谬得贤圣名。举世悦滑泽，执手意易倾。初为礼法设，转与淫媟并。区区挟瓶智，修饰益骄盈。令人发狂疾，举动祸罗婴。昔我穷读日，憔悴世人轻。感君时一顾，风雨听鸡鸣。虽来不须臾，澹澹见交情。既蒙提携力，追我于上京。招邀群贵门，所至得逢迎。披服或金玉，旅进多琴筝。嘉宾四面会，亲之如弟兄。腾欢心所愿，意得智纵横。俯仰登光禄，翱翔入紫庭。一朝见天子，左顾列前楹。时余亦台府，公宴侍承明。龙舸昆池赏，鹰台九日登。君王赐颜色，飞腾藉德馨。欢娱一以散，投老返柴荆。亲戚罗故园，桃李布南荣。常思嘉节会，为君调玉笙。宁知初意易，非复少年行。臭味变中肠，差池暗自惊。弦歌未及已，头岑意不宁。芳菲空满堂，与谁而目成。四座俱欢畅，衰鬓独惺惺。凭君侮老意，吹入断肠声。畴复堪潦倒，烂熳尽生平。逝当永绝离，行矣莫留停。

---

① 《西陂类稿》卷四五，"记"作"纪"。

代答[①]

曲生避席对，主人一何愚。贱子虽薄劣，家世颇有余。含醇修令德，仿佛类玄初。馨香从风发，颜色日敷腴。处为韫椟玉，行为待价沽。一为君子使，三入承明庐。荐璧鸣前导，招贤托后车。何以酬嘉德，丝绳挈玉壶。何以陪衎燕，炰鳖暨烹鱼。逢君腾达日，燕市顾当垆。黾勉自雕饰，因风托贱躯。盈盈席上待，冉冉府中趋。殷勤唯我有，斟酌自谁无。何意平原客，中道遇谗谀。瓶罍皆成耻，醉饱亦惟辜。群迷还自困，遗恨在狂且。百壶随显父，一石侍淳于。但恢江海量，吾焉为祸枢。请借席前地，再一试驰驱。高堂陈宝瑟，香阁泛金凫。君其凭轼坐，观我戏前除。越席遥赐爵，促坐对腾觚。曲调先心变，投琼当面呼。短长嘲陛楯，饥饱弄侏儒。悲者为之喜，惨者为之舒。霍然病良已，何必读素书。嘈嘈逐客令，作计太迂疏。坐客闻此言，雄辩惊四隅。麾之不能去，颦蹙将何如。沉吟复沉吟，请君瓮中居。[②]

① 津图本此处有墨笔眉批“胜前首”。《西陂类稿》“代答”后有“诗曰”两字。

② 原刻本，诗后另行作“沚亭诗集终”。

跋 ①

余小子仁之得奉教于家相君也最晚，自甲辰冬，相君予告归，仁始亟趋庭侍几杖焉。仁尝学画山水，一日，谓仁曰:“人生精神必有所寄，一艺亦足成名，然要当志其大者。”仁于是退而学诗。壬子秋，偶拟《和陈说岩先生九日诗》五首，又《侍饮相君诗》二首。相君喜曰:“是可教矣。”兼示曰:“诗当从汉魏入，晚唐、宋人，务戒之。”即赐答诗二章今載外集。尔时即思得全集读之，顾相君诗不轻示人，未敢遽请也。及相君没，两兄收遗书，仁始得读。今集乃相君手自删定者，计一百十首，为一卷。又伯氏私记若干首，汇为一卷，名外集，尚未付梓，其先见他集者不复载。伯氏曰：“相君诗，兴至则作，过时多删去，所存岁不数首。居恒著书，每成一集，必手录数通，点画无毫发率意，至今多手泽也。”相君晚年尤好琴，取所习旧谱考订而论断之，著为《指法省文》一卷，附诗集后，详前自序中。呜呼，仁每怪时贤稍稍有作，辄付梨枣，诩诩然自得也。若吾相君，勋业烂然，文章焕著，吟咏关乎风教，美刺归于和平，乃不矜不伐，自视欿然，终其身未出一示人，其度量为何如耶。若谓文须矜贵，不精不传，恐尚非相君意已。呜呼，仁初见此集，从两兄共拜读焉，未三载，而仲氏云亡，人琴抱恨，可胜叹哉。兹伯氏表彰先德，爰授梓人，仁职校雠之役，敬缀数语以识感云。

康熙十六年岁次丁巳仲冬侄男宝仁谨识。

① 《清代诗文集汇编》影本无此跋，据天津图书馆藏本、哈佛大学藏本补入。

附　录

《沚亭诗集》未收诗

送秦尾仙视学关中①

黄河西去古秦京，太华峰边汉月明。荐达共看新节使，文章先起旧诸生。金盘宵接仙人掌，银汉秋悬北斗城。见说当年何仲默，如今风调更齐名。

柿岩赠孙禹年②

嘒嘒初蝉静处分，石门小筑掩斜曛。山从屋上岚烟合，水抱村流涧响闻。北渚渔樵通远望，西畴巾驾逐归云。看山却忆山中老，谷口行吟只似君。

送季千里司榷杭州③

其一

杭州别是片帆风，越峤吴江四面通。试问子皮归隐处，五湖烟水至今同。

其二

锦帆何处竹西阑，近说西湖柳亦残。君去那须怜画舫，依然晴月两峰看。

六漫闸守风④

湖上风烟午未开，湖边行客意徘徊。扁舟不及黄头子，欹仄随波放鸭来。

---

① 嘉庆《南陵县志》卷十五收入，署名“孙廷銈益都”。

② 《南征纪略》卷一收入。

③ 《南征纪略》卷一、《渔洋山人感旧集》卷四、《国朝山左诗钞》卷五收入。

④ 《南征纪略》卷一、《渔洋山人感旧集》卷四、《国朝山左诗钞》卷五收入。

重九登高三章①

其一

近郭行未远，野水涵清旷。天虚层台净，疏槐晚相向。皇陂出远山，皓日明天仗。翘首城南隅，逍遥极所尚。石楼烟外寺，松间碧泉漾。我冠方颓然，于何知得丧。谅无叔子悲，庶得渊明放。

其二

高下通烟火，寒畦带隐居。地偏秋草合，渚水自生鱼。日夕登啸台，山气佳有余。却瞻鼎路门，飞盖荫交衢。辽辽未央阙，照耀若云舒。放观未及已，俯仰见废墟。灌园逢上叟，无惊野人愚。有酒不成醉，驱驾将焉如。

其三

客意频无赖，多于令节闲。病逢江上雨，坐失越中山。短发从嘲笑，空庭隔往还。菊荒三径少，何计慰愁颜。

舟次贵溪②

乱山孤月一江寒，收尽帆樯客思难。豺虎空村闻急柝，鱼龙深夜下高滩。乡音乞火逢人怪，旅服经霜觉被单。才半王程秋已失，羊城迢递更南看。

送李庐山补知万安，寄讯羲侣公③

征鞞初靖布帆长，稳泛轻舟渡鄱阳。去指青门天正雨，到逢黄橘晚多霜。浔江九派通吴会，庐岳千峰望楚乡。若遇嗣宗应载酒，切云高阁赋滕王。

题五龙山图④

谁画萧萧上党山，白云层树晚峰闲。何时一洗红尘耳，吹入松涛万壑间。

---

① 《南征纪略》卷二收入，今据本事拟题。

② 《南征纪略》卷二收入，今据本事拟题。

③ 《南征纪略》卷二收入，今据本事拟题。

④ 《沚亭文集》卷一“李绘先五龙山图题辞”收入，今据本事拟题。

晚秋过马君祠[①]

孤村人境外，烟火负岩居。茅屋图堪仿，霜林锦不如。峰回看路误，木落识天虚。日夕狂歌起，依稀是接舆。

又

小圃深藏壑，危峰欲造天。刈葵千树露，蒸枣一林烟。山势连愚谷，溪流似冷泉。翻愁车马过，萝径最高悬。

初春贼退后偶过范泉[②]

晴嵋犹照石床书，树杪危栏晚眺余。石引泉声成宛转，雪残山意上清虚。条风微欲迎玄鸟，弱荇春来聚白鱼。斗酒相呼频未厌，近时忧乐倍踌躇。

登蓬莱阁[③]

凌空高阁倚丹峰，胜日登临不易逢。万里帆来飞鸟影，千年笔迹访仙踪。蜃楼隐约通三岛，海市依稀驾六龙。极目东瀛探绝胜，五云深锁翠芙蓉。

李母翟孺人贞操诗[④]

吾党推贤母，斯人载令仪。丹纶三锡重，碧血九原知。有子骢工步，绍庭燕欲贻。姬姜风未远，彤史万年期。

丙子之秋乡试为高珩作绝句（残）[⑤]

分官皇路应相忆，水国清秋寒雨天。

---

① 《颜山杂记》卷一、乾隆《博山县志》卷九收入。

② 《颜山杂记》卷一、乾隆《博山县志》卷九收入。乾隆《博山县志》“玄鸟”作“元鸟”。

③ 山东人民出版社 1983 年版《咏鲁诗选注》收入。

④ 《中国方志丛书·华北地方·第十三号》影印民国《无棣县志》卷二十三收入。

⑤ 《栖云阁文集》卷三收入。

沚亭琴谱

沚亭琴谱指法省文①

沚亭灌长校定

通名

山　徽也。其数由一至十三注于字之上。

玄　弦也。其数由一至七注亍字之下。

卜　外也。十三徽尽处曰外。

卄　散也。右手扣弦，左手不按曰散音。

女　按也。右手扣弦，左手按徽曰实音。

丿　泛也。右手扣弦，左手轻轻点弦而起，如风行水上而不沉着曰泛音。

右手发声诸法

刀　劈也。大指甲向身扣弦，掌爪间有破竹分张之势，故曰劈。

乇　托也。大指螺向徽扣弦，推托而得声，故曰托。旧谱颠倒劈托，今正之。

木　抹也。食指入弦，弦以向身为内，故曰入。

乚　挑也。食指出弦，弦以向徽为外，故曰出。

勹　勾也。中指入弦。

[illegible]　剔也。中指出弦。

[illegible]　抹挑也。食指连作，一弦二声。

[illegible]　勾剔也。中指连作。

丁　打也。名指入弦。

[illegible]　摘也。名指出弦。

厂　历也。食指一连挑过两弦而得二声。

車　连也。食指急历两弦，中指勾一弦，急作三声如一声。

---

① 原刻本卷端作“琴谱指法省文”，版心作“沚亭琴谱”，卷末作“沚亭琴谱终”。

庄　度也。食指一连挑过数弦而得三四五六声，渡涉者乱流急趋，不得少停，又须步步相循，不得飞越，其法似之。

厷　滚也。名指轻摘，七弦至一弦如一声。

弗　拂也。食指轻抹一弦至七弦如一声，有滚必拂，有拂必滚。若单用之，其法少异，即不名滚拂，为拶为擂矣。

歹　拶也。食指一连抹过，数弦而得数声。

雨　擂也。名指一连摘过，数弦而得数声。严鼓曰擂，象其连声而急作，又分明不乱也。

镸　长锁也。先抹挑四声，次一剔一抹一挑，急作三声，一弦而得七声或九声，少者五声。

尛　小锁也。一剔一抹一挑一弦，急作三声。

乖　背锁也。一摘一抹一挑。

六　蠲也。食中二指次第抹勾，一弦急作如一声〇亦作厶，涓也。急曰蠲，少缓曰抹勾。

䨇　双弹也。曲中食二指虚虚握，以大指次第发之，齐扣双弦而得二声。

癶　拨也。食中二指轻拂双弦而入，得一声。

市　刺也。名中二指轻拂双弦而出，得一声。凡拨刺取声，欲松脆，动弦虽止用二指，须全指皆舒，意势方得展放，自然合声矣。

[illegible]　拍煞也。拨刺有声，即乘势拍下，以掌扑弦，煞住。其声有肃括之意，以下另起，绝处逢生也。旧谱云，有声为[illegible]，无声为[illegible]。未详。

夹　全扶也。食中二指轻拂过，三弦如一声，其音有若无。

易　剔，历也。中食二指急扣，一弦得二声，蠲之对也。俗作半轮，非。

早　撮也。食中二指夹扣，双弦合作，一声有大间小间之殊，再远用大中二指，曰大撮。

[illegible]　反撮也。乘上撮后，反指而分之。

[illegible]　掐撮也。左手掐一弦，右手撮双弦，一掐一撮，次第相间，得数声，掐撮、掐撮、掐掐撮。

[illegible]　掐拨刺也。掐拨、掐刺、掐拨刺，凡七声。

[illegible]　打圆也。食中二指次第间作挑勾急扣双弦得五七声，或大中二指托勾，亦如之。旧谱有倒打圆，讹，删之。注曰，再作，再二作。

[illegible]　圆楼也。食抹、中勾齐扣，双弦合一声。其异于撮者，以两指皆入弦。又须食指重，中指轻，以内弦为主耳，独泛音用之。

[illegible]　如一也。剔双弦也。散一按一，一指并剔，双弦如一声。女字两见，撮下为按，合散为如。

仑　轮也。曲名、中、食三指次第发之，连作摘剔挑，一弦得三声。俗谱又有倒轮，实三换指也。随曲详注，故不载。

夲　索铃也。轮少商而遍度诸弦，直至宫弦而止，泛音对徽实音，从七徽轮起，斜渡至九徽上下止，收音或用对起，或推出，或拍煞，或分开作撮，泛音要轻清，实音要苍古。

左手取音诸法

大　大指按弦也。

人　食指也。

中　中指也。

夕　名也。无名指也。

𧾷　跪也。屈名指而按弦也。

卜　绰也，取音在此徽，却先遥遥措指，自下绰上，至本徽而得音也。急两作曰𠂎。

氵　注也。取音在此徽，却先遥遥措指，从上注下，至本徽而得音也。急两作曰𡉈

弓　引也。按指得声，乘声引指而上作余音。

艮　退也。按指得声。乘声退却而下。凡引退近者一徽半徽，远者两三四徽，缓急各有意，卜氵意在声前，弓艮意在声后。

立　撞也。按指得声，乘声猛上，急复原徽以撞之，所至为正声。若此声已竟，嗣当注下，措指之际，必少顿，过徽上然后掉指而下，亦注曰撞，其声在有无间，又以注之，所到为正声，此特接连顿挫，为发声之妙用耳。若有意为撞，则失之矣。

奂　唤也。似撞而急得声，疾上疾复曰撞，疾上得声而下曰唤。此法曲中用之甚多，学者忽而不察，皆溷入急引急撞中，宜别之。

亇　吟也。按指得声只在本徽间，微微动摇，其音呻吟而圆净。

犭　猱也。按指得声，连动数次，亦要圆净。或曰小动为吟，大动为猱。或曰甲音为吟，肉音为猱。或曰吟从绰，猱从注，诸家所注不一，在临指间会意用之。

㝉　实吟也。按实遥指，不动之中而有吟音。

𠕁　细吟也。得声微动指，细细而吟，其音清脆。

隹亇　进吟也。引上一徽而作吟。

退吟也。退下一徽而作吟。

游吟也。得声游扬而吟上。

飞吟也。得声飞舞而吟下。引用游吟，退用飞吟。凡常历三四徽。

长吟也。得声退下半徽，复上本徽，如此二作。一曰小往来。

往来也。得声移指上下两徽间，往来二三度，音圆而止，不必有定数，收声每用小撞，乃移过别弦。

大猱也。乘声舒放而大作。

回猱也。注下得声回上而作，猱然后过别弦。

进复也。得声引上一徽，复下本徽。急曰撞，少缓曰进复。

退复也。得声退下一徽，复上本徽。

罨也。如名指按十大击九有声。

虚罨也。名指不按，大指虚下，击有声。

分开也。一徽取抹，挑二声，抹则得声引上，挑则退复本徽，然后得声。又动止必带微吟，其声乃足。

带起也。起指带弦令有声也。

掐起也。乘大指实音之余，掐弦而起，又作一声也，名指必在下徽。

对起也。掐起之前，先作一声一撞，然后掐起。

椤起也。椤逼也。其音前后相逼而来，如大指于此徽得音，即将名指绰换大指，再作一声，乃起也。

椤对也。如大指于本徽作分开或两弹，急将名指绰换大指而起也。

同起也。左手放一弦，右手扣一弦，二散相应同一声。

放合也。或大或名，一边放一弦作散音，就一边按一弦取实音，实散合一声也。

弫　引合也。左手行指所在少息不动，右手另扣一弦，却移左指引上一徽或半徽，取余音以应之，多者一弦而作两三引，历上两三徽以应两三弦，其音始足，故按指欲甚坚，不坚则一引之后，音不全矣。

退合也。二弦相应，理如引合，但彼是步步引上，此是步步退下耳。

掐合也。大指得声不动，即以他指按前弦对徽，或下一徽，一边扣前弦，一边大指掐起本弦，两弦合一声也。

抓合也。名指得声不动，即以食指对徽，按前弦既扣得声，又急带起两弦声相应也。

推出也。中指按弦，行至徽尽，处向外推放作声而起也，此法惟第一弦十三徽外乃用之。

尤　就也。乘上声之余，行指所至，即就其徽，另有作用也。

劢　不动也。其声已讫，停指不动而待后声。

巳　泛起也。

正　泛止也。

左右通用

ク　急也。急疾作之，如急历、急撞、急引之类。

爰　缓也。其音舒，徐缓缓而作，于措指间用之。

省　少息也。至此少休，下再作，于声止间用之。

曼　慢也。曲中徐奏曰入曼，于煞末间用之。

坙　轻也。轻轻用指令无痕，且其声不得掩上。

再　再作也。仍依上法再一为之。

指法备考

品　临也。食指轻挑七弦，至一弦如一声，此法似度。但食指之用，于他指为强度之取声，微有次第，其势少杀尚可，措意临之，取声势太急直，必有过强之病矣。

念　捻也。大食二指捻弦而起，此俗法，去之。

足　龊也。食名二指挑打两弦，合一声。

定　齐龊也。大名二指劈打二弦，合一声。

厇　反龊也。食名二指抹摘二弦，合一声。以上三法，古谱所有，但名指之用于他指为弱，必欲取备，近于伤巧，且无实用矣。

攵　撤也。即打也。亦与刺同。

附录一

孙廷铨传记资料

孙廷铨乡试履历[①]

孙廷铨，字道平，一字枚先，号淡海。青州府学廪生，益都县匠籍行。治《诗经》。庚申年三月十二日生。

曾祖延寿寿官。伯祖霁岁贡。湘潭县丞、高山卫经历。祖震濮州训导。

父元昌庠生。母张氏。

重庆下。

乡试十七名。

叔佐昌儒官。景昌癸酉科举人。宗昌、翊昌、鼎昌俱庠生。

弟廷锺庠生。原名廷鈖。廷铎庠生。廷锡、廷鉁、廷鑨、廷鉴、廷镛、廷鐄俱儒童。

娶翟氏。继娶宋氏。

子宝侗、宝侚。

侄宝何。

冯溥撰《孙文定公墓志铭》[②]

同里光禄大夫内秘书院大学士孙公以疾请告，家居垂十年，康熙十三年九月，以疾卒于家。有司以闻，天子悼念勋旧老臣，诏议恤礼有加，特赐谥曰"文定"。明年，其子将葬公于某山，以予与公交于垂髫时，而又同官于朝最久，能言公勋业行谊梗概，哀号乞铭于予，其何敢以不文辞？

公讳廷铨，字枚先，号沚亭，世居益都西乡。公曾祖讳延寿，乡里称长者，行事详邑乘中，邑人至今称柳溪公云。祖讳震，以明经任潍县学博，学行最著，教士有法，潍人祀之。皆以公贵，赠光禄大夫、户部尚书加一级。曾祖母姚氏、祖母赵氏，皆赠一品夫人。父讳元昌，为诸生祭酒，直谅多介节，以公贵封光

---

① 辑自国家图书馆藏明刻本《山东乡试齿录（崇祯乙卯科）》。

② 按，此墓志系张英代撰，收入《笃素堂文集》（光绪二十三年桐城张氏重刊本）卷十二，题作《光禄大夫内秘书院大学士前太保兼太子太保吏部尚书孙文定公墓志铭（代）》。冯溥文集中未见。哈佛大学藏本《沚亭文集》卷首刊此文，与《笃素堂文集》本稍异。孙廷铨墓志原石已毁，近人孙心如1954年据原石有钞件编入，与此文也稍异。

禄大夫、户部尚书加一级，母张氏封一品夫人。公生而颖异，甫授书，即思发奋大其家。年十八，补博士弟子，二十七登乙卯乡荐，明年成进士。起家魏县令，调抚宁，所至有治声，改监纪推官，假归里居。

顺治元年，本朝定鼎。二年，以荐起授河间推官。阅数月，擢吏部稽勋司主事，历仕四司，升文选郎中。七年，晋太常寺少卿，提督四译馆。明年，加太仆寺卿，再调左通政。世祖章皇帝每于朝，端目公风采端凝，时被召问，皆称旨。十年，擢户部左侍郎。是年归省，还朝，补兵部左侍郎，寻转吏部左右侍郎。未几，以特旨简任兵部尚书。十四年，迁户部尚书。越二年，晋吏部尚书，加太子太保，寻加少保。十八年，今上嗣位。康熙元年，以内秘书院大学士入参机务。

公自登朝以至为相，始典铨衡，继司国计，既而掌中枢，晋冢宰，端揆百寮，我国家数十年来人才之登进，国用之权衡，军政之振肃，以至赞画庙谟，论思密勿，皆藉公一人为重。公以端方直亮之体，运通明练达之才，恭慎弥加，勤敏不懈，以故历任要职皆能善于其官，以无负圣天子委任之意，至今称贤，公辅者必归之。公典文选时，弊绝风清，仕路澄肃，尤强固精明，力胜繁剧。尝自言："吏部一官，须心眼手口俱到。"时溧阳陈公为冢宰，语人曰："吾观选司二君，皆大器。"盖谓公及曲沃卫公，后皆以名公卿先后登政府，如陈公之言。公既久谙东曹掌故，及为冢宰，益以爱人才、慎名器、疏淹滞、抑侥幸为己任。尝曰："人臣奉法遵职，安所行度外事，但能尽以虚公足矣。"在吏部六年，精核考课，甄别流品，选事称平允焉。为大司马时，殚心筹划，洞中机宜，尤以军政为激扬大典，力绝请托，尝大集诸总戎奏事官，严饬之曰："提镇大帅有私谒至吾门者，立奏之。"一时中外肃然。公之任太司农也，念钱谷出入盈虚，最关军国之重，而积弊丛奸，不可究诘。于是厘定岁会总录，以酌剂赢缩之宜，凡钱谷旧隶诸部者，各还所司，纲举目张，条绪井然，岁会之成，实自公始。时王师进取，供亿浩繁，经费时绌。公是以有"责成督抚"及"清查垦荒"之疏，而终以"宽考成"为请，其为裕国裕民计经久者类如此。国家有大政事，大谋议，皆下公卿裁定。公正色谠言，每事务求至当，不随时可否。尝语同列曰："临事持议，毋徒为一司计，其通格之关于诸司者，当并计之；毋徒为一时计，其利害之隐伏于天下后世者，当并计之。"可谓通达国体之识矣。公周历三卿，所至不务为赫赫名，敏练而居之以镇静，精明而出之以浑厚，简于交游，惟兢兢能洁己奉公，朝而修政，夕而退思，神明澄澈，以故能洞悉诸曹利弊，遇事坚确有守，虽贲育不夺，犹不轻有所变易，以事更张。自入政府，锐意升平，与群公协恭尽瘁，经岁未尝休沐。群公或谓之，公曰："吾登台阁日浅，将以学从政也。"时阁务殷繁，公劳于参赞，因得疾，涉秋冬，疾转剧，遂请假归。家居十年，一饭不忘君父。尝曰:“吾年迈力衰，不复能为朝廷宣力。但念国恩深厚，无由报答耳。”古大臣惓惓之义，公无愧焉。生平忠孝秉于至性，温恭端悫，渊然湛然，故食报于天者最厚。荷两朝之殊眷，恩礼兼隆，始终无间，君臣遭遇之际，可谓盛矣。封尚书公及太夫人又皆春秋寿考。公为少司农、冢宰时，屡疏省觐，后以三公归养。逾年，封尚书公捐馆，公里居襄大事，哀毁骨立。太夫人今且八十余矣，公日偕兄弟率子姓，会食太夫人前，称觞为寿。以六旬元老绕膝下，为孺子之慕，天伦之乐，又岂世所恒有者哉？性恬然寡营，历膴仕而家无余赀；持躬谦退，高而能下；施与族党，乐善不倦；精于识鉴，丙戌典陕西乡试，号称得人。所著书，如《颜山杂记》《汉史亿》《归厚录》及诗文若干卷，皆自成一家言。晚年惟犍户读书，虽婴疾，手不释卷。

公生于明万历四十一年三月十二日，卒于皇清康熙十三年九月初八日，享年六十有二。元配翟氏赠一品夫人，继配宋氏封一品夫人。子二：长曰宝仍，荫生，候选七品京官；次曰宝侗，荫生，候选六品京官。孙五人：嗣端、续端，官监生；续厚、续勤、嗣忠。孙女五人。公三历正卿，入调元化，忠贞谟画，为庙堂倚毗者二十余年。退居于乡，复谨修孝让之节，以化其乡人，此皆公之大节，炳然不朽者也。古人云：惟忠与孝，法宜铭。

谨铭曰：云门之麓，淄水之阳，柳溪蓄德，再世而昌。惟文定公，光明骏伟，事业勋劳，为国之纪。六官之长，进退群才。三壤九伐，厥功懋哉！

帝曰元臣，俾尔作辅。陶钧万类，登于淳古。忠勤体国，遑恤其劳。臣惫实甚，归于林皋。克孝于家，克让于里。门庭肃雍，世济其美。生膺显秩，殁被荣名。锡谥表德，以褒厥成。日月有时，返于幽宅。敬勒贞珉，昭垂无斁。

徐元文撰《孙文定公行状》①

吾师少保大学士孙公之殁也，天子闻之震悼，以公旧有辅弼勋，又历事先皇，勤劳于国，下其议礼部，赐之祭葬，谥曰“文定”，存恤之礼有加。惟公正色立朝，公忠端亮，有古大臣风概，主上倚而重之，士大夫咸取则焉。若其孝友雍穆，令德盛美，学问之本原，言行之规度，皆卓然可垂于后。余小子受知于公，知公之事为详，则征公之实表而录之者，小子责也。

谨按，公讳廷铨，字枚先，号沚亭，青之益都人。其先世居郡城东南陬，明初始迁于西乡之颜神镇，世为清门。公之曾王父延寿，以布衣名德显，事详《益

① 辑自哈佛大学藏本《沚亭文集》卷首，款署“昆山徐元文撰文华殿大学士”。徐氏《含经堂集》未收。

都志》中。延寿生震，由明经仕至潍县教谕，讲学兴行，士习为一新，遂祀于潍。子元昌，文学有介节，公之考也。自延寿至元昌，三世皆以公贵，封光禄大夫，户部尚书。公幼而明睿，容止殊常。八龄时，侍太夫人诣外氏张尚书家，太夫人语之曰："吾家隐约，何时而大耶？"公曰："儿在，母何忧。"闻者异之，即知为公辅器云。既弱冠，以文章学行有名人士间。己卯，领乡荐。庚辰，成进士，授魏县知县，旋调抚宁，改监纪推官，便道归里。

皇清开国之二年，以荐赴阙，授河间府推官，分司天津。甫三月，乡先达之官于朝者共推举公，遂擢吏部稽勋司主事，转验封、文选二司。丙戌，典试陕西，转员外郎，历文选司郎中，端方公介，不可干以私，而持论平允，弗为矫激，人以公望归之。时溧阳陈公为冢宰，公及曲沃卫公掌选司，陈公尝曰："吾吏部皆一时之选，以语大器，其选曹二君乎。"其后，卒相继登政府，人皆以陈为知人。庚寅，升太常寺少卿，提督四译馆。明年，世祖亲政，遣廷臣分出祭告。公奉命祀南镇禹陵及粤之南海，在道，加太仆卿、通政使司左通政。公既以才望列于九卿，每出入殿廷，进止有常度，占对明敏，辄倾左右，天子屡目属之。癸巳正旦，设朝大飨，上独召公问姓名里居，语良久始退。由是群臣皆知上属意公，其陟台阁参大政自兹始也。二月，廷推公户部右侍郎，得旨授左侍郎。盖是时两侍郎并缺，公以右侍郎陪推而径得授左，异数也。甲午，以太夫人病，疏乞归省。乙未，补兵部左侍郎管右侍郎事，寻转吏部侍郎兼官如故。十月，有旨会推兵部尚书，公以夺俸例不与廷推，再上皆不用。上忽传谕曰："中枢重任，宜慎简畀。孙廷铨著升兵部尚书。"自是，上意顾眷日隆矣。公具疏固辞，不获，乃就职。大集诸道奏事官，饬之曰："各语汝，提镇诸大帅敢以私谒至吾门者，立奏之。"木兵柄半载，戎政一清。丙申，转户部尚书。初，公为户部侍郎时，岁会尚无总录。公既掌邦计，乃举钱谷之旧隶诸部者，各还所司钩考出入，岁会之成，自公始。公神明朗澈，见事立剖，诸司奏稿有不当，辄援笔判千言，老吏皆惊服。然性恶纷更，不乐轻有论白，惟总揽纲要，厘晰条绪，使粲然易晓，无滋长奸弊而已。先是晨入晡出，犹不暇给，迨典计两朞，及其去也，每视事辄数刻而罢，人皆服其精简。丁酉，覃恩加一级，赐玉带，进阶光禄大夫，予四代诰命。时朝廷比岁用兵，度支且不给。公抗疏，责成督抚及清察开荒，而终以宽有司之考成。请三疏，皆报可，清议韪之。戊戌，曲沃卫公入参阁务，以公代为吏部尚书，加太子太保。疏辞，不许。公至是凡三为吏部矣，其所举行益明练，谙习逾于旧。尝曰："圣主在上，人臣善循职守，安所行，度外事，虚公足矣。"自以身为大臣，不欲为市恩远怨之举。有所荐引，不使人知，其所执持，人亦莫能夺也，由是益为朝论所重。己亥，奉特命鞫江南科场之狱。时考官已论极典，而或为飞语，辞连问官。上震怒，人怀惴恐。公与刑部尚书阳城白公、今大学士宝坻杜公，作《至德祥刑颂》献之，以宣德意，广上恩也，即被命参定大清律，进少保。五月，海寇犯江南，下诏亲征。公会九卿疏陈“小丑无足烦圣躬，六师未宜轻动”，俄有诏问方略，公具陈事要，且谓“捷书宜旦暮至”。上纳其言，既而果以荡定闻。上尝称之曰：“孙尚书有才有德，朕所倚重。”盖其见知遇如此。公在吏部久，数议论天下利弊，每谓同列曰：“吾曹临事，毋徒为一司计也，其通格之关于诸司者，当并计之；毋徒为一时计也，其利害之隐伏于天下后世者，当并计之。”公之老成谟画，皆此类也。庚子，陪祀南郊，充分献官，得展事五岳坛。辛丑，世祖上宾，今皇帝嗣位。公以六官之长奉遗诏行事，率百司，饬庶政，遇廷议辄动色昌言，词气侃侃，或事关大故，相顾莫敢发，则与一二同志共抗疏极论，得请而后止，寻请假归。时封尚书公及太夫人年并七十，公以上公归省，衮衣拜膝下，乡里荣之。壬寅，还朝。明年，以尚书秩满，赐羊酒及币，特命以秘书院大学士入参机务。盖公自以被遇先皇，尝思竭节嗣主，故久而益勤，劳而不伐，闻者为叹息，而公竟以劳瘁致病矣。甲辰春，陪祀东郊，疾作。及冬，乃引告以归。越一岁，丁封尚书公忧，及太夫人在堂，奉养备至。至是，值吴逆之变，不免忧生之戚，竟薨于里第，年六十二，时康熙十三年九月八日也。

公神观峻整，气宇弘深，屹然能持大体，而练习当世之务，策仕二十余年，自郡佐至为公相，所在著绩。历典户兵，操利权，握兵柄，而未尝厚封殖，树党援。其在吏部所建明，尤至伟，盖公之试诸曹，皆以望骤迁，而惟官吏部为最久也。居京师，每杜门不通宾谒，惟二三故人及门弟子相与谈道论艺，则欣然移日。人有一材一能，辄称之不去口，盖其乐善爱士出于天性，而好学不倦，考古论世，每有心得，文章雄迈沉博，杰然成家，为当代所传诵。公学术既高，其生平荣遇，为本朝所不数见，而又洁已首公，退然冲挹，故不至蒙谤于身，取忌于同列，以先皇帝之英毅神武，卒能保其功名以终。又以旧德相今上，虽因疾引年，未究厥志，海内之士，莫不惜其去而冀其复用，朝廷之眷倚，曾不少衰。呜呼，此亦足以为为人臣者之劝矣。

公之卒也，去国凡十载，虽退处不敢忘君，虽卧疾未尝废学。居恒，数以行谊大节，训厉其子孙，每值万寿及长至、正元，必朝服望阙，九顿首而退，朔望则集诸弟会食太夫人前，子姓奉觞请事，侍立终日，闺门雍肃，青人化之。此则公之忠孝不欺幽独，言行可式家邦者也。其所撰述，有《自订诗文》各一卷，《南征纪略》二卷，《颜山杂记》四卷，《汉史亿》二卷，《归厚录》十八卷，藏于家，暮年著《春秋鸠考》，其书未成。元配翟氏早卒，无出。再配宋氏，赠封并一品夫人。子二，长宝仍，次宝侗，皆有文行，知名于时，俱以荫，需次京职。孙五人，孙女三人，嫁娶并右族。嗟乎，余尝观古之有功勋于朝者矣，身殁之后，天子思其劳，至图其形貌，又或录其遗事，命大臣书诸墓道之碑，其同官执友，或作为铭碣，内之幽宫，又或仍其家庙，刻之丽牲之石，用垂永久。以公旧辅，名德不下古人，其必传于后世无疑也。今有司上请，既邀国恩如旧典，若前所云，褒崇之事及夫能言之家，颂美纪述，以不朽乎公者，将次第举行。余虽言之不文，信有征矣，庶以备采择焉。谨状。

王士禛撰《孙文定公传》[①]

公孙氏，讳廷铨，字道相，别字沚亭，青州益都人，世居颜神镇。曾祖考延寿、祖考震、考元昌，三世皆有一行。曾祖考、祖考俱皇赠光禄大夫、户部尚书，考封光禄大夫、户部尚书。封公有丈夫子四，公长也。

公少具夙慧，读书有神解，长而博极群书。中明崇祯十二年乡试，明年举礼部，赐同进士出身，释褐，知大名之魏县，一年调抚宁，改监纪推官，寻以世乱归乡里。

顺治二年，荐授河间府推官，分司天津。未几，内擢吏部稽勋司主事，历验封文选。三年，典陕西乡试，进考功、文选二司郎中。公之在吏部也，清白著闻。时故相溧阳陈公为尚书，尝云："吾吏部皆一时之选，以语其大器，其惟选司二君乎？"谓公及曲沃文清卫公也。擢太常寺少卿，提督四译馆。八年，世祖皇帝亲政，遣廷臣祭告五岳四渎帝王陵寝。公奉命往祭南镇禹陵、南海，道加太仆寺卿，管左通政。十年元旦，赐宴朝堂。世祖独目属公，天语询姓名、里居甚悉。其年二月，超拜户部左侍郎。明年，请告归省。还朝，改兵部，寻迁吏部。会廷推大司马，至再特传上谕曰："中枢重任，宜慎简畀，孙某可兵部尚书。"公疏辞，不允，乃就职。在兵仅半载，军政肃然，提镇大帅私谒不及门。转户部尚书。公之佐户部也，每谓岁会无总录，无以剂赢绌之宜。至是，殚虑综理，俾钱谷旧隶诸部者，各还所司，条贯厘然，岁会之成自此始。典计二载，政尚清简，务持大体。其始也，晨入晡出，比其去也，日坐堂皇数刻而已。曲沃公以吏部尚书大拜，廷议推公为代，特旨加太子太保，疏辞不允。初，曲沃公以清望入相，上难其代。时论以为非公不可，至是果然。公在吏部，久谙习故事。既为尚书，益为朝廷惜人才、慎名器、疏淹滞、杜侥幸。恒曰："圣主在上，人臣奉法守职而已，安所行度外事。今之吏部服膺虚公两言足矣。"加少保。十六年，海寇入犯江南，世祖下诏亲征。公率九卿上疏谏，其略曰："古创业之君，

① 辑自王士禛撰《蚕尾续文》（七略书堂校刊本）卷七，题作"孙文定公传"。清钱仪吉纂《碑传集》卷七收入，题作"内秘书院大学士吏部尚书谥文定孙公廷铨传"。

亦或躬履戎行，然必其时大势未定，强敌尚存，非援枹鼓不足以作将帅三军之气。若夫大业已成，强敌已歼，即有余孽跳梁，不过偏师小队，折棰而笞之，未有以万乘之尊，辄为微衅小丑而动者也。且大驾既出，若扈跸威仪太从简损，则不足以肃观瞻，严警卫。若张皇六师，备陈羽骑，则舟车之需，输挽之烦，在所不免。况江海之间，风涛不测，兼以水土未习，雾露不时。上之系皇太后惓惓顾爱之心，下之悬亿万臣民，京师根本之虑，其与一隅未靖，孰为重轻，不可不察也。”世祖嘉纳之。会江南大捷，遂辍行。公掌铨六年，恪守旧章，吏不敢上下其手，事有未便，则条上更张之，期于尽善。如请宽有司考成、请议监司久任、请复学道升补、条议川湖广西云贵委署官升迁之例，皆切中时弊，多见施行。尝语同列曰：“吾辈临事，毋徒为一司计也，其通格之关于诸司者，当并计之；毋徒为一时计也，其利害之隐伏于天下者，当并计之。”公之老成谋国，皆此类也。十八年正月，世祖升遐，公位冢宰，持大议，定国是，廷议侃侃，无所鲠避。辅政大臣不悦，公弗顾也。时二十七日国制已满，梓宫移景山，两宫显号尚未举行，公宣言于朝曰：“新主即位旬日矣，皇太后当改称太皇太后，佟妃当尊称皇太后。两宫徽号迄今未议，何以昭示天下。”于是率九卿上请举大礼疏，廷议大行皇帝谥号，众相顾未发，公首曰：“先皇龙兴中土，混一六合，功业崇高，同于开创，宜谥为世祖高皇帝。”众皆和之。而辅政大臣鳌拜独不可，遂定谥章皇帝。公言虽未用，物论归焉。顷之，请急归省。上命曲沃公以阁臣出掌部事，而虚左以待公。康熙元年，还朝。二年五月，拜内秘书院大学士，与同列高阳李公及曲沃公同心夹辅。三年，曲沃公休沐。未几，公亦予告。盖居政府仅一载，而公病矣。

公之归也，年始逾五十，两亲皆善饭无恙。逾年，丁尚书公艰，日定省太夫人侧，犹孺子也。所居在山中，却扫谢宾客，焚香扫地，晏坐著书。平生精琴理，得意忘言，在弦指之外。撰《颜山杂记》四卷、《汉史亿》二卷、《归厚录》十八卷，自定义诗文集各一卷，《琴谱指法》一卷。其《南征纪略》二卷，则奉使祭告时作也。晚著《春秋鸠考》，未成书，以属次子宝侗。十三年九月，以疾薨于里第。公之未病也，有乌自南而北，千百其群，皆堕于镇城内外。未几，公薨。公少时嗜读书，为文从政，一本经术；行己事上，一本恭敬；至于洁廉之操，始终一致。故受世祖特达之知，屡有“才德兼备、端慎练勤”之褒。自吏部郎洊历九卿，入枋大政，而家无余财，与曲沃公同时清望相埒，无所轩轾云。公殁时年止六十有二，子二人：宝仍，官光禄寺署正；宝侗，有才名，未仕，卒。孙七人：嗣端，今官都察院经历；续端，翰林院待诏；续厚、续勤、嗣忠、续廉、续慎。曾孙六人：维谦、维谟、维谨、维谏、维谌、维诚。

论曰：文定公可谓名相矣！昔先正于文定公尝论大臣有德望、有才望、有清望。公于德望、清望可谓兼之，固不屑屑以才著，而言才相者，卒无以加焉。公著史论有云："所谓大臣者，善功不伐，善谏不名，丙、魏是也。"呜呼，可以知公志矣。

《山东通志·人物·孙廷铨》

康熙《山东通志·人物》卷四十二：孙廷铨，字沚亭，益都人。崇祯庚辰进士。由吏部文选。屏绝请托，人不敢干以私。历官太常少卿、太仆寺卿，户、兵二部尚书，晋吏部尚书。清介公慎，有古大臣风。晋大学士、太子太保，启沃赞襄，朝野望重。予告归，殁。赐祭葬。谥文定。

雍正《山东通志·人物》卷二十八之四：孙廷铨，字枚先，博山人。明崇祯庚辰进士。顺治初，以荐授河间推官，累升至吏、户、兵三部尚书，寻拜秘书院大学士。廷铨司铨政最久，以慎名器、通淹滞为己任，故幸进之徒多不满意，及入赞纶扉，勤修庶政，竟岁未尝休沐，兼以具庆在堂，温凊念切，康熙初予告归里。卒，官给葬祭，谥文定。所著有《沚亭诗文集》《汉史亿》《归厚录》《颜山杂记》等书行世。

《汉名臣传·孙廷铨列传》①

孙廷铨，山东益都人。初名廷铉。明崇祯进士，任永平推官。

世祖章皇帝顺治元年投诚，授天津推官。二年，以巡抚雷兴荐，擢吏部主事。三年，充陕西正考官。再迁至考功司郎中。七年，擢太常寺少卿。明年，迁左通政。十年，授户部侍郎。以大学士洪承畴荐，召同太仆寺卿卫周祚等三人入对。旋以会议总兵任珍罪，附和吏部尚书陈名夏等，部议革职。得旨，从宽罚俸。十一年，乞假省亲。明年，假满，补兵部侍郎，擢尚书。十三年，调户部尚书。御史侯于唐劾廷铨庸陋不胜司农任。上责于唐妄奏。十四年，廷铨疏言："山东、河南除赋荒田，未尽报垦，请招民垦辟。其已熟者，清厘赋额，无使隐漏。"上嘉其言有关国计，如所请行。十五年六月，调吏部尚书，加太子太保。十六年三月，谕奖勤劳奉职诸大臣，加廷铨少保。

十月，疏言："学道一官，自顺治元年定制，内而部郎，外而府道，皆序俸荐升，补至四年，始专以部属考选。每一学道缺出，礼部二人，户、兵、刑、工各一人，内阁与吏、礼部会考。行之既久，不无滞碍。人才文望，随地而有，

---

① 辑自1985年台北明文书局印行《清代传记丛刊》影印清刻本《汉名臣传》卷二。

未必在咨送数员中。学道职在衡文，不公之弊，大于不明。今于其始授，仅虑其不明而考之，是遗其大而务其细也。臣以为凡考试各官，出于宸断者，神明睿照，望其外而并得其内，观其文而遂得尽其人。取舍皆由圣鉴，故考试足重。今学道既奉特旨，罢其御试，即内阁诸臣亦不与其事矣，独吏、礼部会考。臣等寻行数墨，所见不出尺幅之外，其他何足以知之？不如停其考试，仍如初年旧例，于进士出身之部郎、府道，按俸举荐，随时升补，可以绝揣摩而抑奔竞。"疏入，得旨："学臣关系人才，所奏停考试，按俸举荐升补，事属可行。"下所司集议，如廷铨请。时吏部铨除，一事数例，胥蠹因缘为奸。给事中杨雍建、胡尔恺、黏本盛、孙际昌、王启祚，御史许劭昕，先后疏纠其弊，且劾廷铨因循委靡，为官吏蒙蔽事。下宗人府、都察院会议。部臣均坐降罚，廷铨削加衔，罚俸。又以会推调漕督沈文奎为巡抚，上以巡抚不宜降调官，下议政王等察议。廷铨降三级留任。

十七年四月，疏言："旧例新辟边疆员缺，督抚委用者，即予实授。同部选之官，一体迁转。有莅事未久，辄移内地者，请嗣后试署两年，果能安民靖盗，乃予实授。"又言："司道不宜轻易，非大计处分及贪酷被纠而降革者，宜仍留任。"疏并得旨俞允。六月，因旱陈言二事：一曰宽考成，二曰举屯政。上命兵部议兴屯事宜，而摘考成疏中"积资累荐，弃以一眚"等语，谕令回奏所指。廷铨言："积疲州县，久累人材，稍请宽减，以励后效，非为处分人员求免。"十一月，大学士刘正宗为左都御史魏裔介、御史季振宜劾奏罢职。吏部尚书伊图等谓科道未劾正宗者，应议处。廷铨言："正宗罪状，原因言官举发，不应转议言官。"因偕侍郎郝惟讷、冯溥别为一议。上以满、汉两议，传旨申饬。寻谕宽免科道各官议处。

圣祖仁皇帝康熙二年二月，都察院劾廷铨当会议之所，与尚书杜立德宣争，失大臣体，应并议罚。诏宽免之。

四月，御史李秀疏劾："廷铨为刘正宗亲党，巧舞好弊，遇会议会推，则闭目俯首如木偶。素与侍郎冯溥同乡相结，其弟孙廷铎考取推官，徇私有据。"上责秀以言官纠劾，本应缘事指陈，不得恣词诟詈。命廷铨、溥回奏，皆辨释。五月，擢廷铨秘书院大学士。

三年十一月，以疾乞假归里。十三年，卒于家，年六十有二。予祭葬如典礼，谥文定。

《清史稿校注·孙廷铨列传》[①]

孙廷铨，初名廷铉（按清国史馆钦定国史大臣传稿作“廷铨”，明清历科进士题名碑录崇祯庚辰科同。此当据改。又世祖实录顺治十一年春三月二十八日戊午条可参见），字枚先（按碑传集卷七云，孙廷铨“字道相，别字沚亭”，宣统山东通志卷一七五同；清诗纪事初编卷六则谓孙廷铨“字伯度，号沚亭”），山东益都人。明崇祯进士，任永平推官。顺治元年，授天津推官。二年，以巡抚雷兴荐，擢吏部主事，历郎中。与曲沃卫周祚同官文选司，有声於时。累迁左通政。十年，擢户部侍郎。以大学士洪承畴荐，召对。寻坐事，罚俸，论告归。还朝，改兵部，擢尚书。十三年，调户部。廷铨以岁会无总录，无以剂盈绌之宜，殚心综核，钱谷旧隶诸部者，各还所司，条贯厘然。岁会之成自此始。十四年，疏言：“山东、河南荒田，请招民垦辟。其已熟者，清厘赋额，无使隐漏。”上从其言。十五年，调吏部，加太子太保。十六年，谕奖其勤劳，加少保。廷铨疏请复学道升补旧制，下所司集议，如廷铨请。时吏部铨除，一事数例，吏胥因缘为奸。给事中杨雍建、胡尔恺、黏本盛（按清国史馆钦定国史大臣传稿作“粘本盛”，世祖实录顺治十七年春二月二十六日辛亥条、汉名臣传卷二同，此当据改）、孙际昌、王启祚、御史许劭昕，交章发其弊，且劾廷铨因循为所蔽，夺加衔，罚俸。十七年，疏言：“新辟边疆员缺，督抚委用，即予实授，与部选之员，一体迁转。莅事未久，辄移内地，请定为试署二年，乃予实授。”又言：“司道不宜轻易，非大计处分，及贪酷被纠者，遇降革，仍留任。”皆从之。又因旱，疏请宽考成，兴屯政。上命兵部议屯政，而询廷铨请宽考成议中有云“积资累荐，弃以一眚”语，何所指？廷铨言：“积疲州县，久累人材，宜稍宽减观后效，非为处分人员求免。”

世祖崩，二十七日制满。廷铨发议尊皇太后为太皇太后，上所生母为皇太后，率九卿上请举大礼疏。及议大行皇帝谥号，廷铨曰：“大行皇帝龙兴中土，混一六合，功业同於开创。宜谥为高皇帝。众皆和之，而辅臣鳌拜持异议，遂定谥章皇帝。时太祖谥武皇帝，故廷铨议如是。时论颇归之。康熙二年，拜秘书院大学士。奉职勤慎，终岁未尝休沐。逾年，以父母年老，解职归养，闭户却扫，不与外事。十三年，卒，谥文定。

---

① 台湾商务印书馆1979年版《清史稿校注》卷二百五十七。

《青州府志·孙文定公碑文》①

稽古兴朝，必有贤良之臣。生则荣以高爵，殁则锡以丰碑，所以励忠，盖甚备也。尔孙廷铨性行端良，才能敏裕，参赞机务，克尽乃心，夙夜黾勉，勤劳素著。因积劳而成疴，令解任以调摄。方俟病痊，以需召用，忽闻长逝，甚悼朕怀，特赐谥曰“文定”。勒诸贞珉，光及泉壤，国与臣谊，庶其昭垂无斁哉！

《清诗纪事初编·孙廷铨》②

孙廷铨，本名廷铉，字伯度，号沚亭，益都人。崇祯十三年进士，官永平府推官。顺治元年迎降，改天津府推官，内擢吏部主事，十一年遂至兵部尚书，调吏部。康熙二年，都察院劾廷铨会议时与杜立德喧争，御史李秀复劾廷铨为刘正宗亲党，巧舞奸弊，遇会议会推，闭目俯首如木偶。并得宽免，竟擢秘书院大学士。翌年以疾归。卒于十三年，年六十二。事具《清史列传·大臣传》。撰《沚亭自删诗集》一卷、《沚亭删定文集》二卷。诗学七子而能变化，生平有诗千余首，删存者不及十之一。文多奏疏，顺治初政局，颇足窥见一二。毕自严墓碑，述明季筹饷事綦详。他文亦多雅饬可观。别撰《汉史亿》二卷，论事有识力。《颜山杂记》四卷，摹《水经注》，文笔奇峭可诵，记山蚕、琉璃、窑器、煤井、铁冶特详。《南征纪略》二卷，述祁彪佳、余煌、余增远高节，若有深慕焉，则公道之在人心者也。

---

① 辑自康熙六十年《青州府志》卷二十二，原题作“赐少保内秘书院大学士吏部尚书谥文定孙廷铨碑文”。

② 辑自2012年上海古籍出版社出版邓之诚撰《清诗纪事初编》卷六。

附录二

孙廷铨著作相关著录

孙文定公全集

（一）《续修四库全书总目提要》[①]

《孙文定公全集》五种九卷（30-304）。清康熙十七年刻本。

清孙廷铨撰。廷铨字道相，别字沚亭，益都人。明崇祯间进士。入清后累擢吏部尚书，掌铨六年，恪守旧章，吏治为清。康熙初拜内阁秘书院大学士，卒谥文定。少嗜读书，为文从政，一本经术。著有《沚亭文集》诸书，集内多为庙堂奏议，有关治道之文。然而天才纵横，时有闲情逸致。间为叙记，如《梦山堂记》《济南豹突泉仙迹记》《西岳题名》，颇有奇趣，以及填曲制谱，无所不工，此亦得天独厚者也。全读史之作，少年所习，后来读之，每获新境界，所谓学与年进者。其《汉史亿》自序云：铨病废连年，无以消夏，间取《史》《汉》时复纵观，觉与书生时另一意况。三十年来，固尝洊历废兴，从事中外，久留郎署，出入台阁，居今况古，流连三复，即与作吏时又另一意也。于是披览所到，意有触，辄书数语，用备遗忘。惟所论史事但持空论，不甚确切。至所为《白阳毕公墓碑》，于自严一生出处记述极详，有稗史乘掌故之文也。

目次：《沚亭文集》二卷。《沚亭诗集》一卷。《沚亭琴谱》一卷。《汉史亿》二卷。《南征纪略》二卷。

（谢国桢撰　眭骏整理　吴格审阅）

（二）《前尘梦影新录》[②]

《沚亭自删诗集》一卷、《沚亭删定文集》二卷、《汉史亿》二卷、《颜山杂记》四卷、《南征纪略》二卷。

清初刻本。益都孙廷铨撰。廷铨益都人，崇祯十三年进士，官永平府推官。顺治元年迎降，改天津府推官。后至秘书院大学士。此集刻各不同，非一时所刊。后乃汇为全书。刊不工，山左刻印之书，类如是也。有皖中张师亮笃素堂藏书印记。《颜山杂记》记益都风土，文颇雅饬。《南征纪略》中有记祁氏寓山故事者，余采入《远山堂事辑》中。

---

① 2010年中华书局、国家图书馆出版社《续修四库全书总目提要·丛书部》（吴格、眭骏整理）。

② 1989年齐鲁书社出版黄裳著《前尘梦影新录》。

（三）《中国古籍善本书目》[1]

《孙文定公全集》六种十二卷。清孙廷铨撰。清康熙十七年师俭堂刻本。《沚亭删定文集》二卷、《沚亭自删诗》一卷、《琴谱指法省文》一卷、《汉史亿（按，原书“亿”误作“臆”）》二卷、《南征纪略》二卷、《颜山杂记》四卷。

收藏单位：上海图书馆、复旦大学图书馆（存目）、南开大学图书馆、山东省图书馆、福建省图书馆、重庆市图书馆。

（四）《山东师范大学图书馆馆藏古籍书目》[2]

《孙文定公全集》。《沚亭文集删》二卷、《沚亭自删诗》一卷、《琴谱指法省文》一卷、《南征纪略》二卷、《汉史亿》二卷、《颜山杂记》四卷。（清）孙廷铨撰。清康熙十七年师俭堂刻本。九册。八行二十字，无鱼尾，四周单边。812.19/18。

《孙文定公全集》六种。《沚亭删定文集》二卷；《汉史亿（按，原书“亿”误作“忆”）》二卷、《沚亭自删诗》一卷、《琴谱指法省文》一卷、《南征纪略》二卷。（清）孙廷铨撰。清康熙十七年师俭堂刻本。六册。行款不一。812.19/182。

（五）《南开大学图书馆馆藏古籍善本书目》[3]

《孙文定公全集》（清）孙廷铨撰。清康熙十七年孙氏师俭堂刊本（九册）。善089.72/366。

子目：《沚亭删定文集》二卷。《沚亭自删诗》一卷。《汉史亿》二卷。《南征纪略》二卷。《颜山杂记》四卷。

汉史亿

（一）《四库全书总目》

《汉史亿》二卷，山东巡抚采进本。国朝孙廷铨撰。廷铨有《颜山杂记》，已著录。是编取司马、班、范三史所载事实，随笔论断，共二百余条，中多与于慎行《读史漫录》议论相同者，自序谓与之暗合，故不复删。其论留侯子辟彊始谋分王诸吕，谓辟彊深沉多智，无忝厥父，有安刘氏之功。夫诸吕分王，刘氏危于累卵，特以禄、产庸才，遽释兵柄，诸大臣得而诛之。辟彊以一孺子，首倡乱谋，几覆邦国，乃以能安刘氏称之，不亦傎乎！

① 1990年上海古籍出版社《中国古籍善本书目·丛部》。

② 2003年齐鲁书社《山东师范大学图书馆馆藏古籍书目》。

③ 1986年南开大学图书馆编《南开大学图书馆馆藏古籍善本书目》。

按:《四库全书总目辨误》[①]:“今检《史记·吕后本纪》及《汉书·外戚列传》等篇，留侯子为‘辟强’不作‘辟疆’。《总目》字误。”

(二)阎若璩题记二则[②]

1. 康熙庚午春二月中旬，自京师归途中，携赵公秋谷所赠《汉史亿》二卷，读之至终，亦近日之佳书也。

2. 越四年癸酉冬十月下旬，复阅一过。母后临朝称制，战国已有，如秦宣太后、齐君王后皆是，不自汉高后始。韦诞既书凌云殿榜下，则戒子孙绝此，楷法著之家令，非梁鹄也。此二条误，当正。

(三)《乡园忆旧录》[③]

《汉史亿》一书，论断精严。

(四)《中国书纲》[④]

明张溥之《历代史论》，见解多僻，而才气横溢，言之成理，与孙廷铨之《汉史亿》、徐时作之《石溪史话》等同。

(五)《浙江图书古籍善本书目》[⑤]

《南征纪略》二卷。清孙廷铨撰。清康熙刻本。二册。八行二十字。四周单边。白口。2626。

颜山杂记

(一)《四库全书总目提要》

《颜山杂记》地理类八。

臣等谨案。《颜山杂记》四卷，国朝孙廷铨撰。廷铨字伯度，又字枚先，号沚亭，益都人。前明崇祯庚辰进士，入国朝，以荐授河南府推官，擢吏部主事。历官内秘书院大学士，谥文定。益都有颜神镇，形势险厄，明代尝建城郭，设官以治之。廷铨世居其地。康熙丙午，廷铨以大学士予告在籍，因搜辑旧闻，作为此书。分山谷、水泉、城市、官署、乡校、逸民、孝义、风土、岁时、长城考、灵泉庙、灾祥、物变、物产、物异、遗文诸目，叙次简核，而造语务求隽异。王士禛《居易录》称田雯《黔书》七十六篇，有似《尔雅》者，有似《考

① 2001 年上海古籍出版社杨武泉著《四库全书总目辨误》。

② 南开大学图书馆藏阎若璩题跋本，入选第三批《国家珍贵古籍名录》。

③ 王培荀撰清刻本《乡园忆旧录》卷一。

④ 1971 年台北维新书局出版高越天著《中国书纲》卷二。

⑤ 2002 年浙江图书馆古籍部编《浙江图书古籍善本书目》。

工记》者，有似《公》《谷》《檀弓》者，有似《越绝书》者，故相孙文定公廷铨作《颜山杂记》，山蚕、琉璃、窑器、煤井、铁冶等，文笔奇峭，亦如此云云。今考琉璃、窑器、煤井、铁冶，俱此书所载，其山蚕一条，则在廷铨《南征纪略》中，士禛盖偶然误记。又，士禛《香祖笔记》引此书所载凤皇岭玉皇宫石刻，宋太祖、太宗、真宗御押，与周密《癸辛杂识》所载不同，云并载以备参考。案，《癸辛杂识》为明代重刊，此石为宋代原刻，木板易讹，当以碑本为据，士禛两存亦非也。惟《香祖笔记》又据黄瓒《雪洲集》"议矿盗"一疏，谓颜神设官之议起于瓒，而驳此书正德十二年巡按黄某奏请之说为非。是则诚廷铨考核之疏矣。乾隆四十六年三月恭校上。

总纂官臣纪昀、臣陆锡熊、臣孙士毅、总校官臣陆费墀。

（二）《四库全书简明目录》[①]

《颜山杂记》四卷。国朝孙廷铨撰。廷铨家于益都颜神镇，采其地旧闻新事，辑为此书。分十有六目，叙述琐屑，工于造语。王士禛《居易录》尝以配田雯《黔书》。

（三）《居易录》[②]

田子纶中丞作《黔书》，凡七十六篇，篇不一格。其记苗蛮种类，记水西乌蒙马，记革器，记朱砂、水银、雄黄、凯里铅、蒟酱、邛竹诸篇，有似《尔雅》者，似《考工记》者，似《公》《谷》《檀弓》者，似《越绝书》者，读之如观化人之戏。故相国孙文定公沚亭作《颜山杂记》，记山蚕、琉璃、窑器、煤井、铁冶等，文笔奇峭亦如此。

（四）《香祖笔记》[③]

益都孙文定公沚亭（廷铨）尝撰《颜山杂记》四卷，极称简核。

（五）《万卷精华楼藏书记》[④]

《颜山杂记》四卷。国朝孙廷铨撰。原本。康熙四年刊。前有赵进美序，益都孙廷铨伯度自序，男宝仍校录书后。此记朝章典故多所考证，艺文亦不滥收。

（六）《稀见地方志提要》[⑤]

《颜山杂记》四卷。清康熙五年刊本。上海图书馆藏。清孙廷铨纂。廷铨字伯度，又字枚光（按，"光"是"先"之误），号沚亭，益都县长孝乡（按，"长

---

① 1985年上海古籍出版社《四库全书简明目录》卷七。

② 1986年台湾商务印书馆《文渊阁四库全书》影印王士禛《居易录》卷十。

③ 1982年上海古籍出版社出版王士禛《香祖笔记》卷二。

④ 1993年中华书局出版（清）耿文光撰《万卷精华楼藏书记》卷四十八。

⑤ 1987年齐鲁书社出版陈光贻撰《稀见地方志提要》。

孝乡”当是“孝乡”之误，下同）人，明崇祯庚辰进士，入清以荐授河间府推官，擢吏部主事，历官内秘书院大学士，卒谥文定。此志廷铨述其乡里之山川、风土、物产、古迹、旧事、轶闻；以长孝乡之颜山而名，故曰《颜山杂记》。分山谷、水泉、城市、官署、乡校、风土、岁时、长城考、物产、物暴、遗文诸门，书首无例目，书内分篇亦芜杂无序，体裁次（按，当为“欠”之误）佳。然其叙一方之事物，则纤细无遗矣。《四库全书提要·存目》著录此记，谓：“益都有颜神镇，形势险厄，明代尝建城设官以治之。”而此记自序谓：“今颜山上古长城，乃齐、楚之防塞。”《四库提要》谓其为考核之疏。但此记《长城考》非无考据焉，断城始于战国所筑，《四库提要》谓是明时之物。廷铨明人，岂不能考据明时筑城事耶？夫城池代有兴建，当不可断为最后兴建之时为是。不然则我国之长城，只可为明时所建，而岂不可谓为战国秦时之物欤。此《四库》不重视志乘之一证也。按，廷铨著有《沚亭删定文集》，有《颜山杂记手稿题辞》一文，此记未收入，此文为此记刊成后所作也。《沚亭删定文集》刊成于此志刊后二十余年，廷铨又重纂二稿，而未见刻本也。

南征纪略

（一）《四库全书总目提要》

南征纪略二卷。编修励守谦家藏本。

国朝孙廷铨撰。廷铨字伯度，又字次道，益都人，前明崇祯庚辰进士。入国朝，官至大学士，谥文定。顺治辛卯，廷铨奉使祭告禹陵及南海，此乃其纪程之书。上卷自出都至杭州，下卷自杭州至会稽，迄祀南海而止。其间游览古迹，多因以追论史事。同时酬赠诸诗，亦并载其间。

（二）清施男题《南征纪略》诗[①]

《纪略》，益都孙道相著。初得之于来元成，闷未阅也。廿三夜，偶简赵韫退使晋诸律，童子并以陈焉。驰骋贯穿，芟荑剪截，真可呼善长一堂，打手都卢者，至吐词俊拔，造径曲折，蛛丝藕孔，若断实连，文情幽绮，怪炫极矣。始欲录韫退数章，挈当卧游，得此如南威西施，倩盼各呈，观者未敢遽作畸重思也。山水蕴灵性，妙藏难入室。圆苍亦好文，陋彼劓凿质。宝跗洩玄枵，耀伦迈等匹。两珏夹琮琤，杜律与韩笔。味之骤生澜，甜此中边蜜。隘俗多尚同，错揉迷芬苾。舍兹辋川心，惟羡嘉陵驿。我怀在缁青，朗吟高拥膝。愿化双鸿鹄，

① 2002年上海古籍出版社《续修四库全书》第1176册影印复旦大学图书馆藏清初留髡堂刻本《邛竹杖》卷五。

与之齐骞逸。

（三）清王士禛《同子底读孙道相先生南征纪略》诗[①]

南方草木还堪状，东国司徒旧擅名。五尺险从天上落，千岩秀向笔端生。荔枝树暗蛮江远，橘柚花垂越鸟鸣。写尽山川与香草，郦亭风味至今清。

（四）《西陂类稿》[②]

吴宝崖陈琰曰："本朝杂纪诸书，推孙益都《南征纪略》、王新城《皇华纪闻》、宋商丘《筠廊偶笔》，久已鼎峙中原。"

（五）清翁同龢跋《南征纪略》抄本[③]

戊戌四月初，直西苑，骑马入西阙门，避日下马，循西廓下行，过都察院朝房，有老兵拥破书及败铜铁，问之，曰："有人欲易钱者也。"乃捡得数册以归，此其一也。就灯下读一过，峭洁如郦注，可喜也。瓶生记。

（六）美国国会图书馆藏本[④]

097　书号 B160. 82 S71　入藏号 576337

南征纪略二卷。（清）孙廷铨纂。清初刻本，二册一函。半叶八行二十字。四周单边，白口，无鱼尾。框高 19.1 厘米，宽 11.3 厘米。正文卷端题"南征纪略"，下署"益都孙廷铨次道纂"。廷铨，字伯度，又字次道，益都人。崇祯十三年（1640）进士。入清官至大学士，谥文定。正文前有王庭叙，顺治壬辰（1652）林嗣环序。是书乃顺治八年（1651）廷铨奉使祭告禹陵及南海纪程之书。上卷自出都至杭州，下卷自杭州至会稽，迄南祀毕而止。其间游览古迹，追论史事，酬赠诸诗，并载其中。

关于是书版本，《中国古籍善本总目》（第 413 页）记"南征纪略二卷，顺治八年，清孙廷铨撰，清初刻本"（按，此处"孙廷铨"应"孙廷铨"之误[⑤]），仅上海图书馆一馆藏，惜未录行字版式。查山东省图书馆藏清初刻本（《四库全书存目丛书》影印，史部第 128 册，第 213—263 页），其行款为：半叶八行二十字，四周单边，白口，黑单鱼尾。而此本无鱼尾，不同版。又是书收入《孙文定公全集》六种十二卷，清康熙十七年师俭堂刻本，半叶八行十八字，白口，四周单边（《中国古籍善本总目》，第 2005 页），与此书每行字数不同，亦不同

① 2007 年齐鲁书社《王士禛全集》之《落笺堂集》卷三。

② 2010 年上海古籍出版社《清代诗文集汇编》影印宋荦撰康熙刻本《西陂类稿》卷四十六。

③ 2001 年上海图书馆历史文献研究所编《历史文献》第 4 辑"上海图书馆善本题跋选辑"。

④ 2011 年上海古籍出版社出版范邦瑾编《美国国会图书馆藏中文善本书续录》。

⑤ 按，《中国古籍善本总目》作"孙廷铨"不误，范氏按语误。

版本。如上海图书馆藏本与山东省图书馆藏本一样有鱼尾，则此为一新的版本，值得重视。是书《四库全书总目》入史部二十传记类存目六。

此本卷一、卷二首叶作者署名“益都孙廷铨次道纂”下方均钤有“廷”“铨”朱文小方连珠印（山东省图书馆藏本无），很可能是作者自藏本。其他钤印还有“卫尹东”白文方印，“袁水孙氏深柳堂图书记”朱文长方印，“齐”朱文小方印和“行三”白文小方印，二印为连珠印，“四五百竿竹二三千卷书”朱文方印，“卫齐旦”白文方印。

1939 年 12 月 8 日入藏。

沚亭文集

（一）《四库全书总目提要》

《沚亭文集》二卷。山东巡抚采进本。国朝孙廷铨撰。廷铨有《南征纪略》已著录。是集为其门人慕天颜所编。国初景运光明，人才蔚起，廷铨文笔虽未能与一时作者抗衡，而平正通达，究无纤仄噍杀之音，盖时会之盛为之也。

（二）《清人诗文集总目提要》[①]

《沚亭集》三卷。孙廷铨撰。廷铨生于万历四十一年（1613），卒于康熙十三年（1674）。原名廷铉，字伯度，一字道相，又字枚先，号沚亭，山东益都人。崇祯十三年进士，官永平府推官。清初起河间推官，擢兵部尚书，终秘书院大学士，谥文定。著有《沚亭诗集》一卷、《沚亭文集》二卷，与《汉史亿》二卷、《颜山杂记》四卷、《南征纪略》二卷等，编为《孙文定公全集》十二卷，康熙十七年师俭堂刻，青岛市图书馆藏。诗集自定，凡诗百十一首，古今体皆备，有高珩序及自序。文集乃门人慕天颜编，奏疏之作多涉清初时事。其孙宝仁一跋称，其兄辑有《沚亭诗外集》一卷未见。袁枚《随园诗话》称其诗不腐，“言外俱含道气”。

（三）《清诗纪事诗初编》[②]

《沚亭删定文集》二卷。文多奏疏，顺治初政局，颇足窥见一二。毕自严墓碑，述明季筹饷事綦详。他文亦多雅饬可观。

---

① 2002 年北京古籍出版社出版柯愈春著《清人诗文集总目提要》。按，袁枚评语所指并非清初之孙廷铨，柯氏误作孙廷铨。

② 2012 年上海古籍出版社出版邓之诚撰《清诗纪事初编》卷六。

沚亭诗集

（一）《山东通志》艺文志卷十 集部

《沚亭诗集》一卷。孙廷铨撰。康熙丁巳刊。其从子宝仁跋云："今集乃相君手自删定者，计一百一十首，为一卷。"高珩序略云："古体则远挹三谢矣，而冲腴兼剂以陶、韦；律体则近参王、李矣，而流美复侪于钱、刘。廊庙而有云林之气，藐姑而叶痌瘝之音。始知雅归平子，润归叔度，清丽之归景阳，茂先，雕龙斤斤，判若鸿沟者，昔人固未为通论也。"据本书。

《沚亭诗外集》一卷。孙廷铨撰。孙宝仁《沚亭诗集》跋云："又伯氏私记若干首，汇为一卷，名《外集》，尚未付梓。其先见他集者不复载。"

（二）《渔洋诗话》①

益都孙文定公廷铨《咏息夫人》云："无言空有恨，儿女粲成行。"谐语令人解颐。杜牧之云："至竟息亡缘底事，可怜金谷坠楼人。"则正言以大义责之。王摩诘云："看花满眼泪，不共楚王言。"更不著判断一语，此盛唐所以为高。

孙文定《咏史》云："田叔归来窦后伤，萧条梁苑下微霜。一时宾客多枚马，不遣雄文悟孝王"。

（三）《居易录》②

孙文定公廷铨作《世祖皇帝挽诗》云："周京衅甲将归马，汉时逢辛自射牛。"时以为工。

（四）《国朝诗别裁集》③

文定归田，乍过五十，居山庄焚香却扫，日事著书。精琴理，得意忘言，兴寄弦指之外。

（五）《晚晴簃诗汇》④

《诗话》：文定生平雄于文，所著《南征纪略》《汉史亿》《颜山杂记》诸书，皆以古隽之笔，上掩前人。于典试关中时，访求王端毅嘉谟懿行，行询李空同、康对山、王槐野诸贤之后，勤勤搜讨，传播一时。其诗不多存，然古体则出入三谢，近体则骖驾钱、刘，华而不浮，质而不俚，雍雍乎曲江风度也。

---

① 2007年齐鲁书社《王士禛全集》之《渔洋诗话》卷下。

② 1986年台湾商务印书馆《文渊阁四库全书》影印王士禛《居易录》卷十六。

③ 1975年中华书局影印沈德潜撰《国朝诗别裁集》卷二。

④ 2002年上海古籍出版社《续修四库全书》第1629册影印徐世昌撰耕堂刻本《晚晴簃诗汇》卷二一。

（六）《清诗纪事诗初编》[①]

撰《沚亭自删诗集》一卷。诗学七子而能变化，生平有诗千余首，删存者不及十之一。

沚亭琴谱一卷

（一）《山东通志》卷一百三十八《艺文志》卷十

沚亭琴谱一卷。孙廷铨撰。廷铨有《南征纪略》，见史部传记类。是书附刊《沚亭诗集》后卷，首题曰“琴谱指法省文”。凡通名六条，右手发声诸法三十六条，左手取音诸法四十四条，左右通用六条，指法备考六条。据本书。

（二）《琴曲集成》第二辑[②]

《沚亭琴谱》清初抄本。山东青州人，孙廷铨，明崇祯进士，降清，官至吏部尚书，撰于康熙十一年（1672）。

稿本。《史稿》载称他曾著《琴谱指南》，可能只有稿本。共列通用指法六项，右手指法三十六项，左手指法五十项，备考指法六项。其不仅释文，间有异说，即如指法名称如剔历、掺起等亦他谱所无，盖有所创制。

（三）《存见古琴指法谱字辑览》[③]

《沚亭琴谱》。右手指法三十六项，备考指法六，左手指法五十项，其中有其自创的指法、谱字。集大成的著作。

---

① 邓之诚《清诗纪事诗初编》卷六。

② 转引自2011年文化艺术出版社傅暮蓉著《剑胆琴心·查阜西琴学研究》。

③ 转引自2011年文化艺术出版社傅暮蓉著《剑胆琴心·查阜西琴学研究》。

附录三

时人唱酬

赵进美[①]

葱佩介黄玉叔约游韦公寺观海棠予以事不果赴

无奈春枝绕院明，僧寮芳树雨初晴。欲拚浊酒逢花尽，好并银鞍傍水行。出郭虚疑冲落絮，开筵应复近啼莺。午檐双燕愁相语，倚槛遥怜返照生。

清明过介黄斋中同宋玉叔赋

屏居感令节，驾言从子游。布席临芳草，中心怀林丘。庶木各奋荣，黄鸟鸣相求。何用丝竹音，即事成淹留。城郭澹初日，余霞散春洲。浊酒可展欢，清文结绸缪。向夕悲笳动，闾巷新烟收。边马行且嘶，下饮御水流。侧身望四方，冉冉生百忧。岂无采薇约，永与麋鹿俦。

同前分得二萧

江湖何地托渔樵，节序偏惊道路遥。上苑游丝风漠漠，平芜归梦雨潇潇。席边修竹莺初语，郭外新烟柳欲摇。日暮飞尘随猎骑，挥鞭同过赤栏桥。

秋日有怀介黄使关西静澜使中州

故人何日去，寒气夜萧骚。浊酒秋相失，征车暮自高。梁园迷苦竹，秦路近葡萄。不负登临意，休伤行役劳。

雪夜集介黄斋中听弦索

虚堂微月尚娟娟，秉烛飞花冷夜筵。白雪岂无郢客唱，清溪仍对小姑弦。北来騠駃开沙苑，南下旌旗绕画船。独有高阳狂侣在，悲歌时进酒胡前。

孙介黄见过斋中期宋玉叔不至

燕台客思漫蹉跎，几处衔杯得并过。行乐最怜玄兔塞，故人先唱白狼歌。寒天雨雪孤城静，近岁交游二仲多。更有微辞属宋玉，冲泥骑马意如何。

---

① 辑自《清止阁诗》。

夏日同介黄玉叔陪王觉斯先生游崇教寺

其一

雨后鸣蝉夕更闻，僧寮松桂座边分。薄岚晚岫低藏照，独树沙郊静宿云。河朔遗风惟对酒，中原数子况能文。草玄暇日追游地，不但书传王右军。

其二

晚凉高阁慰登临，解带同依祗树林。大麓平沙斜日下，浮云沧海故园深。移尊尽覆藤萝色，闭户徐传钟磬音。即少远公能结社，杖藜莫惜更相寻。

初秋雨后同孙介黄过东坛

其一

短辔冲朝雨，高亭纳早凉。玄蝉秋欲急，红药晚仍香。阁日移沙路，坛花落苑墙。惟将平野色，频劝故人觞。

其二

萧瑟秋城外，徘徊嘉树林。度桥禾黍色，载酒石坛阴。殿柳疏留照，池风晚就襟。危楼东望远，惆怅海云深。

其三

高叶荧荧湿，长松黯黯幽。圃凉希见客，河霁远闻流。返景依城尽，轻雷过苑收。行怜芳草歇，因忆故园秋。

敌楼同孙介黄夜坐小饮作

其一

埤堄回风发，中霄铁箭过。感时吾辈晚，忧乱古人多。夜气生哀角，寒灯散画戈。谁知丘壑里，共听陇头歌。

其二

柝冷声难起，高城霜气平。忧危何日定，慷慨此时生。谁唱丁都护，人传李少卿。黄云连倚槛，旄首夜深明。

其三

节序频相忆，漂摇各惘然。宁知岁暮酒，同对女墙烟。雨雪闻笳后，关山秉烛前。故乡乱未已，更赋远游篇。

其四

大息将何往，行藏与子安。风尘为吏拙，兵甲置身难。画鼓霜中急，危楼雪后寒。远天多惨淡，惟辨斗阑干。

人日饮孙介黄敌楼

层阴返照晚冥冥，寒色危城昼自扃。气散西山千雉入，风连北渚片鸿听。牛羊夜徙穹庐黑，冰霰春骄燧火青。万井萧条人日过，凋盘彩胜雨中停。

送孙介黄赴抚宁

其一

垂杨遥忆塞垣春，满目鸣笳战后尘。未释兵戈轻去土，身经离乱易怜人。几年安攘思中策，自昔忧危出小臣。应念故园萝薜色，南风边草亦争新。

其二

韎韐年来换纻衣，愁闻征路向金微。久看戍火边愁浅，初得丰年讼事稀。碣石潮回知雨过，骊城春尽见鸿飞。漫言长组终堪试，梁傅从前太息非。

秋日病后独游溪上偶忆孙介黄次其见寄二诗韵

其一

古墟霜冷木萧萧，蜃气溪声晚更骄。避世功名秋社过，暮钟风雨故人遥。苍烟远泽生阴火，返照高原见野桥。游事辋川多病阻，满园衰草屐痕消。

其二

短卫西风忆帝阍，旧游空自指遥津。辟窗高卧人犹晋，种豆哀歌声是秦。寒雨入林秋稼毕，孤城经乱戍楼新。思君欲寄闲居赋，青女霜前有雁臣。

孙介黄将谒选北上书以问之

柳阴深照草堂孤，犹自高歌旧酒垆。署字但书前贡士，理生应愧上农夫。几年旅卧惊秋雨，何处排衙对晓乌。秦氏城南休借问，鬑鬑遥认使君须。

寄孙介黄抚宁

其一

举白狂来欲浮天，蒹葭满目方苍然。待诏不及朱儒饱，折腰安得小儿怜。病余渐喜秋有月，客至何妨坐无毡。桥头贳酒与君醉，犹忆卢家十三弦。

其二

卧病怀人桂树残，漂摇空见劝加餐。长安米贵居何易，彭泽秫收醉不难。地接玉门人自壮，风回金埒马能看。倦游我忆归耕好，但著山中桑叶冠。

寄怀孙枚先

兵火相寻事渐非，神州北望驿书稀。友人歉岁独家食，天子深宫尚布衣。入暮暗烟孤角动，远城寒雨数鸿飞。遥知万里同吾感，犹得行吟至夕晖。

数过孙羲侣枚先叔侄

几窗不与主人殊，清夏科头白日孤。先至自呼作黍待，闲时应赌佩囊无。故园风雨分君想，旅舍晨昏借客沽。岂若元龙床下卧，望门怀刺正崎岖。

次新城同孙枚先作

远陌浮新柳，孤城向晚吹。团沙较马健，返照与人宜。水色通荒径，花枝对旅思。一杯寒夜寂，几处梦魂疑。

周其章孙枚先见过

年来为客独何如，犹对微风满架书。感慨自成伏枕后，人情非复阅交初。春归小雨宜呼酒，日落余寒尚卜居。几树柔烟垂漠漠，徘徊相讯旅窗虚。

寄怀孙介黄大司农

积雨炎荒动客魂，故人霄汉傍金门。早登八座文昌贵，并领三司计相尊。短褐应怜同学贱，加餐幸有旧书存。惟余秉烛狂歌意，犹似燕台雪后樽。

快雪行酬介黄

高堂置酒张明灯，朔云惨淡雪复作。古城老鹳啼向人，薄暮白狐行近郭。此时匹马冲黄泥，入门枯树声凄凄。酒浊如泾邀君醉，穷居傍市闻鸣鸡。何况昨冬无片雪，徒见北风怒号吹地裂。今春忽雪当吾筵，熳烂不愁梅树折。半酣流霰沾人衣，嗷嗷鸿雁呼且飞。蛟龙幽蛰出不得，呼嗟天意亦难测。

高珩[①]

和同年孙介黄仕不可为行

仕不可为隐无所，郡邑忧危辇下苦。高飞莫道是冥鸿，弥天何处逃网罟。渔舟往岁送君行，今日我来君笑迎。问我长林之乐何所至，又向金门来避世。我亦大笑复握手，君勿多言饮我酒。荫叶谁防螂在旁，登丘且任柳生肘。片帆

① 辑自《栖云阁诗》。

大海共沉沦，漂泊风中岂我身。昨岁垂亡竟不果，偶得生全复自可。荆棘茫茫闭目行，闲即高眠起复坐。有何不足乃颦眉，逝水流光到眼非。会稽王郎才迈俗，我宗子静清如玉。昨闻子静愍凶王郎死，不意骅骝遽止此。又见蹀躞骢马来，黄金突兀高如台。扁鹊束手空注目，双鬟婀娜何为哉。我辈所得无乃多，暇日相寻且放歌。身健囊空何足愁，与君屈指计交游。

戏介黄

留岁屠苏乐未央，春风铜雀艳歌长。不知同梦残灯夜，余梦能分到故乡。

次介黄韵

病结林峦想益狂，辋川归梦带宵长。但寻欢伯偿名地，不用桑君授禁方。歌后伯鸾愁滞越，病余司马倦游梁。夕阳啼鴂堪回首，昨日阑珊百草芳。

次介黄韵

画壁金钗记月痕，钿车依约望如存。听歌有客双垂袖，背烛无憀独倚门。琐闼嫌灯思紫陌，明妆留伴待黄昏。天街薄醉轻寒失，呼取貂褕傍酒樽。

次韵枚先太宰寄赠

书来香露浣蔷薇，鲍叔知深喜我归。自是休文惊革带，非关宏景厌朝衣。闲思行脚千峰老，病感浮生万事微。君健自当酬圣主，莫将云壑换纶扉。

三君子序

三君子者，益都冯孔博、孙介黄、赵韫退也。始，予乙亥善病，又素有子长之癖，乃过晤韫退于句曲署中，予年逾弱冠，而韫退才垂髫耳，握手欢如也。于时，韫退为予道介黄，而予先是于考卷中知孔博、介黄名已熟，然以予性寡交游，恨未识也。比浃月北归，与韫退扁舟同榻，觞咏共之。阅岁，候试青州，而冠玉少年揭来相顾，则介黄云。入试场，乃与孔博席相临，初不知也，易试卷看姓名，则相揖道幸甚，其握手相欢如，二子无殊，则三君子者皆得友矣。丙子，偕试省下，介黄为予演斗数云云。既而，三人放归，韫退以第一人售去。迨乙卯，而三人乃茅茹数升，予复肩随介黄计偕来京师，徒步相寻，笑语酒肆中，而介黄意锐甚，以必捷南宫为期。予与孔博了无仕宦意，且笑谓时事如此，何用大冠为，吾辈勉上公车，意在遨游，一睹宫阙止耳。是时，韫退以随任楚中，届场期至。予试毕，即归至雄县。闻榜发被放，而介黄、韫退偕捷，意亦稍稍动。越日，而孔博策蹇追及，与予联骑而南。忽以家信至，为其大父病笃，乃分手疾驰去。抵里，予抱病经年，孔博连丁内外艰。予东游一过其家，留城南别墅，信宿而别。孙、赵二君，北上谒选，时一相过。既而孙宦魏博，赵侨寓维扬，久之，官太行。南北驰，相见甚少。癸未，予七月上公车，冯犹在衰绖中。赵以八月入都门，寓青州公馆，与予寓相邻也。放榜后，予幸售，与韫退朝夕聚首。是时，赵欲以差速归，予羡而妒之。十月，乃赍诏南行，予移居青州馆。是时，介黄调孤竹，恒有尺一往来。甲申三月，城陷，七月，予乃抵里。时，赵方在江右，介黄已返驾久矣。乙酉，予有事青州，一晤孔博。次年，同介黄赴阙下。介黄出司李津门，旋入铨部。孔博亦以候选入都，数日归。久之，自南渡江抵都门。丙戌，孔博成进士，未廷对即归。予亦以请告南矣。十月，介黄典秦试，归里北上，过予，为荡舟之游。孔博时徜徉里门，有安石、东山之兴，数作书召予。予素好游，往往轻千里，而冶源三齐圣地，水竹大类江南，好友东道主，而卒未尝往，迄今思之，不解其故也。丁亥，孔博入京，官庶常，而予以十二月入都，寓韫退处，则四子一时咸聚矣。复偕同里诸君子结社，数日一小聚，或间日不面，辄走马相访。四子咸官都下，似可无分手之虞。然昔人云，人非鹿豕，岂能常聚。后此离合，殆不可知，聊识此，以俟后日览之，助其感怀云。

冯溥[①]

读故相国孙文定公《厚德录》有感

圣人无毁誉，廓然示大公。好恶仁天下，胞与祛私衷。细推造物心，来复乃融融。过历羡姬年，麟趾开王风。刑赏本忠厚，湛恩实庞洪。慈母虽云怒，折樊惠在中。如何逮后世，深刻为豪雄。商君禀天资，申韩辨益工。杀身不足惜，所嗟荧主聪。熊皮不上蚁，弱水绝浮蒹。霜重鲜丰草，波澈游鳞穷。为腹不为目，颛愚返愿侗。薄言申此理，天工庶以崇。

夏日同孙枚先高念东李吉津王稺崑赵韫退王子下集先农坛分赋三首

其一

言有招携地，微风古殿疏。长廊人意惬，乔木鸟声徐。散帙花能映，敲枰响彻虚。青峦杯底落，得遣客怀舒。

---

① 辑自《佳山堂诗集》。

其二

只有松涛起，宁知暑气侵。地灵禾自异，人静境逾深。高阁思神贶，薰风忆舜琴。五云双阙迥，归路晚蝉吟。

其三

坛影虚无际，松阴霭碧空。诗清畏大手，病渴得长风。细草分樽绿，明霞入座红。晴沙堤路永，几处马蹄同。

送太宰孙枚先假还

分携遥忆沚亭幽，背郭堂成枕一丘。人是谢公初命屐，月同庾亮旧登楼。花繁曲磴香吹细，树夹崇岩锦色稠。醉后知君频眺望，胜情殊不厌沧洲。

梁清标[①]

春日刘淇瞻司马召饮城南草亭同孙沚亭太宰石仲生冯易斋两少宰陈念荩司马朱又君副宪刘鲁一京兆

其一

漫扫青萝径，频停白玉珂。林花迎剑珮，水鸟奏笙歌。地僻人烟迥，亭虚舞蝶多。主宾情不厌，解带欲婆娑。

其二

谁家好亭子，宛似习家池。游及风暄候，心怜花落时。远峰晴可数，夕照坐频移。此会争能续，停觞步屧迟。

其三

一径逶迤入，林香扑袂来。波光翻藻荇，山翠落樽罍。同是梁园客，谁称河朔才。风尘双眼倦，逸兴为君开。

题孙太宰沚园秋叶图

其一

每有探幽兴，披图见此园。黄花霜后圃，红叶雨中村。水气遥侵郭，岚光晓入门。蒹葭秋色老，采采欲忘言。

其二

太宰园何旷，秋容面面妆。溪深山自静，心远地偏幽。白鸟窥人起，清泉傍坞流。功成身退后，垂钓不惊鸥。

---

① 辑自《蕉林诗集》。

其三

不尽秋山色，结庐孝水濆。棹归孤舫月，亭贮众峰云。远渚悬鱼笱，平桥落雁群。主人高卧处，是否草玄文。

其四

乱石通闲径，萧萧隐蟹庄。才虽关社稷，道自贵沧浪。千树含秋雨，双峰绾夕阳。何时凭杖屦，烟水问茆堂。

送孙沚亭相国予告归益都

其一

世治身堪隐，功成退亦难。何期补衮日，遽作钓璜看。彩服称莱子，苍生望谢安。沚园烟水在，杖屦足盘桓。

其二

久抱文园病，门庭雀可罗。畏知臣节苦，得谤主恩多。古驿迷冰雪，山楼带薜萝。飞矰林下急，赤舄稳岩阿。

送孙沚亭太宰省觐归益都

发发西风赐沐年，锦帆怅别潞河船。共看鉴朗如秋水，独好楼居似列仙。入座趋庭山雨夜，一樽横笛藕花天。莫耽鲈鲙家乡美，听履恩深北斗边。

丁耀亢[①]

夜坐柬孙枚先吏部二首

生事何堪省，闲庭秋鸟过。书佣奇字失，酒客醉言吪。木落闻霜雁，星明出绛河。夜深空远思，海宇尚横戈。

世短身谋急，怀恩重一言。未能酬狗监，何以慰龙门？草木逢秋拙，江河逼岁奔。卑之无可说，游士莫高论。

过太常赵韫退与孙枚先考功冯孔博太史夜集

到即成良会，杯香月落前。不邀忽尔至，欲去并忘言。词赋存兵事，山川记岁年。穷途唯索酒，衰病许谁怜。

---

① 辑自《陆舫诗草》。

胡文学[1]

孙枚先杜纯一冯易斋梁玉立诸老先生招同严灏亭季苍苇钱大士施砚山宴集金鱼池

上公开宴集华裾，四座清光奏乐初。落叶翻林因听鸟，飞花蘸水不惊鱼。红云拨刺斜侵荇，碧缬浮沉半隐蕖。最是伶人能解事，高谈发处即声徐。

刘正宗[2]

冰车行和枚先

重阴未散薄春阳，天汉犹凝素练光。仿佛百丈带江岸，琉璃轻碾双轮翔。袅袅双轮代征马，行人彳亍长堤下。鱼龙寂寞卧寒波，微尘不动供潇洒。亦有画毂长安陌，氍毹坐暖金张客。盘龙翠羽闲明珠，不解冰壶斗颜色。冰壶莹彻鉴须眉，东风渐入柳丝垂。临深有戒况水湄，大道如发相追随。

龚鼎孳

题孙沚亭太宰山雨楼图和陶公韵五首[3]有序

昔人比陶靖节于诸葛忠武，非独观其大节，正以淡泊宁静与畏荣好古仿佛，襟情之同耳。沚亭先生与余门巷相连，退食之暇，双扉昼掩，万籁寂然，乃不知此中有人，即无论树篱插棘矣。故人谓其门如水，愚谓先生之门如山也。然则和陶公咏以况先生之山雨楼，庶不失卧龙开济之梗概乎？

其一

高云无定栖，乘风还故山。去来虽有时，乐哉望岫年。装驾指遥林，理楫泛素渊。开我池上楼，载耕陇畔田。海雨何苍苍，飞鸣来山间。石萝翳白昼，幽泉吐檐前。参差梧柳阴，延缘葭苇烟。远虹明绝涧，驯禽响层巅。余事及丘壑，抱瓮了不闲。空堂松风生，抚枕殊萧然。

---

① 辑自《四库未收书辑刊》集部第9辑第16册影印清康熙十二年李文胤刻本《适可轩诗集》卷一。

② 辑自《逋斋诗》卷二。

③ 辑自《续修四库全书》影印《定山堂诗集》。《颜山杂记》卷四选第一首。

其二

高人经世心，脱略谢尘鞅。方与家国事，恒接川岩想。车门行迹绝，琴樽谐独往。逢人问故国，薜荔一以长。老屋乱山中，丹雘不加广。铜池与金谷，无乃辱林莽。

其三

急流退良难，赐沐恩亦稀。从兰荣中园，欣此远行归。招邀海上山，预整霞外衣。功成耦松乔，讵与前期违。

其四

兰陔春日长，开筵聚邻曲。巾车一周览，强食万事足。深竹延筇杖，疏花散棋局。令子美含豪，清欢淹秉烛。山雨致自佳，时复爱晴旭。

其五

落叶东都门，凉风生广陌。回望尘中子，罄折奚所适。归鸟恋旧柯，惜阴数晨夕。垂纶狎鸥戏，放歌驻驹隙。努力事丹嶂，弹指复行役。品藻托中林，一课烟霞绩。古之抱膝人，出处皆有益。

王崇简①

送孙枚先奉常祭告禹陵南海

绛节仙槎霄汉来，北游万里亦雄哉。肇禋特命祠官长，揽胜原推大雅才。驾鹤真人何处去，秘图千载待谁开？知君乘兴多吟咏，日月光华瞩上台。

送孙枚先假归山东

丁年辞禄少司农，四海人文仰岱宗。功业古来推稷契，林泉今日见夔龙。春归烟障横天雁，驿路花飞落日钟。惆怅久怀蓬岛去，他时杖笠或相逢。

送孙沚亭冢宰归省

高堂眉寿羡君归，雅志思莼愿不违。秋静烟光迷去旆，天清岳影挂斜晖。篱边丛菊和云种，月下空林放鹤飞。自是中朝属望切，承欢岂得恋莱衣。

① 辑自《清代诗文集汇编》第17册影印《青箱堂诗集》。

孙廷铎[①]

次家兄沚亭柿岩寄韵

其一

初秋山气泄晴烟，策杖微吟听细泉。即境幽寻成外史，随缘解脱得中禅。高岩数变风云内，归鸟群飞落照前。到处登临皆未足，始知此地可忘年。

其二

岩壑深深雨易来，轻云倏过南山开。闲穿曲径看红树，静倚石栏惹绿苔。散发临风时命酒，披襟玩月独登台。我今绝迹皈禅悦，一读清吟欲往回。

其三

披衣闲步竹西亭，柿叶垂杨一色青。雨过荷须时落落，风来谷口自泠泠。琴樽随地堪为座，绝壁开帘似倚屏。更有清音消白昼，流泉瀑布正堪听。

次家兄沚亭柿岩山中捕鹿韵

野人轻驰逐，况乃见麋鹿。欢呼走村童，翻然招我仆。相从上高原，侧身入丛木。嵚岩时见人，悁悁慰幽独。罽萝施中林，号叫动山谷。机事贵无声，用意如设伏。儦俟失其群，相将牴藩触。观者拍手欢，我闻生颦蹙。此类亦何求，无端就羁束。野老矜所获，色笑到茅屋。邻叟亦赴集，盛夸此役速。壶觞聊解颜，庖中已荐肉。虽无兼味美，只此足果腹。樵渔各有适，对之感造物。

丙午寒食前一日沚亭兄自都门以和孚陆云年兄诗见寄时余大病新起口占和韵

其一

回首长安道，半生几度过。地偏征雁少，天际古人多。新月谁为侣，春溪静不波。云霄来尺素，伏枕一悲歌。

其二

几年居士意，忽以宦为归。薄劣难高卧，途穷思奋飞。谁怜花覆砌，又见柳依扉。独坐听春鸟，萧然泪湿衣。

仲秋六日接家函知相国于闰二月二日让余东溪草堂

闻道妻孥已结庐，百年将半意何如。自投绝徼无征雁，敢谓云霄有寄书。慰藉一函先世泪，平分五亩后人居。遥知少长同吾感，两地勤修庶不虚。

---

① 辑自孙廷铎著《说研堂集》，1932年济南经纶印刷局铅印颜山孙氏家藏本。

次家相国戊申送余赴任阳江韵

悔别青山作宦游，饱经瘴疠忽三秋。共推家世应黄阁，独守江干已白头。风雨每深箕毕泪，艰难时动鹡鸰忧。许身何敢忘慈诲，海上惟衣百结裘。

王士禛[①]

同东痴过善庆庵小憩沚亭感怀孙文定公

故相禅楼一壑存，溪声山色共朝昏。林花自落经行地，岸石曾传敷坐痕。想见角巾辞政府，长留玉带镇山门。独怜前辈风流尽，愁听疏钟与夜猿。

同子底读孙道相先生南征纪略

南方草木还堪状，东国司徒旧擅名。五尺险从天上落，千岩秀向笔端生。荔枝树暗蛮江远，橘柚花垂越鸟鸣。写尽山川与香草，郦亭风味至今清。

① 辑自《王士禛全集》。

附录四

孙廷铨先生年谱简编

榆盦李新庆制

说明：孙廷铨的事迹，主要依据哈佛藏本《沚亭文集》刊印的冯溥撰《孙文定公墓志铭》、徐元文撰《孙文定公行状》、王士禛撰《孙文定公传》，并参考《汉名臣传》《清史稿》之孙廷铨传。当时的史实，参考《清实录》、《清代档案史料丛编》、康熙《颜神镇志》、乾隆《博山县志》等予以采入。关于其家世，现存最早的文献是《山东乙卯乡试录（崇祯十二年）》（明刊本），此是其参加乡试的个人履历，记录其家世情况真实，可作为定论，以勘正后人的记录。民国《颜山孙氏家乘》中述及者，也酌情作为参考资料。孙廷铨的交游，以其诗文及时人著作中有纪年可考者，逐一为之梳理采录。为行文简洁，凡引上述资料者不再一一注明。

明万历四十一年（1613）癸丑　一岁

三月十二日寅时，先生出生于青州府益都县颜神镇（今山东省淄博市博山区）大街故居。

孙氏祖籍直隶真定府冀州人[①]（直隶真定府枣强县），始祖孙克让于洪武三年迁山东青州府益都县附郭东南隅，后迁颜神镇。以垛籍[②]领内官监，青帘世业，益都匠籍。

曾祖父延寿（1548—1625），字子容，号柳溪公，乡里称长者；曾祖母姚氏。

伯祖霁，字显东，号曙阳。岁贡生，任湘潭县丞、高山卫经历。从学于李惟青，与青州状元赵秉忠友善。卒年八十余。子四：佐昌、景昌、宗昌、翊昌、鼎昌。

从叔父景昌（1598—1648），字仰之，号羲侣。孙霁子。崇祯庚辰进士。任清苑知县、南昌知县。

从叔父鼎昌，字新之，号象九。德重胶庠，三举行优，谦谦儒素，先生尝迎入京师，纵观帝里风物。卒年九十有六。

祖父震（1577—1642），字鸣东，号晸阳。任濮州训导、潍县教谕，赠尚

① 《明崇祯十三年题名碑（庚辰科）》，中州古籍出版社 1989 年《北京图书馆藏中国历代石刻拓本汇编》第 60 册收录。

② 垛籍，明初的一种户籍制度，是指将同姓但不同祖、不同宗或不同姓的数人组成一户，共同承担衙门派遣的兵役、劳务等。

书晟阳公。祖母赵氏。

父元昌（1593—1665），字培之，号大山，庠生。母张氏（1593—1679）。子四：廷铨、廷钟、廷锡、廷鉴。

先生名廷铨[1]，字道平，一字枚先，号淡海。成进士后，为避明藩王[2]讳，改名廷铨，字介黄。顺治十一年三月，复原名廷铨，字伯度、道相、次道，号沚亭、灌长氏。原配翟氏，早卒无出；再配宋氏，子二人，长宝仍，次宝侗。孙七人、孙女五人，曾孙六人[3]。

先生藏书楼名山雨楼，书斋名金豆山房、甄雅堂。自用印有孙廷铨印、孙廷铨印、孙廷铨、廷、铨、大司农章、沚亭、山雨楼、乐戒堂、北海孙廷铨沚亭书画、山雨楼图书记等。

是年：

顾炎武（1613—1682）生。炎武，字宁人，号亭林。昆山人。与先生次子孙宝侗友善，有诗唱和，尝至颜神镇。

冯溥（1609—1691）四岁。溥，字孔博。益都（今山东省青州市临朐县）人。顺治四年进士。先生挚友。

高珩（1612—1697）两岁。珩，字葱佩。淄川人，崇祯十六年进士。先生挚友。

查继佐（1601—1676）十二岁。继佐，字伊璜，一字敬修，号兴斋，又号东山，海宁人。与先生同时参加崇祯庚辰科考，为座师徐汧所激赏。

丁耀亢（1599—1669）十四岁。耀亢，号野鹤，诸城人。先生挚友，多有唱和。

任濬（1595—1656）十八岁。濬，字文水，益都（今山东省淄博市博山区）人，崇祯四年进士。与先生友善。

---

① 关于孙廷铨名字的变更，《崇祯十三年进士题名碑》（北京图书馆藏拓本）作“孙廷铨”；《陆舫诗草序》中自署“笼水社弟孙廷铨介黄题”，钤“孙廷铨印”；顺治十一年二月上疏请更名“奏报。先祖父原命臣名曰廷铨。迨成进士后，避明朝藩王讳，改名廷铨，请改复原名廷铨”（内阁大库档案085768-001）；《清实录·世祖实录》卷八十三载：“（三月）戊午。允告假户部左侍郎孙廷铨请改名廷铨”。《汉名臣传》作“廷铉”，《清史稿》因之，俱误。台湾商务印书馆1979年《清史稿校注》改正。

② 按，此明藩王当系蜀恭王朱奉铨。

③ 孙廷铨之孙辈，冯溥《孙文定公墓志铭》作“孙五人，孙女三人（哈佛本作孙女二人；孙心如过录本作孙女三人）”；徐元文《孙文定公行状》作“孙五人，孙女三人”；王士禛《孙文定公传》作“孙七人，曾孙六人”。

孙之獬（1591—1647）二十二岁。之獬，字龙拂。淄川人。天启二年进士。先生与其子孙禹年交好，每回乡辄至禹年柿岩别业。

王铎（1592—1652）二十一岁。铎，字觉斯，号嵩樵，孟津人。天启二年进士。与先生友善，有唱和。

明万历四十二年（1614）甲寅　两岁

七月，曾祖母姚氏卒，年七十一。

是年：

宋琬（1614—1674）生。琬，字玉叔，号荔裳，莱阳人，顺治四年进士。先生挚友。

明万历四十三年（1615）乙卯　三岁

山东大饥，颜神镇民剥树皮为食。

明万历四十四年（1616）丙辰　四岁

是年：

龚鼎孳（1616—1673）生。鼎孳，字孝升，号芝麓，谥端毅。合肥人。崇祯七年进士，有《定山堂集》等。

明万历四十五年（1617）丁巳　五岁

明万历四十六年（1618）戊午　六岁

是年，先生就塾师于颜神镇孝感里舍。

是年，赵班玺（1618—1687）生。班玺，字受介。颜神镇人，顺治三年进士。

明万历四十七年（1619）己未　七岁

明万历四十八年（1620）庚申　八岁

是年，先生随太夫人诣外氏张尚书家，太夫人语之曰："吾家隐约，何时而大耶？"先生曰："儿在，母何忧！"闻者异之。

是年，赵进美（1620—1692）生。进美，字韫退。赵振业（天启乙丑科进士）子，颜神镇人，崇祯十三年进士。先生挚友。

明天启元年（1621）辛酉　九岁

明天启二年（1622）壬戌　十岁

是年，先生堂弟廷铎生。廷铎（1622—1699），字道宣，号烟萝居士、梦果道人。王士禛称其"肆力于诗，五言尤为擅长，闭关诸作，非彭泽、右丞不足拟也"。有《说砚堂集》今存。

明天启三年（1623）癸亥　十一岁

明天启四年（1624）甲子　十二岁

明天启五年（1625）乙丑　十三岁

十一月二十七日，曾祖柳溪公延寿卒，年七十八。

是年，先生捉笔为文，其父阅而赏之。

明天启六年（1626）丙寅　十四岁

春，从叔父孙宗昌撰文述孙氏人丁之单弱，“言德而父祖之难凭，则栽培倾覆之故，身操之矣”，鼓励后代积善由己。见《孙氏族谱》。

明天启七年（1627）丁卯　十五岁

孝妇河大涨，范河尤急，颜神镇税务司街居民漂没无算。

明崇祯元年（1628）戊辰　十六岁

明崇祯二年（1629）己巳　十七岁

明崇祯三年（1630）庚午　十八岁

四月，孝妇河黄流五十里。

是年，先生应试，补博士弟子。

明崇祯四年（1631）辛未　十九岁

明崇祯五年（1632）壬申　二十岁

明崇祯六年（1633）癸酉　二十一岁

是年，从叔父孙景昌举于乡。

明崇祯七年（1634）甲戌　二十二岁

五月，乡贤王弘化卒，年六十六。毕自严为撰墓志铭，赵振业篆盖，任濬书。

是年，翟凤翀（1577—1634）卒，年五十六。凤翀，字凌元，益都（今山东省淄博市淄川区西河）人。万历三十二年进士。先生《颜山杂记》中有其小传。

是年，先生随祖父得见乡贤赵振业。

是年，王士禛（1634—1711）生。士禛，字贻上，号阮亭、渔洋山人，新城（今山东省淄博市桓台县）人。

明崇祯八年（1635）乙亥　二十三岁

秋，丁耀亢游泰山，宿颜神镇先生家，有《颜神镇宿孙六符孙介黄家》诗。

明崇祯九年（1636）丙子　二十四岁

秋，与赵进美、冯溥、高珩赴省城参加乡试。初识高珩，闲暇日辄为珩推演斗数。是科唯赵进美中举。

十一月二十五日，长子宝仍生。宝仍（1636—1707），字孝堪，一字孟滋，号恕斋，以恩荫授光禄寺典籍，迁本寺掌醢署署正。娶新城王氏女（王士禛从妹）。宝仍“沉默自处”，“笃于自守”，“不设城府”（赵执信撰《恕斋孙府君墓志》），有《时绎堂集》，不传。

明崇祯十年（1637）丁丑　二十五岁

明崇祯十一年（1638）戊寅　二十六岁

是年，先生到青州府。时录科青州旧例，学使将案临府县，先试之而上其名。知府钱君良翰，绍兴人，进士。阅卷后，拔先生第一，冯溥次之，高珩第三。且云："三人者，必以是科中，否则不复相天下士矣。"①

是年，次子宝侗生。宝侗（1638—1677），字仲愚，早有文名，多代乃父撰诗文以赠答时人，以官荫六品京官。有《惇裕堂集》今存。

是年，清兵破兖州，又破济南，掳明藩王去，青州戒严。

是年，颜神镇有兵警，无害。

明崇祯十二年（1639）己卯　二十七岁

是年，先生以"青州府学廪生益都县匠籍行一治诗经"，参加山东乙卯乡试（《乡试录》中名"廷铨"），与冯溥同在《诗》五房，得七十二名。房师为聊城县知县王显（1590—1676）。显，字纯伯，号百拙子，直隶曲周人，崇祯丁丑进士，入清任河南道监察御史。是科，冯溥得五十六名，高珩得六十七名。

是年，乡试后，与冯溥、高珩游京师，先生"意甚锐，以必捷南宫为期"。高珩《三君子序》记其事甚详。

明崇祯十三年（1640）庚辰　二十八岁

春，先生参加会试，以三甲一百五十名成进士。《诗》二房房考官徐汧。汧（1597—1645），字九一，号勿斋，长洲人。按，先生成进士后更名，《崇祯十三年进士题名碑》中题名为"廷铨"。是科，赵进美以三甲二百三十二名成进士，授行人，奉使江西。

秋，先生游诸城，与丁耀亢流连弥日，诗酒唱和②。

是年，先生任魏县令③。

明崇祯十四年（1641）辛巳　二十九岁

正月，新泰县农民起义，颜神镇通判李茂实往捕，身死。见先生《颜山杂记》。

是年，颜神镇岁大饥，人相食。龙泉、范泉尽干涸，孝妇河十里下亦绝流。

明崇祯十五年（1642）壬午　三十岁

正月，先生在颜神镇，赵进美亦"持使节过里"，有《人日饮孙介黄敌楼》诗。

四月二十八日，祖父孙震卒于潍县寓所，年六十六。

是年，先生"量移过里"，适逢兵警，与赵振业及乡人守颜神石城，数月而罢。又，避兵马鞍山（在今山东省淄博市淄川区），"旬有三日而还"，见《南征纪略》。

---

① 《文渊阁四库全书》第1320册影印毛奇龄《西河集·冯溥年谱》。

② 1997年齐鲁书社《四库全书存目丛书》集部第235册影印清初刻丁野鹤八种本《陆舫诗草》孙廷铨序。

③ 按，孙廷铨任魏县令，志书中无具体年月，以其秋游诸城后返里，则任职或在本年底，或在次年初。

是年，先生调任抚宁县知县[①]。赵进美《送孙介黄赴抚宁》诗有“骊城春尽见鸿飞”，盖夏秋之交。

是年，叔父孙景昌授清苑知县。

是年，堂弟廷铎举于乡。

是年，清兵攻陷青州。

明崇祯十六年（1643）癸未　三十一岁

十月，先生调任永平府监纪推官[②]。时高珩在京师，与之有书信往来。见高珩《三君子序》。

明崇祯十七年（清顺治元年，1644）甲申　三十二岁

三月初八，颜神镇大风昼晦，人不相见。

三月十九日，崇祯皇帝自缢于煤山。

四月，任浚自闯王部逸归乡里，时先生以世乱避归乡居，从乡父老往问官守。

五月，李自成权将军郭升自南到颜神镇，一宿而去。

六月四日，清廷派明降臣王鳌永（淄川人）以户、工二部侍郎名义招抚山东、河南[③]。

七月，王鳌永上《启为遵旨举报地方人才以资征擢本》，举荐孙之獬、高珩、仇维桢、李化熙等。时，任濬出任清朝户部右侍郎。高珩自京城返回淄川。赵进美在江右。

九月，李自成部将赵应元占领青州，杀王鳌永。

十月，顺治自盛京进北京，即皇帝位。

清顺治二年（1645）乙酉　三十三岁

春，先生授河间府推官，分掌天津刑狱[④]。三月后，以陕西巡抚雷兴（顺治

---

① 按，孙廷铨任抚宁知县，志书无具体年月，王士禛《孙廷铨传》云“一年调抚宁”。前任霍藻是其同科进士，首任即抚宁知县，旋调任。查次年（1642），尚有返里守城、避兵马鞍山事，则其任职或在是年。

② 按，孙廷铨任是职，志书无具体年月。冯溥、徐元文、王士禛皆云“监纪推官”，《汉名臣传》《清史稿》作“永平推官”。查《永平府志》，既无孙廷铨任推官的记载，也无“监纪推官”之职。高珩《三君子序》记是年十月“介黄调孤竹”，因系孙廷铨此月（或在之前）任永平推官。

③ 1985年中华书局影印《清实录·圣祖实录》卷五。

④ 此处依照《清代人物传稿》（中华书局1988年版）。按，孙廷铨任河间府推官，《河间府志》中无记载。乾隆《天津县志》卷十四载：“按《天津卫志》尚有添设兵饷推官金铉、李化熙、章谟、牛裕范、孙铨五员。”孙铨，夹注作“山东人，进士。”此“孙铨”未知是孙廷铨否。

元年十月巡抚天津，顺治二年四月移巡抚陕西）推荐，擢为吏部稽勋司主事，历验封司、文选司主事。

六月，任濬乞假省亲。

闰六月十二日，先生座师徐汧在苏州虎丘后溪新塘桥投水殉国。

六月十五日，清廷下剃发令“遵依者，为我国之民；迟疑者，同逆命之寇，必置重罪”。

六月二十四日，礼部左侍郎孙之獬上疏请禁私交。

八月，先生撰《张绪伦墓志铭》，衔署“吏部稽勋清吏司主事”。按，张绪伦，字彝叔，安丘人。崇祯四年进士。

是年，叔父孙景昌赴部，旋授南昌县令。

清顺治三年（1646）丙戌　三十四岁

三月十五日，清廷首次殿试。

六月，先生充丙戌科陕西乡试考官（同任考官者尚有中书科中书舍人李实秀），时任吏部主事。是科，先生得刘紘卷而快，遂冠多士。刘紘为解元，慕天颜中举。按，紘，陕西洛川人；慕天颜（1623—1696），字鹤鸣，甘肃静宁人。

九月二日，先生游秦，有《西岳题名》。

秋，先生有《秋登华岳绝顶》诗。

十月，先生归里北上，与高珩有荡舟之游。

是年，先生转考功司，升郎中。

是年，先生劝薛尔昌（明大学士薛国观仲子）出仕，尔昌以疏散不堪任职婉辞[①]。

是年，孙廷铎长子宝仁（1646—1734）生。宝仁，字伯纯，肆力于古文辞，诗书画俱臻妙境，当时刊金石者，皆以其文其书为重。先生与赵进美、冯溥等皆推重之，王士禛称其“青州名士”。

清顺治四年（1647）丁亥　三十五岁

三月，殿试各省贡士，冯溥以二甲第十一名中，赐进士及第。

六月十三日，高苑人谢迁攻克淄川城，高珩缒城而出，孙之獬被诛杀[②]。顾

---

① 《陕西通志》（《文渊阁四库全书》本）卷六十二。

② 《明清史料》丙编第七本《山东巡抚张儒秀揭帖顺治四年九月二十七日到，本揭对同》：“淄城于本年（指顺治四年）陆月拾叁日夜，被内贼丁可泽等接应，大逆谢迁等陷城。将工科给事中孙珀龄父、原任招抚江西兵部尚书革职孙之獬绑缚逼拷。獬抗言骂贼，不饮食者数日。至贰拾贰日，贼又惨刑毒害，獬复大骂，触贼之怒，缝口支解而死。同时，又杀其孙男肆人：官贡生孙兰兹，生员孙兰藁、孙兰薮、孙兰蔼；又杀曾孙贰人：孙大曾、孙二曾；儿妇一口；孙女二口。”

炎武作《淄川行》以记之。

夏，先生与王铎、宋琬、赵进美、吴雯等游崇教寺[①]。赵进美有《夏日同介黄玉叔陪王觉斯先生游崇教寺》诗二首。

十二月，高珩到京师，与先生、冯溥、赵进美并同里同志相聚终日，为诗酒之会。高珩撰《三君子序》，详细记述与孙廷铨、冯溥、赵进美三人之友情。

清顺治五年（1648）戊子　三十六岁

十一月十七日，叔父孙景昌卒，年五十一。

是年，颜神镇名医翟良（1588—1671）以声誉诏诣京师，赐燕内廷，授官不受，旋返里。良，字玉华，益都（今山东省淄博市淄川区西河）人。

是年，孝妇河水大涨。

清顺治六年（1649）己丑　三十七岁

是年，陕西丙戌科乡试解元刘紘成进士。

清顺治七年（1650）庚寅　三十八岁

是年，先生升礼部太常寺任少卿，主持四译馆，掌翻译事。

清顺治八年（1651）辛卯　三十九岁

正月十二日，顺治皇帝福临亲政，时年十三。

四月二十二日，先生奉旨往祭告禹陵、南海。逐日记行程，辑为《南征纪略》。途中，在杭州西湖敬修堂见查伊璜，自称"同年弟"，并云"此勿斋（徐汧）先师之意"。按，崇祯庚辰科，徐汧为考官，曾语："本房多佳卷，惜查伊璜见遗耳。诸君既遇，视查如同门，固我愿也。"[②]

南行途中，先生加任兵部武库司任太仆寺卿，旋转通政使司任左通政。

是年，先生撰《定阳李公书院记》[③]，款署"孙廷铨"。

清顺治九年（1652）壬辰　四十岁

正月，林嗣环为《南征纪略》作序。

九月，吴陵进士宫玄紫将自京城归乡，先生有《宫紫玄索赠》诗二首。丁野鹤亦有诗挽留。

十一月二十六日，刑科给事中赵进美奏请表彰顺治元年、二年间抗清就义之明臣，"虽抗顺之罪无辞斧钺，而授命之义不忝昔贤"。

清顺治十年（1653）癸巳　四十一岁

元旦，顺治皇帝赐宴朝堂，询问先生姓名、里居甚悉。

---

① 1985年上海古籍出版社点校本《藤阴杂记》卷八。

② 清沈起撰《查继佐年谱》（中华书局2006年版）"崇祯十三年"。

③ 光绪《常山县志》卷六十七。

二月，先生擢户部左侍郎。以洪承畴荐入对。后以附和陈名夏事，部议革职，从宽罚俸。“寻坐事，罚俸，论告归。”

春，任濬归家乡山中别墅鲁洞，丁野鹤有诗赠之：“北堂椒叶春相待，鲁洞桃花晚莫留。”

六月，清廷予明末殉难诸臣以谥号。

是年，先生为丁耀亢《陆舫诗草》撰序文。

清顺治十一年（1654）甲午　四十二岁

正月十九日，先生《惊闻母病日深比例乞恩归省》揭送呈吏部。

二月，先生撰《重建惠泉山龙母庙祠碑记》[①]，款署“孙廷铨”。

二月二十七日，先生上疏请改名“孙廷铨”。二十八日，谕准改名[②]。

三月，先生以户部左侍郎衔乞假省亲，有《还山吟》诗记之。孙宝侗有《甲午春三月，大人以少司农予告归省，卧病不乐，作诗献焉》诗。先生返里后，常居柿岩山中，悠游山水，与任濬等乡贤有林泉之游。有《柿岩避暑初到》《柿岩山中捕鹿》等诗。

八月十九日，先生招孙廷铎往柿岩，廷铎有《闭关久仲秋十九日承家兄沚亭招至柿岩山中》诗。

八月二十一日，孝妇河水泛黄，先生实地考察。

清顺治十二年（1655）乙未　四十三岁

四月，先生假满赴京师。

五月，先生补兵部左侍郎，管右侍郎事。

八月，先生转吏部左侍郎。

十月二十三日，先生以“特旨简任兵部尚书”。

是年，陕西丙戌科乡试举人慕天颜成进士。

清顺治十三年（1656）丙申　四十四岁

正月初二，任濬卒，年六十一。之后，先生为撰墓志并铭。

正月至四月，先生以兵部尚书职，因郑成功事，先后上数十疏[③]。

二月二十七日，顺治帝围猎南苑，诏内院大学士、部院尚书以下，四品以上各官从官。

四月二十一日，先生由兵部尚书调任户部尚书。

四月二十四日，梁清标由吏部左侍郎升任兵部尚书。

---

① 民国《大庾县志》卷十。

② 内阁大库档案（085768—001）、《清实录》卷八十三。

③ 1987年福建人民出版社《郑成功满文档案史料选译》。

夏至，皇帝在南苑，诸大臣在左安门外马家村海会寺斋宿，先生有诗记之。

闰五月九日，先生上《题明藩房地已行变价招佃粮租兼收事本》[①]

闰五月十日，先生上《题销算甘肃驿站银两事奉》[②]。

闰五月十七日，先生上《题参侵欠鼓铸钱本事本》[③]。

闰五月二十一日，先生上《严查各省明藩产业以养各省之兵事本》[④]。

七月，龚鼎孳谪广东。

十月，施闰章（1619—1683）官山东学政，见孙宝侗试卷，深加叹赏，曰：“余也衰老，子其勉诸。”

是年，颜神镇有蝗灾，大饥，饿尸枕藉。

清顺治十四年（1657）丁酉　四十五岁

正月十五日，皇帝下诏禁止投拜门生，以“永绝朋党之根”。

二月，先生为名医翟良《脉诀类编说统》撰写序文。

五月三日，先生以顺治元年以来各省荒地报垦无几，请命各省抚按自顺治十四年起，“一力清厘”，“履亩均丈”（《请查垦荒疏》）。下户部议。

八月，王士禛集诸名士于济南大明湖，举秋柳社，孙宝侗参加[⑤]。

十月，顺天科场案发。

十一月，江南科场案发。

是年，朝廷恩加一级，授先生光禄大夫、赐玉带，进阶光禄大夫，予四代诰命。

是年，先生与乡侍御赵班玺谋募修顺德祠，得山东巡抚耿焞之助，至康熙三年竣工，先生撰《修灵泉庙碑记》。

清顺治十五年（1658）戊戌　四十六岁

三月，先生充殿试读卷官。

六月，先生由户部尚书调吏部尚书，加太子太保。上《让太子太保疏》。

十月，先生充武殿试读卷官。

十二月四日，先生与刑部尚书白胤谦、侍郎杜立德就“江南科场案”上《至德祥刑颂》。

十二月七日，先生受命参与校订《大清律》。

---

① 1979年中华书局《清代档案史料丛编》第四辑。

② 1981年中华书局《清代档案史料丛编》第七辑。

③ 1981年中华书局《清代档案史料丛编》第七辑。

④ 1981年中华书局《清代档案史料丛编》第四辑。

⑤《续修四库全书》第554册影印《渔洋山人自撰年谱注补》。

清顺治十六年（1659）己亥　四十七岁

三月，先生加少保兼太子太保。

五月三日，先生以“铨政窦弊”，被削去少保兼太子太保，罚俸九个月。

七月，郑成功进兵江南，清兵屡败，顺治帝欲亲征。先生会九卿上《谏罢南巡九卿衙门公疏》。

九月，先生充殿试读卷官。

十月，先生上《请复升补学道疏》，得旨“事属可行”[①]。

十一月，先生以事降三级。

是年，先生以目眚暂假[②]。

清顺治十七年（1660）庚子　四十八岁

正月二十五日，清廷严申结社定盟之禁。

二月三日，命甄别在京官员。大学士、尚书自陈，三品以上开列职名由皇帝甄别，四品以下由吏部甄别具奏。

二月七日，先生遵谕自陈乞罢。顺治帝命与大学士成克巩、刘正宗、胡世安、卫周祚等俱留任；兵部尚书梁清标从宽命照旧供职。

三月，先生请陆薪作《沚园秋望图》，自书《沚园图自序》，胡世安、刘正宗、梁清标为之题跋。

三月，施闰章自山东返里，集山左数年诗文刻为《观海集》，寓书孙宝侗，并作《北海有一士为孙子仲孺作》诗[③]，注“宝侗，沚亭相国子”。宝侗有《答愚山夫子书》称《观海集》“牢笼百代，鼓铸群英”，见《惇裕堂文集》。

春，先生到隆安寺访山晓上人（本晳禅师），有诗记之。

四月，先生上《条议委署官员疏》，得旨“著即照议行”。

四月，先生奏言：乞与部尚书科尔昆等一例处分。得旨“安心供职，不必合词求处。”

五月二十四日，先生与侍郎石申、冯溥等就“韦述贤揭控胞兄韦成贤”事，上《请正人心公疏》。下所司严议。

六月十三日，顺治帝南郊祈雨。陪祀南郊，充分献官，得展事五岳坛。

---

① 《汉名臣传》卷二。

② 《文渊阁四库全书》第 1320 册影印毛奇龄《西河集·冯溥年谱》。

③ 《施愚山先生学馀诗集》卷六,《清代诗文集汇编》第 67 册影印。诗云:“北海有一士，高步览八区。簪缨推世胄，章句薄腐儒。嗜古赏自延，探奇目无虚。藩溷尽笔札，坐卧皆诗书。非徒富述作，实耻经术疏。趋庭过蓟北，结友连东吴。平生非任侠，意气雄千夫。男儿贵不朽，浮名何足图。盛年振高辔，策骥骋修途。”

七月七夕，高珩撰《恭祝诰封一品太夫人李老伯母九秩序》，为李化熙之母宋老夫人祝九十寿。先生与赵进美等40余人共献寿幛，先生以“吏部尚书年家眷晚生孙廷铨”署名。[①]

是年，上《请宽有司考成疏》。顺治皇帝命兵部议屯政，而询廷铨“积资累荐，弃以一眚”语，何所指。

是年，先生以“吏部尚书今降二级吏部尚书今降二级”衔上《敬抒管见四条》。

清顺治十八年（1661）辛丑　四十九岁

正月七日，顺治皇帝病逝，年二十四岁，在位十八年。

二月，先生率九卿上《请举大礼疏》，议顺治帝谥号，曰“大行皇帝龙兴中土，混一六合，功业同于开创。宜谥为高皇帝”，众皆和之，而辅臣鳌拜持异议。

三月，顺治帝谥为“体天隆运英睿钦文大德弘功至仁纯孝章皇帝”，庙号“世祖”。

春，庄廷鑨私著“明史”案发。

六月，先生得观集王圣教序，撰《旧本圣教序题辞》。

夏，从叔父孙鼎昌自京师还乡，先生有《送季父象九公还里门》诗记之。

七月四日，先生上疏乞假省亲，允之，内国史院大学士卫周祚暂署吏部尚书事。有《予告留别诸公诗六首》。制《北曲•仙侣•点绛唇•归田》。途经沧州，有《后挽船行》诗。

初秋，顾炎武至北京，结识孙宝侗，深秋到永平府卢龙，宝侗有《都门送宁人先生还永平》。顾炎武有《永平》诗，以为唱和。

清康熙元年（1662）壬寅　五十岁

三月，孙宝侗在京师宣曲坊宅，户部郎中刘綋为其母乞墓志文，宝侗撰《刘母雷宜人墓志铭》。

春，先生在家乡颜神镇。有《春日家山登望文昌阁》诗。时赵进美自岭南归，在颜神镇一宿而别，有《赵韫退大参自岭南入觐道过里门一宿而别送之》。

五月八日，先生省亲假满，命即入部办事，署理部务。卫周祚仍回内院。

八月，孙宝仁冠童子军。其父廷铎有《中秋前二日在于定国故里闻长子宝仁冠童子军赋诗五章命之宝仁年十七矣》[②]。

九月，先生以工楷书《皇清光禄大夫都察院协理院事右副都御史精奇尼哈番盛环吴公墓志铭》，成克巩撰文，蔡士英篆盖。

十月二十一日，赵执信（1662—1744）生。执信，字伸符，号秋谷，晚号

① 参见《於陵李氏家谱·志状》（民国刻本）。

② 《说研堂集·绪园诗集》。

饴山老人，益都人。先生以长子宝仍之次女妻之。

清康熙二年（1663）癸卯　五十一岁

二月，先生于会议时，与杜立德各执己见，遭都察院弹劾“争斗不合”，诏“念系因公事争辩，俱从宽免罚免”。

三月，孙宝仍、宝侗兄弟倡议修孙氏祖茔，孙廷铎有诗记之。

四月，广东道御史李秀疏参吏部尚书孙廷铨、左侍郎冯溥，溺职徇私。旋辩释。

五月，先生升任秘书院大学士。疏辞，慰留之。

六月七日，先生自孝陵还，往苏州途中，与李霨（坦园）、王清（冰壶）游桃花山。有《偶至桃花山寺记》，并诗二首记之。

七月，冯溥乞假还乡，先生有《送冯易斋少宰暂假还青州》诗记之。

是年，颜神镇多震雷。

是年，先生召山西人到颜神镇炼铁[①]。白寿彝《中国通史》（卷十）称“这是迄今所知坩埚炼铁最早的文献记载”。

是年，先生见吏部稽勋员外郎王士禄（字子底，号西樵，新城人。王士禛之兄）主河南乡试所录《豫文洁》，为之叹绝，以为场屋之文所未有也。[②]

清康熙三年（1664）甲辰　五十二岁

春，先生陪祀东郊。

四月，颜神镇大霜杀麦。

夏秋间，孙宝侗“趋庭燕邸”，在京师侍先生。（孙宝侗《顾湘佩诗序》）

十一月，先生以疾乞假归里。返里后，倡议修颜神镇文庙。青州通判叶先登撰《重修文庙并募建敬乐书院记》。

十一月十七日，先生以病免大学士[③]。

十二月，时青州海防道佥事周亮工撰《重修颜文姜灵泉庙碑记》。

---

① 咸丰《青州府志》：“康熙二年，孙廷铨召山西人至此，得熔铁之法。凿取石，其精良为矔石、次为硬石，击而碎之，和以煤，盛以筒，置方炉中，周以礁火。初犹未为铁也，复碎之，易其筒与炉，加大火，每石得铁二斗，为生铁。复取其恶者，置圆炉中，木火攻其下，一人执长钩和搅成团出之，为熟铁，减其生之二焉。”

② 《王考功年谱》，《王士禛全集》第4册。

③ 1979年台湾商务印书馆《清史稿校注》第7册记载：该年十一月初七日甲午，孙廷铨已病免。自本目（康熙四年）迄康熙九年庚戌目下“孙廷铨”三字似皆当删除。

清康熙四年（1665）乙巳　五十三岁

三月三日，京师地震[①]。

四月五日，先生撰《笼水辨》收入《颜山杂记》。

五月，先生撰《黄水不为菑辨》。

秋，孙宝侗有泰山阙里之行，往返四十日，得诗二百余首。十月，孙宝仍为编辑《立身集》诗集一卷。

七月，先生撰《颜山杂记》自序。

闰七月，顾炎武到颜神镇，有《颜神山中见橘》诗。

十二月十八日，先生之父元昌卒，年七十三。孙宝侗有《十二月十八日》诗。

清康熙五年（1666）丙午　五十四岁

正月，青州通判叶先登（1605—1694）归里。先登，字岸伯，号昊庵，长泰（今福建省漳州市长泰县）人。顺治九年进士。顺治十七年任青州府捕盗通判。纂修《颜神镇志》。

三月，先生自京师以陆云诗寄孙廷铎。廷铎有《丙午寒食前一日沚亭兄自都门以和孚陆云年兄诗见寄时余大病新起口占和韵》诗二首。

四月，先生为其父卜兆于颜神镇务子之原，自撰《先大夫行实》，请赵进美撰《故封光禄大夫户部尚书大山孙公墓志铭》。孙宝侗有《先光禄大夫卜兆协吉恭述志喜》诗："敬卜开圹辰，四月十一日。"

六月，赵进美为《颜山杂记》作序。

七月，孙宝仍为《颜山杂记》作跋。

八月，先生撰《修灵泉庙碑记》。

是年，即墨黄培诗案文字狱起，历时四年，牵连顾炎武等二百余人。

清康熙六年（1667）丁未　五十五岁

四月，江南沈天甫等逆诗案发，涉及三百余人。

秋，先生与里中诸贤为赵振业贺八十大寿，有《寿赵太公塈垣先生八旬双寿序》。

是年，安丘曹贞吉在杭州遇孙宝侗，烟雨湖光，诗篇往复。

清康熙七年（1668）戊申　五十六岁

六月十七日，颜神镇地震，城垣楼橹动摇。

六月，孙廷铎任广东阳江知县，先生有诗送之[②]，集中失收。廷铎于辛亥冬

① 丁耀亢《归山草》卷二《嵩呼篇四章》。

② 《说研堂集·烟萝居集》之《哭先相国诗十五首》其二云："记得戊申六月时，临岐和泪写新诗。"

有《次家相国戊申送余赴任阳江韵》诗。

是年，高珩受钦命祭奠神农、虞舜二陵，先生有《高葱佩宗丞奉使湖南寄赠》诗。

清康熙八年（1669）己酉　五十七岁

六月，李化熙卒，年七十六。

十二月，丁耀亢卒，年七十一。

清康熙九年（1670）庚戌　五十八岁

闰二月二日，先生将东溪草堂让于孙廷铎。廷铎八月接家信始知，有《仲秋六日接家函知相国于闰二月二日让余东溪草堂》诗。

闰二月二十七日，颜神镇地震。

四月，先生选唐人五言绝句二百余首、七言绝句四百余首，成《选唐人绝句》二卷，撰写《选唐人绝句题辞》。

六月，先生撰写《颜山杂记手稿题辞》。

是年，里中为文社，时赵执信九岁，先生奇其才，命作《海棠赋》，评以“远大器”。

是年，叶先登纂《颜神镇志》刊行。

清康熙十年（1671）辛亥　五十九岁

三月三日，先生作《汉史亿》自序。

六月，孙宝侗为《汉史亿》作跋。

七月，严胤肇（字修人，归安人，顺治十八年进士。能诗，曾官山东寿光知县）应孙宝侗之请，为《汉史亿》作后序。

九月，孙宝仍寄诗孙廷铎。廷铎有《次孝堪大侄于辛亥九月见怀久任阳江》诗。

是年，冯溥升文华殿大学士。

是年，赵振业卒，年八十三。

是年，翟良卒，年八十四。

清康熙十一年（1672）壬子　六十岁

三月，先生将庙灵泉右邻之房舍一区、神头社刘家峪之石田二十亩，施入庙中，作《新置灵泉庙香火房田记》，孙宝儒书石，今存博山颜文姜祠。

春，先生约高珩自淄川到颜神镇，在郭南佛院中畅饮。

六月，先生手自删定诗集，计一百十首，为一卷，并琴谱一卷，自作序文。孙宝仍又编《外集》，未梓行。

秋，先生与侄宝仁以诗唱和，宝仁有《侍饮相君诗》二首，先生有答诗二首。

十月，孙宝侗代先生撰《故明太子太保户部尚书白阳毕公墓碑》。邓之诚《清诗纪事初编》卷六："毕自严墓碑，述明季筹饷事綦详"。按，毕自严（1569—1638），字景会，号白阳，淄川（今淄博市周村区王村镇西铺村）人。万历二十年进士，官至户部尚书，有《石隐园藏稿》。

是年，孙宝侗在京师，时诸城李澄中病，宝侗日相过，为李指授医药，李"卒赖以起"。

是年，孙宝侗代先生撰《祭太子太保刑部尚书李公（化熙）文》。

清康熙十二年（1673）癸丑　六十一岁

是年，先生为《益都县志》作序。

是年，赵进美请先生为其父赵振业撰写墓志，孙宝侗代先生撰《朝议大夫江南参议赵公恭人李氏合葬墓志铭》，孙宝仁书丹，碑今存博山赵执信纪念馆。碑文款署"光禄大夫内秘书院大学士前少保兼太子太保吏户兵三部尚书、赐貂玉侍经筵、奉勅校定律令、南郊合飨分献五岳坛、戊戌已亥以来文武五科殿试读卷官、令予告，愚甥孙廷铨"。

是年，先生有书信寄孙廷铎。

是年，先生以"光禄大夫、内秘书院大学士、前少保兼太子太保、吏户兵三部尚书、赐貂玉侍经筵、五科文武殿试读卷、圆丘合祀充分献官、奉敕校定律令、年家眷晚生孙廷铨"署名，撰《皇清诰封一品太夫人李母宋太君合葬墓志铭》。

清康熙十三年（1674）甲寅　六十二岁

九月初八日寅时，先生逝于颜神镇大街故居，年六十二。[①]

十二月十二日，孙廷铎于邸报得先生去世消息，有《哭先相国诗十五首》：

甲寅腊月十二日，于邸报中得讣音，祠灶夕，独坐挥泪，忽然成句，如孤雁哀猿，不自知其声也。

谁知一别竟分离，邮自昭垂意自疑。不信苍生方属望，更于何处见威仪。
记得戊申六月时，临岐和泪写新诗。千山万水皆如见，冷暖从今只自知。
去年犹寄一函书，多病皆因意不舒。为我叮咛无别法，自干唾面几欷歔。
出也有为处不虚，东山一住十年余。忧时未合山中老，卧病山中犹著书。
著书种种寄南恩，经术能令吾道尊。典册自应光秘府，哲人何己贲丘园。
昔日读书在一房，西营寒夜冷匡床。姜家布被香如许，不及吾家布被香。
吾兄制义迈前人，遴选篇章更绝伦。我欲从之皆不许，独持正论度迷津。

① "益都县颜神镇，康熙辛亥冬，凫鴈驾鹅之属以千万计，飞过城中，皆堕地死，远近四山皆满。甲寅春复然。已而相国沚亭孙公廷铨薨于私第，公世为镇人。"王士禛：《池北偶谈》卷二十一。

每成一义必称奇，竟日订疑总不疲。最是糊名犹未发，见文当下已先知。
科名恨不及时新，数夜同床欢语真。当日若遵宁至此，命中只合有邅迍。
久困忽然家道乖，几回惆怅动兄怀。若非法语如甘露，安得枯枝更结荄。
嘉树漂摇无定栖，慨然让我住东溪。至情迥出常人料，墓志谁成莫漫题。
恤典煌煌自不吪，不亲含殓复如何。空思往事悲无盆，尚可皈依是弥陀。
结坛何处问东山，王母冈头石塔间。三日经声独在耳，一称佛号泪潺湲。
衔斋静对一炉香，回想音容总渺茫。强取遗书灯下读，才翻一叶即悲凉。
惟向台前乞梦频，晨昏不断已经旬。秋冬夜夜时常见，自接讣音总未臻。[①]

清康熙十四年（1675）乙卯

正月，清廷“予故告病回籍内秘书院大学士孙廷铨祭葬，谥文定”[②]。御赐碑文。

① 《说研堂集·烟萝居集》。

② 1985年中华书局影印《清实录·圣祖实录》。